国家社科基金项目
"英国 16、17 世纪文学中的疾病意识与国家焦虑研究 (16BWW056)"
结项成果

DISEASE
Consciousness and Nation-state
ANXIETY
in the 16th and 17th centuries'
English Literature

陶久胜 ◎著

英国16、17 世纪文学中的
疾病意识与国家焦虑研究

北京大学出版社
PEKING UNIVERSITY PRESS

图书在版编目 (CIP) 数据

英国 16、17 世纪文学中的疾病意识与国家焦虑研究 / 陶久胜著 . —— 北京：北京大学出版社，2025.5

ISBN 978-7-301-34677-8

Ⅰ.①英… Ⅱ.①陶… Ⅲ.①英国文学 – 近代文学 – 文学研究 ②医学史 – 英国 – 近代 Ⅳ.① I561.064 ② R–095.61

中国国家版本馆 CIP 数据核字 (2023) 第 231645 号

书　　　名	英国 16、17 世纪文学中的疾病意识与国家焦虑研究
	YINGGUO 16、17 SHIJI WENXUE ZHONG DE JIBING YISHI YU GUOJIA JIAOLÜ YANJIU
著作责任者	陶久胜　著
责 任 编 辑	朱丽娜
标 准 书 号	ISBN 978-7-301-34677-8
出 版 发 行	北京大学出版社
地　　　址	北京市海淀区成府路 205 号　100871
网　　　址	http://www.pup.cn　　新浪微博：@ 北京大学出版社
电 子 邮 箱	编辑部 pupwaiwen@pup.cn　总编室 zpup@pup.cn
电　　　话	邮购部 010-62752015　发行部 010-62750672　编辑部 010-62759634
印 刷 者	天津和萱印刷有限公司
经 销 者	新华书店
	720 毫米 ×1020 毫米　16 开本　30 印张　500 千字
	2025 年 5 月第 1 版　2025 年 5 月第 1 次印刷
定　　　价	128.00 元

目　录

序　一

陶久胜教授主持的国家社科基金一般项目的最终成果《英国16、17世纪文学中的疾病意识与国家焦虑研究》一书即将付印出版,实乃可喜可贺。他请我为此书作序。我一直不太愿意写此类文章,一则是觉得自己的知识储备和学术眼光还不具备给别人的著作写序的资格;二是对久胜教授研究的领域,我是个门外汉,也说不出什么有价值的话来。但碍于久胜教授的诚挚邀请,只好勉为从命,闲侃几句,聊充序言。

我与久胜教授相识近10年,也算见证了他在学术领域的成长过程。2016年10月,那是我第一次正式与他接触,当时他邀请我与傅修延教授、刘立辉教授、刘茂生教授等,参与他的国家社科基金项目"英国16、17世纪文学中的疾病意识与国家焦虑"的开题论证会,对他的文学跨学科研究意识及他做的疾病美学前沿研究印象深刻。此后,他不断拓展、开辟文学跨学科多个研究领域。如今,久胜教授已成长为一位学界新锐。看到他取得如此成绩,真心为他感到开心。

据我所知,为了研究文艺复兴时期英国文学中的疾病叙事与国家焦虑问题,久胜教授查阅了大量早期现代英国医学、政治、经济与社会等书籍文献,查找到了包括"早期英语图书在线"(Early English Books Online)等在内的各类数据库与学术资源。尽管工作量相当巨大,但这却进一步锻炼了他的资料整理与分类的能力,训练了他在历史文本与文学文本中穿梭的逻辑论证素养,提高了他驾驭文献资料与进行批评理论创新的能力。

久胜教授在16、17世纪英国社会黑死病频发、梅毒等传染病流行的特殊历史语境中,研究早期现代英国文学的疾病叙事,从选题本身来看就是非常有价值的。在研究中,可以看出,他使用新历史主义、文化批评方法,在融合古希腊医学、伦理学与中世纪神学的疾病理论,内含大小宇宙、君王两个身体与政治身体等元素的国家身体理论,以及从王权腐败、宗教极端行为、谣言、异教徒与境外民族等起源的国家焦虑中,探讨早期现代英国文学家如何思考自然身体、政治身体疾病对个人身体健康、王国身体健康造成的威胁。他在隐喻、修辞层面考察疾病的内涵,把疾病与国家想象发生关联,研究英国在宗教、政治、经济与国家安全等诸多方面存在的病理性问题。由此构建的文学病理学批评话语,展现了他在理论上的重要创新。

在本书的结构上,久胜教授重点研究英国早期现代文学中描写的自然身体疾病与政治身体疾病。他把自然身体疾病分为生理忧郁与精神疯癫,探讨复仇剧中的人体忧郁与王权焦虑之间的关系,分析弥尔顿诗歌中的人体疯癫与国家宗教身份焦虑之间的联系。就政治身体疾病而言,他除了聚焦黑死病对社会等级结构的毁坏外,还结合早期现代历史文本与疾病修辞,把饶舌谣言、清教极端主义视作国家内部疾病,把威胁英国国家安全的外部势力与他国的舆论视为国家外部疾病。尤其是他研究了邓恩诗歌中隐喻国家疾病的饶舌谣言与政府权威焦虑之间的关联,探析当时散文中的乌托邦世界与英国国教会焦虑之间的内在关系,解析 16、17 世纪戏剧中比喻国家疾病的外部势力与国家安全焦虑之间的联系,探究此时戏剧中喻指国家疾病的他国与国家关系焦虑之间的关系,涉及托马斯·莫尔、罗伯特·伯顿、威廉·莎士比亚、本·琼森等重要散文家、剧作家等。研究思路上,从自然身体到政治身体,从自然身体的生理疾病到精神疾病,从政治身体的内部疾病到外部疾病,显示了他知识面的广阔。久胜教授所做的工作对文学与疾病跨学科研究具有重大的启示意义,显现出较为重要的学术创新价值。

在我看来,当下研究文学所描写的疾病意识,尤其是瘟疫的到来与国家焦虑现象之间的关系,有着极大的现实意义。尤其是前几年新冠病毒肆虐所导致的全球性各个层面的焦虑,更显示出了其研究的价值。久胜教授的国家社科基金项目"英国 16、17 世纪文学中的疾病意识与国家焦虑研究"是 2016 年立项的,远早于新冠病毒暴发的 2019 年末。这本身就说明了他在学术上的前瞻性与预见性。特别是本成果绝大多数章节均以单篇论文形式在疫情期间公开发表在 A&HCI、CSSCI 等核心期刊中,更说明了其研究的针对性和恰切性。现在,新冠病毒的大规模流行已经渐渐成为历史,但其所带来的创伤和影响远未结束。我希冀久胜教授的这部跨越新冠病毒期间完成的厚重专著的出版,能够更进一步推进对文学与医学的跨学科研究领域向前发展,从而造福于人类健康事业。

值得提出的是,在"英国16、17世纪文学中的疾病意识与国家焦虑研究"这一国家社科基金一般项目顺利结项之后,久胜教授再接再厉,以首席专家的身份获得了以"英国文学经济思想史"为题目的2022年国家社科基金重大招标项目,可喜可贺。我衷心期望久胜教授不断努力创新,在今后的外国文学教学和研究实践中做出更大的成绩。

上海交通大学特聘教授

2025年1月

序　二

陶久胜教授给我发来了即将由北京大学出版社付梓的书稿《英国16、17世纪文学中的疾病意识与国家焦虑研究》。书稿很厚重，有近40万字，是他承担的国家社科基金年度项目的结项成果。我很乐意为这份颇有创见性的成果写序。

我与久胜亦师亦友已有多年。他在当时的西南师范大学攻读硕士学位时我给他授过课，他勤学好思，经常和我探讨一些他思考的问题，把写的论文给我阅读，并细心地听取我的一些修改意见。毕业工作一段时间后，他顺利通过竞争激烈的入学考试，跟随我攻读博士学位。博士学位论文选题时，他展现出了一种难得的学术勇气。他硕士学位论文是研究美国现代戏剧家奥尼尔的戏剧，我当时试探性地问他是否考虑做奥尼尔戏剧研究的升级版，他断然拒绝了这种可以偷懒的选题思路，告诉我他想研究悲剧，想挑战一下自己，打算选择别的研究对象。我问他是否可以研究英国16、17世纪戏剧，他毅然接受了这一建议。现在的许多年轻学子喜欢选择现当代文学作为研究对象，对早期现代英国文学则尽量避而远之，觉得语言比较困难，而且还有较难跨越的历史文化距离。读博期间，久胜获得了去美国加州大学伯克利分校访学的机会。在美期间，他不仅听了一些重要的课程，与美国学者讨论自己的学位论文写作提纲，而且收集了丰富的研究资料，时常在图书馆通宵撰写论文，完成了近20万字的博士学位论文。看到他这么勤奋刻苦，作为导师我既感到欣慰，更感到心疼。他用三年时间出色地完成了博士学位的学习环节，学位论文获得了评审专家和答辩委员会的一致好评。获得博士学位后，久胜并未止步不前，而是在早期现代英国文学这座美妙的花园里不断积累春华，逐渐迈入学术境地的秋实。

久胜的专著从一个崭新的视角探讨了早期现代时期国家焦虑这个颇具挑战性的话题。英国16、17世纪正经历从前现代时期向现代时期的转型过渡，亨利八世发动的宗教改革开启了构建现代民族国家的序幕，地理大发现极大地拓展了欧洲国家的政治舞台，社会冲突加剧，世界动荡不安，人们经历着前所未有的时代大变局，内心必然生发出一种难以消解的焦虑。这种焦虑会弥漫到价值观念、意识形态、宗教信仰、政治立场等各个层面，这些层面与国家的政治生活息息相关，最后汇聚成为一种国家焦虑。国家焦虑如何表达，久胜借助西方政治学的政治身体概念，通过大量阅读英国16、17世纪文学作品，发现当时的英国文学作品以多种方式或隐或显地呈现了形态各异的政治身体，独辟蹊径地从修辞病理学的角度探讨早期现代时期英国的国家焦虑表征。

久胜从身体角度探讨国家焦虑，准确地把握住了早期现代英国文学的政治表征。文艺复兴时期，柏拉图—托勒密宇宙论盛行，人被认为是一个小宇宙，人的身体组织与大宇宙形成对应关系，宇宙事物被用来表达人的身体组织，反之亦然。例如，莎剧《罗密欧与朱丽叶》第二幕第二场启幕时，罗密欧就将朱丽叶的两只眼睛比喻为太阳和月亮；莎翁的十四行诗第18首书写了大自然的风暴和人的呼吸，也是天人对应思想的表达。西方传统宇宙论的天人对应思想力图表现人的伟大和宇宙普遍和谐这两种理想状态。当然，大小宇宙对应关系也用于表达健康的自然身体与政治身体的完美状态。然而，现实常常把理想碾碎，作家便以人类最为熟悉和亲近的身体作为修辞策略和手法，叙述理想破碎后的阴谋、冲突、荒凉、无序、溃败、痛苦、无奈、焦虑、恐惧等内在情感和外在现实。瘟疫、低效的医疗手段、转型时期的社会动荡、不良的卫生环境等形成共振现象，疾病便迅速成为有效传递社会焦虑的公共叙事方式，正如久胜所言，社会精英阶层"使用医学话语理解和思考国家和社会问题"，当时的作家"使用疾病话语，再现人体疾病与隐喻国家问题，影射早期现代社会对新兴国家的认同焦虑"。

久胜的成果视野独到而宏大。学术视野很大程度上决定了研究对象的选择、研究问题的凝练程度、理论修养的高度、知识的广度和思想的深度等方面。久胜的课题洞察到了个体疾病、社会疾病、国家政治这三个看似风马牛不相及的事物之间的内在关联，由此生成出一片能含纳多面视界的广阔学术领地，使得他能在医学、政治、宗教和诸多文学作品之间纵横捭阖,而且显得游刃有余。这种宏大的学术视野规定了研究方法的跨学科性质。课题从新历史主义、古典医学、早期现代病理学、神学、地理学、经济学等领域吸收理论养分,博采众长,极大地拓展了研究的广度和深度,构建了本专著特有的疾病政治话语体系。与此同时,为了使研究客观公正,以便全面而深入地揭示疾病话语与国家焦虑之间的内在关联,本专著选择莎士比亚、琼森、弥尔顿、邓恩、莫尔、伯顿、德克、基德、米德尔顿等重要作家的 20 余部作品作为研究文本,涉及戏剧、诗歌、散文、政论文等多种文类,并结合官方文件、医学典籍、医疗手册、经济学册子、旅行游记和绘画作品等历史文本,文史互证,视野高远,论证周密严谨,极富可读性。

　　学术贵在创新,久胜的专著不仅显示了自觉的创新意识,而且是一部在研究方法、研究对象、研究视角等方面都有实实在在成效的创新成果。这项成果资料收集全面,从 19 世纪最早讨论英国 16、17 世纪文学与疾病关系的著述,直至学界的最新研究成果,均囊括其中。久胜对这些资料进行了消化吸收,指出了其中的不足,提出了自己独到的见解,显示出鲜明的学术对话意识。这种对话意识生成了中国学者的批评视角及其相应的批评话语。疾病意识、国家焦虑、社会病理学、修辞病理学、基督教疾病神学、身心医学等,完全可以构成本专著的自身学术话语,虽然还不能说它们已自成体系。新的批评话语往往能揭示文学作品新的主题意义,形成新的发现、阐释和解读。例如,第七章借助经济学与病理学之间的话语互构关系,揭示了琼森戏剧《狐狸》蕴含的经济伦理话语,阐发了该戏剧视商品流通为药性和毒性共存的医学话语修辞,以此表达剧作家的国家焦虑情怀。这种阐释不仅新颖,而且颇具说服力。

　　久胜的专著显示他秉承了前辈学者的踏实学风,不仅阅读广泛,而且理解透彻,有自己的独到见解,言之有据、有理,严谨求真和创新精神相得益彰,显得难能可贵。再如,久胜在早期现代医学范式变革中探讨英格兰社会面临的外部威胁,以便更系统、全面地阐述 16、17 世纪文学中的国家焦虑问题。此时,帕拉塞尔苏斯学派的疾病外因论逐渐取代体液理论的疾病内因论,强调疾病通过口腔、舌头或鼻孔等从外部侵入人体。该医学话语被当时政论家用来理解英格兰面临的外部威胁,相信外部势力正通过商品、移民、天主教徒等进入或渗透英格兰政治身体。在此理论视域中解析早期现代文学中的国际贸易、犹太人、罗马教廷等争论性议题,体现了久胜较强的学术创新能力与较高的理论驾驭水平。目前,久胜正承担着国家社科基金重点项目"新航路开辟时期英国文学的贸易帝国建构研究"与国家社科基金重大招标项目"英国文学经济思想史"的研究工作,以他已有知识储备、科研能力、学术修养、严谨学风,定能出色地完成课题任务,为中国的早期现代英国文学研究做出更大成就和奉献。

补前人之所未及,启后来者之伟业。祝贺久胜的专著出版!

是为序。

2024 年国庆节重庆北碚嘉陵江畔

引　言

　　16、17世纪英国社会中，黑死病和梅毒等传染性疾病大规模暴发，塑造了文艺复兴时期独特的疾病文化。"黑死病"英文为"bubonic plague"，也可译为"淋巴腺鼠疫"，它由寄生于老鼠皮的跳蚤所传播。自1348年传入英国后，它在伊丽莎白一世（1558—1603）和詹姆士一世（1603—1625）统治期间的1563年、1578—1579年、1582年、1592—1593年、1597年和1603年等多次大规模暴发，直至1665—1666年最后一次暴发，使英国在三个世纪中丧失了四分之一至三分之一的人口。"梅毒"英文名"syphilis"，文艺复兴时期被称为"痘疹（pox）"，有着色彩斑斓的名字"法国疾病""那不勒斯骨痛"等。梅毒可能起源于更早时期的非病毒疾病之变体，也可能是由水手和士兵从美洲带回欧洲的疾病，但不可否认，它如野火一般在欧洲肆意蔓延，人们对此失去抵抗力。[①]面对来势汹汹的疫情，占统治地位的盖伦医学开始受到质疑，因为它把疾病归因于身体内部体液不平衡，这与瘟疫可人传人的事实相背离。在某种程度上，传染病的暴发催生了承认疾病由外原体传播与提倡化学疗法的药理学理论，逐步推动了17世纪的医学理论革命。人们内心恐惧疾病，疾病成为16、17世纪英国社会的重要议题。

　　瘟疫频发给英国社会带来了严重后果。天花、疟疾、伤寒与黑死病、梅毒一道异常流行，传染病导致英国社会劳动力匮乏、百姓饥荒而引发叛乱。政治

---

　　① See William J. Kerwin, "The Historical Context of English Renaissance Literature", eds. Susan Bruce and Rebecca Steinberger, *The Renaissance Literature Handbook*, New York: Continuum, 2009: 23—39, p. 26.

上,英国脱离罗马教廷并开始建设独立的民族国家,但天主教叛乱、王权暴政、异端思想、内战和国外势力等危及国家稳定。文化上,文艺复兴向纵深方向发展,古典医学书籍被重新发现。1518 年,亨利八世批准建立伦敦医学院,医学课程开设起来,培养专业医生。英政府大量印刷各类疾病预防手册,但医疗总体水平低下,专业医生严重匮乏,国民通常自我治疗,民间医生非常活跃。医学知识由一种职业化的专业术语转变为日常使用的普通语言。[①] 国民的疾病意识增强,哲学家、神学家、政治家和贵族官员等精英人士使用医学话语理解并思考国家和社会问题,医学成为一种隐喻性语言。医学语言进入政治、文化与艺术领域,16、17 世纪戏剧家、诗人和散文家等使用疾病话语,再现人体疾病与隐喻国家问题,影射早期现代社会对新兴国家的认同焦虑。与变革进程中的医学理论相呼应,文学家们既在体液理论框架内,书写人物自然身体疾病与国家政治身体疾病,又借用药理学话语描绘英国健康与外部威胁。

第一节　选题缘起与意义

　　16、17 世纪,医学知识不再是专业语系,而是为大众所熟知的普通语言。体液理论由古希腊医生盖伦(129—199)首次提出,随古典医学的复兴,它在文艺复兴时期居于统治地位,为伦敦医学院所支持、倡导和传播。根据体液理论,复杂多变的血液由多血汁(blood)(热湿)、黄胆汁(yellow bile)(热干)、黏液汁(phlegm)(冷湿)和黑胆汁(black bile)(冷干)四种体液构成。任何一种体液过剩都会生发疾病,医生的职责就是通过饮食、药物、出汗或放血等疗法,努力纠正、维护病人体液平衡。[②] 在瘟疫高频暴发中,盖伦提出的疾病为一种身体状态的内因性理论逐渐受到质疑,人们开始相信,疾病是一种可迁移的物质,从他人感染到自己,或由国外传入英国,疾病的外因论显现出来。[③] 16 世纪后期,帕拉塞尔苏斯(Paracelsus, 1493—1541)提出的化学药物疗法开始传

---

① See Peter Womack, *English Renaissance Drama*, Malden, MA: Blackwell, 2006, p. 75.
② Ibid. , p. 76.
③ See Jonathan Gil Harris, *Sick Economies: Drama, Mercantilism, and Disease in Shakespeare's England*, Philadelphia: University of Pennsylvania Press, 2004, p. 110.

播,把疾病视为一种外来体,使用砒霜、水银等剧毒化学物质治疗瘟疫。^① 人们使用体液平衡理论理解社会精英因国家问题而生发的忧郁、愤怒或复仇,使疾病与政治、国家和宗教问题发生关联。基于疾病外因论,国民也把威胁国家稳定的天主教、外族或外贸等想象为疾病,构建国家疾病的宗教、种族、经济和国家关系之意义维度。

身体是早期现代医学理论的核心术语,在神学与伦理学语境中,它的内涵得到丰富和发展。体液理论系统解释身体构成与功能,相信身体由液体构成,体内液体与体外的空气、食物交换必须处于平衡状态,热与冷会影响到内部体液与运动。但身体向外界的开放威胁到宗教改革语境下的体液主体心理,17世纪身体规训与惩罚逐渐强化。^② 英国16、17世纪身体理论因此发生重要转向:从天主教道成肉身物质版本转向新教个人自律版本,从开放的生态身体转向封闭的个人物理身体,从盖伦医学的体内体液平衡之疾病概念转向帕拉塞尔苏斯的疾病外原体与传染性理论,从理想化的政治身体转向残酷的政治学身体。^③ 政治身体是自然身体的隐喻,为中世纪神学家提出,在早期现代社会被普遍接受,相信国家类似一个自然人的物理身体,人头、心脏与手分别对应君王、国会与军队。政治身体隐含一套古典大小宇宙对应的秩序观,坚持上帝创造宇宙时把神圣秩序置于人体、政体和天体的任何群体中。^④ 君王被赋予自然身体和政治身体,前者会因君王肉体死亡而消失,但后者却因为得到神佑、出于维持上帝神圣秩序需要而永存。^⑤ 政治身体在16、17世纪似乎不能正常运转,君王、政府部门不能各司其职,异教团体、异端邪说与外部势力异常猖獗,政治身体处于患病状态,政治家、神学家与文学家等表达伦理责任与国

---

① See Paracelsus, *Selected Writings*, vol. 1, ed. Jolande Jacobi, tran. Norbert Guterman, New York: Pantheon, 1958.

② See Gail Kern Paster, *The Body Embarrassed: Drama and the Disciplines of Shame in Early Modern England*, Ithaca, NY: Cornell UP, 1993, pp. 9, 13—14.

③ See David Hillman, "Staging Early Modern Embodiment", eds. David Hillman and Ulrike Maude, *The Cambridge Companion to the Body in Literature*, New York: Cambridge UP, 2015: 41—57. p. 52.

④ See Jonathan Gil Harris, *Foreign Bodies and the Body Politic: Discourses of Social Pathology in Early Modern England*, Cambridge: Cambridge UP, 1998, pp. 1—2.

⑤ See Ernst H. Kantorowicz, *The King's Two Bodies: A Study in Mediaeval Political Theology*, Princeton, NJ: Princeton UP, 1957, 1997, pp. 3—6.

家焦虑。

疾病在早期现代英国文学中表现出来,一些复仇剧着力刻画因国家病态政治身体而引发复仇者忧郁症状。英国16、17世纪留下多达60多部复仇剧,它们继承古典复仇剧的血腥场景与复仇精神之传统,又突破该传统而表达文艺复兴时期的人文主义,倾向于在道德伦理层面书写复仇。它们批评古典复仇剧专注于暴力行为,因为剧作家一般相信,复仇的悲剧结局本身暗示上帝对罪恶、罪犯和复仇者的复仇。① 它们宣扬反对私人复仇的伦理观,支持化身为政府和司法行为的国家复仇,歌颂代表神圣正义的上帝复仇。② 这回应官方对古罗马复仇剧的反对立场,特别是塞内加(Seneca)复仇剧,因为都铎—斯图亚特早期政府担心,舞台上的复仇、谋杀和恶行会鼓励观众在生活中使用暴力,导致道德水平下降,威胁王权和教会的神圣统治。然而,在16、17世纪瘟疫盛行的时代,英国君王愈发专制、官员腐败,政府似乎无力维护正义,复仇剧与当时王权政治保持一定距离,并非简单地充当王权的传话筒反对私人复仇。剧作家再现复仇者的英雄、半英雄形象,既叙述他们为对腐败贵族、官员或暴君复仇而体液紊乱、生发忧郁,又谴责他们因复仇可能给患病政治身体带来更大灾难。涉及复仇、忧郁与国家责任的戏剧有托马斯·基德(Thomas Kyd,1558—1594)的《西班牙悲剧》(*The Spanish Tragedy*,1587)、托马斯·米德尔顿(Thomas Middleton,1580—1627)的《复仇者悲剧》(*The Revenger's Tragedy*,1606)、莎剧《哈姆雷特》(*Hamlet*,1601)与《裘力斯·恺撒》(*Julius Caesar*,1599)等。

约翰·弥尔顿(John Milton,1608—1674)作品人物的忧郁、疯癫等病理症状与作者的个人创伤、国家创伤经历等发生关联。弥尔顿是英国诗人、政论家和民主斗士,经历英国内战(1642—1649)、共和国(过渡)时期(1649—1660)和复辟时期(1660—1685)等。作为清教徒,他反对查理一世(1600—1649)的保皇派和主教制,赞成克伦威尔(1599—1658)的共和制。但复辟后,他的清教国家与共和理想破灭。尽管晚年孤独,但他重写圣经故事,创作诗歌《失乐园》

---

① See Fredson Bowers, *Elizabethan Revenge Tragedy 1587—1642*, Princeton, NJ: Princeton UP, 1966, p. 261.

② Ibid., pp. 1—46.

(*Paradise Lost*，1667)、《复乐园》(*Paradise Regained*，1671)和戏剧诗《力士参孙》(*Samson Agonistes*，1671)等。弥尔顿的清教理想、政治思想与个人经历复杂地交织在一起。他不仅经受国家政权更迭和家庭婚姻不幸，而且见证曾寄托自己理想的共和国政权因克伦威尔篡权行为而失败。个人创伤与民族创伤互为对应。弥尔顿诗歌用人类堕落隐喻清教共和国的失败，强调英国"世俗世界"的野心、虚伪、贪婪和狂热等疾病，使用撒旦侵占伊甸园戏仿英格兰海外扩张，传达他反帝国主义和反王权专制的主张，说明英国敌人正是国人自己，显现他的清教政治性和对重建英国"基督世界"的挫败感与创伤感。① 参孙正是英国人的化身，他的忧郁体液必定对观众产生精神净化之疗效，他用于摧毁敌人的介于神启与病态间的"疯癫"正是由忧郁、创伤所激发，成为英国人自我忏悔与自我救赎的力量。②

约翰·邓恩(John Donne，1572—1631)使用疾病话语批评英国社会，把自己遭受的自杀煎熬与英国政府受到的谣言攻击作类比。邓恩是英国玄学诗人的代表，创作了诸多商籁诗、爱情诗、宗教诗、讽刺诗、挽歌、布道辞和一些散文作品。邓恩出生于天主教家庭，但宗教迫害经历使他思考宗教真理，最终皈依新教并于1621年当上英国国教教会圣保罗大教堂的主持牧师。早期创作阶段，邓恩讽刺诗涉及伊丽莎白社会的普通议题，如司法腐败、平庸诗人和傲慢朝臣等，他借用疾病、呕吐、粪便和瘟疫等病理学术语，表达对伊丽莎白政府的土地法规与恶棍横行的英国社会的讽刺。他的忧郁与低落情绪也离不开他对天主教信仰的怀疑。因此，他在诗中倡导审视自己内心而不盲目遵循教会传统。此后，他写下《对突发事件的祷告》(*Devotions upon Emergent Occasions*，1624)等作品。③ 这些作品的诞生归因于流行性疾病、伤寒带给邓恩的痛苦，源于他女儿和赞助人女儿的早逝等。回应斯图亚特早期君王的神学主张，邓恩拥护政府权威，提倡普世拯救，把自杀、殉道与叛乱言行界定为一

---

① See Walter S. H. Lim, *The Arts of Empire: The Poetics of Colonialism from Ralegh to Milton*, Newark: University of Delaware Press, 1998, pp. 194—241.

② See Adam H. Kitzes, *The Politics of Melancholy: From Spenser to Milton*, New York: Routledge, 2006, pp. 153—196.

③ 邓恩的中后期诗歌主要包括诗歌《一周年与二周年》(*The First and Second Anniversaries*，1610)、《世界的剖析》(*An Anatomy of the World*，1611)、《灵魂的上升》(*The Progress of the Soul*，1612)等。

种疾病和忧郁。① 17 世纪早期,英国王室渴望通过与西班牙联姻化解天主教威胁,廉价报业造谣生事,诋毁国王、上帝而扰乱王国秩序。饶舌报道吞噬、腐蚀政治身体的根基,正如瘟疫、(邓恩)自杀冲动与死亡恐惧等对人体的无形摧残。

托马斯·莫尔(Thomas More,1478—1535)的散文《乌托邦》(Utopia,1516)想象岛国如何应对瘟疫。莫尔是亨利八世时期(1509—1547)重要的议员、律师和社会哲学家,更是国王任命的处理瘟疫的执行官。莫尔一生虔诚信仰天主教,致力于重新建立理想中的欧洲罗马天主教共同体。瘟疫意味着罪恶,是上帝对人的处罚与考验,避免瘟疫的方案在于忏悔和赎罪。但早期现代医学则看到疾病与卫生、气候、空气和食物的联系,鼓励国民在清洁、干净、流通的环境中生活,食用有益于人体体液平衡的食物,政府则采取隔离、关闭剧院等措施阻止瘟疫蔓延。《乌托邦》中,莫尔既叙述岛国人对上帝的坚定信仰和高尚的道德行为,又描绘他们健康、科学的生活方式和政府严厉的瘟疫管控方案。这不是逃避瘟疫的文学想象,而是试图为英国政府提供的一套有实践价值的战胜瘟疫的可能提案。② 罗伯特·伯顿(Robert Burton,1557—1640)在散文《忧郁的剖析》(The Anatomy of Melancholy,1621)中,让忧郁与宗教争议、政治困境发生关联,他对清教徒深感失望,在解剖瘟疫中提出政治改革之药方。伯顿使用乌托邦想象政府各部门间的协调合作,国家各机构间按几何比例分布,模仿山川、河流、道路、房屋等之间的黄金分割线布置。③ 可国教会垄断教义,政府也不愿意改革,伯顿唯有向现实妥协,与暴政和平共处并宣布忠心国教会以维护社会秩序。

16、17 世纪戏剧家、政论家和小册子作者把自己或君王、法官等比作医生,在社会病理学范式中看待英国面临的外部威胁。代表性戏剧有莎剧《威尼斯商人》(The Merchant of Venice,1598)和托马斯·德克(Thomas Dekker,1572—1632)的《巴比伦妓女》(The Whore of Babylon,1606)等。早期现代政治身体理论使用病理学和生理学话语解释政治疾病和疗方。在瘟疫社会

---

① See Adam H. Kitzes, *The Politics of Melancholy: From Spenser to Milton*, pp. 105—122.

② See Rebecca Totaro, *Suffering in Paradise: The Bubonic Plague in English Literature from More to Milton*, Pittsburgh, Pa.: Duquesne UP, 2005, pp. 15—23.

③ See Adam H. Kitzes, *The Politics of Melancholy: From Spenser to Milton*, p. 137.

中,人们挑战体液理论的疾病源于体内之解释,提出疾病由外部病原体侵入体内所致之理论,接受帕拉塞尔苏斯学派的疾病外因论和"以毒攻毒"的化学疗法。据此,医学家、政治家、神学家和戏剧家提出,社会是一个有机体,社会每个部分都有其功能和目的,都有助于维护政治有机体,甚至威胁有机体健康的外来侵略力量也贡献于社会的正常运转。斯蒂芬·格林布拉特(Stephen Greenblatt)指出,莎剧《亨利四世》中的底层社会和托马斯·哈利奥特(Thomas Harriot,1560—1621)笔下的美洲印第安人是对王权的逾越力量,但呈现两个特点:一是王权在面临威胁时变得警觉而后繁荣强大,二是王权依赖"不安分"声音并在被威胁中定义自己。① 颠覆性力量具有维持王权原状与社会有机体之功能。为转移国民对国内问题的注意力,功能主义有机体理论把外部侵略势力想象为威慑国家安全的社会疾病,王国在有效抵制中构建民族共同体和维持政治有机体健康。② 正是在此语境中,早期现代戏剧书写威胁、渗透和治疗英国的外来移民(犹太人)、天主教势力等。

莎士比亚戏剧涉及爱尔兰、地中海民族等,在病理学、地理学与经济学话语中构想国家关系,国外民族被投射为一种病人身体。以哥伦布发现美洲为标志,欧洲开始了地理大发现。1588 年,英国击败了西班牙无敌舰队,逐渐取代西班牙成为新的海上霸主,开始建立殖民帝国。16、17 世纪出现的旅行作品、医学案例、绘画作品等把爱尔兰人、黑人、美洲印第安人等被殖民民族刻画为病人。③ 在国家关系问题上,爱尔兰最具代表性,因为她既是英国的殖民对象又似乎没有完全被征服。英国把爱尔兰想象为患病体,必须使用军事、经济和文化等改造空间之药方医治爱尔兰。莎士比亚历史剧《理查二世》(Richard II,1595)和《亨利六世:第二部分》(Henry VI,Part II,1591)指涉英爱医患关系。莎剧《错误的喜剧》(The Comedy of Errors,1592)把英国金融危机归

① See Stephen Greenblatt, "Invisible Bullets: Renaissance Authority and Its Subversion, *Henry IV* and *Henry V*", eds. Jonathan Dollimore and Alan Sinfield, *Political Shakespeare: New Essays in Cultural Materialism*, Manchester: Manchester UP, 1985: 18—47.

② See Jonathan Gil Harris, *Foreign Bodies and the Body Politic: Discourses of Social Pathology in Early Modern England*, Cambridge: Cambridge UP, 1998, pp. 1—16.

③ See Stephanie Moss and Kaara L. Peterson, eds., *Disease, Diagnosis and Cure on the Early Modern Stage*, Burlington, Vermont: Ashgate, 2004: 55—68, 93—112.

因于国际贸易，境外商品正如由欧洲大陆传入英伦诸岛的病毒。在瘟疫频发和前商业时代的语境中，本·琼森（Ben Jonson，1572—1637）创作《狐狸》(Volpone, or the Fox，1606)，剧中经济学与病理学话语互为构建，外来商品的病理化内涵暗示早期现代英格兰的外来商品焦虑。

英国 16、17 世纪文学的疾病意识在复仇剧、莎士比亚戏剧[①]、戏剧诗、诗歌、散文中显露出来，映射人们对新兴国家出现的各种问题的忧虑。为了广而深地揭开此种国家忧患，笔者选择莎士比亚、琼森、弥尔顿、邓恩、莫尔、伯顿、德克、基德、米德尔顿等重要作家的 20 余部作品作为研究文本，剖析文艺复兴文学与医学、神学、政治学、经济学、地理学等跨学科话语之间的动态关系。在体液理论、身体理论与 17 世纪药理学框架下，本研究把当时文学中的疾病界定为两大类，一是由体液失衡导致的忧郁、愤怒与疯癫等人体疾病，二是暴政、宗教极端行为、不实报道、天主教、外来移民、殖民地、地中海民族等隐喻国家问题的政治身体疾病。早期现代文学中，国家身体无序紊乱，人物往往因政治身体疾病而引发自己的人体疾病，或作者通过创作方式释放自己的忧郁、愤怒或创伤症状。通过疾病写作，16、17 世纪文学表达社会转型时期的国家焦虑，表现在王权、宗教身份、政府权威、国教会、国家安全与国家关系等国家问题上。在历史语境中，文学文本与其他社会文本互为印证、互为构建并互为竞争，开展对话与能量交换。当时文学家与国王、贵族、律师、牧师、旅行家、画家和医生等参与人体疾病与政治身体疾病话语的生产、表演与执行。此时，病理学不是一个追求客观描述的自然科学，而是带有浓厚意识形态和国家价值取向的修辞术语与权力话语，参与英伦诸岛迈向大不列颠帝国的想象性认知构建。

研究英国 16、17 世纪文学的疾病话语，具有一定的学术价值和应用价值。首先，使用文学病理学批评理论研究英国 16、17 世纪文学，能丰富特定时期、特定国别的外国文学研究成果。其次，将文学病理学与国家研究结合起来，可较为有效地突破文学病理学批评现状，使文学疾病研究上升到国家民族性研究的层面，拓展文学病理学研究的理论视野。再次，16、17 世纪是英国社会转型时期，英国正处于现代国家形成的早期阶段，王权面临各种挑战与考验，运

---

① 当然，莎士比亚戏剧也包含复仇剧。为方便论述，才做此区分。

用新历史主义批评方法解读文学的疾病话语,可比官方文件更好地明示新兴民族国家建设的艰难过程。最后,研究外国文学中的瘟疫场景与应对措施,对形成现实社会的传染性疾病应对机制,具有一定的启示作用。

第二节 研究现状与述评

最早讨论英国 16、17 世纪文学与疾病关系的著作是 19 世纪后期医生约翰·查尔斯·巴克尼尔(John Charles Bucknill)撰写的专著《莎士比亚的医学知识》(*The Medical Knowledge of Shakespeare*,1860),以文学业余爱好者的视角系统列出所有莎剧中的疾病所指,从医学专业角度解析早期现代的健康与康复思维方式,表现出对文艺复兴时期医生的深刻情感,但却对伊丽莎白一世统治时期的江湖医生、民间医生等无证从医人员表示怀疑。此后,特别是20 世纪 80 年代以后,英国 16、17 世纪文学的疾病研究基于文学病理学批评理论而展开。具体说来,国外的英国 16、17 世纪文学病理学研究成果可主要分为下列类型。

第一,医学医生研究。查尔斯·伍德沃德·斯特恩斯(Charles Woodward Stearns)在专著《莎士比亚医学知识》(*Shakespeare's Medical Knowledge*,1865)中重新印刷和引用莎剧中的医学事件,加上作者自己的做注和思考。这是对更早的巴克尼尔研究的戏仿,展示了巴克尼尔建立的批评路径。斯特恩斯主要强调医学知识而非从医人员,只关注职业医生的医学实践而忽视无证医生行医,但从现代医学视角对早期现代医学知识暗自发笑。对这一话题最全面的研究要数大卫·霍林格(F. David Hoeniger)1992 年的专著《文艺复兴时期的医学和莎士比亚》(*Medicine and Shakespeare in the English Renaissance*)。他提供了目前文学中对早期现代医学知识最权威的总结,清晰解释了莎士比亚对早期现代医学知识的使用。霍林格整理出莎剧中所呈现的体液理论、草药疗法和三位一体之灵魂,但未注意涉及社会各阶层的医学实践及与之相关的政治争论。

当一些批评家关注医学实践时,另一些学者却表达出对医生的兴趣。麦克劳德·伊尔斯利(MacLeod Yearsley)在专著《伊丽莎白戏剧中的医生》(*Doctors in Elizabethan Drama*,1933)中,全面列举莎士比亚和同时代戏剧家作品中各种类型的从医人员,但未对戏剧和历史语境做详细分析。菲利普·科林(Philip C. Kolin)在专著《作为戏剧惯例的伊丽莎白舞台医生》(*The Elizabethan Stage Doctor as a Dramatic Convention*, 1975)中详尽考察和思索对从医人员的再现问题,因以前学者"对特殊医生的评论太简短,一般索然无味,且有时有误",[①]但他却采用非历史主义研究方法,忽视再现医生的文化语境。在专著《莎士比亚和医学实践:早期现代英国舞台上的医学叙事》(*Shakespeare and the Practice of Physic*: *Medical Narratives on the Early Modern Stage*, 2007)中,托德·佩蒂格鲁(Todd H. J. Pettigrew)在历史语境中细读莎剧中的医务人员,研究莎剧与早期现代医学话语之间的作用机制。佩蒂格鲁认为,在对医疗机构评估中,莎剧显示出一种令人着迷的怀疑主义,挑战、改写和质问精英医生在医学事务上的绝对权威,拓展医学叙事库,增加了观众和读者想象医学政治的可能方式。

第二,身体构建研究。借用米哈伊尔·巴赫金、米歇尔·福柯、罗兰·巴特、特里·伊格尔顿等人的后现代文化物质主义理论,批评家聚焦于伊丽莎白—詹姆士一世文学中的身体与医学话语的社会构建,特别关注性、性行为和性别。在专著《莎士比亚协商:文艺复兴英格兰的社会能量循环》(*Shakespearean Negotiations*: *The Circulations of Social Energy in Renaissance England*, 1988)中,格林布拉特(Stephen Greenblatt)探讨女性身体如何被理解为一种男性身体的倒置,一种文化如何把性别视为"男性目的论……它的超级文学表达存在于反串舞台上",这些思想并非必然植根于作家大脑中,而是在各种早期现代话语的相互连锁的比喻和比拟表达中。[②] 在专著《尴尬的身体:早期现代英格兰的戏剧与羞耻规训》(*The Body Embarrassed*: *Drama and the Disciplines of Shame in Early Modern England*, 1993)中,盖尔·凯恩·帕斯特(Gail Kern Paster)研究身体的社会决定之属性,坚持体液理论承载 16、17 世纪的意识形态力量,是一套系统解释身体构成与功能的理论,失禁、流血等身体功能只能在文化话语中得到理解和

———————————

① See Philip Kolin, *The Elizabethan Stage Doctor as a Dramatic Convention*, Salzburg: Institut fur Englische Sprache und Literatur, 1975, p. 4.

② See Stephen Greenblatt, *Shakespearean Negotiations*: *The Circulations of Social Energy in Renaissance England*, Berkeley: University of California Press, 1986, pp. 79, 88.

体验。

　　在专著《国外身体与政治身体：早期现代英国的社会病理学话语》（*Foreign Bodies and the Body Politic*：*Discourses of Social Pathology in Early Modern England*，1998）中，乔纳森·吉尔·哈里斯（Jonathan Gil Harris）研究 16、17 世纪文学中身体医学话语，分析自然身体适应政治话语成为国家身体隐喻而创造"社会病理学"概念的方式，据此提出政治身体必须自我保护以抵御国外侵略者。在专著《莎士比亚丛林热：种族、强奸与牺牲的民族——帝国意义修正》（*Shakespeare Jungle Fever*：*National-Imperial Revisions of Race*，*Rape and Sacrifice*，2000）中，小亚瑟·利特（Arthur L. Little Jr.）细读《泰特斯·安德罗尼克斯》（*Titus Andronicus*，1594）、《奥赛罗》（*Othello*，1603）和《安东尼与克莉奥佩特拉》（*Anthony and Cleopatra*，1607）三部莎剧，研究由种族间的性强暴引发的恶性疟疾——丛林热，通过细查戏剧与当时叙事诗、绘画和医学小册子，相信莎剧再现了英国文化如何把黑人男性强暴白人女性的场景比喻为疾病感染，并强调莎剧在塑造英国民族与帝国野心的过程中构建白人男性气质。在专著《身体之外：医学边界与文艺复兴戏剧》（*Beyond the Body*：*The Boundaries of Medicine and English Renaissance Drama*，2005）中，威廉·凯文（William Kerwin）看到戏剧能量与社会政治学之间的关系，研究戏剧如何撕毁有关医学自足的幻想，强调医学由不同社会力量竞争而成。凯文研究女性医生、药贩子、外科医生、内科医生等不同人群对病人身体和医学文化的塑造方式，认为每种戏剧类型清晰再现文艺复兴每个时期的某一人群内部的张力，使经验性和叙事性的历史证据前景化。

　　第三，疾病修辞研究。批评家结合符号学、修辞学、语言哲学或生态主义理论，研究疾病的隐喻、类比和宗教寓言意义。在专著《早期现代英国的瘟疫写作》（*Plague Writing in Early Modern England*，2009）中，厄内斯特·吉尔曼（Ernest B. Gilman）研究琼森、邓恩、佩皮斯和笛福的瘟疫文学，指出宗教改革中的瘟疫作为文化"记号"刻录在自然、政体和受伤的人体上，相信瘟疫是对罪人施行的集体惩罚。但英国与罗马的瘟疫想象不同，罗马天主教假想圣徒干预和遏制流行疾病，而英国新教相信没有圣徒介入的上帝之道。佩皮斯和笛福的作品尤其表现瘟疫战胜人类，说明人类只是细菌史上的一个生态角色,既暗示社会世俗化进程中基督教疾病神学危机,又否定现代医学的胜利叙事。詹妮弗·沃特(Jennifer C. Vaught)编辑的论文集《中世纪与早期现代英国的身体疾病与健康修辞》(*Rhetorics of Bodily Disease and Health in Medieval and Early Modern England*, 2010),研究中世纪文学中的神圣身体语言、早期现代文学中想象的性行为话语、疾病身体隐喻在科学话语中的再现以及文学与医学中的语言感染与治疗等。

有些批评家研究疾病修辞的社会、政治和宗教含义。在专著《早期现代英国的疾病虚构:身体、瘟疫和政治》(*Fictions of Disease in Early Modern England: Bodies, Plagues and Politics*, 2001)中,玛格利特·希利(Margaret Healy)从16、17世纪传染病流行的语境考究早期现代文学、医学手册、旅行游记和政治小册子中的瘟疫、梅毒和肥胖等三种疾病,研究它们与从宗教改革到内战爆发之前的英国之间的关系,探究早期现代人如何在自然身体概念中看待英国政治身体、宗教身体和经济身体的体液紊乱与无序,解析疾病修辞在早期现代的文化心理内涵。在专著《中世纪和早期现代英国文学中的瘟疫》(*Pestilence in Medieval and Early Modern English Literature*, 2004)中,布里恩·李·格里格斯比(*Bryon Lee Grigsby*)在古希腊罗马、中世纪和早期现代的医学、基督教神学和疾病频发的语境中研究中世纪和早期现代文学中的麻风病、瘟疫和梅毒等疾病修辞的意义演变,探讨大小宇宙类比关系和医生牧师相似性,结合体液理论,提出身体状况记录了个人或团体的道德表现,使疾病与罪恶发生必然关联。

第四,情感维度研究。根据古典体液理论,身体与情感共同构成人体,所以古典医学也称为身心医学(psychosomatics),因为某种体液变化会影响某种情感变化,反过来某种情感变化也带来某种体液波动。如此一来,现代心理学研究对象也是古典医学的医治目标。为此,一些批评家研究早期现代文学中的情感维度。在专著《忧郁政治:从斯宾塞到弥尔顿》(*The Politics of Melancholy: From Spenser to Milton*, 2006)中,亚当·基特兹(Adam H. Kitzes)称16、17世纪为体液过剩的忧郁时代,忧郁既指知识阶层因不得志而生不满与怨恨之疾病,更与宗教极端行为、派系斗争和王国内战相关联。基特兹研究早期现代文学中的忧郁话语,使用忧郁讨论英国持续的政治危机和生发政治冲突的原因和过程。在专著《莎士比亚的内脏:信仰、怀疑主义和身体内部》(*Shakespeare's Entrails: Belief, Skepticism and Interior of the Body*, 2007)中,大卫·希尔曼(David Hillman)研究莎剧中的身体化和自我概念,莎剧人物想象进入他人身体内部,或让他人占据或拥有自己的身体以便在情感上认可他人,获得主体最初由他者构建之认识。

在专著《莎士比亚时代英国的大众医学、歇斯底里和社会争论》(*Popular Medicine, Hysterical Disease, and Social Controversy in Shakespeare's England*, 2010)中,卡拉·彼特森(Kaara L. Peterson)挖掘早期现代各种对子宫病理学的辩论材料,梳理医学文献对歇斯底里之疾病边界的各种定义,在历史语境中研究莎士比亚、马洛等戏剧家对这一女性疾病的再现。在体液理论看来,血液在心脏自我净化并生产精气(spirits),而精气连接灵魂与身体。在专著《灵魂之烟:早期现代英国的医学、生理学和宗教》(*The Smoke of the Soul: Medicine, Physiology and Religion in Early Modern England*, 2013)中,理查德·萨格(Richard Sugg)在基督教、早期现代医学和生理学语境中研究莎士比亚、马洛戏剧和邓恩、沃尔特·罗利(Walter Raleigh, 1554—1618)诗歌中由精气与物质、尘世与神圣相遇而产生的焦虑与亢奋之疾病,指出虔诚而严格的基督徒作家如何表达对当时身体—灵魂融合理论的不满,说明灵魂如何容易被物质化,展现日益科学化的医学文化如何从人体中捕获灵魂的物质方面。

第五,其他相关研究。一些批评家研究医学书籍以探讨医学伦理,或研究16、17世纪文学中的经济、社会伦理。在专著《文艺复兴时期的医学伦理》(*Medical Ethics in the Renaissance*, 1995)中,温芙莱特·希莱勒(Winfried Schleiner)在医学伦理视角研究1550—1650年创作的医学作品,探讨当时生理伦理与道德神学、自然法之间的关系,讨论医生与病人、同事、教会和国家之间的关系,剖析职业医生与教会如何围绕医学谎言、医生权威、女性卵子和梅毒治疗等问题展开争论。在专著《病态经济:莎士比亚时代的英国戏剧、重商主义和疾病》(*Sick Economies: Drama, Mercantilism, and Disease in Shakespeare's England*, 2004)中,乔纳森·吉尔·哈里斯(Jonathan Gil Harris)在早期现代经济学与医学语境中研究16、17世纪戏剧中的经济伦理。随16世纪国际贸易的兴起,资本、人员和商品被病理化处理,与体液理论让步于疾病为一种外原体的理论转型相一致。哈里斯发现,一些受到商业感染的词汇如梅毒、感染、溃疡、肝炎和肺结核等,帮助莎士比亚、约翰·海伍德(John Heywood,1497—1580)等剧作家再现国家和全球经济概貌。

也有学者研究历史编纂学(historiography)、剧院疗效等。在专著《政治、瘟疫和莎士比亚戏剧:斯图亚特岁月》(*Politics, Plague, and Shakespeare's Theater: The Stuart Years*,1991)中,利兹·巴罗尔(Leeds Barroll)提出,每次伦敦剧院关闭皆是为了限制瘟疫传播,而剧院关闭又对莎士比亚创作有一定影响。避免传统传记重视作家成长轨迹与进入主流社会的叙事方法,巴罗尔探究早期现代瘟疫史与莎士比亚创作之间的关系,重写莎士比亚传记和重塑莎士比亚文化。在专著《早期现代英国的药物与戏剧》(*Drugs and Theater in Early Modern England*,2005)中,塔妮娅·波拉德(Tanya Pollard)在16、17 世纪关于药学疗效争论的语境中研究剧院对观众的双重作用。无论是盖伦医学的传统草药还是帕拉塞尔苏斯研制的化学药物,人们信任其疗效时也怀疑其对身体的潜在危险和伤害。早期现代文学中的药学与剧院学话语互为渗透,投射当时社会由剧院场景影响观众而引发的焦虑心理。

国内的英国 16、17 世纪文学研究成果丰硕。自 20 世纪 80 年代以来,国内学者从诸多主题或理论视角进行研究,主要有人文主义、西方传统宇宙论、西方园林传统、巴洛克、接受改编史、版本史、暴力、权力话语、法学、天象学、地理学、心理学等,在广度和深度上有较大创新。进入 21 世纪后,国内的文学病理学研究才开始启动,集中探讨英美现当代文学的疾病叙事,出现了一些前沿研究成果。但就英国 16、17 世纪文学的病理学研究来说,目前只有少量的论文成果。其中一篇《医学、政治与清教主义:〈罗密欧与朱丽叶〉的瘟疫话语》(载《外国文学评论》2012 年第 3 期),在宗教视角下探讨莎剧中的疾病话语;另一篇《〈瘟疫年纪事〉中的"生命政治"书写》(载《文化研究》2014 年第 4 期),运用福柯在《领土、安全与人口》中提出的生命政治思想,解读笛福小说《瘟疫年纪事》如何构建起瘟疫与反瘟疫的双重叙事。

综上所述,欧美学界的英国 16、17 世纪文学的疾病研究成果,特别是最近成果,揭示了国外研究动态,涉及早期现代医学知识、疾病话语的社会构建、身体与疾病隐喻等,这无疑对本课题的研究思路具有一定的借鉴作用。但是,上述研究基本没有关注该时期英国文学的疾病话语与近代英国国家形成之间一定的内在关系,也没有充分讨论作品中的疾病意识与英伦诸岛向大不列颠帝国转型时作家的国家认同焦虑之间的密切关系。国内学界的英国16、17世纪文学研究,特别是在历史语境中解读瘟疫话语,显现了国内研究动态。遗憾的是,几乎还没有学者关注到该时期英国文学的疾病意识与国家焦虑之间的内在联系,也没有就英国16、17世纪文学中的医学人文与国家构想之间的关系进行研究。正如哈佛大学比较文学系主任、文学病理学研究专家卡伦·桑博(Karen L. Thornber)教授于2014年6月在清华大学外语系举办的哈佛燕京学社世界文学论坛上预测,随着中国学界对文学的医学人文研究表现出不断增强的兴趣,近期关于这个话题的著作将大量涌现,文学病理学的国家问题研究将成为文学病理学批评的重要组成部分。本课题研究英国16、17世纪文学中的疾病话语如何在再现国家问题中表达国家焦虑,正是朝此方向迈进的一次尝试和努力。

第三节　批评方法、理论与术语

本书在历史语境中研究早期现代文学中的疾病话语,重点探讨莎士比亚、琼森、弥尔顿、邓恩、莫尔、伯顿等经典作家的经典作品,涉及戏剧、诗歌、散文等,在医学、神学、政治学等跨学科视野中讨论这些文学作品的自然身体疾病与政治身体疾病如何表达国家焦虑,主要涉及的批评方法和理论有新历史主义、文学病理学,核心术语是早期现代医学。

第一,新历史主义(New Historicism)。新历史主义出现在20世纪80年代,反对新批评和结构主义等形式主义批评方法,后者把文学文本视为一个自足体,意义不依赖于周围环境,而新历史主义把文学文本置于它的文化、政治、经济和社会语境中解析,使历史中的文本成为关注对象。新历史主义试在表达一种激进的人义主义,挑战已有权威,拯救边缘化和被压制的声音。文艺复兴文学研究专家斯蒂芬·格林布拉特专著《文艺复兴的自我塑造》(*Renaissance Self-Fashioning*, 1980)是新历史主义的奠基之作。他于1982年首次使用这一术语,宣称这一批评运动是一种实践而非教条。新历史主义不同于旧历史主义。后者视文学和历史为分开的领域,两者为前景与背景的关系,文学被动反映历史事件和时代思想。新历史主义把历史不是看成事实体而是文本档案,档案中的各种文本都有待研读和解析。文学文本是档案的一部分,不仅反映文化而且创造文化。文学是参与文化、再现现实的要素之一,帮助形成有关国家、家庭和个人的文化话语。格林布拉特把莎剧《暴风雨》解读为英国海外殖民的索引,反过来英国殖民扩张也通过《暴风雨》戏剧文本得到强化,"在他生涯的最后阶段,莎士比亚决定利用同时代人对新世界扩张的兴趣。他的戏剧《暴风雨》包含许多来自当时冒险家和殖民者作品的细节[……]戏剧重申欧洲人的立场,坚持征服新发现大陆的殖民力量是合法且文明的"①。

新历史主义关注权力,特别吸收法国文化批评家米歇尔·福柯(1926—1984)的话语理论。福柯发现,文化是一套由统治话语构成的封闭系统,依靠知识话语与社会机构实现权力表演。知识等于权力,社会主体与控制和生成他们的文化系统共谋。比如,文艺复兴时期的商人不仅由贸易经济体制所创造,而且参与生产经济系统与商人身份的统治话语。对商人的描绘和贵族的赞美构成了 16、17 世纪社会占统治地位的话语,使那些对当权者最有用的价值观合法化和神秘化。当统治话语被自然化时,它便进入社会无意识层面。如此意识形态导致一个后果,当权者被颂扬而无权者则被妖魔化和沉默化。尽管《暴风雨》中的卡利班(Caliban)表达出对他的欧洲主人普洛斯帕罗(Prospero)占领他岛屿的敏感,这可读作"莎士比亚跳出统治话语、提供不同意象的土著人",但整部剧仍支持、表达统治话语,借用两个醉酒的水手向观众确认,卡利班仍然是个次人类(subhuman)。在一个系统中,让不同观点表达出来是重要的,但只有如此,它们才能被压制,危险才能被消灭。有效的文化系统生产和管控自身的对立面。然而,一个文本能否抵制或瓦解统治话语,文化系统是否完全封闭,新历史主义持开放态度,因为所有话语都临时依赖这个系统,它们都是功能性的而无法达到超验真理的高度。② 运用新历史主义研究 16、17 世纪文学中的疾病话语,可揭示统治话语对政治身体疾病的管控,透视作者的国家焦虑。

第二,文学病理学(Pathological Literary Criticism)。文学病理学使用(新)历史主义批评方法,探究文学中的疾病病因学、发病学、病理变化与预防

---

① Stephen Greenblatt, "Culture", eds. Frank Lentricchia and Thomas McLaughlin, *Critical Terms for Literary Study*, Chicago: University of Chicago Press, 1990: 225—232, p. 227.

② See Malcolm Hebron, *Key Concepts in Renaissance Literature*, Shanghai: Shanghai Foreign Language Education Press, 2016, pp. 244—249.

治疗等问题,研究文学和科学、文化文本之间的互动,细察疾病、身体、创伤和其他医学问题,在社会语境中研究疾病的隐喻意义。1982 年,美国约翰·霍普金斯大学创刊《文学与医学》,刊登有关医学人文教育、医学人文思想、医科学生培养与文学经典阅读之关系等科研论文,也发表文学中的疾病批评研究成果,介绍文学病理学批评理论,推动了文学病理学研究的国际化。实际上,苏珊·桑塔格(Susan Sontag, 1933—2004)专著《疾病的隐喻》(*Illness as Metaphor*, 1978)是最深入、最系统、最有影响和代表性的文学病理学研究成果。如她所说,每个人都会生活在两个王国中,拥有两个相应的身份,一个是健康王国身份,另一个是疾病王国身份,而最正确看待疾病的方式是清除围绕疾病的文化隐喻意义,梳理和抵抗隐喻思维中的疾病。① 她在医学、政治学、神学、经济学、军事学等跨学科视阈中剖析文学中的疾病意义,在古希腊、中世纪、文艺复兴、浪漫主义、现代主义和当代社会等不同历史阶段,探讨疾病文化意义的变迁过程。

桑塔格研究荷马、莎士比亚、雪莱、济慈、雨果、托尔斯泰、奥尼尔等文学家经典作品中的疾病隐喻,在古典医学理论和现代医学革命语境中讨论文学文本与历史文本之间的互动和协商。桑塔格发现,在 18 世纪中期以前,体液理论在文化中占主导地位,疾病被理解为一种体液平衡状态,疾病隐喻社会腐败不公和政治身体所受的感染。政治身体比喻为有机体,内战无序比作疾病,恢复正确的等级秩序正如恢复体液平衡。尼古拉·马基雅维利(Niccolo Machiavelli, 1469—1527)、托马斯·霍布斯(Thomas Hobbes, 1588—1649)等基于医学类比,提出"远见卓识""理性政策"和"容忍"等国家治理思想,治疗或预防政治身体的致命无序。② 自古希腊时期,疾病更多在神学与道德层面理解,疾病被理解为一种超自然力量对人类的惩罚。进入基督教社会后,瘟疫、伤寒、疟疾、霍乱、梅毒等流行性疾病及内战等,成为上帝对罪人的集体惩罚。

与此不同,桑塔格指出,在 19 至 20 世纪上半叶社会,受医学水平限制,肺结核和癌症因致命和神秘特征而被赋予丰富的文化内涵。肺结核病人面色时

---

① See Susan Sontag, *Illness as Metaphor*, New York: Farrar, Straus and Giroux, 1978, pp. 3—4.
② Ibid., pp. 76—80.

而发红、时而发白,情绪时而兴奋、时而低沉,且诗人作家似乎更容易患上此病,发病部位位于身体上方的肺部。因此,尤其在浪漫主义时期,肺结核与表达情感和个性、释放灵魂和意识、表现绅士和时尚、情感受挫等联系起来,肺结核取得道德上的积极意义,而健康却被平庸化。1952 年出现的抗肺结核药结束了肺结核隐喻神话。此后,它的超敏感和创造性内涵转移到了疯癫病,但其痛苦与过度压抑之意义转到了癌症那边。[①] 目前为止,人类还未战胜癌症。癌症被理解为非浪漫抑郁症,通常因失去亲人、朋友、爱人或孤独、寂寞、压制情感所致。在维多利亚时期,癌症也与工作和家庭负担过重、过度努力等有关。冷漠、残忍、消极与狂躁之人成为癌症候选人,癌症甚至因有淫秽、色情含义而使人羞耻。

在桑塔格看来,以情感过度为隐喻特征的肺结核可用来解释 19 世纪资本主义经济的消费行为:浪费和挥霍社会资源;癌细胞疯狂吞噬身体用于解读发达资本主义的不正常扩张:资本盲目增长或欲望压制。政治学中,如果说早期社会的疾病多隐喻政治无序与公共灾难,那现代社会疾病更指向个人与社会之间的关系失衡,喻指社会对个人的压制。考虑到肺结核、癌症意味着死亡,约翰·亚当斯(John Adams,1735—1826)和埃德蒙·伯克(Edmund Burke,1729—1797)的现代政治话语之疾病意象不再有宽容之意,政治事件被定义为恐怖而糟糕的致命疾病,战争与内乱等革命手段被理解为根除政治身体癌症的治疗方法。[②] 癌细胞病变被发现后,人们用围攻、战争等殖民话语谈论癌细胞扩散,把对抗癌症比作陷入泥潭、遥遥无期的战争。随化学疗法和免疫疗法的使用,桑塔格看到,对付癌症的军事隐喻可能转化为身体的免疫力,癌症从敌人变为道德上可以允许的对象。桑塔格希望,当癌症被人类彻底战胜时,所有附着在它身上的神秘与幻想、反映我们情感焦虑的文化隐喻意义都将成为过去。[③] 运用文学病理学批评理论研究英国 16、17 世纪文学中的疾病话语,正是为了厘清早期现代疾病的政治、经济、宗教与文化隐喻意义。

第三,早期现代医学(Early Modern Medicine)。早期现代医学在"人类史

---

① See Susan Sontag, *Illness as Metaphor*, pp. 9—36.

② Ibid. , p. 81.

③ Ibid. , pp. 86—88.

上最糟糕的健康灾难"中发展起来。[①] 流感、天花、麻疹和伤寒从欧洲带到美洲大陆,新大陆的土著居民毫无免疫力,给他们带来的人口毁灭却被欧洲人解读为上帝旨意。反过来,欧洲士兵、水手和商人等从美洲大陆带回疾病,例如,当时有些人相信,蔓延于英伦诸岛与欧洲大陆的梅毒来源于美洲。疾病跨洲传播离不开国际战事、殖民扩张与人口迁移。此外,汗热病(流感变种,在1485、1507、1528、1551、1578年暴发)、出血热(带血感冒)、败血症(特别滋生在船上)和疟疾(发冷或感冒,在泰晤士河的湿地滋生)也肆虐英国。黑死病是最大的持续威胁,在1558、1563、1597、1603年等较大规模暴发。英国人同时得遭受无数其他疾病的折磨,忍受恶劣的生存环境。在伦敦,条件相对好的区域人均寿命在30—35岁之间,对许多人来说,40岁就是老年生活的开始。仅黑死病就消灭了伦敦四分之一的人口。瘟疫促使人们质疑疾病源于体内体液不平衡的体液学说,开始接受疾病由外部病原体所致的病因学理论。

内科医生、外科医生和药剂师是医学实践的组织者。内科医生接受大学教育,专业机构是1518年成立的伦敦医学院,学习编辑、出版和翻译的希波克拉底、盖伦医学经典,实践体液理论。安德雷亚斯·维萨里(Andreas Vesalius,1514—1564)开始解剖人体,加布里尔·法罗皮奥(Gabriele Falloppia,1523—1563)确认了输卵管。炼金术、天象学和超自然学被新柏拉图主义者所推崇,也用来解释人体构造。然而,这些对外科医生的行医都没有产生较大影响。外科医生主要处理骨折、烧伤和肿块等,职业机构是1540年成立的理发师—外科医生公司,与当时其他行会一样,7年学徒生涯后才能行医。外科诊断方法通常是尿液检查,最普通的治疗方法是放血净化。外科医生使用的药物需得到内科医生的审批,但两者在职业上为竞争关系,因此后者实际上几乎控制不了前者。药剂师提供古典医学的传统草药和帕拉塞尔苏斯药理学的化学药物,草药包括单纯药和复合药,取材于植物叶、种、皮、根或混合,化学药剂通过炼金术等方法制造。鸦片等新药由旅行家从国外引入。此外,1542—1543年通过的国会法允许智慧女子制备药物,教会也允许助产师做药,甚至江湖医生也被许可给底层百姓做手术。宗教改革前,修道院承担医院接收和照看病人

---

① See Roy Porter, *The Greatest Benefit to Mankind: A Medical History of Humanity from Antiquity to the Present*, London: Harper Collins, 1997, pp. 163—200.

的职能。此后,圣·托马斯医院和圣·巴塞罗缪医院由伦敦市管理,接收少量病人,伦敦之外的病人没有此类庇护所。

具有忧伤表征的肺结核与忧郁是同义词,对肺结核的隐喻联想源于体液理论对忧郁人格的描述:敏感、有创造力和孤傲,近现代社会因此相信,忧郁的人更容易感染肺结核。① 早期现代时期,肺结核鲜有记载,但忧郁却非常流行,人们把神学、天象学、超自然学、炼金术话语置于体液理论框架中理解忧郁,忧郁解读为一种由各种原因导致的黑胆汁过剩或不足而生发的情感疾病。忧郁可能滑向疯癫。蒙田(Montaigne,1533—1592)和罗伯特·伯顿遭受忧郁折磨,后者列举了忧郁病因:懒惰、孤独、过度学习、激情、不安、不满、忧虑、痛苦、炙热欲望、野心等。对两位作家而言,写作是防御忧郁和疯癫的手段,但没有受过教育的人没有这种资源。乞丐以傻瓜或疯子的形象出现,思维混乱的老妇可能发展为女巫,收容病人的医院成为疯人院。早期现代戏剧描写高贵或底层的忧郁病人,如托马斯·基德《西班牙悲剧》(1597)中的海尔罗尼莫夫妇、约翰·韦伯斯特《马尔菲公爵夫人》(1612)中的费迪南、莎剧《李尔王》(1605)中的穷汤姆。

体液理论也被用来解释男女身体和情感的差别,服务于早期现代男权思想。人们普遍从生理学角度阐释男女差异,男人由热干体液构成,而女人由冷湿体液构成,热干体液更轻因而更精神化和神圣化,故男性偏理性和智慧,女性冷湿体液更重因而更肉体化和世俗化,故女性偏感性和多变,趋向欺骗和不稳情绪。根据当时"徘徊的子宫"这一概念,子宫是一只饥饿的动物,需要不断性交或生育,如果得不到满足,可能导致女性歇斯底里疾病。冷湿体液也让女性特别脆弱,容易被邪恶力量上身,被剥夺理性、成为女巫而玩弄巫术,因而女性不应该占据权力位置。女性被身体奴役,受到低级的、无序直觉的支配。情感与身体都是那时医学的关注对象,身体体液与情感特质之间的互动说明,早期现代医学是一门心身医学。莎剧《哈姆雷特》(1601)中,同名王子斥责母亲,"脆弱,女人是你的名字"(I. ii. 146)。莎剧《辛白林》(Cymbeline,1611)的第二幕第五场中,波斯蒂默斯(Posthumus)从医学视角谈论女人的可变与不可信任。

---

① See Susan Sontag, *Illness as Metaphor*, pp. 31—33.

医学插图和文学作品展示疾病是什么与如何思考疾病。医学手册以插图形式解剖身体和疾病,作家们也用"解剖"一词来书写医学和社会问题,如伯顿散文《忧郁的剖析》、邓恩诗歌《世界的剖析》(1611)等。莎剧《罗密欧与朱丽叶》(1595)第五幕第一场中详尽描写药剂师,托马斯·纳什(1567—1601)小说《不幸旅行者》(1594)细致描写汗热病,[1]莎剧《雅典的泰门》(*Timon of Athens*,1623)第四幕第三场中细微叙述梅毒的影响。在医疗资源有限的时代,疾病肆虐让百姓自我治疗,医学理论从专业知识转为日常语言,人们用人体疾病隐喻社会无序。莎剧《亨利四世:第二部分》(1596)中,国王身体疾病与王国分裂、东支普(Eastcheap)无序世界之道德疾病联系起来。身体疾病获得道德堕落、上帝审判、精神考验等隐喻意义。[2] 17世纪中后期,当医学进入实验阶段时,这些隐喻意义依然强劲。甚至在今天,早期现代医学的疾病隐喻意义还未消散。在早期现代医学话语中研究16、17世纪英国文学,有助于还原国民对疾病问题的思考,揭示当时社会的疾病意识与国家焦虑。

第四节　主要内容、基本观点与创新之处

自14世纪中叶从欧洲大陆传入英伦诸岛后,黑死病在16、17世纪英国社会中高频度暴发。社会上,梅毒、天花、疟疾、梅毒和伤寒症等也非常流行,流行病导致劳动力匮乏、百姓饥荒和社会叛乱。政治上,英国脱离罗马教廷并开始建设独立的民族国家,但天主教叛乱、王权暴政、异端思想、内战和各种外部势力等危及国家稳定。文化上,文艺复兴向纵深方向发展,古典医学书籍被重新发现、编辑、翻译与出版,但体液理论开始受到新出现的外部病因学和药理学理论的挑战与竞争。英国伦敦医学院开设医学课程,培养专业医生,英国政府大量印刷各种疾病预防手册。但医学总体水平低下和有医治能力的医生严重匮乏,国民通常自我治疗,医学知识由一种职业化的专业术语转变为日常使用的普通语言,国民疾病意识日益增强。国民使用医学话语理解和思考国家

---

① See Thomas Nashe, *The Unfortunate Traveller*, ed. H. F. B. Brett-Smith, Oxford: Blackwell, 1920, pp. 24—28.

② See Malcolm Hebron, *Key Concepts in Renaissance Literature*, pp. 77—80.

和社会问题。文学上,医学话语进入文学领域,英国文学家借助医学话语再现国家治理,使用人体疾病隐喻国家问题,映射出 16、17 世纪社会对新兴国家的认同焦虑。文学家们既在体液理论框架内书写(人体与政体)疾病,又借用药理学话语描绘英国国家健康与外部威胁。

本研究涉及作品包括:古典医学理论书籍和有关最新医学成就的著作,各类疾病预防与治疗手册,当时出版的神学、政治学、经济学、地理学等历史文本,英国 16、17 世纪文学的疾病题材作品,有莎士比亚、琼森、弥尔顿、邓恩、莫尔、伯顿、德克、基德、米德尔顿等重要作家共 20 余部作品。在文学与医学、神学、政治学、经济学、地理学等学科的动态关系中,从文学病理学的国家疾病视角切入,本书重点研究英国早期现代 20 余部文学作品中的疾病叙事,解析个人(身体与情感)疾病、国家疾病及两者关系,揭示疾病话语如何在再现国家问题中表达国民的国家焦虑。除"引言"和"结语"外,本书主体分为 7 章。

第一章"16、17 世纪的疾病、国家身体理论与国家焦虑",以当时出版的各类医书为阐释对象,梳理 16、17 世纪疾病理论和国家身体理论。以古希腊医生希波克拉底的医学理论为基础,古罗马医生盖伦提出体液平衡学说,坚持身体的物理和情感功能相互影响,他还向亚里士多德学习伦理学,强调身体每个部位都有一个健全的目的。中世纪神学家托马斯·阿奎那和奥古斯丁把身体疾病与罪恶联系起来,认为病态身体则是神圣意象的反常,是道德与精神堕落的表征符号。文艺复兴时期,英国重新发现古典医学书籍,发展中世纪疾病神学,提出信仰和药物通过恢复体液平衡以治疗疾病的理论;吸收 16 世纪瑞士医生帕拉塞尔苏斯的药理学理论,提出疾病外因论与化学疗法;使用个人身体隐喻天体和国家,坚持君王有自然身体和政治身体。政治身体似乎不能正常运转,君王、政府部门不能各司其职,异教团体、异端邪说与外部势力异常猖獗,16、17 世纪英国处于患病状态,政治家、神学家与文学家等表达伦理责任与国家焦虑。

第二章"16、17 世纪复仇剧中的人体忧郁与王权焦虑",以复仇剧为研究对象,分析忧郁人士如何使用刀剑隐喻表达王权焦虑。在新兴民族国家建设过程中,英国君王愈发专制、官员腐败,政府似乎无力维护正义。复仇剧与当时王权政治保持一定距离,并非简单服务反对私人复仇的官方伦理。16 世纪后期,忧郁从欧洲介绍到英伦诸岛,大量准亚里士多德的忧郁天才理论对博学、遭受冷遇而忧郁的知识分子有很大吸引力,他们撰写文学作品表达怨恨、不满与忧虑。《西班牙悲剧》《哈姆雷特》《复仇者悲剧》等戏剧中,政治身体腐败导致复仇者个人身体体液紊乱,身患忧郁,发动谋杀、叛乱或篡位,视刀剑为手术刀,给病态的国家身体放血以恢复王国健康。然而,个人身体与国家身体类比完全依赖动态语境,语境中的人体和政治身体都会衰老和死亡,因静态类比只是一种幻觉。《裘力斯·恺撒》质疑静态的国家疾病话语,弑君和忧郁意义含混,弑君后政治身体发生动态变化加重布鲁特斯忧郁,暗含复仇者弑君前后对王权问题的深度焦虑。

第三章"弥尔顿诗歌中的人体疯癫与国家宗教身份焦虑",以弥尔顿诗歌为分析对象,探讨作者如何在创伤中构建新教国家身份。疯癫是忧郁过度的人体情感疾病。内战前,英国官方在伦理学框架中理解体液理论,疯癫的新教神学狂喜或神启之意占上风;内战后,随着解剖学和自然科学进步,疯癫的医学疾病之意占主导。过渡期间,两种"疯癫"话语势均力敌、相互共存。弥尔顿诗歌用人类堕落隐喻清教共和国的失败,强调英国"世俗世界"的野心、虚伪、狂热、疯癫等疾病,使用撒旦侵占伊甸园戏仿英格兰海外扩张,传达他反帝国主义和反王权专制的主张,说明英国敌人正是国人自己,显现他的清教政治性和对重建英国"基督世界"的忧郁、挫败与创伤感。《力士参孙》使用疯癫意指参孙受新教上帝指引,从绝望、忧郁中恢复英雄力量,也指清教和其他激进教派的病态经历,参孙用于摧毁敌人的介于神启与疾病之间的疯癫正是由创伤性的忧郁所激发,成为自我忏悔与自我救赎的力量。弥尔顿利用疯癫作为鞭策物,致力于建立纯正的新教国家,表达对国家宗教身份的焦虑。

第四章"邓恩诗歌中隐喻国家疾病的饶舌谣言与政府权威焦虑",以邓恩作品为例,研究司法腐败、不实报道等社会疾病如何威胁政府权威。《皇家礼物》中英国白厅被比喻为医生办公室,职责是铲除叛乱与混乱以医治国家身体。邓恩早期讽刺诗涉及斯图亚特早期社会的普通议题,如司法腐败与傲慢朝臣等,他借用疾病、呕吐、粪便和瘟疫等病理学术语,表达对守旧的统治阶层的土地法规的讽刺,倡导符合经济现实的衡平法。他后半生疾病缠身,为君王传教和君权神授论辩护,思考所有妨碍国家安全的力量。17世纪早期,英国王室渴望与西班牙联姻化解天主教威胁,廉价报业以各种政治丑闻吸引大量普通读者,诽谤诗和花边新闻诋毁国王和政府,煽动民众叛乱和扰乱国家秩序。

《对突发事件的祷告》中，疾病既指向自己疾病，又指向煽动性的言论和持续性的政治暴动，言过其实的饶舌报道正如身体的过剩体液，社会疾病对国家安全的威胁正如邓恩身体疾病让他有自杀的念头，传达他对政府权威的焦虑心理。

第五章"16、17世纪散文中的乌托邦世界与英国国教会焦虑"，以莫尔、伯顿作品为例，阐释乌托邦想象如何书写理想国家。在神学家看来，瘟疫意味着罪恶，是上帝对人的集体处罚，避免瘟疫的方案在于忏悔赎罪。早期现代医学鼓励国民在清洁、干净、流通的环境中生活，食用有益于人体体液平衡的食物，建议政府采取隔离、关闭剧院等措施阻止瘟疫蔓延。在瘟疫频发社会中，作家们构想能提供庇护或预防瘟疫的乌托邦世界。莫尔《乌托邦》寄托他重建罗马天主教共同体之理想，既叙述岛国人对上帝的坚定信仰和高尚的道德行为，又描绘他们健康、科学的生活方式和政府严厉的瘟疫管控方案，为英国政府提供一套有实践价值的战胜瘟疫的可能提案。《忧郁的剖析》中，伯顿视清教极端行为为瘟疫，伯顿使用乌托邦世界想象理想国家，各机构间按几何比例、黄金分割线布置，而非按病态国家的疯癫原则任意排列。可英国国教会垄断教义，政府也不愿意改革，伯顿唯有与暴政共处并忠心国教会以维护社会秩序，理想国家只是个梦幻乌托邦，透露他对国教会的焦虑。

第六章"16、17世纪戏剧中比喻国家疾病的外部势力与国家安全焦虑"，以德克等人戏剧为对象，剖析政府如何使用以毒攻毒的药物疗法实现国家健康。帕拉塞尔苏斯的药理学坚信，毒药也有疗效潜能。16、17世纪政论家据此提出功能主义政治有机体理论，强调身体每个部位都有贡献于身体健康的功能，看似对政治身体有危害的社会成员也能服务国家健康。国家身体的病因可能源于外部力量，国家通过对抗侵入王国的病毒增强自身免疫力。颠覆性力量具有维持王权原状与社会有机体之功能。为转移国民对国内问题的注意力，功能主义有机体理论把外部侵略势力想象为威慑国家安全的社会疾病，王国在有效抵制中构建民族共同体和维持政治有机体健康。在《威尼斯商人》《埃德蒙顿女巫》《巴比伦妓女》等戏剧中，剧作家隐喻性地再现英国政府如何抵制和利用犹太移民、天主教势力等外来病原体服务国家健康，叙述宗教、政治和司法机关如何使用官方认可的毒性暴力消除国家病毒，说明王国政治立场的混乱，暴露作家的国家安全焦虑。

第七章"16、17世纪戏剧中喻指国家疾病的他国与国家关系焦虑"，以琼森等人戏剧为对象,探析疾病如何构想以大英帝国为中心的国家关系。哥伦布发现美洲标志欧洲地理大发现的开始。1588 年,英国击败无敌舰队逐渐取代西班牙成为海上霸主。随疾病话语潜入政治文化,早期现代戏剧在病理学、地理学与经济学话语中构想国家关系。莎士比亚历史剧《理查二世》与《亨利六世:第二部分》指涉王国之间的医患关系:爱尔兰是英国殖民对象但未完全被征服,必须使用军事、经济和文化等改造空间之药方医治爱尔兰。《错误的喜剧》通过捆绑疾病与国际贸易,让欧洲大陆国家与瘟疫发生联系,把处在欧洲大陆边缘的不列颠岛健康化、中心化和神圣化。随疾病外因论的普遍接受,国际贸易额迅猛增长,经济学与病理学话语互为构建,疾病开始被想象为在个人身体之间或国家政治身体之间迁移的类似外来商品的实体,琼森戏剧《狐狸》使用灵魂转世的幕间剧暗指商品流通,借助外来药品药性与毒性共存的含混叙事呈现商品入侵身体的经济伦理,流露出英格兰的国家关系焦虑。

结构上看,第一章概述 16、17 世纪疾病、身体理论和国家焦虑起源,其余各章分别阐释 16、17 世纪文学中的忧郁与王权焦虑、疯癫与国家宗教身份焦虑、恶棍谣言与政府权威焦虑、乌托邦与国教会焦虑、外部势力与国家安全焦虑、他国与国家关系焦虑等,第一章与后面章节因此呈现为一般与具体的关系。忧郁与疯癫是个人的自然身体疾病,而恶棍谣言、乌托邦(逃避或管控瘟疫之理想国家)、外部势力、他国等比喻(隐喻或转喻)国家的政治身体疾病,而每一种人体疾病或国家疾病都分别影射对政府、国教会、国家安全、国家关系等不同类型的国家焦虑。忧郁与疯癫尽管同属人体疾病,但根据体液理论,疯癫是忧郁疾病的恶化与突变,故第二、三章之间为逻辑上的顺承关系。恶棍谣言隐喻社会疾病,乌托邦与国家管控瘟疫或与隐喻宗教极端行为的瘟疫相关,故第四、五章在隐喻与转喻层面指涉国家内部疾病,是一种逻辑上的并列关系。外部势力与他国在疾病外因论、化学药理学或医学实践中研究文学中的国家外部疾病与国家关系,故第六、七章为逻辑上的发展关系,而它们与前面的第四、第五章之间展现为从内到外的逻辑联系。第二、三章探讨人体疾病,第四、五、六、七章讨论国家疾病,两大部分分别研究疾病的字面和比喻意义,因而它们为一种既并列又递进的关系。当然,本研究中,个人患病也因国家疾病而起,故而不可能简单、绝对地将两者区分开来。

具体地讲,依逻辑顺序,本书基本观点可分解为四点。第一,梅毒、黑死病等流行性疾病高频度暴发，迫使国王设立医学教学管理机构，文艺复兴推动了古典医学教育。王朝暴政、天主教叛乱、异端思想、政治叛乱、外敌侵略等历史事件使英国民族国家建设困难重重，16、17 世纪英国处于疾病状态。第二，由于专业医生数量严重不足，医疗水平非常有限，百姓通常自我治疗，医学术语成为一种普通语言，医学知识进入文化、政治、宗教与经济领域，成为人们理解国家与社会的重要媒介。第三，英国 16、17 世纪作家创作戏剧、诗歌、散文、小说等文学作品，与官方文件、医学典籍、医疗手册、经济学册子、旅行游记和绘画作品等历史文本互动，使用病理学话语再现国家政治，研究文学中个人身体疾病、政治身体疾病及两者关系，流露出当时社会对新兴国家的深度焦虑。第四，早期现代医学带有浓厚的国家意识形态导向，英国 16、17 世纪文学借用病理学术语讨论国家问题时，也参与让英伦诸岛迈向大英帝国的殖民话语的认知构建。在医学、文学与政治的互动中，疾病话语实行权力表演、国家认同和民族主义教育之功能，推动着近代英国的国家形成。

本书研究 16、17 世纪文学中的疾病意识与国家焦虑，在三个方面对前期研究有所突破和创新。第一，学术思想上，提出病理学的新解读和国家焦虑新内涵。16、17 世纪病理学并不是一个追求客观描述的自然科学，而是带有浓厚的意识形态和国家价值取向的修辞术语。英国文艺复兴文学中的疾病话语通过再现国家问题表达国家焦虑。社会疾病威胁到国民对国家健康的心理诉求，国家焦虑由此而生。国家焦虑在文学疾病书写中表达出来，揭示出早期现代国家形成的动态性和复杂性。第二，学术观点上，在国家疾病层面研究早期现代文学，揭开疾病的宗教、政治、经济与意识形态之隐喻意义。早期现代医学带有浓厚的国家意识形态导向。英国 16、17 世纪文学借用病理学话语再现国家问题，参与让英伦诸岛迈向大英帝国的殖民话语的认知构建，流露出作家们的国家焦虑。在医学、文学与政治的互动中，疾病话语实行权力表演、国家认同和民族主义教育的功能，推动着近代英国的国家形成。第三，研究方法上，把新历史主义批评方法与文学病理学批评理论结合起来。本书不仅运用新历史主义批评方法讨论医学、文学和政治的互动关系，而且采用文学病理学、疾病隐喻、身体批评、精神分析和文化研究等现当代批评理论研究人体疾病、国家问题与国家关系。

第 一 章

16、17世纪的疾病、国家身体理论与国家焦虑

　　早期现代疾病、身体理论源于古希腊罗马医学、哲学以及中世纪神学对健康与身体的意义构建,传达出流行病暴发的16、17世纪英国对处于社会转型期的国家身体之焦虑与不安。

　　古希腊医生希波克拉底(前460—前370)首次使用瘴气理论解释疾病起因。考虑到自1348年以来瘟疫在人之间传染之事实,他的疾病由空气传播之学说演变成16、17世纪的疾病由外原体传入之理论。盖伦系统阐释体液理论,清晰阐释四种体液与人生四个阶段、一年四个季节、宇宙四种元素、四种气质类型之间的对应关系。盖伦把健康解读为体液的平衡状态,古希腊哲学使用医学类比解释健康灵魂的属性。欧洲进入基督教社会后,疾病与道德发生联系,疾病反映身体与精神状态,个人或集体罪恶引发麻风病或瘟疫,药方是祈祷、忏悔与苦行。医学成为上帝恩典的知识,基督、使徒和牧师充当医生,既医治身体也治疗灵魂。医学与神学、身体与灵魂间的界限模糊起来。古典医学对医学目的、医生与病人关系等伦理问题做出回答,医生正如哲学家应该具备逻辑、医学知识和伦理责任。病人与医生关系被比喻成主仆关系,医生义务由教会法律所强化,治病救人与建造医院都由教会、修道院承担,医学知识由天主教会所掌控。中世纪后期,大学开始发展,教会议院颁布禁止神职人员从医的法令,医学随行会发展而日益机构化。文艺复兴时期,医学在大学中发展为独立学科,医学知识系统化和专业化。1518年伦敦医学院成立,早期现代疾病与身体理论开始形成。

疾病与健康是身体的两种状态,也是苏珊·桑塔格所讲的人生两个王国。身体一直是古典医学、伦理学和中世纪神学的核心关注点。盖伦提出,身体是个开放系统,与周围环境进行能量交换。他接受亚里士多德伦理学,坚持身体每个部位都有其健全的目的,互为配合共同维护体液平衡与健康。中世纪神学家托马斯·阿奎那和圣·奥古斯丁等强调,病态身体是神圣意象的反常,表征道德与精神堕落状态,个人应该对自己身体负起道德责任。文艺复兴时期,随着疾病外因论的出现,瑞士医生帕拉塞尔苏斯提出药理学理论,提出化学药物疗法及以毒攻毒理论,认为看似是毒害身体的外来病原体通过作用于身体疾病而维护体液平衡。古希腊哲学相信人体、政体与天体之间大小宇宙的对应关系,基督教神学讨论君王的物理身体与神圣身体。早期现代社会中,瘟疫肆虐使专业医生严重不足,人们通常自我治疗,医学术语成为日常语言,人们在字面和隐喻意义上理解个人与国家身体。英国在宗教改革中建立民族国家,出现王权专制、天主教叛乱、清教极端主义、宗教战争、饶舌报道、外来威胁等国内外问题,英国处于疾病状态。早期现代宗教人士、官员、医生与文学家等,共同参与对疾病、身体的社会构建,表达对各种国家问题的焦虑。

第一节　疾病理论:古希腊医学、伦理学与中世纪神学的融合

16、17 世纪医学是对古典医学的复兴,更是对古希腊罗马医学、伦理学与中世纪神学的融合与发展。早期现代疾病理论涉及古希腊瘴气理论、体液学说、古希腊医学伦理、基督教医学及其伦理维度等,围绕瘴气、体液、平衡、疾病、医生、病人、上帝、药方、医院等术语展开。

"瘴气(miasma)"属古希腊词汇,最初出现在古希腊悲剧中,意指犯罪中的溅血(blood spilt)"玷污"状态,因此它最初属于宗教、法律语境而非医学领域。[①] 然而,自五世纪以来,该词在宗教医学和理性医学中分别取得与"感染"和"空气"相关的疾病意义,出现在希波克拉底著作和希腊悲剧中。宗教医学中,瘴气与个人疾病癫痫(epilepsy)和集体疾病瘟疫发生关联。在批评宗教医

---

① See E. R. Dodds, *The Greeks and the Irrational*, Berkeley: University of California Press, 2004, Index.

学的净化疗法时,希波克拉底学派指出了前者建立的癫痫病理状态与瘴气之间的联系:

> 他们使用净化和咒语,对我而言,这似乎是在执行一种非常亵渎神灵与非虔诚行为。事实上,他们使用溅血和其他类似东西,正如用于治疗那些犯"玷污"之罪、被诅咒、着魔或犯亵渎神灵之罪的罪犯的疗方,净化那些苦受癫痫困扰之人。他们应该采取相反做法,供上牺牲和进行祈祷,带上病人去寺庙祈求诸位神灵。[……]我不信,人体会被一位神灵玷污,神灵是最隐形也是最神圣的。即使因其他事物作用,人体被玷污或受损,我相信,它只能是受神灵所纯洁化和圣洁化而不是被玷污。①

基于宗教神圣性,希波克拉底对宗教医学做出批评。宗教医学使用瘴气的溅血"玷污"意义,描述癫痫的病理状态,而"溅血"作为治疗和净化手段,类似溅血"玷污"之病理状态。因此,"瘴气"不仅是一种病理条件,而且有传染、蔓延之特征,因为作为治疗手段的溅血,在"接触"作为疾病的溅血时,使溅血从社区传播开来。这无非暗示,在净化以前,"瘴气"是通过"接触"传染的。

希腊悲剧中记载了宗教医学如何让瘴气与集体瘟疫发生联系。该疾病在希腊语中称为"loimos",现代英语中通常翻译成"plague",但至少在古希腊时期应该译成"pestilence",因为此瘟疫在当时并没有为大众所熟知。而且,是悲剧而非理性医学让我们知道该疾病与瘴气之间的关系,最重要证据是悲剧作品《俄狄浦斯王》。戏剧伊始,读者就了解到,底比斯(Thebes)正在遭受一种名为"loimos"的普遍性疾病,不仅影响到人也波及植物和牲畜,"一位掌控发热病的女神,/最可恶的帕斯提勒斯(Pestilence)(古希腊语 loimos),降落到该城。/因为她,卡德摩斯王宫变空了,/而冥王哈德斯府邸充满呻吟和眼泪"②。当被官方询问如何结束这场瘟疫时,德尔斐神谕发布从该国驱赶"瘴气"之命令。此时,"瘴气"毫无疑问是指溅血,因为正是来自谋杀该国老国王而产生的溅血才引发了折磨该国百姓的瘟疫。这样一来,此瘟疫与"瘴气"发生关联,正如上一段所说的癫痫与"瘴气"之关系。不足为怪,治疗手段也有可

---

① Hippocrates, *The Sacred Disease*, chapter 1, quoted in Jacques Jouanna, *Greek Medicine from Hippocrates to Galen*, tran. Neil Allies, Boston: Brill, 2012, pp. 122—123.

② Sophocles, *Oedipus Rex*, London: Dover Publications, 1991, I. i. 27—30.

比性,正如癫痫,此瘟疫也需遵循净化之疗法才能消失。实际上,当听到神谕要求"瘴气"应被驱走时,俄狄浦斯立刻问道:"以何种方式净化?"①"瘴气"与瘟疫不是同一疾病,略不同于"瘴气"与癫痫之关系,但"瘴气"依旧是此处瘟疫暴发的原因。

如果说在希腊悲剧中,"瘴气"是打破道德与宗教禁令而生发的玷污,与个人或集体责任有关,那么在希波克拉底的自然医学著作中,"瘴气"抛弃宗教和道德价值,强调其与人体属性及与周围环境之关系。"瘴气"与溅血"玷污"意义不再相关,而是指由空气携带的致命"瘴气"。根据自然医学,所有疾病由空气所致:

> 此后不久,我们可以说,疾病源头完全就是空气,太多、太少或太稠密的空气,空气被致命瘴气玷污后进入身体。[……]因此,当空气中充满瘴气时,因瘴气属性与人体属性敌对,人体便生病。当空气与另一种类型生物不相适应时,这些生物也生病。②

这些"瘴气"是令人不快的臭气,源于星座、土地或沼泽地,或来自腐烂分解尸体所散发的恶臭气体。③ "瘴气"是疾病发生的自然、物理原因。在希波克拉底医学中,瘟疫是由空气中携带的致命元素所致,根据每一种群属性与致命元素之间的相容性或排斥性,选择性地影响人类或不同种类的动物,但在继承了荷马、赫西奥德史诗传统的古希腊悲剧中,瘟疫却表现为一种不加区分地对罪犯所在国或城邦的集体惩罚。

在疗法和病因方面,自然医学也不同于宗教医学。希波克拉底医学不倡导净化疗法,而是自然疗法。《人的属性》论述瘟疫时辨析道:"就空气而言,这就是疗法:尽可能少吸入空气和被污染的空气,因为这个,让病人远离被该病污染的地区,然后遵循减肥疗法,这可是避免频繁呼吸必要性的最佳方式。"④换言之,该疗法旨在通过尽可能减少病人吸入的空气量和让病人离开"瘴气"

---

① Sophocles, *Oedipus Rex*, I. i. 99.

② Hippocrates, *Breaths*, ed. Jacques Jouanna, tran. M. B. DeBevoise, Paris: Fayard, 1988, chapter 5, pp. 108—110.

③ See Jacques Jouanna, *Greek Medicine from Hippocrates to Galen*, tran. Neil Allies, p. 125.

④ Hippocrates, *Nature of Man*, ed. Jacques Jouanna, tran. M. B. DeBevoise, Baltimore: Johns Hopkins UP, 1999, chapter 9, p. 190.

区,以减少病人吸入空气中所含的"瘴气"。这导致对疾病传播途径的独特理解。既然"瘴气"通过呼吸进入人体,那么瘟疫传播就不是通过直接或间接"接触"而感染,而是通过吸入含有"瘴气"的空气而发病。与集体疾病病因不同,个人疾病起因于不同养生法。自然医学叙述两类不同范畴的疾病和两种不同病因:

> 疾病要不产生于养生法要不产生于我们为了生存而吸入的空气。对这两种范畴疾病的诊断是这样的:当一种疾病同一时间影响相当大数量的个体时,我们将其归结于我们使用最多的、每天呼吸的空气这个最普遍的原因。[……]然而,当不同疾病同时产生时,非常清楚,每种疾病的病因是个人养生法。在治疗时,我们必须与病因作斗争,正如我在其他地方所解释的,继续改变养生法。①

引文对不健康养生法引发的特殊性疾病与空气中"瘴气"导致的一般性疾病做了区分。这种一般性疾病正是传染整个城市甚至国家的瘟疫,但"瘴气"似乎仅诱发该普遍性疾病而非个人疾病。所以,自 1348 年黑死病在英格兰大规模暴发后,随着古典医学的复兴,16、17 世纪社会质疑体液理论,开始把疾病归因于类似"瘴气"的外来病原体。

尽管提及"瘴气"一词,但古罗马时期的希腊医生盖伦增加体液因素并提出革命性的医学理论——体液学说,坚持空气中的"瘴气"通过体液的热量和湿度发生作用。他把不健康养生视为瘟疫原因之一,打破了希波克拉底的个人疾病由养生法所致与集体瘟疫由瘴气所诱发之间的界限。公元前 5 世纪,希波克拉底学生、女婿波吕玻斯(Polybus)首次提出体液概念,四种体液对应四个季节,健康是四种体液的平衡与混合状态,疾病产生于体液不平衡与分离状态。为了避免这种不平衡,医生推荐根据季节调整饮食养生习惯。此后,盖伦使用热、冷、干、湿等四种品质(qualities)构建他的混合物(mixture)理论,强调两种品质构成一种混合物,四种混合物对气质与健康的影响不同。尽管他从体液角度理解混合物,但他并非必然认可体液混合状态与品质所构成的混

---

① Hippocrates, *Nature of Man*, ed. Jacques Jouanna, tran. M. B. DeBevoise, chapter 9, p. 188.

合物之间的必然联系。① 在《论希波克拉底与柏拉图学说》一书中,盖伦拓展了体液的道德内涵,更系统阐释了体液与季节、年龄之间的关系:多血汁对应春天与孩童,黄胆汁对应夏天与青春,黏液汁对应秋天与成熟,黑胆汁对应冬天与年迈。他还用这个新对应关系创立宇宙火、气、水、土四种元素与四种体液、个性之间的关系。② 然而,体液理论没有出现在公元前 4 世纪柏拉图和亚里士多德以及希腊后期至罗马时期的医学流派之医学书籍中。尽管亚里士多德论及忧郁天才论,相信此类人的黑胆汁占统治地位,但却没有把它置于体液理论框架中。

实际上,早期现代体液理论源于 5、6 世纪以后发展起来的四种人格类型与身体道德特征之体液理论,由盖伦思想继承者充分表达出来。例如,在《论宇宙与人体结构》中,当时一位匿名作者呈现了四种气质理论,对不同人之间的性情差异之原因做出回答:

> 人与人之间,为什么一些人雅致、爱笑并爱开玩笑,一些人忧伤、忧郁和悲伤,一些人急躁、尖刻、易怒,而其他人懒惰、犹豫、懦弱? 基于元素,原因如下:
>
> 　1.由非常纯净的血液构成的那些人总是友善、爱开玩笑和爱笑。他们身体呈现玫瑰色、微红和漂亮的肌肤。
>
> 　2.由黄胆汁构成的那些人急躁、尖刻和大胆。他们身体呈现绿色,拥有黄皮肤。
>
> 　3.由黑胆汁构成的那些人懒惰、懦弱和多病。就身体而言,他们有黑眼睛和黑头发。
>
> 　4.由黏液汁构成的那些人抑郁和健忘。就身体而言,他们有白头发。③

后盖伦时代的体液理论,尤其欧洲进入基督教社会后,也强调四种体液与四种

---

①　See Jacques Jouanna, *Greek Medicine from Hippocrates to Galen*, tran. Neil Allies, pp. 335 — 338.

②　See Galen, *On the Doctrines of Hippocrates and Plato*, ed. and tran. Philip de Lacy, Berlin: Akademie-Verlag, 1984, pp. 516, 11—14.

③　Anonymous, *On the Constitution of the Universe and of Man*, quoted in Jacques Jouanna, *Greek Medicine from Hippocrates to Galen*, tran. Neil Allies, p. 342.

元素、四个季节、四个年龄段、四种气质等之间的对应关系,甚至提出四种体液与白天、晚上的每 3 个小时对应。例如,15 世纪发现的古典医书《论人体形成》指出,在白天与晚上的 12 个小时期间,某一体液在每 3 个小时占统治地位,在白天与晚上的 1—3、4—6、7—9 和 10—12 时分别对应多血汁、黄胆汁、黑胆汁和黏液汁。该书还进一步指出,如果怀孕开始于某种体液统治期间,那将来出生孩子的气质便与该种体液对应。① 穆斯林帝国建立后,体液理论被译成阿拉伯语经亚历山大港(埃及)、拜占庭等传播到东方,而在 16、17 世纪,古典医学再次被引入到西欧,与中世纪拉丁文医学著作一道被重新发掘。

　　在基督教诞生后的数个世纪中,基督教接受异教(古希腊罗马多神教)有关疾病与健康的医学知识,通过创立精神医学把古典医学基督教化。自然哲学使用医学作为类比,解释人体的灵魂健康。在《哲学安慰》(524)中,波伊提乌(Boethius)这样论述:"除了美德,还有什么灵魂健康? 除了邪恶,能有什么疾病? 实际上,谁是善的保存者,恶的纠正者——除了上帝,这个人类思想的统治者和医治者。他窥视自己的神意之伟大镜子,深谙什么对每个人最好,并使之发生。那么,这里便是命运秩序的伟大奇迹:神圣智慧做了无知之人不能理解之事。"②从早期哲学看,疾病在字面意义和隐喻意义上与灵魂健康相关。可以推断,疾病源于人类罪恶和上帝试图纠正罪恶的尝试。由此,基督教作家把医学看成是上帝恩赐的、恩准的医学知识,包括健康、体液理论和草药知识等,相信身体疾病反映圣经中描述的灵魂与精神疾病。圣经中的疾病象征主义,特别是灵魂疾病的圣经例子,把灵魂的异教医学转变成了精神医学。如此一来,中世纪疾病与道德概念不仅是隐喻而且是事实真理。一方面,中世纪医学吸纳古希腊医学,疾病可源于身体衰退、先天身体气质类型或不良生活习惯导致的体液不平衡;另一方面,基督教所反对的罪恶必然导致疾病,唯有远离非道德和放弃罪恶,疾病才可能被消灭。③

---

① See Jacques Jouanna, *Greek Medicine from Hippocrates to Galen*, tran. Neil Allies, pp. 349—352.

② Boethius, *The Consolation of Philosophy*, tran. Richard Green, New York: Macmillan, 1989. p. 94.

③ See Bryon Lee Grigsby, *Pestilence in Medieval and Early Modern English Literature*, New York: Routledge, 2004, pp. 16—17.

当基督教强调疾病与罪恶关系时,医学与神学、身体与灵魂间的界限模糊起来。疾病是对那些逾越上帝法令之人的惩罚,上帝成为最完美医生,病人则需经历忏悔与祈祷。基督教把盖伦医学的"平衡"与基督教的"节制(moderation)"联系起来,坚持疾病源既是反身体自然状态也是反上帝神圣秩序的一种表征符号。就此,圣·安布罗斯(Saint Ambrose, 339—397)提出,基督"治疗我们疾病［……］他治疗那些愿意的人,不强迫不愿意的人"①。圣·奥古斯丁《基督教教义》中论述道:

> 除了您,哦主,永远忍耐,您永不对我们生气,因为您对地球和人类施以同情,您乐意看着革新我变形的身体。通过内心激励,您唤醒我,以至我不会休息直至我内心感受到您的存在。通过您秘密的医生之手,我肿胀的伤口消退了。在悲伤药膏作用下,我心灵受伤的变黑的眼睛日益变得健康。②

此处,古希腊医学的医术之神阿斯克拉帕斯(Asklepios)被上帝所取代,上帝在梦中通过幻象治疗奥古斯丁。"悲伤药膏"暗示,治疗实践需要病人忏悔,唯有对罪恶的悲痛与反省才能激活上帝的治愈力量。圣人科思玛斯(Cosmas)和达米恩(Damien)展示忏悔对缓解罪恶的重要性,两位祈祷,"但愿身体疾病是他们灵魂的精神药方。他们以前在健康中失去的现在要求他们在疾病中忏悔。帮助他们在现今疾病以后值得拥有上天安慰"③。

一旦教会接受医学,那么基督就化身为医生,中世纪苦行文学记载了牧师怎样医治病人等。基督钉在十字架上比喻成虔诚医生之行为,他首先尝试苦药以赢得病人之信任。奥古斯丁指出,基督钉在十字架上既是对疾病也是对罪恶的治疗,"正如疗法通向健康,基督疗法接收罪恶者以治愈和加强他们"④。正如医生护理罪人的伤痛,基督有时采用同类或反类药方,"他治疗病

① Quoted in David Lyle Jeffrey, ed. *The Dictionary of Biblical Tradition in English Literature*, Michigan: Wm. B. Eerdnabs Publishing, 1992, p. 614.

② Augustine, *On Christian Doctrine*, tran. D. W. Robertson, Jr., New York: Macmillan, 1987, p. 168.

③ Theodore R. Beck, *The Cutting Edge: Early History of the Surgeons of London*, London: Lund Humphries, 1974, p. xiii.

④ Augustine, *On Christian Doctrine*, tran. D. W. Robertson, Jr., p. 14

人身体,时而运用冷对热、湿对干等相反疗法,时而运用同类药物"①。借用反类药方,基督利用美德作为药方医治人类邪恶。上帝使用谦卑医治人类傲慢。借用同类药方,当女人夏娃骗取亚当犯下原罪时,上帝使用另一女人圣母玛丽亚拯救基督。考虑到圣父、圣子、圣灵构成三位一体,奥古斯丁得出结论:"决心拯救人类的上帝智慧用自己治疗他们,同时作为医生和药物。"②一旦基督被构建成灵魂医生,牧师也可进入精神与身体医学。中世纪苦行文学(或称忏悔文学)使用医学语言,叙述牧师运用反类疗法,病人在悔罪和苦行中配合治疗。当时一部苦行作品这样写道:

> 健谈者被宣判保持沉默,扰乱者温顺,贪吃者禁食,瞌睡者站岗,傲慢者监禁,遗弃者放逐。各种罪恶引起各种惩罚,因为甚至身体医生会备好各种药方。他们以一种方式治感冒,另一种方式治烧伤。因此,精神医生应该用各种疗法对付伤痛、感冒、犯罪、悲伤、疾病以及灵魂虚弱。③

精神医生主要是指牧师,他们比身体医生医治范围更广,涉及感冒、伤痛等身体疾病和灵魂虚弱等精神疾病。与盖伦一样,神职人员使用相反疗法建立一种和谐与平衡,让病人回归到节制与美德状态。

实际上,中世纪神学在道德意义上解释疾病正是医学伦理议题之一,这与古希腊罗马医生在作品中谈论的伦理问题密切相关。希波克拉底在《誓言》《法律》《医生》《礼仪》《概念》等作品中阐释了医学义务论,盖伦继承前者的主体思想体系,关注疾病、医生、病人医学三要素之间的关系。希波克拉底指出:"医术发生于三要素之间:疾病、病人与医生,医生是医术的仆人,病人应该在医生帮助下对抗疾病。"④盖伦对此基本赞同:

> 医生竭力压倒疾病,而对疾病来说,医生无法摧毁。但首先别忘了第三个要素,病人。如果他顺从医生,遵循医生命令,他便是医生同盟,与疾病战

---

① Augustine, *On Christian Doctrine*, tran. D. W. Robertson, Jr., p. 15

② Ibid., p. 15.

③ John T. McNeill, "Medicine and Sin as Prescribed in the Penitentials", *Church History* 1 (1932): 41—26, p. 18.

④ Hippocrates, *Epidemics* 1, quoted in Jacques Jouanna, *Greek Medicine from Hippocrates to Galen*, tran. Neil Allies, p. 266.

斗。但如果他反叛医生,他便与疾病站在一边,在两个层面冤枉医生。一是他把医患同盟减少为医生单个人,二是他帮助了以前孤立的疾病。希波克拉底说,两要素必然比一要素更强大。①

除规定病人有配合义务外,希波克拉底论述对医生的伦理要求,医生考虑到不同病人的情况可以适当让步于病人,但必须是个有限度、有原则之人,不为满足病人的情欲,不为自己谋利。据此,盖伦强调医生道德,把"蔑视金钱"设定为成为真正医生的必要条件,重视健康养生法对医生的重要性,斥责医生不健康的生活方式,把爱慕金钱与紊乱生活视为当时医生"低劣"之缘由。他得出结论,代表真理的医生必须是自律之人:"对医生来说,蔑视财富、完全投入工作是必要的。当他沉迷于喝酒、吃饱,或当他埋头于性,说白了,是性和胃的奴隶,他不可能投身工作。因此,真正的医生是自律之友,也是真理之伴。"②

除医生与病人义务议题,医学伦理也探讨医学目的。希波克拉底曾说:"在疾病中,(医生)必须做两件事:有用且不伤害。"③盖伦对此格言评论道:"当我注意到一些名医在放血、给病人洗浴以及开药、酒或冷水时受到指控,我明白这可能也发生在希波克拉底身上,也必然会发生在他那个时代的其他医生身上。从此以后,我要是需给病人开药,事先得弄清楚,在实现目标时,不仅我该怎样有用,而且我该怎样不伤害病人。"④为病人利益着想,盖伦指责当时经验主义者,倡导医生学习希波克拉底医学典籍,号召在医学实践中做出新的医学发现,投身医学进步事业。盖伦在《最好医生》中指出,懂逻辑学、医学和伦理学是成为真正医生的必要条件。⑤ 逻辑学研究逻辑方法,医学全方位研究身体,伦理学包括蔑视金钱、努力工作与实践智慧,医生因此应该也是一位

---

① Galen, *Commentary on Hippocrates' Epidemics 1*, quoted in Jacques Jouanna, *Greek Medicine from Hippocrates to Galen*, tran. Neil Allies, p. 266.

② Galen, *That the Best Doctor*, quoted in Jacques Jouanna, *Greek Medicine from Hippocrates to Galen*, tran. Neil Allies, p. 279.

③ Hippocrates, *Epidemics 1*, quoted in Jacques Jouanna, *Greek Medicine from Hippocrates to Galen*, tran. Neil Allies, p. 263.

④ Galen, *Commentary on Hippocrates' Epidemics 1*, quoted in Jacques Jouanna, *Greek Medicine from Hippocrates to Galen*, tran. Neil Allies, p. 264.

⑤ See Galen, *That the Best Doctor*, quoted in Jacques Jouanna, *Greek Medicine from Hippocrates to Galen*, tran. Neil Allies, p. 280.

哲学家。① 他把希波克拉底视为医生哲学家,希望医生向他学习,不仅学习他的医学道德,复兴医学伦理,而且钻研后者的医学著作,服务医学实践。《最好医生》这样结尾:"如果我们是希波克拉底忠实追随者,我们首先应该实践(伦理)哲学。如果我们这样做了,没有任何东西可以阻止我们不像他。通过学习他的书籍和发现有待去发现的东西,我们甚至比他更优秀。"②没有伦理哲学,医学不可能存在,更不可能进步,因为善是传统与真理发现的必要条件。③ 考虑到古希腊医学伦理传统,不难理解,为何早期现代社会怀疑江湖医生而推崇盖伦医学,医学院学生必须从事数年理论学习和一年实践后方可成为医生。

天主教建立后,古典医书保存在修道院图书馆,神职人员接手行医权,罗马教廷提倡反对使用魔法和迷信之医学伦理,融合理性医学和宗教祈祷,医学成为上帝恩典的一部分。福音书中,即使基督教奇迹和祈祷是治疗手段,但在圣经故事中,医学的身体治疗变为灵魂治疗的隐喻。因共同的医治功能,古希腊医学与中世纪神学融合起来,治疗病人身体和精神成为基督、牧师的伦理责任。④ 尽管少数非正统医生否定人类医学而确认神圣疗法,但早期基督教文献没有抛弃人类医学智慧、技术与治疗方法,因两者均源于上帝力量。例如,圣·巴瑟尔写道:"如有必要,我们必须谨慎使用医学艺术,不是让它完全对我们的健康或疾病负责,而是让它报偿上帝的荣光 [……] 我们既不完全放弃这门艺术,也不应把所有信任置于其上 [……] 当理性允许时,我们把医生叫来,但不能停止对上帝的信心。"⑤修道院中,照看病人需要一些基本的护理与治疗技术。为了教育院中护工一些医学知识,药典被组织编撰,他们迅速成长为有能力的草药医生。一些手册也为社区牧师准备好了,涉及医学救助之建

① 对盖伦自然哲学观的阐述,见 P. Moraux, "Galen as Philosopher: The Philosophy of the Nature", ed. V. Nutton, *Galen: Problems and Prospects*, London, 1981: 87—116.

② Galen, *That the Best Doctor*, quoted in Jacques Jouanna, *Greek Medicine from Hippocrates to Galen*, tran. Neil Allies, p. 282.

③ See Galen, *On the Power of Purgative Drugs* 1, quoted in Jacques Jouanna, *Greek Medicine from Hippocrates to Galen*, tran. Neil Allies, p. 285.

④ See Albert R. Jonson, *A Short History of Medical Ethics*, Oxford: Oxford UP, 2000, p. 14.

⑤ St. Basil, "The Long Rule", ed. St. Basil, *Ascetical Works*, tran. M. M. Wagner, Washington D. C.: The Catholic University of America Press, 1950, p. 55. 有关早期基督教对医学理论与医疗技术的吸收,见 Darrel W. Amundsen, "Medicine and Faith in Early Christianity", *Bulletin of History of Medicine* 56 (1982): 326—350.

议与仪式性的牧师职责之指令。到 11 世纪,在大教堂学校(中世纪大学的前身),医学以更为学术的方式培育。例如,作为教会宪章学校创始人,12 世纪医学专家、主教福尔伯特,运用希波克拉底智慧,也依赖上帝的仁慈。他写道:"早期医生依靠长期经验学习草药能力以改变人体条件[……]然而,没有医生因有经验以至可以逃离绝对的不治之症,正如最伟大医学家希波克拉底所证实[……]基督,神药创造者,却可仅用命令治疗疾病。"①另一位主教狄罗德(Derold)的轶事犹如一部医学道德剧:当被一位医学竞争对手毒害时,他自我治愈,毒害他的毒害人,后来有意部分治疗对手而让他残疾。②

从欧洲到圣城,许多(基督教)医院建立起来,照看病人的道德责任发展为军事法规,中世纪后期的教会法开始限制神职人员行医。11 世纪后期,一群虔诚的意大利医生为去圣城路上生病的朝圣者捐助并成立耶路撒冷圣约翰医院。几个捐助者发表宗教誓言,称他们为该医院的穷兄弟,献身于照看他们医院的病人。这个微型组织把自己与病人关系称为仆人与主子、封臣与诸侯之间的关系。此种誓言颠覆了封建等级秩序,将对病人的服务职责引入治疗工作,强化了古希腊的医学伦理。1116 年,罗马教皇帕斯卡二世下达宗教命令,批准"穷兄弟"在从欧洲到圣城的朝圣路上建立数家医院。医院医生关注病人精神健康,一天两次查询病房,病情和治疗簿悬挂在病床上方,药房也建立起来了,使用规则约束病人清洁和适度饮食。不管是友是敌,需要的病人都能得到好的照顾。该慈善命令发展成为一项伟大的军事法令,这些医院重新命名为骑士医院,其成员与萨拉森人(Saracens,阿拉伯人的古称)开展残酷战争。他们坚持照顾病人的工作,却需参加令人惊恐的战争。1296 年,一位医院负责人抱怨道,他们本应花钱"在病人——我们主子——身上,维护他们益处,以及穷人",却花在了军事设备上。③ 为更好保护病人权益,教会权威逐渐限制甚至公开禁止神职人员的医学活动,促进了职业医学的发展。当然,神职人员

---

① Bishop Fulbert, *Hymnus de Sancto Pantaleone*, quoted in Loren C. MacKinney, *Early Medieval Medicine*, Baltimore: John Hopkins UP, 1937, p. 134.

② See Loren C. McKinney, "Tenth Century Medicine as seen in the Historia of Richter of Rheims", *Bulletin of Institute of the History of Medicine* 2 (1934): 347—375.

③ See Jonathan Riley-Smith, *The Knights of Saint John in Jerusalem and Cyprus*, New York: Macmillan Company, 1976, p. 331.

或职业医生都得达到更高的道德标准。当时教会列出了罪恶的神职人员如何治疗忏悔者：因无知或无能而伤害病人，违背教会法或道德而治疗，出于贪婪而剥削病人，无能警示即将到来的死亡，让病人堕胎和节育等。①

医学发展与中世纪政治史交织在一起，当盖伦医学传播到阿拉伯帝国时，异教医生等为中世纪医学与伦理学发展做出了重要贡献。譬如，随拜占庭被伊斯兰教所占领，大量移民逃到波斯南部城市丛迪—夏普（Jundi-Shapur），来自欧洲的基督徒带来希波克拉底和盖伦医学典籍，来自雅典的新柏拉图主义者也来到这里。穆斯林征服该城后，伊斯兰宗教人士也支持学术。在随后 6个世纪中，希腊、犹太、基督教、波斯、穆斯林和印度的各种思想，无论医学与宗教思想，皆在此碰撞。当地医院培训医生到近东等地行医。一位皇家赞助人组织会议讨论最佳疾病治疗方法。当时最有名的教授之一的医生、哲学家兼政治家卜祖亚（Burzuya）谈论丛迪—夏普的医学伦理传统："从医学书籍中我发现，最好的医生献身于他的职业［……］我努力治疗病人。对那些我没有能力治好的病人，我尽力减轻他们的痛苦［……］我从不收取我治疗的病人的任何费用或打赏。"②犹太医学在亚洲西南部的美索不达米亚地区得到发展。耶和华上帝被认为是以色列有医治能力的神，医生只是神的代理人。医生职责由他与上帝签订的契约规定下来，他必须对上帝创造的所有人健康负责。12 世纪的阿拉伯皇家犹太医生、医学典籍编撰者、哲学家迈蒙尼德（Maimonides）介绍希波克拉底、盖伦、穆斯林名医阿维森纳（Avicenna）等人的医学著作。他重视医学理论与实践及医生美德，信任自然医学而不是庸医，引用希波克拉底格言"有益而不伤害"之医学目的，坚持救人先于法则。③ 然而，基督教欧洲对犹太医生一直持敌视态度，教会法院通过禁止基督徒拜访犹太医生的法令。④

中世纪后期开始，医学行会迅猛发展。10 至 15 世纪，行会作为一种独特

① See John T. Noonan, Jr., *Contraception*, Cambridge: Harvard UP, 1970.

② Cyril Lloyd Elgood, *A Medical History of Persia and the Eastern Caliphate from the Earliest Times until the Year A. D. 1932*, Cambridge: Cambridge UP, 1951, p. 52.

③ See Ariel Bar-Sela and Hebble Hoff, "Interpretation of the First Aphorism of Hippocrates", *Bulletin of the History of Medicine* 37 (1963): 347−354, p. 354.

④ See Albert R. Jonson, *A Short History of Medical Ethics*, p. 22.

的社会组织盛行于欧洲。为了共同利益，商人和工匠联合起来，创建了控制贸易关税、影响地方政府、提供公益服务的行会。每个行会有主保圣人，服务病人穷人和支持教会，也是各种职业的发源地。13 世纪后期，接受过大学培训的医生组建内科医生行会，外科医生则与理发师首先联合形成行会。[①] 1271年，巴黎大学发文，根据他们在大学所学的不同医学知识，严格规定内科、外科和药科医生职责，并得到政府与宗教权威的认可。[②] 正如一位历史学家所言："中世纪医学行会的基本原则是，每位成员必须互助、保护行会幸福与荣誉、帮助病人［……］行会试在提升成员的特殊利益，在属性上乃私立机构。"[③] 即使自利是核心，但行善是每个行会的重要工作。内科医生行会关注成员的行医资格、公共健康措施、阻止玩忽职守与江湖医术、维护公平收费和照看病人等，外科行会祈祷圣人干预时，坚守自己照看穷人之职责，想起古希腊医生服务病人之行为。行会医学培育医学职业的政治伦理：服务城市和市民作为垄断实践和公共声誉的回报。这是一种利己主义与利他主义的悖论性伦理，发展了希波克拉底、盖伦对医生如何处理利润与服务关系的论述。[④]

随着医学日益职业化，疾病意义显现从神学转向世俗、从精神过渡到身体的趋势。13 世纪，牛津大学、剑桥大学开设与哲学相关的医学课程。在行会、大学发展进程中，英国第一家医学院于 1423 年成立，但不久被解散直到 1518年再建，基督教化的古希腊医学复兴起来。[⑤] 伴随医学的专业化与世俗化，人们依赖神学构建疾病意义时呈现出一种新态势。麻风病先被解读为上帝派送的由精神罪恶引发的疾病，而后成为因性行为而传播的疾病。黑死病先是上帝对人的集体惩罚，而后发现此病并非意味着世界末日时，人们开始思考如何科学地保护自己与家人。梅毒显示与性的关联，与肉体之罪的关联，人们似乎可以预防与控制它，从上帝手中接过对它的掌管权。但不难发现，社会对疾病

---

① 对行会的介绍，见 Richard MacKenney, *Tradesmen and Trades*: *The World of the Guild in Venice and Europe*, c. 1250-c. 1650, London: Routledge, 1990。

② See Vern L. Bullough, *The Development of Medicine as a Profession*, New York: Hafner, 1966.

③ Darrel W. Amundsen, "Medical ethics, history of Europe", ed. Warren T. Reich, *The Encyclopedia of Bioethics*, 4 vols., vol. 3, New York: Macmillan, 1978: 1510—1543, p. 1527.

④ See Albert R. Jonson, *A Short History of Medical Ethics*, p. 25.

⑤ See Bryon Lee Grigsby, *Pestilence in Medieval and Early Modern English Literature*, p. 24.

意义的道德构建,旨在通过确诊和隔离病人,警示人们远离流行病,确保社区安全与健康。① 正是在古希腊医学、伦理学与中世纪神学的融合中,在政治、宗教、科学、文学等社会力量的互动中,疾病理论走过了复杂而漫长的社会构建过程,与国家身体理论一起构成早期现代医学。

第二节 国家身体理论:大小宇宙、君王两个身体与政治身体

与现代身体理论不同,基于体液理论的早期身体理论是一套开放的有机生态系统,本身的悖论性为它向现代医学理论过渡准备了条件。16、17 世纪身体是套隐喻概念,指向人体、政体与天体,它也有转喻性内涵,指涉人体、政体与天体之间在病理学意义上的互为影响。早期现代身体理论与疾病内因论、身体目的论、疾病外因论、药理学理论等相关。这种适应基督教而生成的身体理论不是一套客观描述人体现状的医学理论,而是用于刻画、再现和想象国家政治身体的意识形态话语。

早期现代身体是外向的,涉及情感、人格与环境,与周围个人和文化形成生态体系。批评家大卫·希尔曼指出:"早期现代英语的大比例词汇,现在习惯视为隐喻词汇,那时指称身体,包括物理的和隐喻的领域。[……]文艺复兴英语完全是一套身体体验语言,暗指一个深刻的身心世界。[……]在这个文化中,不观照身体而试图理解情感甚至智力,不考虑这些术语的身体维度而谈论内在性、能动性甚至伦理学,都是一种范畴错误。"②约翰·邓恩写道:"人如海绵,倾吐与接受。"③总结出早期现代文化中占统治地位的身体意象。此时人们似乎把他们的身体视为包含各种液体与蒸汽的海绵包或容器,在体内体液和与外在世界的互动中,产生包括人格、情绪、理解力和与他人的关系等自我维度。这种对身体流动性的描述意味着,自我被认为是不可避免的人际

---

① See Bryon Lee Grigsby, *Pestilence in Medieval and Early Modern English Literature*, pp. 38 – 76.

② David Hillman, "Staging Early Modern Embodiment", eds. David Hillman and Ulrike Maude, p. 41.

③ John Donne, "Verse Letter to Sir Henry Wotton ('Sir, more than kisses')", l. 37, in *The Major Work*, ed. John Carey, Oxford: Oxford UP, 1990, p. 47.

间存在且趋于永恒流动中,个人的自足与稳定身份只可能是基于高度自律的结果。该动态体液的自我概念源于古希腊的希波克拉底学派、盖伦学派和亚里士多德等人的以体液理论为基础的身体叙事。[①] 体液理论相信,人体由多血汁、黄胆汁、黏液汁和黑胆汁等四种体液构成,对应宇宙中的空气、火、水和土四种元素与人体的多血质、胆汁质、黏液质和抑郁质等四种气质。体内流动的体液不仅对应体外的宇宙元素,更受它们影响和驱动,从而维护或打乱体液平衡,生产出不同的气质类型。

当受制于体液结构的情感波动源于对外在世界的反应时,身体的生态开放性特征便不言而喻。体液与情感彼此影响,"情感产生体液,体液生产情感"[②]。当时最流行的手册几乎都清楚地表达了这种理论。一些作家把身体描述为一个具有能动性和自足性的系统,身体的情感性显露出来。有时,情感似乎是人格中居统治地位的力量,如 16、17 世纪作品中充斥着"心脏的思想""同情的肠子"等类似习语。而有时,思维成为身体的工具,如邓恩所言,"身体制造思维,"或柏拉图式的格言"灵魂由身体所开启"。[③] 盖伦的人格概念让人体自我与环境叠合起来,因为两者实际上由相同物质构成,在多层面互为影响。人体与外面世界的叠合至少表现在两个层面。一是大小宇宙体的对应与隐喻关系,打上了上帝神圣计划之印记的人体,被认为类似于包含它的更大结构,包括房子、景观、国家和宇宙。[④] 二是个人身体与环境之间的延续与转喻关系,跨越内外、使自我与世界边界变得含混的临时性和开放性。正如医生赫尔基亚·克鲁克在他的被广泛阅读的解剖学书册《人体绘图》(1615)中所说,身体是散发性的,也是可流动的。[⑤] 由此,早期现代身体与自我概念区别于现

---

① 有关早期现代身体流动性,见 Gail Kern Paster, *The Body Embarrassed*: *Drama and the Disciplines of Shame in Early Modern England*, Ithaca, NY: Cornell UP, 1993, pp. 7—13。

② Thomas Wright, *The Passions of the Mind in General*, ed. William Webster Newbold, New York: Garland, 1986, p. 64.

③ John Donne, *Juvenilia or Certaine Paradoxes and Problems*, London: Henry Seyle, 1633, p. 25.

④ 就早期现代大小宇宙结构类比,见 Leonard Barkan, *Nature's Work of Art*: *The Human Body as Image of the World*, New Haven, CT: Yale UP, 1975。

⑤ See Helkiah Crooke, *Microcosmographia*: *A Description of the Body of Man*: *Together with the Controversies Thereto Belonging*, London: Printed by William Iaggard dwelling in Barbican, and are there to be sold, 1615, p. 175.

代身体观,前者边界含混不清,在世界系统中更不自足,界限越加模糊,与它们的自然与文化环境更难分离。

身体开放性的另一意义维度是早期现代人如何在体液理论框架内构建差异化的性别身体。男人身体通常被认为是可渗透的且处于流动中,女人身体则被刻画为让人尴尬得不能节制与让人羞耻得变化无常。[①] 尽管处在连续动态体上,男人身体一般被阐述为温暖、干燥,而女人身体则寒冷、潮湿,因为男人体液与宇宙中的火、气等漂浮起来的更"崇高"元素相联,而女人体液则与水、土等下沉的更"低下"元素相关。男人因此与形式、形而上、自制与理性等文化内涵发生联系,女人便与物质、形而下、不忠与情感等消极意义发生联想。而且,从身体结构上看,早期现代人相信,女人身体是"倒置"或"不完美"的男人身体,女人性器官向内转而不像男人向外转。[②] 这种思维模式意味着,当时人们有较为严重的厌女情结,男女身体还存在滑向彼此的潜能。男人可以女性化,如通过穿女性衣服,或在舞台演出中扮演女性。女性也可以男性化,如蒙田经常引用的故事中讲到,一位年轻女子卖力地跳跃,企图从她身体中"释放出"反置的男性性器官以转变为男性。[③] 蒙田把这故事视为人类转变身体的想象,而身体相互转换与人类想象频繁出现在早期现代文学、医学等作品中,这就能解释为何奥维德的《变形记》一直受到 16、17 世纪社会的青睐。然而,性别范畴的潜在不稳定性却让早期现代人高度重视身体自律,自律是生理医学问题,但似乎更是一个伦理议题。[④]

正如大小宇宙之间流动性之理论遭到强调身体自律的禁欲主义反对,体液理论逐渐受到帕拉塞尔苏斯药理学、现代自然科学与医学的挑战。早期现代不少作品表达不一样的身体伦理,督促人们对情感和流动性的身体进行控制,向斯多葛主义者和禁欲主义者学习,通过自我约束实现身体高度

---

① See Gail Kern Paster, *The Body Embarrassed : Drama and the Disciplines of Shame in Early Modern England*, Chapter 2.

② See Winfried Schleiner, "Early Modern Controversies about the One-Sex Model", *Renaissance Quarterly* 53 (2000): 180—191.

③ See Michel de Montaigne, *The Essayes or morall, politike and millitarie discourses of Lo*, tran. John Florio, London: by Val. Sims for Edward Blount dwelling in Paules churchyard, 1603, p. 41.

④ See David Hillman, "Staging Early Modern Embodiment", p. 44.

自律。① 但重要作家似乎更拥抱身体化情感，强调主体之间身体开放性。例如，邓恩写道："别让人在那说，'我美德坚硬的墙内／会锁住邪恶。'"②对于邓恩来说，不仅自我的内容而且锁住自我于墙内之行为都受到谴责。"没人是一座孤岛"是当时流行的座右铭，人们试图在世界中保留一种身体之间的连接感。③ 该身体伦理不仅隐含人际关系，而且暗含人与自己身体间的关系，认可身体、思想、情感与外在世界之间最终的不可分离性。然而，16、17 世纪社会的确开启了从早期现代的生态身体向后卡特时代的封闭身体转向。环境与体液概念开始因经验主义知识论与方法论的兴起而发生转换，人体解剖知识快速增长。在《人体构造》(1543) 中，比利时医生、解剖学家安德烈·维萨里 (Andreas Vesalius, 1514—1564)指出盖伦解剖知识的缺陷。瑞士医生、炼金术家帕拉塞尔苏斯质疑盖伦体液理论，基于自己的观察与经验，提出疾病外因论与化学药物疗法。④ 大小宇宙的元素、体液之早期文化想象最终在 18 世纪以后被原子、病毒等现代科学与医学理论所取代。身体话语竞争使"人因不能认出世界天体中可对应的景观而感到惶恐"⑤，早期现代的身体意义处于不稳定变化中。

16、17 世纪文学影射医学所经历的身体范式转换，莎剧《哈姆雷特》是典型案例之一。《哈姆雷特》以各种方式重复再现幽闭恐惧症（claustrophobia）之现代身体原型。丹麦被哈姆雷特描写为"一座监狱［……］里面有许多限

---

① See Michael Schoenfeldt, *Bodies and Selves in Early Modern England*：*Physiology and Inwardness in Spenser*, *Shakespeare*, *Herbert and Milton*, Cambridge：Cambridge UP, 1999, pp. 15—16.

② John Donne, "Verse Letter to Sir Henry Wotton ('Sir, more than kisses')", l. 36, in *The Major Work*, ed. John Carey, p. 47.

③ See Nancy Selleck, *The Interpersonal Idiom in Shakespeare*, *Donne*, *and Early Modern Culture*, Houndmills, Basingstoke：Palgrave Macmillan, 2008.

④ 帕拉塞尔苏斯学派的一位法国医生西奥多·蒂尔凯（Theodore Turquet）于 1610 年开始成为詹姆士一世与查理一世的皇家医生，帕拉塞尔苏斯药理学被介绍到英国。17 世纪后期，比利时医生、化学家赫尔蒙特（F. M. van Helmont, 1614—1699)继承帕拉塞尔苏斯理论，指控盖伦医学缺乏基督教仁爱，攻击盖伦放血疗法残忍而有害。赫尔蒙特学派辩论道，化学药品让人快乐且功效巨大。See Andrew Wear, *Knowledge and Practice in English Medicine*, *1550—1680*, Cambridge：Cambridge UP, 2003, pp. 353—398.

⑤ See John Gilles, "The Body and Geography", *Shakespeare Studies* 29 (2001)：57—62, p. 59.

制、监视和地牢"①,老哈姆雷特鬼魂却被关在炼狱的"牢房"(I. v. 19)中。后者向儿子详尽描绘自己幽闭恐惧症式的被毒害方式:

> 睡在自己的果园中,
> 每天下午的习惯,
> 你舅父趁我熟睡时偷袭,
> 用一瓶被诅咒的赫柏纳药草汁,
> 倒进我两耳的耳孔内,
> 这不洁的蒸馏液,其药效
> 与人体血液互为敌对,
> 与水银一般迅速渗透到
> 身体的自然门道与小巷内,
> 突然间,它像发生反应的牛奶酒
> 和凝乳物,有似耳坠掉入牛奶,
> 这稀薄且健康的血液。它对我也一样,
> 一种最迅猛的皮疹使我大声疾呼,
> 最像麻风病患者,肮脏而恶心的外壳
> 裹着我细滑的身体。(I. v. 66—80)

剧中"蒸馏液"渗入老国王的"耳孔"与"身体的自然门道与小巷内",他"像麻风病患者""大声疾呼",他"细滑的身体"由"肮脏而恶心的外壳""包裹"。这让人想起帕拉塞尔苏斯药理学理论。基于疾病外因论,他提出使用"水银"等化学药物治病,或曰使用有毒化学药物治疗疾病的"以毒攻毒"疗法。② 在身体化叙事中,老国王的死去是否意味着一种封闭性的身体概念的诞生,是否疾病内因论受到强调身体"耳孔""门道"等传播途径的疾病外因论挑战?既然生态型、开放性身体面临各种毒药渗透,如发生在老国王身上一样,那封闭、自足

---

① William Shakespeare, "The Tragedy of Hamlet, Prince of Denmark", in *The Oxford Shakespeare*, 2nd edition, eds. Stanley Wells and Gary Taylor, Oxford: Clarendon Press, 2005: 681—718, II. ii. 246—249. 后文引自该剧本的引文将随文标明该著幕、场及行次,不再另行作注。

② See Paracelsus, *Selected Writings*, vol. 1, ed. Jolande Jacobi, tran. Norbert Guterman, New York: Pantheon, 1958, pp. 107—108.

和自律的身体便是能抵御外在威胁的理想身体。正如哲学家约翰·萨顿所说:"人体和它的运行转变为一个静态、固体容器,仅仅很少被打破,原则上自足而独立于文化与环境,只是受到疾病与(医学)专家的干预。"[1]希尔曼据此指出,以浓缩的形式,老哈姆雷特死亡标志着身体范式在早期现代社会发生的重要转换:"从天主教道成肉身的物质版本转向新教的自律版本,从生态开放概念转向幽闭型身体,从盖伦疾病内因论转向帕拉塞尔苏斯的病毒原型传播理论,从一种理想化政治身体转向一种残酷的身体政治学。"[2]

如果说大小宇宙理论基于体液学说讨论身体的生态性,可谓早期现代的身体科学,那"两个身体"理论则在世俗化进程中探讨身体的社会性,乃是早期社会的身体政治学。前者是后者的基础,因为人体与政体、天体的关系类似于君王自然身体(body natural)与政治身体(body politic)之间的关系。而且,两者均强调身体的有机整体性,再现古典医学的平衡、适度之原则。在专著《国王的两个身体:中世纪政治神学研究》中,普林斯顿大学教授、历史学家欧内斯特·坎托洛维茨(1957)首次系统阐释君王的"两个身体",从神学、法学、哲学视角梳理"政治身体"在中世纪后期的演变与形成过程。[3]

君王的两个身体是指君王的自然身体和政治身体,前者意指作为自然人的君王之生理身体,后者指称作为国家法律机构领导者与管理者的君王之政治身体。该理论离不开基督教早期的基督的两个身体理论,一是作为肉身的基督之自然身体,二是作为教会首领的基督之神秘身体。[4] 不同于自然身体,君王的政治身体不受年龄、愚钝、自然缺陷之制约,有天使、上帝般的神圣性。伊丽莎白一世统治的第 4 年,对前任国王爱德华六世幼时租用兰卡斯特公爵领地是否属于国家行为进行审判,萨金特内殿法院(Serjeant's inn)的与会律师定义国王的"两个身体"并达成一致:

---

① John Suton, *Philosophy and Memory Traces: Descartes to Connectionism*, Cambridge: Cambridge UP, 1998, p. 41.

② David Hillman, "Staging Early Modern Embodiment", p. 53.

③ See Ernest H. Kantorowicz, *The King's Two Bodies: A Study in Mediaeval Political Theology*, Princeton, NJ: Princeton UP, 1957, 1997.

④ 鉴于教会神秘身体的头耶稣·基督有永生生命,而政治身体的头君王之自然身体必定死亡,精神王国的基督两个身体之意义故而不能完全转移到世俗王国的君王两个身体中。See Ernest H. Kantorowicz, *The King's Two Bodies: A Study in Mediaeval Political Theology*, pp. 268—272.

根据普通法（common law），没有法令规定，作为国王的国王所做之事因他年幼而失效。因为国王有两个身体——自然身体和政治身体。他的自然身体（如果就自身考虑）是会死亡的身体，会遭受各种自然发生的或意外的疾病，遭受婴儿期或年老时的愚钝，遭受发生在其他人的自然身体上的类似缺陷。但政治身体是个不能被看到或触摸的身体，由政策与政府构成，服务人民与管理公共福利，完全缺少自然身体遭受的婴儿期、老年期、其他自然缺陷和愚钝。由此看来，在政治身体中的国王所做之事不可能因为他自然身体的任何无能而变得无效或受挫。①

审判结论清晰可见：尽管受到自然身体的制约，国王的政治身体使年幼的爱德华六世租用兰卡斯特公爵领地之行为有效。政治身体有似神圣精灵与天使，它在时间中永生。就此，中世纪后期著名法学家约翰·福特斯科指出："犯罪、作恶、生病或自我伤害，皆无能之表现。[……]因此神圣精灵和天使不会犯罪、作恶、生病或自我伤害，拥有比我们更大的能力，而我们可能会因各种缺陷而自我伤害。国王也有更大能力[……]"②福特斯科在神学思想中思考法学问题，表达出君王的政治身体之完美、神秘与神圣性。

坎托洛维茨发现，君王两个身体尽管在某一时间联合为一体、互为包容，政治身体优越于自然身体而决定国王所做之事的性质，但两者可能相互分离。③例如，对爱德华六世幼时租用兰卡斯特公爵领地之案件，法官们坚持："三位国王[亨利四世、五世和六世]用他们的自然身体拥有兰卡斯特公爵领地，第四位国王[爱德华六世]用他的政治身体拥有它。而政治身体比自然身体更宽大。"④政治身体中存在的神秘力量缩减甚至去除了君王脆弱的自然身体与个人行为的不完美，"与自然身体附录在一起，他的政治身体带走了自然身体的愚钝，把更弱的自然身体吸引到自己一边[……]"⑤伊丽莎白一世的

---

① Edmund Plowden, *Commentaries or Reports*, London: Printed for S. Brooke, 1816, p. 212.

② Sir John Fortescue, *The Governance of England*, ed. Charles Plummer, Oxford: Oxford UP, 1885, p. 121.

③ See Ernest H. Kantorowicz, *The King's Two Bodies: A Study in Mediaeval Political Theology*, pp. 10—13.

④ Edmund Plowden, *Commentaries or Reports*, p. 220.

⑤ Ibid., p. 213.

法学家们解释道,君王的两个身体在不平等的条件下和谐统一,彼此保持不同的能力,"当两个身体成为一个身体时,他们地位并不平等,其中政治身体更伟大"①,"自然身体的能力没有被政治身体所混淆,它们能力各不相同"②。尽管两者联为一体,但彼此分裂依然是可能的,前提是自然身体的死亡。君王的自然身体屈服于情感和死亡,但政治身体不受情感与死亡影响。在《威廉与伯克利》一案中,索斯科特法官这样叙述:

> 政治身体从不会死亡,自然身体之死在法律中不称为死亡或国王之死,而是国王的转让(Demise)。王国的转让不意味着,国王的政治身体死亡,而是两个身体的分离,是政治身体从现在死亡的自然身体转移和传递,或者从皇家尊贵(Dignity royal)迁移到另一个自然身体。因此,它意指王国政治身体的移动,从一个自然身体到另一个自然身体。③

自然身体的死亡或转让之概念说明,君王的政治身体如灵魂般从一个道成肉身的自然身体迁移到另一个自然身体。这不仅处理掉了自然身体的不完美,也把不朽赋予作为国王的个人。

国王的自然身体因脆弱需要特殊保护,国王和臣民共同构成法律意义上的政治身体,或曰法人身体,国王与臣民关系正如人体的头与其他部分的关系。在《托马斯·罗素爵士案》中,托马斯爵士被任命为爱德华六世加冕前的随从,加冕后,关于托马斯是否需继续服侍爱德华而领取薪水之问题,桑德斯法官辩论道:"因为这项服务是为[国王]的自然身体而提供,自然身体需要内科和外科医务,遭受疾病和事故,与加冕之前一样,以至在这个案子中,陛下[身份]不会改变该项服务。类似服务,如教授国王语法、音乐等,这些只是为自然身体提供的服务,不是为陛下的政治身体。"④在《加尔文案》中,法官们理论道:"意在杀害和毁灭国王的[叛国]必须在国王的自然身体中理解,因为他的政治身体是不朽的,不会遭受死亡。"⑤然而,攻击国王的自然身体同时也是

---

① Edmund Plowden, *Commentaries or Reports*, p. 238.

② Ibid. , p. 242.

③ Ibid. , p. 233.

④ Ibid. , p. 455.

⑤ Sir Edward Coke, *Reports*, 7 vols. ed. G. Wilson, Dublin: J. Moore, 1792—1793, vol. 7: 10.

对国王的政治身体的进攻。国王与分别代表贵族、百姓的上议院、下议院，共同构成国王（国家）的政治身体，政体、天体与人体存在对应关系。天体是上帝的神秘身体，教会是基督的神秘身体，政体是国王的神秘身体，上帝（基督）的神圣性赋予国王政治身体永恒性。[1] 正如在《海尔斯与佩蒂特》案件中，法庭关注臣民自杀一事，法官们裁定此行径为"重罪"。理由是，自杀涉及三大罪状：一、冒犯自然，因为它背离了自我保护法；二、冒犯上帝，因为它破坏了第六戒律；三、冒犯国王，"国王因此失去了一位臣民，作为政治身体的头，丧失了一位他的神秘［身体］之成员"[2]。

16 世纪宗教改革中，法学家把教会的精神权力直接移植到世俗王权，让新教君王们之政治身体神圣化和神秘化。[3] 也只有明白两个身体的区别，才能理解 1642 年 5 月 27 日，英格兰国会如何化身为查理一世（1625—1649）政治身体，反对和逼走（杀害）国王的自然身体：

> 众所周知，国王是正义与护国之源泉，但正义与护国法令并非由国王个人实施，亦非依赖他的快乐，而是由他的法院和那些必须履行他们职责的大臣们来执行，尽管国王个人会禁止他们。因此，即使他们做出的审判违背国王的意志与个人命令，他们的审判依然代表国王的审判。国会的高等法院不仅是司法庭［……］，而且类似内阁［……］保护王国的公共和平与安全，宣告国王在这些必需事情上的快乐。因此，他们在这方面所做之事打上了皇家权威的印记，尽管陛下［……］个人会反对或打断相同之事。[4]

查理一世坚持个人专制统治，国会自然反对他的"意志与个人命令"所代表的国王个人身体。作为国王的政治身体，国会代替国王做出法庭审判，甚至宣布与国王意志相反的决定，以捍卫国家正义、安全与健康。1642 年 5 月该决议

---

① See Ernest H. Kantorowicz, *The King's Two Bodies: A Study in Mediaeval Political Theology*, pp. 15—16.

② Edmund Plowden, *Commentaries or Reports*, p. 261.

③ See Ernest H. Kantorowicz, *The King's Two Bodies: A Study in Mediaeval Political Theology*, p. 19.

④ C. H. McIlwain, *The High Court of Parliament and its Supremacy*, New Haven, CT: Yale UP, 1910, p. 389.

通过不久,英格兰政府制作了"国会中的国王"之圆形浮雕。在一副浮雕的反面,较低处刻着下议院诸议员与演说者,较高处刻着上议院诸议员,而在三步高台最高处,刻有国王坐在王位上,天蓬遮盖,轮廓可见。这呈现出由国王和上下议院构成的国王政治身体,国王是政治身体的头,国王需与上下议院团结起来,如有必要甚至一起反对国王的自然身体。当然,国王的自然身体与政治身体无法分开,也需在浮雕上刻画出来。故在同一浮雕的正面,查理一世的头像周围刻有文字说明,国王的自然身体被劝告:"为了真理宗教和臣民自由,应该听从上下议院。"①而该铭文是对 1642 年 5 月 19 日国会公告的逐字引用,当时上下议院呼吁国王"听从上下议院之智慧"②。

作为一种政治神学与想象,国王的两个身体具有巨大优势,帮助英格兰国会 1649 年 1 月成功审判、处死查理一世(自然身体),并没有严重影响或伤害他的政治身体。内战期间,国会继续制作圆形浮雕,查理一世的自然身体逐渐被战舰或国会长取代。在一幅浮雕的正面,国王个人画像消失了,相反雕刻了一艘战舰,隐指 1642 年以来英格兰海军听从国会领导。雕刻的铭文是"为了宗教、臣民和国王",表达国会为谁而战的意图。反面是上下议院和国王,但国王不再坐在王位上,只能看见他的双膝。在天蓬帘子下的国王构成一幅英格兰大印章图像,或者像是大印章的中心部分。③ 毕竟,正是借助大印章,作为国王政治身体的国会才有权力对国王自然身体宣战。更后制作的浮雕正面是国会军统帅埃塞克斯伯爵罗伯特·德弗罗(Robert Devereux)的头像,反面仍旧是国王和上下议院构成的政治身体。换言之,国会厌恶离开白厅和伦敦逃亡外地的查理一世(自然身体),但他的政治身体仍然有用,他依然出现在浮雕刻画的国会中,尽管以他的大印章图像显现。这无非证实了国会清教徒的口号:"决战国王是为了捍卫国王。"④"决战国王"、宣告他有罪直至绞死他,对付

---

① Ernest H. Kantorowicz, *The King's Two Bodies：A Study in Mediaeval Political Theology*, pp. 512—513.

② Edward Hawkins, *Medallic Illustrations of the History of Great Britain and Ireland*, London: Printed by Order of the Trustees of the British Museum, 1911, p. 292.

③ See Ernest H. Kantorowicz, *The King's Two Bodies：A Study in Mediaeval Political Theology*, pp. 512—513.

④ Ethyn Kirby, *William Prynne*, *A Study in Puritanism*, Cambridge, Mass.：Harvard UP, 1931, p. 60.

的是查理一世的自然身体，因为自然身体可能死亡或转让。国会军击败保皇势力以"捍卫国王"，此"国王"是指国王的政治身体，政治身体因神圣性不可能在时间中死亡。作为政治神学，王国的两个身体之优势不言而喻，它使国会与社会没有受到内战的较大冲击，证明了该政治想象所说的国王政治身体不朽之主张。正如当时布朗法官所言："国王是延续的一个名字，只要人民延续存在，它将总是持续作为人民的头和管理者（如普通法所假定）［……］；在这个名字上，国王永不会死亡。"①

国王的政治身体也称神秘政治身体（body politic mystic），基于中世纪的神秘教会身体（body ecclesiastic mystic）和古罗马的法人身体（body corporate），自13世纪在欧洲基督教社会世俗化进程开始发展起来。教会与国家互为借鉴记号、标志、政治符号、特权、荣誉权等，教会愈加世俗化而国家（政治身体）愈加精神化。中心开始从教皇与国王转向教会与国会，从"圣战"与殉道发展到为祖国与公共利益献身。在神学、法学、哲学和医学融合中，在准民族国家的发展过程中，教会身体转变为有似世俗世界中的任何政治身体，而国王的政治身体演变成类似教会的神圣的、有自足的政治伦理和道德目的、遵从自然理性而永不消亡的法人身体。

教会作为基督身体源于圣经中的圣·保罗，而神秘身体（body mystic）没有圣经起源，在8世纪卡洛琳王朝凸显出来，指称圣餐面包（consecrated host）。对圣餐变体论（transubstantiation）之辩论做出回应，圣餐面包在12世纪始指向基督的身体。而基督身体在13世纪开始指向基督教会。如此一来，13世纪开始，神秘身体最后指向基督教会。而此时教会处在世俗化进程中，神秘身体故而指向作为政治、法律机构的教会。也就是在此时，神学家与宗教法学家开始区分基督的两个身体，一个是圣坛上的身体，另一个是神秘身体。或者说，一个是自然的个人身体，另一个是神圣的集体身体。② 包括索尔兹伯里的约翰（John of Salisbury）在内，理论家把人体与王国、教会组织类比，提出教会既是精神意义上的耶稣神秘身体，也是一个作为神秘身体的行政有机体。尤

---

① Edmund Plowden, *Commentaries or Reports*, p. 177.

② See Ernest H. Kantorowicz, *The King's Two Bodies: A Study in Mediaeval Political Theology*, pp. 193－199.

其在托马斯·阿奎那使用"神秘身体"术语后,有机身体成为教会神秘身体的标准阐释。他第一次用该词把教会指称为一种社会现象,把神秘身体与人的自然身体做比较:"正如整个教会被设定为一个神秘身体,教会与人的自然身体相似,它的功能与人的肢体多样性对应,基督因此被称为教会的'头'。"[1]阿奎那当然清楚神秘身体的圣餐意义,但他的"神秘身体"不再指向圣坛上的圣餐基督,而是有血有肉的基督。基督的自然身体变成了社会学意义上的超个人的、集体的教会神秘身体之模型。阿奎那使用(基督)有机身体取代(教会)神秘身体,教会作为法律、宗教机构的世俗化身体表达出来。到 14 世纪早期,神秘身体消失、退化为一个相对无味的社会学有机体的法学概念。最终,教会被理解为基督的政治身体,基督作为宗教仪式上的约旦源泉演化为罗马教皇领导的(神秘)政治身体。[2]

当基督的神秘身体(教会)世俗化为类似个人有机体的政治身体时,君王的政治身体却出于延续君主制需要而神圣化为君王的神秘身体。随教会的政治化和世俗化,尽管"神秘身体"概念失去了许多超验意义,它却与古希腊罗马法律词汇一道,被理论家用来为孕育中的民族国家建设新的意识形态。13世纪中期,法国的文森特(Vincent of Beauvais)首次使用"神秘政治身体"来指涉王国(或国王)的政治身体。他借用和转移教会概念到世俗王国上,强调王国拥有与教会一样的一些超自然和超验价值。[3] 在《国王的镜子》中,文森特同时代人、意大利方济会的修士吉尔伯特(Gilbert of Tournai)力图把政治王国提升到超越物理存在的超验地位。他描绘一幅理想王国图景,国王充当基督的代理人,教会的执行牧师作为王国向导,王国俨然是一个神秘身体。[4] 虽然吉尔伯特想让他的理想王国变为一体化的基督教社会中一个独特的存在实体,但文森特的作为世俗实体的王国本身是一个独立于教会的"神秘身体"。当 13 世纪罗马教会的神秘身体被想象为一个有机身体时,诸多的世俗王国获

---

①　Thomas Aquinas, *Summa Theologiae: Complete Set*, 8 vols., Adelaide: Emmaus Academic, 2012, vol. 8: 1.

②　See Ernest H. Kantorowicz, *The King's Two Bodies: A Study in Mediaeval Political Theology*, pp. 201—205.

③　Ibid., pp. 207—208.

④　Ibid., p. 208.

得法律内涵而成为不同大小存在的法人身体或有机的神秘身体。与可触摸的个人身体相区别，国王的政治身体成为一个不可触摸的、只作为法律想象而有机存在的集体身体。类似教会等级结构，神秘政治身体甚至被法学家用来指向不同大小和等级的社团身体，从村庄、城市、省、王国到世界。[1]

　　除从世俗化的教会中获得有机性与神圣性，政治身体在哲学思想中发展成一个有自身伦理与道德目的的身体。14 世纪时，古典哲学开始复兴，神秘政治身体获得新的法学与伦理学内涵。亚里士多德、阿奎那和奥古斯丁等把疾病身体与道德衰退联系起来。例如，阿奎那使用麻风病作为罪恶修辞，而奥古斯丁在《论基督教信条》中指出，一个人可以把健康或不健康的人体视作神圣的或亵渎神灵的智慧符号。[2] 在他们看来，处于体液平衡状态的健康身体反映了上帝的神圣意象，而病态的、变形的身体则是神圣意象的反常，疾病、罪恶与死亡是道德与精神堕落的符号。[3] 在《理想国》中，柏拉图将社会三个公民阶层与人体部位比较，提出正义产生于有机身体各部分，为整体利益而和谐运作，反之，非正义与疾病则是社会各阶层非和谐工作的结果。亚里士多德则提出道德身体和伦理身体的政治思想，相信国家或任何政治集合体都是自然理性的结果，有着类似人体的有机结构，是个有其自身的道德目的和伦理密码的组织。[4] 如此一来，自 14 世纪以来的法学人士和政治作家有理由把国家描述为一种道德与政治身体，以便与作为神秘与精神的教会稍作区分。[5] 但"神秘身体"和"道德与政治身体"几乎成为可以互换的概念，如但丁在《神曲》中用天堂一词同时指称教会组织与地上王国，认为两者均是人类的目标。

---

　　① See Ernest H. Kantorowicz, *The King's Two Bodies：A Study in Mediaeval Political Theology*, pp. 209－210.

　　② See Jennifer C. Vaught, ed. *Rhetorics of Bodily Disease and Health in Medieval and Early Modern England*, Burlington：Ashgate, 2010, p. 5.

　　③ Ibid., p. 7.

　　④ See Ernest H. Kantorowicz, *The King's Two Bodies：A Study in Mediaeval Political Theology*, p. 210.

　　⑤ See Max Hamburger, *Morals and Law：The Growth of Aristotle's Legal Theory*, New Haven, CT：Yale UP, 1951, p. 177.

中世纪后期开始,法学家与政治家还使用婚姻关系叙述国王的政治身体。大约 1300 年,意大利人希纳斯(Cynus of Pistoia)首次提出了君王与国家婚姻关系之理论,君王是丈夫,人民是需要君王(丈夫)保护的妻子,两者同意而订立合同结合在一起。1312 年,一位意大利法学家甚至把君王亨利七世加冕仪式比喻成结婚仪式。主教戴上戒指说明主教作为教会的脚夫和丈夫的身份,类似地,君王戴上戒指暗示君王(丈夫)对国家(妻子)的忠诚。[①] 同时代的卢卡斯(Lucas de Penna)指出,君王与国家关系正如基督(或主教)与教会的夫妻关系,前者是道德与政治婚姻,而后者是精神与神圣婚姻。他还认为,王国独立于国王,但国王与王国结婚(加冕)时,不仅可以使用作为新娘(王国)嫁妆的国家财政,而且不可疏远国家经济,正如主教有责任经营管理好教会财产一样。[②] 尽管结婚隐喻在中世纪英格兰不太常见,但在早期现代英格兰,作为女王,伊丽莎白一世面对国会对她结婚的施压,在对情人达德利公爵彻底失望后,她在公开场合多次表示,自己已经嫁给英格兰而拒绝与任何人结婚。[③] 以此种方式,君王与王国的关系比喻为夫妻关系,只是伊丽莎白是位女性,故王国此时成为丈夫而非通常的妻子。1603 年,新登上王位的詹姆士一世在第一次国会上说:"我是丈夫,整个岛国是我合法妻子。我是头,它是我的身体。我是牧羊人,它是我的羊群。"[④]国王詹姆士把自己与英格兰关系视为婚姻中的夫妇,也用牧羊人与羊群关系说明基督与教会之间的婚姻关系。在婚姻隐喻中,神秘教会身体与政治身体之差别似乎已消失殆尽。

引文中,詹姆士一世还把国王与王国关系比喻成为头和身体之关系。实际上,英格兰理论家一直使用有机人体概念来阐释国王的政治身体,突显国王作为头必须受制于身体其他部位的英格兰国会与宪政传统。英法的政治身体内的权力结构不同,英格兰由整个政治身体共同统治,而法国则由国王

---

① See Ernest H. Kantorowicz, *The King's Two Bodies: A Study in Mediaeval Political Theology*, pp. 212—214.

② Ibid. , pp. 214—217.

③ 对达德利公爵如何试图通过戏剧上演来赢得女王作为妻子,详见笔者论文《求爱战役:〈戈波德克王〉的婚姻政治》,《外国文学评论》2013 年第 1 期,第 18—31 页。

④ Anonymous, *Parliamentary History of England*, London: s. n. , 1806, p. 930.

单独统治。[①] 约翰·福特斯科爵士指出,如果一个民族想建立一个王国或任何其他政治身体,必须树立一个可管理整个身体的国王。他把人体与社会身体类比:"正如一个物理身体从胚胎中成长出来且由头规范,一个王国从人民中生长出来,作为神秘身体由一个做头的人统领。"[②]福特斯科还把心脏功能与自然身体的神经系统,比作政治身体的结构系统与国家法律:"法律类似物理身体的神经系统,因为它,一个简单的人群变成了人民,正如人体由神经系统团结起来,[民族的]神秘身体由法律联合和统一起来。"[③]1430年国会开幕式上,法律博士、主教威廉(Master William of Lynwood)阐明王国的有机整一,把它比作人体、四肢的有机整一,就意志一致性和互爱而言,把它比作是一个神秘身体。[④] 英格兰国会大臣约翰·拉塞尔(John Russell)在1483年国会开幕式上讨论英格兰政治身体,提出正如人体每个部位都有其适当功能,王国政治身体也是如此,包括国王、上议院(神职人员与贵族)、下议院(平民)三个部分。而在其他时候,他评论道,英格兰"神秘政治身体"有"国王自己、他的法院和他的枢密院"。[⑤] 在亚里士多德政治哲学影响下,国王与国会构成政治身体而共同统治的政治思想在早期现代已非常盛行,法学家甚至从古罗马帝国和以色列的士师制(基督与士师们一起统治国家)找到国王与国会联合统治的原型,强调英格兰是个以政体为中心的(polity-centered)的政权,但也不能没有国王。正如亨利八世在1542年对枢密院所说:"法学家们让寡人知道,在国会召开期间,享有皇家地位的寡人从来不能享有国会议员的崇高地位。寡人

---

① 法国国会由三个议院构成,成员分别是神职人员、贵族和平民等三个阶层(estate),而英格兰国会由两个议院组成,上议院成员包括神职人员与贵族,平民是下议院成员。两国政治身体中国王与国会之间的权力关系完全不同。See John Hirst, *The Shortest History of Europe*, London: Old Street Publishing, 2012, pp.82—100.

② Sir John Fortescue, *De laudibus legum Angliae*, ed. S. B. Chrimes, Cambridge: Cambridge UP, 1942, p.28.

③ Ibid., p.28.

④ 就威廉的教会法思想,见 Arthur Ogle, *The Canon Law in Mediaeval England*, London: John Murray, 1912.

⑤ See S. B. Chrimes, *English Constitutional Ideas in the Fifteenth Century*, Cambridge: Cambridge UP, 1936, pp.175, 332.

那时作为头,您们作为身体部位,紧密连接在一个政治身体中。"①君王比贵族和平民高贵,但却不如他们总体,君王既在政治身体之上又在其下。

　　神秘政治身体还涉及基于宗教殉道意义的臣民与国君为"祖国(patria)"献身之意。"patria"意指作为政治献身与半宗教情感的对象,自中世纪后期以来的著作中,它重新恢复古罗马时期的政体(polis)理念,从"宗教圣地"转化为"家乡祖国"之意,鼓励新兴民族国家人民为祖国殉道,不再是中世纪早期的封臣为领主而战。该词在教会法中出现,但实际上在古罗马法律中非常常见。自12世纪后期,教会法学家坚持,"正义战争"是出于不可避免的紧急情况为保护"patria"和捍卫教会信仰,是基督徒为反对在圣地(Holy Land)的异教徒而战。政治法学家以相似方式提出,在紧急情形下为保卫"patria"和美丽祖国,皇帝、国王有权征税。在法国菲利普四世(1268—1314)期间,"patria"指向包括所有臣民在内并以祖国名义要求他们捐躯的君主国法兰西。② 为圣地而战的基督教教义与罗马帝国的爱国伦理,一起转移到了法国、西西里、西班牙与英格兰等新兴王国。譬如,1302年,面对日趋腐败、反各国世俗政权的罗马教廷,菲利普四世号召第一国会支持他向罗马开战,主教、法学家、牧师支持他号召国民捍卫"patria","patria"此时完全取得王国、祖国与政治身体之意。巴黎变为法国人的罗马,对罗马帝国的爱变成对法兰西王国的爱,为基督教国殉道转化成为祖国牺牲、为法国同胞献身,甚至引用柏拉图、西塞罗、贺拉斯等古人话语说明,国家、公共利益高于个人利益,把为国人、社会、社区而死比作基督为拯救人类而死。③

　　王国议题与教会议题合二为一,反君王就是反基督教、反王国政治身体。为王国政治身体而战意味着为君王所代表的正义而战,因此,对那些为正义事业而血战沙场的人,必定与十字军一样获得所允诺的精神回报:既然最崇高的死亡是为正义而受苦,毫无疑问,那些为国王和王国正义而死的人将被上帝加冕为殉道士。英格兰人杰弗里(Geoffrey of Monmouth)在《不列颠英王史》

---

　　①　See A. F. Pollard, *The Evolution of Parliament*, London and New York: Longmans, Green, and Company, 1920, p. 231.

　　②　See Ernest H. Kantorowicz, *The King's Two Bodies: A Study in Mediaeval Political Theology*, pp. 232—237.

　　③　Ibid., pp. 244—248.

(1138)中,叙述亚瑟王利用宗教鼓励威尔士人,驱赶入侵的外族撒克逊人、苏格兰人和皮克特人,保卫"patria"以换取拯救灵魂之回报,"patria"的爱国与爱教之意显露无遗。亚瑟王与骑士们一起浴血奋战,政治身体的头(国王)与身体(军队)一道做好为超验共同体(天国)与地上道德政治共同体(王国)献身之准备。① 在这个意义上,国王的(神秘)政治身体必然延续而永恒存在,国王的自然身体无论因自然或是伦理原因必定"转让",但每位成员都有保护国王的自然身体之责任。与神秘身体、政治身体与自然身体一道,"patria"一词也出现在莎士比亚罗马剧、历史剧等早期现代文学中,参与对英格兰君主制意识形态的构建、完善或拷问过程。

第三节　国家焦虑起源:王权腐败、宗教极端行为、谣言、异教与境外民族

都铎王朝(1485—1603)至斯图亚特王朝(1603—1714)早期,英格兰完成了从天主教政权到新教王国的转变过程。为适应宗教改革,英格兰政治身体理论被重新构建,国民要求顺从作为国教会和王国之首领的君王,王国内社会各阶层之间有如个人有机体各部位之间呈现和谐等级结构。然而,英格兰政治身体面临各种挑战,包括王权暴政、臣民叛乱、清教极端行为、天主教势力、境外民族国家威胁、经济危机等。这些使王国政治身体处于疾病状态。宗教人士、政治家、文学家、法学家等使用医学话语与有机身体类比,表达政治理想或刻画政治现状,在揭露英格兰社会问题时流露出他们对政治身体的不安与焦虑。

亨利八世离婚前,托马斯·莫尔(1478—1535)与托马斯·艾略特爵士(1490—1546)强调国王与各地位阶层人之间的和谐关系,主教约翰·费希尔(1469—1525)甚至亨利八世也指责马丁·路德(1483—1546)脱离罗马教皇,号召国民远离后者的瘟疫错行。土国有机体是 16 世纪社会的重要概念。1518 年,莫尔在一本《警句》中使用人体与政治身体的类比,论述王国各部分

---

① See Geoffrey of Momouth, *Historia Regum Britanniae*, IX, ed. Jacob Hammer, Cambridge: Mediaeval Academy of America Publications, 1951, pp. 7, 152.

之间的有机联系：

> 所有部分组成一个王国，犹如一个人，由自然的爱黏合起来。国王是头，
> 人民构成其他部分。国王把他的每个公民视作自己身体的一部分。这就
> 是为什么他会因失去一位臣民而哭泣。他的子民以国王名义竭尽全力，
> 把国王视作头而把自己当成身体。①

几年后，艾略特爵士在《总督之书》开始部分，对国家做出定义："国家是一个活的身体，由不同地位的人构成。或者说，它包含不同阶层的人。［政治身体］根据阶层顺序作安排，由规则、理性和平衡原则统领。"②这些叙述在 16 世纪前 30 年非常合适，因为亨利还没提出离婚，人们还未对国王的神秘政治身体之属性展开辩论。从怀疑赎罪券的效能性到质疑罗马教皇领导地位，路德学说传到英格兰，国民第一反应是捍卫教会的统一性（unity）。当时罗契斯特主教费希尔甚至把妇女与教会做比较，提出一位妇女有上帝、基督和丈夫等三个精神之头，同样地，作为基督新娘的教会也有上帝、基督和教皇等三个头，"每个自然身体的精气只把生命给予同一身体的成员与部分，身体自然与头连为一体。类似的情形也一定存在于我们母亲神圣教会的神秘身体上。路德那个不幸之人让自己与基督代理人——教会的头——分裂开来，他怎么可能拥有教会身体和教皇身上的精气，这个真理的精气"③。甚至国王亨利这个业余神学家召开会议，维护七项圣餐礼，保护国民远离路德，防止他试图"用他的瘟疫错行之致命腐败与恶臭来感染你"④。

　　亨利八世离婚事件让英格兰走上宗教改革之路，政治身体之传统理念受到挑战。亨利的第一任妻子凯瑟琳（1485—1536）未给亨利生下儿子，这让亨

　　① Thomas More, *The Latin Epigrams of Thomas More*, trans. Leicester Bradner and Charles A. Lynch. Chicago: The University of Chicago Press, 1953, p. 172.

　　② Sir Thomas Elyot, *The Book Named the Governor*, 2 vols. ed. Henry H. S. Croft, London: Kegan Paul and Co., 1880, vol. I: 1.

　　③ John Fisher, "Sermon Made Against the Pernicious Doctrine of Martin Luther", ed. John E. B. Mayor, *The English Works of John Fisher*, London: Published for the Early English Text Society, by N. Trubner & Co., 1876: 304—345, p. 322.

　　④ See David G. Hale, *The Body Politic: A Political Metaphor in Renaissance English Literature*, Paris: Mouton, 1971, p. 50.

利甚为焦虑,因为这可能导致都铎王朝过早灭亡。为此,他向罗马教廷申请离婚,废除与凯瑟琳的婚姻,与拒绝做情人的安·博林(1501—1536)结婚,可遭到罗马的否决,因此时的罗马教廷实际上处在西班牙国王、凯瑟琳侄子的控制下。离婚要想在法律上、宗教上合乎程序而被社会接受,亨利被迫宣布脱离罗马教廷而成立英格兰国教会,自己成为英格兰国王和国教会首领。英格兰正面临毁灭基督教统一性的指控。1534 年,政务院秘书莫尔写信给红衣主教克伦威尔:"因此,既然基督教国统一为一个身体,那我不能想象,任何成员怎么可以没有共同的身体,与共同的头分离?"①面对威廉·廷代尔翻译的英文版《圣经·新约》(1526),莫尔赞美教会的统一性、仁慈与圣餐的拯救符号,使用医学术语谴责未授权而翻译圣经的异教行为:"正如溃疡腐蚀身体越来越重,致命疾病进入健康身体,那些异教徒爬进了善良、单纯的灵魂中,[……] 每天这些令人憎恨的书渐渐地腐蚀和毁掉了许多人。"②经过米尔斯·科弗代尔校对,廷代尔圣经由亨利八世授权于 1535 年在英格兰出版。戏剧表演中,罗马教廷被妖魔化,教皇被刻画为窃取而不是保存基督权威的人。③ 亨利的新教事业必须在积极意义上进行捍卫,需重新定义教会属性、世俗君主国在宗教事务中的作用。亨利任用会议至上主义者,否定以罗马教皇为首的教会普世身体,用一致性(uniformity)取代统一性。会议至上主义者提倡通过大会而非教皇权威决定宗教事务,他们活跃在路德教义被普遍接受的北欧地区。亨利把自己的婚姻和是否脱离罗马等宗教事务交由大会讨论,也利用这些人士的宗教思想帮助他重新定义自己的政治身体。④

　　如果政治身体之传统理念强调罗马教廷统一领导下的王国身体,那宗教改革后,理论家如何构建作为英格兰国教会首领的国王所管理的政治身体?温切斯特主教斯蒂芬·加德纳在 1535 年的作品中对政治身体的属性和头做了详细阐释。他否定以教皇为头的普世身体之教会的存在,目的在于得出国

---

　　① 　Thomas More, *The Correspondence of Sir Thomas More*, ed. Elizabeth F. Rogers, Princeton: Princeton UP, 1947, p. 498.

　　② 　Ibid. , p. 441.

　　③ 　See David G. Hale, *The Body Politic: A Political Metaphor in Renaissance English Literature*, p. 52.

　　④ 　Ibid. , pp. 52—53.

王就是他自己王国的教皇之结论。加德纳遵循严格的逻辑路径。他首先承认，基督是教会唯一的首领，而基督生活在天国中。然而，地上的教会可以有许多，如英格兰国教会、法国天主教会、西班牙教会甚至罗马教会等。其次，加德纳把教会定义为"统一在基督事业周围而发展成一个身体的一群人"，有必要在意义上区分信仰者的共同体与国王的臣子国民。① 神职人员的职责是必须顺从地执行服务政府之功能。上帝让一些人享受显赫的地位，让其他人教授和管理圣餐仪式，"但不同地位的成员同意团结在一个身体中，因此在一个政府中他们应该协调起来，每个人应该用仁慈之心做好自己的事情"②。换言之，国教会成员尽管地位不同，但作为国王的政治身体之成员，也应该服务王国整体利益，使用虔诚之心在王国中各司其职。第三，国王同时是国教会和王国首领，英格兰君王的权力来自上帝，他捍卫国教会身体也维护王国政治身体，英格兰全体国民亦是国教会全体成员。这样一来，中世纪以来的身体（王国）与灵魂（教会）之间的界限消失了。加德纳就此论述道：

> 君王是全体国民的神圣君王，而不是部分国民。人民构成的共同身体［……］被称作国教会。它不是缺一只手，也不是被砍了一部分，而是完整地包含作为首领的神圣君王。他不只忙于负责人类事务，而且更多是神圣事务。③

运用有机身体类比，加德纳确认了国王作为国教会首领的地位，英格兰国民与国教会成员是同一身体，政治身体与教会身体合二为一，却不影响与其他王国基督徒对基督的一致信仰。不足为奇，对仍坚持罗马天主教信仰的费希尔主教被执行死刑一事，加德纳评论道："一个叛徒的死亡，没使国教会受伤，而是使她得以治愈。"④

　　顺从国王是英格兰新政治身体的核心概念之一。在《教育人民团结与顺从的劝告书》中，英格兰政论家、人文主义者托马斯·斯塔基（1495—1538）试

---

① See Stephen Gardiner, *Obedience in Church & State：Three Political Tracts*, ed. and tran. Pierre Janelle, Cambridge：Cambridge UP, 1930, p. 93.

② Stephen Gardiner, *Obedience in Church & State：Three Political Tracts*, ed. and tran. Pierre Janelle, p. 103.

③ Ibid., p. 117.

④ Ibid., p. 31.

图劝说雷金纳德·波尔,让他支持亨利八世离婚案中的皇家立场。他结合教会史中含混观点与马基雅维利政治学,坚持"打破秩序是政治事件,创建秩序刚刚开始"[①]。教皇至高权威只是为了基督教单位之间方便交流而成立,"绝不是必须如此,以至如果缺少教皇,基督徒便不能得到拯救或保持精神的一致性"[②]。从圣经出发,斯塔基引用圣·保罗说明,基督是教会的唯一的头,此中可以有许多"王国的与政治的"头,因而精神身体与政治身体可融为一体。[③]教皇至高权威似乎是西方世界的一个极端愚蠢的错误。[④] 他从罗马历史中举出诸多例子,说明爱国与效忠英格兰君王的重要性,基督教的一致性存在于连接人心的信仰、仁爱与慈善上。王国法律与宗教信仰使英格兰国民有机联系起来,顺从君王意味着国民接受作为国教会首领的国王之绝对领导。[⑤] 当时政治家理查德·莫里森写道:"如果国民能够感受到政治身体的危险,正如他们能看到自然身体的危险一样,我们就需要遵从和服务上帝的戒律,热爱我们的统治者。"[⑥]他接下来引证罗马史中一系列为国献身的例子,劝导国民顺从作为上帝代言人的君王,而史例中源于基督教"圣战"的爱国伦理(patria)似乎证实了王国各阶层之间的有机联系。

理论家倡导国民根据被动顺从原则支持君主制,加强政治身体各部分之间的纽带。[⑦] 鉴于作为国教会首领之君王的权力由上帝恩准,所以统治者所有的法令必须无条件服从,即使是那些与圣经戒律相冲突的不公正法令。罗马法律似乎变成了英格兰法律。特别是当国会利益与君王利益相吻合时,即使是非正义的君王行为亦能取得合法性。到了斯图亚特王朝早期,英格兰君

---

① Quoted in Stephen Gardiner, *Obedience in Church & State: Three Political Tracts*, ed. and tran. Pierre Janelle, p. 54.

② Thomas Starkey, *Starkey's Life and Letters*, ed. S. J. Herrtage, London: E. E. T. S., 1878, p. xix.

③ See Thomas Starkey, *Starkey's Life and Letters*, ed. S. J. Herrtage, pp. xx, xxix.

④ See Thomas Starkey, *Exhortation to the People*, *Instructing them to Unite and Obedience*, London: In aedibus Thomae Bertheleti Regii impressoris excusa, Cum privilegio, 1536, pp. R4v, S3r-v.

⑤ See Thomas Starkey, *Starkey's Life and Letters*, ed. S. J. Herrtage, p. xxxvi.

⑥ Richard Morrison, *An Exhortation to Stir all English Men to the Defense of Their Country*, London: In aedibus Thome Bertheleti typis impress, Cum priuilegio ad imprimendum solum, 1539, p. A3v.

⑦ See J. W. Allen, *A History of Political Thought in the Sixteenth Century*, London: Routledge, 1938, pp. 125—133.

王完全抛弃受国会制约的传统,甚至实行个人专制统治而成为暴君。16 世纪早期,被动顺从比任何时候更为严格地得到运用,因为此时君王们必须足够强硬和专制才能推行英格兰、德国和其他地区的宗教改革。亨利八世和伊丽莎白一世时期,国内外天主教势力互为勾结,英格兰需要强势乃至专制的君王。在年幼国王爱德华六世统治的 1547 至 1553 年间,秩序与安全显得更为重要,1547 年,以法律形式,被动顺从之训诫获得国会批复。例如,第五条训诫源于上帝建立的秩序和等级这一原则,宣称君王由上帝恩典,无论多么邪恶的君王都不可受到抵制,正如基督和他的使徒们也遭受不公正的官员们的统治。第六条训诫关于基督教仁爱与慈善,指责反叛之人就像"一个化脓和溃烂"部位,"热爱整个身体"的善良外科医生必须切除它。① 非常清楚,两条训诫不仅宣扬顺从国王之理念,第六条也呈现仁爱作为身体部位之间的黏合剂,隐喻政治身体具有的人体有机性。理查德·莫里森对此回应道,英格兰受到罗马教廷的威胁,全体国民应该"团结起来,顺从臣民之头,听令于国王"。② 在英格兰狮子与罗马老鹰的未来较量中,作为政治身体的皇家成员,英格兰人应该团结一致,随时准备好为国捐躯,清除雷金纳德·波尔等表征英格兰疾病的"腐烂痘痕"。③ 此时,王国有机体各部分之间的纽带显现出来。

　　宗教改革进程中的英格兰面临各种挑战,政治有机体患上各种疾病,英格兰人表达不安与焦虑。在短诗《骚乱者》中,诗人、辩论家、新教牧师、出版商罗伯特·克劳利(Robert Crowley,1517—1588)表达类似的对病态的王国身体伤感:

> 当身体痛苦时,因为腐败的体液,
> 要恢复健康,那些体液必须净化。
> 甚至政治身体也发生此类情况,
> 经常偶然生病和身感不适,

---

① See Anonymous, *Certain Sermons, or Homilies, appoynted by the Kynges Maiestie, to be declared and redde, by all persones, vycars, or curates, euery Soōday in their churches, where they haue cure*, London: by Edwarde Whitchurche, 1547, p. S3v.

② See Richard Morrison, *An Exhortation to Stir all English Men to the Defense of Their Country*, pp. Biv—B2.

③ Ibid., pp. C8v—D1.

因为恶毒的怨恨，这些人
企图破坏王国的统一。①

"身体""体液""净化"等医学术语说明人体与政治身体之间的有机类比关系，
"恶毒的怨恨"指向那些试图批评、"破坏"或颠覆王国统一的反叛者。必须借
助放血疗法，"净化"反叛者之"腐败"，王国才能恢复健康。该诗以祈祷结束，
希望王国身体死亡时间还未到来：

上帝同意，我们的罪恶还未让我们如此低劣，
以致我们错过治疗时间：上帝的确深知这个；
我有信心再次看到健康，如果最终命运
还没到达；主很快就会发布这一消息。②

克劳利承认，英格兰病入膏肓，但"罪恶"还不够严重，政治身体因而有待
治疗和恢复健康。除政治宗教问题外，"我们的罪恶"还可能是英格兰的经济、
文化与国家关系问题，作者对英格兰身体的深度焦虑与烦躁之情流露出来。
在《最后的喇叭声》一诗中，克劳利指出，一个人应该顺从国王，哪怕被国王命
令做福音书所禁止的事情：

需明白，你不可轻视他，
而是应用尊敬回答他。
尽管你或许会，然而
决不可忘记顺从。

因为正是上帝指派
君王们和统治者坐在王位上：
用他的权力，给他们涂上
神圣油膏以被顺从，确定无疑。③

---

① Robert Crowley, *The Selected Works of Robert Crowley*, ed. J. M. Cowper, London: Published for the Early English Text Society by Kegan Paul, Trench, Trubner, 1872, p. 21.

② Robert Crowley, *The Selected Works of Robert Crowley*, ed. J. M. Cowper, p. 23.

③ Ibid., pp. 67—68.

被理论家神圣化后,英格兰由作为上帝代理人的国王统治,从罗马教廷独立后成为政教合一的神秘政治身体。自然地,拯救患病的政治身体在于镇压叛乱与抵御外敌,而这离不开国民团结一心,绝对听令于化身为上帝的国王,顺从国王之任何决定。在宗教改革时期的 16 世纪,这当然有利于民族政权建设和国家繁荣稳定。但此药方似乎否定中世纪以来的基督教仁爱,否定国王对臣民的责任,使用武力取代自然和谐,所谓神圣君王可能转变成践踏民意的暴君。需要思考,顺从君王之药方是否完美适用于宗教改革后的 17 世纪社会,可否演化为危害英格兰政治身体的毒药而让国民焦虑?

英国的政治身体理论强调君王、贵族与平民之间的和谐关系,正如基督教的上帝、基督与圣灵之间的三位一体。国民顺从君王,但君王也受制于代表国民的国会上下两院。英格兰君王自中世纪以来就形成了国王每年召开一次国会的惯例。普通法规定,国王在享受一些特权时,不经国会同意不得擅自征税。17 世纪上半叶,斯图亚特王朝君王打破这一传统,提出极端的君权神授理论,把政治身体理论中的顺从君王之理念推到极致,俨然一副暴君形象,遭到全社会的普遍抵制。1603 年,联合君王詹姆士一世登基后,企图在同一法律和同一国会下统治英伦诸岛,可遭到英格兰、苏格兰的反对。[1] 1604 年 7 月 7 日,詹姆士休庭国会,因后者未能支持合并王国计划与满足他的金融援助需求。英格兰宫廷肆意挥霍,加上通货膨胀,政府面临严重财政压力。1610 年 2 月,索尔兹伯里提出"大契约"计划,国会同意征收 60 万英镑帮助国王还债,每年还可再征收 20 万英镑解决财政危机,作为交换,要求国王做出 10 项让步。接踵而至的条款使詹姆士失去耐心,同年 12 月 31 日他解散国会。1614 年,下议院不愿授予他需要的钱,国会开始后仅 9 周詹姆士解散国会。[2] 自 1614 至 1621 年,詹姆士实行个人专制统治。[3] 查理一世时期(1625—1649),国王与

---

　　① See Croft Pauline, *King James*, Basingstoke and New York: Palgrave Macmillan, 2003, pp. 52—54.

　　② Ibid., pp. 75—81, 93.

　　③ 詹姆士甚至使用商人官员,纵容后者通过贩卖男爵爵位和其他尊贵职位为国王募集资金。See David Harris Willson, *King James VI & I*, London: Jonathan Cape, 1963, p. 409.

国会的关系更加紧张。① 1629 年 3 月 2 日,查理一世命令会议休庭,国会议员推举国会长约翰·芬奇代表国王,以便在会议结束前,国会能通过反对天主教、阿米纽派教和吨位税的决议。查理一世恼羞成怒,解散国会,逮捕其 9 名国会领导人并对执行死刑,引发国民抗议。② 此后至 1640 年,他开始了无国会统治的"11 年暴政",英国处在内战前夕。③ "三十年战争(1618—1648)"期间,因财政匮乏不能有效援助新教国家,他与法国、西班牙签署休战协议。④

暴政让早期现代人对王国的政治身体甚为焦虑,他们从社会契约论出发反思英格兰的王权疾病。契约最早出现在《圣经·旧约》中,是指上帝与亚伯拉罕,或者说上帝与亚伯拉罕代表的以色列民族之间的合同,亚伯拉罕信仰上帝,而作为回报,上帝允诺亚伯拉罕及其子嗣以色列人人丁兴旺、繁荣富强。中世纪社会中,契约用于指称封臣与领主之间的契约关系,主人授予臣子封地,作为报答,封臣为领主出兵作战。1215 年,约翰与国会签订《自由大宪章》,英格兰国王与教会、贵族之间的权利义务关系以契约形式确认下来。⑤宗教改革时期,加尔文相信,基督到来时为了实现上帝与亚伯拉罕订立的契约,天选之人组成基督身体——教会,应对教会的头基督负责,需脱离罗马教廷伪教会和不认可罗马教皇。⑥ 神学契约在早期现代社会被用于政治身体上。强调国民的被动顺从国王时,神学家们也强调国民抵制不采纳上帝教义、纪律的暴君与政府。对人的顺从不可干扰对上帝的顺从,且在古罗马就存在

①　查理一世与国会最初的紧张关系,源于他对天主教国家的亲和政策,也因为他没收那些拒缴船舶吨位税的人之财产,而该吨位税由他未经国会同意而擅自征收。1629 年 1 月,查理一世召开英格兰国会第二次会议,下议院公开反对他的吨位税政策,指控该政策违背了 1628 年通过的《权利请愿书》。See Brian Quintrell, *Charles Ⅰ*:*1625—1640*, Harlow:Pearson Education, 1993, p. 92.

②　See Brian Quintrell, *Charles Ⅰ*:*1625—1640*, p. 43.

③　See Charles Carlton, *Charles Ⅰ*:*The Personal Monarch*, 2nd ed. London:Routledge, 1995, pp. 153—154.

④　当然,他失去国会信任还因为王后是法国波旁王朝原公主和他试图在英格兰、苏格兰推行与天主教相关的高教会(high church)宗教仪式。See Charles Carlton, *Charles Ⅰ*:*The Personal Monarch*, 2nd ed. pp. 169—171.

⑤　See J. W. Gough, *The Social Contract*, 2nd ed. Oxford:Oxford UP, 1936.

⑥　See John Calvin, *Institutes of the Christian Religion*, 2 vols. tran. Ford L. Battles, Philadelphia:The Westminster Press, 1960, vol. 2:1014—1232.

护民官与监察官,他们的职责就是抵制暴政的统治者。① 面对与天主教君王修好的统治者,约翰·诺克斯公开陈述反叛权:"如果他们的国君毫无底线[……]国君就应该受到抵制,甚至使用武力。"②杀害新教徒胡格诺派的巴塞洛缪惨案(1572)发生后,《反暴君控诉书》(1579)提出,上帝与信徒(包括国王在内)之间的契约诞生了教会,而国王与臣民之间的契约规定了国王权威与其为国效劳之责任。国王如不能高举国民的信仰旗帜或以此方式行事,国民可合法抵制甚至推翻他。③ 理论家约翰·庞奈特写道:"在一个王国,顺从太多或太少必然导致邪恶与无序。"④他为抵制理论辩护:"当旧头被砍掉、新头被安置,即是说,当有了新的管理者,王国仍可生存。国民发现旧头寻求太多自己的意志而非王国的幸福。正是因为王国的幸福他才被恩准坐在王位上。"⑤政治身体永存而自然身体可以"转让"。显而易见,庞奈特使用国王的两个身体理论,表达他的反暴政思想和对英格兰王权现状的忧思。

　《教育人民团结与顺从的劝告书》可谓是一本责备叛乱的代表作,作者托马斯·斯塔基指向发生在亨利八世统治期间危害英格兰健康的平民反叛。这次运动称为"求恩巡礼",1536 年 10 月始于约克郡,后蔓延到包括坎伯兰郡、诺森伯兰郡、兰开夏郡北部等北英格兰部分地区,由律师罗伯特·阿斯科领导,被认为是都铎时期最严重的叛乱,抗议亨利八世与罗马教廷脱离关系、解散修道院的决议和当时政务秘书托马斯·克伦威尔的"低劣身世"。⑥ 1537 年10 月,叛乱被镇压下去,两百多人被绞死。尽管天主教七条圣餐礼中的四条

---

① 　See John Calvin, *Institutes of the Christian Religion*, 2 vols. tran. Ford L. Battles, vol. 2: 1519.

② 　John Knox, *The History of the Reformation of Religion in Scotland*, ed. Cuthbert Lennox, London: Andrew Melrose, 1905, p. 234.

③ 　See J. W. Gough, *The Social Contract*, 2nd ed. pp. 52—55.

④ 　John Ponet, *A Short Treatise of Politic Power and of the True Obedience*, Strasbourg: Printed by the heirs of W. Kopfel, 1556, p. C8.

⑤ 　Ibid., p. D7.

⑥ 　此次叛乱有经济、政治和宗教原因。经济上,1535 年荒灾导致食物价格上涨,解散修道院让穷人无法获得食物和庇护所。政治上,亨利八世抛弃第一任妻子凯瑟琳,又捏造通奸和叛国的罪名把第二任妻子安·博林处死,这导致许多北方英格兰人反感国王。另外,宗教改革使他们担忧,他们的教堂器皿被没收,被强征洗礼税,新祈祷令让官方教义越加新教化而违背他们内心的宗教信仰。See Madeleine H. Dodds and Ruth Dodds, *The Pilgrimage of Grace 1536—1537 and the Exeter Conspiracy*, Cambridge: Cambridge UP, 1971.

被恢复,但克伦威尔继续推进亨利开创的宗教改革。最震惊朝野的贵族倒戈要数伊丽莎白一世时期埃塞克斯伯爵叛乱。作为爱尔兰战争(1594—1603)的英军统帅,他因受到政务秘书罗伯特·塞西尔的排挤,且未能完成女王的任务而最终失去女王信任,发现自己大势已去时从爱尔兰潜伏回国反叛女王。1599 年"米迦勒节前夕,上午 10 点",未经女王召唤,他秘密回到英格兰无双宫,"直接抵达女王寝宫,发现她刚起床,正梳妆整发"。1600 年 6 月,埃塞克斯在法庭接受他的同僚官员审判,被剥夺了所有头衔和职务,丧失了他的收入、影响力和荣誉。1601 年 2 月 8 日,出于无助,埃塞克斯使用极端措施,带领其官邸的众多追随者穿越伦敦城,叫嚣要铲除他的政敌和控制女王。当塞西尔向伦敦城宣布埃塞克斯为叛徒时,伯爵的支持者瞬间消失,他被迫向女王的人投降。为减少支持伯爵的伦敦残部势力,塞西尔要求伦敦的神职人员散布反对埃塞克斯的指控词。两周后,法院宣判埃塞克斯叛国罪名成立。[①] 1601 年 2 月 25 日,埃塞克斯在伦敦塔被处决。

　　16、17 世纪社会深感臣民叛乱对英格兰带来的威胁。托马斯·斯塔基在政论文《波尔与卢普塞对话录》(1535)中,让激进、理想的柏拉图主义者波尔与保守、现实的亚里士多德主义者卢普塞展开对话,波尔有似《理想国》中的苏格拉底,描绘英格兰问题,提供了一系列切实可行的改革方案。斯塔基试图说服亨利八世,波尔会支持国王离婚。他把古希腊的比例与美的艺术理念、基督神秘身体、人体与政治身体类比、古典医学等结合起来,探讨"灵魂"和"身体"的疾病与疗方。"灵魂"指国家的法律,"身体"是指英格兰社会。波尔把"身体"再分为"健康""力量"与"美"三大范畴,分别涉及 4、1 与 3 种疾病。波尔把人体各部分与王国特殊阶层做类比:国王或统治者是心脏,他的政府官员是眼与耳,工匠与勇士是手,农夫是脚。与"健康"相关的重要疾病之一是瘟疫,意指政治身体的各部分之间缺乏和谐,如平民反叛统治者,世俗反叛精神。[②] 如此看来,1536—1537 年的北英格兰地区叛乱与 1599—1601 年埃塞克斯叛乱正

---

　　①　See Robert Lemon and Mary Anne Everett Green, eds. *Calendar of State Papers*, *Domestic of the Reigns of Edward VI*, *Mary*, *Elizabeth and James I*, *1598—1601*, London: Public Record Office, 1896, pp. 565—568, 589.

　　②　See Thomas Starkey, *Dialogue between Pole and Lupset*, ed. J. M. Cowper, London: Published for the Early English Text Society, by N. Trübner & Co., 1871, pp. 1—78.

是英格兰社会的瘟疫,前者是平民反叛统治者,后者是贵族反叛上帝代理人君王。除视作王国"瘟疫"外,"叛乱"也是"力量"与"美"范畴中的手脚"痛风"之疾病。而王权暴政是该范畴中忽略责任的头(国王)所患的"狂暴"之病。波尔列举王国的"灵魂"疾病,例如,国王容易超越法律而生发"暴政"。在此意义上,詹姆士一世与查理一世的个人专制统治既是王国的身体疾病,也是灵魂疾病。对于政治身体疾病,波尔提出各种医治方案。而治疗英格兰"瘟疫"与"狂暴"在于,教育新人、平民和中产阶级向过去的和谐、等级社会看齐,把统治者教育成柏拉图所赞扬的理想哲学王。但卢普塞警告波尔,柏拉图写的是一个不可能的共和国,竭力让波尔接受现实,在现实框架内讨论治疗英格兰疾病的方案。[①] 这无疑暴露了斯塔基对英格兰政治身体的焦虑。

如果说作为社会疾病的叛乱是黄胆汁过多所致,那么不满社会者(malcontents)和清教徒(puritans)的怨言则是黑胆汁过多所引发。病理学上,这些抱怨者所犯之病被称为忧郁。社会学意义上,忧郁暴发源于人们对社会现状不满或宗教改革不彻底,或卷入派系斗争的一方对另一方批评与怨恨等,与政治学和神学相关。自 16 世纪最后 20 年直至伊丽莎白一世去世,忧郁作为一种话语被介绍到英格兰,得到知识阶层、中产阶级、贵族阶层和清教徒的青睐。准亚里士多德的忧郁天才理论对博学而不得志的知识分子和那些对政府、新教不满的人士具有极大的吸引力,因为忧郁被认为是精英阶层的特殊天赋,是哲学家、文学家和英雄人物才具有的品质。当时毕业于牛津、剑桥的许多出身低微的知识分子被冷漠对待,他们使用诗歌表达怨言,倾诉其政治边缘遭遇,愤世嫉俗发展成政治社会的怪癖,抱怨演变成一种可能导致亡国的社会疾病。伊丽莎白一世时期,英格兰面临重大挑战,如罗马教廷耶稣会的威胁、持久的爱尔兰战争、西班牙无敌舰队的进攻、玛丽政变和贵族叛乱等,而人们对忧郁的着迷正发生在这种政治气候中。忧郁成为一种文化危机和文化焦虑符号。女王成功击败各种威胁和化解各种社会危机,有力地抵制了社会对政府的指责、怨言和不满。负能量的忧郁被消解,英格兰基本恢复平稳和健康。内战时期,清教徒联合国会、苏格兰长老会对峙查理一世,英格兰出现诸多小册子、布道辞、歌谣和演说等,作为宗教冲突与权力表达的载体,忧郁变成

---

① See Thomas Starkey, *Dialogue between Pole and Lupset*, ed. J. M. Cowper, pp. 79—110.

政治话语系统中的一个重要元素,消极意义清晰可见。[①] 早期现代文学书写作为政治身体疾病的忧郁,看到忧郁盛行可能导致政治动荡时,肯定忧郁比"效忠和誓言"之政治文本能更好审查民族身份状况,推动政府的各项改革。[②]

对与忧郁有关的怨言之王国疾病,神学家、政治家、文学家等纷纷撰文谴责。托马斯·斯塔基谈论到王国"健康"时提出疾病"水肿",说明国家的懒散仆人和自耕农(坏体液)过多导致国家缺乏战斗力,这些人基本只说不做,他开出的药方是流放这些不满现状之人。[③] 在《一声低语抱怨》(1607)中,作家尼古拉斯·布莱顿(1545—1626)斥责那些"体液过多之人",他们不满自己的社会地位,他们的"低语抱怨"在个人和王国的灵魂中"产生了一个无法治愈的伤口"。[④] 他使用有机身体之术语描写王国,国王是身体所有部分都必须服侍的灵魂。[⑤] 眼睛是政务院,手是工匠,脚是乡村劳动者,如果身体的某一部分受到伤害,其余部分都会来帮助它。布莱顿引用圣经法令,以清除冒犯身体健康的眼或手。他叙述道:"最好让一小撮低语抱怨者随他们的抱怨而消失,否则整个王国会因他们的抱怨而消亡。"[⑥]为凸显抱怨之后果,布莱顿论述道,一个人不应该向一个邪恶的国王低语抱怨,只能为他的改过自新祈祷,"对于头,没啥可以抱怨的,必须持续下去 [……]"[⑦]约翰·李利捍卫新教政府,反驳清教徒忧郁之言:"用伪装的良知,你感染不同宗教,在国家的血管中散播毒液——你固执的虔诚。它像淋巴瘤一样潜入肌肉,如水银般进入骨头,最终腐蚀身体。"[⑧]威廉·埃夫里尔在政论文《对手间的神奇战斗》中,用舌头隐喻英格兰的挑拨离间者。当时英格兰面临西班牙无敌舰队和罗马教廷的攻击,舌头抱

---

① See Adam H. Kitzes, *The Politics of Melancholy: From Spenser to Milton*, New York: Routledge, 2006, pp. 1—22.

② Ibid., pp. 16—17.

③ See Thomas Starkey, *Dialogue between Pole and Lupset*, ed. J. M. Cowper, p. 79.

④ See Nicholas Breton, *A Murmur*, *The Works in Verse and Prose*, 2 vols. ed. Alexander B. Grosart, Edinburgh: Printed for private circulation by T. and A. Constable, 1875—1879, vol. 1: xii, 10.

⑤ Ibid.: 11.

⑥ Ibid: 11.

⑦ Ibid: 11—12.

⑧ John Lyly, *The Complete Works of John Lyly*, 3 vols. ed. R. Warwick Bond, Oxford: Oxford UP, 1902, vol. 3: 407.

怨背和胃(君王和权贵)采用暴政压迫手和脚(平民),激发后者起来叛乱,"背"指责"胃"贪婪,而"胃"讽刺手和脚愚蠢。手和脚均意识到,舌头使用谎言把他们弱化,最终他们与胃重归于好,英格兰身体得到营养而重获健康。[①]

王权暴政、国民叛乱与低语怨言等国内因素对王国身体造成极大破坏,而罗马天主教、殖民地国家与跨国贸易等国际因素威胁到英格兰国教会、王权之健康与经济安全。罗马天主教对英格兰新教政府的威胁,自亨利八世宗教改革以来就一直存在,尤其在伊丽莎白统治时期更加猖狂,女王必须对付罗马教皇、西班牙、苏格兰女王玛丽、英格兰海外流亡人员和国内天主教徒等。[②] 比如,1569 年,英格兰北部的天主教贵族企图罢黜伊丽莎白一世,而让苏格兰女王玛丽取而代之,称为北部叛乱或北部起义。尽管此次反叛未果,但玛丽曾宣称自己对英格兰王位有继承资格,也因此多次被国内外天主教势力所利用。由罗马教皇领导,西班牙菲利普二世想利用自己的弟弟奥地利的唐·约翰的婚姻,通过约翰与玛丽结婚取得对英格兰的统治。但正要开始远征英格兰时,约翰于 1587 年意外去世。1579 年 6 月,流亡博士尼古拉斯·桑德斯联合爱尔兰人菲茨莫里斯,组建一支舰队从西班牙港口出发,在爱尔兰登陆,号召爱尔兰人起义,反对"暴君"伊丽莎白。菲茨莫里斯在小规模战斗中死去,但桑德斯说服了德斯蒙德加入进来,南爱尔兰地区全境起义。1580 年,西班牙资助600 人第二次远征新教国家英格兰,却在丁格尔半岛遭到英格兰将军格雷袭击,这支力量到达爱尔兰之前就被歼灭,爱尔兰于 1580 年末投降,桑德斯于1581 年春天病死。[③] 1587 年始,西班牙无敌舰队淫威英格兰,直至第二年被后者所歼灭。而在斯图亚特早期,1605 年 10 月出现了火药阴谋或称为耶稣会叛国案。耶稣会是 1540 年在巴黎成立的宗教机构,最初参与反宗教改革的运动。该叛国案由英格兰的天主教徒发起,他们计划在 1605 年 11 月国会开

---

① See William Averell, *A Marvelous Combat of Contrarieties*, *Malignantlie Striving in the Members of Mans Bodie*, *Allegoricallie Representing unto us the Envied State of our Flourishing Common Wealth*, London: Printed by J. Charlewood for Thomas Hacket, 1588, pp. A1r−v, D1.

② See Wallace MacCaffrey, *Elizabeth I*, London: Edward Arnold, 1993, p. 334.

③ 视玛丽为威胁,伊丽莎白把她关押在英格兰内地的城堡或庄园中。1586 年,玛丽被发现密谋暗杀伊丽莎白而获罪,1587 年在福瑟陵格城堡被处决。See Wallace MacCaffrey, *Elizabeth I*, pp. 337−342.

始时,炸掉上议院,暗杀詹姆士一世并立他 9 岁女儿为英格兰天主教君王。[①]

法国因迫于镇压国内强大的新教力量而无暇顾及他国,只能屡次出资剿灭新教政权,英格兰社会对法国心存恐惧。面对安茹公爵的求婚,菲利普·锡德尼爵士警告伊丽莎白女王与法国人结婚的危险。无论对自然身体抑或政治身体,突然改变是异常危险的,"陛下是政治身体的头,与自然身体一样,更多体液会受到伤害和感染"[②]。安茹公爵提供所有"邪恶的感染性肢体",代表国际天主教势力这些麻烦制造者,腐蚀女王健康的政治有机体。[③] 锡德尼号召国民团结在新教女王周围,放弃天主教而信仰新教,让政治身体与教会身体统一起来,使王国充满生机,远离疾病。国内外天主教势力勾结而导致的叛乱与入侵是英格兰面临的潜在而真实的威胁。1570 年,罗马教皇诏书把伊丽莎白一世驱除出教,"从基督身体的统一体中分裂出来"[④]。为了阻止打着天主教信仰而叛国的行为,国内诸多作品强烈谴责非自然反叛给王国带来的恐惧,大力宣讲被动顺从之美德。1570 年,英格兰政府颁布《反不顺从与蓄意反叛的训诫》。该官方文件称,好或坏的统治者都由上帝所任命,挑战他们的权威就是挑战上帝。英格兰历史表明,这些反叛者都难逃失败。该训诫也从圣经叙事中引用扫罗、大卫、押沙龙等国王的例子,以劝说国民顺从作为上帝代理人的君主。该文件还使用政治有机体隐喻提出,一个臣民审判君主"好似脚必须审判头:一个非常可憎的王国必定生产叛乱"[⑤]。叛乱是"一种不合适、无益于健康的药物,对改革君主身体的小问题来说,或治疗政府的任何小伤痛,这种低劣的药物比王国身体中的任何其他疾病或无序更糟糕许多"[⑥]。伊丽莎白

---

① See C. Northcote Parkinson, *Gunpowder Treason and Plot*, Weidenfeld and Nicolson: Littlehampton Book Services, 1976, p. 46.

② Philip Sidney, "A Discourse … to the Queen's Majesty", ed. Albert Feuillerat, *The Complete Works of Sir Philip Sidney*, 4 vols. Cambridge: Cambridge UP, 1912—1926, vol. 3: 52.

③ See Philip Sidney, "A Discourse … to the Queen's Majesty", ed. Albert Feuillerat, *The Complete Works of Sir Philip Sidney*, 4 vols. vol. 3: 54.

④ J. R. Tanner ed. *Regnans in Excelsis in: Tudor Constitutional Documents: A. D. 1485—1603*, Cambridge: Cambridge UP, 1922, p. 145.

⑤ See Anonymous, *An Homilie agaynst Disobedience and Wyllful Rebellion*, London: In Powles Churchyarde, by Richarde Iugge and John Cawood, printers to the Queenes Maiestie, Cum priuilegio Maiestatis, 1570, p. B1.

⑥ Ibid., p. B1v.

时代的神职人员耐心地重复这种认识。譬如,在一次圣餐布道中,托马斯·卡特莱特"声讨那些响应他人号召的野心家,他们自己扮演眼、耳、手和一切"。[1]显然,"他人"是指企图通过推翻女王统治和建立天主教政权的危害英格兰身体健康之境外势力。

英格兰殖民事业在都铎王朝和斯图亚特王朝开始兴起,让王国成就世界霸主却也给英格兰带来巨大挑战,战争与抵抗威胁到王国身体的健康。15、16世纪地理大发现时代,西班牙和葡萄牙引领欧洲在全球探险,英格兰、法国和荷兰紧随其后。1496 年,亨利七世(1485—1509)派遣约翰·卡伯特(John Cabot)带领一支队伍探索经大西洋到达亚洲的路线,1592 年他在被误认为是亚洲的北美纽芬兰海岸登陆。1533 年,亨利八世宣称:"英格兰是一个帝国。"[2]宗教改革让西班牙成为英格兰不可和解的敌人,故 1562 年,伊丽莎白纵容海盗在西非海岸袭击西班牙、葡萄牙商船,进军大西洋奴隶贸易。[3]1587,英西战争爆发,女王对海盗表达天佑之意,派他们袭击西班牙在新世界的港口和满载财物之商船。[4] 国民谏言英格兰政府建立自己的帝国,因为西班牙已成为美洲霸主,着手在太平洋海域探险;葡萄牙已建立从非洲沿海、巴西到中国的贸易港口与要塞;法国开始定居圣劳伦斯流域地区,建立新法兰西殖民地。[5] 女王准许汉弗莱·吉尔伯特(Humphrey Gilbert)等人在加勒比和北美大西洋沿岸,从事海盗与殖民冒险。通过《伦敦条约》,詹姆士一世结束英西敌对状态,两国从抢夺殖民地转为在美洲大陆建立各自殖民地。随着 13 个殖民地的建立,英帝国开始形成。1652 年开始,英格兰与荷兰在印度、加勒比地区的贸易战演变为军事冲突。[6] 1670 年后,因竞争毛皮,在哈德逊海湾地

---

　① See Thomas Cartwright, quoted in John Whitgift, *The Works of John Whitgift*, 3 vols. ed. John Ayre, Cambridge: Park Society, 1853, vol. 1: 587.

　② Richard Koebner, "The Imperial Crown of This Realm: Henry VIII, Constantine the Great, and Polydore Vergil", *Historical Research* 26 (1953): 29—52, pp. 29—30.

　③ See Hugh Thomas, *The Slave Trade: The Story of the Atlantic Slave Trade: 1440—1870*, Picador, Phoenix: Simon & Schuster, 1997, pp. 155—158.

　④ See Niall Ferguson, *Empire: The Rise and Demise of the British World Order and the Lessons for Global Power*, New York: Basic Books, 2004, p. 7.

　⑤ See Nicholas Canny, *The Origins of Empire*, *The Oxford History of the British Empire Volume 1*, Oxford: Oxford UP, 1998, p. 62.

　⑥ See Trevor Owen Lloyd, *The British Empire 1558—1995*, Oxford: Oxford UP, 1996, p. 32.

区,英格兰建立的要塞与港口不断遭到新法兰西殖民者干扰。[①] 英格兰股份公司经营商品买卖,发展英格兰、非洲、美洲之间的三角奴隶贸易。英格兰自16世纪入侵爱尔兰,采用殖民北美之模式,引入新教、英格兰法律与种植园经济。[②]

　　为适应英格兰意识形态需要,作为对手的欧洲大陆国家需在英格兰历史文本中被以不同的病理学形象构想出来,以缓解英格兰人的内心焦虑。冒险者日记刻画热体液的西班牙人之贪婪残忍和在西印度群岛的反人类罪行。在介绍西班牙的地理与自然资源时,一些翻译过来的古典作品尽管比较客观,但译者也会插入自己的注释,流露出对西班牙殖民主义的不支持、愤怒和讽刺。有些作品特别强调伊比利亚半岛在历史上受到伊斯兰长达数个世纪的统治,以塑造西班牙与穆尔人一样的东方异教他者形象。[③] 英格兰人自然也对来自法国的威胁心存不安,因它在玛丽·斯图亚特被罢黜前,在历史上一直与苏格兰结盟,如今又在北美新英格兰附近与英争夺殖民地。当梅毒的巨大传染性使人们感到惊恐时,1519年,威廉·霍尔曼写道:“法国痘疹非常危险,异常恐怖,因为一接触它就被染上。”[④]与梅毒发生联想,法国作为病原体威胁英格兰健康之意义再明显不过了。当然,英格兰还把梅毒称为西班牙疾病或那不勒斯疾病。在欧洲大陆,梅毒在命名上被理解为起源于他处且由渗入到政治身体和自然身体的外在身体所传染。[⑤] 而荷兰尽管是新教国家,但大量外来新教徒逗留英格兰让英格兰人失去了不少就业机会,加上在国际商业领域与英格兰东印度公司竞争,1593年5月,伦敦流行《反荷兰移民控诉书》,称荷兰人为“正如带给埃及的瘟疫”[⑥]。对殖民地人民的抵抗,英格兰使用疾病话语化

---

　　① See Philip Buckner, *Canada and the British Empire*, Oxford: Oxford UP, 2008, p. 25.

　　② See Alan Taylor, *American Colonies*, *The Setting of North America*, London: Penguin, 2001, pp. 119, 123.

　　③ See Monica Matei-Chesnoiu, *Re-imagining Western European Geography in English Renaissance Drama*, London: Palgrave, 2012, pp. 138−151.

　　④ William Horman, *William Horman's Vulgaria*, ed. M. R. James, London: Roxburghe Club, 1926, p. 57.

　　⑤ See Claude Quetel, *History of Syphilis*, trans. Judith Braddock and Brian Pike, Baltimore and London: Johns Hopkins UP, 1992, p. 19.

　　⑥ 笔者对《反荷兰移民控诉书》的引用,源于批评家亚瑟·弗里曼的抄录,详见 Arthur Freeman, "Marlowe, Kyd, and the Dutch Church Libel", *English Literary Renaissance* 3 (1973): 44−52, pp. 50−51。

解内心恐惧。斯宾塞劝告英格兰官员:"首先得彻底搞懂(爱尔兰)是什么疾病,其次教授如何治疗和矫正,最后开具需严格执行的药方。"①

自都铎王朝早期开始,跨国贸易的繁荣却使英格兰经历了金融危机,严重威胁到英格兰政治身体健康。亨利七世结束了旷日持久的玫瑰战争,削弱贵族权力以巩固王权,为经济发展赢得了和平稳定的环境。亨利八世的宗教改革没收教会的土地和财富,加强了王室的经济实力,英格兰在政治、宗教和经济上变成一个高度统一的民族国家。为防范来自欧洲大陆天主教势力的入侵,发展经济的任务显得尤为迫切,经济学家极力为国王寻求增加财税和财政的方法。在海外,英国商人从德国北部的汉萨同盟商人和意大利的伦巴族人等外籍商人手中夺得海外贸易控制权。1576 年后,包括黎凡特公司和东印度公司在内的一些新成立的英国联合股份公司控制了原被葡萄牙占领的香料和丝绸贸易。② 16 世纪中期开始,英国海外贸易额大幅增长,"与过去一千年相比,都铎时期的英格兰经济更显健康,更加扩张和更为乐观"③。但 1540 年至 1560 年间,英国经历了一场经济危机,这与人口迅速增长和不平衡的国际贸易有关。人口从 1450 年的两百万增长到 1600 年的四百万。英格兰刺激经济增长,加速农业商业化,增加羊毛生产与出口,鼓励外贸和推动伦敦发展,但劳动力市场竞争引发低工资,羊毛出口需求过大促发圈地运动,外来商品涌入国内引起通胀压力,贫富差距逐渐拉大。④ 外贸过快增长致使大量外来货币与黄金流入国内,导致货币贬值与物价飞涨,英格兰陷入经济瘫痪。从道德伦理出发,当时一些经济学家把它归因于英格兰人的对外来商品的贪欲,正如菲利普·斯塔布斯指出:"美味食物、华丽建筑和奢华服饰等三个病因,如果不进行任何改革的话,在时间流逝中,它们会耗光王国财富。"⑤

16、17 世纪英格兰使用政治身体类比,叙述严重的经济和社会错位。人

① Edmund Spenser, *A View of the State of Ireland*, eds. Andrew Hadfield & Willy Maley, Oxford: Blackwell, 1997, pp. 1—21.

② See Robert Brennerm, *Merchants and Revolution: Commercial Changes, Political Conflict, and London's Overseas Traders, 1550—1653*, Princeton: Princeton UP, 1993.

③ John Guy, *Tudor England*, Oxford: Oxford UP, 1988, p. 32.

④ See Ian Dawson, *The Tudor Century 1485—1603*, Cheltenham: Nelson Thornes, 1993, p. 214.

⑤ Philip Stubbes, *The Anatomie of Abuses*, London: Published for the New Shakespeare Society by N. Trubner & Co., 1877, p. 106.

们意识到事态严重,关注圈地运动、物价猛涨、货币紧缩及由挪用教会土地导致的经济腐败等问题。国民的经济态度正发生变化,谴责"贪欲"的小册子非常普遍。比起中世纪修士和领主,现今的商人和通过宗教改革没收教会领地之政策而致富的那些人,似乎不再对佃农的幸福负责。[①] 克莱蒙·阿姆斯特朗强烈批评圈地运动,"在 60 年中,王国身体中部的四五百个村庄"全被毁了。[②] "一种可怕的景象,因为缺乏上帝活生生的恩典,英格兰活得像一只野兽。[……]王国身体贫穷而可怜的兽性成员,聚在一起见面时,抱怨因缺少衣服、金钱而导致的溃疡般的伤痛。"[③]痛苦沮丧之因在于"英格兰人从不为王国谋利,而是每人只追逐自己的利益"[④]。阿姆斯特朗结合有机体类比,提出促进羊毛贸易平衡的建议,提供就经济系统如何有效工作的办法。他使用"药膏"涂于伦敦的"溃疡处",让国王暂停执行城市宪章,直到外国人使用金钱付羊毛款而不是以物易物。[⑤] 在《波尔与卢普塞对话录》中,托马斯·斯塔基使用"中风"指称为了无用快乐而制造或获取东西,包括装饰品、时装、"新奇事物"。[⑥] 该政论文中的人物波尔用"中风"指向商人和那些进口古怪的肉和酒、戴上虚荣的珠宝首饰、创作无聊歌曲及其他类似的闲散人。他们的工作没有任何用处,"他们似乎在忙,但对王国身体无任何益处,也没带给王国任何福祉"[⑦]。1601 年国会对商业公司的垄断问题展开辩论时,马丁先生反问:"城市和乡村的主要商品都由王国的吸血鬼所垄断。如果身体被放血,因没有任何疗方而会疲倦不

---

① 人们怀念中世纪的秩序、和平、仁爱与全体国民之幸福图景。See J. W. Allen, *A History of Political Thought in the Sixteenth Century*, pp. 134—156.

② See Clement Armstrong, "A Treatise Concerning the Staple and the Commodities of the Realm", eds. R. H. Tawney and Eileen Power, *Tudor Economic Documents*, 3 vols., vol. 3, London: Longmans, 1924: 90—114, p. 100.

③ Clement Armstrong, "A Treatise Concerning the Staple and the Commodities of the Realm", eds. R. H. Tawney and Eileen Power, *Tudor Economic Documents*, 3 vols., vol. 3, pp. 100—101.

④ Ibid., p. 114.

⑤ See Clement Armstrong, "How to Reform the Realm in Setting Them to Work and to Restore Tillage", eds. R. H. Tawney and Eileen Power, *Tudor Economic Documents*, 3 vols., vol. 3, London: Longmans, 1924: 115—29, p. 125.

⑥ See Thomas Starkey, *Dialogue between Pole and Lupset*, ed. J. M. Cowper, p. 80.

⑦ Thomas Starkey, *Dialogue between Pole and Lupset*, ed. J. M. Cowper, p. 82.

堪,身体的美德阶层能活长久?"①把经济危机的病因诊断为贪欲、贸易不平衡与商业垄断行为等,英格兰人表达出对英格兰王国身体之营养状况的担忧。

通过分析国内外各种因素,借助身体理论与疾病话语,早期现代人剖析英格兰中的各种急症,旨在构建一种以等级秩序、和谐与平衡为特征的理想化政治身体与强大的帝国愿景。爱德华·福塞特在《自然与政治身体的比较话语》(1605)中,从引用毕达哥拉斯的"人是万物的尺度"开始,把人体的灵魂与身体关系比作政治身体的国王与臣民的关系,描绘一个理想的、几乎专制的君王和完全顺从、效忠的国民。君王由上帝而不是身体所选择,王权来源于上帝而非被统治者的同意,故君王不需要接受臣民审判。灵魂的意志就是王国法律。君王的顾问是他的理解力,君王的宠臣是他的幻想,朝臣是身体胃口,王国档案是身体记忆。尽管身体可能反叛灵魂,但灵魂会继续爱护身体。身体体液正如人们的风俗,会影响君王的决策,也可能导致许多头的疾病。② 王国与人体类比展现了政治身体各部分之间森严的等级结构与统治阶层与被统治者之间被和谐化的关系。福塞特还把政治身体中的贵族、学者、自耕农和商人比作宇宙天体中的火、气、土和水四元素。③ 人体、政体和天体等大小宇宙的对应关系再清楚不过了。然而,当从宗教、政治争论提升到更高艺术水平时,政治身体毕竟只是对政治王国的理想再现,是用于讨论政治行为而形成的判断标准。所以,当代批评家对福塞特政治理论的较低评价似乎是可以接受的。④莫尔、莎士比亚、伯顿、琼森等作家或许因为意识到这一点,才创作理想主义或现实主义文学,讨论政治身体之完美与现实人物之不完美之间的巨大裂痕。⑤而这正是 16、17 世纪文学对英格兰健康焦虑的现实起源。

---

① Quoted in R. H. Tawney and Eileen Power, eds. *Tudor Economic Documents*, 3 vols., vol. 2, London: Longmans, 1924, pp. 274—275.

② See Edward Forset, *A Comparative Discourse of the Bodies Natural and Politique*, London: Printed by Eliot's Court Press for John Bill, 1606, pp. B2, D4.

③ Ibid., p. F3v.

④ See J. W. Allen, *English Political Thought: 1603—1644*, London: Routledge, 1938, p. 76.

⑤ See David G. Hale, *The Body Politic: A Political Metaphor in Renaissance English Literature*, p. 107.

第 二 章

16、17世纪复仇剧中的人体忧郁与王权焦虑

本章至第五章主要研究英国16、17世纪文学中的忧郁、疯癫等自然身体疾病,以及饶舌谣言、流行性瘟疫、宗教极端主义等政治身体疾病。自然身体疾病被置于政治、宗教语境中探讨,解析政治身体疾病离不开自然身体疾病的医学起点。在早期现代作品中,无论自然身体疾病抑或政治身体疾病,它们皆是作家们思考国家问题的重要媒介。

自亚里士多德提出天才忧郁论,忧郁成为知识阶层与贵族社会的性格特征和身份标签。经过中世纪的基督教社会,"忧郁"在文艺复兴时期从欧洲大陆介绍到英格兰。在英格兰宗教改革与民族国家建设过程中,忧郁的诗学、病理学、神学与政治学内涵逐渐形成。忧郁不仅与个人才华发生关联,更具有对病态的王权社会之愤怒、抱怨、不满、绝望与忧伤等意义。

与忧郁医学文本和宗教政治小册子一道,作为忧郁文学的复仇剧谴责王权腐败与各种社会问题,表现早期现代英格兰的王权焦虑。剧中忧郁的复仇者有似医生,使用刀剑解剖政治身体疾病,又化身为上帝,惩罚与拯救王国的腐败政治身体。忧郁复仇者的复仇暴力威胁王权稳定,犹如政治身体的疾病,忧郁的病理学内涵彰显出来,但复仇行为也可给王国带来新生,有似上帝医生对政治身体的医疗手术,显现忧郁的神学伦理涵义。然而,个人身体与国家身体类比完全依赖语境,语境中的人体和政治身体都会衰老和死亡,因此静态类比只是一种幻觉。莎士比亚《裘力斯·恺撒》(*Julius Caesar*,1599)质疑静态的国家疾病话语,剧中弑君与忧郁意义含混,布鲁特斯的忧郁不仅因拯救国家

引发,更因弑君后国家身体发生动态变化让自己无所适从所致。

第一节　16、17 世纪的忧郁理论

忧郁是一种文化思想,解释与组织人们看待世界与自身彼此的方式,塑造社会、医学与认识论的标准。[①] 经中世纪基督教社会后,古希腊哲学与医学在16、17 世纪社会全面复兴,忧郁获得诗学、病理学、神学乃至政治学等多重内涵。"忧郁"被定义为胆汁过剩所致的一种身体状态,也被接受为上帝通过撒旦施予良知遭罪之人的身体疾病,还被理解为最高天体土星、木星带给天才忧郁人士的体液不平衡。忧郁症状表现在身体和思想上。忧郁在人体上呈现为冷、热与干等不同"质(quality)"混合而成的过剩体液,显现黑色、苍白色与红润等肤色。此周期性疾病表现为人在睡眠时间、脸色、消化、胃口、情绪、眼神等方面的不正常。忧郁体液进入大脑,导致忧郁人士情绪受到干扰,或呆滞、多睡与梦幻,或热情、智慧与博学,或好战、愤怒与癫狂,或孤独、多疑与恐惧,或夸张想象自己或周围人与事物等。忧郁在早期现代知识分子中尤为流行,不仅因为亚里士多德的忧郁天才理论对他们有很大吸引力,更由于大多知识分子遭受政府冷淡对待,不满王国政府的专制腐败。他们愤世嫉俗,或撰文抱怨国家,表达政治边缘遭遇,试图改变现状却无能为力,体液过剩而患上忧郁或形成忧郁型人格。[②] 在英格兰宗教改革与新兴民族国家建设中,各种王权政治问题暴露无遗。正是在对政治身体疾病的批评指责中,国民忧郁成风,忧郁成为英格兰社会的一个政治顽疾。

根据古典体液理论,"忧郁"乃是一种体液不平衡状态,为过热或过冷的体液所致,既可是身体正常的自然习性,也可是身体非正常的疾病状态。医生盖伦从自身经验与动物解剖中,基于希波克拉底等人的医学作品,提出四种体液理论,强调体液的目的性。人体内在热量使得血管中的食物营养发生改变。当热量适度时,多血汁产生,而当热量比例不适度时,疾病体液出现。更温的

---

① See Jennifer Radden, "Preface", ed. Jennifer Radden, *The Nature of Melancholy: From Aristotle to Kristeva*, Oxford: Oxford UP, 2000: vii—xii, p. vii.

② See Adam H. Kitzes, *The Politics of Melancholy: From Spenser to Milton*, New York: Routledge, 2006, pp. 14—17.

食物更倾向于产生胆汁(包括黄胆汁与黑胆汁),而更凉的食物倾向于产生黏液汁。就地域、季节与年龄段而言,越寒冷越加容易引发黏液汁,越温热越加容易引发胆汁。热、冷、干、湿等四种"质(quality)"的混合也决定个体的"习性(temperament)"差异,包括倾向于忧郁型、黏液型还是胆汁型等。[1] 在《论受到影响的身体部分》一书中,盖伦讨论忧郁疾病(melancholia)与忧郁人格(melancholy),提出极端的体液过剩造就疾病,非极端的过剩则决定气质人格类型。忧郁体液可能源于脾脏、胆囊、胃等不同身体部位,通过血流影响到大脑与全身。黑胆汁无论在身体还是思想(大脑)中,都会导致忧郁。"这些聚在大脑中的厚重体液损害大脑作为一个器官或一致结构的功能。因渠道受阻、体液结构被改变,作为身体有机部分与同质器官的大脑功能受损。"[2]灵魂由热、干等活跃的"质"混合构成,或者说,灵魂会随"质"的混合体变化而变化。有时,身体与大脑未受损,只是血液体液结构发生改变,需要采用全身放血或局部放血治疗,直至体液结构恢复平衡。黑胆汁可能因睡眠不足、食用兽类之肉、生活在过热环境中等原因所致,忧郁病人显现恐惧、沮丧、憎恨所有人等精神症状,但无论全身还是大脑的忧郁疾病,均可用淋浴、平衡饮食和排泄等方法处理。[3]

　　需要指出,自古希腊到早期现代,人们对忧郁体液"黑胆汁"的意义界定似乎含混不清。如果说盖伦医学侧重忧郁的冷干混合体(黑胆汁)之意义,那亚里士多德和罗伯特·伯顿(1577—1640)等则把热干混合体(黄胆汁)与冷干混合体两者均视为忧郁体液。亚里士多德接受四种体液理论,但提出黑胆汁也可能太热或太冷,各种体液混合体的冷热程度决定疾病差异,过多的黑胆汁引发精神紊乱(疾病),但轻度的黑胆汁不平衡是不同人体的正常习性。当然,强调习性而生发的忧郁,在文艺复兴时期逐渐发展为没有原因的莫名忧郁。[4]

---

① See Jennifer Radden, "Diseases of the Black Bile: Galen", ed. Jennifer Radden, *The Nature of Melancholy: From Aristotle to Kristeva*: 61－63, pp. 62－63.

② Galen, "On the Affected Parts", ed. Jennifer Radden, *The Nature of Melancholy: From Aristotle to Kristeva*: 63－68, pp. 63－64.

③ See Galen, "On the Affected Parts", ed. Jennifer Radden, *The Nature of Melancholy: From Aristotle to Kristeva*: pp. 64－68.

④ See Jennifer Radden, "Aristotle: Brilliance and Melancholy", ed. Jennifer Radden, *The Nature of Melancholy: From Aristotle to Kristeva*: 55－57, p. 57.

"忧郁体液早已在自然中混合了,因为它是热和冷的混合,因为自然包括这两个元素。因此黑胆汁变得很热或很冷。"①就性格而言,有相当多的冷黑胆汁人士会懒散、愚蠢,而有相当多的热黑胆汁人士会变得疯狂、聪明或多情。②作为疾病的忧郁在人体上随冷热黑胆汁变化而变化。作为习性的忧郁亦是如此,此乃正常的自然现象。多份额(冷热过度)的忧郁性情是不正常的,如不加以注意缓解,就会倾向于忧郁疾病。对不同人、不同年龄与不同部位,体液冷热不均,人的行为特征亦因此不同。黑胆汁(冷干)塑造出不同的习性、性格与人格,但必要时医生可以干预黑胆汁的冷热程度。③ 与亚里士多德一样,伯顿在广义上理解忧郁,凸显黑胆汁的"干"质之属性,强调忧郁包含冷干与热干等混合体:"正如白酒或草药对不同人有不同影响,忧郁体液使一些人大笑,一些人哭泣,一些人睡觉,一些人跳舞,一些人唱歌,一些人嚎叫,一些人喝酒,等等。[……]身体的这些症状乃忧郁体液所致,冷干混合体抑或热干混合体,因为这些是或多或少烧焦的体液。"④

　　除医学外,忧郁体液还从基督教框架中得到阐释,忧郁成为受到上帝惩罚而引发的黑胆汁过剩之后果。作为医生与牧师,提摩西·布莱特(1551?—1615)对医学与宗教感兴趣,区分生理学上的忧郁与上帝之手施予良知受罪之人的忧郁精神疾病。⑤ 当然,早期现代医学是身心医学,身体与思维情感互为影响。⑥ 身体的黑胆汁过剩让人精神上表现忧郁症状,反之,忧郁情感让人体产生过多的黑胆汁体液。布莱特指出,多血汁(热湿)、黄胆汁(热干)、黏液汁(冷湿)、黑胆汁(冷干)等源于"血液中的粗糙部分与排泄物",一起构成自然体

---

①　Aristotle, "Problems", ed. Jennifer Radden, *The Nature of Melancholy: From Aristotle to Kristeva*: 57—68, pp. 57—58.

②　See Aristotle, "Problems", ed. Jennifer Radden, *The Nature of Melancholy: From Aristotle to Kristeva*, p. 58.

③　Ibid. , pp. 58—60.

④　Robert Burton, "The Anatomy of Melancholy", ed. Jennifer Radden, *The Nature of Melancholy: From Aristotle to Kristeva*: 131—155, p. 138.

⑤　See Jennifer Radden, "Melancholy: Bright", ed. Jennifer Radden, *The Nature of Melancholy: From Aristotle to Kristeva*: 119—121, p. 119.

⑥　See Peter Womack, *English Renaissance Drama*, p. 76.

液,不友好的热量过多都可能引发忧郁。[①] 这呼应早期现代对忧郁体液的宽泛定义。但布莱特更重视个人罪恶而导致的精神上的非自然的忧郁疾病。此种忧郁有更深的发病原因,他们违背上帝造人时就立下的自然法而犯罪,故其灵魂、良心需受百般折磨。"扫罗王感染此病,上帝派遣邪恶精灵增加痛苦;因为背叛,犹大接受用自己的手给自己复仇之惩罚。[……] 这些受玷污的良心犯下让人憎恨的罪行。他们的心难逃蠕虫的致命撕咬,驱使他们绝望。"[②]尽管布莱特强调此类忧郁"源自良心 [……] 与身体或体液干预关系不大"[③],但罗伯特·伯顿在讨论忧郁体液引发忧郁情感时指出,一些人恐惧上天会压在其头上,另一些人因作恶而确信,他们良心受到困扰,不信任上帝的仁爱,相信自己会掉入地狱而后悔之极,害怕自己被恶魔附体,不敢独行,担心碰上魔鬼。[④] 当让忧郁体液与良心发生联系时,不难发现,16、17 世纪已在医学话语中解读上帝正义对罪恶之人施予的忧郁惩罚。

　　自亚里士多德提出天才忧郁论以来,土星、水星、天才与忧郁的关系建立起来。亚里士多德提出,大力士赫拉克勒斯、哲学家柏拉图与苏格拉底、诗人荷马、战争英雄埃阿斯、亚历山大大帝等天才人物都是忧郁型人格或患忧郁症,因为他们"身体热量接近思想所在地,感染疯狂或狂怒之疾。这适用于女预言家、占卜者与神启之人,他们的状况不是因为疾病而是一种自然混合体(热干)而起。"[⑤]意大利新柏拉图主义者马西利奥·费奇诺(1433—1499)引入基督教自由意志,丰富了亚里士多德的忧郁理论,强调在最高天体土星、水星照耀下出生的人蕴含最高灵魂能力,他们身体的热量在让其灵魂最大接近上帝时,黑胆汁(冷干)也让天才人士倾向忧郁习性或病态。文艺复兴图画作品

　　① See Timothie Bright, "A Treatise of Melancholy", ed. Jennifer Radden, *The Nature of Melancholy: From Aristotle to Kristeva*: 121—129, pp. 121—122.

　　② Timothie Bright, "A Treatise of Melancholy", ed. Jennifer Radden, *The Nature of Melancholy: From Aristotle to Kristeva*, p. 126.

　　③ See Timothie Bright, "A Treatise of Melancholy", ed. Jennifer Radden, *The Nature of Melancholy: From Aristotle to Kristeva*, p. 126.

　　④ See Robert Burton, "The Anatomy of Melancholy", ed. Jennifer Radden, *The Nature of Melancholy: From Aristotle to Kristeva*, p. 141.

　　⑤ See Aristotle, "Problems", ed. Jennifer Radden, *The Nature of Melancholy: From Aristotle to Kristeva*, p. 59.

主题鲜明,忧郁人士往往是一些受上帝灵感启示与追求学术之人。① 学者因天体、自然与人体等原因变得忧郁。水星与土星天体处于星座最高处给予学者最高智慧,驱使人调研之属性让他们自出生之日起逐渐增加冷干的忧郁体液。追求科学让灵魂不断从边缘转到中心,思考最玄妙的形而上的问题。这些与土(earth)和土星属性相符,与黑胆汁冷干之特征吻合。学习时不断搅动灵魂使大脑干燥而需湿润,湿度被消耗时热量也被耗干,大脑变得干冷;而当身体血液被用光时,血液显现干黑。另外,除大脑与心脏外,沉思也影响胃与肝,当油脂或粗糙食物消化不好时,剩下厚而稠的蒸汽状(vapors)的体液。② 罗伯特·伯顿也做了类似阐释,提出学者表现忧郁,不仅因为钻研使人体精气钝化和锐减,而且因为学习的赞助者是土星和水星,它们分别具有年老和贫穷之命运。③

在交代了忧郁的医学、神学与诗学内涵后,需要弄清楚的是,忧郁如何在身体和情感上表现出来,大脑中的忧郁幻觉与心脏中的心理情感如何互为影响？烧焦的黑胆汁与其他类型体液混合时,有何不同的特殊情感症状？病因是什么,又如何治疗？

黑胆汁主要贮存在肝、脾、胃、胆囊等器官中,通过影响大脑与心脏的功能等表现出来。在论述胃部的忧郁体液时,盖伦指出,有一种体液源于胃腔,头疼是因胃腔中的过剩黄胆汁引发恐惧与沮丧所致。由胃开始而发展起来的这些痛苦甚至癫痫都会影响到头部,产生许多非正常的感官意象,如忧郁患者担忧阿特拉斯放弃顶天而任由天压倒世界。④ 后来的理论家发展与细化了盖伦的叙述。提摩西·布莱特相信,忧郁体液引发悲伤与恐惧之情感,具体表现为不信任、怀疑、冷漠、绝望与愤怒等不同情绪。一旦此种浓稠沉重的体液从心脏流到大脑、从大脑流到心脏,人的判断力与辨别力下降,各种幻想、虚幻意识

---

① See Jennifer Radden, "Introduction: From Melancholic States to Clinical States", ed. Jennifer Radden, *The Nature of Melancholy: From Aristotle to Kristeva*: 3—54, pp. 12—15.

② See Marsilio Ficino, "Three Books of Life", ed. Jennifer Radden, *The Nature of Melancholy: From Aristotle to Kristeva*: 88—93, pp. 89—90.

③ See Robert Burton, "The Anatomy of Melancholy", ed. Jennifer Radden, *The Nature of Melancholy: From Aristotle to Kristeva*, pp. 136—138.

④ See Galen, "On the Affected Parts", ed. Jennifer Radden, *The Nature of Melancholy: From Aristotle to Kristeva*: pp. 66—67.

在大脑中产生,各种负面情感在心脏与心理上不断显现。有意思的是,黑胆汁对大脑造成影响时,心脏对大脑的意识做出回应,然后心脏产生的各种思想情感又反过来影响大脑意识。例如,当黑胆汁过剩时,大脑的意识紊乱造成对所记忆之事的幻觉化,心脏中出现的忧郁情感对大脑的记忆幻觉做出回答,内心希望变成绝望,欢乐变成悲伤。这些心脏中的负面情感让大脑记忆更加虚幻,心理自然更加恐惧、无助与悲观,如此反复循环不止。而且,恶化的情感让身体各部位产生更多更幽暗的黑胆汁,而身体黑胆汁又推动判断力与情感持续处在紊乱状态。当胆囊中的过剩残渣或体液超出身体需求时,而脾脏也无法对此净化,那让人愤怒的、对大脑、心脏和身体的干扰后果便自然发生。更持久的忧郁情感让热量极端化,此时无论非自然的忧郁体液如何宣称真理,那也是徒劳无果与奇异幻想。①

罗伯特·伯顿系统阐释忧郁的身体和精神症状,说明该病的发生机理。他引用不同的医学经典说明,忧郁人士的周期性患病让他们在睡眠时间、脸色、消化、胃口、情绪与眼神等方面的不正常中表现出来。他特别提及幻想对忧郁人士精神的消极作用。浓稠状的坏液体让人产生荒诞、怪异的幻象,身体上感觉窒息与女巫上身,身体器官受损,大脑中的幻觉也使患者灵魂与心智受损。②伯顿列举忧郁带给心灵的恐惧、悲伤、极端情感、羞愧等病症。忧郁人士因恐惧而幻想危险、背叛、叛国,想象周围环境与人带来的不安。他们莫名悲伤、不满,可能对自己的事或他人之事,或为公共事务,过去、现在或未来之事,或记起一些耻辱、伤害与虐待,或他们认为必定到来的羞耻、苦难和危险等,尤其当他们孤独之时,他们会多疑、嫉妒甚至想自杀。他们会倾向于复仇等极端情感,想象用最血腥的暴力行动,愤怒地寻找并完成他们渴望之事,他们有深度的理解力与判断力、聪明与睿智,他们是合适的谋杀者。如被嘲笑、利用或斥责,他们会变得害羞、胆怯、失望与沮丧,当然也可能变得愤怒。他们也羞于社交,故时常独自孤独思考,写出自己的想法。伯顿提出,黑胆汁与其他四种未烧焦体液之混合,或烧焦的四种体液之混合物,均造成不同的情感症

① See Timothie Bright, "A Treatise of Melancholy", ed. Jennifer Radden, *The Nature of Melancholy: From Aristotle to Kristeva*, pp.122—126.

② See Robert Burton, "The Anatomy of Melancholy", ed. Jennifer Radden, *The Nature of Melancholy: From Aristotle to Kristeva*, p.136.

状。与多血汁混合时，人极度爱笑、快乐、热情、奔放，有极高智慧才学，成为哲学家、诗人与预言家等。与黄胆汁混合时，人爱争吵、好战、愤怒、疯癫甚至从事暗杀。与黏液汁混合时，人有些呆滞、多嗜睡、缓慢、苍白、爱吐、恐惧与梦幻等。与黑胆汁自身混合时，人极度具有想象力，想象自己恶魔上身，对恶魔说话，相信自己已死，孤独、多疑与害怕等。当忧郁源于四种体液的混合物时，人夸张地想象自己为侏儒或巨人，或把自己讨厌的气味想象在其他任何物体上。①

如果黑胆汁过剩导致了忧郁习性与疾病，那是什么原因导致黑胆汁过剩？盖伦相信，许多因素导致黑胆汁体液过多，如一些兽肉与泡菜、过热环境中重而湿的酒、不好的饮食习惯、气候环境、患者住所与年龄等。② 马西利奥·费奇诺认为，土星、水星等最高天体代表最高灵魂能力，它们驱使人调研的属性，让人不断增长冷干混合体（黑胆汁体液）。③ 提摩西·布莱特提出，罪恶灵魂必定饱受疾病折磨，而这成为忧郁疾病的神学病因解释。④ 而罗伯特·伯顿坚持，不当运动，如饭后运动会引发不良体液与忧郁症状，因未消化食物进入血管；缺乏运动，如懒散也可能导致忧郁体液，因身体不动而思想处于持续思考状态，不动让身体充斥粗糙体液与黏液；孤独、独居或与地位低下之人长期在一起，因缺乏有效交流或因羞耻、体弱等而不愿与人交流，也可引发忧郁体液。⑤ 费奇诺强调，对于从事研究的知识分子，健康非常重要，希波克拉底捍卫身体健康，苏格拉底捍卫灵魂健康，上帝捍卫两者的真正健康。研究工作让人产生过多冷湿（黏液汁）与冷干（黑胆汁）等忧郁体液，两者分别抑制大脑智

---

① See Robert Burton, "The Anatomy of Melancholy", ed. Jennifer Radden, *The Nature of Melancholy: From Aristotle to Kristeva*, pp. 150—155.

② See Galen, "On the Affected Parts", ed. Jennifer Radden, *The Nature of Melancholy: From Aristotle to Kristeva*, p. 65.

③ See Marsilio Ficino, "Three Books of Life", ed. Jennifer Radden, *The Nature of Melancholy: From Aristotle to Kristeva*, pp. 89—90.

④ See Timothie Bright, "A Treatise of Melancholy", ed. Jennifer Radden, *The Nature of Melancholy: From Aristotle to Kristeva*, p. 126.

⑤ See Robert Burton, "The Anatomy of Melancholy", ed. Jennifer Radden, *The Nature of Melancholy: From Aristotle to Kristeva*, pp. 133—135.

力和扰乱大脑判断力而引发消沉、愚蠢等症状。① 伯顿也对此展开讨论，提出学习消耗精气与热量，加之身体缺乏运动，而胃、肝等无法及时补充热量与精气，过剩的浓稠状液体无法排掉，产生大量黑胆汁。而刻苦的学生也通常有痛风、眼病、结石与肺病等，这也加剧了忧郁病情。② 16、17世纪英格兰动荡多变，知识分子、精英人士与贵族阶层等对王国现状不满，刻苦钻研，努力寻求治理国家的理想方案，身体更容易产生过剩黑胆汁，从而患上忧郁。

如何预防与治疗忧郁？罪恶引发的忧郁有赖于神职人员的神圣疗法，患者需要坦白与忏悔以祈求上帝宽恕。③ 对于身体忧郁，无论是头部或全身性的忧郁，"推荐常泡澡、平衡饮食与养生法，如果受损体液不抵制，采用长时间的放血治疗"④。刺肤（phlebotomy）放血是体液理论提出的一种重要方法，要求释放那些流遍全身的血管中的过剩体液。就忧郁而言，放血时需考虑过去、现在的气候与环境、病人的住所与年龄等，"如果流出的血液没有显现黑胆汁，那就立即停止放血。但如果血液似乎还是这种类型，那就根据病人的体格，抽血直到你（医生）认为足够为止"⑤。黑胆汁若仅在大脑中发展，一般不建议放血治疗，黑胆汁只有在全身存在，才需使用放血疗法。⑥ "四种体液与宇宙四种元素类比，与人的四个年龄段类比。"⑦ 多血汁、黄胆汁、黏液汁与黑胆汁分别对应春夏秋冬四季，对应少年、青年、中年与老年。大小宇宙的对应关系非常清楚。政治身体也隐含一套大小宇宙对应的古典秩序观，因为上帝创造宇

---

① See Marsilio Ficino, "Three Books of Life", ed. Jennifer Radden, *The Nature of Melancholy: From Aristotle to Kristeva*, pp. 88—89.

② See Robert Burton, "The Anatomy of Melancholy", ed. Jennifer Radden, *The Nature of Melancholy: From Aristotle to Kristeva*, pp. 136—137.

③ See Jennifer Radden, "Melancholy: Bright", ed. Jennifer Radden, *The Nature of Melancholy: From Aristotle to Kristeva*, pp. 121.

④ Galen, "On the Affected Parts", ed. Jennifer Radden, *The Nature of Melancholy: From Aristotle to Kristeva*, p. 68.

⑤ Ibid., pp. 65—66.

⑥ See Galen, "On the Affected Parts", ed. Jennifer Radden, *The Nature of Melancholy: From Aristotle to Kristeva*, pp. 64—65.

⑦ Robert Burton, "The Anatomy of Melancholy", ed. Jennifer Radden, *The Nature of Melancholy: From Aristotle to Kristeva*, p. 133.

宙时把神圣秩序置于人体、政体和天体等身体中。① 早期现代英格兰面临各种挑战,王权专制引发的腐败问题凸显出来,政治身体处于疾病状态,心怀国运与未来且不得意的知识精英深感焦虑,他们抱怨、不满而患上忧郁。忧郁人士有似医生,化身为上帝正义,决心给腐败政治身体复仇放血,王国重获健康与新生,放血疗法取得惩罚与拯救王国的隐喻与伦理意义。在 16、17 世纪医学、哲学与宗教语境中,早期现代复仇剧书写腐败政治身体忧郁与复仇者,传达出对英格兰王权的焦虑情感。

政治上,忧郁与英格兰健康、民族身份、知识分子如何关联? 16、17 世纪文学的忧郁政治研究依赖早期现代忧郁理论与政治身体理论,探讨国家疾病、个人忧郁与民族身份之间的内在关联,意识到"创建政治身体的要素证明是带给它毁灭的要素,以至于悖论性地讲,叛乱、煽动性言论、疾病等与健康的政治身体密不可分"②。各种政治要素正如人体体液,既构建又毁坏(政治或人的)身体。体液平衡确保人体健康,而体液紊乱导致人体疾病。类似的,政体各部分和谐有机统一确保政体健康,而政治叛乱与各种威胁力量导致政治身体疾病。面对腐败的政治身体,作家、政治家、神学家、医生等知识阶层忧心忡忡而性情忧郁,英格兰人构建以民族身份为基础的忧郁与健康概念。忧郁人士的批评性言论在剖析与批评国家疾病时,自身威胁到政治身体健康,成为国家疾病的一部分。此时,政治病理学成为忧郁话语的中心,忧郁的古典诗学涵义似乎不值得追求。③

实际上,忧郁一词在 16 世纪从欧洲大陆介绍到英格兰,大约最后 25 年间,它从一个有着重古典诗学内涵、与现实不太相关的术语转变为极为重要的政治话语。随着古希腊罗马文化的复兴,古典医学书籍从意大利传播到英格兰,英格兰人开始撰写医书,如托马斯·艾略特(Thomas Elyot)1537 年作品《健康城堡》,诸多医学书籍在体液理论框架内阐释忧郁。然而,提摩西·布莱特 1586 年创作的《忧郁小册子》与 1599 年翻译的安德尔·劳伦丘斯(Andre Laurentius)的著作,给予忧郁一个全新的地位,因他们开始系统解析忧郁问

---

① See Jonathan Gil Harris, *Foreign Bodies and the Body Politic: Discourses of Social Pathology in Early Modern England*, pp. 1—2.

② See Adam H. Kitzes, *The Politics of Melancholy: From Spenser to Milton*, p. 14.

③ Ibid., p. 30.

题。1621 年,罗伯特·伯顿的《忧郁的剖析》则是那时忧郁研究的标志性成果,忧郁发展为一个关乎国家前途与未来的重要政治议题。此时,忧郁俨然被称为"伊丽莎白时代的弊病"。[①] 作为流行性的社会疾病,忧郁最初在诗学层面得到解释,因为忧郁的古典意义离不开(准)亚里士多德的"天才忧郁论",忧郁与诗人、政治家与宗教先知等三类天才联系起来。创作医学、雕刻作品的医生、画家等被理解为具有天才能力的忧郁人士,前者例子是意大利新柏拉图主义者马西利奥·费奇诺,后者如德国文艺复兴时期的画家阿尔布雷特·丢勒(Albrecht Durer)等。在英格兰,人们把布莱特与劳伦丘斯视为诗学天才之典范,他们复兴了基于黑胆汁体液过剩的传统诗学天才理论。[②] 此后,菲利普·锡德尼(Philip Sidney)在《为诗辩护》一文中,探讨诗歌创作与天才灵感之间的关系,而莎士比亚、约翰·韦伯斯特(John Webster)等文学家塑造充满神秘性而有天才能力的、忧郁人格的政治人物。

忧郁天才论对博学的知识分子具有很大吸引力,无意推动了国教会的全民教育政策的实施,牛津、剑桥两所大学培养出大批志在为国效力的忧国忧民的知识分子。宗教改革鼓励国民阅读英文版圣经,提倡内省和自我忏悔,反对罗马教廷对神学知识的垄断。这有效促进了国民读写能力的提高。而为了普及新教教义与宣扬国教会政策,英格兰政府大力发展公共教育,兴起学习风尚以创建一种知识人口,古典(忧郁)知识进入教学课程。[③] 忧郁逐渐渗透到艺术、医学、神学与政治学等领域,忧郁取得天才、知识分子、社会精英、神启、国家责任等各种内涵。随着更多人视自己为受到良好教育的人士,忧郁理论对博学知识分子产生巨大的吸引力,他们拥抱忧郁作为伟大知识分子的特性,把忧郁的政治病理学内涵运用在自己身上。这种认知又反过来吸引更多年轻人到牛津大学与剑桥大学深造。伊丽莎白一世继位时,也就是说,自 1533 年宗教改革开始至 1558 年短短 25 年间,英格兰历经系列的宗教反复,天主教与新

① See Lawrence Babb, *The Elizabethan Malady: A Study of Melancholia in English Literature from 1580 to 1642*, East Lansing: Michigan State UP, 1951, pp. 1—22.

② 不能据此认为,忧郁赋予任何遭受忧郁症状的人以特权,因为即使在有关忧郁的古典版本中,正如阿尔布雷特·丢勒的绘画所展示,天才的代价是身体折磨与迟钝懒散。See Adam H. Kitzes, *The Politics of Melancholy: From Spenser to Milton*, p. 201.

③ See Adam H. Kitzes, *The Politics of Melancholy: From Spenser to Milton*, p. 15.

教政权更迭不断，人们不知信仰什么宗教和如何做礼拜，这些变化几乎毁灭了神职人员，许多人失去教职或辞职。女王任职初期，10 个主教职位空缺，10％—15％的社区教会没有现任者。例如，在伦敦、坎特伯雷等主教教区，三分之一的社区教会中，副主教职位空缺。兼职牧师不可能填补这些空缺，仅仅一小部分专职神职人员有资格和被允许布道。对一个处于宗教改革剧痛中的王国，如此教会生活着实非常危险。① 唯一的拯救办法在于让学校特别是大学培养足够多的神职人员，满足整个民族的精神需求。②

　　然而，到斯图亚特王朝早期，牛津、剑桥培养毕业生数量远超出政府与教会的需求。1607 年，林肯主教区被授予圣职的人中，97％拥有大学学士以上学位。到 1630 年，许多以前仅有一个牧师或一个副牧师的社区教会如今同时拥有牧师和副牧师，有时还有一个校长，且这些人都有学位。例如，在牛津、伍斯特和格洛斯特等地，就 17 世纪 30 年代的副牧师来说，他们不仅教育层次更高，而且是住在教区的专职副牧师，因为他们拥有通过流动而提升自己境况的机会。③ 斯图亚特王朝早期，牛津、剑桥每年大约培养 450 名有学士、硕士与博士学位的毕业生，而国会与教会每年大约需要 340 名取得学位的毕业生。正是因为供大于求的就业环境，许多知识分子生存压力巨大，处于待业状态。哪怕是处于就业中的人员，也因为其他人员待业而薪水低下。例如，副牧师不仅收入非常低微，工作也因没有得到法律保障而面临潜失业，生存压力让部分人要么转为清教徒，要么皈依天主教，前者批评国教会，后者反叛新教。④ 让人失望的是，查理一世（1625—1649）贪赃枉法并实行个人专制，破坏了宫廷的用人与赞助制度，国家与教会的诸多职位被公开买卖，候选人的美德才华成为推荐人才的次要考虑因素。⑤ 一些牛津、剑桥毕业生只能做教会的讲师，讲师职位成为处于失业边缘的知识阶层表达才学与怨言的重要途径。讲师在不同

---

　　① See Walter Howard Frere, *The English Church in the Reigns of Elizabeth and James I*, London: Macmillan, 1924, pp. 104—109.

　　② See Mark H. Curtis, "The Alienated Intellectuals of Early Stuart England", ed. Trevor Aston, *Crisis in Europe: 1560—1660*, New York: Anchor Books Doubleday & Company, Inc., 1965: 309—331, pp. 314—315.

　　③ Ibid., p. 320.

　　④ Ibid., pp. 322—323.

　　⑤ Ibid., p. 327.

教会流动讲解新教的特点,对清教徒有巨大吸引力,后者利用讲师谴责君王的政治、宗教与外交政策。① 因报国无门或薪水极低,这些人对国家愈加不满甚至绝望,他们发展成一支不满现状、异化忧郁的知识阶层。当然,清教徒多是牛津、剑桥毕业生。作为激进的新教徒,他们对政府改革不彻底的宗教政策甚为愤慨。

　　因与机会、特权、责任无缘,忧郁的知识阶层变得烦躁不安、异常愤怒,无论是神职人员或一般信徒,他们使用诗歌、戏剧、政论文、医学作品等表达怨言与政治上的边缘遭罪。"诗学般的抱怨可能产生那种臭名昭著的政治现象,即毁灭王国与帝国。"②对忧郁的着迷也离不开16、17世纪英格兰独特的政治与宗教气候,该气候中早就充斥着各种不满情绪。偶合的是,社会上的所谓"忧郁"潮流出现时,伊丽莎白一世正面临对她权威的各种严重挑战,她的领导能力被质疑。16世纪80年代,罗马教廷的耶稣会势力正渗入英格兰,爱尔兰叛乱持续不断,西班牙的军事威胁一直存在,各种政治叛乱、暗杀活动从未停止。幸运的是,女王成功击败了西班牙"无敌舰队"的入侵,铲除了玛丽·斯图亚特的天主教阴谋,平息了埃塞克斯叛乱等,用她的政治能力有力抵制了各种不满,暂时克制了国内忧郁情绪的进一步蔓延。③ 尽管如此,忧郁依然是16、17世纪的一种社会风尚。作为政治顽疾,它流行于议员、朝臣、贵族、神职人员、作家等受过高等教育的社会精英中。因受到失业威胁、被冷淡的政治遭遇或对社会腐败无能为力,他们忧郁、无助、悲伤、绝望或愤世嫉俗,视拯救王国为己任,在批评指责中构建自己的王国理想,尽管他们刻薄讥讽的文章也可能是危害社会稳定的一种王国疾病。但与那些更明显的"效忠誓言"之政治文本相比,忧郁让忧郁人士或作家更好地细察民族国家的身份与现状。让他们忧郁的是,在宗教改革语境下,政治成员的权利与义务究竟是什么?④

　　① See Mark H. Curtis, "The Alienated Intellectuals of Early Stuart England", ed. Trevor Aston, *Crisis in Europe: 1560—1660*, pp. 324—325.

　　② Adam H. Kitzes, *The Politics of Melancholy: From Spenser to Milton*, p. 15.

　　③ See Adam H. Kitzes, *The Politics of Melancholy: From Spenser to Milton*, pp. 15—16.

　　④ Ibid. , pp. 16—17.

第二节　复仇剧中的忧郁、刀剑与政治身体

作为早期现代文学的一种重要类型,英格兰复仇剧继承了古典复仇剧血腥复仇和复仇精神传统,同时对该传统有所突破而表现文艺复兴时期的人文追求,倾向于在伦理道德意义上书写复仇。它们批评古典复仇剧专注于暴力行为而道德意义甚微,因为作者们一般相信,复仇的悲剧结局本身暗示出上帝对罪恶、罪犯和复仇者的复仇。[①] 托马斯·诺顿(Thomas Norton,1532—1584)和托马斯·萨克维尔(Thomas Sackville,1536—1608)合著的《戈波德克王》(*Gorboduc*,1561)等是公认的具有复仇剧雏形的戏剧。[②] 除莎士比亚的《哈姆雷特》(1601)与罗马复仇剧外,重要复仇剧有托马斯·基德(Thomas Kyd,1558—1594)的《西班牙悲剧》(*The Spanish Tragedy*,1587)、西里尔·特纳(Cyril Tourneur,1575—1626)的《复仇者悲剧》(*The Revenger's Tragedy*,1606)、约翰·韦伯斯特(John Webster,1580—1634)的《白魔》(*The White Devil*,1612)、约翰·弗莱彻(John Fletcher)和弗朗西斯·博蒙特(Francis Beaumont)合著的《少女的悲剧》(*The Maid's Tragedy*,1619)、托马斯·米德尔顿(Thomas Middleton,1580—1627)和威廉·罗利(William Rowley)合著的《低能儿》(*Changeling*,1622)等。

自中世纪后期至文艺复兴期间,英格兰多次大规模暴发瘟疫,古希腊医生盖伦提出的体液理论被重新发现,忧郁疾病被理解成黑胆汁过剩所致,忧郁在生理学、医学上得到阐释。考虑到大小宇宙的对应关系与互为影响,国王政治身体的疾病状态必定引发国民身体疾病。16、17 世纪复仇剧中,暴君往往实行专制统治,国民为此奋起反叛以拯救王国。复仇剧充斥大量医学词汇,腐败政治让王国政治身体处于"疾病"状态,知识分子、贵族精英受到牵连,成为昏君腐败统治的直接或间接受害者。知识精英受到良好的教育,钻研学问让他们发展忧郁人格,政治受挫使他们身心受伤,触发各种忧郁症状,怀疑主义、悲

---

① See Fredson Bowers, *Elizabethan Revenge Tragedy 1587—1642*, Princeton: Princeton UP, 1966, p. 261.

② See Bradley J. Irish, "Vengeance Variously: Revenge before Kyd in Early Elizabethan Drama", *Early Theatre* 12. 2 (2009): 117—134, p. 120.

伤、愤怒、绝望、自杀等成为他们无法逃脱也无法治愈的噩梦般疾病,他们使用刀剑向暴君复仇。暴力复仇正如"刺肤"放血等医学疗法,复仇者犹如治疗人体疾病的医生,也有似惩罚人间腐败和罪恶的上帝代理人。无论在医学或神学意义上,复仇取得让王国新生之伦理意义。但复仇本身给王国稳定带来巨大威胁,违背王国法律与君权神授之理论,复仇者的忧郁症状也不会因为复仇而有所减退。借助复仇与忧郁的悖论性内涵,早期现代复仇剧流露出英国 16、17 世纪社会对王权专制与政体腐败的焦虑。为此,在早期现代王权专制的语境中,本部分首先剖析复仇剧中政治身体疾病如何触发知识精英的忧郁病症,然后研究剧中复仇的医学伦理内涵与早期现代社会的王权焦虑。

忧郁情感可由两个因素促成,"健康的王国政府所犯的错误,或违背我们意愿、未被寻找而降临生活的如此偶然事件"[1]。《哈姆雷特》中,王子的忧郁症状由叔父克劳迪亚腐败政府所点燃,但植根于自己的忧郁体液,因为忧郁既是一种疾病也是一种性情缺陷。[2] 在哈姆雷特在见到自己父亲的鬼魂前,他与霍雷肖分享了自己的感受:

> 因此,它发生在特殊的人身上
> 由于他们身上某些恶毒的自然胎记,
> 正如出生时,他们没有罪恶
> (因为大自然不会选择人的出身),
> 但某种肤色的过度延展,
> 冲破理性的栅栏与城堡,
> 或某种习惯,严重影响
> 合理礼仪的形式—— 以至这些人
> 带上,在我看来,一种缺陷的印迹,
> 无论作为大自然侍从抑或命运之星,
> 或美德,尽管圣洁如初,

---

① Timothy Bright, *A Treatise of Menlancholie* (1586), New York: Columbia UP, 1940, p. 242.

② See Jennifer Radden, "Diseases of the Black Bile: Galen", ed. Jennifer Radden, *The Nature of Melancholy: From Aristotle to Kristeva*, pp. 62—63.

　　　　有如人类可能经历的无限，
　　　　在惯常的责备中接受腐败，
　　　　源于那种特别缺陷。①

"特别缺陷"就是哈姆雷特怀疑主义症状的元凶，指向制造王子忧郁情感的黑胆汁之源头。他的忧郁更多是一种性格、性情或人格，是一种由自然决定的生理性特征，与个人是否有"罪恶""美德"或"纯洁如初"无关。此种"特别缺陷"使哈姆雷特带有某种"肤色"与"习惯"，让他"冲破理性"和失去"合理习惯"。在此意义上，这可解释王子后来的怀疑主义与延宕复仇行为。

　　王子曾在维滕贝格大学（Wittenberg University）刻苦用功，接受人文主义教育。维滕贝格大学是现在的马丁路德·哈勒维滕贝格大学，始建于 1502年，是德国一所著名的国立综合性研究型大学，也是欧洲上历史最悠久的大学之一。维滕贝格大学是当时欧洲大陆的思想集散地，推动了文艺复兴运动的深入发展，宗教改革之父马丁·路德（1483—1546）就是在此接受古典人文主义教育，成为该校历史上的杰出校友之一。莎士比亚把王子接受教育的院校设置于此，学术与忧郁的关系显现出来。哈姆雷特作为该校毕业生，他必定与路德一样，心怀大志，认真研读，随时准备为国效劳，改革欧洲宗教事务，铲除王国政治腐败，把自己在大学所学知识用于实现自己改变王国政治或欧洲宗教之愿望。从 1501 年到 1505 年，路德在图林根的爱尔福特大学学习拉丁文、语法学、修辞学、逻辑学、道德学和音乐，也学习亚里士多德的学说，获哲学系的文学学士。亚里士多德的学说从托马斯·阿奎纳开始成为中世纪经院哲学的中心学说，但在爱尔福特已有人对他的学说产生疑问。路德于 1508 年前往维滕贝格大学，结识威廉·奥克姆的神学理论，尤其是它强调神的自由性和人的自主性。除道德哲学外，路德还开始教授圣经。1517 年，他宣布反对赎罪券，发表《九十五条论纲》，引发欧洲宗教改革运动。如此看来，哈姆雷特的怀疑主义离不开席卷欧洲的人文主义大学教育。刻苦钻研也让他用脑过度，产生过多冷湿（黏液汁）与冷干（黑胆汁）等忧郁体液，分别抑制大脑智力和扰乱

---

　　① William Shakespeare, *Hamlet*, ed. Harold Jenkins and Arden Shakespeare, London：Routledge, 1982, I, iv. 23－36. 后文引自该剧本的引文将随文标明该著首单词、幕、场及行次，不再另行作注。

大脑判断力,引发忧郁、多疑、消沉与悲伤。[1]

路德对罗马教廷非常愤怒与失望。与路德相似,除在维滕贝格大学上过学,哈姆雷特在政治上遭受挫败。他选择向同学霍雷肖解释自己的忧郁,或许是因为只有霍雷肖才能理解他的病症。这是否隐指,在16世纪末、17世纪早期的英格兰社会中,忧郁成为政治受挫的牛津、剑桥毕业生的一种流行性疾病?他们遭受的政治挫败是指因毕业人数超出教会、政府需求量而深感冷落之境遇,故而被称为"异化知识分子"。事实上,由于前任玛丽一世(1553—1558)是天主教政权,在新教女王伊丽莎白一世(1558—1603)执政初期,英格兰宗教改革艰难推进,主教位置空置三分之一,仅有少许的牧师有能力传教和布道,教会急需大量人才以满足民族信仰之需求。宗教反复也让不少官员流亡海外或被迫害致死,国会、法院与政府的大量职位有待补充。而到莎士比亚创作戏剧的黄金期——16世纪末、17世纪初,牛津、剑桥培养的学士、硕士与博士毕业生数量超出政府、教会的需求量,呈现人才饱和量约占人才需求量的四分之一之局面。在斯图亚特早期,特别是詹姆士一世统治(1603—1625)后期和查理一世统治(1625—1649)时期,王权愈加专制与腐败,国王抛开国会实行个人专制统治,国王贪赃枉法与垄断社会资源,破坏王室赞助制度,职位被公开买卖,许多接受了大学教育的知识分子面临失业或不能就业,社会上不满情绪上涨。[2]

大学成功是一把双刃剑。一方面,它满足了国教会与国会的人才需求,作用于王国政治身体的健康;另一方面,它培养了过多人才,一些决心报国与服务上帝的知识分子无处施展才华。当国王专制腐败,政治身体处于疾病状态时,人才过剩形势变得更为严重,大学成功更能暴露出滥用政权之深度。结果是,这些知识分子与清教徒或天主教徒站在一边,点燃社会矛盾与引发社会危机。异化知识分子团结起来成为麻烦制造者,对斯图亚特政权表达不满,他们抱怨、愤怒、失望、忧郁、多疑。需要指出,异化知识分子并非在经济上受到剥削与压迫的阶层,因为他们大部分很可能凭借才华以这种或那种方式接收到

---

① See Marsilio Ficino, "Three Books of Life", ed. Jennifer Radden, *The Nature of Melancholy: From Aristotle to Kristeva*, pp. 88—89.

② See Mark H. Curtis, "The Alienated Intellectuals of Early Stuart England", ed. Trevor Aston, *Crisis in Europe: 1560—1660*, pp. 309—331.

一定的经济报酬。他们并非完全与英格兰社会脱节或孤立开来,这些知识精英的共同经历不是受剥削或绝对孤立而是强烈的挫败感。挫败源于对事业、生涯的追求上,不能获得充分施展个人才华之机会。因此,他们时常不得不接受一些完全不能满足他们精神信仰与报国愿望的职位。尽管这些职位可能带给他们巨大的经济收益,但却让这些异化知识分子烦躁不安、愤世嫉俗,因为它们不能提供对他们职责感的足够挑战,也不能抚慰他们受伤的自尊与满足对被认可荣誉的渴望之心。如果最终某些满足感的确增加,它们也经常以堕落的方式出现。换言之,尤其在斯图亚特早期,这些人无论神职人员还是一般信徒,均没有享受到知识精英的特权、机会与承担社会责任。他们深感异化与远离权力中心,却能比同时代人更现实、更客观看社会的一些方面,在重要场合他们不顾后果地批评王国宗教与政治,甚至行动起来加入抵制王权社会的叛乱中,成为一批忧郁、痛苦与愤怒之人。①

如果让刻苦求学与就业挫败对 16、17 世纪英格兰知识分子的忧郁负责,那么莎士比亚笔下的哈姆雷特略有不同,因为至少他不会面临在教会或政府部门就业之困境,他忧郁不仅因为钻研学术耗尽他的身体使其体液失衡,更因为叔父克劳迪亚的弑君篡位之罪恶致使国王的政治身体处于疾病状态。② 或者说,克劳迪亚谋害老哈姆雷特的行为加重与恶化了哈姆雷特的病情,让他的怀疑主义陷入一种无限循环反复发作的病理模式之中。怀疑主义之忧郁症状驱使他上演一出《捕鼠机》,进一步确认心中的早已半确认的疑虑。如他所说:

> [……] 我要这些演员
> 上演类似谋杀我父亲一样的东西,
> 在我叔父面前:我见观察他的表情;
> 我将很快探测他:如果他眼睛闪烁不定,
> 我知道我的事业。我已经看到这种精神

---

① See Mark H. Curtis, "The Alienated Intellectuals of Early Stuart England", ed. Trevor Aston, *Crisis in Europe:1560—1660*, pp. 314—315.

② 国王有自然身体与政治身体,前者是生理意义上的国王身体,会随时间衰老死亡,后者是神学意义上的国王身体,由国王与国会构成,犹如基督的神秘身体永恒存在。See Ernest H. Kantorowicz, *The King's Two Bodies:A Study in Mediaeval Political Theology*, Princeton, NJ: Princeton UP, 1957, 1997.

可能是恶魔；这位恶魔有权力
戴上一副伪善的面具；是，或许
出于我的软弱和我的忧郁，
因为他由这些恶魔武装，
虐待我以谴责我。我会有比这
更可靠的理由。这部剧正是
我捕捉他良知的机器。(II. ii. 570—581)

哈姆雷特把国王叔父视为"戴上一副伪善的面具"之"恶魔"，国王作为上帝代言人的神圣君王形象荡然无存，丹麦国王由"这些恶魔武装"，政治身体处于疾患状态。有趣的是，哈姆雷特的一句话含混不清：可理解为"我的忧郁"被叔父利用来"虐待我以谴责我"，也可理解为他"虐待我以谴责我"点燃了"我的忧郁"，因为文中"出于(out of)"既有"因为"又有"缺乏""没有"之意。正是叔父的专制统治，让哈姆雷特暂时缺乏的忧郁情绪重新触发，忧郁又反过来促使他进一步确认叔父的弑君与暴政之罪。哈姆雷特决定使用这部"戏中戏"来"探测"叔父。"探测"既有字面的"检测"他的灵魂之意，也有早期现代体液理论的放血手术之医学内涵，更有解剖与治疗国王的腐败政治身体之政治内涵。对此，我们将稍后做出详细论述。

　　点燃哈姆雷特怀疑主义之忧郁症状的克劳迪亚的暴政统治是否指向16、17世纪莎士比亚时代的王权专制与腐败？的确，英国政治腐败和宫廷生活糜烂，有暴君专制、重臣专权，王宫贵族道德水准下降。亨利八世统治时期，为了推行宗教改革，抵制罗马教皇的军事威胁，专制王权理论日渐抬头，国王不仅代表最高王权，而且成为英国国教会的首领。伊丽莎白时期，为对抗耶稣会的政治阴谋，特别是1587年英国面临西班牙无敌舰队的入侵，王权利用宗教大力宣扬专制理论，以巩固英国的民族政权。女王晚年时期，年老力衰，主要依赖重臣枢密院秘书罗伯特·塞西尔(Robert Cecil, 1563—1612)把持朝政。面对重臣专权，宫中出现派系斗争。埃塞克斯伯爵不满女王统治，于1601年发动叛乱。尽管叛乱得到平息，但却暴露出上层贵族道德水平下降的趋势。贵族不太忠于君王，君王不忠于宪政传统，他们注重权力艺术，不仅学习塞内加—塔西佗政治哲学，而且暗中阅读马基雅维利的《君王论》，为了独享王权而践踏民权，或为了仕途顺利、谋取私利，不惜抛弃道德准则和宪法传统。

詹姆士一世走向极端,甚至实行完全个人专制统治。当时历史学家罗格·忒斯顿爵士指出,詹姆士是过去 200 年中的第一位突然解散国会的国王,也是第一位使两次国会召开期间时间差拉得最长的国王,从 1614 年至 1621 年长达 7 年未召开国会。他突然解散 1614 年和 1621 年的两次国会,意味着这些会议几乎流产,此前为新立法所做的一切准备工作都付诸东流。[①] 许多法学家认为,严格地说这两次会议都不能算是一次国会行为。如此一来,1611 到 1624 年的 13 年时间,就是国会史上最长的一段空白,没有召开合乎法律程序的国会。[②] 而英国宪法规定,国王应每年召集议员召开一次国会。在道德层面看,詹姆士试图不断扩大和加重税收的做法,不能说没有违背节制和爱民的基督教信条。同时,在詹姆士统治中后期,白金汉公爵逐渐进入权力中心。例如,1625 年,他与荷兰联合派军支援法国的胡格诺派新教徒(the Huguenots),力图帮助英王击败法王的首席大臣——天主教红衣主教里奇力奥(Cardinal Richelieu, 1585—1642)。因为英军在战争中失利,国民把对专制君王的不满发泄到重臣身上,加上公爵因独揽政权而树敌众多,1628 年 4 月白金汉公爵在远征途中被暗杀。[③] 专制和专权加剧了社会的不安情绪,构成英国又一大"疾病"。

专制统治导致国王的政治身体体液过剩,而释放"坏血"的途径之一是反叛或犯罪。换言之,过剩体液必须流掉,而谋杀似乎是最合适的选择。在此种意义上,犯罪与谋杀变成了治愈政治身体"疾病"的理想药方。从 1560 到 1630 年间,英格兰社会矛盾凸显出来,产生高重罪率,通奸罪、巫术犯罪、诽谤中伤罪等占总人口比例也非常高。以通奸引发的家庭谋杀为例,从 1580 年以后,家庭谋杀率比过去 400 年间都高,大约每 100,000 人中,每年有 6 人有家庭谋杀行为,家庭内缺失最基本的关爱,处在道德"失衡"状态。1558 年至

①　See J. P. Sommerville, "James I and the Devine Right of Kings: English Politics and Constitutional Theory", ed. Linda Levy Peck, *The Mental World of the Jacobean Court*, Cambridge & New York: Cambridge UP, 2005, p. 55.

②　See W. J. Jones, *Politics and the Bench: The Judges and the Origins of the English Civil War*, New York: Barnes and Noble, 1971, pp. 80—83.

③　See Roger Lockyer, *The Early Stuarts: A Political History of England 1603—1642*, 2nd Edition, London and New York: Longman, 1999, pp. 165—168.

1580 年间,家庭谋杀比例大致为 5∶100,000。当然,6∶100,000 的家庭谋杀率可以让斯宾塞田园诗把伊丽莎白时期称为"黄金年代",主要因为这个数字与欧洲同时期的意大利、法国相比,还算是较低,因意法在每 100,000 人中,就发生 40 到 60 起同类谋杀案。① 这些年中,英国开始实行司法改革,涉及审判程序到具体法令等。伊丽莎白时期,国家愈加介入臣民事务,削弱地方和个人权力,依据英国法律规范国家行为,寻求多种方式鼓励刑事诉讼与申诉,也需要新方式来处理日渐增长的违法行为。尽管如此,随着君权神授理论与实践的强化,英国有比过去几百年都要高的刑事犯罪率,其中重罪比例和重罪起诉率更高,也有更高比例的有罪判决和执行死刑,这些涉及与复仇暗杀和决斗相关的犯罪。②

　　克劳迪斯的政治身体疾病引发哈姆雷特的忧郁,这映射了早期现代医学的大小宇宙对应与互为影响之理论。实际上,伊丽莎白时代淡化"疾病"的隐喻(metaphor)而使用转喻(metonymy)之意。他们从隐喻出发,通过转喻完美描述一种类比系统,以统领早期现代古典世界观,再现连锁但相似的多重和谐体,贯通亚里士多德的自然观、托勒密的宇宙论和盖伦的体液学说。大卫·乔治·海尔提出:"比起其他任何构建'伊丽莎白世界图景'的对应关系来说,社会和人体之间的相似性用得更多。"③乔纳森·吉尔·哈里斯得出结论,大小宇宙之间的类比关系成为当时占统治地位的概念和话语形式,他称之为身体中心论。④ 这种理解方式为地球和天体中的一切确立了位置和结构关系。在自然状态中,大小宇宙遵循这种结构关系,和谐与安逸为至高状态。然而,当这种秩序被打破时,紊乱和疾病就占主导。因此,在此时和此种语境中,"疾病"的语义更为宽泛和一般化。1330 年,当"疾病"首次出现在英语中时,它指

　　① See J. S. Cockburn, ed., *Calendar of Assize Records*, *Home Circuit Indictments*, *Elizabeth I and James I: Introduction*, London: HMSO, 1985, pp. 1—6.

　　② See K. J. Kesselring, "Rebellion and Disorder", eds. Susan Doran and Norman Jones, *The Elizabethan World*, London and New York: Routledge, 2011: 372—386, p. 375.

　　③ David G. Hale, *The Body Politic: A Political Metaphor in Renaissance English Literature*, 1971, p. 11.

　　④ See Jonathan Gil Harris, *Foreign Bodies and the Body Politic: Discourses of Social Pathology in Early Modern England*, p. 141.

"缺乏轻松;不安和不舒适;不方便和烦躁;不安静和受到打扰;麻烦"①。这种最古老的定义根本没有提到特别的身体病态,而是指在大小宇宙层面可能发生的"失衡"。1393 年,疾病才开始以现在形式存在,意指"不健康的状态(或多或少有些严重);不良和病态"②。大约在 1460 至 1470 年间,该词汇开始指向特别的状况和生病:"有此种状况的任何一种;一种无序或微恙,展现特殊的症状或影响特别的器官。"③16、17 世纪,"疾病"转化为一种修辞,可能被用于谈论人体、政体和天体,这让早期现代人能建立起横越小宇宙"人体"到各种大宇宙的直接类比关系。

早期现代医学允许一整套复杂的转喻,因为转喻基于大小宇宙之间的内在关系,"使用一个所指(signified)来代表另一个所指,让后者与前者在某种方式上直接相连或者紧密相关"④。从语义学上看,转喻是索引式的,因为它假定,在能指和(或)所指的符号之间存在一种直接的关系。早期现代人相信,疾病须在以身体为中心的知识体系中澄清,须在大小宇宙的固有内在关联中理解。类比系统创造了一个复杂的关联网络,把疾病、排泄物、衰退、死亡和罪恶连接起来。体液的"失衡"导致人体小宇宙的疾病,那大宇宙的"失衡"如行星相撞、月食、彗星或流星的出现等,就会通过天体或政体中的灾难性事件表现出来,如饥荒、干旱、洪灾、战争或叛乱等。古典神话集显示,大宇宙"失衡"会跨越到小宇宙而导致人体疾病。事实是,早期现代占星学坚持,瘟疫和梅毒是由行星碰撞所致。⑤ 疾病有"人体之外的原因",由大宇宙所生发,但它的"形式是固定的,植根于人体体内物质的混合"。⑥ 个体可能在物理和精神上

---

①　William Spates, "Shakespeare and the Irony of Early Modern Disease Metaphor and Metonymy", ed. Jennifer C. Vaught, *Rhetorics of Bodily Disease and Health in Medieval and Early Modern England*, Burlington: Ashgate, 2010: 155—170, p. 155.

②　Ibid. , p. 155.

③　Ibid. , pp. 155—156.

④　David Chandler, *Semiotics: The Basics*, 2nd edn. London: Routledge, 2007, p. 129.

⑤　See Darrin Hayton, "Joseph Grunpeck's Astrological Explanation of the French Disease", ed. Kevin Siena, *Sins of the Flesh: Responding to Sexual Disease in Early Modern Europe*, Toronto: CRRS Publications, 2005: 81—93.

⑥　See Jonathan Gil Harris, *Sick Economies: Drama Mercantilism, and Disease in Shakespeare's England*, p. 13.

受到天体的影响,例如,狼人的嗜血由月球运动规律所导致。① 所以,大宇宙"英国政体"的"失衡",如战争、专制被隐喻为一种社会疾病,而且这些社会邪恶直接影响到人体小宇宙,导致人体体液的"紊乱"或精神"不安",从而生发人体疾病,而瘟疫、天花、疟疾等小宇宙疾病被解读为由大宇宙"大自然"的"无序"所致。可见,早期现代社会从转喻层面上解读疾病涉及两方面:第一,用个体健康词汇描述政体大宇宙,突出疾病的政治含义,称为王国疾病;第二,从大宇宙(包括政体和天体)与小宇宙的关联,描绘前者对后者的恶性影响,把两者之间的关系前景化,特别强调产生人体疾病的社会原因。②

托马斯·霍布斯(1588—1649)指控牛津与剑桥"繁殖叛乱",宣称"大学是反叛中心"。③ 这虽有夸大之嫌,但无可厚非,英格兰国教会、王宫的精英政要几乎都毕业于这两所古典大学。自然,那些不满现状的忧郁人士、清教徒、叛乱者也多出身于这两所高校。复仇剧中,忧郁人士的复仇主要表现为用刀剑杀害暴君,或者说,给暴君"放血",因为他的暴政行为足以说明他体内的黄胆汁体液过多,血管中的"火"元素过多。暴君的人体疾病产生暴政,政治身体疾病点燃异化的知识精英阶层的忧郁。治疗王国的唯一办法就是忧郁人士用刀剑刺向暴君,流掉有害的"败血"和他体内的过剩的黄胆汁。由于被强暴女性身体内也流淌着暴君的"败血"和有害的体液,所以刺死该女性不仅可以洗清被她玷污的家族荣誉,让家族身体恢复健康,而且也可激起臣民反抗暴君的复仇意识,刺死暴君以恢复王国政体的体液平衡。体液病理学特别重视"放血"疗法,坚持高烧和血管阻塞生发腐败体液,"坏液"导致炎症、疼痛和疾病,必须通过"放血"或"静脉切放血术"驱除"坏液"。放血后,"自然"通过持续更新肝

---

① 疯人的英文单词"Lunatic"的词根"Luna"是"月亮"之意。该词起源于中世纪,在早期现代时期,意为"一种不正常、受制于月亮变化周期的病人"。See William Spates, "Shakespeare and the Irony of Early Modern Disease Metaphor and Metonymy", ed. Jennifer C. Vaught, *Rhetorics of Bodily Disease and Health in Medieval and Early Modern England*, p. 159.

② See William Spates, "Shakespeare and the Irony of Early Modern Disease Metaphor and Metonymy", ed. Jennifer C. Vaught, *Rhetorics of Bodily Disease and Health in Medieval and Early Modern England*, p. 162.

③ See Thomas Hobbes, "Behemoth: The History of the Causes of Civil Wars of England", ed. Sir William Molesworth, *The English Works of Thomas Hobbes of Malmesbury*, 11 vols. vol. 6, London: Bohn, 1839—1845: 161–418, p. 236.

脏中的血液,会让体液恢复到一种更好的平衡。对"自然"力量治愈人体疾病
的强调,说明了早期现代医学理论中有关疾病的转喻之意。希波克拉底、赛尔
瑟斯(Celsus)、盖伦等医学家都陈述道:"放血"必须尊重"自然"规律,违背"自
然"而放血根本不能治愈人体疾病。放血不能超过三次,如果病人的血液由黑
转红了,必须立即停止放血;对于持续时间较长的疾病,放血只能发生在发病
早期。"静脉切放血术"须在人体的同一方向的受损部位附近自由进行,被称
为"诱导性放血";在占星术的影响下,抽血的最佳时间由月球和星座的运动来
决定。① 但在莎士比亚时代,"放血"更为自由,且放血量更大。② 或许,这是因
为此时的疾病更为严重,败血更多;或许因为此时的自然和政体更为恶劣,更
多社会疾病有待铲除。所以,在复仇剧中,剧作家们更着迷于大"放血"治疗政
体和人体,详细刻画忧郁复仇者使用刀剑刺死暴君的暴力行为。

前面提到,哈姆雷特上演《捕鼠机》"探测"叔父的灵魂,进一步确认是否使
用刀剑"探测"后者身体而完成复仇大业。复仇者充当王国医生,解剖和治疗
政治身体。事实上,"探测"是早期现代医学术语,意指"刺肤(skin penetration)"
手术。"探"是指一种被做成各种形状的手术刀。文艺复兴的医书记载,"探"通
常用来检查和清洗伤口。③ 复仇者给暴君"刺肤"放血,恢复国王政治身体之
健康。在约翰·韦伯斯特的复仇剧《白魔》末尾处,复仇者洛多维柯把暴君布
拉希阿诺公爵的皮条客弗雷米尼奥捆绑在一柱子上,向弗雷米尼奥刺了致命
的一刀。此时,后者取笑并督促前者再向他捅一刀,以洗清罪恶与解脱灵魂:

> 噢,这是什么样的剑锋?
> 一种温柔的西班牙剑,还是英格兰盾剑?
> 我曾想起一个刀匠,他应该能完成
> 让我死去,而不是一个医生。

---

① See Arthur Mercier, *Astrology in Medicine*, London: Macmillan, 1914, pp. 1—11.

② See F. David Hoeniger, *Medicine and Shakespeare in the English Renaissance*, Newark: University of Delaware Press, 1992, p. 239.

③ "探"的英文单词是"tent","to tent"就是"探求深度,测量"之意,来自中世纪的拉丁词汇"tentare",意为"探洗伤口"。See Stephen Blankard, ed. *A Physical Dictionary in which all the terms relating either to anatomy, chirurgery, pharmacy, or chymistry are very accurately explain'd*, 2nd, London: Printed by J. D. and are to be sold by John Gellibrand at the Golden-Ball in St. Paul's Church-yard, 1684, p. 137.

在我伤口中探深些,试着用钢铁探下去,

打造剑的钢铁。[①]

布拉希阿诺公爵被复仇者杀害后,弗雷米尼奥的"败血"也必须放掉,王国才能康复。所以,弗雷米尼奥使用"探"作为一种隐喻修辞,意指医学上的刺破和清理伤口的手术过程。这暗示,韦伯斯特熟知当时的医学解剖话语。这种手术知识已经传播到了艺术领域,潜入莎士比亚和同时代作家的戏剧中。[②] 此处,手术的比喻性语言被投射在实际的舞台表演中:致命的武器转变成了手术刀,用来探入身体组织,探究疾病的起因。

"探"的深度也很关键,因它把当时腐败的政治语境与手术话语联系起来,从"探"的隐喻延伸到转喻之意。复仇剧《少女的悲剧》(The Maid's Tragedy,1611)中,复仇者打算使用剑"探测"敌人身体,"我敢用剑探测伤口,/尽可能深远"。[③] 在比《白魔》更大的历史语境中,"探"可以视为对社会内部探寻的隐喻。哈姆雷特这样告诫母亲:"大腐败,吞噬内部的一切,/感染隐形的一切。"(III. iv. 150—151)这似乎印证,人体的内在解剖与外在道德衰败的腐蚀性影响之间存在一种联结关系,而此种联结一直是文艺复兴"身体知识"传统的一部分。这段话不仅与"清洗伤口"的侵略性手术发生接洽,而且与"邪恶的、生病的社会内部"话语发生关系。以这种方式,《白魔》上演了罪犯的"病"体,通过"探"之意象隐喻疾病,并把病态身体转喻为社会道德堕落之实体。然而,洛多维柯的成功复仇与弗雷米尼奥的死亡命运无非表明,这种"探"的手术是致命的,因为弗雷米尼奥罪孽深重,如同进入癌症晚期,当把他的病毒全部清除时,他必须放弃生命。而他的疾病对他的腐败的王国之政治身体负直接责任,因而当他和主人——暴君布拉希阿诺公爵死去后,王国疾病也彻底消失,王国

---

① John Webster, "The White Devil", eds. David Gunby, David Carnegie and Antony Hammond, *The Works of John Webster*, 3 vols., vol. 1, Cambridge: Cambridge UP, 2004: 139—254, V. vi. 233—238.

② See Maik Goth, "'Killing, Hewing, Stabbing, Dagger-drawing, Fighting, Butchery': Skin Penetration in Renaissance Tragedy and its Bearing on Dramatic Theory", *Comparative Drama* 46. 2 (Summer 2012): 139—162, p. 145.

③ James Shirley, *The Dramatic Works of James Shirley*, 6 vols. eds. William Gifford and Alexander Dyce, London: Murray, 1833, vol. 1, III. vi. 156—157. 后文引自该剧本的引文将随文标明该著首单词、幕、场及行次,不再另行作注。

重新恢复健康。

"探测"国王的政治身体时,剧中复仇者充当王国医生,表达对腐败王国的抱怨、不满与忧郁。《少女的悲剧》中,埃瓦德妮完全就像是一个专业医生:

> 埃瓦德妮:别动,陛下,别动。
>
> 　　　　您身体太热了,我给您带了药来降降温。
>
> 国　　王:请到床上来。让我温暖你的身体。
>
> 　　　　那么你就能更好地了解我身体的温度了。
>
> 埃瓦德妮:我知道您有个胆汁过剩的肮脏身体,
>
> 　　　　您必须要流血。[拔出刀。](V. i. 52—57)

她带来"药"给国王"降降温",当然她的药是用于"探测"国王身体、使他"流血"的手术"刀"。可暴君把"药"误读为埃瓦德妮的可给他"降降温"的身体。他一直不相信,自己的情人怎么会谋害他。实际上,埃瓦德妮因忧郁、绝望的丈夫阿明达与愤怒、失望的哥哥米兰提厄斯而醒悟,她的忧郁由他们两位知识精英的忧郁所感染。正是听到埃瓦德妮被国王变为情妇后,他俩才因黑胆汁过剩而出现忧郁症状,哪怕可能被指控叛国罪也决心复仇弑君。当暴君问为何埃瓦德妮变化如此之快时,她解释道:"我不是她。我不再忍受/ 这种被称为女人的冰冷灵魂:/我是一只猛虎,我不知道怜悯。"(V. i. 63—65) 埃瓦德妮从一个温柔、甜蜜的女子转变为"一只猛虎",而此种性情是忧郁的典型症状之一。

复仇剧中"刺肤"的医学伦理得到戏剧批评家的肯定。1595 年,菲利普·锡德尼在《为诗辩护》指出,"卓越和优秀的悲剧"具有"行为"和"情感"的功效。根据他的论述,悲剧作为一种戏剧类型,其最杰出的代表作是托马斯·诺顿和托马斯·撒克维尔合著的《戈波德克王》,因为它"揭开了英国最大的伤口,展示了由表皮组织覆盖严实的溃疡"[①]。而《少女的悲剧》中,埃瓦德妮对暴君解释为何给他"放血":"您,您,您肮脏的溃疡/ 的确毒害了我。"(V. i. 76—77)与复仇人物一样,剧作家有治疗或清除"溃疡"之任务。1579 年,史蒂芬·高森在《丑恶学校》中,运用一连串手术意象来批评戏剧,但他认可优秀戏剧家的

---

① Sir Philip Sidney, *An Apology for Poetry, or The Defence of Poesy*, 3rd edn. eds. Geoffrey Shepherd, revised and expanded by R. W. Maslen, Manchester: Manchester UP, 2002, p. 98.

医生职能。他借用医学词汇来解释作家的教育之目的：

> 当疾病深入内部无法治疗时，一位好的内科医生会用办法挤出脓血，喷射
> 在脸上，然后把他交付给外科医生。尽管我的医学技能较少，但我在疾病
> 方面有些经验。我也要用我的笔挤出脓血，让每个人看清楚，把大病递交
> 给外科医生的手术刀，腾出我的治愈之双手，因为我把治愈之事秘密地转
> 出去了。[①]

高森自视为医生，精确区分内科医生和庸医，前者通过切开皮肤诊断疾病之生
理原因，后者只是摘除炎症。[②] 文笔对作者的作用，正如手术刀对外科医生的
作用，作为解剖与分析仪器，能探测感染的病因，暴露内在堕落或腐败。高森
使用这个类比解释了他的双重策略，以谴责剧院之邪恶。他使用手术词汇暗
示疾病"腐败""堕落"与"大病"负载的道德意义，使这些疾病为天下人知道，
"喷射在脸上"以"让每个人看清楚"。

　　复仇"刺肤"的直接原因是暴君体内"血液过剩"，威胁到政治身体的体液
平衡与和谐健康。"血液过剩"通常表现为，暴君体内有超出正常数量的反叛
性血液，过多和过热的血液迫使暴君采用强奸方式释放精液。这激起臣民向
暴君"刺肤"，助他排泄多余体液。"强暴"与"刺肤"的共性在于释放过剩血液，
但前者的疗效是短暂性，因为暴君体内的精液又会新增过剩，而后者的疗效是
绝对的，因为根除了产生暴君体内过剩血液的精气。"血液过剩"医学理论最
早由希波克拉底提到，但他认为"静脉切开术"或"放血疗法"只能局限在相当
特殊的例子中。早在 2 世纪，盖伦提出"血液过剩"理论，认为放血是一种预防
性措施，一种在更广泛用于病人中用以改善健康的方式。[③] 中世纪至文艺复
兴时期，过剩血液危害健康的逻辑发展为一种转喻修辞，放血被认为有助于维
持社会和政治健康。这种修辞反复强调，太多的血液使身体无法监管。1601
年，西蒙·哈瓦德在一本《静脉切开术》手册中，这样描述"血液过剩"：血管中

---

① Stephen Gosson, *The Schoole of Abuse*, London: for Thomas Woodcocke, 1579, p. 5a.

② See William Kerwin, *Beyond the Body: The Boundaries of Medicine and English Renaissance Drama*, Amherst: University of Massachusetts Press, 2005, pp. 100—104.

③ See Shigehisa Kuriyama, "Interpreting the History of Bloodletting", *Journal of the History of Medicine and Allied Sciences* 1 (1995): 11—46, p. 27.

"包含更多的血液和营养,超出自然的维护和统治能力"之状态,这些过剩血液构成一种反叛的威胁。① 1592 年,尼古拉斯·盖尔在他的《英国静脉切开术》一书中论述道,健康是通过自然的力量对体液的良好治理,自然是一个极为重要的组织机构,它是身体的一部分,但不能等同于身体。言外之意,自然是大宇宙天体,和谐的天体力量对人体和社会政体健康产生直接或间接的治愈作用。如果体液超出自然的规范力量,"所有身体的统治就变得无序"②。由于过多的体液,自然的"美德"面临被分解的风险。这样一来,一个"血液过剩"的人体就倾向于腐败和疾病,因为它抵制自然力量的治理。

　　暴君"性侵"行为是他过强情欲的发展结果,直接原因是过热和过多的血液,超出了大宇宙的自然力量的管制,或者说,超越了自然理性和社会道德力量的约束。③ 当自然的规范力量在很大程度上是无意识时,那么,疾病作为一种过剩血液之反叛的观点,就与理性对身体冲动的控制相一致。或者说,反叛因理性控制而存在,没有自然理性力量对身体的管理,何来过热和过多血液对它的反叛? 照此推断,健康的体液模式符合一种斗争修辞,一种存在于个体伦理的、理性的意志与强烈的、难以驾驭的血液之间的斗争修辞。在这种情况下,"血液"等同于情欲,可理解为一种源自灵魂的强有力的冲动力,因为血液对内部或外在的感官刺激做出反应,特别是在心脏中,当精气与血液相遇之时,显露为对身体的作用力。④ 就情欲与体液构成之间的关系,作为热体液的过剩血液和黄胆汁,尤其是总体上过多且被扩大化时,就会产生愤怒的热量或纵欲。如果疾病是一种体液反叛自然的状态,那么,它也可理解为一种情欲威胁甚至推翻意志的道德状态。毫无疑问,对过热情欲的治疗药方也就是对"体液过剩"的治疗药方,包括通过一般放血或某种特别的放血释放压力,如暴君"强暴"民女来排泄以精液形式存在的血液聚合体。然而,第二种方式不那么

----

　　① See Simon Harward, *Harward's Phlebotomy*, New York: Da Capo Press, 1973, p. 2.

　　② Nicholas Gyer, *The English Phlebotomy*, London: by William Hoskins & John Danter, dwelling in Feter-lane for Andrew Mansell, and are to be solde at his shop in the Royall Exchange, 1592, p. 132.

　　③ See Catherine Belling, "Infectious Rape, Therapeutic Revenge: Bloodletting and the Health of Rome's Body", eds. Stephanie Moss and Kaara L. Peterson, *Disease, Diagnosis, and Cure on the Early Modern Stage*, Burlington: Ashgate, 2004: 113—132, p. 115.

　　④ See Thomas Wright, *The Passions of the Mind in General*, ed. William Webster Newbold, pp. 1—22.

让人满意,因为情欲容易缓和,也容易唤醒。

《复仇者悲剧》演奏了血液与情欲之间的关系,说明暴君的"性侵"是对自然理性和社会道德的挑战和反叛。当公爵夫人的最小儿子因强暴安东尼奥之妻而正在接受法庭审判时,公爵的私生子斯普里奥因嫉妒而试图谋害前者说:"我要谴责你,因为你的纵欲:珍贵的行为!/在你的情欲之后,噢,流血为好!"①对情欲而言,"好"的或适度的方式就是消耗精气,暴君通常通过"强暴"民女释放精液,耗尽聚在精液中的过剩血液,维护体液平衡。然而,在这个例子中,斯普里奥在谋划一场更卑劣的血腥谋杀,以彻底清除精气本身。②类似的是,温迪斯正在策划向公爵长子鲁肃里奥索复仇,因为后者也试图把前者的妹妹卡斯提莎变成情妇,以排掉装载过多血液的精子。温迪斯说:"你的血管里情欲膨胀,这(把剑)将把它们卸掉。"(II. ii. 93)后来,公爵夫人的儿子苏坡瓦奎奥计划挽救狱中的弟弟,后者被法庭宣判犯有强奸罪而被捕入狱。苏坡瓦奎奥说,弟弟"被肉体和血液所感动"(I. ii. 47),被血液反叛。他宣称,有高贵的血统可以保护他们不受法律约束,或者说,某种特殊血液可以让他们不受自然理性和王国法律的管制和约束。言外之意,过多的血液与天体和王国政体无关,不会影响到后者,因而不会带来疾病与社会灾难?他说:"我们或许安全,可以高枕无忧地做事、生活和吃饭;/公爵夫人的儿子如此高傲,以至不需要流血。"(III. i. 20—21)有反讽意味的是,他的话却是一个无意的双关语:"高傲(proud)"让人联想到临床语"浮胀(swollen)",暗示需要诊断性"放血"才能治好。不经意地,这个高傲、无知的苏坡瓦奎奥预测他自己的致命惩罚,整个腐败的公爵家族全都落到被"放血"下场。正是因为公爵家族的过剩血液反叛自然法,威胁到大宇宙意志和道德秩序,当"强暴"不能真正治疗过剩精气时,剩下唯一的选择就是"流血"至死。

暴君"性欲"因此涉及另一议题:向被强暴的臣民之妻女和邪恶复仇者"刺肤",以恢复家族与王国的健康,因为他们的血液都受到暴君坏血的玷污。放

---

① Lawrence J. Ross, ed., *Cyril Tourneur: The Revenger's Tragedy*, Lincoln: University of Nebraska Press, 1966, II. ii. 127—128. 后文引自该剧本的引文将随文标明该著首单词、幕、场及行次,不再另作注。

② 莎士比亚十四行诗第129首写道,"精气(spirit)的消耗"就是"行动中的性欲(lust)",但性欲在行动以前,也就是在情欲(passion)的压力释放以前,性欲的存在形式是血液。

血疗法不也是早期现代医生所倡导的治疗（复仇者）忧郁的重要手段吗？① 当无耻的性行为发生时，女性的贞操受到玷污。玷污贞操类似污血腐蚀血液，导致不良体液。婚姻内的性交受到法律保护，是一种美德性交，意味着夫妻共享治理良好的血液。非法性交而传播的血液必定受到污染，而且这种被腐蚀的血液遗留在女性体内，孕育疾病和私生子（野种），感染性病和传染疾病。正如尼古拉斯·盖尔所说："如果身体中体液被混合、撒在一起，或与某种有毒的污秽物沾湿在一起，如发生的一样［……］这些类似的蒸汽感染和腐烂精气，有时导致头晕。"②当时的批评者认为，在转喻上看，当女性被强暴后，暴君的"坏血"玷污了女性的良好体液，而女性又共享父亲的家族血液，且与丈夫有性爱生活，所以被暴君玷污的坏血必定通过女性身体传染到父亲家族和丈夫。一方面，无论女性是否即刻自杀，父亲或（和）丈夫必定因此生恨，向暴君暴力复仇；另一方面，复仇者因为被间接玷污的血液，体液失衡而变得邪恶，在手刃暴君时不计后果，因为他们只有通过"放血"才能洗净自己被玷污的灵魂，所以甘愿在复仇中死去。

《低能儿》中，暴君传染给臣民之妻女的污血可能感染到女方之父亲和丈夫。在古典医学看来，由于血液遗传，父亲的优势和缺点会在女儿身上体现出来。性玷污（或不检点）的女子将完全等同于污秽之血。在某种程度上，该女子甚至在死亡之时，她就是"坏血"的转喻体。她就是代表在更广泛的血库中的污血。在父亲和丈夫的血统里，她的"纯洁"性行为能确保这个血库的纯正。本剧中，比阿特丽丝被她非法情人用刀猛捅后血流不止，她对父亲说：

> 噢，别靠近我，父亲；我会玷污您。
> 作为您的女儿，我身上流淌着您的血，
> 为了您的健康；别再看它，
> 而是无视它，让它流在地上。
> 让普通的阴沟吸纳它，毫无分辨。③

---

① See Galen, "On the Affected Parts", ed. Jennifer Radden, *The Nature of Melancholy: From Aristotle to Kristeva*, pp. 64—65.

② Nicholas Gyer, *The English Phlebotomy*, pp. 136—137.

③ Thomas Middleton and William Rowley, *The Changeling*, ed. Joost Daalder, New Mermaids, New York: W. W. Norton, 1990, V. iii. 149—153.

比阿特丽丝就是腐败的体液,为了父亲和丈夫的健康,她(它)必须被彻底清除。从大小宇宙的对应关系看,作为父亲血统的携带者,比阿特丽丝完整的身体等同于父亲家族血统。她身上血液一旦被玷污,意味着整个父亲家族被污染。就算她"败血"流尽,也只能流向污浊的"阴沟"。如果说比阿特丽丝是疾病的话,他父亲就是病人。这正是她必须经受"刺肤"、流血至死的原因,还因为当时人们相信,如果让非法性行为传播的污血滞留在女性体内,她可能生产野种(私生子),也可能传播性病,直接影响到整个社会的道德水平。或许,从她被强暴的那刻起,父亲和丈夫整个家族就被感染上了病毒,被邪恶附体患上忧郁,所以他们采用邪恶的复仇来反对暴君的邪恶,在以毒攻毒中牺牲自我,治疗自己的忧郁,刺杀暴君以恢复宇宙秩序。

　　剧中复仇者,无论是哈姆雷特、埃瓦德妮家人、温迪斯抑或比阿特丽丝家人,他们都因暴君的专制统治而多疑、悲伤、痛苦、绝望与忧郁,黑胆汁驱使他们忧郁症状反复发作。作为社会的知识精英,他们思考与焦虑国家民族命运。在此意义上,复仇者似上帝代言人,肩负清除邪恶、拯救王国政治身体与巩固新教信仰之重任。都铎—斯图亚特时期,社会的确对复仇者的私人复仇深表同情与赞扬。为了新教大业,宗教理论把向天主教发起的私人复仇上升为上帝复仇的高度;为了维护政权稳定,政治理论大力强化以血还血之思想。例如,当天主教势力威胁到新教事业之时,英国的新教政治鼓励新教徒个人代表上帝向天主教复仇,以维护神圣正义。1553 年,天主教徒玛丽当上英格兰女王,新教思想家开始为超越王权的新教复仇辩护。当政府不负责任而无力维持社会正义时,"人们有权而且有责任自己行动起来[……]把上帝之道作为授权证。他们受制于上帝之道,同样有义务铲除社会中的所有邪恶"[1]。在重罪问题上,国王和上帝受到最大冒犯,因此他们对此持有严厉的报仇权,号召国民个人以牙还牙。对待罪和罚,都铎政府通常显示出极少的基督教仁爱和对罪犯的社会改造。[2] 为取得宗教改革的胜利,都铎政府对天主教徒执行更为残暴的司法正义,把重点从上帝的补偿仁慈——忏悔和赎罪可以得到上帝

---

　　① Roland Mousnier, *The Assassination of Henry IV*, tran. Joan Spencer, *New York*: Charles Scribner's Sons, 1973, pp. 63—228.

　　② See G. R. Elton, *England under the Tudors*, London and New York: Methuen, 1955, pp. 57—66.

的赦免,转移到他的报复愤怒。①《旧约·创世记》第 9 章第 6 行写道:"让他人流血的人,他人也让他流血。"路德等人曾经多次引用此诗行,作为新教政权建立的法令之一。② 真诚的忏悔和上帝的仁爱能拯救一个人的灵魂,使其免入地狱,但却无法挽救他的脖子免遭绞刑吏的绳索。都铎王朝时期,宣判特别苛刻,行刑数量特多,在公共场所行刑,被认为非常合适地兼具教育和娱乐之功能。③

　　1608 年,贝尔弗雷这样评论哈姆雷特:"老实说,这是一个坚强、勇敢、值得永远嘉奖的人,尽管他用一副狡诈、伪善和怪异的疯癫神情武装自己,欺骗那些英明、慎重和狡猾之人。以这种方式,他不仅保存了生命,远离暴君的不忠和邪恶手腕,而且出其不意地为几年前发生在父亲身上的谋杀复仇了[⋯⋯]为了国王或者国家利益,复仇愿望决不能忍受谴责之骂名,而应该颂扬和称赞。"④因充当上帝使臣,《少女的悲剧》中的弑君者米兰提厄斯也受到肯定,他不仅没有受到下一任君王的任何犯罪指控,而且还让王国走上宪政君主制,永葆国王的政治身体之健康。然而,私人复仇的积极意义却因其威胁神学秩序与王权稳定受到教会与王国政府的质疑。⑤ 伊丽莎白时代的人因此也相信,上帝复仇的重要代理人是地方法官、君王和国家:"所有因嫉妒、痛恨和怒气而导致的私人复仇都是邪恶的并受到上帝禁止[⋯⋯]他已经指定地方法官根据他的法令执行,不受情感驱使,而是使用正义的愤怒程序,遵守正义和真爱原则。正如他自己在复仇执法中一样,他委派地方法官到人类中,以他为榜样,让他们捍卫善、惩罚恶者[⋯⋯]剑在国王和地方法官手中,他们代表上帝本人。只有上帝才能向危害公共安定和社会秩序的人报仇,确保没有任

　　① See Willard Farnham, *The Medieval Heritage of Elizabethan Tragedy*, Berkeley and Los Angeles: University of California, 1936, pp. 213—452.

　　② See Martin Luther, "Lectures on Genesis", eds. Jaroslav Pelikan, Helmut Lehman, *Luther's Works: American Edition*, St. Louis and Philadelphia: Concordia and Fortress, 1960, vol. 2: 140.

　　③ See H. H. Adams, *English Domestic or Homiletic Tragedy*, New York: Columbia UP, 1943, p. 12.

　　④ Quoted in Philip J. Ayres, "Degrees of Heresy: Justified Revenge and Elizabethan Narratives", *Studies in Philology* 69.4 (1972): 461—474, pp. 470—471.

　　⑤ See Fredson Bowers, *Elizabethan Revenge Tragedy 1587—1642*, Princeton, NJ: Princeton UP, 1966, p. 12.

何人会或者敢扰乱王权。"①《人类的幸福》(1598)赞成君权神授论,辨析道:
"上帝如何管理整个世界? 只能指定君王替代他[……]君王就是上帝鲜活的
形象。"②不自觉地,私人复仇便与情感(忧郁)发生关联,而上帝复仇、国家复
仇等同理性正义。

正是认识到私人复仇的存在现实,16、17 世纪理论家们把上帝复仇和国
家复仇进行神圣化理论构建,使私人复仇疾病化、邪恶化与非法化。提摩西·
布莱特提出,罪恶灵魂必定饱受疾病折磨,忧郁正是撒旦附体之结果。③ 如此
一来,作为异化的知识精英的复仇人士被想象为恶魔、撒旦等力量时,他们的
忧郁症状不再与天才思想、上帝正义相关,而成为一种社会疾病的隐喻。哈姆
雷特为政治身体与宇宙秩序代表上帝、国家复仇,也为了恢复家族荣誉而进行
私人复仇,但剧末的大毁灭让我们反思私人复仇之代价,哈姆雷特的死去似乎
警醒人们远离私人复仇。《复仇者悲剧》中,温迪斯似乎把家族荣誉完全置于
上帝正义之上,复仇手段不是异常残忍和阴暗吗?《西班牙悲剧》中,当两个葡
萄牙人向海尔罗尼莫打听公爵之子洛伦佐——他的复仇对象——官邸何处
时,他答道:"您们将遇到忧郁思想,/如您们注视其有毒体液,/它将把您们带
向绝望与死亡——"④他们注意到海尔罗尼莫的忧郁,惊呼:"毫无疑问,这人
精神错乱。"(III. xii. 79)借忧郁的复仇者之嘴,他们谴责用忧郁隐喻的作为
政治身体之疾病的洛伦佐,私人复仇的忧郁获得多重叠加的病理学内涵。以
医学术语"刺肤"放血为媒介,伊丽莎白社会给予私人复仇的哲学与神学之积
极意义在恶魔修辞与以法制为中心的政治学话语中瓦解。这折射复仇剧作家
"面对早期现代流变性而产生的无所适从的焦虑心理",流露出早期现代社会

---

① Primaudaye, Peter, *The French Academie*, tran. Thomas Bowes, London: Printed by John Legat for Thomas Adams, 1618, pp. 326—327, p. 380, p. 325, pp. 384—385.

② Richard Barckley, *A Discourse of the Felicitie of Man: or his Summum bonum*, London: Printed by R. Field for VVilliam Ponsonby, 1598, p. 520.

③ See Timothie Bright, "A Treatise of Melancholy", ed. Jennifer Radden, *The Nature of Melancholy: From Aristotle to Kristeva*, p. 126.

④ Thomas Kyd, "The Spanish Tragedy", eds. David Bevington, Las Engle, Katharine Eisaman Maus, and Eric Rasmussen, *English Renaissance Drama: A Norton Anthology*, New York: W. W. Norton & Company, Inc., 2002: 99—135, III. xii. 63—65. 后文引自该剧本的引文将随文标明该著首单词、幕、场及行次,不再另行作注。

的王权焦虑。[①]

第三节 《裘力斯·恺撒》：暴政、忧郁与社会语境

布鲁特斯坦白自己的忧郁人格："我的确缺乏／安东尼身上的某种运动精神。"[②]凯瑟斯表示认同："你太过于孤独固执，／对喜欢你的朋友太过冷漠。"(I. ii. 37—38)布鲁特斯的忧郁疾病由他的恺撒称帝之猜想所点燃。如他所言，"我最近烦躁不安／情感冲突"，"我害怕国民选恺撒做王"。(I. ii. 41—42, 81)恺撒提醒爱将安东尼注意，凯瑟斯阅读量大、观察深入与洞察人性，他从不爱玩、不听音乐且不苟言笑，"这种人内心不悦，／当看到别人比自己伟大时，／因此他们非常危险"(I. ii. 202—211)。以不同平民的笔迹，凯瑟斯拟写阻止恺撒称帝的请愿书，秘密投至布鲁特斯窗台，以"改变他(布鲁特斯)荣耀身体的自然属性"，"怂恿"后者相信恺撒称帝之野心。(I. ii. 301—316)因忧虑恺撒"可能会加冕"，布鲁特斯夜不能寐，忧郁使他把恺撒"塑造"为一个"蛇蛋，／一旦孵化，就有巨大伤害"，"为公共利益"，"必须在壳中把他杀死"。(II. i. 10—34)读到伪造的请愿书后，"向罗马承诺，／如果杀害恺撒能恢复共和，／布鲁特斯完全接受您的请愿"(II. i. 56—58)。"政治身体类似自然身体"(II. i. 68)，罗马似乎已经患病，"政治身体"健康状况依赖请愿书的语言修辞。但布鲁特斯的忧郁依旧恶化，"在刺杀行为与第一冲动之间，／时间犹如噩梦或一场可怕的梦"(II. i. 63—65)。他加入刺杀恺撒的政治派系，自称治疗政治身体的"净化者(医生)"而非屠杀者(II. i. 162—183)。恺撒遇刺后，布鲁特斯和平民辩论："你们宁愿恺撒活着而自己作为奴隶死去，／还是恺撒死去而你们作为自由人活着？"(III. ii. 21—22)然而，叙述恺撒政绩时，安东尼让反恺撒的派系变成危害罗马政治身体健康的叛国者。(III. ii. 62—241)无力理解罗马政治身体，与安东尼派系决战期间，"恺撒鬼魂多次显现我(布鲁特斯)眼前"

---

① 详见刘立辉：《多恩诗歌的巴罗克褶子与早期现代性焦虑》，《外国文学评论》2015 年第 3 期，第 77—90 页，87 页。

② William Shakespeare, "The Tragedy of Julius Caesar", eds. Stephen Greenblatt et al, *The Norton Shakespeare: Based on the Oxford Edition*, New York: W. W. Norton & Company, 1997: 1533—1589, I. ii. 30—31. 后文引自该剧本的引文将随文标明该幕、场及行次，不再另行作注。

(V. v. 16),他难逃"忧伤"自杀(V. v. 13—51),这个"令人憎恨的错误,忧郁之子"(V. iii. 66)。

这是莎士比亚罗马复仇剧《裘力斯·恺撒》(*Julius Caesar*,1599)涉及政治身体与忧郁疾病的情节片段。实际上,自亨利八世宗教改革以来,建立稳定的中央集权制的新教国家成为都铎王朝的重要使命。为应对复杂的国内国际政治形势,伊丽莎白政府与早期斯图亚特王朝逐渐走向帝制模式,君主权力不断加强,严重威胁到国会民主与国民自由。国王詹姆士出版《自由君王的真理法律》(*The True Law of Free Monarchies*,1598)、《皇家礼物》(*Basilikon Doron*,1599)等,系统论述君权神授理论,为君王的专制统治辩护。英格兰王国处于疾病状态,反叛暴政似乎成为治疗国王政治身体的药方。莎剧《裘力斯·恺撒》让罗马共和国衰退、帝制兴起时期暗指王权逐渐强化的16、17世纪英格兰社会,剧中试图治疗、铲除王国疾病的弑君复仇者因不满现状而身患忧郁,忧郁也因弑君后国家政治身体发生动态变化时自己无所适从而加重,更因对王国未来的极端不确定与对政治身体的类比概念不理解而恶化。与另一部莎翁罗马复仇剧《科利奥兰纳斯》(*Coriolanus*,1605)类似,本剧的人物悲剧命运源于"政治身体"术语所蕴含的静态类比与理想再现,而个人身体与国家身体的类比完全依赖于动态的社会语境,政治身体的疾病意义离不开引发与恶化忧郁的未来流动时间。据此,本节首先梳理早期现代英国"政治身体"的修辞性与时间性内涵;然后,剖析《裘力斯·恺撒》中的暴政修辞如何引发布鲁特斯的忧郁与政治反叛,探讨反叛暴政的忧郁作为政体疗方抑或政体新疾之含混意义;最后,通过莎士比亚对从共和走向帝制的罗马"政治身体"危机书写,揭示16、17世纪社会对英格兰王权愈加神圣化与专制化的焦虑。

当代莎剧评论家莎伦·奥戴尔指出:"布鲁特斯错判共和国'健康',因为他相信,共和国疾病乃一个人(恺撒)行为之结果,只有他(恺撒)被'牺牲'才能'治愈'国家。"[①]进一步讲,布鲁特斯使用"健康""疾病""政治身体"等早期现代医学术语想象罗马政治,反恺撒派系借助生理学话语表达他们谋害恺撒的

---

① Sharon O'Dair, "Social Role and the Making of Identity in *Julius Caesar*", *Studies in English Literature 1500—1900*, 33(1993):289—307, p.298.

阴谋复仇计划。尽管恺撒没公开称帝,但考虑到遇刺前他已经成为罗马的实际独裁者,《裘力斯·恺撒》可视为一部"弑君"戏剧。剧中政治派系双方在医学话语框架内定义该词的意义,似乎没有一个绝对正确而抽象的"暴君"定义,只有多个相对正确而动态的竞争性定义。与"弑君""暴君"相关的中心术语是强调人体与国家类比的"政治身体"。剧中布鲁特斯刺杀恺撒前后的忧郁无非表明,该术语不能清晰表达布鲁特斯的国家理想与政治目标,它的含混与模糊性显现出来。事实上,到伊丽莎白一世统治后期,君王、政治理论家们等利用早期现代医学理论,运用"政治身体"等术语讨论英格兰政治,试图建立叛乱与疾病之间的对应关系,但其意义却一直处于不稳定当中。[1] 在 16 世纪 90 年代至 17 世纪期间,"政治身体"之类比戏剧般地流行起来,尤其当詹姆士国王把自己的职责比作治疗王国疾病的医生时,它成为理论探讨政治无序与政治叛乱中占统治地位的术语之一。不仅在政治小册子中,该类比也散播在宗教布道辞、身心指南、性格研究等书籍中。这意味着政治术语与医学词汇之间存在大量的相互交换,特别在 16、17 世纪大瘟疫时代,医学话语全面渗入政治领域。[2] 然而,该类比的有用性似乎依赖其可塑性,理论家把该类比与其他术语相结合以适应自己的政治需要。

爱德华·福塞特在《自然与政治身体的比较话语》(1605)中为专制君王辩护,将人的自然身体与国家的政治身体类比,把政治无序归责于社会下层人或国王宠臣。"政治身体"类比的不同版本引发对如何理解反叛、派系和叛乱的争辩,而该术语的吸引力主要因为它可能把政治无序阐述为社会中意义相对稳定的实体。福塞特为君主制辩护就是一个让该术语服务他政治利益的清晰例子。在书中,福塞特刻画国家与人体之间的相似之处,正如他在前言中所说:"观察人体的每个特殊功能部位与更大块(国家)的其他独特的权力运行构件之间的完美对应是一项有价值的工作。"[3]"对应"是核心词,因为整本书就是列出人体与国家之间的各种相似点。在绘制类比的过程中,福塞特坚持君主无误论(infallibility)。就引发叛乱之事,他完全归因于社会中的下层人:

---

[1] See Adam H. Kitzes, *The Politics of Melancholy: From Spenser to Milton*, New York: Routledge, 2006, p. 88.

[2] See Peter Womack, *English Renaissance Drama*, p. 75.

[3] Edward Forset, *A Comparative Discourse of the Bodies Natural and Politique*, p. iii.

"疾病起因于自然身体中的体液紊乱，在政治身体内也是如此，由'百姓无序'所致。正如在自然身体中，体液紊乱阻止、败坏与腐蚀自然的有序活动，因此在政治身体中，'百姓无序'控告、破坏与抵制一个正义政府的程序与权威。"① 在一些国王错行的案例中，福塞特通过解释消除掉它们。如当涉及政策错误时，他把责任不是归于国王而是国王的宠臣，"君王的宠臣有似灵魂的幻觉，他与之娱乐和自我消遣，因此（君王与他的诚信、判断力均保持良好）而不可受到指责。我们中有哪一个不会跟随和依赖他的幻觉（特别在相当愉悦又不重要的事情上），不会纵情于幻觉，任由幻觉控制，不认为让幻觉满足乃是自己的一种极大满足？"②

福塞特很少解释政府或人体的属性，因为这不是他的目的。让他感兴趣的是，如何使用比喻与类比策略维护王室特权与强化臣民归顺，以谴责政治派系为威胁君主制稳定性的疾病与腐败力量。事实是，使用"政治身体"修辞以适应政治需要并非政论家福塞特原创，他的论述在许多方面只是延续了政府颁布的《反对有意不服从和反叛的讲道》(*A Homily Against Willful Disobedience and Rebellion*，1570)③与托马斯·赖特(Thomas Wright)的《思想情感概论》(*Passions of the Mind in General*，1604)。福塞特为人们熟知，主要因为他的书体现了某种典型性，进一步确认了反叛可以置于为大瘟疫时代所认知的医学身体词汇之中这一特征。然而，尽管如此，他的论述绝非中立客观，表达他立场的诸多术语不可能不受到其他理论家的挑战。其他人非常可能挪用"政治身体"类比修辞于完全不同的政治目的，把国内动乱之罪责归因于占主导与统治地位的国家机构自身。自 16 世纪下半叶起，一些理论家的确开始倡导政治暗杀，包括"斩首君主(decapitation)"之形式，把它视为一种可证明是正当的治疗社会疾病之药方。

1642 年，《政治权力与真正服从简论》(1556)再版，小册了作者约翰·庞奈特号召给腐败的国家恢复秩序与健康，使用"政治身体"类比鼓动内战中的国民切除"暴君"这个国家疾病："当旧头被砍掉、新头被安置，即是说，当有了

---

① Edward Forset, *A Comparative Discourse of the Bodies Natural and Politique*, p. 72.

② Ibid., p. 15.

③ See David Wootton, ed. *Divine Right and Democracy: An Anthology of Political Writing in Stuart England*, Cambridge: Hackett Publishing Company, 2003, pp. 94—98.

新的管理者,王国仍可生存。国民发现旧头寻求太多自己的意志而非王国的
幸福。正是因为王国的幸福他才被恩准坐在王位上。"①与之不同,在讨论反
叛时,弗朗西斯·培根使用相反手段与旨意,暗含一套对反叛缘由的不同阐
释:"对于各种不满(疾病),它们存在政治身体中正如体液存在于自然身体中,
它们倾向于聚成一种过度的热量或燃烧。"②培根把国家想象成一个身体,暗
示"政治身体"每个成员在其中都拥有一个特殊位置,这是衡量它是否正常运
转的尺度。但真正区分培根与其他人(包括福塞特)的是,在整个"政治身体"
每个成员的责任中,他考虑各种反叛实例:"首要疗法与预防方案在于使用各
种最可能的手段,清除我们提到的叛乱之物质原因,即财产缺乏与贫困。"③培
根强调国家有责任净化社会不满的原因,这不仅暗含对王室与政府官员的批
评甚至"斩首君主",也暗示对下层百姓煽动性暴乱的某种容忍,尽管这可能至
多是有限度的容忍。④ 如果煽动性暴乱可定义为一种政治疯癫,那叛乱便只
是位于"政治身体"别处的疾病之症状。对于煽动性不满,哪怕不可能充分证
实它的非严重性,但至少也能有所缓解。

　　现当代批评家注意到"政治身体"隐喻的问题,对该术语所衍生的多义性,
他们持不同看法。在对文艺复兴时期政治身体意象的一项重要研究中,大
卫·海尔坚持,过度使用有效地毁灭了它作为一个解释模型的有用性,"但当
这个有机类比以前更广泛、更艺术化地使用时,对其正确性的挑战无论在数
量或重要性上都大大增加"⑤。海尔叙述道,庞奈特、罗杰·帕森斯(Roger
Parsons)使用相似的策略,把事情推向太远,"严肃地提出[……]斩首君主治
疗病态的政治身体之药方,给该隐喻造成严重破坏"⑥。庞奈特的许多同时代

---

①　John Ponet, *A Short Treatise of Politic Power and of the True Obedience*, p. C8.

②　Francis Bacon, *The Oxford Francis Bacon: The Essayes or Counsels, Civill and Morall*, ed.
Michael Kiernan, Oxford: Clarendon Press, 1985, p. 46.

③　Ibid.

④　See James I, *Political Writings*, ed. Johann P. Sommerville, Cambridge: Cambridge UP, 1994,
pp. 10—11, 25.

⑤　有意思的是,大卫·海尔特别挑选莎士比亚,因为莎士比亚比其他同时代戏剧家更多使用"政治身
体"类比之隐喻。David G. Hale, *The Body Politic: A Political Metaphor in Renaissance English
Literature*, p. 69.

⑥　David G. Hale, *The Body Politic: A Political Metaphor in Renaissance English Literature*,
p. 81.

人也写了众多文章以展示他何以犯错。最近,一些文学评论家与历史学家从权力批评视角指出,该类比的可塑性正是它在当时社会流行的原因,因为它赋予作家、理论家们批评政权的能力,他们通过采纳权力机构使用的语言给予自己的论述合法性。① 正如乔纳森·吉尔·哈里斯所说,它对权力的批评更加难以捉摸,在不经意中颠覆它自身对王室权威的责任承诺。② 不是强化共同的王权信仰,"政治身体"类比对此进行挑战且重新定义。

无论理论家们"给该隐喻造成严重破坏",还是他们利用统治阶级的话语策略发展一套合法的抵制与反叛词汇,但不可否认,"政治身体"的修辞性内涵充分显示出来,庞奈特、培根、帕森斯等政论家使该类比之意义处于不稳定变化中。在挪用该术语发展一套抵制伦理学时,他们最终暴露了一个事实——此类术语的意义自始至终就是完全任意的。换言之,人体与国家之间的有机关系不可能独立于"政治身体"使用的场合,它的意义完全依赖语境。因此,使用完全相同的术语,积极抵制或反叛国家极可能证明是正确的,也可能受到责备与谴责。在一定程度上,政治身体的意象被中立化了。对观众来说,戏剧舞台上的冷漠阴谋家等人物角色可能呈现出高度的道德含混性。如此一来,戏剧中的忧郁人士可能被刻画为一位邪恶的弑君者,一个具化为疾病的威胁现有政治秩序的定型角色,也可能被塑造成一个为国家谋取幸福、铲除腐败君王的英雄,一位为国民自由、民主权利挑战暴政而旨在带给王国新生的"医生"。而这涉及在"政治身体"中如何界定反叛的意义,因反叛可以被合法捍卫也可视为社会疾病。可以推测,当时观众或读者可能对此问题进行了无限思考。

除修辞性外,"政治身体"类比还有新的意义维度——时间性。在讨论"政治身体"时,学界通常会忽视它把人体与国家再现为静态身体意象之事实。正如当时政论家托马斯·弗洛伊德(Thomas Floyd)的小册子《一个完美国家的图景》(*The Picture of a Perfect Commonwealth*)标题所示,国家可以刻画为

---

① 乔纳森·吉尔·哈里斯强调,用于表达稳定的政治等级之意象也通常被用作颠覆之目的,至少对于那些为王权专制理论辩护的人来说,这是传统"政治身体"意象的危险之一。See Jonathan Gil Harris, *Foreign Bodies and the Body Politic: Discourses of Social Pathology in Early Modern England*, pp. 36—40.

② See Jonathan Gil Harris, *Foreign Bodies and the Body Politic: Discourses of Social Pathology in Early Modern England*, p. 38.

一个不受时间影响的身体。在整个"政治身体"运转的中心,似乎存在某种神秘幻觉:政论家首先必须阻止时间流动才能把国家再现为一个身体。[1] 回头再看爱德华·福塞特的小册子,便能发现时间性在多大程度上成为"政治身体"的问题。福塞特只是飞快地指涉时间,几乎好似意识到时间性会威胁、破坏他的整个方案,如他所言:

> 这个地球身体的可变性由不同原因所搅动,上面提及的身体(人体与政治身体)任何一个,不认可此类确定性与稳定性,也能相当远离与排斥变动。让我们管理自然与政治身体的变化,带着判断与谨慎。理由是,除非紧急情况驱使,或显著的功用诱使我们同意,否则我们可以继续保持我们的习惯秩序毫不动摇,不影响或忍受任何的新奇事物。[2]

福塞特不太愿意承认政治身体的时间性。对他来说,认可变化与流动不仅意味着承认国家犹如婴儿一样会最终变老与死亡,更有戏剧性的是,会暴露出他为专制君王辩护之方案的幻觉特性,因为这会迫使他接受,无论人体抑或政治身体都不会是文字再现使它们成为的那样稳定。在深入论述国家疾病之前,他谈及政治身体的时间性,好像认可变动性本身,就足以让人联想起那些对稳定的政治机构造成威胁的无序与反叛之危险,时间性似乎也是政治身体的疾病之一。

《裘力斯·恺撒》中,布鲁特斯使用政治身体的修辞性,满足其内心需要,体现了早期现代文学的忧郁反叛暴君之传统。恺撒是事实上的独裁者,他(可能)患病的政治身体[3]引发布鲁特斯的忧郁。实际上,先天的忧郁人格让布鲁特斯"缺乏 / 安东尼身上的某种运动精神",(I. ii. 30—31)"害怕国民选恺撒做王"(I. ii. 41—42,81)暴露了他多疑、悲观等忧郁症状。[4] 忧郁让他更为敏

---

① See Adam H. Kitzes, *The Politics of Melancholy*: *From Spenser to Milton*, p. 92.

② Edward Forset, *A Comparative Discourse of the Bodies Natural and Politique*, p. 65.

③ 君王拥有自然身体与政治身体,前者会因肉体之亡而消失,但后者却因为得到神佑、出于维持上帝神圣秩序需要而永存。See Ernst H. Kantorowicz, *The King's Two Bodies*: *A Study in Mediaeval Political Theology*, pp. 3—6.

④ 根据体液理论,忧郁因冷而干的黑胆汁过剩所致。罗伯特·伯顿列举忧郁让人恐惧、悲伤、极端情感、羞愧等病症。忧郁人士因恐惧而幻想危险、背叛、叛国,想象周围环境与人带来的不安。See Robert Burton, "The Anatomy of Melancholy", ed. Jennifer Radden, *The Nature of Melancholy*: *From Aristotle to Kristeva*, p. 136.

感：当卡思嘉叙述恺撒在牧神节上"晕倒在市场，口吐白沫，/不能说话"时①，布鲁特斯断言："他患有摔倒疾病。"（I. ii. 250—252）此处，他自然身体"疾病"就是罗马政治身体的疾病。因忧虑恺撒"可能会加冕"，布鲁特斯使用政治身体的修辞性，把恺撒"塑造"为一个"蛇蛋"，"为公共利益""必须在壳中把他杀死"。（II. i. 10—34）该暴政修辞反映了忧郁弑君者作为治疗病态的政治身体之药方的 16、17 世纪文学传统，表现在托马斯·基德的《西班牙悲剧》（1587）、莎剧《哈姆雷特》（1601）、与托马斯·米德尔顿的《复仇者悲剧》（1606）等戏剧中。如果有任何话题适合探究反对暴政、捍卫自由的忧郁类型，暗杀恺撒最合适不过了，政治忧郁成为一种对政治身体疾病做出的正确反应。② 布鲁特斯似乎特别适合这个角色。在当时欧洲大陆，布鲁特斯的名字通常被政治派系用作反对专制统治者或推进自己政治利益的修辞。③ 在英格兰，剧中马克斯·布鲁特斯让人联想起斯特凡努斯·朱尼厄斯·布鲁特斯，后者是罗马共和国的创始人之一，曾把作为国王统治罗马的塔奎因人赶出罗马，捍卫了罗马共和国政权。④ 布鲁特斯之名成为保卫罗马共和美德完整性的同义词，它让人信服地成为作为疗方的反叛人物之例证。⑤

　　本剧人物表现对政治现状的极大不满，遵循忧郁反叛复仇之类似模式，但弑君者对"政治身体"修辞性的使用让该剧区别于其他戏剧。⑥ 如果说布鲁特斯怀疑恺撒称帝的忧郁驱使他使用内含弑君意义的暴政修辞，那么凯瑟斯则使用政治身体的修辞性让布鲁特斯确认恺撒为罗马疾病。牧神节上，百姓庆祝恺撒击败庞贝，凯瑟斯评论道："这个人/ 现今变成了一个神，"（I. ii. 117—118）"他跨骑着世人/ 像阿波罗，我们矮小人物/ 在他的巨大双腿下行走，四处

---

①　学界一般相信恺撒患有癫痫病。

②　See Thomas McAlindon, *Shakespeare's Tragic Cosmos*, Cambridge: Cambridge UP, 1991, pp. 76—101.

③　See Richard Wilson, "A Brute Part: *Julius Caesar* and the Rites of Violence", *Cahiers Elizabethans: Late Medieval and Renaissance English Studies* 50 (1996): 19—32, p. 29.

④　本剧中，马克斯·布鲁特斯（Marcus Brutus）自己也提到曾经有一位布鲁特斯（Stephanus Junius Brutus）不能忍受塔奎因人的"永恒邪恶统治罗马/ 轻松地当上国王"。（I. ii. 161—162）

⑤　See David Norbrook, *Writing the English Republic: Poetry, Rhetoric and Politics, 1627—1660*, Cambridge: Cambridge UP, 1999, p. 12.

⑥　See Charles Hallett and Elaine Hallett, *The Revenger's Madness: A Study of Revenge Tragedy Motifs*, Lincoln and London: University of Nebraska Press, 1980, pp. 265—266.

窥视/为自己找到羞耻的坟墓。"(I. ii. 136—139)为说明恺撒乃是罗马政治身体疾病,以口吐白沫为由,凯瑟斯视恺撒为"性情微弱"的"病态女子"。(I. ii. 130—131)布鲁特斯回应:"你是想让我产生某种想法。"(I. ii. 164)恺撒作为阻碍罗马自由的暴君的形象在布鲁特斯大脑中开始显现,部分印证了他对恺撒称帝的怀疑与猜想。当卡斯卡叙述罗马街上的奴隶、狮子和女人行为极度反常时,西塞罗宣称:"的确,这是一个奇怪、紊乱的时刻。/但人们可以用他们的方式解读这些事情,/完全不同于事物本身的目的。"西塞罗明白,人们使用语言修辞服务自己的政治需要。因此,凯瑟斯解释:"为什么所有的这些都改变其自然秩序——/从他们的本性和能力,/转变成非自然特征——为什么,你会发现/上天已把不良精气渗透到他们身上/使他们成为恐惧,警示/某个残暴政府。"(I. iii. 66—71)借助人体、政体与天体之间的互为影响与对应的修辞,凯瑟斯说服这些人相信罗马政体的危机在于恺撒称帝。以不同平民笔迹,凯瑟斯拟写阻止恺撒称帝的请愿书,"改变他(布鲁特斯)荣耀身体的自然属性","怂恿"他相信恺撒称帝之野心。(I. ii. 301—316)不出所料,"如果杀害恺撒能恢复共和,/布鲁特斯完全接受您(罗马平民)的请愿"。(II. i. 57—58)通过政治身体的修辞性,以布鲁特斯为核心的刺杀恺撒的派系最终形成。

需要指出,古典体液理论是一套涉及自然身体、政治身体和宇宙天体的修辞话语。当代批评家大卫·乔治·海尔认为:"比起其他任何构建'伊丽莎白世界图景'的对应关系来说,社会和人体之间的相似性用得更多。"[1]乔纳森·吉尔·哈里斯提出,小宇宙和大宇宙之间的类比关系成为当时占统治地位的概念和话语形式。在自然状态中,小宇宙与大宇宙遵循这种对应关系,和谐与完美为至高状态。然而,当这种秩序被打破时,紊乱和疾病就占主导。以这种方式,盖伦医学理论、托勒密宇宙观和新柏拉图范式整合为一体。[2]早期现代英国人对疾病的理解是隐喻性的,但更是转喻性的,坚持疾病须在以身体为中心的知识体系中澄清,要在大宇宙和小宇宙的内在关联中理解。在类比系统内创建一个复杂的关联网络,让疾病、排泄物、衰退、死亡和罪恶连接起来。他

---

[1] David G. Hale, *The Body Politic: A Political Metaphor in Renaissance English Literature*, p. 11.

[2] See Jonathan Gil Harris, *Foreign Bodies and the Body Politic: Discourses of Social Pathology in Early Modern England*, London: Cambridge UP, 1998, p. 141.

们相信,疾病是内在的、关联的,由内因所致,是"内在的不平衡状态,由体液紊乱或不足引发",而与外在向量无关。① 考虑到疾病在人体、政体和天体之间互为影响与传染的可能性,剧中的凯瑟斯把天体的火焰异常、流星滑动与自然界的鸟兽非正常行为对应起来,也与社会的老人、弄臣、孩童等脱离社会秩序之行为对应起来。(I. iii. 57—77)恺撒的"某个残暴政府"便与人体、天体展现的不祥征兆相对应。他被推至牧神地位对应自然天体的异常迹象,他的"野心"也干扰整个宇宙的平衡与健康。

受凯瑟斯的政治身体修辞影响,布鲁特斯下定决心铲除罗马疾病,从一个忧郁的怀疑主义者变成弑君者。为了为刺杀行动辩护与赢得民心,他也使用政治身体与医学修辞,把恺撒变为必须"净化"的疾病,让弑君派系成为罗马医生。当凯瑟斯等人建议把安东尼与恺撒一起除掉时,布鲁特斯坚持只杀恺撒而不动安东尼,理由是:

> 我们的事业会看上去太血腥,凯瑟斯,
> 先砍掉头后劈掉四肢,
> 犹如愤怒,先让别人死,后又恨别人——
> 因为安东尼只是恺撒的一个肢部。
> 让我们做祭品供应者,而不是屠夫,凯厄斯。
> 我们对付的是恺撒的野心,
> 在人的野心中没有血液。
> 噢,我们能够压制恺撒的野心,
> 而不是肢解恺撒! 但是,唉,
> 恺撒必须为此流血。
> [······]
> 我们将称为净化者,而不是谋杀者。(II. i. 162—180)

恺撒有自然身体与政治身体。他的"野心"就是罗马政治身体之疾病,消灭政治身体疾病的办法只能是杀害恺撒,因他"必须为此流血"。或者说,早期

---

① See Jonathan Gil Harris, *Sick Economies*: *Drama Mercantilism*, *and Disease in Shakespeare's England*, Philadelphia: University of Pennsylvania Press, 2004, p. 13.

现代医学提出,治疗身体疾病的手段必须是"放血"而不是"肢解"人体。政治身体由君王与国会构成,而国会由神职人员、贵族与平民代表构成。[①] 如果恺撒与安东尼构成罗马政治身体的头与一个肢体部位,那么当头无法治疗时,治疗患病的政治身体的疗方只能是切除坏头换新头,而要保持教会、国会与国民等政治身体其他部分完整。利用疾病与身体术语,布鲁特斯说服该派系其他成员放弃谋害安东尼,因为他们是罗马医生——"净化者",只奉献恺撒遗体给诸神,以恳求诸神对罗马健康与幸福的保佑。因此,在刺杀恺撒后,布鲁特斯对平民说:"因为他有野心,我杀害了他。/[……] 这里有谁会如此低劣以至愿意成为奴隶?/[……] 谁会如此野蛮以至不做罗马人?/[……] 谁会如此卑鄙以至不爱自己的祖国?"(III. ii. 25—30)言外之意,因为暴君威胁到罗马自由,布鲁特斯派系只有给恺撒"放血",罗马政治身体才能恢复体液平衡与新生。这让人想起托马斯·斯塔基在《波尔与卢普塞对话录》(1535)中的论述。他让四种体液对应四种政治体制,把法律看成政治身体的灵魂,国王容易超越法律施行暴政,世袭君主制的君王并非由上帝所立,故为了政治身体健康,罢黜暴君证明是合理的行为。[②]

然而,在对平民的演说中,剧中安东尼把恺撒再现为一位无心称帝、一心为民的罗马英雄,从罗马身体病态的"头"陡变为健康的"头"。为了驳斥布鲁特斯"恺撒是有野心的"之论断,安东尼首先提醒平民:"他(恺撒)带回许多战俘到罗马,/赎金充了国库。"(III. ii. 85—86)接着,他陈述事实:"你们在牧神节上的确看到/ 我三次递给他皇冠,/他的确三次拒绝。"(III. ii. 92—94)然后,他展示恺撒伤口:"看,凯瑟斯匕首插入这个地方。/[……] /深受(恺撒)关爱的布鲁特斯在这捅刀;/当他拔刀时,/注意恺撒的血液如何带出来了。"(III. ii. 168—172)最后,他读出恺撒遗嘱:"给每位罗马公民——/每个人——75 德拉克马(希腊银硬币)。/[……] /他的私人凉亭,与新种植的果园,/台伯河这边。他把这些留给你们,/永远给你们子孙后代——公共公园/

---

① See John Hirst, *The Shortest History of Europe*, London: Old Street Publishing, 2012, pp. 82—100.

② 但对如何罢黜暴君,他似乎不敢详述。See Thomas Starkey, *Dialogue between Pole and Lupset*, ed. J. M. Cowper, pp. 102—103, 167.

休闲与自我娱乐。"（III. ii. 232—240）被点燃的平民宣称，刺杀恺撒的派系是"恶棍"与"谋杀者"，须"烧掉叛国者的房子"与追杀他们。（III. ii. 243—248）此后，元老院的西纳、卡斯卡等人先后被杀，布鲁特斯、凯瑟斯的部队陷入一场与为恺撒复仇的由安东尼、屋大维与莱皮杜斯组成的新三人统治集团的战争中。恺撒遇刺后，元老院人员结构与平民立场均与从前完全不同，罗马政治身体发生巨大变化。这自然让人联想起16世纪70年代英格兰政府颁布的《反对有意不服从和反叛的讲道》。与安东尼一样，该小册子借用政治身体修辞谴责反叛君主的弑君者，宣称无论好或坏的统治者都由上帝所立，挑战君王权威就是挑战上帝。引用扫罗、大卫与所罗门王等圣经叙事，相信臣民审判统治者类似"脚审判头一样非常可憎，因此必须根除叛乱"，"叛乱是一种试图改革君王小缺点、治愈政府小悲伤的不合适、不健康的药物，远比国家政治身体中的其他任何疾病、无序的低级疗方更糟糕"。[①] 但剧中政治身体的转变既是安东尼的语言修辞作用的结果，更是政治身体自身发展变化所致，因为与人体一样，罗马身体具有动态性与时间性。

忧郁激发了布鲁特斯对恺撒的怀疑，布鲁特斯不理解罗马身体的变化，则使自己生发罗马内战的忧郁进一步恶化，16、17世纪政论家故斥责忧郁人士对政治身体的威胁。或许，如安东尼所理解，布鲁特斯的忧郁才是罗马疾病的表征。布鲁特斯坦言："自从凯瑟斯怂恿我反恺撒以来／我一直不能入睡。／在刺杀行为与第一冲动之间，／时间犹如噩梦或一场可怕的梦。"（II. i. 62—65）弑君后，他从一个自信的罗马疾病"净化"者成为被安东尼与受其影响的平民共同根除的国家疾病，对变化中的政治身体无所适从，时间似乎紊乱不堪。菲利皮战役中，布鲁特斯莫名"遭受许多悲伤"，（IV. ii. 196）"恺撒鬼魂多次显现我眼前"，（V. v. 16）犯下"令人憎恨的错误，忧郁之子"——绝望自杀。（V. iii. 66）他使用身体修辞对罗马健康做出匆忙判断，加之他无法理解政治身体的动态性，两者均阻碍了他对恺撒的政治身体的正确理解。[②] 当然，忧郁症状与不理解政治身体的时间性无法分辨开来，到底哪一个是造成恺撒被杀与罗马内战的主因并不重要，因为两者在布鲁特斯身上相互作用并导致他的

---

① Anonymous, *An Homilie agaynst Disobedience and Wyllful Rebellion*, pp. B1, B1v.

② See Adam H. Kitzes, *The Politics of Melancholy: From Spenser to Milton*, p. 98.

死亡悲剧。但不能否认,剧中布鲁特斯的忧郁似乎是莎士比亚时代更凸显而威胁到英格兰健康的重要原因之一。所以,尼古拉斯·布莱顿在《一声低语抱怨》(1607)中,公开指责那些不满生活现状之人的"过多体液"。他使用有机身体之类比描写王国结构,国王是身体其他部位服侍的灵魂,而忧郁人士的低语抱怨使王国与个人的灵魂"产生无法治愈的伤痛"。①

　　布鲁特斯的例子表明,对动态政治身体的忧郁式反叛从政体疗方转变成了罗马新疾,暴露出静止化、抽象化的政治身体类比与流动的、具体的社会现实之间的矛盾,反叛暴政的忧郁流露出作为政体疗方抑或政体新疾之含混意义。② 莎翁另一部罗马复仇剧《科利奥兰纳斯》似乎更直观地说明,依据理想化的政治身体类比之静态修辞判断人物政治行为时,艺术化的政治身体与动态的、不完美的现实人物之间的裂痕成为他们人生悲剧的根源。此剧的核心问题是,放逐科利奥兰纳斯是否合理?对科利奥兰纳斯捍卫罗马健康与蔑视平民的行为,元老院使用政治身体之概念展开辩论,他是罗马政体之疗方还是疾病,是维护罗马安全的功臣战将,抑或否定政治有机体中贵族与平民和谐关系的灾难性因素,以决定是否接纳他为罗马执行官。贵族米尼聂乌斯肯定他:"他是一个肢体,仅仅有点疾病/——砍掉它是致命的,治好它容易。"③护民官西辛尼乌斯则相反:"他是必须切割掉的疾病。/[……]/ 腿的服侍,/一旦感染坏疽,便不再受到尊重/ 因它过去的功绩。"(III. i. 296,307—309)护民官布鲁特斯提议:"到他家抓捕他,/以防他的感染,因为传染性,/进一步蔓延。"(III. i. 310—312)甚至米尼聂乌斯承认,科利奥兰纳斯是政治身体的病态成员,尽管他也是罗马最强大的战斗手臂。④ 受护民官影响,平民投票从最初处死到最后放逐科利奥兰纳斯,而后者则自愿离开而宣布自己放逐了罗马。当

---

　　① See Nicholas Breton, "A Murmur", ed. Alexander B. Grosart, *The Works in Verse and Prose of Nicholas Breton*, 2 vols. vol. 1; xiii, 10—11.

　　② See Adam H. Kitzes, *The Politics of Melancholy: From Spenser to Milton*, p. 87.

　　③ William Shakespeare, "The Tragedy of Coriolanus", eds. Stephen Greenblatt et al, *The Norton Shakespeare: Based on the Oxford Edition*, New York: W. W. Norton & Company, 1997: 2793—2872, III. i. 297—298. 后文引自该剧本的引文将随文标明该著幕、场及行次,不再另作注。

　　④ See David G. Hale, *The Body Politic: A Political Metaphor in Renaissance English Literature*, p. 105

科利奥兰纳斯率军向罗马复仇时，母亲用亲情打动他，让他与罗马签订休战协议，牺牲自己而捍卫罗马政体健康。在某种程度上，他的悲剧源于政治身体理念与他不完美之间的冲突，源于他崇高神圣与肉体兽性之间的不一致，"他必须为人性与公民身份付出生命代价"①。

莎翁借剧中小人物的嘴，把忧郁与错误联系起来，暴露"政治身体"概念的悖论性，暗示忧郁对动态国家带来的毁灭性后果。莫萨拉感慨："令人憎恨的错误，忧郁之子，/[……]/噢，错误，不久被孕育出来，/你从来不会快乐出生，/却杀害了生育你的母亲。"（V. iii. 66—70）莫萨拉此处用"错误"感叹凯瑟斯因忧郁而自杀。忧郁与错误被构建为母子关系，处于一种毁灭性而非哺育性关系的冲突中。恺撒的弱点就是没有子嗣，或者说，他的妻子无生育能力。凯瑟斯与布鲁特斯皆因忧郁而自杀，自杀便是忧郁之子，是导致他们军事失败的毁灭性力量。莫萨拉的评论回应罗马共和国衰退灭亡、屋大维罗马帝国兴起时的罗马政权更迭，忧郁与"错误"母子间的非繁衍、非继承关系指向罗马政权、恺撒政治身体的突变。莫萨拉的感叹出于凯瑟斯与布鲁特斯忧郁自杀前后，他们正处在与安东尼派系决战中，罗马此时不再是一个稳定身体，处于妊娠、生长、生产与分娩的痛苦中。忧郁正是对未知与变动中的罗马身体最恰当的表述。显然，莫萨拉的话暗示"政治身体"理念的悖论性，"为了让政治身体工作，它必须是修辞意义上的静态尸体；反过来，如果政治身体中有忧郁，那可能是因为身体是活着的，因此它最终拒绝通过修辞策略，更经常是拒绝通过解剖身体而静态再现它的努力"②。

《裘力斯·恺撒》中，政治身体的静态修辞让恺撒从罗马疾病演变成政体健康的守卫者，也让反恺撒派系从罗马医生转化为政体疾病。在梦魇中数次被恺撒鬼魂惊醒，布鲁特斯自始至终不确定恺撒的"野心"。自杀时，他说："恺撒，现在安静了。"（V. v. 50）这是否说明，恺撒在与布鲁特斯的较量中胜出？或者说，现实中的罗马政权是个变体，布鲁特斯依据政治身体的类比隐喻对罗马做出的判断只是一厢情愿的幻觉。布鲁特斯想象"共和制"是捍卫罗马健康

---

① David G. Hale, *The Body Politic: A Political Metaphor in Renaissance English Literature*, p. 107.

② Adam H. Kitzes, *The Politics of Melancholy: From Spenser to Milton*, p. 101.

的正确选择,完全有悖于此时罗马正在奔向为它带来黄金时代的"帝制"之历史事实。在某种意义上,"帝制"似乎被历史证明是更适合此时罗马的政治体制。莎士比亚创作此剧时,英国正处于内忧外患的艰难时刻,宗教改革与新兴民族国家建设需要一个强大的中央集权政府,君主的权力需要更加集中、专制化与神圣化。或许,对伊丽莎白时代的人来说,英国更需要更强悍、更专制的王权,但却又为早期斯图亚特政权会走向极端与"恺撒"式的暴政感到焦虑。与政治身体隐喻一道,剧中布鲁斯特的忧郁推动了罗马政治身体的不稳定,加剧了国家的动荡变化。忧郁否定政治身体动态性而成为静态修辞想象的标签,变为个人悲剧命运与政治身体疾病的代名词。然而,布鲁斯特的悲剧是否暗示莎士比亚对英国王权走势的思考?谴责忧郁时,莎翁借助对罗马"政治身体"危机的书写透露他对英格兰王权未来的忧虑,预言即将到来的斯图亚特早期的专制统治?

对莎士比亚与同时代人来说,罗马历史就是英国的过去,罗马帝国被想象为未来的不列颠帝国。① 罗马从来不是完全的"他者",而是英国人的父母或祖先,"对他们(英国人)来说,罗马的过去不只是一种过去而是他们(自己)的过去[……]因为它通向现在",提供了一种可效仿的模型。② 埃涅阿斯(Aeneas)建立了罗马城,成为罗马的缔造者。英国人创造了类似神话,布鲁特(Brute)建立了一个以他的名字命名的殖民地不列颠(Britain),而布鲁特又是埃涅阿斯的后人。莎剧《辛白林》(1611)中,故事发生在罗马入侵不列颠时期,以不列颠与罗马重归于好结尾,"一面罗马军旗与一面不列颠国旗"并置,"友好团结地"舞动着。③ 在英格兰宫廷,罗马类比非常流行,詹姆士一世统一了爱尔兰、英格兰、苏格兰和部分法国领土,被赞誉为"英格兰的恺撒"。1604

---

① See Warren Chernaik, *The Myth of Rome in Shakespeare and His Contemporaries*, Cambridge: Cambridge UP, 2011, pp. 4—5.

② See George K. Hunter, "A Roman Thought: Renaissance Attitudes to History Exemplified in Shakespeare and Jonson", ed. Brian S. Lee, *An English Miscellany Presented to W. S. Mackie*, Capetown: Oxford UP, 1977: 93—118, p. 95.

③ See William Shakespeare, "Cymbeline, King of Britain", eds. Stephen Greenblatt et al, *The Norton Shakespeare: Based on the Oxford Edition*, New York: W. W. Norton & Company, 1997: 2955—3046, V. iv. 481—482.

年詹姆士进驻伦敦时,街道两边装饰着拱形和雕像艺术,呈现一种"极盛罗马风格",是古罗马的重新创造。本·琼森创作了许多罗马主题的假面具戏剧,在王宫非常盛行,詹姆士一世被呈现为奥古斯都(Augustus)。奥古斯都意为"皇帝",用于称呼罗马帝国第一位统治者屋大维。在钱币和奖章上,英王经常被再现为着罗马服装、戴橄榄桂冠的罗马帝王形象。[①] 甚至在查理一世统治时期,假面具戏剧继续类似的谄媚式的比较,特别强调英王维护和平与"道德征服"之统治能力,把英王再现为"一位罗马皇帝的转世化身"。[②]

伊丽莎白一世(1558—1603年在位)比父亲亨利八世(1509—1547年在位)时期更为艰难,一个更为强大、集中与专制的君权显得更加重要,以对付来自国内外敌人对政治身体的威胁。英格兰外部面临耶稣会和西班牙等天主教国家的威胁,内部有天主教徒阴谋、埃塞克斯派系叛乱与清教势力崛起等,这些严重威胁到英格兰社会的和谐稳定和正义美德。1567年,得益于女王强大的专制政府,玛丽·斯图亚特的天主教阴谋被铲除,1588年,英格兰击败了西班牙"无敌舰队"。然而,1599年,埃塞克斯叛乱开始发酵。英格兰似乎需要一个男性帝王恺撒。正如一位批评家所说,1599年是最适合上演《裘力斯·恺撒》的年份,因为暗杀恺撒让人谴责那些试图危害君王政治身体的人。[③] 的确,正是在内忧外患的语境下,随着王权专制的强化,英格兰君王的政治身体开始愈加神圣化,政论家把君王的政治身体比喻为耶稣基督不朽的神圣身体。[④] 君王死亡时,他的政治身体如灵魂般从一个道成肉身的自然身体迁移到另一个自然身体。这不仅处理掉了自然身体的不完美,也把不朽赋予作为国王的个人。[⑤] 1598年,当时还是苏格兰国王的詹姆士发表《自由君王的真理

---

① See Jonathan Goldberg, *James I and the Politics of Literature*, Baltimore and London: Johns Hopkins UP, 1983, pp. 33—54.

② See John Peacock, "The Image of Charles I as a Roman Emperor", eds. I. Atherton and J. Sanders, *The 1630s: Interdisciplinary Essays on Culture and Politics in the Caroline Era*, New York: Palgrave Macmillan, 2006: 50—73.

③ See L. C. Knights, *Drama and Society in the Age of Jonson*, London: Chatto and Windus, 1937, p. 324.

④ See Ernest H. Kantorowicz, *The King's Two Bodies: A Study in Mediaeval Political Theology*, Princeton, NJ: Princeton UP, 1957, 1997.

⑤ See Edmund Plowden, *Commentaries or Reports*, p. 233.

法律》,他在文中宣称:"国王被称为上帝[……]因为他们坐在地球上的上帝王位上。"①这让许多英格兰臣民如不是非常震惊,也至少会深感不安。在本剧上演的 1599 年,詹姆士国王出版《皇家礼物》,公开宣扬君权神授论,君王就是上帝,臣民必须服从君王,哪怕他多么邪恶。王国的政治身体就是君王的神圣身体。既然国王身体具有神圣性与政治身体的永恒性,那弑君便是违背上帝意旨的反叛行为,故而詹姆士谴责叛乱人士的"酷热精神与反叛思想"。②因此,剧中弑杀恺撒的忧郁派系不仅违背神意,更因误诊政治身体现状而弑君,成为威胁罗马健康而以忧郁表征的国家疾患。

莎士比亚似乎怀疑甚至敌视共和制,16、17 世纪政论家也赞扬君主专制与指责民主叛乱。一位莎剧评论家指出:"莎士比亚罗马戏剧[……]似乎坚持否定不同政治体制产生不同层次的美德与伟大之正统思想[……]莎士比亚罗马史观瓦解了'作为最佳政府的共和制'之问题[……]因为他相信选择并不重要[……]罗马戏剧中的共和制并不比它的意识形态对手(帝制)更好或更坏。相反,它是与对手更多相同。"③换言之,个人自由并不是只有在"自由政府(共和制)"中才能得到最好保护,在"一个危险与腐败的政治世界中",有美德的个人首要关注的是"生存与自我利益",《裘力斯·恺撒》没有严肃对待共和制在罗马或早期现代英格兰政治中的显现,而是毫不留情地暴露出它的局限性。④ 伊丽莎白时期,威廉·富尔贝克谴责罗马共和制时期的护民官格拉古兄弟,因他们试图重新分配贵族土地而遭暗杀后引发叛乱。他们被指控"愤怒与思维狂暴"缠身,导致罗马"暴乱、刀剑与不和谐",以突显"英格兰现处"的"繁荣国度享受的平静与安详"之"都铎神话"。对富尔贝克来说,推翻国王塔奎因是个历史灾难,自此"罗马人用金子换黄铜,从讨厌一个国王变成遭受许多暴君[……]用毒膏药治疗化脓的溃疡"。对罗马史上的两个布鲁特斯,一个推翻了塔奎因让罗马进入共和时期,另一个弑杀恺撒让罗马陷入内战,富尔贝克认为,两者"对罗马是致命的,因为前者放逐了罗马人的最后一位

①　James I, *Political Writings*, p. 64.

②　See James I, *Political Writings*, p. 70.

③　David Armitage, Conal Condren, and Andrew Fitzmaurice, eds. *Shakespeare and Early Modern Political Thought*, Cambridge: Cambridge UP, 2009, p. 269.

④　See Warren Chernaik, *The Myth of Rome in Shakespeare and His Contemporaries*, p. 245.

国王,后者谋害了第一位皇帝"①。剧中布鲁特斯正如那些策划谋害女王伊丽莎白一世的敌人,他们打着民主自由的幌子从事颠覆英格兰王权的叛乱勾当。

罗马史学家塔西佗的著作深受莎士比亚与同时代英格兰人的喜爱,他对恺撒养子屋大维的帝国政治也赞扬有加。塔西佗著作《历史》《编年史》的编辑本与译本在16、17世纪欧洲广泛传播,当时大约出现了87部对塔西佗作品的评论性著作。随着对古罗马历史学家"雄辩大师"李维热度的递减,人们对"谨慎大师"塔西佗作品的热情上升。塔西佗强调君主和阴谋家行动的"隐藏原因",从实用主义角度为臣民提供在黑暗时代生存的斯多葛主义准则,而李维则重视英雄主义,列举"智慧、正义、勇敢与所有美德的虔诚热情的人物例子"。② 随着英格兰君主专制权力的强化,塔西佗成为"最受欢迎的历史作家和英格兰罗马戏剧最主要的材料来源"③。莎士比亚、琼森等均从塔西佗作品中获取创作罗马戏剧的史料抑或受到他的阐释维度的影响。蒙田(1533—1592)甚至断言,塔西佗最适合自己生活的16、17世纪这个君主专制的时代,"对于类似我们自己的让人烦恼而病态的时代,他是最有用的;你会经常说,他描绘的就是我们,他批评的也就是我们"④。尽管塔西佗对罗马政治表现出悲观色彩,但他并不认同共和制能捍卫平民自由。相反,他大为推崇第一位罗马帝王屋大维,"以帝王名义,他自封为奥古斯都,让因内战而疲倦不堪、国力衰退的整个罗马臣服于他"⑤。士兵、百姓、贵族都从屋大维那得到实惠,他慢慢地把元老院事务、执政官职责与法律权力转到自己手中,给予贵族荣誉、财富与晋升机会,让他们宁愿在帝制中安全生活也不愿冒险去恢复以前的共和制。

---

　① 　William Fulbecke, *A Historical Collection of the Continual Factions, Tumults, and Massacres of the Romans and Italians*, London: Printed by R. Field for William Ponsonby, 1601, pp. 1, 25, 170—171. 有关富尔贝克如何使罗马历史进程吻合都铎政治期待之努力, See George K. Hunter, "A Roman Thought: Renaissance Attitudes to History Exemplified in Shakespeare and Jonson", ed. Brian S. Lee, *An English Miscellany Presented to W. S. Mackie*, p. 101.

　② 　See Alan T. Bradford, "Stuart Absolutism and the 'Utility' of Tacitus", *Huntington Library Quarterly* 46(1983): 127—155, pp. 128—129.

　③ 　See Warren Chernaik, *The Myth of Rome in Shakespeare and His Contemporaries*, p. 17.

　④ 　Michel de Montaigne, *Essays*, 3 vols. tran. John Florio, London: Everyman, 1910, vol. 3, Chapter 8.

　⑤ 　Cornelius Tacitus, *The Annals of Cornelius Tacitus*, 16 Books, tran. Richard Grenewey, London: by Arn. Hatfield, for Bonham and Iohn Norton, 1598, Book 1, p. 1.

从这点看,塔西佗影响下的《裘力斯·恺撒》完全可能隐含对布鲁特斯的不满,暴露莎士比亚对那些谋害本可成为罗马第一任帝王的恺撒的激进之徒之批评立场,而此立场借助布鲁特斯的忧郁疾病体现出来。

然而,塔西佗控诉屋大维皇帝(奥古斯都)之后的罗马暴君。奥古斯都(27 BC—14 AD)长期统治带来了继位问题。奥古斯都孙子盖乌斯·恺撒去世后,提比略·恺撒(42 BC—37 AD)被认可为继承人。根据塔西佗的论述,"所有人向他屈膝奉承,他被接受为恺撒继子",当奥古斯都去世时,提比略的第一个举动便是发布命令谋杀他的竞争对手、恺撒侄子阿古利巴。[①] 在提比略和后来继任者统治下,罗马帝国处于暴政之下,暴君对权力的控制让人日益感到不安全。尤其在统治后期,提比略荒淫无度,他甚至遗弃罗马前往卡普里岛度假,"在岛上休闲,他放下为国操劳之责任[⋯⋯] 他不更换军事护民官、上校与各省的省长[⋯⋯] 他放任亚美尼亚,任凭它遭受帕提亚人的蹂躏与霸占[⋯⋯] 高卢受到日耳曼人的占领[⋯⋯] 拥有这份神秘地方的自由时,他远离百姓的视线,最终展现了他长期试图掩盖的所有邪恶"[②]。因此,提比略和他的继任者卡里古拉、克劳狄与尼禄等,都先后被反叛士兵或他们自己的家庭成员所暗杀。如塔西佗所说:"一个君主可能在罗马城之外的其他辖区出现。"[③]不到一年,西班牙、德意志、多瑙、埃及等四个地方军区统帅宣布称帝,他们为争夺皇位彼此开战。

以类似方式,本剧把为恺撒复仇的派系刻画成毫无仁爱的病态复仇者,影射莎士比亚对 16、17 世纪英格兰君权愈加专制的焦虑。当剧中安东尼借用政治身体类比成功地赢得平民支持时,平民膜拜恺撒而几乎疯狂的举动让人对帝制不由自主地怀疑起来。为追杀谋杀恺撒的辛那,当见到一位同名诗人时,即使被告知诗人辛那不是同名谋杀者时,他们大呼:"这不重要,他的名字是辛

---

① See Cornelius Tacitus, *The Annals of Cornelius Tacitus*, 16 Books, Book 1, tran. Richard Grenewey, pp. 2—3.

② Gaius Suetonius, *The History of Twelve Caesars*, tran., Philemon Holland, London: Printed by H. Lownes and G. Snowdon for Matthew Lownes, 1606, pp. 170—171.

③ Cornelius Tacitus, *The Ende of Nero and Beginning of Galba Fower Books of the Histories of Cornelius Tacitus*, tran. Henry Savile, Oxford: by Joseph Barnes and R. Robinson, London for Richard Wright, 1591, p. 3.

那。/从他心脏中掏出他的名字[……]/给他分尸，分尸！"(III. iii. 32—34)为给恺撒复仇，安东尼、屋大维与莱皮杜斯组成三人集团，他们勾出许多必须为恺撒之死负责的人，这些人可能与他们三人存在亲属关系。屋大维对莱皮杜斯说："你哥必须死，同意吗？"莱皮杜斯答道："我同意。"莱皮杜斯即刻说："条件是普布利乌斯不能活，/你姐的儿子，安东尼。"安东尼应答："他不会活。看，我画了圈，我宣判他死刑。"(IV. i. 2—6)无论贵族或是平民，为恺撒复仇的人盲目使用暴力或在利益交换原则下行事，远离法制、正义、公正与美德，让人对恺撒所代表的罗马即将进入的帝制模式心存恐惧。正如卡斯卡所描述，在牧神节上，当恺撒三次不情愿地拒绝安东尼呈上的皇冠时，"平民欢呼雀跃，鼓掌喝彩，/抛起他们的帽子"以表达对称帝的不赞成立场。(I. ii. 243—244)显然，此类呈现暗含莎士比亚对英格兰日益强化的王权可能给国家健康带来灾难的担忧。事实是，女王晚年，年老力衰，重臣专权，宫中不是出现派系斗争吗？詹姆士一世不是与提比略一样，每年数月离开伦敦不理朝政吗？以君权神授理论为幌子，他甚至实行完全个人专制统治，从 1614 至 1621 年 7 年未召开国会。① 查理一世不是 11 年拒绝召开国会，无视国会的暴政生发民怨甚至国会议员对暴君提出控诉，使英格兰处于内战前夜吗？②

《裘力斯·恺撒》的重要议题之一是布鲁特斯因担忧罗马政治身体健康而产生的忧郁与政治反叛。从忧郁政治学出发，剧中忧郁与反叛似乎成为一个不确定的政治命题，既有因使用静态的政治身体修辞、误判国家发展趋势而成为罗马新疾之意义，也有为捍卫自由、拯救罗马于可能的暴政之中而成为罗马疗方之内涵。忧郁与反叛的不稳定意义离不开 16、17 世纪英格兰君权愈加专制化与神圣化的历史语境。忧郁与反叛给予国家新生之积极意义影射早期现代英格兰人对都铎—斯图亚特早期专制王权走向暴政的担心。以权术理论著称、为英格兰社会熟知的马基雅维利，也把恺撒视为必须诛杀的暴君和篡位者，坚持恺撒蒙蔽了罗马大众的双眼，使他们在放弃共和自由时"没意识到他

---

① See J. P. Sommerville, "James I and the Devine Right of Kings: English Politics and Constitutional Theory", ed. Linda Levy Peck, *The Mental World of the Jacobean Court*, Cambridge & New York: Cambridge UP, 2005: 55—70, p.55.

② See Pauline Croft, "Annual Parliaments and the Long Parliament", *Bulletin of the Institute of Historical Research* 59(1986): 155—171.

们加在自己脖子上的枷锁"。① 对当时英格兰的詹姆士·哈林顿来说，"恺撒的军队［……］熄灭了自由"，引发"政治身体疾病［……］此病在西欧社会变得糟糕得多"。② 在共和主义者作品中，反恺撒派系被赞扬，诛弑暴君被证明是合法行为。但对强大君王的呼唤也促使英格兰人把忧郁与反叛斥责为一种国家新疾。剧中罗马帝国成为不列颠联合王国的想象投射体，统治英格兰、苏格兰、爱尔兰与法国部分领土的詹姆士被赞誉为征服了西欧、西亚与北非的罗马帝王恺撒，伦敦王宫隐喻为罗马城，君权神授理论得到普遍接受。政论家爱德华·福塞特在人体、政治身体与体液理论中宣扬君主专制论，号召地方官员开出各种药方，手脚（百姓）团结起来消除各类叛乱，保护灵魂（国王）之健康。③ 反恺撒派系的悲剧命运让反叛进一步疾患化与忧郁化，忧郁与反叛的消极意义显露无遗。然而，有悖论性的是，为恺撒辩护时，安东尼在让平民确信恺撒无任何称帝野心后，平民才决心为潜在帝王恺撒复仇。这正透射出英格兰人对日益专制化王权的不确定与焦虑心理。

---

① See Niccolo Machiavelli, *Discourses on the First Decade of Livy*, ed. Bernard Crick, Harmondsworth: Penguin, 1970, pp. 135－136.

② James Harrington, *The Commonwealth of Oceana and a System of Politics*, Cambridge: Cambridge UP, 1992, p. 8.

③ See Edward Forset, *A Comparative Discourse of the Bodies Natural and Politique*, pp. B2, D4.

第 三 章

弥尔顿诗歌中的人体疯癫与
国家宗教身份焦虑

疯癫是约翰·弥尔顿(1608—1674)诗歌中的重要话语。诗人、政论家弥尔顿是英国共和国时期及克伦威尔政府中的公仆,经历王权社会与共和国时期,历经革命内战(1642—1649),生活于过渡期(1649—1660),感受了宗教多变与政治动荡。他以诗歌《失乐园》《复乐园》与戏剧诗《力士参孙》等作品闻名,描写人类堕落之意象与参孙复仇时的疯癫形象,探讨与思考英国宗教身份。创作前期,弥尔顿相信,国民在忧郁狂喜中冥想,获得上帝神圣启示的能力。复辟(1660)之后的后期生涯中,弥尔顿由乐观转向烦恼,坚信英国人已变得邪恶,他们用金钱收买上帝,良心让其想起死后的遭罪而患忧郁疯癫之疾。但疯癫与忧郁让国人真正忏悔,成为他们自我鞭策而构建国家新教身份的重要途径。

疯癫是忧郁过度的人体情感疾病。疯癫语义变化受到医学进步与政治语境的双重影响。内战前,英国官方在伦理学框架中理解体液理论,疯癫的新教神学狂喜或神圣启示之意占上风;内战后,随着解剖学和自然科学的发展,在剑桥柏拉图主义推动下,疯癫的医学疾病之意占主导。过渡期间,两种"疯癫"话语势均力敌、斗争共存。但总体上看,几乎在整个17世纪,两种话语一直以此起彼伏、彼消我涨的态势存在。

弥尔顿诗歌《失乐园》《复乐园》等借用人类堕落隐喻清教共和国失败,强调英国"世俗世界"的野心、虚伪、狂热与疯癫,使用撒旦侵占伊甸园戏仿海外殖民扩张,传达他反帝国主义和反王权专制的主张,说明英国的敌人正是英国人自己,显现他的清教政治性和对重建英国"基督世界"的忧郁、挫败与创伤感。《力士参孙》使疯癫指向参孙受新教上帝指引,从绝望、忧郁中恢复英雄力量,也指清教和其他激进教派的病态经历,参孙用于摧毁敌人的介于神圣启示与疾病之间的疯癫正是由创伤性忧郁所激发,成为英国人忏悔与自我救赎的力量。弥尔顿利用疯癫作为鞭策物,致力建立纯正的新教国家,表达对国家宗教身份的焦虑。

第一节　英国内战与过渡期之"疯癫"语义

16 世纪英国社会中,"疯癫"用于描述宗教热忱与狂喜行为,而到了 17 世纪中期,随着医学发展与清教极端行为对王权威胁的加剧,"疯癫"逐渐取得病理学上的疾病之意义。作为一种疾病,"疯癫"是与黑胆汁相关的忧郁之极端表现症状。但在内战、革命战争与过渡期,试图概述"疯癫"的涵义本身就是一种疯癫般的努力。理由是,此时英国社会处在宗教改革浪潮中,特别是查理一世保守的宗教政策让国会中的清教势力异常愤怒。正是在保皇势力与执着的清教徒的角逐中,"疯癫"问题与对宗教热忱的属性之争论纠缠在一起。对此,丹尼尔·福克评论道,有关这一议题的作品大量涌现而最终留给历史学家一个清晰的画面:"让学者们刻画 17 世纪反宗教热忱是件极度困难的事情[……]清晰的战争线没有出现,对典型'宗教狂热主义者'的任何描画从来不会到达裸露的轮廓那么远。"[①]评论家迈克尔·麦克唐纳指出:"早期现代英国的精神紊乱史犹如一个非洲知识图景。"[②]的确,清教徒的宗教虔诚、热忱与狂热究竟是一种受上帝启示的正常行为,还是一种早期现代医学视阈中的黑胆汁过剩所致的忧郁过度之症状?此种意义含糊不清的"精神紊乱史"不正是英国内战发生的写照吗?故当指涉"疯癫"的小册子、作品出现时,不同作者并不能就"疯癫"达成一致性的理解。

---

① Daniel Fouke, *The Enthusiastical Concepts of Dr. Henry More: Religious Meaning and the Psychology of Delusion*, Leiden, New York: E. J. Brill, 1997, pp. 11—12.

② Michael MacDonald, *Mystical Bedlam: Madness, Anxiety, and Healing in Seventeenth-Century England*, Cambridge: Cambridge UP, 1981, p. 1.

　　"疯癫"两种语义相互冲突的部分原因是，内战的参与者、政论家倾向于完全不同的写作目的。正如批评家乔纳森·索戴伊指出，此时至少存在两种版本的"疯癫"话语：

> 两种疯癫话语都有其政治内涵，因此在此时是均可找到的。在一种形式中，疯癫的电荷作用于消除非正常或脱离常规的声音。在另一种形式中，悖论性地讲，疯癫被发现作为一种注入该词神圣权威与力量的方式。我们能看到，在革命时期，疯癫的这两种对照话语相互斗争，反映了战争自身里面的意识形态对峙。①

索戴伊的叙述无非表明，两种版本的"疯癫"截然不同。这不仅是说，它们互为对立，而且在更基本的层面上，它们毫不相关，因为对在一种形式的意义假想中的那些人来说，另一种形式必定毫无意义。

　　两种"疯癫"话语离不开当时神学与病理学理论。当代文学与历史批评家在早期现代语境中，从不同视角阐释早期现代英国的"疯癫"话语。学者们通常聚焦于一层意义而忽视或打压另一层，从而形成不同的批评流派。一些学者关注那些伪装疯癫而推进、树立他们权威的一群人。② 借用传统的神圣基督教疯癫的概念，疯癫不是理解为一种抑制（inhibition）而是言语（speech）本身的必然先驱。因为世俗世界是完全滞后的，因此被主流社会秩序所理解的疯癫成为一个人做正义之事的确定符号。③ 与此同时，另一批学者在各种权力斗争语境中定义疯癫之概念。在 17 世纪中期，随着社会世俗化进程的加快

---

① Jonathan Sawday, "'Mysteriously Divided': Civil War, Madness and Divided Self", eds. Thomas Healy and Jonathan Sawday, *Literature and the English Civil War*, Cambridge: Cambridge UP, 1990: 127—143, p. 129.

② See David Loewenstein, *Representing Revolution in Milton and his Contemporaries: Religion, Politics, and Polemics in Radical Puritanism*, Cambridge: Cambridge UP, 2001, p. 94; J. F. McGregor, "Seekers and Ranters", eds. J. F. McGregor and B. Reay, *Radical Religion in the English Revolution*, Oxford: Oxford UP, 1984: 121—139; Christopher Hill, *The World Turned Upside Down: Radical Ideas During the English Revolution*, New York: Penguin Books, 1975, pp. 277—286; etc. 例如，大卫·罗温斯坦把伪装的疯癫看成政治反抗的表征符号，他特别关注 17 世纪清教先知的神赐能力。

③ See M. A. Screech, "Good Madness in Christendom", eds. W. F. Bynum, Roy Porter, and Michael Shepherd, *The Anatomy of Madness: Essays in the History of Psychiatry*, Vol. 2—*Institutions and Society*, 3 vols. London: Tavistock Publications, 1985: 73—79.

和医学知识的普及与发展,政治上的激进主义逐渐以一种决定性的新方式被解读为一种病理现象。最直接的后果是,菲奥纳·葛德利把它称为使某些个人或集体的主张"失去资格或无效"之努力,因这些人倡导更为激进的政治与社会改革之版本。只要一种激进叙述被重新阐释为疾病症状,它的真理内容便无需评价:"由宗教狂热主义者所展现的非同寻常的信仰显示或许足够理性——一旦此类事件放在世俗术语中看待时——而招致精神错乱之指控。"①这就是弗洛伊德发现的让人惊吓的事情,由病人讲述而心理学家与医生们都拒绝倾听的可怕之事。

　　在对清教的政治激进主义重新定义过程中,新意义开始发生在这种"宗教热忱"上。也就是说,社会的启蒙理性化让"疯癫"的神圣意义转变为疾病符号。准确地讲,"疯癫"被定义为忧郁疾病,从以前的神学事件突然揭示为世俗事件。"疯癫"成为身体的功能障碍,而不是清教徒阐释圣经时的神启、着魔或错误行为。当代历史与文学批评家相信,发生这种转变很大程度上是一种知识革命的结果,17 世纪的许多理论家应对此负责。总体上看,罗伯特·伯顿(1577—1640)《忧郁的剖析》(1621)是个转折点,该书在早期现代医学框架中阐述忧郁疾病与包括疯癫在内的忧郁症状。医学逐渐走入社会的认知中心。莫里克·卡萨本(Meric Casaubon)、亨利·莫尔(Henry More)等一些剑桥柏拉图主义者紧跟其后,把与宗教热忱相关的"疯癫"从神圣狂喜状态转变成一种病理条件。病理学已经为当时任何懂得"理性"活动的人所熟知与理解,而卡萨本自己就非常依赖"理性"这个术语。② 到乔纳森·斯威夫特(1667—1745)在《一个木桶的故事》(1704)中恶言漫骂宗教狂热主义者时,那些自称为先知的宗教激进分子几乎不可能有机会还击。

　　自剑桥柏拉图主义者拟定"疯癫"的疾病意义后,使用病理学修辞攻击清教徒激进的宗教热忱成为它的常识性意义。当代批评家乔治·威廉森对 17世纪的知识谱系做了回顾,他说:"对宗教热忱的反叛本身是 17 世纪上半期思

---

　　① Fiona Godlee, "Aspects of Non-Conformity: Quakers and the Lunatic Fringe", eds. W. F. Bynum, Roy Porter, and Michael Shepherd, *The Anatomy of Madness: Essays in the History of Psychiatry*, *Vol. 2—Institutions and Society*, 3 vols. London: Tavistock Publications, 1985, vol. 2: 80—85, p. 85.

　　② See Adam H. Kitzes, *The Politics of Melancholy: From Spenser to Milton*, p. 155.

想的高潮,是这个性情知识变化的直接结果,尽管它在宗教、科学与文学风格等方面的显现存在差别。"①他继续指出:"在 1655 与 1656 年,两本书都攻击宗教热忱,分别由莫里克·卡萨本与亨利·莫尔所作。实际上,可以说对宗教热忱的敌对态度那时变得非常普遍了。"②类似的,评论家约翰·西纳提出,卡萨本与莫尔的知识权威制造了一道分水岭,区别于奥古斯丁开创的"疯癫"神启意义:

> 卡萨本与莫尔建立的对清教徒进攻之模式持续了后来的一百年时间。他们认为,宗教热忱现象是身体蒸汽或过热燃烧的忧郁体液自然发展之结果。该观点成为非教会派的新教徒对清教徒的标准评价。卡萨本与莫尔的术语在医学册子中长期为人所熟悉,成为攻击清教徒的惯例修辞。③

伯顿《忧郁的剖析》是疯癫意义发生转向的奠基石,该医学文献历史价值重大。至少在英国,伯顿"第一个系统地把忧郁的医学文献吸纳过来,以服务宗教争论"④。当代批评家托马斯·卡纳万看到一种倾向,即伯顿与斯威夫特的《一个木桶的故事》直接相关,"在他们作品中呈现的思想暗示,在反清教作家的方法上,伯顿与斯威夫特之间存在一种知识联系与持续性"⑤。评论家克莱蒙·霍斯甚至把伯顿视为预言家,似乎更少是理性或病理学的胜利:

> 在出版以后[……]英国小册子作者们开始重新把伯顿《忧郁的剖析》中有关宗教病理的著名论断再创作为"统治阶级的口令"。[……]需要补充的是,然而,这种让宗教热忱等同于疾病很快就超出了无可争辩的特权人士的画室。宗教热忱的病理化因此成为更广泛的精英霸权主义。足够明显,让宗教狂热修辞病理化旨在否定它,以便最终在所有可能意义上

---

① George Williamson, "The Restoration Revolt Against Enthusiasm", *Studies in Philology* 30 (1933): 571—603, p. 571.

② Ibid. , p. 582.

③ John Sena, "Melancholy Madness and the Puritans", *Harvard Theological Review* 66 (1973): 293—309, p. 300.

④ See Michael Heyd, "Robert Burton's Sources on Enthusiasm and Melancholy: From a Medical Tradition to Religious Controversy", *History of European Ideas* 5 (1984): 17—44, p. 18.

⑤ Thomas L. Canavan, "Robert Burton, Jonathan Swift, and the Tradition of Anti-Puritan Invective", *Journal of the History of Ideas* 34 (1973): 227—242, p. 228.

让它的使用者"住嘴"。从溯源上说，得到医学权威支持的疾病标签，(试图)服务那时让迫害清教徒自然化与普遍化(之目标)，隐含它源于历史冲突之基础。①

甚至对于那些不把知识变化完全归因于伯顿、卡萨本与莫尔的学者来说，17世纪中期也被视为开始了一个全新时代的时期：宗教热忱与理性自身的新区别被首次刻画出来。②

然而，"疯癫"的语义转换并非如一些批评家所理解的那么突然与戏剧化。实际上，"疯癫"的神学与医学意义共存于英国内战与过渡期，两者并非非此即彼的关系。譬如，约翰·洛克(1632—1704)在宣称忧郁是宗教热忱的源头时，叙述道：

> 上帝直接启示是人们建立自己观点与规范自己行为更简便的方式，而不是靠那些烦人且不总是成功的严格推理。一点不奇怪，一些人习惯假装受到神启，说服他们自己在行动与观点上受到了上天的特别指引，特别在他们不能用普通的知识方法与理性原则解释的行动与观点上。因此，我们看到，对各个年龄段的人身上，忧郁与虔诚相混，或者他们对自己的幻想让他们提升到与上帝更加熟悉的观点，比其他人更靠近上帝的眷顾，他们经常以与上帝最直接交流和与圣灵的频繁交往，来劝慰自己与奉承自己。③

洛克赞成"忧郁与虔诚相混"。尽管受到伯顿与剑桥柏拉图主义者的影响，但他坚持"疯癫"的忧郁病态之意时，似乎还更倾向于它的神圣启示之意。

事实上，当时不少人理解"疯癫"的忧郁疾病与宗教热忱两内涵之间的联系。例如，医生安德烈·劳伦斯(Andre du Laurens，1558—1609)与哲学家、

---

① Clement Hawes, *Mania and Literary Style: The Rhetoric of Enthusiasm from the Ranters to Christopher Smart*, Cambridge: Cambridge UP, 1996, pp. 4—5.

② See Robert Kinsman, "Folly, Melancholy, and Madness: A Study in Shifting Styles of Medical Analysis and Treatment, 1450—1675", ed. Walter Mignolo, *The Darker Side of the Renaissance: Literacy, Territoriality, and Colonization*, Berkeley: University of California Press, 1974: 273—320.

③ John Locke, *An Essay Concerning Human Understanding*, New York: Prometheus Books, 1995, p. 591.

魔法师乔达诺·布鲁诺(Giordano Bruno, 1548—1600)等,把忧郁确认为准预言能力的主要源头。[1] 他们强调,忧郁具有双重属性,既可暗含上帝赋予的天才能力,也可指向恶魔上身与身体疾病。而伯顿把"疯癫"病理化处理是他有意选择那些攻击清教徒等激进成员的材料之结果,是他服务于英国国教会的反清教政策所致。非常可能,伯顿对宗教热忱的审视,依赖主教乔治·艾伯特对宗教极端分子困扰国王之事件的叙述:

> 你因此应该知道,陛下甚是困扰与悲伤。他每天听到如此多从我们教会变节到罗马天主教、再洗礼派或发生在王国某些部分的其他分裂点。带着崇敬去考虑变节的可能原因,特别在这样一个国王的统治下。他不断公开表示反对一个教派的迷信与另一个教派的疯癫疾病。[2]

这些事实表明,对宗教热忱的病理化指控取材于同时代或稍早时期作者对宗教极端势力的修辞。此类材料说明,自《忧郁的剖析》诞生至 17 世纪中叶,并非如一些学者所认为的,"疯癫"的神启意义完全突然被忧郁疾病之医学含义所取代,尽管从神圣启示到身体病理学的重新书写的确或多或少发生了。

需要注意,"疯癫"意义不是突然发生变革。在剑桥柏拉图主义者之前,对该词的理解也不尽相同。当然,两者不存在明显的连续性。文学批评家亚当·凯兹甚至提出,剑桥柏拉图主义者最终展现了忧郁作为弱小的解释手段,"它标示的不是对疯癫意义的原创革新,而是退回到一种基于古典权威的保守的知识传统"[3]。对宗教狂喜、"疯癫"缺乏解读标准,加上它反宗教机构的权威,让它容易在历史上受到攻击,而这也正是它遭到伯顿等人指控的重要原因。正如当代一位批评家所说,宗教热忱话语最显著的特点之一是它极端反权威立场:

> 一系列的宗教热忱之信条没有明显地与所创立的任何教会训令模型相关,继续提出相当多的阐释问题。宗教热忱可以被定义为接受圣灵而

---

① See John Sena, "Melancholy Madness and the Puritans", p. 297.

② George Abbot, "Archbishop Abbot's Letter Regarding Preaching", *Records of the Old Archdeaconry of St. Albans: A Calendar of Papers A. D. 1575 to A. D. 1637*, ed. H. R. Wilton Hall, London: St. Albans, 1908: 150—152, p. 151.

③ Adam H. Kitzes, *The Politics of Melancholy: From Spenser to Milton*, p. 158.

非任何其他世俗或宗教权威的直接指引。它本质上是个人主义的与无政府主义的,通常与教会或宗派的普通训令不相容。①

宗教狂喜忽视权威。在任何对话中,如果出现冲突,对狂喜与神启之议题便无法达成共识。没有一个标准的真理或公理,不可能进行一场生产意义的辩论。宗教改革时代,宗教生活发生巨大变化,定义"虔诚"意义的宗教规则与教义都处于不稳定状态,似乎更需要外在证据来确定"疯癫"的宗教热忱之内核。②

或许,正是为了摆脱对宗教热忱意义的无结果辩论之困境,"疯癫"的语义逐渐走向理性化或病理化,让不同人的神秘体验在理性工具与数字分析中显现规律性。1653 年,约瑟夫·塞奇威克在一本小册子中抱怨:"自信夸耀获得上帝的指令不足以确保它们是神圣的。只有口头说法而缺乏更好的证据,我们可以谨慎地怀疑,它们只是愤怒大脑的精神紊乱症状。"③塞奇威克把清教徒"疯癫"解读为忧郁症状,更强调宗教狂喜意义缺乏权威标准故而不可信。那人们如何相信新教徒的宗教热忱与神圣之光(divine light)相关?借用弗朗西斯·培根的"现代科学奠基项目",一位批评家论述道:"在实验中,对经验的科学证实——允许感官印象用定量法精确演绎而预测未来印象——尽可能在个人以外寻找证据以取代经验,回应了确定性的丧失:回到工具与数字上来。"④根据这个模型,经验从曾经独特的个性化的东西转变成为每个人共享的事物,从清教徒激进可能威胁国家健康的狂喜转变为病理学意义上带有严重意识形态意图的忧郁疾病。

"疯癫"意义转变不是简单、直线的从宗教到科学、从感性到理性的转变,而是一个漫长、缓慢而不平的世俗化进程,两种意义甚至同时存在伯顿之后的"疯癫"话语中。为方便论述,下文首先讨论 17 世纪中期一些理论家对"疯癫"

---

① J. F. McGregor, "Seekers and Ranters", eds. J. F. McGregor and B. Reay, *Radical Religion in the English Revolution*, Oxford: Oxford UP, 1984: 121－139, p. 121.

② See Michael McKeon, *The Origins of the English Novel 1600—1740*, Baltimore: John Hopkins UP, 1987, Chaps. 2－3.

③ Joseph Sedgwick, *A Sermon*, *Preached at St. Marie's in the University of Cambridge May 1st*, *1653*, London: Printed by R. D. for Edward Story, Bookshelter in Cambridge, An. Do. , 1653, p. 1.

④ Giorgio Agamben, *Infancy and History*: *Essays on the Destruction of Experience*, tran. Liz Heron. London: Verso, 1991, p. 17.

的看法,研究他们如何在政治语境中解读它的"撒旦"内涵;然后集中探讨"疯癫"新意义开拓者伯顿,探析剑桥柏拉图主义者在该词意义理解上的共性与差别。

16、17世纪英国更多关注的是疯癫、郁闷和自杀,读者对古典身心医学非常痴迷,[①]"疯癫"不仅用来描写个人精神的习性,更用以描述个人在社会中的行为方式。世界倒置、病态政治身体等圣经主题,成为"疯癫"对17世纪政治现状的书写。正如乔纳森·索戴伊评论道:"在17世纪,用于描绘精神错乱的语言是有意识的政治语言。"[②]内战前后,小册子、发言稿、布道词等表达了"疯癫"所扮演的多重意识形态功能,以不同形式指向当时社会的政治动荡。例如,在一首讽刺诗中,约翰·泰勒借用普遍疯狂与变形之主题,定义他所称的"这些心烦意乱的时代(these distracted times)"。此诗封面充满世界倒置的意象,如一个人把头从他的臀部伸出来、腿脚在空中疯狂旋转等。这个人由各种反常的意象所环绕,包括兔子追狐狸、老鼠追猫、马匹鞭打马车、犁推人等。对此,泰勒在诗歌这样开始:

> 印在前面的图画
> 就像一个王国,如果你看它:
> 因为如果你没有看清它原有的样子,
> 那它就是一个转换的变形。
> 这个怪兽般的图片清楚地宣布
> 这片土地(完全无序)不规则。[③]

泰勒要让教会、国王与国会对此负责:

> 因为现在,当皇家国会,
> (与国王、同像与普通国民同意)

---

① See Michael MacDonald, *Mystical Bedlam*: *Madness*, *Anxiety*, *and Healing in Seventeenth-Century England*, p.2.

② Jonathan Sawday, "'Mysteriously Divided': Civil War, Madness and Divided Self", eds. Thomas Healy and Jonathan Sawday, *Literature and the English Civil War*, p.134.

③ John Taylor, *Mad Fashions*, *Old Fashions*, *All Out of Fashions*, *or The Emblems of These Distracted Times*. Printed by John Hammond, for Thomas Banks, 1642, lines 1—6.

> 几乎已当任两年,带着痛苦、忧虑,
>
> 负责把我们解救出来,脱离悲伤、恐惧,
>
> 因为但愿一个尊敬的贵族与骑士
>
> 与善良的乡绅(为了国王与乡村正义)
>
> 花费如此多的时间,带着巨大辛劳,思索
>
> 如何根除所有英格兰花园的杂草。①

该例子中,"疯癫"只是充当描绘持续政治动乱的便利工具。可以想象,不少理论家使用该词隐喻与抱怨相同的社会"杂草"。

有些理论家在转喻层面讨论"疯癫"的政治意义,从个人身体体液紊乱发展为危害政治身体的政治反叛。在精神手册《我们内部的天堂:或快乐思维》中,托马斯·克罗夫特叙述体液引发精神疾病的过程:"人体体液催生情感与思维不安,这是为所有医生与哲学家所接受的立场。众所周知,在哲学中,思维情感紧跟幻觉思虑。医生们也都知道,幻觉思虑让身体性情与支配它们的体液感到舒适。"②然而,在结论中,他提醒读者注意个人疾病有潜在公共衍生与扩散功能:

> 对身体来说,这些无节制的让人骄奢淫逸与奢华无度的过程,的确经常产生邪恶的腐败体液、奇怪的疾病、悲伤与不满。由此产生我们这个时代的普通疾病,却只起因于骄奢淫逸[……]同样对思想来说,这些邪恶的确经常制造相同的东西,这无论对人性的或神圣性的任何好思想或行为来说都是不合适的。精气也因此被打乱,思维容易陷入邪恶思想与欲望之中,精神被迷住,以致因此生发大量的骚乱、不满与恼怒。③

内战中,许多请愿书使用"疯癫",把王国身体的贸易额下降、国民失业、教会腐败、税收过重等做病理化处理,国王、国教会与政府被政治身体的忧郁疾病所折磨。尽管缺乏确切证据,请愿书中指出的独特抱怨类似伯顿《忧郁的剖析》

---

① John Taylor, *Mad Fashions*, *Old Fashions*, *All Out of Fashions*, *or The Emblems of These Distracted Times*, lines 21—28.

② Robert Crofts, *Paradise within us; or the Happy Mind*, London: Printed by B. Alsop and T. Fawcet, 1640, p. 30.

③ Ibid., pp. 68—69.

中的描绘。因此,当时 12 个贵族的请愿书借用忧郁,把 17 世纪 40 年代政治称为正如"你的整个王国充满恐惧与不满"①。在请愿书中,作者们指向过度战争、财税衰退、"对商品过高收费导致贸易泄气"、教会腐败等。② 另一个请愿书善意警示君王,号召废除教会政府的现存制度,"众多垄断与专利[⋯⋯]强加在商品之上的大幅增长的关税、船税以及其他许多压在国家身上的巨大负担,所有人都因此抱怨不止"③。此请愿书注意到,"贸易在衰退,许多人没有工作,船员失业,整个国家非常贫穷,这是王国的极大耻辱与政府的瑕疵"④。瓦特·布里奇在一个布道辞中,指控下议院应对英国内战负责,指出它发动战争的六个错误,"第五个原因是把王国考虑为一个阴沉忧郁的国家,贸易死亡、国库亏空、毫无偿还力等。这个人不值得回答,我只想让他学习约伯,如果他能学,学习《旧约·约伯记》第二章第 10 行,'我们从上帝之手接受善,难道就不接受恶?'"⑤狄格碧勋爵在一次对下议院的演说中,面对威胁国家与国教会的巨大精神紊乱与危险,他把君王比作医生,"请求他有效地清洗掉我们的抱怨"⑥。文献作者们让王国身体化,站在王权一边让君王警醒政治身体的各种疾病,既维护自己的利益又捍卫君王利益。

无论指称有多宽泛,从税收、贸易到教会腐败,但"疯癫"修辞有一个更为清晰的攻击目标,那就是革命动荡年代的清教激进派系。代表派系有反对宗教仪式的教友会(Quakers)与仅信仰上帝泛神论的兰特派(Ranters)等,对政

---

① See Anonymous, "The Petition of Twelve Peers for the Summoning of a New Parliament, 1640", *The English Civil War and Revolution: A Sourcebook*, London: Routledge, 1998: 57—59, p. 58.

② See Anonymous, "The Petition of Twelve Peers for the Summoning of a New Parliament, 1640", ed. Keith Lindley, p. 58.

③ Anonymous, "To the Right Honorable Commons House of Parliament", eds. David Cressy and Lori Anne Ferrell, *Religion and Society in Early Modern England: A Sourcebook*, London: Routledge, 1996: 174—179, p. 176.

④ Ibid. , p. 178.

⑤ Walter Bridges, *Job's Counsels and King David's Seasonable Hearings it. Delivered at a Sermon before the Honorable House of Commons, at their Late Solemn Fast*, Feb. 22, London: Printed by R. Cotes, for Andrew Crooke, and are to be sold at his shop at the signe of the Greene Dragon, in Pauls Church-yard, 1643, Preface.

⑥ Lord Digby, "Lord Digby's speech in the Commons to the bill for Triennial Parliaments", ed. Keith Lindley, *The English Civil War and Revolution: A Sourcebook*, London: Routledge, 1998, p. 69.

府权威与政治身体的稳定造成巨大威胁。正如评论家迈克尔·麦克唐纳指出：“在英国革命之后的一个多世纪中，统治阶级攻击各派系的宗教狂热。国教会支持者宣称，激进异教分子的幻象与灵感是基于错误感官与病态意象的疯狂幻觉。宗教狂热主义的最早反对者争论道，这是由忧郁所致，但在 18 世纪，正统的辩论者遵循斯威夫特传统，宣称这只是一种类型的疯狂疾病。”①重复这种指控加快了对宗教热忱的新怀疑主义。有趣的是，知识精英们将忧郁疯狂呈现为对宗教狂热主义的更合理解释时，许多作者，尤其是下层社会人士，继续依赖巫术与鬼神学来阐释清教徒的激进行为。譬如，17 世纪下半叶，当清教徒对医学解释无动于衷时，理论家把其他解释置于医学范式中，以攻击宗教极端行为。托马斯·可贝尔在 1678 年《基督教没有狂热》中写道：“已经观察到这些类似的事情：坏人、邪恶设计、内热、忧郁幻觉、撒旦符号，缺少更好的表达，类似的事情，这些在教会的不同历史时期频繁显现，庇护在神圣的外壳下。”②在该小册子的剩余部分，可贝尔再也没有提及“忧郁幻觉”，而使用释经学方法向清教徒展示他们是如何偏离与误读圣经的。

释经学方法属于神学而非身心医学范畴，当时众多册子从此出发使用“疯癫”一词，指控清教极端行为为“异端邪说”或“亵渎神灵”。正如 J. F. 麦格雷戈所说，兰特主义（Ranterism）最终被定性为异端邪说，而这促成了 1650 年《亵渎神灵法》的诞生，却没有把宗教极端分子送到医院治疗。③换言之，清教徒没有当作身心不健康的病人送进医院治疗，而视作异教分子直接烧死或处死。同样的惩罚用在对教友会的指责上。弗朗西斯·希金森在《对北部教友会不宗教性的简要叙述》中指出：“同时，许多邪恶人与亵渎神灵的异端诱惑者非常下流，他们在全国范围内让诚实的基督徒把现世视为有不祥预兆的时代。他们期待，前几年出生的人有望看到比任何时代都美好的日子，因为救世主基督

---

① Michael MacDonald, *Mystical Bedlam: Madness, Anxiety, and Healing in Seventeenth-Century England*, p. 170.

② Thomas Comber, *Christianity no Enthusiasm*, London: Printed by T. D. for Henry Brome, at the Gun at the West end of St. Pauls, 1678, pp. Ap. A2—A2v.

③ See J. F. McGregor, "Seekers and Ranters", eds. J. F. McGregor and B. Reay, *Radical Religion in the English Revolution*, Oxford: Oxford UP, 1984: 121—139, pp. 131—132.

和他的使徒过去一直生活在地球上。"①教友会已经成为王国健康的一大威胁，因此，"反上帝的亵渎神灵的人越加分布在这代使徒中，我们越加应该赞美上帝，越加为上帝遭受的耻辱而伤心，我们越加应该祈祷这个血腥的罪恶不会归咎于整个民族"②。希金森把教友会看作是上帝的敌人，他们亵渎上帝而带给上帝耻辱，故他们也是所有基督徒的敌人。类似地，W. 亚伦在 1674 年攻击教友会的宗教热忱，指控他们宣扬异端邪说，"异端邪说是肉体的作品之一，把人类从上帝王国中赶走了"③。这些理论家相信，教友会的错误源于阐释层面，他们的"疯癫"表现为对圣经与上帝的误读，发展一套激进的异端邪说误导国民。

　　理论家把教友会的"疯癫"解释为"恶魔"上身，甚至叙述他们见证教友会如何被魔鬼附体的经历。约翰·吉尔平写下证词，说明自己亲历了一批教友会成员开会，宗教狂热类似人体痉挛，让自己在地上爬行、舔吸灰尘，而后跌入一种持续一整天的紧张性精神症状态。他总结道："我断定，就是恶魔的力量以前一直作用在我身体上，相信我真的着魔了，魔鬼必须被逐走。第二天早上，我确切认为，一个魔鬼离开我了，此时我发出可怕的咆哮声，确定现在恶魔离开了我，此时我和家人听见雷鸣声（尽管在附近的城镇无人听见）。这让我认为它就是恶魔，他是空气力量的君王。"④吉尔平使用"它"指称恶魔撒旦，而用"他"指称"空气力量之君王"。前者离开时，后者发出"雷鸣声"，可见"空气力量之君王"必定是追杀撒旦的上帝。就撒旦对教友会心智的控制，托马斯·安德希尔特别认同。当他写到教友会的一支再洗礼教派（Anabaptists，他们反对对婴儿洗礼，认为只有成年后的洗礼才是教徒信仰的真正自我选择）时，他解释道："撒旦发现，他不能使暴政与错误不受打扰时，基督会发出一束光，驱走他的黑暗而使他蒙羞。他重新尝试他过去的努力，对基督与他的王国发起进攻，阻碍各地的宗教改革，通过各种类型的邪恶信条与假装成宗教改革者

---

①　Francis Higginson, *A Brief Relation of the Irreligion of the Northern Quakers*, London: Printed by T. R. for H. R. at the signe of the three Pigeons in Pauls Church-yard, 1653, p. A2.

②　Ibid., p. A2.

③　W. Allen, *The Danger of Enthusiasm Discovered in an Epistle to the Quakers*, London: Printed by J. D. for *Brabazon Aylmer* at the *Three Pigeons* in *Cornhil*, 1674, p. 129.

④　Thomas Underhill, *Hell Broke Loose: or A History of the Quakers both Old and New*, London: Printed for T. V. and Simon Miller in St. Paul's Churchyard, 1660, p. 9.

的那些人的实践,让宗教改革蒙羞。"①换言之,再洗礼教派的宗教狂热行为乃是撒旦阻碍基督宗教改革的工具,该教派也只是信仰"邪恶信条"的伪宗教改革之人。

在某种程度上,安德希尔的确把教友会主义(他们聚会时的狂热场景)视为一种恶魔上身的"疯癫",怀疑他们的行为是否为真诚的宗教行为:

> 对于这一点,我听到过一个故事,我确信,它讲出了真相。他们一起进入一个在格拉希尔的伦敦会议厅(他们那时的聚会之地),他发现一些人在颤抖,另一些人在咆哮,其他人在哭喊,像疯子一样在猛烈地晃动身体,晃动身体的人被(他出现时)一些稍清醒的人控制着,犹如对待疯子一样。所有人在一起,此种情形持续了许久,他确信是以类似的方式,他原以为自己就在地狱。但是,当他处理好他们的演讲者(牧师),他努力证明他就是引诱者,他们如此烦躁不安,以至他们离开他们的疯人院,正如《命运书》中呈现的女巫图景,让他使用令人不快的、鲁莽无礼的谴责修辞评述他们,直到他指控他们为伪君子与活该之人,随他们再次嚎叫,让他们与他们的演讲者那个家伙继续单独待在一起。②

让听众印象深刻的是,此种精神幻觉正是由撒旦诱惑所致,教友会的宗教狂热主义在神学意义上得到最生动的例证解释。

兰特教派与其他激进教派通常被指控与魔鬼交配,他们被指责在日常生活中表达对上帝的愤怒誓言,一些流行的小册子甚至把他们称为撒旦崇拜者。例如,在《兰特主义者圣经》(Ranters Bible)封面页,吉伯特·鲁尔斯顿(Gilbert Roulston)指控兰特派"亵渎我们上帝与救世主基督,烧毁上帝保佑的道和他的圣经,崇拜太阳与三朵黑云,以极度崇拜的方式他们膜拜北、西、东、南诸神,他们与恶魔干杯、祝恶魔长寿,他们转移至地狱"。在一篇短小喜剧《快乐教派,恶谋变为兰特教派》中,匿名作者在恶魔崇拜的概念下指控兰特教派的"疯癫"行为,该喜剧标题页写道:

> 精神病院混乱狼藉? 对,地狱也打开了:

---

① Thomas Underhill, *Hell Broke Loose：or A History of the Quakers both Old and New*, p. 3.
② Ibid., pp. 1—2.

疯子、魔鬼与鹰身女妖，粉墨登场，

呈现在我们眼前：但谁能治愈这种体液？

全世界现在都患上了疯癫忧郁体液。

在该剧第一场第二幕中，撒旦登场宣告，对"我们快乐教派成员玩些疯狂的恶作剧"。[①]

有时，小册子作者们会利用宗教混乱场景说明，这些宗教狂热分子有着更下流的目的。托马斯·布雷在《一种被发现的名叫亚当后裔的新教派》中，叙述自己最近来到一个更令人讨厌的伦敦街区的经历。他这样描述："首先，我，作者，走在一个穆尔地里（出去呼吸新鲜空气为一种社会风尚），遇见一位极度忧郁的兄弟。他迈着缓慢的步伐，帽子盖着眼睛，眼睛盯在地上，手臂两手交叉，尽显一个不满现状之人的所有姿态。我观察了他神情一段时间，最后渴望知道他内心的东西，于是拍在这个彬彬有礼的、完全沉浸自我的兄弟的肩上。"[②]恰在此时，这个忧郁之士倾吐他对他熟知的一个宗教团体的不满，这使作者决定绕路参观。就是在那，作者见到一屋子的裸体男女，他们禁不住在一起淫乱，完全忘却神圣的宗教事业。该宗教团体受撒旦魔力的驱使，把宗教神圣活动变成一场淫乱游戏，布雷在反社会行为层面阐释清教徒的宗教狂热行为。然而，从个人层面看，"亚当后裔"教派的狂热行为让这位兄弟患上忧郁疾病。他或许也是该教派的成员之一。以转喻形式，"疯癫"的神学之意与病理学之意发生关联。尽管从神学视角谴责清教徒的宗教狂热为一种撒旦附体，可更好捍卫王国政治身体的健康与社会稳定，但在 17 世纪中期，当宗教狂热主义者与批评者试图从不同神学角度对宗教狂喜做出解释时，对方陷入一种无穷无尽地重复相同论断的模式中。社会呼吁一种新的、更科学的、更有说服力的话语。正是在这个意义上，伯顿与剑桥柏拉图主义者的"疯癫"病理化的医学话语应运而生，似乎成为解释激进教派宗教热忧的最佳形式。

对于清教不同派系的极端宗教行为，不同人根据不同需要做出不同反应。

---

① See Anonymous, *The Jovial Crew, Or, the Devil Turned Ranter*, London: Printed for W. Ley, 1651, p. 3.

② Samoth Yarb, *A New Sect of Religion Descryed, Called Adamites Deriving Their Religion from Our Father Adam*, London: s. n., 1641, p. A2.

清教徒出于对王国政府宗教政策的不满,自己把它解释为一种受到上帝神圣启示的结果;一些批评者从王权稳定与政治身体健康出发,在神学框架内把它解读为撒旦上身,整个国家身体因此呈现一种本末倒置的疾病状态;另一些人则在早期现代医学与科学进步的语境中,为了服务自己政治需要,把它理解为一种身心疾病,乃是黑胆汁过剩、体液不平衡发展的必然。在大量涌现的文献中,出现了两位对宗教热忱问题充分思考的理论家,在当代宗教狂热史的历史研究中引起了广泛关注。他们就是受到罗伯特·伯顿《忧郁的剖析》影响的剑桥柏拉图主义者莫里克·卡萨本与亨利·莫尔,两位在医学视角下对宗教狂热行为做出病理化阐释,似乎定下了未来几个世纪对清教徒宗教热忱之历史地位的评价基调。在十七世纪中后期,他们受到尊重,很大原因在于他俩向17 世纪清教徒的宗教预言发动了首攻。他俩可能被误解为共享相同目标的理论家,因为他们都试图给当时宗教狂热主义者的超自然缘由去神秘化,似乎他俩共享对此现象属性的某种相同看法。然而,当细察他们讨论忧郁问题的方式时,两者的差别便比较明显,他们作品背后的假设实际上甚至互为冲突。①

　　在卡萨本的书中,忧郁只是短暂提及,仅仅为了让读者知道,它在服务他的目方面如何微不足道。他指出,忧郁只是引发宗教热忱的众多自然原因之一:

　　　　首先,那时我们会观测到诸多自然原因的并发。这由所有医生与自然主义者得到认可。忧郁、狂热、狂喜、精神错乱、歇斯底里:所有这些是偶然地自然发生在所有男女身上的疾病,最后一项自然发生在女人身上却偶尔发生在所有人身上,因此可用自然手段与疗法治愈。没有人怀疑这一点。对所有这些自然疾病与紊乱,宗教热忱的神圣痉挛发作是偶然发生的。我没有说它太经常发生:那不是物质的,无论是否经常很少发生。但当它的确发生时,由于这种疾病可以由自然手段治愈,所以宗教热忱自然消失,我并不是说通过相同方式而是同时消失。②

他提出的生理学论断也没有排斥神学观点。当他最后提到亚里士多德时,他

　　① See Adam H. Kitzes, *The Politics of Melancholy: From Spenser to Milton*, p. 168.

　　② Meric Casaubon, *A Treatise Concerning Enthusiasm*, 1656, ed. Paul J. Korshin, Gainesville, FL: Scholar's Facsimiles & Reprints, 1970, pp. 36—37.

也是为了证明,仅仅在身体术语中解释宗教狂热是多么不合适:

> 　　除非我们说,亚里士多德有意给予双重原因:一是自然原因,预备好
> 身体,因如没有该项准备,一切无法进行;二是超自然原因,事物发生的正
> 式而直接的原因。如果这是他的意思,那么他就被某些人大大地冤枉。
> 这些人指控他,好像他把忧郁解读为唯一的原因,而他们自己却允许一些
> 认为是必要的以前的准备与性情(在这些例子中)。[1]

卡萨本认为,亚里士多德就是在多重原因中说明宗教狂热分子的病理现象。
卡萨本只是在此才简单提及黑胆汁体液是清教徒"宗教热忱的神圣痉挛发作"
的自然原因之一。

　　然而,卡萨本坚持宗教狂热的所有方面都可以由自然原因得到解释,即使
这些原因是神秘的超自然原因。例如,他讲到一个案子:一个不懂读写的人在
宗教狂热状态中说希伯来语或阿拉姆语,而不是本族语。他承认,这可能是紊
乱体液与利用紊乱体液的恶魔共同作用的结果。[2]　就这一问题,他做出了惊
人的回应:"这个问题不是是否存在任何明显的或非常可能的自然原因显现的
问题,而是去相信某种宗教热忱可能产生于一些自然原因是否违背理性。"[3]
他不是说,为了支持自然原因我们需要拒绝超自然原因,而是说,超自然原因
尽管不为人类理解,但也是自然原因之一。更重要的是,卡萨本倡导的是对宗
教热忱知识的一种理性主义方法,强调一切都有其自然原因,尽管有些自然原
因远在我们的理解能力之外。卡萨本的理性主义方法暗示,宗教热忱的原因
不可能非此即彼,既可能是上帝神圣启示,也可能是撒旦上身,还可能是个人
忧郁疾病所致,而这些原因均是自然而然发生的,既可三个同时发生,也可一
个单独发生,还可两个同时偶发。黑胆汁不平衡在不确定时间自然偶发只是
诸多原因中的一个,否认这一点就是不理性与不科学。

　　如果莫里克·卡萨本倡导一种理性主义方法对待宗教热忱,那与之对照,
亨利·莫尔为政治宣传让一切原因病理化。一方面,卡萨本所说的自然原因

---

① Meric Casaubon, *A Treatise Concerning Enthusiasm*, 1656, ed. Paul J. Korshin, p. 53.

② See Michael MacDonald, *Mystical Bedlam: Madness, Anxiety, and Healing in Seventeenth-Century England*, p. 169.

③ Meric Casaubon, *A Treatise Concerning Enthusiasm*, 1656, ed. Paul J. Korshin, pp. 42—43.

可能在他的时代还不为人类所明白;另一方面,自然原因可能属于人类能力永远无法理解的事情,因为能被观测与测量的事情才在人类认知能力之内。尽管不清楚卡萨本属于哪一种情况,但他的确把一切现象归因于自然原因。他这样下结论:"从那些通常的例子中,不是更少让人好奇,这些确切被知道与认可的例子源于自然原因,无论是已知或未知。有可能,如果不是非常可能的话,一些宗教热忱可能源于自然原因。"①无论如何,卡萨本认定宗教热忱背后必定是自然原因时,他只是不能解释清楚某些自然原因的属性。形成反差的是,莫尔完全相信,忧郁疾病是宗教热忱的原因所在,即使可能不是唯一原因:

> 我们现在将探究这种紊乱的原因,探索一个男人如何因此在自己幻觉中被愚弄。真实地讲,除非我们应该提供事物能够产生的少许满足感,否则,我们不仅必须治疗忧郁,而且须治疗人的灵魂能力。由此,我们能更好理解忧郁的干扰如何让她变得不舒服,忧郁时她完全失去了自我判断力与自由,不能抵制与区分她自己的幻觉与真正的真理。②

莫尔把忧郁作普遍的病理化处理,它都可能发生在"一个男人"与女人"她"身上。莫尔把宗教狂热主义这个亚里士多德命题主要归因于忧郁疾病,这不同于卡萨本在诸多自然原因层面的解释。莫尔继续论述:"我们将命名现在更一般的某事,它的属性仍然多种多样,与罗马四季神维塔勒斯一样,以至它能提供几乎所有特殊性的位置,它就是忧郁。就此,亚里士多德做了证实,即是说,根据几个不同等级,人体的性情因此在性格构成上非常神奇地变化多端。"③使用亚里士多德理论为自己佐证,莫尔从其他医生、哲学家那里寻找具体例子,说明宗教热忱乃是一种病理状态:

> 亚里士多德没有为我们提供这种例子,但其他人提供了。小德谟克利特,正如他这样称呼自己,为此从作家中引用多个故事。正如劳伦第(罗马教会主要执事)会关注一个法国诗人,后者在感冒时用一种软膏涂

---

①　Meric Casaubon, *A Treatise Concerning Enthusiasm*, 1656, ed. Paul J. Korshin, p. 58.

②　Henry More, *Enthusiasmus Triumphatus*; *or*, *A Brief Discourse of the Nature*, *Causes*, *Kinds*, *and Cure of Enthusiasm*, Los Angeles: William Andrews Clark Memorial Library, 1966, p. 118.

③　Ibid., p. 8.

在太阳穴上帮助睡眠,此种幻觉也用于抵制膏药的气味,以至许多年以后,他想象每个靠近他的人都是为了闻闻这膏药的气味。[1]

如果说伯顿编辑、拓展与吸纳各种古典思想,剖析忧郁时没有得出一个结论,那莫尔似乎偏离了伯顿的观点。[2] 莫尔想当然地坚持,无论作为一种物质还是作为一种病理原因,忧郁都早已得到理解。从这点看,在对宗教极端行为的解读上,莫尔比伯顿、卡萨本都走得更远,他几乎完全把宗教狂热做病理化理解了,其神学上的神秘意义在他这里开始逐渐消亡。

与伯顿和卡萨本相比,莫尔的小册子读起来像是一种重新确认传统信条的保守主义的冲动,而不是一个有关某事的原创性叙述。"疯癫"的忧郁疾病之意是一种早已下定的结论,他只是使用它发起一场对当时教友会的进攻。对莫尔来说,"发生在受蒙骗的灵魂上的宗教极端行为确切地表明,这些灵魂不是由上帝精神所激活,只可能是由忧郁作用的结果"[3]。而且,就教友会来说,他写道:"正如通常发生在被称为教友会的那个教派身上的,他们毫无疑问是目前为止世界上最忧郁的教派。"[4]此种评论让宗教狂热与激进宗教派系病理化,这或许比以前我们看到过的任何东西更为凸显。正如批评家们指出,这种观点一直流行到 18 世纪,不仅因为莫尔的声音是"那时最权威的声音之一"[5],而且因为这种论点自身提供了一种让人无法抗拒的诱惑,那就是,相信人们已经彻底弄清了宗教热忱的属性,人们也明白如何从身心忧郁疾病解析宗教极端行为。然而,莫尔纯粹基于传统的身体知识之缺陷让他的整个项目摇摇欲坠,他甚至难以较好地区分诗人与宗教激进主义者。他这样描述:

> 诗人源于这种肤色,更加虚伪的宗教狂热主义者也是。他们之间存在较大不同。诗人是诙谐的宗教狂热主义者,而宗教狂热主义者是严肃的诗人。忧郁在后者身上占绝对主导,以至于他把并不比诗学痉挛和幻

---

[1]　Henry More, *Enthusiasmus Triumphatus*; *or*, *A Brief Discourse of the Nature*, *Causes*, *Kinds*, *and Cure of Enthusiasm*, p. 8.

[2]　See Adam H. Kitzes, *The Politics of Melancholy*: *From Spenser to Milton*, p. 171.

[3]　Henry More, *Enthusiasmus Triumphatus*; *or*, *A Brief Discourse of the Nature*, *Causes*, *Kinds*, *and Cure of Enthusiasm*, p. 18.

[4]　Ibid., p. 19.

[5]　See George Williamson, "The Restoration Revolt Against Enthusiasm", p. 588.

觉更好的自身狂热,当作是神圣启示与真正真理。①

忧郁已经开始从实际疾病过渡到一种诗人创作过程中可以模仿的情感？事实上,当宗教狂热被当成与诗歌创作具有可比性时,这本身是一种自古希腊以来的更传统的观点。此时,宗教热忱的"疯癫"变成了上帝的神圣启示,却又违背了莫尔攻击教友会的初衷,这不矛盾吗？遗憾的是,莫尔没有意识到自己论证的悖论性。

尽管都受到伯顿影响,剑桥柏拉图主义者对宗教热忱原因的调查却揭露了他们在这一问题上的对立观点。一方面,卡萨本坚持理性主义方法,把自然与超自然现象皆归于自然原因,对任何把"疯癫"解释为神启的看法仍然持怀疑态度,主要因为这种神圣启示无法展示出来,神圣启示的神秘特征让它无法让人知道。另一方面,莫尔把宗教热忱仅仅解读为忧郁疯癫,一种医学意义上的疾病。莫尔让传统信条永恒化,他这样做纯粹出于政治宣传的目的。在某种程度上,莫尔没有给出一种对宗教热忱的准确阐释,这事实上也不是他的意图所在。同时,从这两位作家产生的两难困境越加变得足够清晰。卡萨本完全失控地把宗教极端分子"疯癫"的一切原因做理性化解释,而莫尔则完全机械地把它做病理化处理,可两位均未能适当描述他们所关注的"疯癫"经历。可以说,对卡萨本与莫尔来说,神启问题仍未解决,或者说,宗教狂热的"疯癫"经历仍是一个悬而不决、没有结果的争辩。正是在 17 世纪中期内战与复辟的"疯癫"辩论语境中,约翰·弥尔顿戏剧诗《力士参孙》(1671)有意模糊"神启"在诗中的作用,该诗没有《失乐园》(1667)中的上帝场景与圣父的声音,也没有提供许多可阐释的线索。如何解读参孙奔向寺庙与敌人一起毁灭时的内心活动与经历？他是从绝望、忧郁中恢复过来,获得上帝神圣启示的英雄力量而报复敌人,还是彻底陷入一种忧郁疾病状态而出现自杀症状？换言之,参孙极端主义"疯癫"行为是他重获上帝信仰的结果还是自然原因导致的忧郁症状的暴发？

就如何阐释清教狂热分子的"疯癫"议题,弥尔顿诗歌暗示,疯癫意义不在于参孙的行为本身,而是一种没有结果却很有必要的努力,那种对它意义的理

---

① Henry More, *Enthusiasmus Triumphatus; or, A Brief Discourse of the Nature, Causes, Kinds, and Cure of Enthusiasm*, p. 19.

解,因为"疯癫"只是一种身心经历。在对兰特教派的研究专著中,尼基尔·史密斯关注 17 世纪中期的宗教激进分子,展现了狂热经历与宗教预言之间的深度关联。正如史密斯所说,狂热经历被广泛理解为一种形式的见证,与宗教预言一样有其自身的类型特点,清教徒过去常常把它叙述为:"基于事件,通常是深度情感的事件,通向最终的重生。"①情感事件表达狂热经历,实现宗教预言。弥尔顿必定熟知此种宗教实践,他使用"宗教经历"一词表达完全不同的目的。参孙在诗中使用"经历"作为重新定位自己命运的方法,而不把自己变成一个剑桥柏拉图主义所说的纯理性主义者或经验主义者,参孙依赖"经历"最终把他引向神秘的上帝神圣意志。在某种程度上,参孙再现了清教徒弥尔顿打破偶像崇拜,继续推动英国的宗教改革政策以重建英国宗教身份的心声,暗示作者对该诗中合唱团所说的"徒劳的理性"部分默认,及对伯顿、卡萨本与莫尔等人科学、理性话语的质疑立场。然而,当宗教狂热之"疯癫"作为一种神秘的、不可知的动机或经历时,人们不可避免地会把它理解成身心疾病与撒旦附体,早期现代英国政府极力宣扬此种论断以维护政治身体健康。如此说来,弥尔顿部分认同伯顿、一些理论家与剑桥柏拉图主义者的看法。正是利用"疯癫"多重意义的张力与含混性,弥尔顿表达出对早期现代英国新教身份的焦虑。

第二节　弥尔顿诗歌中的狂热、基督世界与反帝国主义

"疯癫"是忧郁过度的表征之一。在早期现代医学看来,野心与狂热是黑胆汁过剩导致的忧郁症状。共和国时期,弥尔顿把宗教上的精神考虑与世俗社会的政治行动融合起来,支持殖民爱尔兰,扩张野心成为符合上帝意旨而得到上帝裁定的神圣事业,殖民主义有助于传播上帝福音与加强英格兰政治身体健康。复辟后,弥尔顿从政治舞台中退场,强调英格兰之外的他者世界之陌生特质,共和国实验失败给他这个虔诚的清教徒带来巨大创伤,英格兰自己成

---

① 一般说来,忏悔经历不同于宗教派系小册子与神圣礼拜中的预言倾吐,因为忏悔性的叙事一直被认为是普通自传的先驱。但在当代对预言的阐释中,两种范畴都被定义为神圣启示的例子。Nigel Smith, *Perfection Proclaimed: Language and Literature in English Radical Religion 1640—1660*, Oxford: Clarendon Press, 1989, p. 34.

为上帝真理的敌人，征服外族不再是恢复英格兰政治身体健康的有效工程。《失乐园》(*Paradise Lost*，1667)与《复乐园》(*Paradise Regained*，1671)中，弥尔顿在医学与神学框架中，把受野心驱动的殖民扩张视作英格兰王国的疾病表征，瓦解传统文学中的英雄主义与天主教帝国主义，表达出反帝国主义扩张和反王权专制主张，显示了他的清教政治性。《力士参孙》(*Samson Agonistes*，1671)显示，共和国失败后的英格兰不再代表上帝授权的文化指令，弥尔顿犹如一位站在英格兰这个叛教社会中的孤立预言家。对清教徒或曰激进的新教徒弥尔顿来说，此时英格兰不再是上帝宗教改革的希望，它应该先把国内事情办好，建立一个纯洁神圣的新教国家，而不是盲目地从事海外扩张，才能重获一个健康的政治身体。

弥尔顿诗歌用人类堕落隐喻清教共和国的失败，强调英格兰"世俗世界"的野心、虚伪、狂热与疯癫等疾病，使用撒旦侵占伊甸园戏仿英格兰海外扩张，将参孙为非利士人的公开偶像表演转变成他与上帝之间的私人表演，显现弥尔顿的清教政治性和对重建英格兰"基督世界"的忧郁、挫败与创伤感。据此，本节首先叙述共和国时期弥尔顿如何在清教教义中，把异教民族想象为上帝裁定的共和国敌人，从而为英格兰殖民主义辩护；其次，探讨共和国实验失败后的弥尔顿，在《失乐园》《复乐园》中如何让撒旦入侵伊甸园事件与葡萄牙人贾梅士(Camoes)史诗中的海洋探险英雄发生联系，反讽式地戏仿维吉尔史诗中英雄埃涅阿斯创建罗马城的传奇，使殖民野心与帝王专制政体病理化；最后，探究在《力士参孙》中弥尔顿如何让主人公摧毁敌人的剧场表演与弑君革命、反偶像崇拜发生联系，让参孙与非利士女性的私通关系隐喻叛教，使英格兰国民疾病化，传达弥尔顿在创伤中重建神圣国家的愿望。

共和国时期(1649—1660)也称为过渡时期(Interregnum)。共和制的建立是奥利弗·克伦威尔(Oliver Cromwell，1599—1658)领导的清教革命胜利的结果，坚定了弥尔顿把宗教改革在欧洲与世界传播的神学政治理想。作为虔诚的清教徒，弥尔顿坚信基督教帝国主义，相信得到上帝支持的清教事业意味着，征服与消灭站在上帝、基督对立面的异教国度。实际上，早在伊丽莎白时期，英格兰与天主教国家西班牙在美洲大陆新世界的争夺就开始了。詹姆士一世 1603 年入驻英格兰后，他与西班牙修好的和平努力让两国紧张关系有所缓和。然而，在克伦威尔统治的共和国时期，他提出"西方设计

(Western Design)"构想,大胆挑战西班牙在新世界的霸权,反西班牙的情感再次点燃,"与西班牙的冲突[……]生动提醒,英格兰也是一个主要的殖民力量"①。于是,1655 年产生了一个重要文献——克伦威尔的《护国公殿下依据其国务会议之建议所颁宣言:此宣言代表本共和邦,阐明其对西班牙之正义事业》(A Declaration of His Highness, by the Advice of His Council; Setting Forth, on the Behalf of This Commonwealth, the Justice of Their Cause Against Spain)。该书使用激烈的语言,把西班牙再现为一个叛教帝国,宣称西班牙的殖民主义与帝国主义无效,在宗教意义上捍卫英格兰在美洲殖民地的合法定居权利。②

　　一些批评家相信,弥尔顿参与了《反西班牙宣战书》的撰写工作。批评家马丁·伊凡斯指出:"作为外交事务秘书,弥尔顿几乎确切听到了克伦威尔对西班牙事务的反复论述,而后者于 1564 年做了试图驱赶西班牙人离开伊斯帕尼奥拉岛的灾难性努力。第二年,弥尔顿甚至可能加入了翻译护国公自己的西方设计之基本原理。"③无论是英文版还是拉丁文版的《反西班牙宣战书》,考虑到弥尔顿的工作性质与他的拉丁文水平,他都可能是该书的作者之一。不管弥尔顿以何种性质卷入该书的写作与生产,《反西班牙宣战书》仍然是一部重要的文化文献,因为它揭示了有关护国公扩张野心的某些东西。当然,弥尔顿对这些非常熟悉,理由是,该书源于克伦威尔在国会中试图说服议员们接受西印度群岛的长篇大论,而弥尔顿是共和政府中的重要官员且一直拥护护国公的外交方略。该文书不仅记录了英格兰与西班牙在帝国建立方面的对立态度,更暴露出弥尔顿支持英格兰对爱尔兰、美洲等地的殖民事业之立场。该书谴责西班牙拒绝尊重和平,指责其违背亨利八世与西班牙查理五世于 1542 年签署的协定。由于西班牙的"禁港令"迫使英格兰与之作战,故西班牙是受病态"野心"驱使的帝国主义,与英格兰试图带给野蛮殖民地上帝福音的帝国

---

① J. Martin Evans, *Milton's Imperial Epic*: *"Paradise Lost" and the Discourse of Colonialism*, Ithaca: Cornell UP, 1996, p. 11.

② See John Milton, *The Works of John Milton*, 20 vols. eds. Frank Allan Patterson et al, New York: Columbia UP, 1931—1938, vol. 13: 509—593.

③ J. Martin Evans, *Milton's Imperial Epic*: *"Paradise Lost" and the Discourse of Colonialism*, p. 6.

主义截然不同。在处理西印度群岛与美洲印第安人问题上,该书聚焦西班牙的残酷与无耻,相信"在一个或另一个时间,借助某人或他人之手,上帝必定会有那么多成百万的被西班牙人野蛮杀害的印第安人的账单,会有那么多发生在印第安人身上的冤屈与非正义的账单"。[1]

由弥尔顿参与起草的《反西班牙宣战书》与当时出版的书籍形成互文关系,在法律层面斥责西班牙天主教势力的殖民野心与残忍行径之异教行为。拉斯·卡萨斯(1551)传道说,把印第安人置于监护征赋制下的西班牙人不可能获得拯救,他甚至于 1514 年以基督名义释放他的奴隶。同时代的理查德·哈克鲁特在他的《西方种植》中宣称,教皇亚历山大六世没有权利把西印度群岛所有岛屿与土地给予西班牙统治者,仅有上帝才能分配王国与帝国,上帝会大笑嘲讽与粉碎西班牙查理五世的傲慢,因他渴望"世界上普遍的唯一君王"[2]。类似的,《反西班牙宣战书》否认教皇给予西班牙统治印第安人的权利,认为西班牙不仅剥夺了印第安人的自由,也拿走了自然法、国家法与商贸法赋予英格兰人的权利。[3] 该书叙述道:

> 就西印度群岛的争端问题,我们在美洲有殖民地,在大陆上和岛屿上,我们比西班牙人更有资格与权利在那些海域航行。然而,没有任何正义的理由或挑衅,他们仍然以敌对方式侵占我们的殖民地,屠杀我们同胞,掠夺我们船只与商品,毁掉我们种植园,把我们的人民变为囚犯与奴隶,他们不停地这样做,直至我们开始反击他们。[4]

该书坚信英格兰有与生俱来的殖民美洲的权利,因为西班牙通过杀戮建立帝国,她的权力产生于"土著居民的肠子",而这是违背自然法的行为。[5] 与此相

---

① John Milton, *The Works of John Milton*, 20 vols. eds. Frank Allan Patterson et al, vol. 13: 517.

② Richard Hakluyt, *The Voyages of the English Nation to America Before the Year 1600 in 4 Volumes*, *Vol. 2*: *A Discourse of Western Planting*, ed. Edmund Goldsmid, Edinburgh: E. & G. Goldsmid, 1889—1890, p. 263.

③ See John Milton, *The Works of John Milton*, 20 vols. eds. Frank Allan Patterson et al, vol. 13: 527.

④ John Milton, *The Works of John Milton*, 20 vols. eds. Frank Allan Patterson et al, vol. 13: 531.

⑤ See John Milton, *The Works of John Milton*, 20 vols. eds. Frank Allan Patterson et al, vol. 13: 555.

反,英格兰在没有人居住的地方定居与建立种植园,在一些被西班牙杀光了土著居民而受到遗弃的岛屿或陆地建立殖民地,因此根据自然法与国家法,英格兰自然成为殖民地的合法统治者。

在绝对神学意义上,《反西班牙宣战书》批判西班牙与罗马教廷的殖民野心,证明英格兰在新世界的殖民狂热与冒险计划合理有效。考虑到西班牙早于英格兰在海外建立殖民帝国之事实,当英格兰共和国决定建立海外帝国时,她必须挑战西班牙帝国的殖民霸权,无论在海洋还是陆地上的军事对抗,还是通过颠覆性的话语再现方式。实际上,哥伦布把中世纪的自然法与神学话语结合起来构建印美洲"空闲之地"概念(terrae nullius),让西班牙霸占印第安人领地合法化。美洲土著人无法挑战哥伦布,因为他们不懂西班牙人的语言象征系统,不明白哥伦布占领他们领土时使用的宗教庆典仪式,他们被排斥在欧洲的语言系统与独特的法制概念之外,美洲土著人的国土自然成为有待占领的"空闲之地"。也利用相似的神学理论,英格兰把西班牙从印第安人抢夺的"空闲之地"反变为有待刻录英格兰文化与文明的"空闲之地"。为了人类,上帝创造了世界,空闲领地应该合理地被挪用给人类耕种。《反西班牙宣战书》叙述西班牙人屠杀印第安人后使美洲领土处于空置状态,确认英格兰对这些因西班牙帝国政治导致的"空闲之地"的挪用权与殖民权。如批评家沃尔特·林所言:"克伦威尔启动的英格兰海外殖民事业的有效性源于上帝自己的神圣恩准,上帝把他赞同的印章盖在英格兰文化与政治项目上,而西班牙只是得到了恶魔化的罗马教廷与反基督的教皇的授权。"[①]

弥尔顿在一个政治小册子中称爱尔兰人为叛徒,为克伦威尔 17 世纪 50 年代发动的武力征服爱尔兰辩护。1650 年的一次会议上,克伦威尔任命弥尔顿为"爱尔兰军事统帅"与"外交秘书",就在两周后,国会授权弥尔顿撰写政治小册子《对和平条款的思考》。[②] 该小册子指责爱尔兰人为罗马教廷的走狗,表达了对克伦威尔爱尔兰殖民政策的支持,但也客观反映了他的神学政治观。

---

① Walter S. H. Lim, *The Arts of Empire: The Poetics of Colonialism from Ralegh to Milton*, Newark: University of Delaware Press, 1998, p. 200.

② See Thomas N. Corns, "Milton's Observations Upon the Articles of Peace: Ireland Under English Eyes", eds. David Loewenstein and James Grantham Turner, *Politics, Poetics, and Hermeneutics in Milton's Prose*, Cambridge: Cambridge UP, 1990: 123－134, p. 123.

这也意味着,任何有效镇压爱尔兰居民的计划与措施都能得到弥尔顿的赞成。尽管与斯宾塞的《对爱尔兰现状的看法》相比,该小册子没有那么详尽与系统,但在与斯宾塞作品的互文中,弥尔顿为克伦威尔发动的爱尔兰战争提供理论借口。正如批评家托马斯·科恩斯指出,《对和平条款的思考》"为克伦威尔的残暴提供先发制人的辩护,残暴显现为对德罗赫达与韦克斯福德地区的轰炸,分别有 2600 人与 2000 人被胜利者毫无区别地屠杀。至 1653 年,最后一次抵抗被镇压,爱尔兰地主的土地被全部没收,转移到伦敦金融家与军队中支持国会的人手中"①。克伦威尔所需要的正是弥尔顿对爱尔兰现状的陈述,让共和国对爱尔兰的军事干预变成必然。当克伦威尔诉诸《对和平条款的思考》作为认可他残酷镇压爱尔兰的象征托辞时,他也做出恢复斯宾塞曾孙在爱尔兰的部分领地之姿态。这说明,不同于伊丽莎白一世对斯宾塞的态度,克伦威尔认可斯宾塞是一位为帝国辩护的伟大诗人。当然,这也揭示了诗人、艺术作品与政治家的共谋关系,他们一起服务于英格兰共和国的殖民主义政治。

《对和平条款的思考》中,弥尔顿详述爱尔兰天主教对真理基督教的颠覆与对新教英格兰自由、安全与健康的威胁。当把斯宾塞的《对爱尔兰现状的看法》与弥尔顿的《对和平条款的思考》放在一起比较时,人们发现尽管两者都表达了殖民爱尔兰的观点,但两者对为何需要殖民爱尔兰的理由陈述完全不同。斯宾塞强调,爱尔兰缺少任何连贯的社会结构故而需要英格兰殖民介入,压制野蛮爱尔兰人的反叛力量以防失控,而镇压爱尔兰叛军的有效措施在于巩固君主权力。与斯宾塞轻视神学意义不同,共和国时期的弥尔顿尖锐攻击爱尔兰的罗马天主教信仰,描绘一个"亵渎神明的[……]教皇,陷入偶像崇拜与仪式迷信中,真理宗教的死亡",英格兰"所有人作为真正的新教徒,[……]不知道有比反基督更直接地谋杀颠覆所有真理宗教之人,他们一般把这些人看成是教皇与罗马教廷。他(爱尔兰人)与真理教会的大敌与迫害者订立和平,与之联手,助纣为虐,助之壮大,为之散布毒液,为之根除所有对手"。② 弥尔顿

---

① Thomas N. Corns, "Milton's Observations Upon the Articles of Peace: Ireland Under English Eyes", eds. David Loewenstein and James Grantham Turner, *Politics*, *Poetics*, *and Hermeneutics in Milton's Prose*, p. 123.

② John Milton, *The Complete Prose Works of John Milton*, 8 vols. eds. Don Wolfe et al. New Haven, CT: Yale UP, 1953—1982, vol. 3: 306, 309.

创立的此类爱尔兰叙事几乎存在于他所有的散文作品中,他强调爱尔兰人与反基督的罗马教皇为伍,拯救爱尔兰的英格兰文化指令成为共和国政府武力征服爱尔兰王国的最好理由。[①]

在其早期作品《论教会治理之理:反对主教制的辩护》中,弥尔顿提到1641年爱尔兰天主教徒屠杀英格兰与苏格兰新教徒事件,坚信对英格兰与苏格兰人的身体攻击及试图压迫与毁灭英格兰教会,表现了罗马教廷的阴暗性。因为爱尔兰是这些黑暗精神力量之家与庇护所,所以她必须受到镇压,完全臣服于英格兰统治。作为共和制的坚定拥护者,弥尔顿指责查理一世向爱尔兰妥协而与之签订政治协议,他的行为严重威胁到新教英格兰的安全与健康。因此,在为弑君辩护的《偶像破坏者》一文中,弥尔顿也指控查理一世纵容爱尔兰反叛新教英格兰的行为。在《对和平条款的思考》中,弥尔顿写道,"没有哪位真正的英格兰人"读到和平协议时而"不愤怒与蔑视",因为他们"被上一任国王(查理一世)利用爱尔兰的非人叛军、天主教徒,转变为他最后的杰作"。[②]弥尔顿提醒道,这些叛军与天主教徒对"残忍、野蛮地屠杀成千上万的英格兰新教徒"负责,爱尔兰天主教徒在历史事件中展现的残暴剥夺了他们自己获得"充分自由"的希望,更不用说他们还卷入到查理一世暴政统治中。[③]通过谴责爱尔兰天主教徒的暴行,弥尔顿自然表达了反君主制与反罗马教廷、赞成军事殖民爱尔兰等神学政治思想。

为进一步使殖民爱尔兰合法化,弥尔顿甚至把种族优越论与神学理论结合起来。为论证征服者与被征服者之间的本质区别,弥尔顿挪用自古希腊以来的种族优越论描述英格兰与爱尔兰的关系,爱尔兰被再现为充满野蛮、背叛与敌对的毁灭性能量之种族:

> 爱尔兰人展现一种性情,不仅烂醉如泥,而且难以驯服、不愿接受文明与进步,未来能有什么希望。他们拒绝接受其他民族的真诚,拒绝其他民族通过文明征服以帮助他们提升与更快发展,尽管这些年来,他们被给

① See Walter S. H. Lim, *The Arts of Empire: The Poetics of Colonialism from Ralegh to Milton*, Newark: University of Delaware Press, 1998, p. 201.

② See John Milton, *The Complete Prose Works of John Milton*, 8 vols. eds. Don Wolfe et al. vol. 3: 301.

③ Ibid: 301.

予了更好教育,却在面对更令人信服的理性与示范证据时,更喜欢他们自己的荒唐与野蛮的习俗。这证实他们真正的野蛮与顽固,尽管在最重要时刻的事情上他们被寄予较大期望。①

爱尔兰作为非文明与叛教他者之隐喻让弥尔顿在修辞上更好地回击国内那些天主教徒与爱尔兰同情者。对罗马教廷的怀疑与恐惧及爱尔兰对英格兰的憎恨,让弥尔顿产生一种清教徒共和国官员应有的强烈情感。他公开点名批评查理一世政府与爱尔兰签订的《和平条款》(*Articles of Peace*, 1649)起草人奥蒙德伯爵,指控那些强调爱尔兰独立的阿尔斯特的长老会成员,他们被控诉为威胁英格兰社会稳定、民族利益与政治身体健康的阴谋家。

《和平条款》赋予爱尔兰人更大自由,弥尔顿对此决不答应,坚持英格兰与爱尔兰之间为一种主仆关系。奥蒙德在条款中允许爱尔兰人持有国会投票权,准许他们接受与接收各种头衔,让天主教徒获得牧师职位。弥尔顿对此甚为愤怒,宣称爱尔兰人绝不可要求得到那些先天属于他们主人的权利,爱尔兰只是英格兰的"封地王国"。② 爱尔兰人因为他们自己的弱点与倾向背叛、扰乱社会秩序的习性而在历史上首先转变为封臣。他们在不列颠沿海从事海盗、袭击等犯罪活动,弥尔顿大加赞扬亨利八世在爱尔兰的代理人爱德华·波宁斯爵士(Sir Edward Poynings),后者被派遣到爱尔兰管理这个不稳定的封地。1494 年 10 月,波宁斯在当地国会通过了许多极度严厉的法律,包括爱尔兰主要城堡移交到英格兰手中,禁止爱尔兰人发动私人战争,也禁止他们与英格兰殖民者通婚。波宁斯也通过一项法律来完全削减爱尔兰国会的权限:没得到英格兰国王的明确许可与枢密院的有效认可,它未来不能通过任何法律。③ 在《对和平条款的思考》中,弥尔顿故而辩论道,这个"封地王国"从来也不可能被给予任何政治自由,相反应该完全屈服于英格兰司法与殖民控制下。在神学的、社会的与政治的思辨中,弥尔顿观点明晰可辨,即爱尔兰必须永远锁定在被英格兰殖民的状态中。

---

① John Milton, *The Complete Prose Works of John Milton*, 8 vols. eds. Don Wolfe et al. vol. 3: 304.

② Ibid: 307.

③ Ibid: 303.

弥尔顿还把爱尔兰刻画为"毒药",运用医学词汇为殖民事业正身,映射早期现代英格兰的英爱医患关系想象之历史语境。弥尔顿在《对和平条款的思考》中写道,爱尔兰人"与真理教会的大敌与迫害者订立和平,与之联手,助纣为虐,助之壮大,为之散布毒液,为之根除所有对手"。① "真理教会"是指英格兰国教会,爱尔兰人被指控与罗马教廷、西班牙等天主教势力为伍,乃是威胁英格兰政治身体健康的"毒液"与疾病。菲尼斯·莫里森把爱尔兰疾病理解为上帝的惩罚,坚持爱尔兰的盖尔人把疾病传染给了旧英格兰人,使后者既在生理意义上感染瘟疫和病毒又在道德意义上感染腐败和堕落。② 斯宾塞劝说英格兰官员切勿放弃患病的爱尔兰,"首先得彻底搞懂是什么疾病,其次教授如何治疗和矫正,最后开具需严格执行的药方"。③ 理查德·贝肯首次把英爱关系比作医患关系,甚至特别提到威尔顿的格雷勋爵和威廉·罗素,认可这两位英格兰官员是医治爱尔兰政治身体的好医生。贝肯使用"堕落"和"改造"描述爱尔兰疾病与疗法:"改造一个堕落的王国就是恢复其原本的完美。改造可分为两种,一种可定义为对王国身体做绝对彻底改造,如法律、风俗、政府和礼仪,另一种为仅对特殊的不和谐与麻烦事进行改造,如过剩体液所引起的政治身体干扰。"④改造爱尔兰旨在使其"长期繁荣与富强",因为爱尔兰"礼仪腐败,远离对上帝的敬畏,远离对君王、统治者和官员的尊敬和臣服,远离对我国的爱戴,远离公正,不关注公共事务和英雄美德,沉迷于消遣、淫乱、邪恶与其他类似的私事"。⑤

当为扩张事业辩护时,弥尔顿塑造了一个可行的英格兰文化与共和体制,呈现了一位力图毁灭罗马教廷与其他异教等真理敌人的新教上帝。在前期作品中,弥尔顿含蓄而清晰地表达出他对共和国政府所拥有的英格兰

---

① John Milton, *The Complete Prose Works of John Milton*, 8 vols. eds. Don Wolfe et al. vol. 3: 309.

② See Fynes Moryson, *An Itinerary*, 1617, Amsterdam: Da Capo Press, 1971, p. 161.

③ Edmund Spenser, *A View of the State of Ireland*, eds. Andrew Hadfield & Willy Maley, pp. 1—21.

④ Richard Beacon, *Solon, His Follie, or a Politique Discussion Touching the Reformation of Common-wealth Conquered, Declined or Corrupted*, 1594, eds. Clare Carroll and Vincent Carey, New York: Medieval and Renaissance Texts and Studies, 1996, p. 5.

⑤ Ibid., p. 50.

文化指令的信心,而海外扩张正是延伸该文化与政治制度的必要途径,因为殖民权利离不开一个民族拥有的值得传播的、切实可行的、得到上帝裁定的文化与政治制度。这个上帝粉碎了英格兰君主制,也铲除了作为真理敌人的天主教等异端势力及其偶像崇拜与反基督仪式。爱尔兰坚持的罗马信仰是它被殖民的重要原因,西班牙对土著人的残暴与其异教信仰是她应该被击败的主要原因,而美洲大陆与西印度群岛的荒野状态则是她应该被英格兰人殖民以在此建立"上帝之城"的必要原因。在神学政治与医学修辞帮助下,克伦威尔共和国政府的"殖民性格"与殖民野心在弥尔顿前期作品中被神圣化与健康化。然而,随着共和国的灭亡,复辟让弥尔顿身心遭受创伤,故在后期作品《失乐园》《复乐园》与《力士参孙》中,他一方面继续批评帝制模式与天主教敌人,另一方面,他开始怀疑英格兰扩张野心,相信英格兰自己应该对共和国的失败负责,开始反对海外殖民事业,坚信只有建设好英格兰文化与管理好国内的政治事务,才能再次建立真正意义上得到上帝支持的神圣而健康的国家。[①]

《失乐园》第 1 卷开篇不久,人物撒旦向他的地狱臣子们介绍他打听到的谣言,即上帝为人类创立新世界:

> 空间能够生产新世界;如此普遍
> 在天庭盛传一个传说(fame),上帝不久
> 打算创建,并且在那种植(plant)
> 一代人,他选择关照他们,
> 给予他们的恩惠与给天庭的子孙一样多:
> 在那里,如果只窥探(pry),会可能是
> 我们第一次爆发,那里或别处:
> 因为这个地狱深坑从来约束不了
> 枷锁中的天庭神灵,也束缚不了

---

① See Willy Maley, "How Milton and Some Contemporaries Read Spenser's *View*", eds. Brendan Bradshaw, Andrew Hadfield, and Willy Maley, *Representing Ireland: Literature and the Origins of Conflict 1534—1660*, Cambridge: Cambridge UP, 1993: 191—208.

长期生活在黑暗下的深渊中的天庭神灵。[①]

引文交代了撒旦获知上帝"创建""新世界"后打算"窥探""新世界"之主题。撒旦这样做，是为了报复上帝把他与其他反叛神灵打入地狱。第二卷中"古老而先知的传说"就是指围绕上帝创建新世界而产生的各种"传说"。（2. 346）此类传说形成了殖民主义话语的内在特征。16、17 世纪，殖民冒险也正是为了证实有关美洲新大陆与西印度群岛的土地与宝藏传说的真伪。有关新大陆巨大财富与土地的故事燃起了哥伦布冒险欲望，他探索新大陆就是为了确认他听到的这些长期存在的传言。撒旦践行征服新世界的殖民事业，以使新世界成为地狱的一部分。在地狱内阁会议上，名叫摩洛的恶魔说要打一场反上帝的"公开战争"，把上帝描绘为"种植君主（sovran Planter）"。（2. 51）类似地，当英格兰人到达美洲时，他们的竞争对手西班牙早已成为新土地的种植园主与定居者。撒旦集团试图与新世界的创建者"种植君主"争夺伊甸园，有似英格兰试图与西班牙争夺由西班牙发现的新世界。史诗《失乐园》以此话题开篇，是否暗示弥尔顿对英格兰殖民扩张的重新思考？

　　对于撒旦计划如何毁灭新世界，《失乐园》刻画撒旦对伊甸园的窥探、勘察与入侵，表现当时欧洲的殖民主义。譬如，第三卷中，撒旦着手一项对伊甸园的狂热的勘查任务，为殖民征服成功获得了新世界的地狱全貌："撒旦现在经天梯的低端/ 逐步登上天庭大门的阶梯/ 好奇地往下眺望，惊喜发现/ 这个新世界的全貌。正如一个侦察员/ 通过黑暗而危险的方式在黑夜中历经百难；/ 最后到令人快乐的黎明时刻/ 获得了一些登上高山的愉悦感，/眼睛无意识地发现/ 某个异国土地的绝佳景观，/首先被看到，或者某些著名的大都市，/耀眼夺目的尖塔与装饰华美的顶峰，/沐浴在冉冉升起的阳光下。"（3. 540—551）这段引文让人联想起当时旅行文学中葡萄牙探险者达·伽马的"好奇"经历。16、17 世纪社会中，"好奇"指见证新鲜的、异族风情的、神奇的"景观"，是对"异国土地"不自觉产生的真诚情感，用以塑造帝国政治并使之合法化的殖

---

① John Milton, "Paradise Lost", eds. David V. Urban and Paul J. Klemp, *The Works of John Milton: with an Introduction and Bibliography*, Ware Hertfordshire: Wordsworth Edition Ltd, 1994: 111—385, 1. 650—659. 后文引自该史诗的引文将随文标明该著卷与行次，不再另行作注。

民话语。① 弥尔顿深谙地理大发现语境中的旅行话语,引文中"大都市""尖塔""顶峰"等让人想起欧洲殖民者所描述的东方印度与美洲的印第安文明等。弥尔顿把撒旦对天庭中的伊甸园美景的好奇类比为英格兰、西班牙殖民者对世界各地财富与土地的探险。该史诗反动人物撒旦穿过混乱世界到达伊甸园,与欧洲帝国主义殖民计划与实践发生连接。通过让殖民野心妖魔化,该诗批评了英格兰(也包括西班牙)的殖民主张,不同于早期作品肯定共和国殖民主义而否定西班牙帝国主义的双重标准。

《失乐园》反殖民叙事是对海洋旅行文学的戏仿,英雄人物被撒旦的邪恶与野心所玷污。撒旦的史诗般旅程让人想起古希腊罗马文学中的希腊英雄奥德修斯、罗马城创建者埃涅阿斯与寻找金羊毛的伊阿宋,也想起 15 世纪葡萄牙诗人路易斯·德·贾梅士(Luis de Camoes,1524—1580)所歌颂的航海英雄达·伽马。第 2 卷叙述的撒旦艰难飞出地狱,隐指贾梅士《路基塔尼亚人之歌》(Os Lusiadas,1570)中的达·伽马如何危险航渡好望角:

> 同时作为上帝与人类的敌人,
> 撒旦心中点燃了最高计划的想法,
> 披上快翼,朝地狱之门
> 独自开始飞翔探险;有时
> 他掠过右手海岸;有时左手,
> 现在水平掠过深谷,然后高飞
> 飞向炙热高耸的凹面天穹。
> 正如当在海洋深处,被描绘的一个船队
> 悬置于云海中,借赤道之风
> 从孟加拉航行而来,或从德纳第
> 与蒂多雷群岛,商人们从那里带来
> 他们的香料药品:途经交易市场他们
> 穿过宽阔的埃塞俄比亚港到达好望角
> 晚间逆行朝极地航行。(2. 629—642)

---

① See Walter S. H. Lim, *The Arts of Empire : The Poetics of Colonialism from Ralegh to Milton*, p. 206.

第 4 卷描写的撒旦环绕伊甸园飞行,指向构成贾梅士史诗轴心部分的印度洋:"正如对他们来说,航行/越过好望角,现在通过了/莫桑比克港,在海洋深处东北风吹过/来自香料海滨的塞巴香味,/受保佑的阿拉伯半岛,享受如此延宕,/他们放缓航程,许多船队/因这种令人愉悦的气味而欢呼,向海洋微笑。"(4.159—165)

　　达·伽马就是首次开辟东方航线的人,1497 年他在葡萄牙国王的命令下带领船队从里斯本出发经好望角到达印度。弥尔顿描写撒旦从地狱到地狱之门飞行的经历的痛苦,也刻画他到达伊甸园后凝视新世界的欢喜,正如《路基塔尼亚人之歌》中的达·伽马船队到达航行过"好望角"前的艰苦与之后的"欢呼"与"微笑",因为一旦过了好望角,阿拉伯半岛、印度等东方世界就在眼前。[①]"穿过宽阔的埃塞俄比亚港到达好望角"(2.641),弥尔顿引用贾梅士史诗中的阿达玛斯托对葡萄牙船员们做出的预测,即他们必须穿过好望角且此时必定遭遇巨大风暴,以描述撒旦对前往伊甸园的追随者们所说的预言。以一种变形的方式把好望角风暴比拟化,贾梅士强调葡萄牙人在地理大发现的航海过程中所遭受的巨大苦难。只有经历绝对危险与饱受无穷苦难,热爱荣誉的民族才能取得永恒荣耀与尊严。对荣誉的追求是《路基塔尼亚人之歌》帝国话语的中心议题,也构成弥尔顿《失乐园》中撒旦的膨胀野心。就《失乐园》的撒旦来说,他寻求得到全体追随者的支持。正如《路基塔尼亚人之歌》中的达·伽马,撒旦讲到让所有地狱神灵达成远征伊甸园的一致计划非常困难。弥尔顿援引贾梅士的潜文本只是强化了撒旦穿越混沌地狱王国时遭遇的困境。

　　弥尔顿使殖民扩张妖魔化还体现在达·伽马的天主教徒身份上。毋庸置疑,《路基塔尼亚人之歌》中,达·伽马把发现新世界当作最高荣誉,面对"好望角"表现出超乎寻常的勇猛与毅力,弥尔顿让达·伽马的航海精神与撒旦发生关联,显然批评了建立殖民地的名誉、野心与军事力量。《复乐园》中,撒旦使用王国与土地作为诱饵试图诱惑耶稣基督,耶稣拒绝各种诱惑就是抵制达·

---

　　①　贾梅士在世时,葡萄牙是世界上最强大的殖民国家,《路基塔尼亚人之歌》赞美达·伽马开辟从西欧到印度的东方航线之经历。就弥尔顿如何把印度再现为"炼狱之地",See Balachandra Rajan, "Banyan Trees and Fig Leaves: Some Thoughts on Milton's India", ed. P. G. Stanwood, *Of Poetry and Politics: New Essays on Milton and His World*, Binghamton, NY: Medieval and Renaissance Texts and Studies, 1995: 213—228。

伽马野心所驱动的对财富与名誉的追求。然而,贾梅士史诗中的达·伽马生活在葡萄牙王国强盛时期,他受葡萄牙国王之令开辟新航线,而葡萄牙正是罗马教廷的化身,达·伽马正是为了完成罗马教皇所宣传的在地球上建立"神圣帝国"的神圣计划而寻找新世界。地理大发现似乎是受到天主教上帝意旨所授权的神圣事业,完全消解了世俗意义上对他国土地与财富的梦想之意义。实际上,贾梅士史诗《路基塔尼亚人之歌》与意大利诗人塔索(Torquato Tasso, 1544—1595)的《被解放的耶路撒冷》相关,不仅因为两位作者赞美自己的天主教国家,而且塔索也把故事置于哥伦布的地理大发现语境中,也都把罗马帝国扩张与天主教上帝的神圣预言结合起来。① 作为清教徒,弥尔顿借助天主教国家的航海英雄故事书写撒旦对伊甸园的入侵,他对(英国)殖民主义的批评立场显露无遗。

　　弥尔顿相信,共和国实验的失败是一种道德失败,这让他在《失乐园》中把殖民野心与狂热视为一种需要治疗的政治身体疾病,吻合体液理论对忧郁症状的理解。批评家克里斯托弗·希尔指出,弥尔顿幻想保存共和国的希望受到多种因素的挫败,如有野心将军们与日益贪婪、野心勃勃、虚伪的领导者(克伦威尔),政治失败导致复辟被弥尔顿视为一种道德失败,《失乐园》对野心、狂热、贪婪、自私自利、虚伪与任性盲目等英格兰疾病做了尖刻的批评。② 《失乐园》把共和国失败归于英格兰人自身的堕落与罪恶。实际上,早期现代医学把野心、狂热、任性盲目等症状看成是一种忧郁症状,一种由黑胆汁过剩所引发的疯癫。正如古希腊医生盖伦所说:"任何忧郁缘起于燃烧,伤害心智与判断力,因为当体液被点燃或燃烧时,它在特征上使人们兴奋与发狂,希腊人称之为狂热,我们称之为疯癫。"③文艺复兴时期的英国医生罗伯特·伯顿剖析黑胆汁生发的症状——痴迷于暴力与谣言,似乎就在描写殖民冒险家,认为忧郁人士"倾向复仇,不久感到困扰,想象最暴力场景,说话不友善,或易于粗暴赞扬(他

　　① See Walter S. H. Lim, *The Arts of Empire: The Poetics of Colonialism from Ralegh to Milton*, p. 211.

　　② See Christopher Hill, *Milton and the English Revolution*, New York: The Viking Press, 1977, pp. 341—353.

　　③ Marsilio Ficino, "Three Books of Life", ed. Jennifer Radden, *The Nature of Melancholy: From Aristotle to Kristeva*, p. 91.

人)[⋯⋯]对每一个好谣言、故事或有商机的事件极度兴奋,他们的举止失态"①。殖民者不是读到各种有关新大陆的传奇故事后才异常狂热吗？当全体国民都为之兴奋发狂时,他们的扩张野心不就是英格兰身体的病态表征吗？

《失乐园》还与维吉尔的《埃涅阿斯记》(Aeneas)形成互文关系,在撒旦与罗马英雄关联中,弥尔顿的反帝制思想流露出来。描述撒旦穿越混沌地狱时,弥尔顿借用海洋航行意象与隐喻,引用埃涅阿斯横过水域以建立罗马城(新特洛伊城)之段落。批评家芭芭拉·基弗·列瓦尔斯基指出,撒旦远缺少埃涅阿斯建立意大利滩头堡而表现出来的英雄主义。② 事实是,撒旦的反叛冒险摧垮了《埃涅阿斯》的冒险主题所蕴含的象征意义。通过挪用海洋探险主题与在撒旦征服伊甸园语境中对它进行重写,弥尔顿有意玷污维吉尔史诗互文中这一隐喻意义,而该意义与罗马帝国的缔造伟业密切相关。③ 英格兰正把自己理解和想象为罗马帝国,詹姆士一世就被赞誉为罗马帝王,英格兰王宫装饰布置效仿古罗马风格。考虑到罗马隐喻当时英格兰,当代表罗马帝国辉煌的埃涅阿斯与撒旦发生联系时,英格兰殖民扩张与辉煌国力在《失乐园》中的负面意义显现出来。第11卷中,亚当被允许观看自己被驱除出伊甸园直至诺亚方舟时的人类未来史;第12卷中,迈克继续通过叙事展现世界史。当埃涅阿斯航行至意大利着手建立罗马城时,亚当与夏娃开始他们的流浪生活。当教育亚当与夏娃时,迈克鼓励他们培养基督教斯多葛主义,一种"更好的毅力/耐心与英雄主义殉道精神"(9.31—32),以筑造"内部更为快乐的[⋯⋯]天堂"(12.587),为拯救复辟后的英格兰病态身体提供药方。弥尔顿构建了恢复英格兰健康的道德与神圣空间,不同于埃涅阿斯建立的罗马帝国的物理、地理与宇宙空间,而埃涅阿斯与叛教的他者撒旦相关。

除《失乐园》外,罗马主题也出现在《复乐园》中。通过撒旦引诱耶稣做罗

---

① See Robert Burton, "The Anatomy of Melancholy", ed. Jennifer Radden, *The Nature of Melancholy*: *From Aristotle to Kristeva*, p. 146.

② See Barbara Kiefer Lewalski, "*Paradise Lost*" *and the Rhetoric of Literary Form*, Princeton: Princeton UP, 1985, pp. 58—59.

③ See David Quint, *Epic and Empire*: *Politics and Generic Form from Virgil to Milton*, Princeton: Princeton UP, 1993, pp. 248—267. 昆特在第二章中也详细论述了船队、航海主题与文艺复兴时期商业冒险、地理大发现之间的关系。

马帝王,《复乐园》进一步展示了弥尔顿对君主制的批评。罗马被撒旦再现为一个军事帝国,耶稣作为犹太人与被殖民的他者必须击败罗马,才能解放被殖民民族以色列。正如奥古斯丁《上帝之城》所述,以色列教会被罗马帝国所强奸,如果以色列取代罗马,那她将成为第二个邪恶的罗马帝国,因为世界上的社会与政治秩序由权力倾轧所定义。奥古斯丁认为,罗马帝国除了玩弄无穷无尽的权力斗争,根本没有取得任何成果。[①]《复乐园》中的撒旦以多种方式建议道成肉身的耶稣做罗马帝王,想要耶稣永远陷入这场权力倾轧中。如果说,在作为诱饵的诸多世俗王国中,罗马代表最高帝国权力的话,那是因为它是当时唯一统治世界的帝国力量,也因为它也可代表复辟后可完全能够毁灭人类社会的政治力量。或者说,弥尔顿用罗马帝国隐喻导致复辟的英格兰护国公克伦威尔政府以及叛教与变节的支持复辟的全体英格兰国民。共和国后期,克伦威尔正像罗马帝王,护国公的殖民主义与帝国主义野心膨胀。正如罗马灭亡不可避免,政治斗争使英格兰人困于世俗事务,其新教信仰不再纯正而失去"上帝之城",英格兰退回到君主制时代。

《复乐园》着力构造一个与世俗帝国对立的基督王国,暗含弥尔顿按照基督教义把英格兰重建为神圣国家的主张。为批评君主制,弥尔顿在《复乐园》中再现了基督的普世与永恒王国。借用《圣经·旧约》的《丹尼尔书》中的两个隐喻,基督这样描述他的王国:

> 因此知道当我在合适时间坐在
> 大卫的王位上时,它会是像一棵树,
> 枝叶散开且为所有大地(子民)提供庇护,
> 或者像一块石头,必将粉碎
> 遍布世界的所有君主制,
> 而我的王国却永存在那。[②]

---

① See Walter S. H. Lim, *The Arts of Empire*: *The Poetics of Colonialism from Ralegh to Milton*, pp. 225—226.

② John Milton, "Paradise Regained", eds. David V. Urban and Paul J. Klemp, *The Works of John Milton*: *with an Introduction and Bibliography*, Ware Hertfordshire: Wordsworth Edition Ltd, 1994: 386—438, 4. 146—151. 后文引自该史诗的引文将随文标明该著卷与行次,不再另行作注。

事实上,弥尔顿借用了圣经中的丹尼尔看到的意象,树"在地球中央,因此非常高大"(*Daniel*,4:10)。幻觉继续道:"树在长,且健壮,因此直达天庭,在大地每个尽头均可看到。"(*Daniel*,4:11)这是一棵高而大的精神之"树",一直处在成长过程中,无限接近上帝的天庭,它既是对新教徒信仰状态的描述,也是对基督徒的王国身体的想象。与受到时空制约的帝国身体相比,基督王国像一块"永存"的"石头"。弥尔顿也引用了《丹尼尔书》中尼布甲尼撒的幻觉意象,即"石头""粉碎"了世界四大帝国:"你看到一块石头无需用手就被切开,它重击了他脚上的铁与泥并使之粉碎。然后,铁、泥、铜、银、金等全被一起粉碎,变得像是打谷场的谷糠,随风吹走,无处可见。重击物体的石头长成一座大山,充斥整个地球[……]在这些国王统治期间,天庭的上帝建立了一个永远不会被消灭的王国。该王国将不会留给其他民族,但她会粉碎和吞噬所有的这些王国,而她却永存。"(*Daniel*,2:34—35,44)非常明显,弥尔顿笔下的耶稣提醒撒旦,与教会王国的神圣身体相比,后者奉献的国家、征服者与军队等世俗王国都是转瞬即逝的。《复乐园》重复了《失乐园》的反英雄武装之主题,呼应了弥尔顿在政治小册子《反偶像崇拜》(1649)中的弑君思想:英格兰"(基督)王国之子,正如古代先知们所预言,将最终毁灭与粉碎他们所有的统治力量"[1]。

如果说《复乐园》《失乐园》皆是共和文本,那培根《论科学的增进》则是帝国文本,弥尔顿饱受创伤有似孤独站在病态与堕落世界中的先知。弥尔顿的撒旦被描述为一个马基雅维利式的政治家。例如,《复乐园》中,撒旦建议耶稣与他结盟以控制帕提亚,因为拿下帕提亚可为耶稣提供足以推翻罗马帝国的军事力量,也可使耶稣实现统一以色列 10 个部落的爱国梦。(3. 359—380)撒旦还建议耶稣利用其宗教上的"帝王美德"推翻无子嗣"年迈而好色的"罗马皇帝提比略。(4. 98,91)撒旦唆使耶稣基于欺骗原则"结盟",这实际上源于马基雅维利《君王论》。马基雅维利提出三种扩张帝国的策略:一是形成国家之间平等的统一战线,二是形成由一国领导的盟友,三是使其他国家臣服而非

① John Milton, *The Complete Prose Works of John Milton*, 8 vols. eds. Don Wolfe et al. vol. 3: 509.

结盟。要使其他国家臣服,帝国必须要有强大的军事力量。[①] 弥尔顿笔下的撒旦打着结盟的幌子,实则"领导"耶稣,利用耶稣统一罗马与以色列,最终实现消灭耶稣、殖民罗马与上帝子民的目的。《论科学的增进》(1605)中,弥尔顿同时代作家弗朗西斯·培根赞美马基雅维利为英格兰军事扩张提供了有用战术。培根聚焦于罗马帝国,支持帝国主义与皇家意识形态,让马基雅维利笔中的"欺骗"转化为"学问"。裘力斯·恺撒与亚历山大大帝被誉为英格兰人的榜样,把"学问"与军事战术结合起来:"经验告诉我们,在人物与时代方面,曾经出现学术与军事的汇合,在相同的人与相同的时代表现活跃与出色。[……]一个是亚里士多德的学生,另一个是西塞罗的辩论对手。"[②]政治野心需对共和国的失败负责,培根的影响力似乎说明整个英格兰社会的疯狂与病态。《失乐园》结尾处,迈克向亚当揭示一组站在叛教世界中捍卫真理的虔诚教徒。这组人似乎在传授弥尔顿如何坚挺地站立在已经抛弃上帝的英格兰社会中。

《力士参孙》借用以色列与非利士人的故事隐喻英格兰在面对异教威胁时背叛新教,暗示英格兰首先应该建立一个有活力、有弹性且得到上帝授权的文化,间接地否定英格兰殖民事业。考虑到以色列人无法体验参孙与上帝之间的关系,参孙个人与以色列民族之间的非和谐是否隐喻弥尔顿与英格兰之间的不协调?整部戏剧诗围绕参孙身份展开叙述,涉及达利拉、以色列部落、非利士人与大衮神庙表演等。达利拉所在的非利士人代表上帝警示参孙所属的以色列部落远离的异教势力,参孙与达利拉的结婚象征外族异教势力对上帝选民的玷污与感染。参孙的故事是一部悲剧,作为神力源泉的头发被剪掉,当意识到自己被达利拉利用时,无论达利拉做出怎样的忏悔姿态,他完全拒绝原谅她。当参孙被要求在大衮神庙为非利士人的主神大衮做礼拜时,他上演了大毁灭的舞台表演,重获上帝神力而灭掉了所有在场的非利士人,也牺牲了自己。作为以色列士师,参孙有责任保护本族健康,使其远离外族侵犯与威胁,捍卫以色列这个上帝选民的民族安全。不幸的是,参孙奉行跨种族婚姻观,以

---

①　See Niccolo Machiavelli, *The Prince*, tran. George Bull, London: Penguin Books, 1961.

②　Francis Bacon, *The Advancement of Learning*, ed. G. W. Kitchin, London: J. M. Dent & Sons, 1973, p. 9.

色列部落一直存在对参孙不信任与排斥的声音,破坏了以色列各部落之间的团结。参孙作为上帝选定的民族解放者,肩负统一以色列部落与确认以色列民族身份的神圣任务,然而以色列个人主体与部落主体之间的不愉快继续存在。因此,当参孙毁灭大衮神庙时,没有以色列人能够准确理解参孙与上帝之间的关系。这似乎暗示,所有对历史与社会事件的反应都是阐释性与主观性的。结合弥尔顿的个人经历与社会事件,如果在某种程度上参孙就是弥尔顿,那么,参孙无法与以色列获得民族身份整一性,暴露出弥尔顿的民族身份概念与英格兰人不协调的社会能量之间的裂痕。

参孙使用革命恐怖主义手段摧毁上帝的敌人,为清教徒在共和国失败后面对复辟王权审判时提供勇气,坚定其对上帝真理与正义的信心。《力士参孙》中,弥尔顿让他的革命弑君幻想文本化,通过"净化叙事"毁灭上帝耶和华的敌人。① 参孙的悲剧也搭起了主人公与上帝之间的私人空间,在上帝的审判与支持下通过参与剧院表演把失败经历转变为胜利。② 在大衮神庙表演时,参孙毁灭了敌人也牺牲了自我,弥尔顿给予那些曾参与执行查理一世死刑的清教徒在王权复辟后面对死刑审判时需要的勇气。的确,与参孙沦陷为非利士人的奴隶一样,王权复辟让弥尔顿与其他清教徒无所适从,这些激进的神职人员、知识分子与作家们努力从他们最初对神圣意志与神圣历史的关联中理解共和国的失败。面对快要到来的死亡审判,这些清教徒表达他们强有力的千禧年信念(millenarian convictions),这种信念也让他们成功把查理一世送上了断头台。③ 如果千禧年信念过去能给他们弑君力量,那现今也能在被审判时为他们提供精神支持。因此,弑君者约翰·卡鲁、托马斯·哈里森、约翰·琼斯、约翰·库克等相信,他们的死亡会说服英格兰民族坚信上帝真理与他们事业的必胜性。目前的审判不会持续很久,因为基督必定很快到来,逆转审判法官与被迫害人士的角色。启示录里的神圣法庭必将确保正义的最终胜

---

① See Walter S. H. Lim, *The Arts of Empire*: *The Poetics of Colonialism from Ralegh to Milton*, p. 233.

② 对阐释参孙在 17 世纪英格兰高度含混的地位,见 Joseph Wittreich, *Interpreting Samson Agonistes*, Princeton: Princeton UP, 1986。

③ See Christopher Hill, *The Experience of Defeat*: *Milton and Some Contemporaries*, New York: Viking Penguin, 1984, pp. 70—71.

利,随基督的返回,受难的弑君者会对审判他们的法官做出审判。①

被审判者坚信正义而忍耐、牺牲,与参孙在大衮神庙表演时自我牺牲、毁灭敌人的意义一致,这揭示弥尔顿坚定反偶像崇拜及其他新教主张。宗教改革时期,偶像崇拜与反偶像崇拜是天主教与新教的重要分歧之一,前者认为基督、圣人与圣经故事均应通过舞台把真理意义字面再现出来,后者却坚信上帝、圣子与圣人等基督教故事应该通过阅读圣经隐喻性地得到理解。然而,英格兰宗教改革并不彻底,从亨利八世开始到查理一世时期,无论在圣餐仪式、教会结构还是教堂内饰上,英格兰新教仍然保持着诸多天主教传统。激进的新教徒试图把基督教清洁化而被称为清教徒,克伦威尔的共和国胜利就是清教徒的胜利。在弥尔顿看来,共和国失败就是新教徒、清教徒变节之结果。在此意义上,参孙最终抵住达利拉的伪善忏悔,拒绝与异教徒妻子修好而重回对上帝的信仰,相信上帝会给他恢复神力,这种与异教徒不妥协的做法暗示弥尔顿不与任何英格兰社会中的叛教国民为伍,当然更与西班牙、罗马教廷的帝国主义彻底割裂开来。参孙的胜利预示和预告弥尔顿与那些被复辟政府审判的清教徒的胜利。所以,当非利士人迫使参孙做剧场化表演时,参孙却把它转变为反偶像崇拜:

> 目前为止,权贵们,您们强加给我的命令
> 我已经表演了,理由是,我遵循了,
> 观众不是不好奇与快乐地观看着。
> 此刻,我自愿地献上另一场表演,
> 我打算展示我的力量,然而比以前更大的;
> 这将让所有观看者惊心动魄。②

一位信使把反偶像崇拜界定为一场参孙献给上帝的私人"景观"表演。它注重内省而非外在图像的新教主张让公共景观私人化,因为图像本身与表象、装饰、伪装等意义相关。如批评家乔纳斯·巴丽奇所说:"追求殉道(表演)宣告

---

① See Christopher Hill, *The Experience of Defeat: Milton and Some Contemporaries*, pp. 72—74.

② John Milton, "Samson Agonistes", eds. David V. Urban and Paul J. Klemp, *The Works of John Milton: with an Introduction and Bibliography*, Ware Hertfordshire: Wordsworth Edition Ltd, 1994: 439—486, 1640—1645. 后文引自该史诗的引文将随文标明该著行次,不再另行作注。

历史起点,成为一位显在的'圣徒',通过在(观众)超级注视面前胜利地显示自己的神圣性。"①

弥尔顿诗歌把与异教女性私通看成叛教,看成一种抛弃上帝的偶像崇拜。婚姻关系在人类生活中非常重要,是理解人与上帝关系的一个索引。宗教意义上,私通主要指与异族女性通奸、结婚等,私通意味着基督教信徒把外族女子视为偶像,外族女子取代父权上帝,上帝对规定的宇宙等级秩序受到否定。实际上,奥古斯丁早就把"私通"读作是偶像崇拜的隐喻,因为上帝清楚地命令早期以色列人不可与其他异教部落杂婚。作为上帝选民的神圣以色列民族必须与异族他者绝对分开。保罗·斯蒂文斯称这个排除过程为"利未记思维"。通过定义外族文化为性方面不纯洁、道德上逾越而必须受到上帝惩罚,这种思维使集体民族身份合法化。② 斯蒂文解释道,这种思维"有使基督教普遍化地表达它自己的超验特殊性之倾向,通过具体表达以色列独特的集体构建修辞,尤其它由戒律所规定下来了"③。私通出现在弥尔顿散文、诗歌中,作为隐喻表达偶像崇拜之原罪意义。在为离婚辩护的小册子《四弦》(1645)中,弥尔顿把私通解读为偶像崇拜,而《失乐园》把它转换成错位的婚姻关系。④《失乐园》中,亚当用女性夏娃取代上帝,而夏娃通过拥有善恶知识取代上帝。《力士参孙》中,参孙与达利拉等不同非利士女子通奸或通婚,犯了典型的私通之罪。因此,与达利拉做爱后醒来时,参孙困惑地发现自己已经失去神力。描述该场景时,弥尔顿指向《失乐园》中的亚当与夏娃做爱后苏醒时的羞耻感与罪恶感。男人阳物掉入女性身体意味着,上帝的美好地球堕落到由淫欲、罪恶与死亡统治的自然秩序中。

殖民野心或与异族私通都是一种逾越与不洁,狂热或纵欲在早期现代医学中都被解释为一种体液过剩导致的身体疾病。殖民扩张有似弥尔顿诗歌中

---

① Jonas Barish, *The Antitheatrical Prejudice*, Berkeley: University of California Press, 1981, p. 166.

② See Paul Stevens, "'Leviticus Thinking' and the Rhetoric of Early Modern Colonialism", *Criticism* 35 (1993): 441—461.

③ Paul Stevens, "'Leviticus Thinking' and the Rhetoric of Early Modern Colonialism", p. 458.

④ 在弥尔顿眼中,私通带有"偶像崇拜"之意,意为不服从、不信任与精神背叛,类似奥古斯丁在《忏悔录》中对私通的定义:一方面与性欲、性冲动、黑色淫欲相关,另一方面充当隐喻,意指灵魂偏离上帝。See Walter S. H. Lim, *The Arts of Empire: The Poetics of Colonialism from Ralegh to Milton*, p. 259—260.

的私通之罪,英格兰国民偏离上帝而崇拜外族土地。当时流行的"梅毒"似乎完美呈现英格兰政治身体的私通症状。医生约翰·阿布拉希使用体液学说把梅毒进行宗教恶魔化,指出"燃烧的性欲耗尽了生命精气和香膏,正如火焰浪费了蜡烛,因此出现体液腐败、骨髓腐烂、关节疼痛、神经崩溃、头疼、时而中风等症状。这种痛苦的妓女鞭打就是法国的痘疹"①。他回应盖伦医学,坚持"这种病源于腐败的、灼热的、感染的血液",或因为妓女体液的过度燃烧。②这种解释印证了疾病乃是体内的体液不平衡所致的理论,却称之为"法国痘疹"或曰其源于"妓女体液"。正如医生彼特·劳 1596 年记载,痘疹被感染的方式是"通过接收感染者的呼吸,通过挨着他们坐,有时通过赤脚踩在感染者的脚上"③。威廉·克劳斯从原型微生物视角看待梅毒传播:"以外在方式传染[……]任何外在部位一旦感染,梅毒便侵入血液,像毒瘤从一个部位爬到另一个部位。"克劳斯因此祈祷上帝:"把我们从产生它、孕育它、抚育它和传播它的肮脏罪恶中解救出来。"④对外面世界的好奇与征服欲望让英格兰国民长期向外,犹如一个人受性欲驱动,暴露于外在梅毒病原体威胁下,非常容易感染疾病。外在病原体一旦传播入境,无数国民必定因体液过剩而引发国家政治身体疾病。私通之人容易感染梅毒,梅毒患者就是私通犯。梅毒正是上帝对英格兰这个叛教民族的惩罚。

英格兰国民不是抛弃共和制而欢迎代表帝制的查理二世复辟吗?这就是私通与叛教。弥尔顿让《失乐园》中亚当与夏娃的关系类比为《圣经》中所罗门国王与他的埃及新娘之间的私通关系。在堕落前夕,伊甸园中的亚当与夏娃天真玩耍。亚当吃禁果之时,人类的原罪便产生了。此时,与夏娃玩耍转变成

---

① John Abernethy, *A Christian and Heauenly Treatise Containing Physicke for the Soule*, London: Printed by Richard Badger for Robert Allot, and are to be sold at his shop in Pauls-church-yard, at the signe of the Blacke Beare, 1630, p. 442.

② See Jonathan Gil Harris, "'Some Love that drew him oft from home': Syphilis and International Commerce in *The Comedy of Errors*", eds. Stephanie Moss and Kaara L. Peterson, *Disease, Diagnosis, and Cure on the Early Modern Stage*, Vermont: Ashgate, 2004: 69−92, p. 81.

③ Peter Lowe, *An Easie, Certain and Perfect Method, to Cure and Prevent the Spanish Sicknes*, London: Printed by James Roberts, 1596, p. B2.

④ William Clowes, *A Short and Profitable Treatise Touching the Cure of the Disease Called Morbus Gallicus by Unctions*, London: Printed by Iohn Daye, dwelling over Aldersgate and are to be sould at his shoppe at the west dore of Paules, 1579, p. B1.

醉酒般的欢快,转变成一种失控与无理性的身心状态:"正如喝了新酒,他俩/
在欢乐中游泳,幻想/ 他们感受到内战神性,长出双翼/ 借助它们飞翔,傲视
地球。"(9.1008—1011)如今亚当"色欲燃烧"(9.1013),他与夏娃在激情做爱
中失去贞洁,夏娃作为亚当的性物,满足他的淫欲。堕落中的亚当与夏娃成为
原型私通者,最初的人类把禁果充当上帝,犯下偶像崇拜之原罪。所以,当重
复使用"嬉戏""智慧"等描写亚当、夏娃的堕落状态时,弥尔顿引用所罗门的经
历:"他们在色欲中燃烧:/直到亚当开始上前与夏娃嬉戏。/夏娃,现在我看你
就是味道,/优雅,非小额智慧,/因为我们运用味道于每个意义,/把味觉称作
智慧;我赞扬你,/向你投降。"(9.1015—1021)当亚当带着"味觉"去赏识夏娃
时,他便失去了理性、智慧与责任,夏娃成为他的玩物。他此时沉迷于淫欲,丧
失对上帝的信仰,正如《圣经·新约》的《列王传》第11卷后所描绘的处于下坡
路的所罗门。第9卷442行中,所罗门是一位"智慧的国王",他屈服于外族女
性,崇拜她们的伪神。伊甸园与所罗门王国被私通之疾所灭,弥尔顿的反偶像
崇拜与帝制之态度暴露无遗。

在某种意义上,《失乐园》抑或《力士参孙》中的私通之罪就是一个民族的
集体罪恶。如果弥尔顿圣经故事再现了英格兰社会的某些方面,那么,参孙私
通外族女性及亚当夏娃堕落便隐喻英格兰与新世界的私通关系及清教共和国
的失败。弥尔顿笔下的参孙苛责以色列人对他这个上帝指派的士师的不信
任,苛责他们轻信非利士人的挑拨与谣言。以色列统治者与各部落首领与参
孙一样,需对以色列民族的失败负责。类似地,英格兰克伦威尔集团甚至普通
国民均需对共和国的失败负责,英格兰未能完成建立神圣基督共和国的伟大
使命。《力士参孙》结尾处,参孙重获神力毁灭了大衮寺庙,向非利士敌人成功
复仇,但他这种行为纯粹是个人的,他最后反偶像崇拜的神圣行动并不能恢复
以色列的民族身份。诺思洛普·弗莱指出,根据圣经,但族(Dan)冠军参孙死
后非利士人变得更为强大,这个部落实际上不久以后也消失殆尽了。[1] 非常
明显,通过参孙的灾难性故事,《力士参孙》隐喻性地书写英格兰民族不能实施
上帝伟大共和国计划之历史事件,借助参孙与以色列部落的私通事件,弥尔顿

---

[1]　See Northrop Frye, *Spiritus Mundi: Essays on Literature, Myth, and Society*, Bloomington:
Indiana UP, 1976, pp. 222—223.

对导致共和国实验失败的政府官员与叛教国民提出批评与控诉。弥尔顿聚焦英格兰民族的变节之罪,关注英格兰如何漠视上帝对民族命运的伟大安排,凸显英格兰犯下私通与偶像崇拜之罪而引发上帝的愤怒。[①] 弥尔顿的先知预言清晰可见:与西班牙、美洲土著民等异教民族区别开来,作为上帝选民的英格兰民族与以色列一样,应坚定对上帝的信仰而永葆纯洁健康,依照上帝计划,建设好自己的文化空间与道德空间,办好国内事情而非为满足私欲进行盲目扩张,自己才可能再次成为欧洲共和制的希望。

从革命时期、共和国时期直至复辟时期,约翰·弥尔顿自始至终是一位虔诚的清教徒,一直坚持他的神学政治理想,为在地球上建立一个上帝之城或曰为自由共和国而奋斗。革命时期与共和国时期,弥尔顿撰写小册子《对和平条款的思考》等,使用医学、哲学修辞,极力支持克伦威尔领导的清教事业与共和国政策,相信英格兰共和国是得到清教上帝支持的国度,化身为上帝神圣空间与真理的英格兰发动的殖民战争是得到上帝恩准的合法战争,西班牙、爱尔兰与新世界等异教国家是上帝的敌人。此时的弥尔顿赞美英格兰的殖民事业与政治野心,殖民扩张成为建立上帝之城与实现上帝计划的最好方式。然而,共和国失败让弥尔顿深受创伤,英格兰作为欧洲甚至整个世界的共和制之理想破灭了,他创作《失乐园》《复乐园》与《力士参孙》,使用神学、医学话语,反思共和国失败的原因,在全球传播清教主义与宗教改革之主张被从政治事务中抽身的寂静主义所取代,上帝敌人变为英格兰自己,征服世界不再是发展上帝事业的有效手段,英格兰不再代表上帝所裁定的福音文化,撒旦殖民伊甸园成为海外冒险与英雄创建罗马故事的反讽书写,英格兰自身陷入对异教神崇拜与落入君主专制的奴役中。深受共和国失败与个人离婚挫折,弥尔顿更加坚定了他的清教主义,相信只要英格兰人能重拾信仰,必定能像参孙一样击败敌人与改变自己,重获上帝支持,筑建共和国这个新的上帝之城,病态英格兰必定重获健康。

---

① See Walter S. H. Lim, *The Arts of Empire: The Poetics of Colonialism from Ralegh to Milton*, p. 239.

第三节　《力士参孙》:疯癫、创伤与新教身份

"疯癫"一词用于描述激进教派尤其清教徒拜神时的狂热状态,在共和国与复辟时期,它既可能与上帝神圣启示相关,又有早期现代医学上忧郁疾病症状之意。晚年弥尔顿审视共和国实验失败的原因,在医学与神学话语融合中强调,个人只有通过创伤性忧郁在忏悔中自我拯救,英格兰才能醒悟,新教民族才可能重获健康。《力士参孙》(1671)使疯癫指向参孙受新教上帝指引,从绝望、忧郁中恢复英雄力量,也指清教和其他激进教派的病态经历,参孙用于摧毁敌人的介于神启与疾病之间的疯癫正是由创伤性的忧郁所激发,成为自我忏悔与自我救赎的力量。弥尔顿利用疯癫作为鞭策物,致力于建立纯正的新教国家,表达对国家宗教身份的焦虑。据此,本节首先探讨弥尔顿的疯癫理论;其次,结合 17 世纪的疯癫话语,解析《力士参孙》中参孙在大衮神庙对非利士人上演的疯癫复仇之含混意义;最后,讨论诗中参孙父亲、合唱团的饶舌与偶像崇拜的关联,解读诗歌如何非透明化地叙述参孙在创伤性忧郁中自我救赎,揭示弥尔顿的英格兰新教身份焦虑。

创作《力士参孙》时,弥尔顿的"疯癫"一词具有创伤性忧郁之意。批评家凯伦·爱德华兹对"疯癫"在弥尔顿《力士参孙》中发生的意义变化非常敏感,发现此悲剧诗中这一术语的意义延展甚广。[1] 换言之,弥尔顿让疯癫的意义在使用中经历了一场深刻变化。复辟以前,早年的弥尔顿把疯癫解读为清教徒从上帝获得的神圣启示,疯癫的宗教神秘之积极意义表现出来。共和国实验失败后,弥尔顿在晚年生涯中,不断谴责英格兰新教徒,特别是各激进教派的疯癫体验,在早期现代医学话语框架中,把英格兰国民的疯癫狂热阐释为忧郁疾病的一种极端症状。然而,弥尔顿自诩为英格兰社会的孤独先知,共和国失败让他对共和理想产生幻灭感,这种创伤经历使他对英格兰社会的疯癫行

---

[1]　See Karen Edwards, "Inspiration and Melancholy in *Samson Agonistes*", ed. Juliet Cummins, *Milton and the Ends of Time*, Cambridge: Cambridge UP, 2003: 224—240.

为进行辩证性思考。① 《力士参孙》中，参孙在疯癫中获得上帝神圣启示与神圣力量而摧毁敌人，也在疯癫时借助自己忧郁的病态经历而自我鞭策与自省拯救，邀请全体以色列人拥抱创伤性忧郁，以重建民族宗教身份。② 弥尔顿使用疯癫书写参孙的神秘状态只是为了辨析该词，正如凯伦·爱德华指出，"如按传统理解的方式再现疯癫，弥尔顿不能称参孙为一个忧郁患者。就弥尔顿的目的来说，该词变得无法言说了。复辟时期勇敢的新话语已经剥夺了它过去的辉煌，疯癫狂热在 1660 年（复辟之年）后不可能被严肃对待。在他年轻时候，高歌'神圣忧郁（疯癫）'的诗人，只有不说出这个名字，才能把它的传统概念用在《力士参孙》的英雄身上。"③

爱德华想说的是，弥尔顿写作《力士参孙》时，作为一种神圣启示的传统之意已无法清楚言说"疯癫"，因为该词也发展了病理学上的疾病与创伤之意。此时，弥尔顿搜寻他在《沉思的人》（Il Penseroso）中所定义的疯癫："类似先知气质的东西"。《力士参孙》中，弥尔顿再次被迫唤醒这个意义，而不是疯癫这个名词。可以说，1673 年，包括《快乐的人》（L'Allegro）、《沉思的人》在内的早期诗歌再次出版，"疯癫"作为灵感的合法源头之意又一次进入社会，它与共和国失败后该词占统治地位的疾病之意融合起来，在《力士参孙》中共同形成新的似乎无法言说的意义。④ 的确，疯癫一词经历了从共和国失败前的神圣启示之意到复辟时期的病理学意义转变，这是政治现实与医学话语发展变化的结果。然而，作为虔诚的清教徒，弥尔顿始终怀有强大的共和理想，他坚信只要英格兰放弃天主教等异教徒的偶像崇拜，重拾对上帝的信仰，便能在创伤性忧郁中重新得到上帝的恩惠、灵感与神圣启示。因为新政治环境与医学进步使疯癫一词的语义发生巨大变化，弥尔顿对该词的意义重构变成一项挑战

---

① 当然，弥尔顿的创伤与幻灭感也与他失败的婚姻有关，但他鼓励国民在社会语境中重读圣经，坚信英格兰是一个有能力推进真理的民族，自己就是共和国失败后仅剩的先知。See Walter S. H. Lim, *The Arts of Empire: The Poetics of Colonialism from Ralegh to Milton*, Newark: University of Delaware Press, 1998, p.214.

② See Adam H. Kitzes, *The Politics of Melancholy: From Spenser to Milton*, New York: Routledge, 2006, pp.175－195.

③ Karen Edwards, "Inspiration and Melancholy in *Samson Agonistes*", ed. Juliet Cummins, pp.229－230.

④ See Adam H. Kitzes, *The Politics of Melancholy: From Spenser to Milton*, p.181.

性任务,故《力士参孙》的疯癫意义看似难以言说清楚。

实际上,盖伦医学是一门身心医学,忧郁与创伤皆与黑胆汁相关,弥尔顿提出的创伤性忧郁是在体液理论中思考神学上的拯救问题。古典医学"通过四种体液与它们转换成的精气,让人的气质牢牢扎根于物理世界。"①早期现代医学继承了古希腊医学希波克拉底、盖伦提出的体液理论,坚持身体与心理统一于身体的体液结构,忧郁不是现代心理学所称的心理状态,而是一种身体的物理属性,为"浓稠、黑色与酸性"的黑胆汁过剩所导致的结果。物理与情感互为联结,以冷、干为特质的过剩黑胆汁让人产生忧郁、伤心、悲观等情感,反之,伤感、忧伤、痛苦等情绪又促使人体内产生过多的浓黑、酸稠的黑胆汁。②这种身体与心灵内在统一的身心整一理念,强调人的物理身体与道德存在均受到体液制约,却在 17 世纪后期受到挑战,为笛卡尔新科学所提出身心两元论所取代。罗伯特·伯顿在《忧郁的剖析》中,分析忧郁如何让人身体上患周期性疾病,细察这些疾病在睡眠时间、脸色、消化、胃口、眼神等方面的症状,论述忧郁病人孤独时的心理表征,包括反复不断地恐惧、伤心、不满、疲倦、多疑、懒散甚至想自杀。伯顿特别提到忧郁病人的创伤症状:他们关注过去、现在与未来的公共事务,"记起一些羞耻、损失、伤害与虐待等,这些好似刚发生的事情一样困扰他们,他们因为某些他们所怀疑或不信任的一定会到来的危险、失败、渴望、羞辱、苦难而痛苦不安"③。

与伯顿对创伤性忧郁的描述相吻合,共和国失败就像刚发生的事情每天折磨着晚年弥尔顿,他怀疑英格兰国民能否彻底抛弃异教的礼拜仪式。弥尔顿在诗歌《沉思的人》中表达了"疯癫"的狂喜、神圣启示之意:"让我融化到狂喜之中,/上天在我眼前显现[……]/我可能会坐在那着迷于/ 上天展现的每一颗星,/与吸收露水的每一颗香草。"(165—174)通过重复使用词语"每一颗",弥尔顿描写复辟前自己与其他清教徒获得灵感时的宗教体验,宇宙、上帝与个人融为一体,疯癫状态中的人具备通灵上帝知识的能力,宇宙是一个可知

---

① Malcolm Hebron, *Key Concepts in Renaissance Literature*, Shanghai: Shanghai Foreign Language Education Press, 2016, p. 64.

② See Malcolm Hebron, *Key Concepts in Renaissance Literature*, pp. 64−65.

③ Robert Burton, "The Anatomy of Melancholy", ed. Jennifer Radden, *The Nature of Melancholy: From Aristotle to Kristeva*, pp. 143−144.

晓的对应人体的整体。然而,复辟以后,能读懂星辰与神秘宇宙的个人演变为堕落、邪恶的叛教之人,那些英格兰国民不再与弥尔顿一样虔诚,他们的"疯癫"仪式成为异教信仰的标志。在《论真理宗教》(*Of True Religion*,1673)中,弥尔顿这样描写他们:"把上帝作为腐败法官去贿赂;牧师或修道士,作为他的代理人,用金钱收买他的和平,他们却不可能用忏悔。"[1]这些国民患上幻觉式疯癫之疾:"不会有人如此邪恶,但有时他的良知会让他想起另一个世界而遭受折磨与灵魂的危险。他无法忍受因想起真实忏悔与修缮而痛苦与忧郁,因而陷入某种肉欲崇拜,某些让人更愉悦的教义可能会抚慰与麻木他的良知。"[2]无论金钱抑或色欲崇拜都是英格兰国民的疯癫表现,弥尔顿在病理学意义上界定应对复辟负责的英格兰国民的疯癫。

谴责英格兰人的疯癫时,弥尔顿呼吁国民与自己一道在创伤折磨中唤醒良知,进入全新疯癫状态。天主教教义让英格兰政治身体患病,这使弥尔顿更积极参与到政治神学辩论中,帮助英格兰人感悟与明晰真理。他从前期的乐观变为复辟后的"烦恼",教导国民在"恐惧与颤抖"中抛弃罗马教廷而自我拯救。如他所述:"最后一种避免天主教会的方法是修正我们的生活。普遍的抱怨是,在数量与程度上,这个民族近些年来变得比以往更为堕落:傲慢、奢侈、醉态、淫乱、诅咒、咒骂、无耻与无处不在的公开无神论。纵容这态势发展下去,毫无疑问,天主教势力会快速增长。"[3]弥尔顿警示英格兰人远离罗马教廷,指控复辟后的查理二世对罗马天主教的宽松态度。他提醒国民小心可能会再次发生在英格兰的危险,英格兰可能又一次滑入宗教改革之前的礼拜仪式中去,或如他通常所说,落入"最糟糕的迷信活动中"。[4] 正是对公共迷信活动的恐惧,弥尔顿求援于创伤性忧郁,让它成为自己与国民有效抵御共和国失败生发的幻灭感之有效手段。面对威胁,弥尔顿提倡一种永恒而不确定的内

---

① John Milton, *The Complete Prose Works of John Milton*, 8 vols. eds. Don Wolfe et al. New Haven, CT: Yale UP, 1953—1982, vol. 8: 439.

② Ibid.

③ Ibid: 438—439.

④ See John Milton, *The Complete Prose Works of John Milton*, 8 vols. eds. Don Wolfe et al. vol. 8: 4.

在斗争,在本质与任何形式上,与科学不相容而介于神学与科学之间的疯癫手段。①

弥尔顿倡导的疯癫发生在个人层面上与自我拯救相关的挣扎瞬间。直面曾经的罪恶让人忏悔自省,坚信自己能得到上帝的恩惠,这带给个人一种痛苦式的快乐。为此,弥尔顿反对一种纯理性、人工的拯救手段,因为不存在一种科学意义的可以让人运用的忏悔模式,无论英雄还是他人,没人能够依靠另一个人的行为来确信自己可以获得拯救。作为虔诚的清教徒,他不可能完全在科学或早期现代医学话语中思考疯癫意义,毕竟宗教狂热是一种非科学的个人神秘行为。但他也不会完全从神秘主义视角理解疯癫,毕竟复辟本身让弥尔顿相信英格兰人的宗教狂热恰似伯顿阐述的身体疾病,一种对天主教偶像的着迷或对其他异教神的崇拜。最终,哪怕弥尔顿的确后来认可宗教宽容,那也是因为他认为在宗教上存在怀疑空间,存在个人接受自己命运责任的更多空间。② 这些私人空间为他与英格兰国民提供在创伤性忧郁中找回真理与信仰的场域。事实是,创伤性忧郁既有早期现代物理医学的理论基础,又离不开古典哲学对忧郁与天才灵感关系的阐释。如此一来,个体的创伤性忧郁既是物质的又是神秘的,既是物理的又是精神的疯癫经历,是介于医学与神学之间的身心体验。因此,弥尔顿把英格兰国民转向天主教偶像崇拜与拯救模式定义为一种幻想与疾病,区别于自己提出的作为疗方的创伤性忧郁,因为后者可让个体得救从而使英格兰政治身体重新恢复健康。批评家芭芭拉·列瓦斯基指出,在弥尔顿看来,偶像崇拜的错误在于"把神性附在教皇、高级教士、国王等特定个人、任何人类机构或物质形式上",而不是内心的耶稣基督上。③ 只有把创伤性忧郁作为真诚忏悔的鞭策时,个人才可能理性自卫。

17 世纪 70 年代,弥尔顿因共和国失败心理遭受创伤,变得忧郁、悲伤、绝望,但依然坚信上帝没有抛弃英格兰,国民必定击败异教势力,共和制度将再

---

① See Adam H. Kitzes, *The Politics of Melancholy: From Spenser to Milton*, pp. 182—183.

② See John T. Shawcross, *The Uncertain World of Samson Agonistes*, Cambridge: D. S. Brewer, 2001, pp. 1—23.

③ See Barbara K. Lewalski, *The Life of Milton*, Oxford: Blackwell Publishing, 2000, p. 237. See also Barbara K. Lewalski, "Milton and Idolatry", *Studies in English Literature 1500—1900*, 43. 1 (2003): 213—232.

次建立起来。他的身心状态与经历是否以隐喻方式投射在《力士参孙》主人公身上？如果是，那弥尔顿又如何叙说参孙的疯癫复仇？复仇前，参孙被非利士人关在监狱之中沦为奴隶，他说自己身上的神力尽失，父亲马诺阿（Manoa）安慰儿子道，你的绝望情绪只源于生理身体："别相信这些／来源于思想的焦虑与黑胆汁的东西，／这与你的幻觉混在一起。"①言外之意，药物、放血甚至出汗等医学手段便可治好你由紊乱体液导致的创伤与绝望。然而，忏悔中的参孙坚信上帝会给他新生力量。（577—589）他拒绝接受父亲的解释，相信医学话语说不清楚他的极度悲伤，他的心理情感似乎不完全是物质属性的：

> 噢，这种折磨不应该局限于
> 身体受伤与溃疡，
> 并发无数疾病的，
> 在心、头、胸与肾里；
> 而必须找到秘密通道，
> 于最深的内心处，
> 那里所有他的猛烈事件发生，
> 捕食他最纯洁的精气，
> 正如捕食肠子、关节与四肢，
> 带有做出回应的疼痛，却更强烈，
> 尽管并非肉体意义上。（606—616）

诗中马诺阿代表当时科学话语逐渐占上风的语境下英格兰社会对心理情感的普遍解释方式。的确，复辟时期查理二世对清教狂热分子的打压与社会日益启蒙理性化，让"疯癫"与其他宗教情感的神圣意义转变为疾病符号。准确地说，"疯癫"被定义为忧郁疾病，以前的神学事件突然转变为世俗事件。"疯癫"成为身体的功能障碍，不是清教徒阐释圣经时的神圣启示行为。历史与文学批评家相信，发生这种转变很大程度上是知识革命的结果，17 世纪许多理论家应对此负责。总体上看，罗伯特·伯顿（1577—1640）《忧郁的剖析》

---

① John Milton, "Samson Agonistes", eds. David V. Urban and Paul J. Klemp, *The Works of John Milton: with an Introduction and Bibliography*, Ware Hertfordshire: Wordsworth Edition Ltd, 1994: 439−486, 599−601. 后文引自该史诗的引文将随文标明该著行次，不再另行作注。

(1621)是个转折点,它在早期现代医学框架中阐述忧郁疾病与包括疯癫在内的忧郁症状。医学逐渐走入社会的认知中心。17 世纪 70 年代,莫里克·卡萨本(Meric Casaubon)、亨利·莫尔(Henry More)等一些剑桥柏拉图主义者紧跟其后,把与宗教热忱相关的"疯癫"从神圣狂喜状态转化成一种病理条件。病理学已经为当时任何懂得"理性"活动的人所熟知与理解,而卡萨本自己就非常依赖"理性"这个术语。① 评论家克莱蒙·霍斯把伯顿称为预言家:"英国小册子作者们开始重新把伯顿《忧郁的剖析》中有关宗教病理的著名论断再创作为'统治阶级的口令'。[……]宗教热忱的病理化因此成为更广泛的精英霸权主义。[……]从溯源上说,得到医学权威的支持的疾病标签,服务那时让迫害清教徒自然化与普遍化(之目标),隐含它源于历史冲突之基础。"②

　　参孙否认父亲对自己忧郁的阐释是否映射弥尔顿时代对疯癫与宗教心理之意义的不确定性? 伯顿在阐释精神疾病时特别论述道,除身体体液外,人出生时的不同星座可能导致不同的心理疾病,如土星时刻出生的人容易患忧郁过度,而水星时刻的人则容易患孤独症却喜欢思考。③ 在卡萨本的书中,与黑胆汁相关的忧郁只是短暂提及,仅仅为了让读者知道,它如何微不足道。他指出,忧郁只是引发宗教热忱的众多自然原因之一:"忧郁、狂热、狂喜、精神错乱、歇斯底里:所有这些是偶然地自然发生在所有男女身上的疾病[……] 因此可用自然手段与疗法治愈。没有人怀疑这一点。对所有这些自然疾病与紊乱,宗教热忱的神圣痉挛发作是偶然发生的。我没有说它太经常发生:那不是物质的,无论是否经常很少发生。"④卡萨本提出的生理学论断也没有排斥神学视角,黑胆汁体液仅仅是清教徒"宗教热忱的神圣痉挛发作"的自然原因之一。如果卡萨本倡导一种理性主义方法对待宗教热忱,那亨利·莫尔为查理二世服务而让一切原因病理化。莫尔似乎难以较好地区分诗人与宗教激进主

---

　　① See Adam H. Kitzes, *The Politics of Melancholy: From Spenser to Milton*, p. 155.

　　② Clement Hawes, *Mania and Literary Style: The Rhetoric of Enthusiasm from the Ranters to Christopher Smart*, Cambridge: Cambridge UP, 1996, pp. 4—5.

　　③ See Robert Burton, "The Anatomy of Melancholy", ed. Jennifer Radden, *The Nature of Melancholy: From Aristotle to Kristeva*, pp. 136—138.

　　④ Meric Casaubon, *A Treatise Concerning Enthusiasm*, 1656, ed. Paul J. Korshin, Gainesville, FL: Scholar's Facsimiles & Reprints, 1970, pp. 36—37.

义者:"诗人是诙谐的宗教狂热主义者,而宗教狂热主义者是严肃的诗人。忧郁在后者身上占绝对主导,以至于他把并不比诗学痉挛和幻觉更好的自身狂热,当作是神圣启示与真正真理。"①宗教热忱的忧郁表现从疾病成为一种诗人创作过程中可以模仿的情感? 当宗教狂热被当成与诗歌创作具有可比性时,这本身就是一种自古希腊以来的传统观点。此时,宗教疯癫变成了上帝的神圣启示,却又违背了莫尔攻击教友会的初衷,这不矛盾吗?

参孙拒绝接受疯癫为纯生理疾病,暗含弥尔顿重构疯癫意义之企图? 在本戏剧诗结尾处,参孙就是用"疯癫精神"毁灭了异教敌人。当非利士人"歌唱他们的偶像神"时(1672)合唱团这样评论参孙毁灭非利士人一事:"他(我们的神)派遣疯癫(frenzy)精神来到他们中间,/挫伤他们的心智,/使用疯癫(mad)欲望促使他们/ 赶快叫来他们的毁灭者。"(1675—1678)一方面,合唱团使用"疯癫"描写上帝赋予参孙神力时让他进入的灵感状态,疯癫具有神圣启示之意,参孙在疯癫中成功地向敌人复仇。另一方面,合唱团让"疯癫"标示非利士人的身心疾病,疯癫具有病理学意义上的疾病之意,非利士人疯狂饮酒与崇拜偶像神,疯癫与他们的病态欲望相关。弥尔顿有意混淆疯癫在复辟时期的语义:肯定清教徒的疯癫状态的神圣性,绝不简单认同复辟王朝政府使用该词来诋毁清教虔诚,否定政府对坚持共和理想的激进教徒的病理化再现,但他也让疯癫书写支持查理二世复辟的国民的罪恶与病态,指控他们失去上帝信仰而与以色列人一样崇拜非利士人的异教神。"疯癫"的语义处在神学的神圣启示与早期现代医学的忧郁之间滑动。或者说,弥尔顿让内战前后疯癫的两种语义处于对话当中,使其传统神学内涵与最新的科学涵义互为吸纳以形成疯癫的新意义。然而,疯癫行为的神秘属性对意义构建者弥尔顿是个巨大挑战。但正如批评家玛丽·拉兹洛夫斯基与安东尼·娄指出,《力士参孙》中疯癫的反讽性张力并非必然地使读者不能确定该诗歌结构模式,并没有必然地阻止读者支持参孙康复与赞扬上帝的神圣正义。②斯坦利·费什也提出,把理性

---

① Henry More, *Enthusiasmus Triumphatus; or, A Brief Discourse of the Nature, Causes, Kinds, and Cure of Enthusiasm*, Los Angeles: William Andrews Clark Memorial Library, 1966, p. 19.

② See Mary Ann Radzinowicz, *Toward Samson Agonistes: The Growth of Milton's Mind*, Princeton: Princeton UP, 1978, pp. 87－89; Anthony Low, *The Blaze of Noon: A Reading of Samson Agonistes*, New York: Columbia UP, 1974, pp. 64－71.

解读强加在参孙的悲剧结尾上是对神圣意志的误读,因为上帝意志在性质上是反此类阐释的。[①]

　　参孙复仇与弥尔顿恢复共和的决心具有可比性,《力士参孙》成为弥尔顿的政治寓言,疯癫地在创伤性忧郁中获得上帝恩惠之义显露出来。本戏剧诗创作于1671年,正是共和国失败后的复辟时期,弥尔顿为此遭受创伤,这成为他人生中最绝望与无助的忧郁时期。参孙的痛苦处境影射弥尔顿的人生挫败,以色列人不信任参孙而背弃上帝之罪恶,有似英格兰国民背弃清教的共和理想而欢迎国王查理二世复辟,参孙重新恢复对上帝的信仰,类似作为预言家的弥尔顿对英格兰国民与自己在创伤中恢复共和、重建国家宗教身份的信心。批评家亚当·基特兹指出:“参孙的悲惨境遇可以解读为弥尔顿对政治失败的失望之情,对英格兰同胞选择回到他试图毁灭的君主制的枷锁之中的失望之情。”[②]弥尔顿承认自己最近在共和国事业上的失败,同时鼓励《力士参孙》“少数疯癫痉挛”的观众继续为共和理想不遗余力地斗争。对于激烈捍卫新教信仰的弥尔顿来说,圣经人物参孙完美体现这种处在枷锁中苦苦挣扎而表现出的军事精神。[③]在这个意义上,因为政治需要,使用历史人物参孙的故事隐喻弥尔顿时代的政治现实不是没有可能,许多弥尔顿同时代的国民或许早把参孙作为值得模仿的神圣英雄。甚至早在弥尔顿没有创作《力士参孙》的革命时期,参孙的反偶像崇拜故事就非常流行。为证实自己得到上帝支持,保王派与清教徒均挪用参孙使用神力复仇的部分。[④]在共和国失败后创作《力士参孙》,弥尔顿的政治神学动机非常明显,参孙的悲剧英雄主义只是弥尔顿参与政治的重要手段。为消灭崇拜偶像的异教压迫者,参孙从绝望创伤走向暴力复仇,这可被视作弥尔顿愿望实现的方式,或激起国民推翻君主制的可靠途径。[⑤]

　　通过参孙毁灭大衮神庙前的“疯癫”预言,《力士参孙》寄托了弥尔顿作为

　　① See Stanley Fish, *How Milton Works*, Cambridge and London: Harvard UP, 2001, Chapters 12 and 13.

　　② Adam H. Kitzes, *The Politics of Melancholy: From Spenser to Milton*, p.177.

　　③ See Joseph Wittreich, *Interpreting Samson Agonistes*, Princeton: Princeton UP, 1986.

　　④ See Barbara K. Lewalski, *The Life of Milton*, p.378.

　　⑤ See Adam H. Kitzes, *The Politics of Melancholy: From Spenser to Milton*, p.177.

英格兰先知拯救民族之梦想。当答应非利士贵族为大衮神表演时,参孙言语举止神秘,预言自己会做"某种伟大行为":

> 勇敢点。我开始感到
> 内心某种搅动,它使
> 我的思想非常特别。
> 我将与信使一同前往——
> 确信,任何事都不会侮辱
> 我们的律法、玷污我拿撒勒人的誓言。
> 如心中有任何预言,
> 今天会是我一生中最不寻常的
> 因某种伟大行为,或曰我日子的末日。(1381—1389)

参孙使用"搅动""预言"阐释上帝对他的神圣启示,承诺"不会侮辱"与"玷污"上帝律法,在"伟大行为"中实现上帝意志。弥尔顿有意反驳复辟后强调疯癫为一种忧郁疾病的主流话语。的确,复辟前后,清教徒的宗教热忱面临诸多批评,许多人对此展开辩论,激进宗教团体的言行在疾病话语中理解。在伯顿或卡萨本、莫尔等剑桥柏拉图主义者的医学话语中,这些人怀疑参孙的神圣预言,坚持参孙的疯癫预言可能是他的疾病症状或撒旦附体之结果。① 《力士参孙》中心议题是,把一个真正的预言家与异教徒、冒名顶替者区分开来,让真正的先知与遭受极端忧郁疾病的人区别开来。② 为更明确地表达自己,弥尔顿在论文《建设自由共和国的简易方法》(1660)中,宣称自己是复辟时期仅剩的神圣预言家,身负重构英格兰道德空间与拯救民族国家的重任。正如批评家沃尔特·林指出,弥尔顿有似神仆阿比迪,孤立站在叛教社会的中央,预言只要国民深化宗教改革,共和国必将重新出现在英格兰。③

《力士参孙》中,围绕是否应该接受父亲马诺阿提出的用赎金营救参孙之

---

① See Karen Edwards, "Inspiration and Melancholy in *Samson Agonistes*", ed. Juliet Cummins, pp. 224—240.

② See Adam H. Kitzes, *The Politics of Melancholy: From Spenser to Milton*, p. 179.

③ See Walter S. H. Lim, *The Arts of Empire: The Poetics of Colonialism from Ralegh to Milton*, pp. 195—196.

建议,参孙与非利士人的冲突让当时英格兰读者把注意力从参孙妻子达利拉转向没有良知的以色列同胞,因为接受该建议意味着背弃上帝而崇拜金钱,意味着放弃上帝信仰与自我拯救,而否定该建议意味着参孙可能要经历一场痛苦的创伤性忧郁之疯癫体验。或者说,隐喻地讲,读者从国外天主教敌人转向英格兰国民自己。就参孙的疯癫复仇,诗中合唱团、马诺阿做了简洁、理性的语言叙事与赞美,无视参孙经受的忧郁、恐惧而痛苦的自我拯救,暴力革命的神圣复杂性被简化成了一场简单的语言崇拜与公共幻觉。[①] 与金钱崇拜一样,语言崇拜变成一种特殊形式的偶像崇拜,英格兰人似乎应对共和国的失败负责。弥尔顿反对把参孙的暴力复仇简单叙述为一种生理疾病,也不愿意让语言把它任意构建为个上帝的神圣意志,而是邀请英格兰读者与参孙一起经历创伤与忧郁,让个体在神圣体验中自觉发展为一个民族集体。以色列人对参孙疯癫复仇的透明化语言叙事暴露了他们的语言崇拜,暗指以色列人与达利拉等非利士人一样,从事偶像崇拜而远离对上帝教义的内省之自救途径。借用参孙在《力士参孙》中所说的话,他的同胞们犯了"可耻的饶舌"之罪。(491)对参孙复仇的误读暴露以色列人对"疯癫"一词的误解,而该错误的根源是偶像崇拜,正如英格兰人抛弃清教共和而转向复辟王权,支持亲天主教的宗教政策而不愿把宗教热忱作为鞭策以忏悔自救。

误读参孙的疯癫复仇源于以色列人的语言崇拜,这可从参孙与合唱团对语言的对比态度得到解释:两者在谈论神旨时能否意识到自己在历史中的神圣使命。《力士参孙》中,对参孙的公共地位的言说,参孙与他的以色列同胞完全不同。评论家亚当·基特兹使用"铭记(imprinting)"(书写、造词或题写)描绘参孙与其以色列同胞言说参孙的公共位置之方式。[②] 诗歌伊始,参孙认识到自己历史位置,把他生命事件排列成某种可辨认的秩序,他在物理与道德意义上寻求自己的人生方向,使用"铭记"意象整理自己的想法:

> 我的出生由天上的天使
> 通告两次,他最后一次
> 以火光形式显现在我父母前,

---

① See Adam H. Kitzes, *The Politics of Melancholy: From Spenser to Milton*, pp. 184—185.
② Ibid., p. 185.

> 从祭坛下来,祭品在那燃烧,
>
> 正如在火炬中驾驭战车,
>
> 他神一般地在场,某种伟大行为
>
> 或利益要揭示给亚伯拉罕的后人?
>
> 为什么我的出生被命令与规范为
>
> 一个与上帝分离的人,
>
> 却注定为伟大事业而生?(23—32)

此时,参孙因被达利拉出卖而丧失神力被捕,他惆怅忧郁地反思自己的错误,意识到自己的失败源于盲目相信天使言语"规范"的"通告",似乎他的伟大事业都事先安排好了,忽视直面检查自己的内心、体验上帝的神圣意旨与执行自己的神圣责任。

　　反思自己时,参孙批评以色列合唱团的虚伪言语,把合唱团对他的友好描述为伪造钱币,语言的透明意义遭到质疑。参孙被关在非利士监狱时,合唱团前来安慰他,他就此反讽道:

> 你们前来,朋友们,让我兴奋,因为我明白
>
> 现在我自身的经历,不是通过言谈,
>
> 它们(言谈)是多么伪善的钱币,朋友
>
> 在题写中表达出来(在最多题写中
>
> 我会被理解)。在我得意之时,
>
> 他们蜂拥而至,反之他们
>
> 避之不及,尽管被渴求。(187—193)

在参孙"得意之时",以色列合唱团"蜂拥而至",失意之时"避之不及"。"自身的经历"让参孙不再相信合唱团同胞们的"言谈",因为言语正如"伪善的钱币"。参孙有理由不相信这些同胞们对随后参孙疯癫暴力复仇事迹的任何"题写"。让钱币、言谈、题写与伪善发生关联,弥尔顿批判以色列人不同形式的偶像崇拜,从而隐喻性地谴责了英格兰同胞的叛教与支持复辟。所以,在故事末尾处,当合唱团把参孙的疯癫复仇行为"铭记"为神迹时,弥尔顿斥责他们过快得出结论。弥尔顿不是怀疑"神力"本身,而是请求读者在神秘体验而非言谈中理解自己行为的意义。

参孙对语言的不信任还表现在把语言视为"噪音",否定父亲、合唱团等赋予语言的诱惑性疗效。合唱团成员来自以色列不同部落,他们坚信词语具有医学疗效。他们来到狱中时说:"我们[……]来看你或为你恸哭,或更好,/我们可能带给你建议或抚慰,/你伤口的药膏,恰当的词语有力量缓解/一颗烦恼之心的肿瘤,/犹如用于化解溃烂伤口的香树膏。"(180—186)他们让参孙确信:"正如上帝之道,(词语)证明是正确的选择。"(294—295)对这些以色列同胞来说,上帝正义能转换成词汇语言。他们劝告参孙要有耐心,因为"古今书卷中/写着许多至理名言;/赞扬耐心为最真实的坚韧美德"(652—654)。参孙自身的创伤经历让他不再相信语言的简单而透明的意义,或者说,他甚至不相信语言的任何功能,故当合唱团出现在他面前时,参孙拒绝承认他们的话语有任何意义,他抱怨道:"我听到词语的声音,空气溶解了/其意义,在它到达我的耳朵前。"(176—177)有讽刺意义的是,父亲马诺阿试图解救参孙时,格言与贿赂成为他的拯救方法:"我然而/不能逃避父亲的及时照料(的职责)/寻找解救你的办法/通过赎金或别的。同时保持冷静,/接纳你这些朋友给予的治疗性词语。"(601—605)当格言与金钱贿赂联系起来,语言的治疗意义自然消解。当以色列同胞们依赖语言与金钱拯救他人或自救,他们实际上早已抛弃新教上帝,选择用语言与金钱崇拜取代上帝,这不是典型的叛教吗?撒旦不也是用语言诱惑亚当堕落,试图用金钱贿赂耶稣基督吗?

《力士参孙》中的达利拉使用语言塑造公众声誉,类似复辟前后英格兰人伪造查理一世自传,暴君瞬间被转变为圣人与殉道士。借达利拉的嘴,弥尔顿表达了对语言确认公共声誉的怀疑。达利拉说这番话旨在说服参孙不要在乎自己在以色列人同胞中间的声誉,能快活地活下去便是最好。语言似乎更多是被异教徒用来诱惑虔诚之人犯罪的工具。达利拉这样说:"名声如果不是双面也是双嘴,/对立地宣告大多数的行为,/乘着双翅,一黑一白,/在他疯狂的飞行中承载最伟大的名字。/我的名字或许在割包皮的民族中,/在但族、犹大族与边界各部族中间,/对他们的后人,我的名声可能被玷污,/带着咒语,伪善的污点,/最无夫妻情分的背叛。/但在我最渴望的国家里,/在爱克林、加沙、阿斯多德,在盖斯/我会被称作最有名的/女性,在庄严节日上被歌颂,/记载在活着或去世的人中间,为了拯救/她的国家从凶恶的毁灭者手中,选择/不顾忠于婚姻的誓约,我的坟墓/每年被人带着香火与鲜花来祭拜。"(971—

987)或许,弥尔顿把自身痛苦的遭遇注入到对达利拉的刻画上,让英格兰人甄别共和国时期开始出现的《皇家画像》真伪。在查理一世被处决后,弥尔顿卷入了一场捍卫共和国的辩论中,结果发现伪造的查理一世自传《皇家画像》对英格兰国民具有强烈吸引力,这位被罢黜的暴君与人民公敌瞬间被塑造为一位殉道士与圣人。① 在接下来的数年中,弥尔顿参加了一系列的痛苦辩论,围绕他个人生活的各种细节,甚至讨论自己失明之事的道德与宗教意义。辩论中,弥尔顿表达了对普通民众的不满乃至蔑视,因为他们以牺牲真理为代价,太容易受到廉价宣传册的引诱。② 达利拉对名誉评论的背后,隐藏着弥尔顿对作为任意性符号的语言之关注,他关注她的危险想法只是为了凸显它在面对真理时的无意义。

整个公共生涯中,弥尔顿重复表达自己对参孙英雄主义的钦佩与对其他以色列人的批评。在弥尔顿看来,参孙让人敬佩的地方不只是他的行为,更重要的是他的自律性。在《为英格兰人民辩护》一文中,弥尔顿提出,重要的是要知道参孙做了什么而不是无限猜忌、怀疑参孙的动机:

> 即使对这位英雄参孙,他的同胞们也申斥他说,在《士师记》15 章,"您不知道非利士人是我们的压迫者?"他却单手与他的统治者战斗,无论由上帝催促抑或他自己勇气使然,他对付的不是一个人而是一群人,是他国家的暴君们,他首先向上帝祈祷求助。参孙因此认为,杀害那些统治他国家的暴君们不是不虔诚而是虔诚,即便大部分国民在被奴役面前没有畏缩。③

大部分以色列国民非常清楚被外族奴役是什么滋味。参孙用行动证明自己对上帝的信心与虔诚。他的无畏与坚定,与同胞的无休止猜疑与饶舌形成对比。弥尔顿让参孙的疯癫复仇发生在"台下(off-stage)",既表明他对疯癫意义的纯医学、科学化阐释的抗拒,又说明这一行为的神圣性与神秘性,更暗示弥尔顿反偶像崇拜的主张。参孙只说他自己要做"某种伟大行为",而任由以色列

---

① See Adam H. Kitzes, *The Politics of Melancholy: From Spenser to Milton*, p. 189.

② Ibid., pp. 189—190.

③ John Milton, *The Complete Prose Works of John Milton*, 8 vols. eds. Don Wolfe et al. New Haven, CT: Yale UP, 1953—1982, vol. 4: 402.

人把这一疯癫复仇简化为一系列可读文本,转变成一个传奇叙事。参孙通过精神体验感受上帝给他的神圣力量,同胞却在多嘴饶舌、语言文本中评议参孙的疯癫复仇。在这种对照中,以色列人的言谈饶舌不正说明他们的病态、公共幻觉与语言迷信,而参孙在神圣启示下的英雄行为不正隐含他的健康、虔诚与强大信念吗?

与达利拉一样,参孙父亲也是语言高手。对参孙在复仇中死去一事,他肆意把儿子歌颂为英雄,因参孙自杀与上帝教义相悖。为消除各种对参孙不利的疑虑,马诺阿宣告:"我会在那为他建/ 一座墓碑,在它周围种植/郁郁葱葱的月桂树与枝叶繁茂的棕榈树,/挂上他所有的奖章,与记录他行为的书卷,/厚重的传奇,或甜美的抒情诗。"(1733—1737)父亲任意使用语言匆忙地给参孙的一生定调,让后人忘却参孙的自杀行为以使他成为不朽的民族英雄。马诺阿认识到,这个"墓碑"将不得不在时间中永存,而记载它的唯一方式就是通过一系列的意象与仪式,如"月桂树""棕榈树"、阅读"书卷"与歌唱"抒情诗"。他想象一种未来:所有年轻的以色列人都努力效仿参孙的英勇,在节日"宴酒日子"里,少女们前往参孙墓地"带上鲜花参观其坟墓"。(1741—1742)这让人联想达利拉想象自己被非利士人歌颂的场景:"我的坟墓/ 每年被人带着香火与鲜花来祭拜。"(986—987)合唱团也把参孙夸张比喻为一只能够"重生"与"重起"的"凤凰"。(1699—1704)然而,以色列人的语言态度就是典型的语言崇拜,祭拜仪式显示了他们的公共幻觉,这些不正是参孙一生试图毁灭的偶像崇拜吗?

该诗描写非利士人在神庙庆祝大衮神场景,马诺阿的"酒宴日子"与非利士人的纵酒拜神有可比性,表达出弥尔顿对新教民族身份的焦虑。合唱团观察到:"他们的心欢乐、傲慢,/饮酒与行偶像崇拜仪式,/正纵情享用牛羊之肉,/歌唱他们的偶像神,/在住在西岁神庙中的我们的神面前,/欢呼他的显赫神庙。"(1669—1674)当然,以色列人描述的在参孙墓地举办的酒宴狂欢,在某些方面稍不同于非利士人的在大衮神节日举行的主神崇拜。但重要的是,马诺阿想象的"鲜花""抒情诗""月桂树"等,足以让以色列人把注意力从上帝转移到参孙,从参孙转移到可视物、可听物上。悖论性的是,这种风俗本来是为让以色列后人记住参孙受神圣启示而为民族所作的牺牲,本是为了让以色列民族永远记住与自己同在的上帝,引入"鲜花""月桂树"等物的意象与仪式却可能导致以色列人忘记强大的上帝。[1] 如此一来,我们有理由不信任以色列人的为参孙树碑、作诗与祭拜的动机,我们完全有理由怀疑他们可能没有放弃偶像崇拜,因为在《旧约·士师记》中,他们确实没有放弃偶像崇拜。因此,哪怕以色列人见证了参孙的疯癫复仇,我们仍对以他们的自我拯救不很确定。这种不确定可能正是弥尔顿传递给英格兰读者的重要信息。在弥尔顿看来,英格兰能否恢复共和取决于宗教改革的推进,而新教区别于天主教的重要特征之一是,在阅读圣经中自省以找到自己的上帝,而非宗教权威机构所垄断或以画像形式存在的上帝。过快对参孙行为盖棺定论并饮酒庆祝,英格兰读者(国民)可能投入虚假安慰之中,失去在创伤性忧郁、在恐惧与颤抖中感悟上帝而找到自我拯救之道的机会。

通过谴责以色列人的偶像崇拜,《力士参孙》以反证方式肯定参孙非透明化的"疯癫"言行,赞扬创伤性忧郁作为真正忏悔的鞭策物之自救与救国意义。的确,共和国实验失败后,弥尔顿患上创伤性忧郁,却坚信上帝一定不会抛弃英格兰。他把对英格兰前途的焦虑投射在圣经人物力士参孙上。后期的参孙似乎就是弥尔顿自己,与达利拉结婚隐喻英格兰人抛弃共和的叛教经历,参孙因此忧郁不满犹如共和国失败后弥尔顿的痛苦自省。参孙成功的疯癫复仇寄托了弥尔顿击败罗马教廷而恢复共和的理想,诗中疯癫一词故取得介于忧郁不满与神圣启示(上帝复仇)之间的含混意义。复辟前后的政治宗教语境让"疯癫"不再是伯顿与剑桥柏拉图主义者从医学层面定义的与黑胆汁相关的忧郁疾病,因为犯了叛教之罪的英格兰国民与诗中以色列同胞的才是病人,而肩负拯救民族重任的弥尔顿与参孙是上帝使者、先知与医生。诗中"疯癫"也不是能够用语言澄清的神圣启示,因为宗教上的神圣力量与先知预言反对理性解释。任何试图使用语言把神圣的疯癫行为透明化的理解都是一种远离上帝的偶像崇拜,以色列人对后期参孙任何行为所作的简单化定义表现了他们的语言崇拜。正是对语言符号与图像仪式的祭拜使以色列人不能正确解读参孙的疯癫复仇之意义,正如英格兰宗教改革的不彻底和与罗马教廷的暧昧关系导致英格兰国民对弥尔顿与清教团体宗教狂热行为的误读。借用"疯癫"一词,弥尔顿邀请英格兰同胞拥抱忧郁,与参孙一样在创伤中自省自救,以共同

---

[1]　See Adam H. Kitzes, *The Politics of Melancholy: From Spenser to Milton*, p. 194.

打造一个英格兰新教共同体。英格兰的叛教让弥尔顿相信,英政府"应努力办好国内的事情而不是忙于海外扩张",因为与语言崇拜的后果一样,对海外财富、土地的崇拜会让国民失去自省与信仰上帝的能力,那英格兰政治身体便不可能健康,英格兰人不可能重新建立一个真正的新教共和国。[①]

---

① See Walter S. H. Lim, *The Arts of Empire: The Poetics of Colonialism from Ralegh to Milton*, Newark: University of Delaware Press, 1998, pp. 195－196.

第 四 章

邓恩诗歌中隐喻国家疾病的饶舌
谣言与政府权威焦虑

　　玄学诗人约翰·邓恩(1572—1631)创作大量与疾病意象相关的作品,包括商籁诗、爱情诗、宗教诗、讽刺短诗、挽歌、布道辞等。前期作品中,邓恩描写灵肉合一的爱情、信仰路上的精神斗争,也为自杀辩护,运用奇喻,选用来自法律、医学、经院哲学、数学、物理学等的意象,使其作品神秘玄幻,想象性地解释圣经,深度探析圣爱、身体衰退主题。他于1598年被指定为皇家掌玺大臣托马斯·艾格顿爵士的秘书,却因与后者侄女安妮·莫尔(Anne More)秘密结婚,遭受起诉而短暂入狱。此后,邓恩疾病缠身,却坚持为王权传教,把宗教叛乱定义为一种疾病,一种因对上帝恩典误解而引起的与普世教会之分离。后期作品中,邓恩记录了一系列沉思、劝诫与祈祷,晚年的严重疾病成为他观测世界精神疾病的媒介,他的病态身体成为英格兰患病的政治身体之隐喻。

　　伊丽莎白—詹姆士一世时期,英格兰社会土地、司法与报业问题突出,詹姆士在《皇家礼物》(*Basilicon Doron*, 1599)中,把白厅比喻为铲除叛乱与混乱以医治国家身体的医生办公室。邓恩早期讽刺诗涉及伊丽莎白社会的普通议题,如司法腐败、傲慢朝臣等,他借用疾病、呕吐、粪便和瘟疫等病理学术语,表达自己对守旧的统治阶层的土地法规的讽刺,尊重现实、忠于内心而不盲从传统。他后半生饱受疾病折磨,为君王传教和君权神授论辩护,思考所有妨碍国家健康的力量。17世纪早期,英国王室渴望与西班牙联姻化解天主教威胁,廉价报业以各种政治丑闻吸引大量普通读者,诽谤诗和花边新闻诋毁国王和政府,煽动民众叛乱和扰乱国家秩序。《对突发事件的祷告》(*Devotions upon Emergent Occasions*,1624)中,个人身体小宇宙对应政治身体大宇宙,疾病既指向自己疾病,又指向煽动性的言论和持续性的政治暴动,言过其实的饶舌报道正如身体的过剩体液,社会疾病对政治身体的威胁正如邓恩身体疾病让他有自杀的念头,传达他对政府权威的焦虑。

第一节 都铎—斯图亚特王朝之君王医治思想

政治身体是文艺复兴时期占统治地位的政治隐喻,相信君主的政治身体类似于人的自然身体。政治身体隐喻内含一套身体有机理论,强调身体内部各部分之间相互协调、互为补充,只有各部分充分实现自己的功能才能确保整个身体的健康与繁荣。政治身体类比源于古希腊传统:一是古典医学关于身体各要素与四种体液的平衡理论,二是伊索寓言记载的一些部位反叛肚子损害整个身体的故事。[①] 古希腊医学家、哲学家与政论家在这两个传统中讨论城邦(polis)的团结与幸福。在中世纪,保罗有关教会作为基督的神秘身体之教义广为流传。到中世纪后期,在以诗歌、散文形式出现的政治与宗教作品中,当君王成为地球上的上帝代理人时,君王的政治身体被阐释为神秘身体。早期现代时期,随着民族国家兴起、宗教改革深入与新柏拉图主义的复兴,政治身体隐喻受到包括英格兰在内的欧洲各国的追捧。君王与臣民(国会)正如人体的头与身体的关系,身体各个部分服从与归顺头的绝对领导,这成为政治身体类比的重要内容之一。一旦臣民反叛,国家便无法正常运转,陷入混乱甚至瘫痪,政治身体处于疾病状态,君王作为身体的头犹如医生,有指导、命令与医治臣民的特权与责任。作为一个和谐有机体,君王政治身体的世俗性与神秘性内涵显现出来。据此,本节首先阐释 16、17 世纪英格兰君王作为神秘的政治身体的头如何医治穷苦病人,借助展示上帝神力构建英格兰皇家权威。然后,在早期现代医学、法学与政治学语境中,解析都铎—斯图亚特早期君王的政治身体医治思想,如何通过政治身体修辞巩固他们的专制统治。

---

① See David G. Hale, *The Body Politic: A Political Metaphor in Renaissance English Literature*, p. 8.

　　在整个中世纪与早期现代英格兰,人们坚信神奇医生的存在,而国王便是所有人中最具神奇能力的医者。① 这离不开中世纪出现的国王的两个身体理论,国王自然身体因肉体形式会变老而死亡,但国王作为上帝代理人,其政治身体因被赋予神圣性与神秘性而永生,也因政治身体由代表贵族的上议院与代表平民的下议院构成被制度化而永存。② 政治身体的神秘性最重要的体现方式是,国王作为身体的头具有的神圣能力,在身体患病时国王能治愈臣民与恢复王国身体健康。国王治愈政治身体的手段是触摸患者与表演洗足礼等。自从忏悔者爱德华时期(Edward the Confessor,1042—1066),英格兰国王就开始每年定期以触摸形式给癫痫、痉挛、淋巴结核等患者治病。人们通常用"国王的邪恶(King's Evil)"来统称这些中世纪以来的常见疾病。诺曼征服以后,英格兰国王注意到法国人求助国王治病,更有意效仿这一做法以在政治宗教上获得臣民的更大支持。爱德华四世(1461—1483)就曾分发痉挛环给患者,对百姓实行神奇治疗。③ 痉挛环治疗仪式发生在每年春分以后、复活节前一个星期五,或曰神圣星期五或耶稣受难日,君王们用双膝盖走上祭坛,或曰爬上十字架,祝福祭坛旁一个碟子中的金属。该金属随后被锻造成据说在治疗癫痫与痉挛疾病时特别有效的环,尤其对孕妇而言。④ 君王们用此环做"十字"形祈祷,把它按在病人患病处。亨利七世(1457—1509)使"触摸"高度仪式化,他颁发给每位患者一个金天使,给他们一个国王的治疗触摸。

　　君王触摸治病的仪式源于耶稣为门徒洗脚的洗足礼。在最后的晚餐中,耶稣被捕前,他曾为自己的十二个门徒洗脚。圣经中,耶稣告门徒:"假如我,你们的主,已经洗了你们的脚,你们也应该给彼此洗脚,因为我给你们做了示范,你们应该按照我给你们做的那样去做。"⑤最初,洗足礼因此成为教会中最普通的简单慈善行为。5 世纪到 7 世纪时,它成为神圣星期五前一天的一种

　　① See Christina Larner, *Witchcraft and Religion: The Politics of Popular Belief*, New York: Basil Blackwell, 1984, p. 148.

　　② See Ernest H. Kantorowicz, *The King's Two Bodies: A Study in Mediaeval Political Theology*, Princeton, NJ: Princeton UP, 1957, 1997.

　　③ See Rawmond Crawfurd, *The King's Evil*, Oxford: Clarendon Press, 1911, p. 48.

　　④ Ibid., p. 47.

　　⑤ Quoted in Brian Robinson, *The Royal Maundy*, London: Littlehampton Book Services Ltd, 1977, pp. 23—24.

圣餐仪式,目的是激励基督教徒在复活节的高度神圣时刻能参与到耶稣圣餐中来,表达慈善、施舍与仁爱。11 世纪时,该仪式在罗马实现。在神圣星期四那天傍晚的弥撒活动要结束时,教皇给 12 个副助祭(subdeacons)洗脚。中世纪君王们也开始实行洗足礼,因为他们已自誉为国民的耶稣,国民就是他们的门徒,他们与国民的关系就正如耶稣与门徒们的关系,或者说,君王们与国民的关系正是头与自己神秘身体的关系。爱德华二世(1307—1327)是第一个公开为 50 位穷苦病人洗脚的英格兰君王,他相信自己就是基督代理人,故在基督复活前的神圣星期四模仿基督的神圣行为。都铎王朝建立后,君王更注重为贫苦患者洗脚的仪式。在亨利八世(1509—1547)统治期间,每年接受洗足的穷苦病人数量等于君王的年龄,受洗之人还可得到一个红色钱袋,里面装有的便士数量也等于君王的年龄,这一洗足礼范式从此制度化并被固定下来。当都铎君王继承这些洗足仪式时,他们"延展与负载了一种可被描述为国家圣餐仪式的事物",其象征意义在 16 世纪君主专制的社会中得到更充分的发展。①

　　自亨利八世开启宗教改革后,玛丽一世(1553—1558 年在位)是唯一一位天主教君主,她当然更加重视复活节前一周周四的洗足礼与周五的痉挛环等治病仪式。威尼斯驻英格兰大使马科·安迪昂里奥·费塔描绘了玛丽 1556 年的洗足礼与痉挛环圣礼。陪伴玛丽到达洗足礼典礼的是大主教珀尔、一些其他主教和她的枢密院成员,音乐由她的唱诗班提供。宫廷贵妇与她的侍女们帮助她入场。费塔写道:"女王双膝跪在第一个贫疾妇女面前,左手拿住她的右脚,她给她洗脚[……]用挂在她脖子上的浴巾彻底地擦干它,在上面示画十字架后,热烈地亲吻这只脚。好像她在拥抱某种最珍贵的东西似的。"②以相同方式,玛丽给 41 个患病的穷困女子做洗足礼,这个数字刚好是女王的年龄。玛丽给她们食物、救济物、酒、布、鞋、袜子与装有 41 便士的钱袋。那

　　①　See Roy Strong, *Splendour at Court: Renaissance Spectacle and the Theatre of Power*, Boston: Houghton Mifflin, 1973, pp. 21—22.

　　②　Anonymous, *Calendar of State Papers and Manuscripts Relating to English Affairs Existing in the Archives and Collections of Venice and in Other Libraries of Northern Italy*, vols. 6 and 9, ed. Rawdon Brown, London: Public Record Office, 1877, vol. 6: 428—437. 后文对同一文献的引用,书名缩减为 *CSP, Venetian*。

天,玛丽还把救济金分给了挤满宫廷的 3000 多人。第二天,即神圣星期五,费塔见证了玛丽跪着爬上十字架,祈福痉挛环,然后祝福那些遭受淋巴结核折磨的人,"但她选择在一个不足容纳 20 人的画廊中表演这个私人行为。她叫人把一个病弱女子带到她面前,她跪下,双手(持痉挛环)按住溃疡之处。她为一个男子与三个女子进行了治疗。她又让那些病人来到她跟前,手持一个金币——金天使——她触摸疾病显现的地方,示画十字架,用红丝带穿过金币之孔,把金币挂在每位病人的脖子上,让他们许诺,除非极度贫苦否则永不与金币分离"①。费塔感慨道:"陛下提供了鲜有的善,带着谦卑与宗教之爱,表演了所有这些行为,带着最大的热忱与虔诚,为主奉上了她的祈祷。"②玛丽触摸仪式的虔诚让我们有理由相信,这位女王必定有神奇能力治好她患病的政治身体。

伊丽莎白一世比姐姐玛丽更懂得如何利用这一场面提升君主的威望,以安抚处于宗教冲突与政治动荡中的国民。伊丽莎白实践了神圣星期四的洗足礼与星期五的痉挛环仪式,因为这些仪式对她自己与国民来说都非常重要。剧院化的触摸仪式表演不仅能强化女王在国民心中的圣母形象,更能让国民团结起来构建新教民族共同体。正如当代批评家斯蒂文·穆雷里所说,伊丽莎白有意尽可能剧场化地表演这些仪式,把洗足礼与触摸那些患有"国王的邪恶"之人变成一个神圣的剧院——"对王权的剧院化理解"。③她被誉为英格兰的圣母玛利亚,她登基之日被庆祝为"圣日",她的触摸之治病与祈福仪式从另一个侧面展现了君主的神圣性。她的神圣触摸让作为政治身体的国民感受到疗效,这是一种强大的政治力量,一种反抗教皇愤怒的有力武器。他们怀疑,在每个洗足礼的周四,教皇都会宣布一个反对所有异教徒与敌人的神圣恶毒令。④ 1570 年,教皇果真颁布了一道把伊丽莎白一世驱逐出教的印玺,这引起了英格兰社会的极大关注。但英格兰新教徒公开贬损这一教皇令,相信伊

---

① Anonymous, *CSP*, *Venetian*, ed. Rawdon Brown, vol. 6: 428—437.

② Ibid.; 428—437.

③ See Steven Mullaney, *The Place of the Stage: License, Play, and Power in Renaissance England*, Chicago: University of Chicago Press, 1988, p. 105.

④ See William Charlton, "Maundy Thursday Observances: The Royal Maundy Money", *Transactions of the Lancashire and Cheshire Antiquarian Society* 1(1916): 201—219, p. 205.

丽莎白仍然具有真正君主拥有的通过触摸治愈病人的神赐能力,甚至英格兰天主教徒与新教徒一道继续去祈求女王给他们触摸治病。[①]

　　尽管重视触摸治病的剧院性,但伊丽莎白治病时仍相当虔诚,凭借"神奇能力"医治好了许多病人。1575 年,在对凯尼尔沃思的巡视途中,女王治愈路上的病人。罗伯特·雷汉见证了这一场景,他叙述道:"通过陛下独有的怜悯与仁爱,患有'国王的邪恶'这种危险疾病的 9 个人得以康复,""对于国王和女王来说,不需要其他药物(除了触摸和祈祷),就能治愈疾病"。[②] 1596 年,一位威尼斯到访者观察到女王给患者洗脚的过程:

> 今年,在洗足礼上,(伊丽莎白)女王触摸了 10 人,然后洗了手。她得到财政大臣、大法官与我的埃塞克斯伯爵协助,他们三人都跪着。财政大臣在中间,面对端着浴盆的女王,他的右手边是拿着水壶的大法官,左手边是手拿餐巾的埃塞克斯伯爵。女王接过餐巾擦干手。[③]

她严肃认真地对待给国民治病这件事,并非仅仅考虑到政治宣传与仪式表演,她甚至不太在意是否是神圣星期四、星期五的惯例日子。因此,伊丽莎白时期,不存在一个固定的触摸治病时间,通常根据女王的内心而定,特别是当她强烈感受到上帝的神圣指令时。当她感觉毫无灵感时,她会拒绝施行触摸治病。譬如,有一年在格洛斯特时,大量患者前来申请接受洗足礼,女王却委婉谢绝:"寡人多么希望能够帮助与救助你们。上帝,上帝是所有人中最好、最伟大的医生——你们必须向他祈祷。"[④]女王一方面意在表达,自己治病的神奇能力源于上帝,自己只是上帝代理人,只有在获得上帝灵感时才能给臣民治

---

　　① See Keith Thomas, *Religion and the Decline of Magic*, New York: Charles Scribner's Sons, 1971, p. 195.

　　② Robert Laneham, *Robert Laneham's Letter: Describing a Part of the Entertainment unto Queen Elizabeth at the Castle of Keniworth in 1575*, ed. F. J. Furnivall, New York: Duffield and Co., 1907, p. 35.

　　③ Anonymous, *CSP, Venetian*, ed. Rawdon Brown, vol. 9: 505.

　　④ See See Rawmond Crawfurd, *The King's Evil*, p. 75. 但就伊丽莎白拒绝触摸治病,有一种解释是,可能因为她正处在月经期间,这会使得她的触摸有污染性。中世纪与早期现代英格兰的流行文化相信,一位月经期女性的触摸对男人、奶牛、花园、蜜蜂、牛奶和酒等会有灾难性影响,即使当时的医学权威否定这种解释。See Janice Delaney, Mary Jane Lupton, and Emily Toth, *The Curse: A Cultural History of Menstruation*, Champaign, Illinois: University of Illinois Press, 1988, p. 42.

病。另一方面,女王想说,寡人与臣民的关系就是上帝与门徒(教会)的关系,正如教会是耶稣的身体,臣民就是寡人神秘的政治身体,寡人的重要职责之一就是维护国民的健康。

到 16 世纪时,国民完全信任君主的神奇医治能力,坚信君主根据神的旨意统治王国。如果说,15 世纪时女性表演这些神圣功能被认为是亵渎神灵的无效行为,[①]可到伊丽莎白一世时期,女王表演的洗足礼与触摸典礼被英格兰人完全接受为神圣君王的重要部分,甚至得到作为英格兰敌人的西班牙驻英使节高度认同与赞许。1565 年 4 月 21 日,在写给西班牙国王菲利普二世的信中,古兹曼·德·席尔瓦这样描述伊丽莎白的洗足礼:"女王在神圣星期四表演日常仪式。他们告诉我,她带着极大尊严与虔诚做这些[……]在给穷疾女子洗好脚后,她有意比画了一个很大的漂亮十字架,把十字架不仅吻给那些在场见证的许多伤心之人与那些不能参加典礼的其他人,而且吻给其他的快乐之人。"[②]五天以后,他向菲利普国王汇报了自己与女王有关典礼的谈话,"最近,我表扬女王在神圣星期四那天表演的庆典[……]带着虔诚之意她在穷疾女子脚上比画十字架,然后吻她们的脚[……]对此,她回答道:'许多人以为我们是土耳其人或穆尔人,而我们只是在小事上与其他天主教徒不同。'"[③]洗足礼与触摸仪式在伊丽莎白统治的 45 年间如此被广泛接受,以致詹姆士一世登基时即使不愿意继续这一触摸典礼,也被进谏者说服,因为这样做对激发国民的忠心非常关键。[④] 因此,在斯图亚特王朝统治下的英格兰,触摸仪式与皇家洗足礼在整个 17 世纪继续了下去。

在晚年,伊丽莎白外科医生威廉·克劳斯(William Clowes)为女王健康祈祷:

---

① See Rawmond Crawfurd, *The King's Evil*, p. 45.

② Anonymous, *Calendar of the Letters and Sate Papers (Spanish) Relating to English Affairs Preserved in, or Originally Belonging to, the Archives of Simancas*, ed. Martin Hume, London: Public Record Office, 1899, vol. 1: 419. 后文对同一文献的引用,书名缩减为 *CSP, Spain*.

③ Ibid: 425.

④ 詹姆士一世最初不太愿意继续触摸礼,一是因为在入驻白厅以前,做苏格兰国王时,他从未表演这种礼仪,二是由于苏格兰长老会成员反对,认为触摸仪式太有教皇色彩了。西班牙使节古兹曼·德·席尔瓦在信件中提到了这件事。See Aynonymous, *CSP, Spain*, ed. Martin Hume, vol. 1: 546.

愿她长寿、快乐、和平与平静,让我们所有人(根据我们肩负的职责)不断向全能的上帝祈祷,请求他保佑、保护与捍卫她这个神圣的人,远离所有她知道的与未知的敌人的阴谋,以便她可以永远统治我们,(如果这样让上帝高兴)甚至直到世界末日,让她继续治愈数千万人,超过她过去任何时候治好的人的总数。①

克劳斯在祈祷辞中,愿伊丽莎白一世活着以继续统治和治愈疾苦之人直到世界末日,他把女王投射为神圣的人,一位超越人类而到达神界的人,一位地球上为难民治疗麻风病、溃疡的耶稣。实际上,1602 年时,她已经接近 70 周岁了,尽管击败了西班牙无敌舰队,平息了国内埃塞克斯叛乱,但自然身体日渐衰退。然而,她的神圣意象正反映了国民看待伊丽莎白的方式。国民深信,或许女王终有一天自然身体会死去,但她的神圣身体或曰她领导的政治身体将会永存。考虑到政治身体由君主、国会(贵族与平民)构成之理念,伊丽莎白一世既是政治身体的一部分,又作为王国的"头"领导英格兰,用其神奇医术治愈政治身体。正如伊丽莎白在国会上惯常应答,尤其当朝臣们"逼迫"她结婚以解决英格兰继位问题时,她总是回应道:"寡人嫁给了英格兰。"的确,英格兰就是她的政治身体,正如耶稣与他的门徒关系一样。她的幸福有赖于英格兰的健康,作为上帝代理人,治疗国民与确保王国健康自然成为她的神圣义务与责任。以医治疾苦百姓的仪式表演之方式,伊丽莎白与英格兰的其他君王们,一起演绎了触摸仪式的政治内涵,共同诠释了君王医治视角下政治身体的神圣含义。②

政治身体本身是一种类比与隐喻,即把王国政治看成一个人体,让人体这个小宇宙与王国社会这个大宇宙类比。由于人体各部分之间相互依存、各司其职、功能上互为补充,当把国家政治类比为一个自然人的有机身体时,那政治身体也便是一个有机体,国王、贵族、士兵、农民、手工业者各社会阶层大体对应身体的头、肚子、眼睛、脚、手等身体各部位。当然,这种对应关系在不同

---

① Quoted in Carole Levin, "'Would I Could Give You Help and Succour': Elizabeth I and the Politics of Touch", *A Quarterly Journal Concerned with British Studies*, 21. 2 (1989): 191—205, p. 204.

② William Clowes, *A Right Frutefull and Approoued Treatise, for the Artificiall Cure of that Malady Called in Latin Struma*, London: By Edward Allde and are now to be sold at Master Laybournes, a barber chirurgian dwelling vpon Saint Mary-Hill, neere Billings-gate, 1602, p. 50.

时代、社会语境中或在不同理论家笔下略有不同。所以,当我们提到政治身体时,它实际上隐含一套不言而喻的政治有机体意义。进入基督教社会以前,古希腊医生、政治家与柏拉图主义者就从医学、政治学与哲学维度对政治身体做出过阐释,把君王看作是政治身体的头。进入中世纪基督教社会后,政治身体神秘的神圣含义得到发展,如前面所论述,国王与政治身体(由贵族与平民构成)的关系正如基督与教会(由所有基督门徒组成)的关系。政治身体成为一个神秘身体。文艺复兴时期,随古希腊政治身体理念被重新发现,加之中世纪神秘身体思想盛行,两者融合而构建出早期现代的政治身体理论。随着宗教改革的推进与民族国家的建立,都铎—斯图亚特君王们从医学、法学、政治学、神学等多角度提出自己的政治身体医治思想,强调自己作为身体的头有责任、有特权医治国家疾病,把那些政治叛乱、流言谣言、质疑王室权威、司法腐败等所有破坏王权稳定的言行定义为王国疾病,最终服务自己的专制统治。

宗教改革与工商业发展给英格兰带来巨大挑战,英格兰成为一个病态的政治身体,都铎—斯图亚特君王故提出政治身体医治思想。1533 年,为了与安妮·博林结婚,亨利八世脱离罗马教皇,启动宗教改革,成立英格兰国教会,自己兼任国教会首领。一方面,这遭到国内外天主教徒的抵抗,他们指控亨利毁坏了罗马普世教会(Church Universal)的统一性。另一方面,受欧洲大陆的激进观点影响,一部分英格兰人批评亨利,站在民族国家立场,要求进一步推进宗教改革。① 国际贸易与手工业兴起促进了民族经济发展,但工商业的趋利本性愈演愈烈,英格兰社会陷入经济与财政危机。许多作家、政治家、人文主义者使用医学话语,把处在政治、宗教、经济困境中的英格兰类比成一个患病的政治身体。他们把王室比作医生办公室,把国王比作政治身体的头,具有医治自己政治身体的职责。正是在此宗教、医学与政治语境中,16、17 世纪英格兰君王宣称自己是政治身体的医生,特别指出顺从国王的重要性,强调政治身体的有机统一。正如亨利八世宣告,自己就是地球上的上帝:"这个英格兰王国是个帝国[……] 由一个超级首领(head)与国王统治[……] 他统领一个政治身体,身体由各行业、各阶层的人构成[……] 他们应该统一起来,然后自

---

① See David G. Hale, *The Body Politic : A Political Metaphor in Renaissance English Literature*, p. 48.

然、谦卑地归顺上帝。"①

　　在数位都铎—斯图亚特早期君王中,詹姆士一世恐怕是最有代表性的、详尽阐述了君王医治思想的人。詹姆士一世提出,政治身体"由头和身体构成:头是国王,身体是国会成员"②,这回应了亨利八世的宣告书。他相信:"我是丈夫,所有英伦诸岛(臣民)是我妻子;我是头,这是我身体。"③面对那些身体患有疾病,例如有抽烟嗜好或有烟瘾的臣民,詹姆士坦言,自己就是给这些国民治病的医生。④詹姆士坚持,国王有着医生、孩子父亲与身体的头之责任。当还是苏格兰国王詹姆士六世时,詹姆士于1598年在爱丁堡出版《自由君主制的真理法律》。1603年入驻白厅,詹姆士成为英格兰的詹姆士一世,该作品于同一年在伦敦再版。詹姆士在书中详细阐释了他的君权神授理论。在长长的一段中,詹姆士阐述了头如何为身体成员提供指导与判断,细述身体的头如何治愈或切割身上感染的毒液。⑤有意思的是,詹姆士似乎不太关注连结头与身体其他部位之间的各种要素,不太重视普通法等在维护政治身体的健康中起着黏合作用、有似身体灵魂一样的事物。与此对照,都铎君王通过激发起百姓对王国的爱,引起全体臣民关注国家整体利益,来确保他们相互开展有效的合作。1609年,在对国会的一次演讲中,詹姆士庄严宣告:"君主制国家是地球上最了不起的事情;因为君王们不仅是上帝在人间的副手,他坐在上帝的王位上,而且他们甚至被上帝自己称为上帝。"⑥就詹姆士一世的治国理念,正如评论家哈罗德·拉斯基指出,一个仅靠国民的义务意识来统一王国的统治

---

　　①　Henry Ⅷ, *Tudor Constitutional Documents*: A.D. 1485—1603, ed. J. R. Tanner, Cambridge: Cambridge UP, 1922, p. 41.

　　②　James I, "Speech of 1605", ed. Charles H. McIlwain, *The Political Works of James I*: *Reprinted from the Edition of 1616*, Oxford: Oxford UP, 1918: 281—289, p. 287.

　　③　James I, "Speech of 1603—1604", ed. Charles H. McIlwain, *The Political Works of James I*: *Reprinted from the Edition of 1616*: 269—280, p. 272.

　　④　See James I, *A Royal Rhetorician*, ed. Roberts S. Rait, New York: Brentanos, 1900, p. 32.

　　⑤　See James I, "The Trew Law of Free Monarchies", ed. Charles H. McIlwain, *The Political Works of James I*: *Reprinted from the Edition of 1616*: 50—70, pp. 64—65.

　　⑥　James I, "Speech of 1609—1610", ed. Charles H. McIlwain, *The Political Works of James I*: *Reprinted from the Edition of 1616*: 306—325, p. 307.

者根本不能实现真正意义上的统一。① 除宗教改革与经济原因外,他极端的神权理念也招致了贵族社会、清教阶层与普通百姓的不满。因此,詹姆士一世遭到了来自各个阶层的不同程度的抵制。换言之,在詹姆士一世的眼中,这些"不满"正是英格兰社会的病症所在。在写给亨利王子的《皇家礼物》(*Basilikon Doron*,1599,1603)中,詹姆士一世给未来国王传授治国之道,他公开自称为医生,把皇室比作医生办公室,针对教会、贵族与男爵阶层的疾病与平民阶层的饶舌谣言等,开出了诊治英格兰政治身体的具体药方。

在《皇家礼物》第二部分"论办公室里的国王职责"中,詹姆士一世告诫亨利王子,作为政治身体医生,要用智慧与正义统治王国。就不同社会阶层的人,他写道:"通过知晓他们本性上最倾向感染哪些罪恶,作为一个好医生,首先必须知道,他的病人最可能屈从于哪种致病的体液。然后才能开始他的治疗。因此,我得简要地向你解释,这个国家每个不同阶层的人最可能感染哪些主要疾病。"②非常明显,通过使用"体液""感染""病人""医生"等医学术语,詹姆士一世在体液理论的视阈中理解王国事务,他把王国类比为人的自然身体。爱德华六世(1547—1553)时期,王国政府 1547 年颁布的"第十训诫"论及秩序与顺从主题,把国王视为基督,相信国王由上帝所恩准,无论他再怎么邪恶,也绝不可以受到抵制,正如基督和他的门徒遭到官员的不公正对待,"这是上帝法令、上帝命令与上帝意旨,每个王国的整个身体(成员)要受制于他们的头——他们的国王"。③ 从神学视角,爱德华清晰表达出政治身体类比与政治顺从之内涵。有关基督之爱与仁爱的"第六训诫"指出,一个扰乱治安的人正如"溃烂、化脓的部位",急需一位"出于对政治身体的仁爱"的好外科医生为他截肢。④ 换言之,君王就是"外科医生",有责任给患有"溃烂""化脓"之疾的国民"截肢"治疗。在这点上,詹姆士一世与都铎君王一样,皆借用政治身体隐

---

① See Harold J. Laski, *The Foundations of Sovereignty and Other Essays*, New York: Harcourt, Brace and Company, 1921, p. 303.

② James I, "Basilikon Doron", ed. Charles H. McIlwain, *The Political Works of James I: Reprinted from the Edition of 1616*: 3—52, p. 22.

③ Edward VI, *Certayne Sermons, or Homilies*, London: Printed by Edward Whitchurche, 1547, p. S3v.

④ See Edward VI, *Certayne Sermons, or Homilies*, pp. L2v—L3.

喻,使用医学话语表达君王医治思想。

《皇家礼物》中,詹姆士首先给教会把脉,罗马教会的衰弱由傲慢、野心与贪婪等疾病所致,如今宗教改革则遭到清教徒的民主理念与分裂叛乱等毒液的攻击:

> 苏格兰的宗教改革,由上帝独创性地开启,许多事情却遭遇骚乱与反叛。他们看似在从事神圣的工作,实则受到他们情感与特殊方面的阻塞,毁灭了寡人的政策,藐视王权秩序,正如在邻国英格兰发生的一样,与丹麦、部分德意志的情形类似。某种火焰点燃牧师队伍的人,让他们陷入混乱,好像这种政府非常甜美,被想象为一种民主政府[……]沉迷于民主,好似他们有希望成为平民护民官。[……]因为狡诈,他们假装能区分办公室的合法性与人(国王)的邪恶,他们中的一些人会粗俗地咬人,隐藏他们真实意图,并告诉人民,所有国王与王子自然是教会自由的敌人,从来不会耐心地承担基督的使命:使用有力的教义误导他们的同僚。[……]教会中,一些无知者胆大妄为,叫嚣把那些有才学的、神圣的、谦虚的牧师赶出教会:分裂是混乱之母与团结之敌,而团结乃秩序之母。[……]你(我的儿子)因此要特别注意这些清教徒,他们正是教会与王国的害虫,没有任何惩罚能束缚他们,他们不遵守信誓与诺言,呼出除了叛乱、诽谤别无其他,毫无克制的野心、毫无理性的责骂、从不守信,任凭想象吞没良知。①

此时,詹姆士还只是苏格兰国王,但苏格兰与英格兰一样也受到国内清教徒的巨大威胁。清教徒破坏教会统一与秩序,受到"火焰""野心"等不良体液驱使,乃为王国"邪恶"与"害虫"。为此,詹姆士开出了药方:"为了预防他们的毒液,款待、提升牧师队伍中那些神圣、有学术、谦虚之人,尽管他们的数量不多。[……]不仅要净化他们(清教徒)欺人的分裂与他们其他想象的基础。这些只会毁灭教会的秩序、王国的和平与治理完好的君主制。你也要建立起国会中三个阶层之间的旧机构确保你顺利继位,遵循我的步伐。[……]你要像慈父

---

① James I, "Basilikon Doron", ed. Charles H. McIlwain, *The Political Works of James I: Reprinted from the Edition of 1616*, pp. 23—24.

一样管理教会,确保你管辖下的所有教会有好的牧师,教会神学院得以继续,教义与纪律保持纯洁,按照上帝之道,有保证发展的足够必需品,在政策上有一个良好的承接性,傲慢得到惩罚,谦虚得以颂扬,让他们尊敬自己的师长与同门,因为繁荣教会中的虔诚、和平与学识可能是你世俗荣耀的要务之一,正如一直与两派极端势力的斗争一样,既要压制虚伪的清教徒又要免遭傲慢的教皇主教之罪恶。但比起其他人,一些人因为他们的(正义)品格值得提拔,因此需要使用制度来约束他们,以便保持这个阶层不坠入腐烂。"①使用"毒液""净化""腐烂"等,詹姆士叙述遏制清教与天主教势力之手段,以确保国教会的纯洁与健康。

与詹姆士一样,一些人为新教政府辩护,把清教徒视为英格兰国教会中危害政治身体的有待国王治疗的疾病。约翰·李利这样控诉清教徒:"用伪装的良知,你感染不同宗教,在国家的血管中散播毒液——你固执的虔诚。它像淋巴瘤一样潜入肌肉,如水银般进入骨头,最终腐蚀身体。"②托马斯·纳什定义清教徒为江湖郎中,因为后者使用政治身体类比指责英格兰国教会人为设置一些机构,使政治身体不再是个有机体。他捍卫新教主教为有技能的医生,作为国教会首领的君主当然有似首席医生,他们能够探测出异教徒的感冒发烧。纳什指出,预防清教徒"毒害陛下爱民的有效路径,在于使清教徒作为国民灵魂医生的资格失效,惩罚每位(清教徒)马丁·马布里莱特(Martin Marprelate)与江湖医生,禁止他们行医"③。言外之意,清教徒既然可以被诊断为行骗的庸医,王国政府便有理由给他们治病:限制他们的教会活动而让国教会恢复健康。17 世纪 20 年代,圣·大卫教堂主教威廉·罗德强调政治身体中的双重统一:头与身体的统一以及成员各部分之间的统一。罗德把国教会内新教徒与清教徒之间的争执视为政治身体疾病,坚持这种疾病使身体变

　　①　James I,"Basilikon Doron", ed. Charles H. McIlwain, *The Political Works of James I*: *Reprinted from the Edition of 1616*, p. 24.

　　②　John Lyly, *Pappe with a Hatchet*, 1589, ed. R. Warwick Bond, *The Complete Works of John Lyly*, 3 vols. Oxford, 1902, vol. 3: 407.

　　③　Thomas Nashe, *The Works of Thomas Nashe*, 5 vols. vol. 1, ed. R. B. McKerrow, London: A. H. Bullen, 1904—1910, p. 62.

得非自然化。它犹如眼与手之间的争吵,甚至头也无法平息他们。① 换言之,作为政治身体的头与医生,君王似乎对清教徒点燃的国教会疾患也束手无策。如果要保持政治身体健康,国教会的和平必须不能受到任何有关拯救的分歧性辩论之打扰。罗德相信,"一个人必须生活在王国身体内,也生活在教会身体内。如果他们之间的关节出了问题,我们怎么可能生活在和平中?好比身体的外在部位以为自己生活健康,可胃部却充满病态的肿胀的体液"②。教会正如灵魂一样,把政治身体与自然身体的成员统一起来。③

随后,詹姆士国王从教会阶层转向贵族阶层,认为他们都是国会的重要人员,尽管后者在地位上略弱,但在权力上却远高于神职人员,无论是行善或作恶时,他们的影响力自然远大于神职人员。以政治身体医生身份,詹姆士指出,贵族阶层犯了压迫近邻、奴役仆人与公开决斗等三种病,均是他们蔑视上帝、国王与王国之结果。④ 詹姆士为此开出了严格执法、示范效应、重用守法贵族等对付叛乱贵族的药方:

> 对该阶层治理的药方在于,教育你的贵族最可能严格地遵守法律。不要害怕他们的不满,只要你能管理好他们。他们改革君王的假想从来不会发生效果,而只会衍生邪恶政府。让自己熟悉你侯爵、绅士中所有的诚实之人,对诚实之人要广开言路、友好对待,让他们不惧怕你而成为你的助手,使他们自己的诉讼直接到达你这里,而无需借大公爵作为中间人。作为中间人的大圣人有似教皇,因此你得采取措施应对他们怪兽般的后台。对于贵族间野蛮的决斗,适度执行已经制定的相关法律。从你最爱、最守法的人开始,让他成为其他人效仿的例子,因为你要从你肘下开始改革,慢慢地推广到边疆地区。不可姑息,直到你铲除了这些野蛮的决斗,

---

① See William Laud, *The Works of the Most Reverend Father in God*, *William Laud*, D. D., *Sometime Lord Archbishop of Canterbury*, ed. William Scott, 9 vols. vol. 1. Oxford: J. H. Parker, 1847—1860, p. 70.

② William Laud, "A Sermon Preached Before His Majesty", ed. William Scott, *The Works of Archbishop Laud*, 9 vols. Oxford, 1847—1857, vol. 1: 29.

③ See William Laud, "A Sermon Preached Before His Majesty", ed. William Scott, *The Works of Archbishop Laud*, 9 vols. vol. 1: 164.

④ See James I, "Basilikon Doron", ed. Charles H. McIlwain, *The Political Works of James I: Reprinted from the Edition of 1616*, p. 24—25.

他们的破坏力要平息,正如他们的名字不能为其他民族所知,因为如果这个作品用法文或拉丁文所写,除非使用遁词,否则我不会列出他们的名字。对那些持火枪、手枪的叛徒,你要果断废除他们,严格执行我制定的对付这些人的法律,用心思考,言辞洋溢,一如既往惩罚这些土匪与谋杀者。①

"持火枪、手枪的叛徒"让人联想类似 1605 年爆发的试图暗杀詹姆士的火药阴谋(Gunpowder Plot)主谋——英格兰耶稣会成员。对"土匪与谋杀者",必须"一如既往惩罚"。詹姆士特别指出,对世袭郡长与皇家贵族,一旦犯罪,要严厉处罚他们,"在法律允许的范围内,使用所有惩罚对付这些怠惰之人",使之成为国家"令人称颂的风俗"。②

　　呼应詹姆士对贵族叛乱的治疗思想,斯图亚特早期,倡导肚子与四肢互助统一支撑头的寓言故事流行起来。1600 年至 1660 年间,肚子寓言出现在 20 多卷英文、拉丁文版的伊索寓言集中,卡克斯顿的翻译版本在 1628 年、1634 年、1647 年与 1658 年重印。1639 年,威廉·巴雷特编译第一部伊索寓言英文插图本,提供了一种独特的政治道德诠释:"注意我们在我们(政治)身体中看到了哪个阶层,/王国必须处于相同的和谐状态;/朋友必须支持朋友,联合起来,/支撑首领。以防他们忽视他的善行,/如果王国任裂痕发展,/他们为自己招致一个整体的颠覆。"③人体的肚子类似贵族阶层,四肢隐喻平民阶层,头是国王。各阶层必须意识到自己在政治身体中的确切位置,平民阶层必须相互配合,共同接受贵族阶层的统治,平民与贵族也必须团结一致,归顺与支持国王,否则必然"招致一个整体的颠覆"。17 世纪 40 年代,英格兰内战带给政治身体严重伤痛与癌变,而战争的始作俑者正是国会中的贵族与清教徒。他们是"政治身体的胆囊,使政治身体肿胀而发展成全身的肺结核"④。在《自然与

①　James I, "Basilikon Doron", ed. Charles H. McIlwain, *The Political Works of James I: Reprinted from the Edition of 1616*, p. 25.

②　See James I, "Basilikon Doron", ed. Charles H. McIlwain, *The Political Works of James I: Reprinted from the Edition of 1616*, p. 26.

③　Aesop, *The Fables of Aesop with His Whole Life*, tran. William Barret, London: Printed by Richard Oulton, for Francis Eglesfield at the signe of the Marigold in S. Paules Churchyard, 1639, p. K3v.

④　See Henry Moreley, ed. *Character Writings of the Seventeenth Century*, London: G. Routledge, 1891, p. 300.

政治身体的比较话语》(1605)中,爱德华·福塞特论述道,眼睛与手臂需在头的领导下互助合作。同时,福塞特认为,国王也是身体灵魂,贵族朝臣是胃部胃口,尽管身体可能反叛灵魂,但灵魂会继续用仁慈爱护身体。论及火药阴谋事件后,他建议国王与地方官员开出各种药方治愈受伤的政治身体。站在君权神授的立场,他相信,既然保存健康比恢复健康更好,那国王便没必要实行宗教宽容政策。①

《皇家礼物》中,詹姆士也给第三阶层——市民阶层(Burghers)诊脉。他们是三个阶层中地位最低的,主要包括商人和手工业者,但"这两类人中的任何一类都屈从于他们自己的疾病"②。在詹姆士看来,商人为了让自己富足而牺牲全体国民利益,"他们把我们的必需品运输到国外。经常带回无用的东西,甚至不带回任何东西。他们为我们买进最糟糕的商品,却以最高价格卖给我们。尽管根据商品的多与少,价格会发生波动,但他们的价格却一直上升,从不下跌。价格稳定上升是他们的邪恶风俗,好像这是他们制定的法律"③。他们也是国家钱币腐蚀的主因,"把国内钱币运输到国外,带回国外钱币,却对后者任意定价"④。对于商人"滥用权力",詹姆士要求严格执法,并提出三个药方:一是"建立诚实、勤奋但较少的研究队伍",对他们进行统计分类研究;二是"允许和吸引外商来此贸易",国人就可以不用经过国内中间商而购买到最便宜商品;三是"每年对所有商品进行定价",国内商人不能按照定价进口商品时,鼓励外商免税进入。对商人制造劣质金币,詹姆士倡导用足值的钱币付款,"而不是滥用数字货币","以使国家富足,国库充裕"。⑤ 创作《皇家礼物》时,詹姆士只是苏格兰国王,他诊断苏格兰手工业者患有傲慢怠工之疾,开出允许外国手工者进入苏格兰的处方,"不仅允许而且吸引外国人来到这里,严格压制我们的手工业者反叛他们,学习英格兰初次引进外来手工业者时的做法"⑥。

　① See Edward Forset, *A Comparative Discourse of the Bodies Natural and Politique*, pp. B2, D4.

　② See James I, "Basilikon Doron", ed. Charles H. McIlwain, *The Political Works of James I: Reprinted from the Edition of 1616*, p. 26.

　③ Ibid.

　④ Ibid.

　⑤ Ibid.

　⑥ Ibid., pp. 26—27.

　　类似地,克莱蒙·阿姆斯特朗注意到商人的贪婪,尤其是羊毛生产商通过圈地牺牲全体农民利益,毁掉了英格兰政治身体的中间部分。他写道:"我们被羊吃掉了,60 年中,王国身体中部的四五百个村庄毁于一旦。"①"一种可怕的景象,因为缺乏上帝活生生的恩典,英格兰活得像一只野兽。[……]王国身体的贫穷而可怜的兽性成员,聚在一起见面时,抱怨因缺少衣服、金钱而导致的溃疡般的伤痛。"②"英格兰人从不为王国谋利,而是每人只追逐自己的利益。"③他据此指出,上帝建立国王作为王国的头,原因就在于让他治疗与看护所有国民,保证"所有成员应该一起接受食物,满足对日常品的需求"④。在小册子《如何让他们重新工作和恢复耕地以改革王国》中,阿姆斯特朗思考英格兰经济体制,提出改善贸易的多种方案,提出解决贸易逆差的膏药在于,外商用钱币而不是以物易物的方式付羊毛款,因为对英格兰百姓而言,外国进口的商品是无用的东西。⑤ 当然,从现代经济学的角度看,他的药方是经验主义的感性方案,不可能根本解决当时英格兰的贸易危机。政论文《波尔与卢普塞对话录》(1535)中,托马斯·斯塔基让理想的柏拉图主义者波尔与保守的亚里士多德主义者卢普塞展开对话,波尔描绘英格兰身体疾病。波尔把纯粹为了他人取乐而生产与获得商品的活动定义为"痛风(Palsy)"。这些商人进口一些无用的、奇异的肉与酒、珠宝等。尽管他们非常忙,但他们的活动没有任何意义,"对身体(自然身体与政治身体)没有任何益处"。⑥ 显然,斯塔基反对进口商品的建议在今天看来是不可靠的。

　　《皇家礼物》中,詹姆士劝诫亨利王子:"要非常熟悉你臣民的本性与体液,特别懂你王国内的每个阶层。"⑦除教士、贵族与市民外,要特别关照普通百

---

①　Clement Armstrong, "A Treatise Concerning the Staple and the Commodities of the Realm", eds. R. H. Tawney and Eileen Power, *Tudor Economic Documents*, 3 vols., vol. 3, p. 100.

②　Ibid., pp. 100—101.

③　Ibid., p. 114.

④　Ibid.

⑤　See Clement Armstrong, "How to Reform the Realm in Setting Them to Work and to Restore Tillage", eds. R. H. Tawney and Eileen Power, *Tudor Economic Documents*, 3 vols., vol. 3, p. 125.

⑥　See Thomas Starkey, *Dialogue between Pole and Lupset*, ed. J. M. Cowper, p. 82.

⑦　James I, "Basilikon Doron", ed. Charles H. McIlwain, *The Political Works of James I: Reprinted from the Edition of 1616*, p. 27.

姓,詹姆士指出,他们"厌倦目前所处的阶层,渴望新鲜感",倾向饶舌、散布谣言,"评价与鲁莽言说君主"。① 对付这种社会疾病,詹姆士的首要药方在于,严格执行反对不敬的说话者的法律,"这样可以正义地阻止他们的嘴巴说出那些无聊、不敬的言语,支撑你的王国,关照你的政府,他自己也就不会有怨言"。② 他强调法律与仁爱并行,"让温柔与严厉混合,非正义的骂人者便因敬畏而被遏制住。善良的爱民就不仅生活安稳富足,而且你的友善礼仪让他们感动,开口赞美你如此温和的政权"。③ 詹姆士还特别提到,每年神圣节日期间,邀请平民一起娱乐,增进普通百姓之间的友谊,彰显王国的富足与强盛。他叙述道:"就这个方面,需用更多方式吸引他们一起参与友情活动,指定一年中的某些日子,上演公共的诚信比赛与盛大军演。聚集邻居,举办诚实、开心的宴会活动,增进友谊与交流。[……]但安息日要保持神圣,禁止非法的娱乐休闲。由于这类满足人们心智的形式在各个治理良好的国家内得到使用,因此你也可以在你管辖下的王国中推广。"④ 在詹姆士看来,平民的抱怨表露出他们对现有阶层地位的不满,或者说,他们在身心上因为没有获得充分的愉悦感,故患有愤世嫉俗、忧郁与造谣生事之疾,当诬陷、攻击王国政府的谣言四起时,政治身体处于疾病状态。因此,最好的治疗手段便是利用节日娱乐与军事表演等手段,让平民在娱乐中释放不良情绪以恢复身心健康,在观看大型比赛与军演中感受王权的力量,增强对国家的信心与对王权的敬畏感。

为百姓表演洗足礼与痉挛环治疗,抑或提出医治王国理念,都铎—斯图亚特早期君主把王国视为一个具有神圣与世俗含义的政治身体,把各社会阶层的不满与反叛当作是王国身体疾病。自己是医生,皇家白厅便是医生办公室,王室政府的职责正是诊断与开药,根本目的是恢复政治身体健康。君王们的王国医治思想在16、17世纪的医学、政治学、宗教、文学等各种文本中得到回应,形成一种共生、共存与共谋的意识形态的知识网络,一起服务于早期现代英格兰的王权建设与民族共同体的形成。借助政治身体类比,通过书写英格

---

① James I, "Basilikon Doron", ed. Charles H. McIlwain, *The Political Works of James I: Reprinted from the Edition of 1616*, p. 27.

② Ibid.

③ Ibid.

④ Ibid.

兰的社会疾病,约翰·邓恩全面参与了这一知识谱系与王权构建的过程。如果说邓恩晚年皈依新教后,把各种反叛王权的势力定义为社会疾病,以极力为王权辩护,那么在早期生涯中,邓恩似乎更把英格兰疾病定位在世袭贵族与王室身上,谴责统治阶层过时的违背经济规律的土地法规、宗教政策与其他行政手段。

第二节　邓恩讽刺诗歌中的病理学术语与土地权法理争议

发言人"憎恨/ 整个城镇,但在一切恶事中,/有一位如此卓越之人。"①城镇天主教徒、高利贷者与土地流转者,"如瘟疫或过时的情爱,/感染人群［……］/ 在法院上被判处死刑"。(5—11)正是这些命案让律师柯斯克成为"如此卓越之人"。然而,发言人特别提醒,这些人根本"不值得憎恨",柯斯克"因给他们判刑而致富"。(10, 76)发言人开始对柯斯克发起进攻。在"腐蚀一切""制造梅毒"的时间中,柯斯克成长为一名普通法律师。(41—43)他执行土地法规,没收流转土地,"囊括我们所有土地","花大量时间/ 赢得每英亩土地,正如那些玩牌高手"。(77—86)他"隐去'他的继承人(复数 heirs)'"(98),使用"继承人"(单数)强调土地长子世袭制,旨在反对把土地留给自己指定的诸多后人。然而,他违反土地法规,私下"他买卖土地,他损毁/(交易)文书"。(97)他挪用民事法院与皇家法院修辞向"女人"诉说,制造一个普通法院的听讯现场:"我已做持续申明:请求下达禁令,/阻止我对手的诉求,他不应/ 有进展。"(51—53)"我对手的诉求"意指发言人对土地流转案件的特殊性考量,柯斯克"申明"是指他基于限制土地流转的法规而对"诉求"做出的"阻止"判决。"吝啬的女人""搜刮厨房器皿,/桶装鸟兽粪便,废弃蜡烛/ 的残骸［……］"。(81—83)"女人"宛若伊丽莎白一世,柯斯克协助她"搜刮"敛财,犹如普通法院帮助女王收回所有流转土地。发言人借助"梅毒"话语控诉封建土地法,俨然一位衡平法律师,要求纠正普通法院无视土地流转现实做出的判决。

---

① John Donne, "Satyre 2", ed. Robin Robbins, *The Complete Poems of John Donne*, Edinburgh: Pearson Education Limited, 2010: 375－385, Lines 1－3. 后文引自该讽刺诗的引文将随文标明该诗行次, 不再另行作注。

　　这是约翰·邓恩早期讽刺诗第二首想象的衡平法院模拟现场片段。约翰·劳里森从现代自由主义视角研究讽刺诗,认为邓恩关注"讽刺者而不是被讽刺的对象",特别在第二首讽刺诗中,邓恩"幻想避开他所处世界的宗教、政治与社会压力"。① 一些评论家研究诗中法律讽刺、哲学抽象或律师伦理。安娜贝尔·帕特森指出,邓恩讽刺诗"在最广泛意义上暴露法律危机",恶棍柯斯克代表"某种没有创造力的词汇"。② 杰弗里·布洛相信,第二首讽刺诗"展示邓恩内在的法律职业知识",揭示"律师的狡猾老道与自命不凡"。③ 自由主义与法学视角忽视在伊丽莎白时代普通法与衡平法的关系中研究讽刺诗,没把邓恩第二首讽刺诗视为攻击(普通法)法律实践的衡平法模拟法院,更没看到邓恩让讽刺诗与衡平法结盟,在纠正普通法对土地流转案的判决结果中构建理想的法律法院。实际上,都铎王朝时期,土地流转非常普遍,封建采邑制受到严重挑战。为防止皇家土地流失,伊丽莎白政府限制土地公平流转。依据源于中世纪的普通法"土地使用条例",司法部部长爱德华·柯克爵士使市场中的流动土地重新回到皇家与世袭领主手中,否定衡平法院运用个案独特性与伦理良知原则解决土地权问题的考量。早期现代普通法否定古罗马民法、中世纪教会法,肯定宫廷判例、无法记起的古代风俗,是(错误)法律理念理性化、中心化、自足化与人工化之结果,④16 世纪普通法土地法规的胜利是柯克与伊丽莎白压制持有土地阶层与土地法谱系之必然。⑤ 据此,回应数个由柯克爵士判决的土地流转案,笔者研究邓恩如何把早期讽刺诗想象为衡平法法

---

① John R. Lauritsen, "Donne's Satyres: The Drama of Self-Discovery", *Studies in English Literature*, 1500—1900, 16. 1 (1976): 117—130, p. 119.

② See Annabel Patterson, *Reading between the Lines*, Madison: University of Wisconsin Press, 1993, p. 173.

③ See Geoffrey Bullough, "Donne: The Man of Law", ed. Peter Fiore, *Just So Much Honor: Essays Commemorating the Four-Hundredth Anniversary of the Birth of John Donne*, Philadelphia: Pennsylvania State UP, 1972: 57—94, pp. 61—62.

④ See Peter Goodrich, "Satirical Legal Studies: From the Legists to the Lizard", *Michigan Law Review* 103 (2004): 397—517.

⑤ 讽刺诗中的普通法律师柯斯克喻指爱德华·柯克爵士,因为邓恩创作讽刺诗的时间与柯克爵士任司法部部长时间一致,且两位的英文名 Coscus 与 Coke 也非常相似。See Gregory Kneidel, *John Donne & Early Modern Legal Culture: The End of Equity in the Satyres*, Pittsburgh: Duquesne UP, 2015, pp. 54—55.

理议程,甚至借用疾病话语攻击诗中律师,怎样明示普通法土地法规需要讽刺诗与衡平法的医治。

　　1595 年,邓恩创作第二首讽刺诗时,英格兰土地使用、流动与转让问题突出。自亨利八世启动宗教改革以来,政府没收修道院与天主教权贵的土地,导致大量土地流入市场。瘟疫频发(人口锐减)致使一些土地无人耕种,国际贸易(羊毛买卖)触发圈地运动,而城市手工业蓬勃发展加速了农村土地流动。土地转让使皇室土地与财政收入减少,以土地分封为基础的领主与封臣固有关系遭到破坏,政治结构与社会稳定面临巨大威胁。早在亨利八世时期,一些法律人士直言:"根据这个国家的普通法,土地、房屋与世袭财产不能分割,也不宜从一个人转让到另一个人手中,而应该按照庄严的封地占有权与出于足够诚意、不欺诈而制定的文书执行。然而,各种各样的想象、狡猾的创造与实践被使用,以至这个王国的封地从一个人流转到另一个人,通过欺骗式的封地授予、罚金、追回条款以及其他诡诈的土地流转方式。"①这便是亨利八世限制土地流转的"土地使用条例"之序言。普通法不同于教会法、神圣法,通常用于处理世俗的民间事务,包括土地、财产、税收等。人们相信,普通法是祖先留下来的风俗且证明是真理的律法,自诺曼征服以来而形成的领主与封臣之间的以土地为基础的封建关系,由普通法得到规定。1536 年,以普通法为依据,亨利八世在国会中强行通过"土地使用条例",废除土地买卖权,把市场上的土地收回到皇家与世袭贵族手中,增加皇家财政收入。亨利使土地事务简单化与暴力化,把合理、公平的土地使用、流动与转让转变为普通法定义的土地权,一切回归到封建采邑制时期的土地法。

　　16 世纪 90 年代初,伊丽莎白女王重新颁布父亲通过的《土地使用条例》。围绕"土地使用"与"其他诡诈的土地流转"的争议在两个界面展开,涉及两种社会矛盾。第一界面发生在君主与持有地产的贵族之间,实为一场政治斗争。②"土地使用"支持者呼吁尊重土地资源在不同人之间的均衡分布,让市场与资本等要素参与土地公平买卖,类似现代土地信托制度。但在伊丽莎白

---

　　①　Anonymous, *A Collection in English of the Statutes Now in Force*, London: Printed for the Societie of Stationers, 1611, p. 436a.

　　②　See Eileen Spring, *Law, Land, and Family*, Chapel Hill: University of North Carolina Press, 1993, pp. 30—49.

时期的土地实践中,"土地使用"充当了一种避税手段,帮助阻止土地回归到封建领主与皇家手中,特别当土地使用权到期或土地使用权持有者去世之时。鉴于类似的原因,"土地使用"允许土地持有者防范土地被没收。如果一个土地主担心,因某种原因自己的土地很可能被封建领主或君主夺走,那他可能首先会把土地转让给一个信任的朋友或一个土地买受人,然后再指定另一些土地受益人,通常包括那些被普通法剥夺继承资格的孩子们与家庭成员,因为封建土地法只认可长子的土地继承权。这意味着,封建领主的等级关系中,除国王外的任何成员都可能从"土地使用"中受益,都是潜在的土地继承人。正如避税给封建政府造成收益损失,"土地使用"对早期现代君主没有任何用处。伊丽莎白因此强调,根据封建土地采邑制,自诺曼征服以来英格兰所有土地一直由君主所有。"土地使用条例"成为一种增加皇家土地与财政的赤裸策略,忽略土地公平流转的现实与维护土地正义的社会责任。或者说,普通法的土地法规亟待重视社会语境与特殊性考量的衡平法对其加以补充与纠正。故"土地使用条例"遭到了贵族乡绅的强烈反对,成为"求恩巡礼"(叛乱)爆发的重要原因。[①] 一位法律史学家解释道:"现在与将来土地持有者发现自己处在土地法的迷雾中,"以致他们不愿忍受"对可以确保他们与他们孩子利益的制度的干预"。[②]

　　就"土地流转"议题,第二界面的争论发生在父亲与普通法所定义的长子、合法继承人之间,实则是一场家庭内部斗争。"土地使用"意味着土地主可通过更灵活的方式解决自己的地产,"比普通法所承认的长子世袭制与古代嫁妆权更复杂"。[③] 封建长子世袭制强调,当父亲去世时家庭土地自然留给长子继承。古代嫁妆权要求,父亲在女儿出嫁时必须配备一定数量的地产或财产作为嫁妆。借助"土地流动",至少从非长子的视角看,父亲可以更公平地把土地分配给孩子们,为他所有的孩子提供更好生活、教育与婚姻。实际上,通过更

---

　　① 求恩巡礼(The Pilgrimage of Grace)于 1536 年在约克爆发,抗议亨利八世与罗马教廷分裂,掠夺修道院土地财产与其他经济、政治与社会不平事件。

　　② See Theodore F. T. Plucknett, *A Concise History of the Common Law*, 5th edn. Boston: Little& Brown, 1956, p. 44.

　　③ E. W. Ives, "The Genesis of the Statute of Uses", *English Historical Review* 82 (1967): 673—697, p. 674.

宽泛地分配土地、把土地留给未来更多的子嗣,土地主可能剥夺了他长子假定的土地继承权。如此一来,"土地使用"凸显了一种持续的斗争,"在有王朝思维、试图把家庭土地捆绑数代后人的财产授予人与那些渴望把有清晰头衔的土地变卖为现金的子嗣之间"。[①]"土地流动"与相似法律议题讨论取代了神学上的自由意志与命定论争议。反对土地流动的人质问,如果允许父亲决定孩子们的土地财政地位,必定引发毁灭性的社会后果与孝敬动机的怪诞、堕落。在这种情形下,长子会不厌恶他的父亲? 赞成"土地流动"的人预测,如果不允许父亲使用剥夺继承权威胁长子、使用财政支持鼓励非长子们的话,英格兰社会的家庭结构会面临相同的毁灭。如果父亲没有合法权利剥夺长子的家庭地产,长子为什么要顺从父亲? 非长子们为什么不破坏父亲与长兄的权威,如果前者没有任何机会从家庭土地的产权变革中受益的话? 约翰·邓恩支持"土地流转",他因此在讽刺诗中谴责普通法律师柯斯克,因他在为皇室与世袭贵族收回流转土地时,却欺诈、自傲地从事土地交易,把土地留给自己指定的继承人。

伊丽莎白女王普通法学家、司法部部长爱德华·柯克爵士(1552—1634)在普通法院中依据《土地使用条例》判案,服务女王收回土地的要求,与衡平法院形成竞争关系。柯克使用《土地使用条例》来确认英格兰普通法院的卓越地位。当时,普通法的主要实践场所是皇家法院与民事法院。"普通法思维"是柯克法律案例与 16、17 世纪社会的显著特征,体现在他审判过的诸多土地流动案中。[②] 他反复宣称,亨利八世《土地使用条例》是"对古代普通法的一种简洁而完美的恢复"。[③] 在柯克爵士看来,"土地流转"不好是因为它不是古代的,"土地流转"不是古代的因为它不好。他坚持认为,"土地流转"不可能是可以追溯到远古过去的风俗,而是 15 世纪人为了逃避苛刻的封建税费而发明的,更糟糕的是,它起源于非本民族(欧洲大陆)的、诺曼征服以后的法律

---

① Daniel R. Coquillette, *Francis Bacon*, Stanford, CA: Stanford UP, 1992, p. 129.

② 对柯克普通法思维的叙述,见 J. G. A. Pocock, *The Ancient Constitution and Feudal Law*, rev. ed. Cambridge: Cambridge UP, 1987, pp. 30—69; see also J. W. Tubbs, *The Common Law Mind*, Baltimore: John Hopkins UP, 2000, pp. 141—172。

③ Edward Coke, *Selected Writings of Sir Edward Coke*, 3 vols. ed. Steve Sheppard, Indianapolis: Library Fund, 2003, 1: 124.

实践。① 这种论述对土地法在伊丽莎白后期土地实践具有明显的影响。在柯克爵士的法律报告中,柯克暴露了自己对衡平法院的蔑视。衡平法院是实践衡平与良知的基本法院,是作为法理霸权的普通法院之竞争对手。土地流转与类似的土地交易方式往往落入衡平法院的审理范围,因为它们通常以私密的、非书面化的,甚至秘密的协议形式出现,而这些协议的公平性不能通过查询普通法"土地使用条例"或古代判决先例得以保证。② 通过捍卫对"土地使用条例"的严格阐释,柯克爵士实质上为自己与普通法索取"土地流转案"这个有利可图的业务。

判决差异让普通法律师与重视法规条例的律师想终结衡平法在法院中的使用。普通法律师提倡严格执行法律文件,抱怨衡平法打着灵活性幌子培养不确定性,打着谨慎的幌子培养任意性,打着同情的幌子培养无法律性。③ 对此做出回应,衡平法捍卫者反驳道,衡平法不仅软化不公平的严厉审判,而且硬化那些不公平的宽松审判。为了说明衡平法对普通法的修正作用,爱德华·海克引用一个例证:一个药师试图谋害自己的妻子,给她一个毒苹果,而妻子不经意地把苹果给了他们的孩子,结果孩子中毒身亡。如果按普通法判案,无辜妻子被判死刑而有罪丈夫却逍遥法外。海克说服一个名叫拉夫雷斯的对话者,告诉他说,称赞普通法"严厉、尖锐、不弯曲"而谴责衡平法仅仅"甜美、温柔、友好、文雅、适度等"是不合适的。拉夫雷斯回答:"通过衡平法惩罚一些特殊的犯罪活动,普通法在其他方面变得尖锐、敏捷。[……]谁会不知道有惩罚性同情与原谅性同情,相反地,也存在原谅性严厉与惩罚性严厉[……]因此,如果英格兰普通法完全由衡平法引导与统治,我会十分满意。"④ 的确,同情可能是惩罚性的或原谅性的,严厉也可能是原谅性的或惩罚性的,一切视具体案情而定。衡平法的同情可以是惩罚性的,而普通法的严厉可以是原谅

---

① Edward Coke, *Selected Writings of Sir Edward Coke*, 3 vols. ed. Steve Sheppard, Indianapolis: Library Fund, 2003, 1: 123.

② See Edward Coke, *Selected Writings of Sir Edward Coke*, 3 vol. ed. Steve Sheppard, 1: 122, 124, 131, 139.

③ See J. A. Guy, *Christopher St. German on Chancery and Statute*, London: Selden Society, 1985, pp. 99－105.

④ Edward Hake, *Epieikeia*, ed. D. E. C. Yale, New Haven, CT: Yale UP, 1953, pp. 103－104.

性的,衡平法与普通法并非相互对立。奥古斯丁运用"惩罚性的同情"驳斥同情是伦理软弱的表征这一古典观点,而海克借用奥古斯丁的这一术语为衡平法辩护,以搭建英格兰普通法院与衡平法院之间的桥梁。当"由衡平法引导与统治时",根据案件特殊性与良知原则,英格兰普通法院可以使用同情与严厉来施行惩罚或原谅,让当事人直面良心,否则只能局限于先前法律判例。衡平法支持者并不是要推翻普通法官做出的决定,相反,只是禁止他们根据个人喜好而不是案件特殊性做出的判决,阻止那些不公平、无良知的审判与执法。①

约翰·邓恩对衡平法的兴趣离不开他的家庭、教育、工作与正义感。1572年,邓恩出生于一个天主教贵族家庭,宗教改革给他家庭带来巨大灾难,家庭土地被王室没收,他的哥哥被指控参与天主教叛乱而被处以死刑。这让他自小怀疑普通法院判决天主教徒阴谋叛乱罪、判处土地主转让土地罪之正义性。的确,许多天主教家庭为了逃避土地被没收,签订秘密文书或婚姻文件把地产转让给信托人,以在未来能有机会让自己诸多孩子继承。邓恩家庭也是一个律师家庭,家庭成员几乎都是英格兰法律界人士,祖父托马斯·莫尔就是英格兰鼎鼎有名的衡平法院大法官。1592—1595 年间,邓恩在林肯内殿学院学习法律,但"我们的法律"使他"容易分心",因为特殊的家庭出身使他对"我们的法律"——普通法——尤其反感。他渴望做有尊严的法律工作,如他所说:"我需要一份职业,当我全心投入到该工作时,我想我能轻松做事,因为我认为我可以使用我拥有的这些可怜的优势。我在那摔跤了,但我会继续。"②1595—1602 年间,邓恩谋得掌玺大臣托马斯·艾格顿秘书一职,而掌玺大臣的工作就是负责监管法律职业与普通法院的不当实践,通过衡平法院纠正一些冤假错案。这段经历让他更深刻理解到普通法的极端性与过度理性化。在伊丽莎白后期,衡平法有其法律行政机构大法官法院与星星法院,分别处理民事诉讼与刑事诉讼案件。这些法院均由英格兰上议院大法官主持,如果大法官缺席

---

①　See F. W. Maitland, *Selected Passages from the Works of Bracton and Azo*, London: B. Quaritch, 1895, pp. 9—10.

②　John Donne, *Letters to Severall Persons of Honour*, London: Printed by J. Flesher for Richard Marriot, and are to be sold at his shop in St. Dunstans Churchyard under the Dyall, 1651, pp. 50—52.

的话则由掌玺大臣主持。他俩化身为衡平法，充当法律的安全守护者。① 大法官的衡平职责源于古罗马执政官的工作，在欧洲中世纪基督教社会中，它从一个低职位的门卫管家发展成一个高头衔的司法官员，获得前所未有的监控法律职业与控制法律入口的权力。② 在某种意义上，鉴于邓恩参与掌玺大臣的法律工作，"邓恩讽刺诗正是机构化或官方化的衡平法院的延伸"③。

　　16世纪社会中，讽刺诗常常与衡平法结盟攻击普通法与其封建土地法规。邓恩把讽刺诗想象为衡平法院，强调普通法土地法规的临时性，否定它源于远古时代的永恒真理性，揭示它是一种服务于皇家与世袭阶层土地利益的意识形态。类似地，约瑟夫·霍尔在1589年的一首讽刺诗写道："谁怀疑？法律从上天掉下来，/正如冬日夜晚滑下的星星。/从前上帝派西弥斯女神，/把它们篆刻于大理石之间，/投掷它们在这个无序的地球上，/人们才可能知道如何统治如何顺从。"④邓恩怀疑，普通法土地法规是否诞生于远古时代，霍尔一样心存疑虑。霍尔指出，法律文本过去完美而如今已经堕落，"它们的文字已经堕落，/任凭他们的罪恶玷污"⑤。霍尔攻击那些普通法律师犹如坏牧羊人，本应细心监管他们"粗心的"绵羊（当事人），他们却剪下羊毛（利用法律）为自己谋利。暂把法律的神圣起源问题搁置一边，霍尔聚焦于普通法律师在利用普通法谋取私利中导致土地法规的堕落。为了谋取私利，早期现代普通法律师使土地法规文字"堕落"了，他们有意把土地法规中的"土地持有（landholding）"曲解为"土地世袭（hereditary）"，尽管他们非常清楚，"土地持有转变为土地世袭是一个逐渐发生的过程。在整个中世纪期间，这种思想根

① See John Selden, *A Brief Discourse Touching the Office of Lord Chancellor of England*, London：Printed for William Lee at the Turks Head in Fleetstreet, over against Fetter-lane end, 1671, p. 2.

② See Cornelia Vismann, *Files：Law and Media Technology*, tran., Geoffrey Winthrop-Young, Stanford, CA：Stanford UP, 2008, pp. 17－18.

③ Gregory Kneidel, *John Donne & Early Modern Legal Culture：The End of Equity in the Satyres*, p. 18.

④ Joseph Hall, *Virgidemiarum Sixe Bookes*. London：Printed by John Harison, for Robert Dexter, 1602, Satyre 2, Part 3, Lines 1－6, p. 30.

⑤ Ibid., Lines 7－8, p. 30.

深蒂固：一旦一个佃户死了，土地回归到他的土地主”。① 无论霍尔还是邓恩，他们从衡平法视角辨析土地法规的权力属性，试图清除附在伊丽莎白一世“土地使用条例”中的“土地持有”一词的封建意义，为正常的土地流转与普通的土地持有人洗清罪名。正是在 16 世纪 90 年代，当流转土地被要求归还给皇家与世袭贵族时，邓恩借助讽刺诗（特别是第二首）参与到伊丽莎白时期衡平法与普通法的土地权争议中，为土地持有人自由买卖土地与自由指定土地继承人的正当权利正身，以纠正或救治普通法土地法律师对土地流转案所做的误判。

　　约翰·邓恩的早期讽刺诗第二首演绎衡平法院模拟现场，运用疾病与法律术语控诉普通法土地法规，涉及土地流转案、普通法律师的腐败与普通法院对衡平法院的入侵。讽刺诗中，发言人实际上就是邓恩的代理人，化身为衡平法律师驳斥诗中普通法律师柯斯克，指向当时与土地流转（案）相关的王室与土地持有者之间、父子之间的利益冲突，批评伊丽莎白政府限制土地交易的政策法规。亨利八世与伊丽莎白一世试图通过《土地使用条例》，结束与土地流动相关的社会冲突，让土地回归到封建领主与皇家手中。然而，《土地使用条例》通过普通法确认下来时遭到了巨大挑战。正如弗朗西斯·培根在 17 世纪之交抱怨道，依据《土地使用条例》，“王国的土地继承权颠簸翻滚，如同发生在大海一样，这种情况下很难说哪艘船会沉下去，哪艘船能到达港口：即是说，哪种土地转让能活下来，哪种不会。不是舰长——严肃的、有学问的法官——缺场或无能，而是被接受的错误与无根据、滥用的体验浪之潮太过强大，以致他们不能根据（土地）法律确保正确的航线”②。对“土地继承权”，尽管政府的“土地使用条例”要求阻止土地流动，但不能确定，土地回到世袭贵族、皇家手中抑或允许土地流动最终能合法化。“严肃的、有学问的法官”是指伊丽莎白女王的司法部部长爱德华·柯克爵士。“被接受的错误”与“无根据、滥用的体验”则指，柯克一派逆土地流转大趋势，强行执行限制土地流动法规却私下进行土地

　　① H. E. Bell, *An Introduction to the History and Records of the Court of Wards and Liveries*, Cambridge: Cambridge UP, 1953, p. 1.

　　② Francis Bacon, "Upon the Statute of Uses (1600)", eds. James Spedding et al. *The Works of Francis Bacon*, 14 vols. London: Longman, 1858—1874, vol. 7: 380—431, p. 395.

交易之行为,指 1593 年伊丽莎白政府颁布的"土地使用条例"与当时轰动朝野的数个土地流转案。怀疑"他们不能确保正确的航线",培根反土地流动法规的衡平法立场显现出来。

讽刺诗第二首中,发言人刻画普通法律师柯斯克法院办案场景:

> 现在,如老鹰一样的守护者,他必须行走,
> 手上仍拿着案件;[……]
> 在一切事情上,他对每位诉讼者撒谎,
> 犹如国王的宠臣——不,犹如国王;
> 像打入木块的楔子,冲破人群走向法官,
> 有似一头负载重物的驴;更加无耻,
> 比马车上妓女当街表演,对严肃的法官撒谎;[……]
> 很快(如大海般)他将囊括我们所有土地[……]
> 监控土地继承人,任凭欲望吞噬,
> 他罪恶之大,甚至令撒旦不悦;[……]
> 渐渐地,他获得土地,花大量时间
> 赢得每英亩土地,正如那些玩牌高手。(65—86)

让疾病与普通法律师辩护行为发生联系,"土地使用条例"需要医治的内涵透露出来。在发言人看来,以"妓女当街表演""撒谎"与"监控"的方式,普通法律师柯斯克"守护"普通法,借助"犹如国王"的司法权推行伊丽莎白的"土地使用条例"。发言人特别指出,柯斯克在"制造梅毒"的时间中成长(43),比"妓女"更"无耻",比撒旦更"罪恶"。普通法院上,他"撒谎"混淆视听,不尊重土地流转之社会现实,犹如"妓女表演",使用诱惑性言语赢得官司。他的"无耻"言行正如"妓女""梅毒",诱使整个社会落入"土地流动条例"的陷阱中。16、17 世纪,随着地理大发现,"梅毒"随商人、殖民者等从国外传入英格兰,成为英格兰社会的一大威胁。许多人在盖伦的体液理论框架内解释"梅毒"的传染性。"梅毒"被认为如"原子"一般侵入人体,通过影响体内的体液平衡引发人体疾病。梅毒的巨大传染性使人们感到惊恐不安。在亨利八世宫中甚至有谣言称,大主教沃尔西试图通过向国王呼吸把梅毒传给国王。1519 年,威廉·霍

尔曼写道:"法国的痘疹非常危险和异常恐怖,因为它一经接触就被染上。"[1]
伊丽莎白时期,彼特·劳记载,痘疹被感染的方式是:"通过接收感染者的呼
吸,通过挨着他们坐,有时通过赤脚踩在感染者的脚上。"[2]1579 年,威廉·克
劳斯叙述道:"以外在方式传染[……] 任何外在部位一旦感染,梅毒便侵入血
液,像毒瘤从一个部位爬到另一个部位,"祈祷上帝,"把我们从产生它、孕育
它、抚育它和传播它的肮脏罪恶中解救出来"。[3] 柯斯克有似梅毒感染者,迅
速"囊括我们所有土地",骗取当事人把买到的土地乖乖交给封建领主。

　　诗中柯斯克捍卫"土地流动法规",让人想起都铎王朝普通法学者兼司法
部部长柯克爵士判决土地流转案。当时最有名的案件要数理查德·查德利爵
士案(1589—1595)。1557 年,查德利爵士面临自己的家庭地产可能被政府没
收的可能性,因为他的长子克里斯托弗被指控犯谋杀罪而逃到了法国,可根据
普通法,克里斯托弗是唯一家庭地产继承人。为了让他的其他孩子们成为家
庭地产受益人,查德利爵士"无耻地堆积临时土地转让承受人。他转让地产给
不同的不动产承受人,给自己使用,当然也给他的子嗣们,特别是那些通过与
6 个女人结婚后才可能生下的子嗣,而这 6 个女人都已经是别人的妻子了。
10 年后,在克里斯托弗的有生之年,查德利爵士可以根据自己的意愿指定地
产继承人,然后,再把地产转让给克里斯托弗的男性继承人使用"。[4] 通过把
土地使用权赋予完全临时的人或将来根本"不存在的人",查德利爵士的计划
被认为是有意逃避亨利八世"土地使用条例"。[5] 查德利爵士列举数十位个人
作为他地产的潜在受益者,包括他与不可能结婚的女人生下的孩子。捏造这
些临时受益者旨在阻止政府没收他的地产。持有地产不等于可以永远使用地

　　① William Horman, *William Horman's Vulgaria*, ed. M. R. James, London: Roxburghe Club,
1926, p. 57.

　　② Peter Lowe, *An Easie, Certain and Perfect Method, to Cure and Prevent the Spanish Sicknes*,
p. B2.

　　③ William Clowes, *A Short and Profitable Treatise Touching the Cure of the Disease Called
Morbus Gallicus by Unctions*, p. B1.

　　④ Allen D. Boyer, *Sir Edward Coke and the Elizabethan Age*, Stanford, CA: Stanford UP, 2003,
p. 121.

　　⑤ See J. L. Barton, "Future Interests and Royal Revenues in the Sixteenth Century", eds. Morris
S. Arnold, et al. *On the Laws and Customs of England*, Chapel Hill: University of North Carolina Press,
1981: 321−335, p. 321.

产,为了保护自己非长子的利益,他伪造实际不可能存在的孩子们。1558 年,查德利爵士去世。然而,长子克里斯托弗次年无罪释放,查德利留下的土地转让文书自然无效。接下来的数十年间,克里斯托弗的子嗣们与他的弟妹一直为土地权起诉对方。直到 1595 年,柯克爵士根据 1593 年限制土地流转的法规最终结案,所有土地由克里斯托弗长子继承。柯克爵士把查德利爵士的土地转让贴上永恒转让的标签,因为不可预测,究竟将来哪一天查德利的地产会与诸多临时土地受益者分离。讽刺诗中的柯斯克如"驴"一般工作,"花大量时间/ 赢得每英亩土地",正如土地流转案中甄别欺诈行为的柯克爵士,似乎是"守护"普通法土地法规的英雄。

柯斯克被指控用"狡诈"手段执行土地长子世袭制却违法买卖土地:"在羊皮纸上,与他的田野一样大,他画上/ 土地让与,与光鲜的民法一样大,[……]/ 但他买卖土地,他损毁/(交易)文书,隐去'他的继承人',/与任何评论家一样狡诈,逃避/ 确切单词或语义;或如神学中,/法院辩护者使证词隐去/ 需澄清意义时,可能对自己不利的词语。"(87—102)柯斯克"隐去'他的继承人(heirs)'"一词的复数形式,使用单数形式 heir,强调女王限制土地转让的长子世袭制。这让人联想到柯斯克 1581 年办理的雪莱案,案中涉及土地持有人与女王、精算的父亲与普通法支持的长子、拒绝服从国教会的天主教徒与忠诚的新教徒等三组矛盾,柯斯克依据普通法判定每组中的后者胜出。[①] 该案进一步强化了查德利案件的判决模式:流动土地回归到长子手中。"继承人"一词的复数形式暗指遭柯斯克反对的土地持有人计划:等待时机成熟时再指定自己心中的人选,或想象与不同女人所生的诸多子孙。正如批评家海斯特所说,柯斯克法律文书呈现"一种阳物夸张与腐败生殖"[②]。这与查德利爵士在法律文书上清楚写出与 6 个不可能结婚的女人所生之子作为土地继承人,本质上没多大区别。他利用律师职权谋利,"通过这些,他兴旺发达"(76)。然而,柯斯克"买卖土地",从事"土地让与","损毁(交易)文书"。一旦拿到土地,"毁掉"不承认自己所签文书。私下土地交易可能招致罚款或牢狱,恐怕还会失去

① See T. F. T. Plucknett, "The Genesis of Coke's *Reports*", *Cornell Law Review* 27 (1961): 190—213.

② See M. Thomas Hester, *Kinde Pitty and Brave Scorn: John Donne's "Satyres"*, Durham, NY: Duke UP, 1982, p. 45.

律师资格与公职。柯斯克作为普通法律师,明知不可为而为之。"与光鲜的民法一样大"暗示,柯斯克胆"大"妄为,肆意"买卖土地",采用类似捍卫普通法"民法"之方式。普通法律师的腐败本质暴露出来。"梅毒"概述他执行"土地使用条例"时的传染性方式,意指他想象的部分土地持有者生产诸多"继承人"的堕落方法,也隐喻他执法与违法时所采用的所有"无耻"的非道德手法。

柯斯克私下买卖土地,正是伊丽莎白司法部部长爱德华·柯克爵士的写照。查德利案与雪莱案均提醒读者,普通法土地法规不再符合时代发展,这种封建采邑制的土地管理模式遭到巨大挑战。邓恩笔下的柯斯克律师利用普通法体制的缺陷为自己与自己的客户谋利,当然他也服务自己的主子,努力工作去维护这种体制与法规。关键的是,从普通法土地法规中获利最多的人也在建设规范这种体制。一方面,柯斯克律师"使证词隐去/需澄清意义时,可能对自己不利的词语",让本已过时的封建"土地使用条例"清晰起来,顺利回收所有流动土地到女王和作为长子的世袭贵族手中。另一方面,他顺应土地市场繁荣与封建土地制瓦解的现实,使自己私下进行的"土地让与"与维护普通法"民法"一样重大。事实上,17 世纪初的谣言表明,为了得到土地,伊丽莎白一世司法部部长柯克爵士从不犹豫绕过他帮助设计的限制土地买卖的法律预防措施。譬如,报道查德利案时,柯克谴责土地转让与意愿背后的"秘密状态",站在普通法立场捍卫伊丽莎白王室的土地,但他又建议自己的孩子保护好他们的法律文件,"不让任何人看,除非形势所逼,因为许多人只是安静地、秘密地享受他们的土地与继承财产"①。约翰·奥布雷提到,一位有点小傲慢、白手起家的、成功完美而有贵族气质的工匠,在个人轶事中这样叙述爱德华·柯克爵士:"约翰·丹福斯爵士认识柯克,他告诉我说他听到一个人对他(柯克)说过,反思他大额搜刮财富,他的儿子们挥霍他地产的速度比他搜刮地产的速度快得多,[柯克]回答道,他们在挥霍这些地产中获得的快感,不可能比他搜刮这些地产时获得的快感更多。"②孩子们挥霍无度地消费他搜刮的巨大财富,这并没有使柯克爵士感到慌乱,毫无疑问,因为他的搜刮范围遍布全国,正如讽刺诗中发言人指责柯斯克:"从苏格兰到威尔士,从山脉到港湾/

①　Quoted in Charles Warburton James, *Chief Justice Coke*, London: Country Life, 1929, p. 324.

②　John Aubrey, *Brief Lives*, ed. Oliver Lawson Dick, London: Seeker and Warburg, 1950, p. 163.

［……］搜刮。"（78—81）

　　借助对柯斯克律师的质问,邓恩可能不抱怨柯克利用司法部部长身份敛地,但他反对柯克无视土地危机的封建主义立场。"渐渐地,他（柯斯克）获得土地"（85）,但他没有挥霍自己获得的土地。柯斯克的投射对象柯克似乎也只负责为儿子们"搜刮地产"。对于柯克利用专业知识与政治关系为自己、孩子们与主子搜刮财富,我们没有理由相信邓恩会感到气愤,因为 16、17 世纪显赫的律师、法官与立法者,包括邓恩的雇主艾格顿,甚至邓恩自己,都可能做相同的事情,因为这是他们变得显赫的途径。① 然而,邓恩一定不满柯克把封建法规理想化而有意犯下时代错误。柯克的封建主义使他否定他人买卖地产的诉求,傲慢宣称要恢复土地法规的"纯洁性",忽视日益彰显的土地与政治危机。发言人问:"那些茂盛的树林哪儿去了? 它们曾包围着/这些购置的土地。没有修建过;没有烧毁。/那些旧时领主的军队与装备哪儿去了?"（103—105）中世纪领主分给诸多封臣一定数量的土地作为采邑,世袭封臣提供军事服务与武器装备作为回报。邓恩似乎感慨封建秩序的消亡,保护领主庄园的"树林"与封臣提供的"军队与装备"消失了。然而,考虑该诗对柯斯克的病理化书写,此处的反讽色彩显露出来。邓恩驳斥包括柯克在内的英格兰立法者,讽刺他们为效忠都铎王朝而开时代倒车,把职业与个人议程包裹在古代封建主义的意识形态迷雾中。他们纵然清楚,权力语境与（女王）个人动机塑造了包括《土地使用条例》在内的民法、神圣法与教会法,但依旧举着使法律"纯洁化"的幌子恢复过时的土地法规。② 此外,"那些购置的土地"可指封臣用军事服务交换得到的土地,也可指 16 世纪人从市场买来的流动土地。"包围着"买来土地的"树林"之消亡,传达邓恩对被柯克收回流动土地的谴责与愤慨之情,因为他深谙,封建土地义务"比起对国王的益处,对王国是一种更痛苦、更有害的负担"。③

①　See R. C. Bald, *John Donne: A Life*, Oxford: Oxford UP, 1970, pp. 115—117.

②　See Thomas Egerton, "Speech of the Lord Chancellor of England, in the Eschequer Chamber, Touching the Post-Nati (1608)", ed. Louis A. Knafla, *Law and Politics in Jacobean England: The Tracts of Lord Chancellor Ellesmere*, Cambridge: Cambridge UP, 1977: 202—252, p. 223.

③　Quoted in Gregory Kneidel, *John Donne & Early Modern Legal Culture: The End of Equity in the Satyres*, p. 68.

　　除控诉普通法律师的腐败，邓恩再现柯斯克在普通法院现场如何借助王权压制衡平法院。柯斯克以律师的头衔向"女人"求爱："国家引以为豪的人/［……］使用普通法院与皇家法院的语言。/一位让人倾动的女人，柯斯克说。我已/恋爱了，自女王登基 30 周年以来：/我已做持续申明：请求下达禁令，/阻止我对手的诉求，他不应/有进展：给我机会。"（44—53）发言人戏仿文艺复兴时期彼特拉克商籁诗的求爱传统，呈现柯斯克在法院上的诱骗性、感染性语言与普通法陷阱模式。① 但引文的一些细节值得注意。"女王登基 30 周年"说明，事件发生在 1588 年（查德利案结案）之后。1594 年，柯斯克的投射对象柯克爵士被女王任命为司法部部长。1592—1594 年间，柯克极力推动 1593 年普通法"土地使用条例"起草、颁布与执行，乃是王国"引以为豪的人"。此时，他与弗朗西斯·培根争夺司法部部长一职，各自代表普通法立场与衡平法支持者，分别得到枢密院秘书罗伯特·塞西尔与 1593 年在国会中任职的埃塞克斯伯爵的支持。1600 年埃塞克斯叛乱时，诸多衡平法人士与旧友请求女王考虑该案件的特殊性，埃塞克斯幸免一劫。但后来再次提审，因王宫为塞西尔派系把持，埃塞克斯于 1601 年被处决。1593 年，柯克向伊丽莎白保证："我们的土地、财产与生命都拜倒在您的脚下，任凭您使用。"② 这既是他的忠心，也是他为女王收回流动土地的决心，正是这番话让女王最终选择了柯克。如此看来，柯斯克的求爱隐喻柯克请求伊丽莎白"阻止"来自"我对手"培根的任职"诉求"，也隐指普通法律师请求普通法院庭审人员"阻止""我对手"——衡平法律师——对土地流动案的"诉求"。柯斯克提及的"禁令"是女王政府的重要指令，正是通过这个文件普通法院入侵衡平法院。③

　　1593 年英格兰国会讨论的财政紧张与邓恩讽刺诗第二首谈及的土地法规关系密切，都涉及是否要把市场上的流动土地收回王室，以缓解伊丽莎白政府面临的财政危机。然而，本诗讽刺女王的封建财政主义，把讽刺诗想象为衡

---

① See Sir John Davies, "Gullinge Sonnets, No. 8 (1594)", ed. Robert Krueger, *Poems*, Oxford: Oxford UP, 1975: 167.

② J. E. Neale, *Elizabeth and Her Parliaments*, 1584—1601, 3 vols. London: Jonathan Cape, 1958, 3: 171—172.

③ See Charles M. Gray, "The Boundaries of the Equitable Function", *American Journal of Legal History* 20 (1976): 192—226.

平法法理议程。邓恩(发言人)使用"粪便"等医学术语,表达他试图通过衡平法拯救、医治土地法规及普通法院依据它所做的判决之努力。的确,1593年国会讨论的问题几乎在讽刺诗第二首中均得到再现:对西班牙歇斯底里的敌视、被缴械的拒绝服从国教会的天主教徒、被解散的修道院、被隐藏的流动地产、牧师滥用救济金、救济贫民的有效措施等。① 不难发现,这些议题几乎都涉及土地与财政,因为对付天主教徒的主要手段就是没收修道院地产与财物,救济贫民的最有效手段便是充足的财政收入。1588年,尽管击败了无敌舰队,但与西班牙的战争耗光了英格兰国库,伊丽莎白一世本来就以"吝啬"著称,寻找新的财政与税收源头成为重要问题。正是在此语境下,1593年国会通过了"土地使用条例",没收市场上的流动土地为王室带来了巨大收入;1595查德利案结案,流转土地回到克里斯托弗长子手中,王室有了稳定的财政来源。但对女王财政封建主义政策,国会中存在不同的声音。一位议员认为,废除土地流动会"推翻"持有土地的新兴阶层,另一位议员提出《利未记》与《民数记》记载的方案:"土地留在部落里,在五十年节(每50年一次)土地应该赎回,这样土地归家庭所有。"② 这是对伊丽莎白把土地永远固定在皇家与世袭贵族手中的封建财政政策的挑战。邓恩的讽刺诗当然也是对女王的封建财政主义的批评与反思。

如果邓恩创作讽刺诗第二首时,1593年国会一直存在他大脑中,那么他必定意识到伊丽莎白一世对这首诗的塑造作用。如前文所述,如果诗中柯斯克律师是司法部部长柯克,那伊丽莎白就是柯斯克讨好的"女人"。在诗歌后半部,发言人把伊丽莎白称为"吝啬的女人",更加激烈地控诉她,尤其是她的土地政策:"因为当一位吝啬的女人搜刮厨房器皿,/桶装鸟兽粪便,废弃蜡烛/的残骸,以便30年后,/如遗迹般,或许能买得起结婚用品。/逐渐地,他获得土地。"(81　85)伊丽莎白这个"吝啬的女人"戏仿维吉尔笔下的通过武力与婚姻捕获王朝的女英雄。她使用英格兰军队与法律,"搜刮"一切财富以便能"结婚"。然而,伊丽莎白让一切土地回归皇家的野心也让人回想起维吉尔笔下的

---

① See Gregory Kneidel, *John Donne & Early Modern Legal Culture: The End of Equity in the Satyres*, p. 75.

② T. E. Hartley, *Proceedings in the Parliaments of Elizabeth I*, 3 vols. London: Leicester UP, 1981, 3: 118.

迦太基女王与创建者狄多(Dido)。在遇见埃涅阿斯以前,她是一位出色的帝国缔造者,可最终因遭到埃涅阿斯抛弃而自杀。[①] 与狄多一样,"吝啬的女人"一心渴求"结婚",但却需花费"30 年"才能"搜刮"到足以"买得起结婚用品"的财富。问题是,当她有足够嫁妆时,她多大了?年龄太大不能生育,更不能建立一个王朝。或因她年龄太大,新郎不愿迎娶。都铎王朝的终结,不正是因为伊丽莎白一辈子没有结婚而无后继位吗?王位落入她的远亲斯图亚特家族手中。从詹姆士一世到查理一世,他们继承了女王限制土地流转的《土地使用条例》,加大"搜刮"流动土地的力度,最终导致社会矛盾激化。在某种程度上,财政封建主义是查理一世 1649 年被送上断头台的原因之一。在对"吝啬"女王的反讽书写中,邓恩似乎前瞻性地预见了 1660 年普通法土地法规的最终废除。

　　发言人(邓恩)使用医学术语刻画伊丽莎白的财政封建主义。女王"搜刮"的土地被比喻成"粪便""残骸"与"遗迹",意味着这些财产恐怕只是女王的粪便、尿液、残骸等?或者,这是女王政治身体病态的症状与符号,都铎王朝会随女王自然身体死去且无子嗣继承王位而终结。实际上,早期现代医生查找病因与评估病人身体状况的一种方法就是检测病人的粪便与尿液。[②] "医生的业务就是'走访病人,触摸他的脉搏,考虑他的尿液——疾病状态语言,然后为此开出适当的药方。'"[③]古希腊医生盖伦的体液理论指出,摸脉搏与测尿液是两种让医生能够评估病人状态与做出诊断的技能。16、17 世纪医学的验尿(验粪便)与现代实验室尿样检测有相似之处。讽刺诗中,尽管发言人没有用"尿液"一词,但"粪便""残骸"与"遗迹"等与尿液相关,甚至可能是尿液在不同环境下的变体。尿液的沉淀、颜色与气味都是关于病人病情的线索。伊丽莎

---

　　① 对狄多与伊丽莎白一世的关联,见 Deanne Williams, "Dido, Queen of England", *ELH* 73 (2006): 31—59。

　　② See Andrew Wear, *Knowledge and Practice in English Medicine*, *1550—1680*, New York: Cambridge UP, 2000, p. 121.

　　③ Daniel Coxe, *A Discourse*, *Wherein the Interest of the Patient in Reference to Physick and Physicians in Soberly Debated Many Abuses of the Apothecaries in the Preparing their Medicines are Detected*, *and Their Unfitness for Practice Discovered*, *together with the Reasons and Advantages of Physicians Preparing Their Own Medicines*, London: Printed for Richard Chiswel at the Two Angels and Crown in Little-Britain, 1669, pp. 220, 221.

白时期的医生相信，尿液产生于身体各个部位，故它标示身体的整体状态与所有部位的状态。譬如，"肺部溃疡与腐烂"就由"乳白或浅黄色的尿液"表达出来。[1] 医生警惕外在因素对尿液的干扰，例如摇动、寒冷与食物，饮料与药物也会对尿样颜色产生影响，所以专业医生检测尿液时往往要求病人在场。除颜色、气味外，尿液的味道也被医生用来判断尿液的质地，"但这个太低劣（恶心），以至医生不愿意提起"[2]。以疾病而非病人为中心的理念在当时药剂师与经验主义医派中比较流行。如果把普通法土地法规看作身体的话，那"粪便""遗迹"与"残骸"之"废弃"状态便是土地法规病态的表征，"残骸"暗示它终将死亡与被废除的命运。

如果"粪便"等词的医学含义在一般层面反讽伊丽莎白的财政封建主义，那它们的字面意义则在具体层面批评女王的土地法规与救济品发放政策。"粪便"与"遗骸"的英文分别是 dropping 与 wasting，似乎有更具体的指称。与父亲亨利八世一样，伊丽莎白一世反对土地流转的理由是，它制约了王室与代理人获得"充公土地"。托马斯·勃洛特称之为"随意遗落在庄园主院内的任何土地或利润，在没有一般或特殊的继承人时，通过没收或封臣去世的方式获得"[3]。"随意遗落"英文 casually fall 与"粪便"英文 dropping 意义相关，都派生于拉丁文词 cadere 或 accidere，而该拉丁词的基本意义就是"充公土地"。伊丽莎白颁布的土地法这样写道，当一个土地持有者被判有罪或犯重罪，"国王将接管土地一年零一天，[……]整个一年中，房子、花园、池塘、土地与树林等任凭消耗"。[4] "消耗"英文 waste 与"遗骸"英文 wasting 共享同一词根 waste，表明"遗骸"指向女王没收流转土地旨在"挥霍"的土地法规。"粪便"英文 dropping 的词根 drop 也出现在讽刺诗第二首的末尾处，穷人领取皇家救济品更加频繁，因为"好工作[……]过时了[……]/正如旧时的富有衣柜"。

①　See John Fletcher, *The Differences, Causes and Judgements of Urine*, London: Printed by John Legatt, 1641, p. 32.

②　John Fletcher, *The Differences, Causes and Judgements of Urine*, p. 5.

③　Thomas Blount, *Nomo-Lexikon, a Law-dictionary*, London: Printed by Tho. Newcomb, for John Martin and Henry Herringman, at the Sign of the Bell in S. Pauls Churchyard, 1670, p. 68.

④　Francis Bacon, "The Use of the Law (1630)", eds. James Spedding et al. in *The Works of Francis Bacon*, 14 vols. London: Longman, 1858—1874, vol. 7: 453—504, p. 398.

(111—112)"衣柜"英文 wardrobes 让人想起"粪便"英文 dropping,既指女王把通过"土地使用条例"获得的财政用于给贫民发放救济品一事,也指女王替换主教(救济品发放官)之事,即 1595 年,得到埃塞克斯伯爵支持的理查德·弗莱彻被替换成了枢密院秘书罗伯特·塞西尔的人托比·马修。马修很快依靠代表女王没收土地之职敛得大量财物,用"渐渐""获得(的)土地"报答塞西尔家族,成为"伊丽莎白国教会中有文档记载的最公然买卖圣职案之一"。[①]

邓恩创作讽刺诗的动机离不开女王恢复"过时"的封建财政主义。发言人讽刺封建怀旧,聚焦代际家庭冲突与临时性的法律文书,强调物质消费与消耗,指向柯克的普通法意识形态与伊丽莎白的财政政策。邓恩意识到,托勒密系统不再适用于描述哥白尼宇宙,同样地,封建主义也不再适合伊丽莎白后期英国的法律与政治气候,它只是有权阶层用来维护个人利益的工具。对早期现代法律中的封建主义,培根评论道:"术语外壳仍在,但事物早已消亡。"[②]讽刺诗第二首结束语意味深长,嘲讽过时的法律思想与伊丽莎白财政封建主义:"[……]但是,哦,我们允许,/好工作虽好,但现在过时了,/正如旧时的富有衣柜。但我的言语绝不/ 把任何东西拉入宏大的土地法规范畴中来。"(109—112)如果培根是衡平法的代言人,那他批评财政封建主义的过时性便理所当然。邓恩参与辩论,把讽刺诗想象为衡平法院,指责"过时""旧时"的通过没收土地发放穷人救济品的政策。衡平法的主要思想源于基督教教义,特别是宽容、仁慈、救赎与特殊性等考量,强调用仁爱弥补普通法基于一般性原则判案的不足。该诗使用"虽[……]但"的句式让人想起《新约·哥林多后书》的"好像[……]没"之句型:"但我说,兄弟们,因为时间很短,来世[……] 他们哭了,好像他们没哭;他们高兴,好像他们不高兴;他们买了,好像没买到;他们使用这个世界,好像没使用:因为这个世界的潮流变了。"(7:1)保罗故意以一种含混的姿态看待变幻莫测的世界。邓恩也以一种戏谑的心态看待世界的法律,似乎想说,英格兰土地法需随时间变化而调整,恒定不变的法律根本不可能存在。如果恒定不变的土地法存在于伊丽莎白时代的话,那一定是那些生产、消

---

①　See Patrick Collinson, *The Religion of Protestants*, Oxford: Oxford UP, 1982, p. 47.

②　Francis Bacon, "A Speech of the King's Solicitor (1610)", 14 vols. London: Longman, 1858—1874, vol. 4: 155—197, p. 165.

费与维护法律的人借助王权使临时性的法律永恒化罢了。

"允许"接纳"土地使用条例"之外的法律,"绝不"使用"宏大的土地法规",邓恩医治普通法的意图表达出来。封建土地法规的"宏大"叙事忽视法律实践的语境性、政治性与时间性,以一般性与宏观性取代特殊性与微观性,强调稳定性而牺牲多变性,排除普通法土地法规之外的任何其他可能的法律叙事、构建与虚构。对"宏大的土地法规"说不,邓恩"允许"实践虚构的土地法,把讽刺诗想象为衡平法院,参与到 16 世纪 90 年代有关法律土地权的对话中来。正如邓恩同时代律师亨利・芬奇所说,"法律的虚构"是"想象的构建,法律以真理之外的模拟方式解释一件事情"。① 他继续列举英格兰普通法已有程序中存在的几十种不同的法律虚构。实际上,普通法司法部部长爱德华・柯克爵士甚至承认,这些虚构把衡平法接纳到了普通法实践中。② 换言之,一直以来,普通法在实践过程中吸收了包括衡平法在内的不同法律叙事,这些法律虚构甚至已经成为普通法不可或缺的传统。正如海斯特所言,讽刺诗第二首以"忧伤的、反讽的观察结尾","邓恩启动道德改革的努力必须接受为一种'好工作',如果只是为了揭示真理"。③ 很明显,邓恩揭示的真理是,无视历史特殊性的封建土地法规必须接受衡平法的纠正与医治,或者说,只强调土地法的文本性而忽视它在历史实践中接纳的"法律虚构"是对普通法的曲解。法律虚构与普通法"真理"同样重要。可以想象,在拷问"宏大的土地法规"后,发言人似乎在衡平法院上做最后陈述:英格兰土地法(普通法)需要虚构、衡平法与讽刺诗,以便医治它因对身体、文本与历史语境的依赖而产生的不可避免的缺陷。

英格兰的封建采邑制随着宗教改革、瘟疫暴发与工商业发展等逐渐瓦解,世袭贵族的土地流入市场,生产方式的变革对原有的领主与封臣之间的生产关系造成巨大挑战,都铎政府与贵族固定的土地财税收入难以保障。王国政府依据普通法《土地使用条例》,把市场中流转的土地收回到王室与世袭贵族手中。作为监管普通法院实践的掌玺大臣艾格顿的秘书与败落的天主教家庭

---

① Henry Finch, *Law, or a Discourse Thereof*, London: Printed by the assignes of Richard and Edward Atkins Esq, for H. Twyford and 14 others, 1678, p. 66.

② See J. H. Baker, *The Law's Two Bodies*, Oxford: Oxford UP, 2001, p. 83.

③ M. Thomas Hester, *Kinde Pitty and Brave Scorn: John Donne's "Satyres"*, p. 51.

后裔,邓恩不满伊丽莎白政府限制土地流转的普通法法规,希望从市场买回父辈失去的土地,支持衡平法允许土地持有人指定自己的土地继承人,反对普通法的土地长子世袭制。在此历史语境中,邓恩创作讽刺诗(第二首)。他把讽刺诗想象成衡平法法理议程,以隐喻方式与借用疾病话语,控诉伊丽莎白一世与司法部部长及政府的普通法土地政策,说明衡平法对普通法土地法规的医治作用。普通法强调依据远古(中世纪)的律法判案,强调法律条文的形式化、书面化与判案先例化,把法律视作恒定不变的真理,在土地市场繁荣的时代强力推行过时的封建土地法规。衡平法拥护者相信,任何法律的书写系统不可避免是有缺陷的,只有使用良心原则的法官才能弥补书面法律的不足,将手头的案件与那些书面法律处理的实际境况适当类比,让案件的一般性与特殊性处于平衡状态。① 正如传教士在处理新大陆碰到的各类让人震惊与奇怪的土地、宗教或其他案件时,他们深感形式过于僵化的普通法条款是不合适的。② 因此,邓恩的讽刺诗与衡平法结盟,把"对其他人的憎恨转化成同情"(4),在普通法院的判决结果中注入良心与宽容的衡平法则。然而,在社会理性化、世俗化与现代化的进程中,衡平法院于 19 世纪早期最终合并到普通法院中。但不管怎样,拷问当事人良心与诉诸大法官良知的衡平法则,依然在英美法院中发挥着重要作用。

第三节 《对突发事件的祷告》:饶舌报道、自杀与政府权威

1624 年,一位英格兰国教会牧师对上帝说:"您允许民众自由谈论您的代理人国王,""他们却无知、轻蔑地言说您"。③ 他指出谣言给王国造成的威胁,"20 只反叛鼓制造的噪音远不如几个窃窃私语者与角落里的密谋者危险"(59)。牧师晚年忧郁频发,感觉遭到一种蒸汽一样的无形物质的折磨。为描

---

① See Edward Hake, *Epieikeia*, ed. D. E. C. pp. 23, 103—121.

② See Sylvia Marcos, "Indigenous Eroticism and Colonial Morality in Mexico", *Numen* 39 (1992): 157—174.

③ John Donne, "Devotions Upon Emergent Occasions", ed. Izaak Walton, *Devotions Upon Emergent Occasions and Death's Duel*, New York: Vintage Spiritual Classics, 1999: 1—152, p. 48. 后文引自该祷告的引文将随文标明页码,不再另行作注。

写这种危险疾病,他把它与谣言做类比:"这些体内的我们认为有传染性的致命烟气或蒸汽,有似一个国家内的有感染性的谣言,一种转移注意力的、不光彩的污蔑与诋毁。"(73)忧郁缓慢地腐蚀人体健康,谣言悄无声息地危害国家安全。忧郁让他感觉到:"然而我却是自己的行刑者。"(73)正如忧郁使人体自杀,谣言必然扰乱王国秩序。谣言使国家生病,向国王进谏成为贵族朝臣的重要担当。牧师为此写道:"在怀疑、谣言与偶像崇拜的地方,您的愤怒惊醒了,您的愤慨搅动了。"(149)思考自己的病情时,牧师参与讨论王国政府面临的谣言威胁,劝诫国王(上帝)警惕谣言扩散。

这位牧师就是约翰·邓恩(1572—1631),上文是他在《对突发事件的祷告》(1624)中叙述的谣言与阴谋叛乱之片段。祷告词共23章,每章包括沉思、劝告与祈祷三部分,记录邓恩晚年遭受的忧郁疾病及他在每个病发阶段的所思所想。这是一部疾病自传,但邓恩将疾病与反叛类比,展现那些导致人体疾病与政治灾难的相似力量,说明人体与国家正以相同方式在自我毁灭。批评家玛丽·帕佩兹恩认为,这些政治意象孤立、零散地出现且间接指向政治,而非持续的政治斗争与对时政的干预,类似从政治中隐退与消极冥想上帝的寂静主义(quietism)信条。① 罗伯特·库珀持相反观点,坚持该册子不少部分抽象讨论了政治事件,这些材料"几乎构成一张无穷的政治意象网",展示邓恩"作为一位意外的政治进谏者"之线索。② 遗憾的是,他没注意到1623年查尔斯王子(与西班牙公主)订婚引发的灾难性不实报道与该祷告文中的忧郁、谣言、自杀之间的关联。实际上,17世纪20年代,詹姆士一世身体每况愈下,王室一直希望与西班牙联姻化解罗马教廷的威胁,查尔斯王子前往马德里向菲利普三世的女儿玛丽亚·安娜求婚,却遭到英格兰新教徒的强烈反对。廉价报业以各种政治丑闻吸引大量普通读者,刊登诋毁国王与政府的诽谤诗与花边新闻,煽动民众叛乱与扰乱国家秩序,各种谣言使查尔斯被迫取消婚约。因瘟疫频发,医学知识与大小宇宙对应的理念进入政治领域,国民在体液理论与

① See Mary Arshagouni Papazian, "Politics of John Donne's *Devotions Upon Emergent Occasions*: or, New Questions on the New Historicism", *Renaissance and Reformation* 27 (1991): 233−248, p. 242.

② See Robert M. Cooper, "The Political Implications of Donne's *Devotions*", ed. Gary A. Stringer, *New Essays on Donne*, Salzburg: Institute for English language and Literature, 1977: 192−210, p. 192.

早期现代医学框架内理解政治身体议题。[①] 鉴于此,笔者从 17 世纪早期的英格兰廉价报业这一语境出发,结合邓恩晚年多病之生平,研究《对突发事件的祷告》中的疾病、谣言与自杀的医学意义与政治内涵,揭露斯图亚特王朝早期社会对政府权威的焦虑。

　　16、17 世纪是英格兰历史上最为动荡的阶段之一,宗教改革使英格兰卷入欧洲范围内的宗教斗争,也引起英格兰境内的天主教叛乱、清教势力崛起等一系列问题。都铎王朝时期,不同国王的不同宗教信仰与宗教政策导致国家的宗教身份剧变,引发国民的不同反应与衍生出不同的宗教派系。宗教问题成为英格兰社会最为复杂、最为棘手与最易触发政治叛乱的问题。为了控制政治局势,官方发布正式文件文书规范社会行为,借助戏剧演出、论述文(treatise)等宣扬官方意识形态或偶尔指涉前线战事。随着活字印刷术传入不列颠岛,自 16 世纪后期开始,英格兰出现了各种匿名与半匿名的印刷体文本,包括小册子(pamphlet)、抨击性文字(broadsides)、诽谤诗(verse libels)、类似现代日报的新闻报道(news separates)等。在政治危机与信息高度缺乏的年代,廉价报业发展迅速。早在詹姆士一世 1603 年登基时,伦敦就出现了一种多趣闻、多新闻文化。[②] 廉价报业让趣闻、消息与谣言更易进入公众视野,但也变得更加危险。那时新出现的术语"饶舌者"或曰"新闻传播者(news-mongers)",描述那些渴望更新公共丑闻的人。尾随那些非常显著的丑闻,例如托马斯·欧文波利(Thomas Overbury)谋杀案、1621 年多名议员入狱、沃克斯勋爵拒绝在北安普敦投降、白金汉为三十块钱背叛英格兰等,一些匿名读者狂热地想知道宫廷内究竟在发生什么。特别对 17 世纪 20 年代的新教徒来说,查尔斯王子的婚事与国家命运系在一起,他们强烈反对王子与西班牙公主订婚,因为西班牙是新教国家必须彻底消灭的最大敌人。1623 年查尔斯回国前,官方封锁有关这一事件的任何消息,这反过来刺激了英格兰廉价报业对它的报道,各种秘密谣言如瘟疫般疯狂传播。

　　对西班牙联姻危机,伦敦人出版了"史无前例的、数目巨大的小册子",在

---

　　① See David Hillman, "Staging Early Modern Embodiment," in David Hillman and Ulrike Maude, eds. *The Cambridge Companion to the Body in Literature*, New York: Cambridge UP, 2015: 41—57.

　　② 就评估新闻对伦敦政治文化的影响,参见 Richard Cust, "News and Politics in Early Seventeenth Century England", *Past and Present*, 112 (1986): 60—90。

瘟疫般的谣言作用下,到邓恩创作《对突发事件的祷告》时,王子私人婚事已完全演变成一场王国政治危机。新闻报道的出现与传播使政治话语的属性发生了巨大转变。最直接的是,它极大扩展了权威人群的范围,让百姓相信自己有权间接介入或干预国家事务。一些个人或小群体因此有机会参与讨论他们以前不曾关注的时政话题。正如达格玛·弗雷斯特所说,到 17 世纪 40 年代为止,"这个时期的男女展现出对他们当地之外的事情的积极兴趣,他们对国家政治有了一些基本'知识'"。① 斯图亚特意识形态坚持自上而下的信息传播方式,故不可避免地,臣民对国家事务的广泛兴趣必定带给王权一种难以想象的重伤。因此,詹姆士一世告诫亨利王子,谣言是一种必须医治的国家疾病,因为"我已经感受到,这个国家正遭受这种自然疾病[……]一种不负责任、傲慢的狂妄,他们幻想自已的伟大与力量"②。弗雷斯特的评论也暗示,那些对国家政治特别感兴趣的人在很大程度上被提供了错误信息,以至在某种程度上自以为获得了准确的一手信息。为了让自己更受欢迎甚至成为偶像,或为了让报文获得好的销量,一些小册子作者甚至毫不避讳地创造人物轶事,取代那些可能得到充分证实的事件。新闻作者的专业知识似乎只是虚假专业知识,因为没有人知道官方任何确切的消息,每位写稿人只是表达自己的观点或散播有趣的谣言轶事而已。可以说,王子(王室)的名声依赖于对公共人物的修辞构建,反之,公共人物也非常容易被谣言毁坏名声。

后期生涯中,邓恩疾病缠身却极力为王权传教,他把宗教叛乱定义为一种疾病。从天主教转为新教徒后,1615 年他先后被任命为国教会牧师与皇家牧师,1621 年成为圣·保罗大教堂主持牧师。随着身体素质下降,他精神上的自杀情绪与忧郁症状加剧,身体上一直遭受"回归热(relapsing fever)"的折磨。在邓恩看来,宗教叛乱类似自己所遭受的忧郁症或回归热。③ 1621 年,在

① Dagmar Freist, *Governed by Opinion: Politics, Religion and the Dynamics of Communication in Stuart London 1637—1645*, London and New York: Tauris Academic Studies, 1997, pp. 178—179.

② James I, *Political Writings*, ed. Johann P. Sommerville, Cambridge: Cambridge UP, 1994, p. 28.

③ See Marjory E. Lange, "Humorous Grief: Donne and Burton Read Melancholy", eds. Margo Swiss and David A. Kent, *Speaking Grief in English Literary Culture: Shakespeare to Milton*, Pittsburgh: Duquesne UP, 2002: 69—97.

一次布道辞中，他谴责宗教叛乱，坚持脱离普世宗教正如患上忧郁症："使其他人与王国分离开来是一种暴政与篡权；使你自己与王国分离开来是一种有罪的、反叛的忧郁。但正如身体里的忧郁是最难清除的体液，灵魂里的忧郁——不信任拯救——亦是如此。"①在这个布道辞中，邓恩使用忧郁来刻画人们对上帝普世恩典的一种基本误解："看这个法案（永远不与上帝分离的法案）是否没有被玷污，是否受到蛇毒的玷污，是否受到绝望的苦艾的玷污，是否受到忧郁的胆汁的玷污？这些是否使该法案失效？"②不接受拯救或与上帝分离是一种宗教反叛，与人体的忧郁、自杀等疾病相似。查理一世不也支持邓恩的布道辞，至少邓恩的普世拯救倡议符合查理一世统治早期的宗教政策？③甚至在早期生涯中，邓恩就已使用忧郁直接再现身体疾病并隐喻表达宗教机构的反叛，只是他那时对待反叛的态度不同。邓恩那时还是一个天主教徒，所以在《暴死论》（1608）中他为反叛国教会的行为辩护，似乎相信"基督教的最佳美德最初在于它作为集体自焚的地位"，尽管他同时认为基督徒的疯癫自杀是罗马政客与撒旦合谋以收编教会之结果。④

在疾病中思考叛乱问题，恐怕还离不开当时瘟疫频发之现实与邓恩的医学家庭背景。在 16、17 世纪英格兰，天花、疟疾、伤寒与黑死病和梅毒一道异常流行。自 1348 年传入英格兰后，黑死病在伊丽莎白一世（1558—1603）和詹姆士一世统治期间（1603—1625）的 1563 年、1578—1579 年、1582 年、1592—1593 年、1597 年和 1603 年多次大规模暴发。英政府大量印刷各类疾病预防手册，但医疗总体水平低下，专业医生严重匮乏，国民通常自我治疗，民间医生非常活跃。医学知识由一种职业化的专业术语转变为日常使用的普通语言，医学话语进入政治与生活领域。⑤邓恩一生经历了数次大规模的瘟疫暴发，自然相当熟悉医学理论与实践。而作为一个博学牧师，邓恩也必定熟知阿奎

---

① John Donne, *The Sermons of John Donne*, 10 vols., vol. 3, eds. George R. Potter and Evelyn M. Simpson, Berkeley: University of California Press, 1953—1962, p. 87.

② Ibid., p. 91.

③ See Jeanne Shami, "Labels, Controversy, and the Language of Inclusion in Donne's Sermons", ed. David Colclough, *John Donne's Professional Lives*, Cambridge: D. S. Brewer, 2003: 135—157.

④ See Adam H. Kitzes, *The Politics of Melancholy: From Spenser to Milton*, p. 106.

⑤ See Peter Womack, *English Renaissance Drama*, p. 75.

那、奥古斯丁等中世纪神学家如何使用医学意象来讨论人的灵魂疾病与身体疾病。[1] 他的一个同时代作家甚至推测,邓恩丰富的医学知识说明他曾经想成为一名医生。[2] 邓恩继父约翰·西铭斯是一名医生,也曾任皇家医学院校长,因此邓恩自幼时起完全有机会从医学谈聊中吸收知识。当他 11 岁时,继父把家搬到圣·巴塞洛谬医院附近,孩童时期的医学诊断与手术记忆必定一直印在邓恩的意识中。[3] 所以,当 1623 年邓恩的危险疾病"回归热"反复发作时,他的糟糕身体似乎越发激起了他的创作灵感。[4] 当廉价报业散布谣言时,他把疾病自传《对突发事件的祷告》转变成他关心王权的出口,表达自己作为一个主持牧师对王国政治身体健康的担忧。

谣言疾病化隐含一套邓恩时代熟知的大小宇宙对应之身体理论。身体的结构与功能知识令邓恩着迷,他让自己与时俱进,熟读各类医学典籍,知晓当时最新医学研究成果。[5] 文艺复兴社会继承古典身体观,从隐喻出发描述一种类比系统,再现相似的多重和谐体,贯通亚里士多德的自然观、托勒密的宇宙论和盖伦的体液学说。大卫·海尔提出:"比起其他任何构建'伊丽莎白世界图景'的对应关系来说,社会和人体之间的相似性用得更多。"[6]14 世纪初,当"疾病"首次在英文中出现时,它指"缺乏轻松;不安和不舒适;不方便和烦躁;不安静和受到打扰;麻烦"。[7] 这种古老的定义没提到特殊的身体病态,而指在大小宇宙层面可能发生的"失衡"。14 世纪末,疾病才开始以现在语义存

①　See Winfried Schleiner, *The Imagery of John Donne's Sermons*, Providence: Brown UP, 1970, pp. 68−85.

②　See John Donne, *The Poems of John Donne*, 2 vols. ed. H. J. C. Grierson, Oxford: Oxford UP, 1912, 1: 377.

③　See Baird D. Whitlock, "The Heredity and Childhood of John Donne", *N&Q* 6 (1959): 257−262.

④　See John Carey, *John Donne: Life, Mind and Art*, London: Faber and Faber, 1981, p. 136.

⑤　See D. C. Allen, "John Donne's Knowledge of Renaissance Medicine", *JEGP* 42 (1943): 322−342.

⑥　David G. Hale, *The Body Politic: A Political Metaphor in Renaissance English Literature*, p. 11.

⑦　William Spates, "Shakespeare and the Irony of Early Modern Disease Metaphor and Metonymy", ed. Jennifer C. Vaught, *Rhetorics of Bodily Disease and Health in Medieval and Early Modern England*, Burlington: Ashgate, 2010: 155−170, p. 155.

在,指身体"不健康的状态、不良和病态"。① 15 世纪后期,该词开始指向特别的状况和生病:"有此种状况的任何一种;一种无序或微恙,展现特殊的症状或影响特别的器官。"②16、17 世纪,"疾病"转化为一种可用于谈论人体、政体和天体的修辞,让早期现代人能建立横越"人体"小宇宙到"政治身体"大宇宙的直接类比关系。乔纳森·哈里斯相信,大小宇宙的类比关系成为当时占统治地位的概念和话语形式。③ 在自然状态中,大小宇宙遵循这种结构关系,和谐与安逸为至高状态,但当这种秩序被打破时,疾病与紊乱(叛乱)占主导。正是在这一身体语境中,邓恩把自己的自然身体疾病与廉价报业引发的政治身体疾病进行类比思考。

如果说《皇家礼物》是詹姆士开给亨利王子医治包括谣言在内的各类社会疾病的药方,那《对突发事件的祷告》便是邓恩开给查尔斯王子的专治谣言疾病的单子。在祷告词的开篇处,邓恩不是写下"献给最杰出的王子,查尔斯王子"吗? 邓恩在该祷告词中公开展现个人疾病,表达自己对谣言的焦虑,由此不难想象,邓恩以这种方式进谏查尔斯王子,注意谣言对斯图亚特王室名声产生的负面影响。④ 即是说,通过强调谣言是王国政治身体的一种社会疾病,邓恩有效劝诫王国医生——国王詹姆士一世或未来国王查尔斯王子(查理一世)——采取措施压制谣言。至少,国王应该认识到,匿名毁谤、小册子与廉价报业通过边缘化传播的方式可能给政治身体带来的损害。但是,祷告词中对谣言的关注不只是唤醒国王的意识,而是让国王重视谣言难以捉摸的传播路径、它对民众的特别吸引力与它给王国带来的灾难。或曰,通过再现它在属性、特征与预防上与人体疾病的相似性,邓恩以最详尽的文本呈现谣言作为社会疾病之隐喻,以劝告国王开出治疗谣言之处方。姑且不管查尔斯王子是否

① See William Spates, "Shakespeare and the Irony of Early Modern Disease Metaphor and Metonymy", ed. Jennifer C. Vaught, *Rhetorics of Bodily Disease and Health in Medieval and Early Modern England*, p. 155.

② William Spates, "Shakespeare and the Irony of Early Modern Disease Metaphor and Metonymy", ed. Jennifer C. Vaught, *Rhetorics of Bodily Disease and Health in Medieval and Early Modern England*, pp. 155−156.

③ See Jonathan Gil Harris, *Foreign Bodies and the Body Politic: Discourses of Social Pathology in Early Modern England*, p. 141.

④ See Adam H. Kitzes, *The Politics of Melancholy: From Spenser to Milton*, pp. 112−113.

有心接受邓恩建议，因他此时忙于自己与西班牙公主的订婚或挫败于失败的订婚，但从他 1649 年被送上断头台之事，或许看出查尔斯王子可能一直就不是一个善于纳谏之人。但作为主持牧师，邓恩需向国王委婉地阐释谣言问题：什么引发了谣言？谣言源自何处？为何会出现在特定时刻？谣言的持续传播对王国命运，哪怕最强大的王国，意味着什么？如果能够预防，该如何预防谣言？如果不能，国王医生如何有效管控谣言，它们在多大程度上会伤害王国？简约为一个问题：干扰自然身体或政治身体的疾病或谣言，究竟对良好治理意味着什么？

一旦明白良好治理的定义，便能回答这些问题。在邓恩看来，良好治理首先意指铲除政治身体中的骚乱与暴动，因为它们类似于人体中必须净化的黄胆汁。《对突发事件的祷告》把篡位反叛隐喻为一种疾病，它让国王特别注意那些谣言传播者、政府控诉者与阴谋叛乱者，警惕他们对政治身体健康的威胁。对公开毁谤者，邓恩毫不含糊地加以谴责："在街上我能遇到什么样的毒气、水沟、废墟、粪坑及犯下什么样的错行，能比那些家里自酿的蒸汽对我伤害更大？"（73）"毒气""水沟""废墟"与"粪坑"指向当时肮脏的伦敦街道与滋生、传播瘟疫的环境，黑死病、鼠疫与天花频发的土壤与元凶。但与"家里自酿的蒸汽"相比，这些对邓恩身体的伤害，比对英格兰政治身体的伤害逊色许多。这些"自酿的蒸汽"当然是指邓恩体内无法捕捉的由（干热）黄胆汁过剩引起的"回归热"与忧郁症，更指英格兰国内难以找寻源头的秘密传播的谣言与阴谋叛乱。邓恩在祷告辞中深入阐述谣言叛乱对王国身体的威胁："国家中不是一样吗？那些贵族的傲慢使人民发生骚乱。这是一场由贵族傲慢引起的、对国君构成最大危险的大病。［……］而人民的骚乱只是一个征兆，一个标志重病的偶然事件。但这个征兆变得如此暴力，不允许人有任何时间去咨询。我们精神的疾病偶然事件不都是如此吗？我们情感的疾病不也一样显著吗？如果一个黄胆汁病人准备发动进攻，我必须去净化他的干热体液，还是直接阻止他殴打？"（53）傲慢贵族纵容、唆使人民骚乱，任凭谣言、叛乱蔓延，而骚乱只是王国政治身体重病的征兆，这正如发生邓恩身上的忧郁症，使他的精神与情感状态"如此暴力"。

正如查尔斯王子需细读《对突发事件的祷告》，詹姆士一世需经常召开国会商讨国家对策。国王需要寻求他人的治国方略，这是良好治理的第二层含义。邓恩这样写道:"国王从其他人那获得谏议,并不会使国王的尊严减少。上帝没有创造许多太阳,但他创造了许多接收与发出光的身体。罗马人从国王开始,尔后两执政官联合统治,最后回到独裁者的极端模式。无论一人还是多人统治,所有国家的主权是一样的。在有更多医生的国度,不是危险更多,而是上帝的意旨更多。当国家事务由更多顾问执行时,而不是由一个胸膛承受,无论胸膛有多宽厚,这个国家是更幸福的。"(39)对比罗马共和国与帝国时期,前者是由元老院执政,平民享受更多民主、平等与自由,后者由皇帝独裁专制,国民失去自由与其他基本权利,最终导致帝国腐败、分裂与灭亡。"在有更多医生的国度",有国会成员作为国事顾问,君主们就如"许多接收和发光的身体",这样的国家必定"更幸福"。邓恩指向因查尔斯王子订婚一事,詹姆士因得不到新教议员支持于 1623 年解散国会。[1] 如果国王是政治身体的医生,那些辅佐议员便是助理医生。邓恩建议国王抛弃个人专制统治,回归到英格兰国会传统上来,让国王"接收"更多"医生"辅佐。因宗教或财税争议而解散国会,似乎成为詹姆士父子实行个人专制统治的最好理由。1610 年 2 月,国会同意"大契约"征税计划,但作为条件国王要做出 10 项让步,失去耐心的詹姆士于 12 月 31 日解散国会。1614 年,下议院不愿授予他需要的钱,国会开始仅 9 周后詹姆士就解散国会。[2] 1614—1621 年间,詹姆士实行个人专制统治。[3] 1629 至 1640 年,查理一世实行 11 年的无国会统治,英格兰处在内战前夕。[4]

与詹姆士演说辞反问语气非常相像,祷告辞选择支持詹姆士的君权神授主张。[5] "如果一个黄胆汁病人准备发动进攻,我必须去净化他的干热体液,还是直接阻止他殴打?"(53)邓恩使用"黄胆汁病人"喻指那些对国家"发动攻击"者。面对危害社会秩序的人,国王应召开国会商讨出一个"净化他的干热

① See Croft Pauline, *King James*, Basingstoke and New York: Palgrave Macmillan, 2003, pp. 75—81.

② Ibid. , p. 93.

③ See David Harris Willson, *King James VI & I*, London: Jonathan Cape, 1963, p. 409.

④ See Charles Carlton, *Charles I: The Personal Monarch*, 2nd ed. London: Routledge, 1995, pp. 153—154.

⑤ See Adam H. Kitzes, *The Politics of Melancholy: From Spenser to Milton*, pp. 113—114.

体液"之对策,还是暂时关闭国会"直接阻止他殴打",实行个人专制统治。言外之意,与谣言叛乱者不同,作为上帝代理人,哪怕实行暴政或个人统治,国王不能受到抵制,臣民必须无条件顺从。这构成良好治理的又一层含义。邓恩写道:"疾病们自己开咨询会,密谋如何繁殖,相互帮助,提升彼此的力量。[……]死亡出现在老人的门口,告诉他死亡一事。死亡除潜伏在一个年轻人后面,什么也不说。"(39—40)邓恩既描述自己疾病迅猛"繁殖","潜伏"在身后阴谋伤害自己,也指那些妖言惑众的叛乱者,他们"开咨询会""密谋"危害国家。面对如此巨大的"死亡"力量,国王似乎必须第一时间铲除叛乱而无需征求国会意见。实际上,在祷告词中,邓恩多次论及上帝、国王与百姓的关系:"一个杯子不会破碎,因为上面有国王的脸,一位国王不会脆弱,因为他身上有上帝的神性。"(46)"当我说到国王时好像说您(上帝),当我谈到您时好像说国王。您允许民众自由谈论您的代理人国王,当然他们却无知、轻蔑地言说您。"(47—48)邓恩明确国王作为上帝代理人的地位,臣民必须绝对服从,因此他对传播谣言的阴谋家非常愤怒。这吻合詹姆士的多次国会演说,他曾劝导朝臣贵族效忠国王,即便一个暴君坐在王位上。① 如在 1609 年国会上,他庄严宣告:"君主制国家是地球上最了不起的事情:因为国王们不仅是上帝在人间的助手,他坐在上帝的王位上,而且他们甚至被上帝自己称为上帝。"②

《对突发事件的祷告》阐明了谣言的属性、特征与治疗建议。邓恩看到谣言的流动与无形,犹如蒸汽、瘟疫一般无处不在,对人的自然身体与国家的政治身体有致命伤害。邓恩意识到谣言对王国权威与人体能动性的消解作用:"我说过一种蒸汽。但如果我被问到是什么样的蒸汽,我说不出来,那是一种无影无踪、无觉无味的东西。如此接近虚无,以至把我们变成虚无。"(73)的确,谣言是一种"无影无踪"的"蒸汽",人们"说不出来"它源自何处,无法预知它会对政治身体造成多大致命火难,犹如瘟疫能把我们"变成虚无"。这就是谣言的属性。由于担心忧郁反弹,他一直害怕谣言持续发酵,如他对上帝倾

---

① 　See Jeanne Shami, "Donne's Sermons and the Absolutist Politics of Quotation", eds. Frances Malpezzi and Raymond-Jean Frontain, *John Donne's Religious Imagination*: *Essays in Honor of John T. Shawcross*, Conway, AR: University of Central Arkansas Press, 1995: 380—412.

② 　James I, "Speech of 1609—1610", ed. Charles H. McIlwain, *The Political Works of James I*: *Reprinted from the Edition of 1616*, p. 307.

诉:"您多么轻易地饶恕他们犯下的其他罪恶,您多么竭力地包容他们经常反复犯下的那些罪恶。那些是他们对您、您代理人(国王)与牧师的低语抱怨。他们转向其他神灵与偶像崇拜。哦,我的神,低声私语是多么堕落,多么无可救药;他们离您这么近,却在您的代理人背后低声私语。"(147)邓恩定义谣言特征:散布谣言者"转向其他神灵与偶像崇拜",传播异教的、不权威的、不正确的消息,犯下"堕落""无可救药"的罪行。邓恩请求上帝出手,毁灭这些散布谣言的叛乱之徒。尽管这些人正如邓恩所患的反复发作的忧郁症,上帝仍宽容、仁慈地对待他们,派自己的代理人国王们——王国医生——送上"健康药方"。"神圣国王法国的圣·路易斯与我们的莫德,因为这个行为受到称颂,他们走访医院,帮助治疗那些令人呕吐的人。[……]大卫王深入人民中间,与人民融为一体,称他们为兄弟与骨肉。"(49)在祷告辞第八章,邓恩专门叙述詹姆士一世派遣医生为自己治病一事,字面上表达他对国王的感恩之情,隐喻意义上说明国王治疗作为社会疑难之症的谣言之努力。

实际上,在阐述王国治理的《皇家礼物》中,詹姆士的确把自己的白厅比作医生办公室。当诬陷、攻击王国政府的谣言四起时,政治身体处于疾病状态。詹姆士指出,百姓"厌倦目前所处的阶层,渴望新鲜感",倾向饶舌、散布谣言,"评价与鲁莽言说君主"。[①] 平民抱怨表露出,他们对因社会地位低下,不能进入官方话语感到不满,身心没有获得充分的愉悦感,故患愤世嫉俗、忧郁与造谣之疾。对此,必须严格执行惩罚不敬的说话者的法律,"这样可以正义地阻止他们的嘴巴说出那些无聊、不敬的言语,支撑你的王国,关照你的政府,他自己也就不会有怨言"[②]。法律与仁爱兼施,"让温柔与严厉混合,非正义的骂人者便因敬畏而被遏制住。善良的爱民就不仅生活安稳富足,而且你的友善礼仪让他们感动,开口赞美你如此温和的政权"[③]。每年神圣节日期间,邀请平民一起娱乐,增进普通百姓之间的友谊,彰显王室的富足与强盛。"需用更多方式吸引他们一起参与友情活动,指定一年中的某些日子,上演公共的诚信比

---

① James I, "Basilikon Doron", ed. Charles H. McIlwain, *The Political Works of James I: Reprinted from the Edition of 1616*, p. 27.

② Ibid, p. 27.

③ Ibid.

赛与盛大军演。聚集邻居,举办诚实、开心的宴会活动,增进友谊与交流。"①
作为王国医生,詹姆士一世深知谣言之疾的危害,因此提倡法治、节日娱乐与
军事表演,让国民在娱乐中释放不良情绪、恢复身心健康,在观看大型比赛与
军演中感受王权的力量,增强对国家的信心与对王权的敬畏感,最终归顺与效
忠国王。然而,邓恩对此显得信心不足,因为谣言正如他的忧郁症,使(政治或
自然)身体处于无意识的自杀过程中。

　　由于国家疾病不可避免,一个有序的国家便存在自杀风险。自杀是《对突
发事件的祷告》的中心主题,它与邓恩的忧郁症、罪恶密切相关。自然身体与
政治身体把秩序作为身体健康的符号,疾病与秩序反叛者便是威胁人体与王
国健康的干扰性因素。与 17 世纪许多牧师、医生与作家不同,邓恩对谣言与
反叛势力的描述不是局限在一般意义的疾病符号上,而是在特殊意义的自杀
符号上。"在自杀符号下,这些干扰国家的问题变得最为强烈。"②第二十章
中,邓恩写道,忧郁困扰着他,让他有自杀的念头:"但我做了什么,使我产生或
吸入这些蒸汽? 他们告诉我,那是忧郁。我的确浸渍在忧郁之中,自己喝饮在
忧郁中[……] 但我什么也没做,然而我却是自己的行刑者。"(72—73)邓恩拷
问自己,"我做了什么",是"忧郁"抑或某种罪恶,让我产生这些"蒸汽",让我成
为"自己的行刑者"? 他把"蒸汽"与谣言做类比,"这些体内的我们认为有传染
性的致命烟气或蒸汽,有似一个国家内的有感染性的谣言,一种转移注意力
的、不光彩的污蔑与诋毁"。(73)邓恩借用古典大小宇宙对应理论,让自然身
体与政治身体类比,"心脏是国王,大脑是国会,把所有人黏合起来的行政官员
是肌腱,所有部位的生命是荣誉、正义、尊敬与尊重,因此当蒸汽、毒液般的谣
言反叛这些崇高部位时,整个身体遭难了"(73)。正如忧郁"蒸汽"让人自杀,
"感染性的谣言"逐渐消耗王国身体的"崇高部位",使王国处在自杀自虐中。
然而,尽管身体倾向自杀,但从对国王医生的期盼中看出,"邓恩并没有必然地
表达自己想自杀的意愿"。③ 而这是否隐含邓恩对谣言自杀性后果的恐惧却
同时期盼国王不放弃预防与医治谣言的不确定心态?

---

① James I, "Basilikon Doron", ed. Charles H. McIlwain, *The Political Works of James I*:
Reprinted from the Edition of 1616, p. 27.

② Adam H. Kitzes, *The Politics of Melancholy*: *From Spenser to Milton*, p. 114.

③ Ibid., p. 115.

　　邓恩把自己与其他罪人对比,强调自己被动无辜地受到"无为而为(doing by not doing)"的疾病折磨,凸显匿名谣言对王国"不做而做(acting by not acting)"的自杀性后果。邓恩自述道:"如果这种自我毁灭的场合源自我们自己的意志,任何来自我们意图的帮助,不,来自我们自己的错误,那我们或许可以分开指责,斥责我们自己与他们。发烧源于不加节制的吃喝,肺痨因为不节制的淫乐,疯癫起于误置或过度使用我们的自然智力,发生于我们自己。就毁灭而言,我们自己是谋划者,我们不仅被动而且主动。"(72)邓恩提到"发烧""肺痨""疯癫"等数种疾病,起因于各种非道德、非节制、傲慢地使用身体,是一种积极主动的自我意志作用的结果,这些疾病与罪恶行为联系在一起。另一些自杀者既主动又被动,是行为的实施者与牺牲品,正如"有人用有毒的笔写字,有人把头撞向监狱的墙壁"。(72)与此对照,邓恩的忧郁症尽管与上面两类暴乱者症状有些相似,但病因与发生机制却完全不同。邓恩反问:"我做了什么,让我产生或吸入这些蒸汽?[……]那是我的思考。我不是必须思考吗?那是我的学习。我的内心没有呼唤学习吗?"(72)他的"学习"与"思考",与他的忧郁一道,是他身体自杀的真正原因,也是他最应极力避免的行为。但是,难道"我不是必须思考吗?"他必须面对身体表演自己的自然功能时所导致的不幸后果或裁决。他发现自己陷入一种"无为而为""不做而做"的自杀中。这种自杀的意念就像一种魔幻力量,乃是一种"隐形的公开表演"与"缺场的在场",使两元对立的疾病模式暂时悬置起来。①

　　在谣言问题上,《对突发事件的祷告》与 16、17 世纪复兴的古典文学形成互文关系。谣言的自杀隐喻也出现在维吉尔诗歌中。在某种意义上,邓恩的谣言焦虑属于文学传统主题。维吉尔让"谣言"人格化为"珐玛(Fama)",后者相当于英文"fame",有"传闻"或"传播消息"之意。他指出,谣言的阴险不是它传播虚假消息甚至无意义的东西,而是它不加区分地传播任何消息:"她是一个让人恐惧的/巨大怪兽,拥有许多羽毛,/每片羽毛下藏着不眠的眼睛/(让人惊奇地),拥有许多发声的舌头/和嘴巴,竖起许多耳朵[……]白天/她如哨兵一样坐在陡峭的屋顶/或在高高的塔尖上,恐吓着巨大的城市;/因为她坚守虚假消息与歪曲的真相,/也坚守真理的信息。/现在她高兴。她使用许多

―――――――――――――

　　① See Adam H. Kitzes, *The Politics of Melancholy: From Spenser to Milton*, p. 118.

故事,/塞满所有人的耳朵。她歌唱发生过的/ 与虚构的 故事。"①借用代词"她",谣言被女性化。②"她"摧毁的不是真理,而是我们区分"真相"与"虚假"的能力。"她"只是不断地讲述、歌唱"故事"以"塞满所有人的耳朵",但这些包括"发生过的"与"虚构的"故事。"她"摧毁了我们区分有意义叙事与无意义叙事的能力,尽管我们哪怕在语境中也总是只能部分理解文本。对邓恩来说,最重要的是,谣言瓦解了17世纪社会区分适度的政治忠诚与阴谋篡位、反叛之间的能力。为此,祷告辞暗示社会从廉价报业(谣言)转移开来,谴责作为政治疾病符号的谎言、罪恶与叛乱,倾听来自王国政府的权威声音,保护国家有序与健康的政治身体。

邓恩同时代政论家兼作家弗朗西斯·培根强调,谣言诱发叛乱,叛乱催生谣言。1612年,在《论煽动或动乱》中,培根引用维吉尔作品写道:"当然,毁谤与放纵话语处在动乱符号之中。维吉尔给予其'传闻'(fame)系谱,说她们是'巨人'(Giants)的妹妹。[……]好像传闻与谣言是过去反叛的遗物,但她们也并非不是即将到来的反叛的序幕。但他发现这是对的,即反叛骚乱与煽动性传闻毫无区别,只是有似男女两性之间的区别。"③培根调用古典诗人维吉尔的权威,认同动乱与反叛生发传闻与谣言之看法,因为叛乱一旦被国王击败与平息,叛军必定散布谣言诋毁王权,虚构谎言与谣言为自己正身。④ 但培根更认识到,谣言与传闻也是叛乱的催化剂,成为叛乱发生的诱因,乃是即将到来的政治动乱之序幕。1625年,也即查尔斯王子的西班牙联姻事件爆发时,培根在《论煽动与动乱》一文中阐述毁谤的发生机制,尤其"她"对王国政治身体带来的瘟疫般灾难,"毁谤与放纵话语反叛国家,她们频繁发生、四处蔓延。类似地,虚假新闻通常上下跑动,使国家处于非常不利的境地,却得到百姓的

---

① Virgil, *The Aeneid*, 12 Books, Book 4, tran. Allen Mandelbaum, New York: Bantam Books, 1981, Lines 238—252.

② 有关谣言如何与早期现代女性发生联系,见 Martin Dzelzainis, "'The Feminine Part of Every Rebellion': Francis Bacon on Sedition and Libel, and the Beginning of Ideology", *Huntington Library Quarterly* 69.1 (March 2006): 139—152, pp. 147—152.

③ Francis Bacon, *The Works of Francis Bacon*, eds. James Spedding et al, 14 vols. London: Longman, 1857—1874, 6: 589.

④ 实际上,莎士比亚戏剧也再现了反叛与谣言的辩证关系,见 Meredith Evans, "The Breath of Kings, and the Body of Law in 2 *Henry IV*", *Shakespeare Quarterly*, 60.1 (2009): 1—24.

匆忙拥抱。她们是国家动乱的符号之一"。① 如果说秘密散播的谣言与凭空报道是阴柔、多变的女人，那谣言生发的武力叛乱、暴乱便是刚强、公开对决的男人。两者在本质上都是颠覆王权、扰乱国家秩序的自杀式武器。但培根指出，谣言的危害似乎更大，"当词语是极度凶恶的，在公共领域，以恶毒的方式所说，且得到很好的证明"，而不是"客栈里的闲聊，由阿谀奉承者所注意到的闲聊"之时。②

似乎呼应邓恩诉求，对出版社推出颠覆王权与弑君书籍，斯图亚特政府审判并处死了相关出版商。最著名的例子要数托马斯·布鲁斯特（Thomas Brewster）案。1664 年，布鲁斯特与西蒙·多佛、纳桑·布鲁克斯一起受审，被指控曾经出版了一系列为弑君辩护的书籍。在位于伦敦老贝利街的中央刑事法庭，布鲁斯特受到国王陆战队士官威廉·莫顿爵士的额外指控，被控诉"恶意地、虚假地、制造丑闻地"编辑出版与革命派神圣联盟、1643 年契约相关的图书材料。莫顿使评审团与最高法院首席法官确信，布鲁斯特意在"使人民从对国王的忠诚中撤离"。③ 莫顿这样刻画毁谤的冒犯性："各位绅士，煽动暴乱的书籍对王国是极其危险的。作为主要的诱因，虚假的谣言能搅动人民暴动与叛乱，在人民中间煽动不满情绪，然后他们很快就会揭竿起义。煽动暴动的书籍与举旗叛乱是非常至亲的关系，他们就像是兄妹。举旗叛乱更像是男性化行为，而印刷物与煽动暴动的书籍是每一种叛乱的女性化部分。"④罪行宣判成立后，布鲁斯特、多佛等人于 1664 年被执行死刑，留下出版业给他们的

---

① Francis Bacon, *The Oxford Francis Bacon：The Essayes or Counsels, Civill and Morall*, ed. Michael Kiernan, p. 43.

② See Francis Bacon, *Resuscitatio, or, Bringing into Public Light Several Pieces of the Works, Civil, Historical, Philosophical, & Theological, Hitherto Sleeping, of the Right Honorable Francis Bacon*, ed. William Rawley, London：Printed Sarah Griffin, for William Lee, and are to be sold at his shop in Fleetstreet, at the sign of Turks-head, neer the Mitre Tavern, 1657, p. 46.

③ 对这次审判的叙述，见 Joseph F. Loewenstein, "Legal Proofs and Corrected Readings：Press-Agency and the New Bibliography", eds. David Lee Miller, Sharon O'Dair, and Harold Weber, *The Production of English Renaissance Culture*, New York：Cornell UP, 1994：111—122。

④ Roger L'Estrange, *An Exact Narrative of the Trial and Condemnation of John Twyn for Printing and Dispersing of a Treasonable Book*, London：Printed by Thomas Mabb for Henry Brome at the Gun in Ivy-lane, 1664, p. 50.

遗孀经营。[①] 的确,因早期现代大众印刷文化的繁荣,英格兰社会各种挑战政府权威的流言、毁谤与不实报道逐渐吞噬着英格兰政治身体。查理一世不是最终于 1649 年被清教徒送上了断头台吗? 在某种程度上,查理一世政权的覆灭就是廉价报业无节制发展的必然结果。尽管对这些出版商的审判有些滞后,但早在 1620—1630 年,莫顿就被内殿法律学院的法庭召唤,成为处理谣言案的知名律师。内战期间,他也一直奋斗在保皇派一边,直到 1644 年被革命派送进监狱。或许,在谣言肆虐的时代,莫顿与邓恩一样,只是众多捍卫王国健康的有识之士之一。

国民亦在身体对应理论中论证谣言作为疾病对王国的自杀式影响,邓恩时代的政府权威焦虑充分显现出来。17 世纪初,托马斯·唐吉思出版有关舌头与五官为优越地位而战的《舌》,把试图进入五官地位、隐喻新阶层的舌头疾病化、女巫化,服务政治身体的等级结构之意识形态。故事发生在名叫"微观身体(Microcosm)"的王国,主要人物有女王、常识、五官、舌头等。常识为女王的内阁成员,五官是贵族阶层,位于微观身体的头部位置上。作为上议院成员与统治阶层,他们共同构成政治身体的理性部位。舌头是百姓中新兴阶层的化身,他有自己的仆人,他采用各种手段为自己辩论,与统治阶层的其他成员展开舌战,为的是进入五官系列。舌头就是詹姆士一世所说的因不满现状而倾向饶舌谣言的部分百姓。[②] 舌头感觉,无论为社会做出多大的贡献,自己的付出没有得到女王、常识与五官的感激,心生怨恨故要求成为第六感官。舌头的不公平待遇源于"常识"从五官得到的对她不利的信息,正如 16、17 世纪社会普通家庭出身的不得意的高级知识分子与人文主义者,埋怨那些才疏学浅的君王理事顾问。然而,为了达到目的,舌头不择手段,在五官中挑拨离间,有似帕里斯与金苹果的故事,让五官找到一件长袍与一个金冠。金冠上面刻有"五个感官中能证明自己最棒的那一个,头上将戴上这个受到保佑的小冠

---

① See Maureen Bell, "Women and the Opposition Press after the Restoration", ed. John Lucas, *Writing and Radicalism*, New York: Longman, 1996: 39—60.

② See James I, "Basilikon Doron", ed. Charles H. McIlwain, *The Political Works of James I: Reprinted from the Edition of 1616*, p. 27.

冕"字样。① 舌头阐释道，五官只有证明自己最棒才能带上金冠。舌头的计划是通过制造五官之间的矛盾，自己渔翁得利，让金冠落入自己手中。五官识破舌头的阴谋而向"常识"汇报，"常识"做出判决："通过语言转换（translations），打着服务人民的幌子，她最恶毒地使神秘语言妓女化，以亵渎粗俗之人的耳朵。[……]她就是一个女巫，在召唤鬼魂中饶舌。[……]她是一位与每个人睡觉的妓女。[……]她在各方面就是女人。鉴于这些理由，不许接纳她入感官之列。"②故事结束时，五官被授予不同荣誉，服务"常识"与女王——王国灵魂，而舌头回到其平民位置，服务政治身体，王国恢复健康与平静，政府权威与神圣秩序再次确认下来。

　　为缓解外部天主教势力的威胁，詹姆士一世派查尔斯王子与白金汉秘密前往西班牙求婚，但迫于国内新教徒的强烈抗议，同时不能接受马德里要求英格兰取缔针对国内天主教徒的惩罚性法律，与西班牙联姻之事半路夭折。③为稳定王权，政府严格限制民间对此事做任何报道。而随印刷技术的引进，大众报业得到迅猛发展。在廉价报业作用下，西班牙联姻之事引发各种谣言与饶舌报道，政府权威受到严重挑战。在此历史语境中，邓恩《对突发事件的祷告》叙述自己的晚年疾病，细说忧郁让自己处在无法掌控的慢性自杀中，正如各种谣言与廉价报业毁谤政府，其他部位肆意攻击政治身体的头，饶舌报道正如人体的过剩体液，英格兰处于自杀进程中，急需国王医生的救治，政府权威需要重新树立起来。在这个意义上，《对突发事件的祷告》既是一部个人疾病传记，更是向国王进谏的政治文本，劝说国王做好国家医生，遏制谣言文本的扩散，以建立正确的权威文本，更好树立起政府权威。然而，"邓恩对疾病的考察使他能够拷问所有权威的基础"，当他怒斥谣言而"公开捍卫政府权威时，却无意挑战了政府权威的合法性"，因为权威文本正是由政府权威所生产，没有

---

① See Thomas Tomkis, "Lingua", ed. W. Carew Hazlitt, *Dodsley's Old English Plays*, 4th edn. 15 vols., vol. 9, London: Reeves and Turner, 1874—1876: 307—420, p. 359.

② Thomas Tomkis, "Lingua", ed. W. Carew Hazlitt, *Dodsley's Old English Plays*, 4th edn. 15 vols. vol. 9, pp. 396—397.

③ See Roger Lockyer, *The Early Stuarts: A Political History of England 1603—1642*, 2nd edn. pp. 160—161.

王权支撑的权威文本瞬间可崩塌为谣言。[①] 谣言在传播各种消息时,它并不关心正确与错误、权威与边缘、真理与反叛、忠心与篡位之间的界限。谣言不会区分客观事实与主观歪曲,因为在谣言那里,根本不存在此种区别。无论对自然身体抑或政治身体,试图按某些标准定义正常与疾病、新教与天主教、新教徒与清教徒似乎不太可能,因为这只会落入某些人设定的概念假设与政治陷阱中。

---

① See Adam H. Kitzes, *The Politics of Melancholy from Spenser to Milton*, p. 121.

第 五 章

16、17 世纪散文中的乌托邦世界
与英国国教会焦虑

　　16、17 世纪散文中,乌托邦是与瘟疫社会对立的重要图景,暗含作者们远离或改革重病王国的理想。神职人员、职业医生与政府官员对瘟疫定义、起因与疗方的理解略有不同,但都相信瘟疫寻找"不洁"之人作为目标。在神学家看来,瘟疫意味着罪恶,是上帝对人的集体处罚,避免瘟疫的药方在于忏悔赎罪。早期现代医学鼓励国民在清洁、通风的环境中生活,食用有益于人体体液平衡的食物。政府则采取隔离、关闭剧院等措施阻止瘟疫蔓延。作家们试图构想乌托邦世界,以对付或逃避瘟疫与类似瘟疫的危害英国国教会的清教徒。

　　托马斯·莫尔(1478—1535)是亨利八世的重要议员、律师和社会哲学家,更是国王任命的处理瘟疫的执行官。他一生虔诚信仰天主教,致力于重新建立理想的罗马天主教共同体。1516 年他发表《乌托邦》,构想一个完全由理性原则统治的岛国。莫尔不支持亨利八世与凯瑟琳离婚,更反对他脱离罗马教廷而自誉为国教会首领。《乌托邦》涉及瘟疫管控、刑法理论、多教社会、离婚、安乐死、女性权利、学问技术、公共教育等,叙述岛国人对上帝的坚定信仰和高尚的道德行为,描绘他们科学健康的生活方式与政府严厉的瘟疫管控措施。作为一种正视瘟疫的文学想象,它为英国政府提供了一套切实可行的战胜瘟疫的可能提案。[①]

罗伯特·伯顿一生身患忧郁，渴望把忧郁的英格兰改造为乌托邦。1616年，他成为牛津地区圣·托马斯教堂的教区牧师。静坐、孤独的习性让他保持反讽性的距离看待人类社会，把理性饮食与人体疾病、社会无序等联系起来，在基督教神学中思考医学与政治问题。1621年，《忧郁的剖析》出版，伯顿讨论忧郁的定义、症状与治疗，探究爱情忧郁与宗教忧郁，提出治疗伤心、绝望的方法。著作引用古典医学理论，结合民间医学知识，谈论忧郁疾病与政治问题。伯顿对清教徒深感失望，让忧郁与清教极端主义发生关联，在使清教瘟疫化中提出政治改革之药方。他使用乌托邦想象政府各部门间的协调合作，国家各机构间按几何比例分布，模仿山川、河流、道路、房屋等之间的黄金分割线布置。[②] 可国教会垄断教义，政府也不愿意改革，伯顿惟有向现实妥协，与暴政和平共处并宣布忠心国教会以维护社会秩序。理想国家终究只是一个梦幻乌托邦，这透露出当时英国的国教会焦虑。

第一节 瘟疫预防、隔离措施与宗教改革中的清教疾患化

要说清楚瘟疫作为一种特殊疾病在16、17世纪的定义、病因与治疗方法，首先要知道从古希腊、中世纪到早期现代社会，疾病在医学与神学中的意义演变与融合过程。进入基督教社会以前，古希腊医学分为三派：经验主义医学（Empiricists）、教条主义医学（Dogmatists）与卫理主义医学（Methodists）。经验主义医学强调以实践知识为基础的疗法，重视可见症状与病因；教条主义医学强调医学中的逻辑论述，通过权威文本学习医学知识，依赖学术传统，捍卫大小宇宙对应理论与四种体液的理论；卫理主义医学强调直接从病理症状做出推断，拒绝医学权威的病因研究与实践。前两者尊重古典医生希波克拉底，而卫理主义医学无视古人权威。盖伦把经验主义医学与卫理主义医学结合起来，借鉴教条主义医学，学习权威医学知识，接受被实践证明是正确的权威理

---

① See Rebecca Totaro, *Suffering in Paradise: The Bubonic Plague in English Literature from More to Milton*, Pittsburgh, Pa.: Duquesne UP, 2005, pp. 15—23.

② See Adam H. Kitzes, *The Politics of Melancholy: From Spenser to Milton*, p. 137.

论。盖伦批评卫理主义医学,谴责他们由贪婪、权力欲望而非热爱真理所驱动,说明他们弱小的人格致使他们完全否定权威医生。得益于医学实践与希波克拉底,盖伦发展了自己的体液理论,提出健康是源于情感控制,通过四种体液的平衡(syphrosyne)或节制(moderation)而获得的一种身体状态。反之,疾病由错误养生(regimen)导致的不节制(immoderation)所引发,是为一种体液过剩或不足的状态。①

中世纪医生接受盖伦医学提出的身体衰退、先天气质(predisposition)与不良生活习惯等均可能导致疾病的理论,但把物理与精神情感的不节制状态解读为罪恶,而罪恶可能导致疾病。或者说,作为病因的个人行为之解释范式源于古希腊医学,但最终由基督教思想所影响与修饰。中世纪疾病概念既是字面意义的,更是隐喻层面的,强调只有远离非道德行为才能除去人体患病或感染瘟疫的可能。作为古希腊罗马的医术之神阿斯克拉帕斯(Asklepois)在基督教社会中被耶稣所取代,因为前者传授的医学知识与上天(heavens)直接相关,可有效证明医学是一门神圣的手艺。古希腊时期,人们去阿斯克拉帕斯圣庙就寝,睡梦中得到艺术之神的药方指令或酣睡中被治愈。② 圣·奥古斯丁(St. Augustine)作品显示,基督既是灵魂拯救者,也是身体治愈者,上帝通过给予基督徒幻象治疗疾病,病人需要忏悔才可能恢复健康。耶稣门徒、圣人、牧师等都可成为医生,因他们从上帝、耶稣那里接受医学知识,管辖医学实践,使用与症状相反或相似属性的药物治疗,既治疗身体又治疗灵魂。③ 疾病是对逾越上帝法的人之惩罚,是一种反上帝之罪,是对人体自然的、和谐的、体液平衡的状态之破坏,故需道德反省与忏悔。中世纪苦行文学(Literature of Penance)说明了当时医学理论:疾病由不节制、不道德的行为所致,神学对古希腊医学全新改写,牧师成为开出忏悔与苦行药方的医生。此时,医学与神学

---

① See Bryon Lee Grigsby, *Pestilence in Medieval and Early Modern English Literature*, New York: Routledge, 2004, pp. 16—19.

② See Timothy Miller, *The Birth of the Hospital in the Byzantine Empire*, Baltimore: Johns Hopkins UP, 1997, p. 31.

③ See Augustine, *On Christian Doctrine*, tran. D. W. Robertson, Jr. New York: Macmillan, 1987, p. 168.

之间、身体与灵魂之间的界限逐渐变得模糊起来。①

　　到了 16、17 世纪,尽管神职人员、职业医生与政府官员对瘟疫的定义、起因与疗方的理解不同,但在疾病一词的道德意义上却达成一致。或者说,不洁之人往往是瘟疫攻击的目标,而"洁净"一词却有医学与宗教的双重内涵。瘟疫也称为黑死病或"淋巴腺鼠疫(bubonic plague)",在中世纪后期的 1347 年首次暴发,导致了欧洲三分之一的人死亡。罪恶与疾病之间的连接在瘟疫暴发时期更为明显。如果麻风病、梅毒等是上帝对道德纤弱之个人的惩罚,那么瘟疫表征上帝愤怒,是上帝对某个民族甚至整个人类的集体惩罚。② 在神学家看来,瘟疫就是上帝对患有傲慢的罪恶民族的集体惩罚。然而,这种解释面临不少挑战。首先,因为瘟疫也从来没有在以前历史中发生过,圣经中没有提及瘟疫,所以人们缺乏对瘟疫的病因、症状与疗法的圣经权威解读。其次,瘟疫发生时不仅袭击道德、意志力弱小之人,也袭击大数量无辜的社区民众,感染无数的无罪之人。换言之,邪恶与疾病之间、美德与健康之间的必然联系好像不存在,这种两元对立模式似乎被打破。后果是,人们开始质疑:是否疾病、死亡本身就是日常生活的一部分? 是否需要重新求助医学对瘟疫事件做出解读? 如果盖伦体液学说的疾病内因论不能解释瘟疫的传染特性时,早期现代医学是否必然走向革命? 甚至说,疾病是否有其自身的发生规律,与宗教无关?

　　现当代学者看来,瘟疫究竟是如何起源的? 1347 年 10 月,一艘携带黑死病的热那亚船队从东方返回,进入意大利墨西拿港口。大部分水手、船员死去,意大利官员试图隔离该船只,然而,由于缺乏病菌传播知识,官员们未能成功隔离传染源。老鼠、跳蚤在码头船只上爬行,数天之内感染了整个西西里的居民,瘟疫迅速蔓延到整个欧洲。1348 年 9 月,瘟疫通过多塞特港进入英格兰西南部。流行病学家预计,最初的感染致使欧洲人口减少了 35%—40%,"从 14 世纪后期至整个 15 世纪,瘟疫每隔几年暴发一次,引发人口锐减,且一

---

①　See Bryon Lee Grigsby, *Pestilence in Medieval and Early Modern English Literature*, p. 25.

②　自中世纪后期开始,瘟疫迫使人们发展一些自救措施,相当一部分患者能幸存下来,他们似乎意识到,疾病并非全部由上帝控制,也部分由人类行为所影响,对疾病的道德阐释开始从精神转向身体罪恶。See Bryon Lee Grigsby, *Pestilence in Medieval and Early Modern English Literature*, p. 65.

直延续到 16 整个世纪"①。瘟疫于 1361—1367 年侵袭英格兰,从 1369—1450年,瘟疫频繁袭击并大量毁灭英格兰局部地区人口。都铎—斯图亚特时期,瘟疫于 1563 年、1578—1579 年、1582 年、1592—1593 年、1597 年和 1603 年等数次大规模暴发,直至 1665—1666 年最后一次暴发。罗伯特·戈特弗里德写道:"自 1150/1200 至 1300/1350 年间,天气逐渐变冷、变湿。自 8 世纪以来,阿尔卑斯山上的冰川首次快速融化,摧毁了所有挡在路上的树木。"②湿冷的冬季与猛烈冰川相结合,导致人类与鼠类的土地与生存资源锐减,"养殖户档案表明,一直用来养殖牲畜的北部草原因为行进中的冰川不得不遗弃,在 14世纪以前不可能再用"③。此时恶劣的环境条件被称为小冰川时期。当时人口过剩也增加了发生瘟疫的可能性。瘟疫由生活在跳蚤消化道内的杆菌(bacilli)所致,而跳蚤通常寄宿在老鼠身上,但也可能寄宿在人体上。小冰川期与人口过剩导致食物短缺,杆菌增加引起跳蚤消化道堵塞。当堵塞发生时,跳蚤面临饥饿,超大数量的跳蚤消灭它们的第一个宿主老鼠后,转向并消灭第二宿主农庄动物,最后转向并寄宿在人体上。④ 跳蚤能在宿主死后生存 6 至12 个月,瘟疫传播能力非常惊人。

　　"淋巴腺鼠疫"不是一个准确用于描述黑死病的词汇,因为实际上该词只提到了一种鼠疫而已,黑死病还包括"肺炎鼠疫(pneumonic plague)"与"败血症鼠疫(septicaemic plague)"。淋巴腺鼠疫是最普通的疾病变体,感染的症状在第 6—8 天后才显现,因为杆菌在人体有一段潜伏期。戈特弗里德指出:"被叮咬时,最初的症状是黑色的、通常是腐烂的脓疱。然后,根据叮咬的位置,腋窝、腹股沟或脖子上的淋巴瘤扩散。接下来,皮下出血导致淋巴腺呈紫色斑点与脓肿,淋巴腺鼠疫由此得名。出血导致细胞坏死与神经系统瘫痪,最终引发神经或心理紊乱。"⑤被感染的人病情会持续几天,然后死去或康复,死亡比例

---

　　① Robert S. Gottfried, *The Black Death : Natural and Human Disaster in Medieval Europe*, New York: Macmillan, 1983, p. 130.

　　② Ibid, p. 23.

　　③ Ibid.

　　④ Ibid. , pp. 7—9.

　　⑤ Ibid. , p. 8.

大约为 50%—60%。① 肺炎鼠疫是一种呼吸道系统的疾病，能让疾病在人与人之间传播，"这是部分吻合肺炎鼠疫独特的病因学原理，因为当温度骤降时，感染便进入肺部。两到三天的潜伏期后，会出现体温骤降，随后严重咳嗽与吐块状痰，身体迅速发紫并吐血痰"②。血痰带有杆菌，会被健康人吸入肺部。正如肺结核一样，肺炎鼠疫以同样的方式传染。与淋巴腺鼠疫相比，肺炎鼠疫发病时间更短，死亡率高达 95%—100%。③ 败血病鼠疫是通过叮咬使得杆菌直接进入血流，"数小时内皮疹形成，一天后，甚至在炎症显现以前，死亡便来临。这种瘟疫总是非常致命但比较稀少"④。这非常可能是薄伽丘写到的那种瘟疫，"多少勇士、淑女与俊男中午与他们的家人、朋友在一起吃饭，盖伦、希波克拉底与阿斯克拉帕斯都会称颂他们的健康，但到了晚上，却在另一个世界与他们的祖先共餐"⑤。除了败血病鼠疫，似乎没有其他类型的瘟疫会如此致命，让健康之人在 6—8 小时内消亡。

当对瘟疫的神学解释面临异议时，随古希腊医学典籍的复兴，职业医生从早期科学角度阐释瘟疫的性质、病因、预防与治疗等议题。以 1665 年瘟疫暴发为界，医生对传播瘟疫的毒物的认识存在差别。1665 年以前，尽管人们早已接受瘟疫为外在物质的传播所致，但医生还在盖伦的体液理论框架内解释这种毒物的性质。传染需要一种媒介，一种从生物到人体、从人体到人体传播的接触感染方式。当时医生布莱德威尔这样定义感染："通过接触，自己的特质能感染他人，无论这种接触是身体的或精神的，或一种呼吸的空气。"⑥他对不同类型的接触媒介感兴趣，例如"疥疮、疣、麻疹、小痘、梅毒痘"等，这些状态通过"摩擦与身体接触"传播，而眼痛"通过精神光束"感染他人的眼睛，"溃烂的肺部通过腐烂的空气感染他人的肺部"。瘟疫把"身体接触"与"精神光束"

---

① See Rosemary Horrox, tran. and ed. *The Black Death*, Manchester: Manchester UP, 1994, p. 4.

② Robert S. Gottfried, *The Black Death: Natural and Human Disaster in Medieval Europe*, p. 8.

③ See Rosemary Horrox, tran. and ed. *The Black Death*, p. 4.

④ Robert S. Gottfried, *The Black Death: Natural and Human Disaster in Medieval Europe*, p. 8

⑤ Giovanni Boccaccio, *The Decameron*, tran. Richard Aldington, New York: Garden City, 1930, p. 6.

⑥ Stephen Bradwell, *Physick for the Sickness, Commonly Called Plague*, London, 1636, p. 6, Cited in Paul slack, The *Impact of Plague in Tudor and Stuart England*, Boston: Routledge and Kegan Paul, 1985, p. 27.

结合起来。这样似乎逾越了盖伦医学强调四种体液不平衡导致疾病的理论。但瘟疫毒物内含有毒性质的酊剂种子,它非常细薄的特性让它能通过空气传播、刺破身体,与身体体液和精气混合。① 神秘特质的毒物感染他人时,进入并改变他人体液的结构,使他人因体液失衡而生病。这种特质与盖伦医学中的"神秘质""完整质"也非常类似。后者被盖伦用来解释致命疾病与治疗药物的性质,因为它们的神秘效果不可能可以通过冷、热、湿、干等明显特质解释清楚。"完整质"药物之潜在的、强大直接的疗效不可能由四种明显特质说得明白,此种神秘特质看似又超越了盖伦的理性医学范畴。②

　　1665 年以后,对瘟疫神学阐释的册子比医学阐释的册子少了许多,机械哲学逐渐取代亚里士多德哲学与盖伦医学。③ 瘟疫被逐渐解读为诸多粒子:稀薄而微小且有渗透力与传染性,能在人体快速制造溃烂。作为一位"现代"盖伦主义者,纳撒尼尔·霍奇斯使用粒子哲学语言,提出瘟疫毒物由腐败的氨气粒子构成。氨气粒子起源于宇宙而非某一特定地区。"中心的氨气精气""蒸发与散播到地球表面",这是植物、动物与人类生命的源泉,"通过地球的肠子"输送,"通过整个地区的空气"与给予生命的阳光混合。氨气精气可能受到太多潮湿与雨水的损害,或在地球内部,它可能因为砷或其他矿物质,呈现"腐败的、有毒的蒸汽形式"而"暴发到空气中来"。霍奇斯非常自信自己对事实的观察,相信"太阳光与这些含盐的蒸发物因一种磁性"而相互作用,"这种互动太过明显,例子太多而无需做任何评述"。④ 瘟疫不仅由一种有传染性的毒物所引发,而且这种物质由腐败的氨气粒子构成,既继承了 1665 年以前的传统毒气理论,又有所突破,强调毒气的氨气作为普遍粒子之属性。霍奇斯断言:"瘟疫是一种疾病,产生于一种有毒的气体,非常细微、致命且有传染性,在同一国家的同一时间会影响许多人。它主要源于空气中氨气精气的腐败,伴随

---

① See Stephen Bradwell, *Physick for the Sickness, Commonly Called Plague*, pp. 6－7, Cited in Paul Slack, *The Impact of Plague in Tudor and Stuart England*, pp. 27－28.

② 对"完整质"的理解,见 Linda Deer Richardson, "The Generation of Disease: Occult Causes and Diseases of the Total Substance", *The Medical Renaissance of the Sixteenth Century*, eds. A. Wear, R. K. French and I. M. Lonie, Cambridge: Cambridge UP, 1985: 175－194。

③ See Paul Slack, *The Impact of Plague in Tudor and Stuart England*, pp. 228－247.

④ Nathaniel Hodges, *Loimologia: Or, An Historical Account of the Plague in London in 1665*, London: Typis Gul. Godbid, sumptibus Josephi Nevill, 1672, 1720, pp. 39, 37, 40－41, 38.

发烧感冒与其他疼痛症状。每一个粒子都与午间的光线一样清澈。"[1]他坚信，腐败对古典医学与"现代"医学同样重要，"古人认为黄胆汁的腐败引起瘟疫；今人认为火也可以被腐败。因此，前者所理解的黄胆汁与后者的火，我们都可以公正地归因于一种受损的含盐的精气"[2]。通过"腐败"一词，他把体液理论与粒子哲学综合起来解读瘟疫的性质。

瘟疫的医学叙事强调环境在传播瘟疫中的作用。给予生命的空气携带瘟疫毒素（venom）攻击心脏。[3] 15世纪后期出现的一本瘟疫小册子写道，瘟疫由诸多星座通过腐蚀空气而引发，但与死尸、死水、渠沟或其他腐烂的地方一样，一个厕所也可能腐蚀空气。一般来说，"被搅乱的空气是有毒且腐烂的，伤害心脏，以至让自然在许多方面感到伤心"[4]。约翰·霍尔在《一部简明解剖学著作》中指出："心脏中有营养血液，转换成活跃的精气，由动脉血管输送。"[5]瘟疫的灾难性力量通过它对心脏这个处于中心地位的核心器官的攻击表达出来，这让每个人都处在危险当中，"空气腐蚀作用对每个人都非常普遍"[6]。当时，一些熟悉养生医学地形学的医学人士尤其强调环境作为瘟疫源头。脏、臭、腐烂是这种环境的共性，瘟疫地形学把城市与乡村的特别地方包括进来，"恶臭的蒸汽来自肮脏的污水坑、恶臭的下水道、渠道、沟壑、厕所、阴暗的角落、粪堆等，也通常来自沼泽地、矿山与死水湖中的薄雾与烟雾。这些的确极大地腐蚀空气。类似地，死去的腐烂尸体留在沟渠、沟壑与粪堆中，也会生成传染性的空气"[7]。这些分散的、外在的原因用来解释公共的、普遍意

① Nathaniel Hodges, *Loimologia: Or, An Historical Account of the Plague in London in 1665*, p. 32.

② Ibid., pp. 42—43.

③ Ibid., p. 73.

④ Bengt Knutsson, *Here Begins a Little Book the Which Treated and Rehearsed Many Good Things Necessary for the Pestilence*, London: William de Machlinia, 1485, pp. 2r—v.

⑤ John Hall, "A Compendious Work of Anatomy", *A Most Excellent and Learned Work of Chirurgerie, Called Chirurgia Parva Lanfranci*, London: in Flete streate, nyghe unto saint Dunstones churche, by Thomas Marshe, 1565: 50—89, pp. 67—68, 69.

⑥ William Bullein, *A Dialogue Against the Fever Pestilence*, eds. Mark W. Bullen and A. H. Bullen, London: Published for the Early English Text Society by N. Trübner & Co., 1888, p. 36.

⑦ Stephen Bradwell, *A Watch-Man for the Pest*, London: Printed by Iohn Dawson for George Vincent, and are to be sold at Pauls-gate at the signe of the Crosse-keyes, 1625, p. 4.

义上的瘟疫发生。当时医生还认为，瘟疫可能来自遥远的国度，不仅通过人员与商品流通，还借助隐形的空气。1665 年瘟疫就被认为通过"空气从非洲或亚洲到达荷兰，然后抵达不列颠岛"①。空气变化不可避免，这从另一角度解释了瘟疫发生的机制。

　　对 16、17 世纪医生，预防瘟疫在于使用杜松净化空气，保持私人空间的干净与清洁等。火焰可以净化带有瘟疫毒素的空气，"让空气净化、得到纠正，特别在有些寒冷的晚间，在低地与靠近河流的地方，如泰晤士街上与周边街区，燃起木炭灰，让少量杜松飘散在充满尘埃的街道上"②。瘟疫埋藏在人工世界与大自然中，火焰也可净化潮湿的空气与夜间的蒸汽。早前现代预防瘟疫的方法受到希波克拉底的影响，他"通过制造篝火，燃烧香气与其中昂贵的油膏"让雅典远离流行疾病。③ 医生布莱德威尔意识到公共空间与私人空间的细微区别，强调前者由政府官员负责，而后者则是自己需要以最健康的方式管理的空间。他写道："我必须区分两类空气，一般空气与特殊空气。一般空气是指某地区空旷的空气，特殊空气是屋内的封闭的空气，它与每个人直接相关，因为某庭院的空间围绕身体，无论屋内或屋外空间，身体多次进出。"④危险潜伏在特殊空间中。个人应如何保护自己？避免传染性的空间与空气，逃离到新鲜空气中或采取有限的措施远离传染源，如病人、人群或肮脏易感染瘟疫的地方。房屋必须能够免疫瘟疫，通过保持干净、清除邋遢的死角，用杜松火焰净化屋内空气。⑤ 一本医书这样建议："如果因紧急事情或正义事业你不能逃离，那首先需要关心的是，你待的房屋必须没有臭味，保持干净，远离所有肮脏与邋遢。窗户紧闭，特别在多云或雨天，瘟疫空气便无法进入。但如果你打开

---

① Nathaniel Hodges, *Loimologia*: *Or*, *An Historical Account of the Plague in London in 1665*, p. 64.

② Francis Herring, *Certaine Rules*, *Directions*, *or Advertisements for this Time of Pestilentiall Contagion*, Lodndon: Printed by William Jones, 1603, p. A4r.

③ See Thomas Mouffet, *Healths Improvement*: *Or*, *Rules Comprizing and Discovering the Nature*, *Method*, *and Manner of Preparing all Sorts of Food Used in This Nation*, London: Printed by Tho: Newcomb for Samuel Thomson, at the Sign of the White Horse in Pauls Churchyard, 1655, p. 24.

④ Stephen Bradwell, *A Watch-Man for the Pest*, pp. 10—11.

⑤ Ibid., pp. 14—15.

窗户，就使它们朝东或北开，且在太阳升起的几个小时后再开。"①那时医生似乎相信，南方空气最危险，故朝南窗户需要一直关着。

那如何治疗瘟疫呢？威廉·布雷推荐放血与净化疗法。在疾病发作初期，需要为有多血病人与黄胆汁病人放血；在治疗过程中，需要为黏液病人与忧郁病人净化体液。正如通过烟熏法净化毒物，环境变得干净；通过放血与净化体液，身体变得干净。② 这是在体液理论框架中理解瘟疫的传统疗法，强调"自然"力量对身体愈合的作用。与此对照，粒子哲学影响下的医生打破自然与身体的联系，认为瘟疫太过剧烈，故对它的治疗太急迫而不能依靠"自然"的温柔之手。医生托马斯·威利斯提出："考虑到许多疾病的疗法，主要把自然作为必要手段，医生就是接生婆［……］但瘟疫有其自身的独特性，疗法也根本不能完全依靠自然，而是努力从医术中收集各种疗方。我们不是热切渴望运气，或更温柔的时间段，而是最快准备好各种药物，绝不可耽误几小时甚至几分钟。"③他提出，某些化学疗法可以让身体血液与生命热气不受影响，让药物仅仅清除"外在或敌对的东西"，在除掉瘟疫毒物时身体没有变弱。这些药物是"排出器或毒物抵抗器"，这些能净化与使人出汗的药物粒子"与有毒的感染相适宜，而不会干扰我们的血液或精气。这种药物会进入身体的各种线圈，利用自己的全部威力，不与其他物质相混。与有毒感染物的性质相似，它当然更容易抓住疾病的感染物，携带病毒一起走出身体之门"。④ 最好的药物是从那些"汞、锑、金子、硫黄、硫酸、砷"等剧毒物质中提炼与制造出来，不会影响身体而因此保持它们的完整性，通过身体的循环系统把瘟疫毒素粒子带出体外。

社会世俗化过程中，瘟疫暴发推动了疾病发生学范式的变革，医生已经从外因论角度阐释瘟疫传播机制。王国政府也开始使用科学手段遏制瘟疫蔓延。自瘟疫 1347 年首次在欧洲暴发，意大利西西里城市当局就采用隔离

① Philip Barrough, *The Method of Phisick Containing the Causes, Signes, and Cures of Inward Diseases in Mans Body*, London: Printed by George Miller, dwelling in Black-friers, 1634, p. 250.

② See William Bullein, *A Dialogue Against the Fever Pestilence*, eds. Mark W. Bullen and A. H. Bullen, p. 41.

③ Thomas Willis, *Pharmaceutice Rationalis*, Oxford: e Theatro Sheldoniano, 1675, p. 108.

④ Ibid. , p. 110.

(quarantine)与孤立(isolation)方法应对瘟疫。随后,许多政府运用一套类似的授权令对付瘟疫。① 在英格兰,到16世纪后期,皇室政府才把隔离与孤立措施列入与瘟疫控制相关的指令书中。一旦被接纳,隔离与孤立措施被森严地执行。受灾城市的教区要求家庭隔离与病院隔离,以便孤立受感染的个人,隔离那些与感染瘟疫的人有过接触的家庭成员。② 例如,1636年瘟疫暴发时,伦敦与韦斯特敏斯特地区遭受巨大袭击,王国政府迅速再版控制瘟疫的指令书,写信给市议员与治安法官,督促他们坚守岗位。教区召集内科医生、外科医生与护士照看病人,雇佣调研员与抬尸人,寻找与转走死去的与快死的病人。成千上万人逃离城市,更多人被隔离在家中或孤立在隔离病院。到1637年末,与1603年、1625年相比,尽管这次伦敦与韦斯特敏斯特地区的疫情更轻一些,但它仍然掠夺了10400条人命,约占该城市人口的7.5%。③ 除使该地区遭受致命打击外,瘟疫给国民造成了巨大的身体、心理伤害与经济损失。尽管"政府坚持瘟疫控制是让所有人受益的公共健康法规",但一些民间叙事坚信,"隔离与孤立是个人惩罚措施而非一种审慎的政策"。④ 正如福柯所言,早前现代的隔离政策是对瘟疫病人的规训,使他们与社会分离开来,这是对付威胁王权秩序的人的压制策略之一。⑤

政府也颁布法令,关闭剧院、市场等公共场所,阻止瘟疫对伦敦市民的可能危害。瘟疫期间,政府颁布行政令,防止伦敦人群聚集,阻止通常聚集大量人群的房屋出租。⑥ 因此,剧院、公共市场、拥挤住所等一一关闭。由于瘟疫更易从穷人生活区传染开来,穷人(生活环境)似乎成为瘟疫的源头之一。对此,布莱德威尔就展现了一种当时流行的正统的医学观点。他使用腐败范式理解为什么穷人更多遭受瘟疫。尽管他对他们的困境表示同情,但他像大部

---

① See George Rosen, *A History of Public Health*, Baltimore: Johns Hopkins UP, 1993, p. 69.

② See Paul Slack, *The Impact of Plague in Tudor and Stuart England*, pp. 47, 209.

③ Ibid., p. 151.

④ Kira L. S. Newman, "Shut Up: Bubonic Plague and Quarantine in Early Modern England", *Journal of Social History* 45. 3 (2012): 809—834, p. 810.

⑤ See Michel Foucault, *Discipline and Punish: The Birth of the Prison*, New York: Pantheon Books, 1979, p. 198.

⑥ See Walter Bell, *The Great Plague in London in 1665*, 1st edn, London: John Lane the Bodley Head, 1924, pp. 25, 84.

分医学家一样,认为穷人因长期生活在糟糕的环境中,故其身体抵抗力较差,身体体液腐烂而更易感染瘟疫。一个早已腐败、腐烂的体质更容易受到瘟疫毒物的攻击:"穷人因为营养不良生活邋遢,吃不洁食物,或最差的、不健康的肉。很多时候,太长时间没有任何食物吃。身体已经腐烂,精气过度减弱。因此,我们看到瘟疫大堆大堆地横扫这些人。"[①]包括穷人在内的一些人受到指责,因为宗教人士与医生普遍相信,这些人狂欢、纵欲与大吃大喝导致了瘟疫。[②] 罪恶的生活冒犯了上帝,过度饮食的习惯使身体衰弱。如此解读穷人社区的疫情,使瘟疫、环境与道德发生捆绑,"腐败"一词既有身体的、环境的含义,也可能有道德的、精神的指涉。瘟疫小册子建议,最好的避开瘟疫的选择是逃跑,这是传统而最受欢迎的方法。然而,许多人无处可逃,尤其是大部分穷人患者。当然,一些富人与医生,出于基督教道义与仁爱,也可能会选择留下来照顾患者。

早前现代时期,特别复辟以前,医学与宗教的界限不清,一些医生建议同时使用忏悔与医药治疗瘟疫。例如,医生托马斯·法尔写道,特别的养生法可能"轻松"阻止与治愈瘟疫,但精神药物也可以起作用。他谨慎"忠告每一位基督徒先治疗他灵魂里的感冒瘟疫","这个完成后,毫无疑问,身体疾病将更容易治疗"。[③] 无论是神学抑或医学,均表现了最终战胜瘟疫的胜利叙事,瘟疫可能得到预防与治疗。基督徒的忏悔行为可能可以躲避瘟疫,基督教反对自杀的指令使得对付瘟疫的逃跑与用药措施合法化了。宗教人士把恐惧、报应与希望结合起来。医学家对此种恐惧与乐观主义修辞做出回应,暗示医学与宗教话语不仅共享法尔的"先治疗他灵魂里的感冒瘟疫"之隐喻,而且一起关注瘟疫对人类带来的可能的可怕后果。但在信心与希望的背后,存在失败与死亡的可能性。所以,药品必须在被感染后的第一时间送到。如果延误发生,那么死亡不可避免,故药物"必须在瘟疫毒物到达心脏前送到,处于上风。一

---

① Stephen Bradwell, *A Watch-Man for the Pest*, pp. 46—47.

② See Andrew Wear, *Knowledge and Practice in English Medicine, 1550—1680*, Cambridge: Cambridge UP, 2003, p. 286.

③ Thomas Phayre, *The Regiment of Life*, London: In fletestrete at the signe of the Sunne ouer against the condite, by Edwarde whitchurche, 1550, pp. M3v, M4r.

旦毒物进入心脏,我痛苦地确信,根本没有任何希望"①。然而,如果延误是不可避免的话,那么以上帝名义吞下的药物也可能起作用。法尔这样对病人或医生说:"尽管如果你没有在规定的时间前被告知或没有获得治疗药品,你不要陷入绝望或让病人处于不舒服之中,请以上帝的名义给药或吃药。若你不能忍受,请吃尽可能多的药,这样做多次,直到你能压制它,然后躺下、出汗,把心交付上帝,呼叫他。没有他便没有健康。有耶稣的恩典在,你无需恐惧死亡,因为对人不可能的事情,对上帝易如反掌。超越自然的期待,许多次自然能自我治愈。"②尽管医药似乎是上帝治疗瘟疫的工具,但自然药物也让 17 世纪医学开始取得某种程度的自足性。③

　　瘟疫频发使疾病话语进入政治、宗教领域,清教徒成为瘟疫的隐喻意义之一。16 世纪后期至 17 世纪初,清教势力迅速增长,不少人坐上了教区牧师的位子。清教徒坚信,伊丽莎白女王与斯图亚特君王的宗教改革不彻底,宗教政策接近罗马天主教,强调主教、牧师与信徒是平等关系,国王、主教与普通教徒没有等级差别,上帝面前人人平等,圣经是基督教的唯一权威,教会的许多圣礼必须废除,甚至禁止一切娱乐活动,过上一种清规戒律的生活,鼓励人们身心体验"拯救恩典(saving grace)"④。这自然遭到国王与普通新教徒的反对,因为在他们看来,清教徒对现存政治与宗教秩序的干扰,类似瘟疫传播对王国社会的灾难性影响。譬如,牧师约翰·李(John Lee)在怀利地区发动清教讲道、问答法与道德改革运动,却引发了 1623—1624 年抵制他的不服从运动。教会委员托马斯·肯特(Thomas Kent)警告李说,他的长篇布道词让仆人都不再工作,肯特认为李太重视宗教,抗议宗教圣礼的高成本:"如果任凭李经常组织圣礼活动,他必定会让教区陷入贫困。[……]他们(教徒)来得太频繁、待的时间太长,他们必须回去照顾他们的牲畜。"肯特的女儿苏珊·肯特(Susan Kent)也不喜欢李的问答:"因为一旦他拿起他的绿书在手中,他就噼里啪啦

---

①　Thomas Phayre, *The Regiment of Life*, p. P1r.

②　Ibid.

③　1665 年后,医生布雷就提出,不求助上帝干预的情况下,自然与医学也能战胜瘟疫。See William Bullein, *A Dialogue Against the Fever Pestilence*, eds. Mark W. Bullen and A. H. Bullen, pp. 41—45.

④　See Toming, *A History of American Literature: Revised and Expanded Edition*, Beijing: Foreign Language and Research Press, 2011, pp. 13—39.

说个不停,我听得非常疲倦,我便坐在座位上打了个盹。"李让自己成为其他人心中的麻烦事,他试图阻止在星期天下午跳舞,哪怕"国王允许我们这样做"。苏珊愤慨地指出,李是个"巨大的恶魔,我们以前有一个好牧师,如今我们有一个清教徒,他给这儿带来了一场瘟疫或梅毒,我希望我们以前的牧师还在,他从来没有不受欢迎"①。早在 1615 年,在萨默塞特的温佳顿,教区委员会由清教徒把持,他们被称为"拘泥教义的呆板之人、一群清教徒恶棍","恶魔一定上了他们的身体",他们是"最善于掩饰的伪君子"。② 恶魔、瘟疫等疾病话语让清教疾患化,清教徒成为扰乱政治身体与有传播疾病能力的毒物或粒子。

　　在写给自己儿子的《皇家礼物》中,自称为国家医生的詹姆士一世把清教列为需要医治的疾病之一。詹姆士谈到,宽厚、慷慨、自由、忠贞、谦卑等是国民应该具备的重要美德,他强调"恶魔巧妙、伪善地感染了两种邪恶",它们构成两个相反的极端。国王应该甄别:极端自由与极端专制没有区别,极端大方与极度吝啬区别甚微,极端自傲与极端谦卑也区别不大。"傲慢的清教徒"表现出"荒谬的谦卑","对自己的同伴宣称与呼喊,我们(国王们)只是恶虫",他们"要审判与强加法律于他们的国王,却不受任何人的审判与控制?"③詹姆士一世警示王子,要清除清教徒作为王国身体的过剩体液,懂得治国之道以确保国家健康有序。作家约翰·李利这样控诉清教徒:"用伪装的良知,你感染不同宗教,在国家的血管中扩散毒液——你固执的虔诚。它像淋巴瘤一样潜入肌肉,如水银般进入骨头,最终腐蚀身体。"④托马斯·纳什定义清教徒为江湖郎中,因为后者使用政治身体类比指责英格兰国教会人为设置一些机构,使政治身体不再是个有机体。他捍卫新教主教为有技能的医生,作为国教会首领的君主当然有似首席医生,他们能够探测出异教徒的感冒发烧。纳什指出,预

---

　　① Anonymous, *Wiltshire Record Office*, London: Printed by J. Dawson for Robert Mylbourne, 1624, pp. 36r—40r, 41v—42v, Quoted in Christopher Haigh, "The Character of an Antipuritan", *The Sixteenth Century Journal*, 35. 3 (2004): 671—688, pp. 680—681.

　　② See William Hale, *A Series of Precedents and Proceedings in Criminal Causes 1475—1640*, Edinburgh: Bratton Publishing Ltd, 1847, 1973, pp. 221—223.

　　③ See James I, "Basilikon Doron", ed. Charles H. McIlwain, *The Political Works of James I: Reprinted from the Edition of 1616*, p. 38.

　　④ John Lyly, *Pappe with a Hatchet*, 1589, ed. R. Warwick Bond, *The Complete Works of John Lyly*, 3 vols. vol. 3: 407.

防清教徒"毒害陛下爱民的有效路径,在于使清教徒作为国民灵魂医生的资格失效,惩罚每位(清教徒)马丁·马布里莱特(Martin Marprelate)与江湖医生,禁止他们行医"[1]。尽管李利与纳什没用某一具体疾病指称清教徒,但清教徒"扩散毒液",或与"江湖医生"一样毒害社会,这足以让人把他们与传播毒物的瘟疫联想起来。

正是在此历史语境中,莫尔、伯顿等 16、17 世纪作家试图构想理想的乌托邦世界以对付或逃避瘟疫。

第二节 《乌托邦》:瘟疫管控与政治共同体

希斯拉德从乌托邦回到英格兰,向朋友莫尔讲述自己的岛国见闻。乌托邦人在花园中"种植藤本植物、水果、草药与花朵"。[2] 园中草药用于对付"可怕的瘟疫",因岛国"历史上曾暴发两次瘟疫"。(103)他们屠宰牲畜时,"有足够的活水冲洗血液与内脏","确保没有任何肮脏、污浊的东西带到城内,害怕腐烂的臭气会腐化人们呼吸的空气而传播疾病。"(104)岛国每个城市有四所"相当于城镇大小的医院",病房足够大而"病人不会挤在一起","有效隔离那些感染了传染性疾病的人"。(104—105)乌托邦人热爱古希腊医学著作,"相信医学是最美、最有用的学科之一",从中"找到自然的隐藏秘方"。(126)每位男女从事农业劳动这种"健康的锻炼",但因体质的自然差异,他们也专攻"纺织、石匠、铁匠或木匠"等工作。(97—98)"他们把美德定义为按自然生活。"(116)"尽管气候不是特别好,但他们通过适度生活避免受其影响。"(124)他们强调"健身、力量与敏捷",(123)追求"身体的和平与和谐状态"。(121)"整个岛国就像一个家庭。"(109)"通过废除金钱,他们根除贪婪本身","冲突与犯罪从社会中清除,正如癌症从身体中切掉。"(158)乌托邦展现出一个和谐健康的政治身体。乌托邦把诸多邻国"从暴政中解救出来",让"他们从乌托邦获得法官与公务员",支持他国的异样文明继续健康发展。(133)听完好友的旅行叙

---

[1] Thomas Nashe, *The Works of Thomas Nashe*, 5 vols. vol. 1, ed. R. B. McKerrow, p. 62.

[2] See Thomas More, "Utopia", ed. and tran. David Wootton, *Utopia with Erasmus' Sileni of Alcibiades*, Indianapolis: Hackett Publishing Company, 1999: 39—168, p. 95. 后文引自该作品的引文将随文标明该著页码,不再另行作注。

事,莫尔希望"乌托邦社会的诸多方面能在我们的政治共同体中建立起来"。
(160)

　　这是托马斯·莫尔《乌托邦》(1516)涉及瘟疫政治的情节片段。瑞贝卡·托塔罗对比岛国乌托邦与英格兰瘟疫应对机制,前者医院与教会分离并专门"护理病人身体",后者医院极力"呵护患者灵魂"却"拥挤、肮脏与灾难性的"。[①]　罗伯特·谢泼德把文中乌托邦与邻国关系类比为英格兰与欧洲关系,从第一卷中的岛国不强加自己的价值观于邻国到第二卷中积极支持邻国发展,"暗示莫尔分裂的内心","预设他最终成为亨利八世欧洲事务的法律顾问"。[②]　上述成果在瘟疫史或国际关系中解读《乌托邦》,未能揭示文中瘟疫叙事与国际政治的关联,忽视从疾病话语的身体维度解密瘟疫叙事隐含的政治共同体想象。实际上,随古典医学的复兴,体液理论的和谐、养生理念进入 16 世纪文学与政治领域。[③]　瘟疫发生时,政府采用隔离等管控措施,医生建议个性化养生法以治疗或预防疾病,王国发挥不同机构的功能以确保社会和谐健康。《乌托邦》同名岛国家庭在花园中种植草药,使用活水冲洗牲畜内脏,建立附有大隔离病房的先进医院,与莫尔见证的瘟疫暴发时伦敦医疗惨状不同,英格兰人的自然身体与王国的政治身体处于疾病状态。文中岛国国民痴迷古希腊医学典籍,实践盖伦体液理论中的健身、养生与和谐思想,追求自然身体与政治身体的健康,派遣官员为邻国提供援助,推动他国的异样文明健康发展。据此,笔者从和谐身体理论的医学与政治内涵出发,在作为官员与作者的莫尔瘟疫经历中解析《乌托邦》岛国瘟疫管控机制,通过岛国建设和谐政治身体与尊重他国异样文明,透视大瘟疫时代英格兰人的政治共同体想象。

　　早期现代医学是古典医学的复兴,体液平衡与和谐学说是古希腊医生盖伦学派的重要理论之一。盖伦理论相信,每个人都有一个自然的体格、性情、肤色或体液平衡,疾病源于所有或其中一种体液过剩,或一种体液受到损害而过少。身体理想状态是,四种体液呈现一种完美的和谐,处在黄金分割线的比

---

①　See Rebecca Totaro, "English Plague and New World Promise", *Utopian Studies*, 10.1 (1999):
1—12, pp. 3—6.

②　Robert Shephard, "Utopia, Utopia's Neighbors, *Utopia*, and Europe", *The Sixteenth Century Journal*, 26.4 (1995): 843—856, p. 843.

③　See Peter Womack, *English Renaissance Drama*, p. 75.

例之中。① 遵循盖伦传统，16 世纪，托马斯·艾略特爵士列举了用于保存健康或生发疾病的三类事物，即自然事物、非自然事物与反自然事物。自然事物包括体液、肤色、元素、力量、机能、精气、身体部位等 7 种，非自然事物由空气、肉食与饮料、睡眠与苏醒、运动与休息、掏空与填满、思想情感等 6 种组成，而疾病、病因、疾病引发事件等 3 种构成反自然事物。前两项中的任何一种都可能成为健康或疾病的重要原因。例如，就自然事物而言，一种平衡的肤色或和谐的体液结构暗示健康，而一种过剩的黄胆汁、黏液汁、多血汁或黑胆汁皆可引发不健康。对非自然事物来说，好空气能保持体液和谐与身体健康，而不良空气，或许来自粪池或沼泽地的空气，可能导致体液结构紊乱而引发疾病。②

　　然而，体液和谐既指身体各要素之间的完美结构，也指略微偏离绝对完美但不损害身体健康的自然状态。盖伦指出，最佳健康的最好结构是，"一切按最完美比例配置好，所有部分协调一致，最充分适应它们的功能。而且，一切展现了每一个数字与大小，以及对行为有利的各部分的相互关系。根据我们的标准，理想的身体重量是介于消瘦与肥胖[……]多毛与秃顶，松软与坚硬之间"③。换言之，健康是一种无限接近平衡与和谐的身体状态。健康是一种身体和谐，一种永远处在变化中的、试图从不完美到达绝对理想的努力："既然健康是一种和谐，既然所有和谐以双重的方式完成和显现，首先，到达完美且真正和谐，第二，略微偏离这种绝对完美，那么，卫生也应该是一种双重的和谐，一种是确切的、最优的、绝对的和谐，另一种和谐略微偏离这个，但也不至于会伤害身体。"④和谐指体内体液之间、肤色之间或部位之间的完美或不太完美的比例关系，甚至也指因个体自然差异导致的不同身体之间的区别或关系，因为"并非所有健康的人有相同的视力，也并非所有人有相同听力[……] 因此，

---

① See Andrew Wear, *Knowledge and Practice in English Medicine 1550—1680*, Cambridge: Cambridge UP, p. 167.

② See Sir Thomas Elyot, *The Castel of Helthe*, London: In ædibus Thomæ Bertheleti typis impress, 1539, p. 1r.

③ Galen, *A Translation of Galen's Hygiene (De Sanitate Tuenda)*, tran. Robert Montraville Green, Springfield, Ill: Charles C. Thomas, 1951, p. 21

④ Ibid. , p. 13.

如果功能差别对应自然差别,那么,有多少自然差别,便有多少功能差别"①。受年龄、性别、气候、地理、食物、星座等条件限制,个体的体液结构差异明显,无法达到理想的体液平衡状态。但这仍然属于身体和谐状态,因为"这种不冷不热、不干不湿的适度肤色几乎很少在人群中显现"②。

正是看到自然状态与完美状态的差距,早期现代医生建议国民根据自己的人体机能,制定个性化的养生法以保持和谐身体。英格兰养生法遵循盖伦传统,首先强调食物与身体之间的关联。③ "两个人的体液结构不可能一样,保持健康的最好手段就是自我规范的养生",吃上适合自己特殊体质的食物,在自己土地上或花园中种植有助于调养自己身体的草药。④ 医生约翰·艾奇指出,食物与人体必须适应彼此,人们必须根据养生手册选择食物,"因为我知道各种体质的人通常会吃桌上所有的菜,无论什么菜,从不考虑它们的属性与特性是否适应他们的体液结构,尽管开口大吃,图一时快乐。因此,许多人从牙齿上给自己掘好了坟墓。为了避免此类悲剧,我想每个人都有必要了解他日常食物的属性与特点,懂得自己体液构造,正确对待自己,真正成为自己的医生"⑤。早期现代医生还使用"节制"话语,从宗教道德高度论述管理饮食对健康的重要性。医生兼牧师的安德鲁·布尔德在医学著作《健康摘要》中定义节制与非节制:节制是"把所有美德放在预期秩序"的"一种道德美德",而非节制"把一切置于无序之中,没有秩序便只有恐怖"⑥。意识到自己的身体与胃口对有节制的健康身体是必要的,因此为了更广泛地"压制所有感官快乐",你"必须懂得自己的身体,认识自我,敬畏上帝"⑦。在医学小册子《节制与清醒》中,卢基·科纳洛强调不节制与贪吃导致不健康与早衰,援用过度饮食致使

---

① Galen, *A Translation of Galen's Hygiene (De Sanitate Tuenda)*, tran. Robert Montraville Green, pp. 13—14.

② See Thomas Phayre, *The Regiment of Life*, p. 1v.

③ See Andrew Wear, *Knowledge and Practice in English Medicine 1550—1680*, p. 172.

④ See Rebecca Totaro, *Suffering in Paradise: The Bubonic Plague in English Literature from More to Milton*, Pittsburgh, Pa: Duquesne UP, 2005, p. 78.

⑤ John Archer, *Every Man His Own Doctor*, 1st edn. London: Printed by Peter Lillicrap for the author, 1671, p. 18.

⑥ Andrew Boorde, *The Breuiary of Helthe*, London: By Wylllyam Myddelton, 1547, p. 86r.

⑦ Ibid.

40 岁早亡的故事,警示欧洲大陆与英格兰的天主教徒与新教徒,自己做好自己的医生,远离作为罪恶与错误养生法的贪吃行为。①

对养生法的倡导离不开当时瘟疫频发的社会语境。1348—1349 年间,黑死病首次在英格兰暴发,至少 1/3 人口死于这种瘟疫。仅在伦敦,1/2 人口死于这场灾难。1352 年后,瘟疫成为英格兰的地方病。1485—1670 年间,瘟疫常态性复发,人口死亡率戏剧性上升。瘟疫预防手册在英格兰开始出现,古典医学书籍不断介绍或翻译过来,医学话语进入政治、经济、社会与文化领域,从专业术语转变成日常生活语言。瘟疫议题从个人问题跨越为民族国家问题,能否有效抵制瘟疫不仅影响个人身体,而且关乎整个民族的和谐健康。它是一个自然身体问题,但更是一个政治身体问题。② 一位王宫侍者或厨师突发流感,足以撼动整个国家的根基。譬如,赫里福德郡的约翰·戴维斯这样记述:"国王自己(噢,不幸的时代!)/从一个到另一个地方,为挽救自己而飞奔,/他自我流放,自我放逐,/他(吃惊地)无处躲避,不知哪儿安全。/可臣民越发困难,当/ 君主无处逃避瘟疫与安放他的头时;/几乎不能说,国王在统治国家,/没有地方,因为只是恐惧,能让他停留。/因为无处可逃,唯有死亡尾随他,/紧跟他的后脚,扑向他的头。"③瘟疫威胁君王生命,没任何办法能阻止王国政治身体不受感染,政府与社会无法保持稳定、健康与和谐。为此,托马斯·莫尔、弗朗西斯·培根、玛格丽特·卡文迪什(Margaret Cavendish)、科顿·马瑟(Cotton Mather)等早期现代作家创作瘟疫文学,为君主构建一个可以"安放他的头"的乌托邦或很少受到瘟疫打扰的健康之地。④

由于瘟疫肆虐,16、17 世纪养生法更注重环境卫生与和谐身体之间的关

---

① See Lud Cornaro, " A Treatise of Temperance and Sobrietie ", ed. Leonardus Lessius, *Hygiasticon*: *Or the Right Course of Preserving Life and Health unto Extreme Old Age* … *Now Done into English with A Treatise of Temperance and Sobrietie by Lud. Cornarus*, tran. George Herbert, Cambridge: Printed by R. Daniel and T. Buck the printers to the Universitie of Cambridge, 1634: 1—46, p. 24.

② See Rebecca Totaro, "English Plague and New World Promise", pp. 1—2.

③ Davies, John, "The Triumph of Death or the Picture of the Plague According to the Life, as it was in Anno Domini 1603", ed. Alexander Grosart, *The Complete Works of John Davies of Hereford*, 2 vols. Chertsey Worthies' Library, Lancashire: St. Georges, 1878, vol. 1: 24—52, p. 45.

④ 对这些作家瘟疫叙事的比较,见 Rebecca Totaro, "English Plague and New World Promise", pp. 1—12。

系。对环境与其产品的关系,早期现代医学传达了一种整体观。[1] 健康环境
生产健康的动植物,健康的环境卫生自然让人身体健康。早期现代健康指南
中,干净与肮脏、自然与非自然、光亮与阴暗、动态与迟缓等,构成了对健康与
非健康的食物与水所在的不同环境的描写。优劣的环境决定动物能否健康成
长或成为人类的健康食物,环境也以同样的方式决定人类是否拥有和谐健康
的体液结构。正如在野外工作的农夫被认为比城里的商人或学生更健康、更
长寿,来自野外的动物与鱼类也更加健康与干净。什么样的环境能生产最健
康的鱼儿?"在纯净海域游泳的鱼儿最佳,随风浪颠簸升降。因为持续翻动,
海鱼更为纯洁、带更少淤泥物质,因此更好消化,能炖出更鲜美的汤汁。"[2]正
如鱼儿可能被污染,水也可能被污染。最好的水来自雨水、泉水或流动的水。
威廉·沃恩指出,好水以"洁净"而闻名,"最好的水是光亮、透明、清澈的,从高
处流向低地"[3]。托比亚斯·维纳写道,城镇居民选择饮用健康的河水,"从满
满的小溪中流出,流过碎石、鹅卵石、岩石或纯净的土地。因土地纯净、流动性
与太阳光照射,这种水更薄、更甜,因此更纯净、更有益健康"[4]。流动性是鱼
儿与水域健康的关键要素,托马斯·柯耿解释道:"因为活水不会腐烂,而死水
则会,甚至因此运动的身体大多数会更健康,而懒散的人则容易生病。"[5]这与
当时对疾病的医学解释完全吻合,即体内滞缓、污浊的过剩体液产生腐败物而
引发疾病。

早期现代医学从地形、空间方面劝导百姓远离不良空气,捍卫和谐身体,

---

[1]　See Andrew Wear, *Knowledge and Practice in English Medicine 1550—1680*, p. 204.

[2]　Tobias Venner, *Via Recta ad Vitam Longam*; *or, a Plaine Philosophicall Demonstration of the Nature*, *Faculties and Effects of All Such Things as … Make for the Preservation of Health*, 1st edn. London: Imprinted by Felix Kyngston, for Richard Moore, and are to be sold at his shop in Saint Dunstans Churchyard in Fleetstreet, 1628, p. 69.

[3]　William Vaughan, *Approved Directions for Health*, *Both Natural and Artificiall*, London: Printed by T. Snodham for Roger Iackson, and are to be solde at his shop neere the Conduit in Fleetestreete, 1612, pp. 25—26.

[4]　Tobias Venner, *Via Recta ad Vitam Longam*; *or, a Plaine Philosophicall Demonstration of the Nature*, *Faculties and Effects of all All Such Things … Make for the Preservation of Health*, p. 11.

[5]　Thomas Cogan, *The Hauen of Health Chiefly Made for the Comfort of Students*, *and Consequently for All Those that Haue a Care of their Health*, 2nd edn, London: Printed by Melch. Bradvvood for Iohn Norton, 1612, p. 2.

预防与管控瘟疫。空气是由生理、地形与人工造成的。与食物一样，某些空气对一些人体液平衡有利，却对其他人不合适。空气可滋养身体，为动脉血管与大脑神经提供精气养分，但亦可致人体液紊乱。不同地理条件下的空气对人体的作用不同，一个国家存在各种健康的、非健康的居住地。威廉·布雷承认，甚至在英格兰，一些地方对一些人来说是不健康的："对你来说，作为一个在英格兰出生与接受教育的自然人，这片土地是温和适宜的。然而，我们的居住地是多种多样的，包括沼泽地、湿地、树林、高地、山谷、岩石区、海边[……]湿地、亚麻腐烂之地、腐肉抛弃之地、人口聚居之地、淤塞的房屋等。一些房屋被死水包围，其中厕所、沉淀物发出恶臭，未掩埋的腐尸、死猪在水中翻滚。这些地方甚是危险，腐蚀人体血液。"①他们也区分城镇与乡村的空气。城镇的肮脏使其空气"感染了腐烂、肮脏的蒸汽。因为官员的失职，人们呼吸死大部分城镇中的池塘、水渠或其他不洁之地的空气"②。瘟疫被认为由腐烂的蒸汽所催生，最猛烈地袭击城镇地区。乡村被理解为更为健康与安全的地区，故瘟疫暴发时，人们从城镇逃到乡村，呼吸那里清新、有益的空气。高地空气纯洁而最为健康，因为大风吹走了不良物质，居民能"活到最大年纪"与"享受最好的、完美的健康"，而沼泽低地或被包围的土地较为危险，因为该地存在大量多雾的、潮湿的、静止的空气，使人体充满"粪便体液"，是"大脑、肌肉疾病如痉挛、中风、关节痛的根源，造成身体、思维的普遍麻木"。③ 与沼泽地、封闭山谷、粪池、拥挤房间一道，低地因静止、恶臭与腐烂空气也被怀疑是传播瘟疫之地。意识到空气、地理与瘟疫之间的联系，政府颁布安全法令，隔离那些被感染的住所、剧院、客栈、集市等区域，确保公共空间的安全。④

　　随着和谐身体话语进入政治领域，精英人士用它谈论政治身体不同阶层之间的和谐关系。亨利八世宣称："英格兰是一个帝国[……]由最高的头与

---

① William Bullein, *The Gouernment of Health*, 1st edn. London: Printed by Valentine Sims dwelling in Adling street, 1595, p. 30r.

② Tobias Venner, *Via Recta ad Vitam Longam: or, a Plaine Philosophicall Demonstration of the Nature, Faculties and Effects of All Such Things as … Make for the Preservation of Health*, pp. 1—2.

③ See Tobias Venner, *Via Recta ad Vitam Longam: or, a Plaine Philosophicall Demonstration of the Nature, Faculties and Effects of All Such Things as … Make for the Preservation of Health*, pp. 8, 3.

④ 隔离措施最初由意大利威尼斯、佛罗伦萨、热那亚、米兰政府提出并实施。See Andrew Wear, *Knowledge and Practice in English Medicine* 1550—1680, p. 314.

国王统治[……] 各个阶层的人构成一个政治身体。"①国民使用医学的和谐身体隐喻有机的政治身体,借用疾病与瘟疫喻指各种社会问题与蔓延的政治、宗教叛乱。托马斯·莫尔写道:"所有部分组成一个王国,犹如一个人,由自然的爱黏合起来。国王是头,人民构成其他部分。国王把他的每个臣民视作自己身体的一部分。这是为什么他会因失去一位臣民而哭泣的原因。他的子民以国王名义竭尽全力,把国王视作头而把自己当成身体。"②托马斯·艾略特论述道:"国家是一个活着的身体,由不同地位的人构成。或者说,它包含不同阶层的人。(政治身体)根据阶层顺序作安排,由规则、理性和平衡原则统领。"③莫尔一生坚持天主教信仰,反对马丁·路德、威廉·廷代尔(William Tyndale)等人的新教主张。莫尔认为,路德教派的异端邪说不是出路,因为路德教派无视人类机构不可避免的不完美,"上帝在他的神秘身体——教会中,让一些人生病,一些人健康,所有人都是(不同程度)病态的"④。只有在天堂中,在审判日以后,教会才可能彻底净化,"那时所有的伤疤片都会脱落,整个基督的神圣身体依然纯洁、干净与荣光,没有粉瘤、皱纹与斑点[……]"⑤罗马教会尽管存在一些问题,莫尔认为这仍属健康状态,与路德教派的病态行为区分开来。这呼应了体液理论的稍偏离绝对完美却不损害健康的自然和谐之论述。把英格兰乃至欧洲国家的基督教信徒定义为一个和谐身体时,莫尔 1616 年出版《乌托邦》,该书是否暗射莫尔与 16 世纪英格兰同时代人的政治共同体想象?

《乌托邦》中,莫尔与希斯拉德展开对话,前者评论英格兰,后者叙述乌托邦社会,荷兰人文主义者伊拉斯谟为希斯拉德做注。希斯拉德为虚构人物,而伊拉斯谟(1466—1536)是莫尔密友,他俩共同经历了 1511—1521 年间的英格兰瘟疫。⑥希斯拉德暗示,城中肮脏环境、腐烂空气与瘟疫之间存在因果关

① Henry VIII, *Tudor Constitutional Documents*: *A. D. 1485—1603*, ed. J. R. Tanner, p. 41.

② Thomas More, *The Latin Epigrams of Thomas More*, trans. Leicester Bradner and Charles A. Lynch, Chicago, p. 172.

③ Sir Thomas Elyot, *The Book Named the Governor*, 2 vols. ed. Henry H. S. Croft, vol. I: 1.

④ Thomas More, *Dialogue Concerning Tyndale*, ed. W. E. Campbell, London: The British Library, 1927, p. 143.

⑤ Ibid.

⑥ See Rebecca Totaro, *Suffering in Paradise*: *The Bubonic Plague in English Literature from More to Milton*, pp. 69—71.

联："接下来是干净的市场,我对此已经描述过,那是食物市场。他们可买到蔬菜、水果、面包片,鱼类、兽类与禽类的可食用部分也有供应。为市场准备鱼肉的屠宰场建在城镇外面。他们有足够的活水冲洗血液与内脏。在牲畜被奴隶屠宰与清洗干净以后,乌托邦人把除脏去头备食用的畜体运载到市场。[……]他们也关注,确保没有将任何肮脏、污浊的东西带到城内,害怕腐烂的臭气会腐化人们呼吸的空气而传播疾病。"(104)伊拉斯谟在该段左边做注:"腐烂的废弃物引发城中的瘟疫。"(104)岛国人的医学知识源于古希腊医学典籍。希斯拉德叙述道:"就医学书籍而言,我的同伴特瑞希尔斯·阿皮纳特斯带去希波克拉底一些较短作品与盖伦的《微型技术》。他们高度评价这些医书,因为尽管在世界上,几乎没有任何国家更不需要医学专业知识,医学没有在任何地方不受到更多尊重,因为他们相信,医学是最美、最有用的学科之一。他们深信,在这种特殊类型的自然哲学的帮助下,他们能找到自然的隐藏秘方,不仅给予自己一种高雅的快乐,而且正赢得自然造物主(上帝)最温暖的爱。"(126)借助古典医学,岛国人能成功预防瘟疫降临,尽管"在他们的历史上",瘟疫也曾出现过两次"可怕的大暴发"。(103)

深知脏乱环境会加剧瘟疫传播,伊拉斯谟必须远离疫区、城镇而与密友分离,这是他为《乌托邦》做注的原因。1513 年,瘟疫愈演愈烈。伊拉斯谟把自己隔离在剑桥大学房内,等待情况转好。"瘟疫肆虐伦敦,犹如你在战斗,"他写信给国王拉丁秘书安德里亚斯·安莫里奥:"我因此待在剑桥,每天期盼有个合适的时间可以飞走,但机会没有出现。"①一个月后,他写信给威廉·戈内尔:"情况与以前一样,因此我不确定是否应该与你相聚。又一次,死亡发生在离大学不远的地方,邦特医生去世了。[……]如果我来,我会与朋友沃特森一起过来。"②在乡下拜访戈内尔后,尽管那儿更为安全,但伊拉斯谟选择回到剑桥。他害怕感染瘟疫而不敢出门,但仍然特别小心,随时准备飞到环境卫生更好的地方。接下来几个月,伊拉斯谟在剑桥、伦敦与乡下之间来回飞奔,总是给朋友与同事写信,希望获得更健康的时光与持续的友谊。他想象一个医生

---

① Desiderius Erasmus, *The Correspondence of Erasmus*: *Letters 142 to 297*, *1501 to 1514*, 2 vols. vol. 2, trans. R. A. B. Mynors and D. F. S. Thomason, Toronto: University of Toronto Press, 1974, p. 252.

② Ibid. , p. 255.

朋友愿冒着生命危险与病人待在一起的情形："一个医生朋友如此真诚，以塞琉西的鸟儿为榜样（除非在蝗虫袭击庄稼的时刻，这种鸟才会出来抵抗蝗灾），从来不会去打扰那些健康、健壮的人。但在危险时刻，在这种逆境中，例如在阴虱病、肺结核或瘟疫暴发时，妻儿通常抛弃男人，医生却一直坚守呵护，他一直在场，不像许多其他人，不是纯粹出于职责，正如尽管它不是那么有效，而是出于提供实际帮助，为了重病病人的生命与疾病搏斗，因此经常把自己生命置于危险之中。"①伊拉斯谟对朋友的关爱增加了自己的痛苦。当然，伊拉斯谟也深受与密友莫尔的分离之苦。② 如他所说："因为与这些朋友分离，我深刻地感到剧痛。"③分离使他无法在最艰难时刻从朋友处获得安慰。

或许，莫尔的瘟疫管控经历直接影响到《乌托邦》的疾病应对机制叙事。事实上，1511年，莫尔就接受了伦敦代理执政官一职，职责之一是协助处理伦敦公共健康事务。尽管对莫尔职务的记载不多，但确定的是，他为执政官在法庭审判期间提了许多有关城市治理的法律建议。④ 当亨利八世下达新政策时，莫尔会提醒执政官履行好法律职责，让他以最好的方式执行行政法规，而大量的法规围绕城市健康问题。莫尔的职责必然延伸到解释卫生政策，确保其付诸实践。在伦敦，被普遍关注的一个重要领域就是臭名远扬的劣质水与空气。屠夫把脏水、内脏倒在街上，或倾倒入泰晤士河中。沉积的废弃物会腐烂，发出恶臭而污染空气，导致普遍的不舒服与潜在的疾病。正如盖伦医学对瘟疫病因的理解，来自腐肉或其他废弃物的蒸汽使空气变质，干扰吸入这些空气的人体的体液和谐。⑤ 由于没有适当的排水系统与垃圾处理方法，伦敦成为孕育瘟疫的温床，这是对卫生管理者的一大挑战。甚至在瘟疫期间，伦敦屠

---

① Desiderius Erasmus, "Oration in Praise of the Art of Medicine", *Collected Works of Erasmus*, vol. 29, tran. Brian McGregor, Toronto: University of Toronto Press, 1974: 31—50, p. 46.

② See Rebecca Totaro, *Suffering in Paradise*: *The Bubonic Plague in English Literature from More to Milton*, p. 71.

③ Desiderius Erasmus, *The Correspondence of Erasmus*: *Letters 142 to 297*, *1501 to 1514*, 2 vols. vol. 2, trans. R. A. B. Mynors and D. F. S. Thomason, p. 119.

④ See J. H. Hexter, *More's Utopia*: *Biography of an Idea*, New York: Harper and Row, 1965, p. 160.

⑤ See Andrew Wear, *Knowledge and Practice in English Medicine 1550—1680*, pp. 300—301.

宰户把污水倒入下水道与街道上。① 早在 1391 年,瘟疫再次袭击伦敦时,市民就抵抗屠宰业。100 多年后,当莫尔年少时,此种抱怨仍未消失。非常清楚,到 1511 年莫尔担任代理执政官时,更大的健康与卫生改革迫在眉睫。1515 年,前往安特卫普(比利时港口城市)以前,开始创作《乌托邦》时,莫尔被任命为排水沟委员,直接负责保持伦敦街道与下水道的清洁卫生,清理可能带来瘟疫的肮脏物质。作为代理执行官兼排水沟委员,莫尔必须确切知道市民怎样且为何会感染上瘟疫,更应该知道在实践中如何预防与控制瘟疫蔓延。

　　书中瘟疫书写也离不开莫尔在王宫与卡尔特修道院的瘟疫创伤体验。1518 年 1 月,莫尔被推选为执行皇家第一瘟疫指令的官员。4 月,他派往牛津管控疫情,国王亨利从伦敦疫区逃到离牛津大约 6 英里远的伍德斯托克。整个王宫都非常焦虑,担心瘟疫会找到他们,因为仅 1 个月前,王宫中 3 个男侍死于瘟疫。国王需要一个专业可靠、敢于牺牲的人来保证牛津的安全。莫尔工作出色,因为来自牛津的消息说,只有 3 个孩子死去,受到瘟疫感染的房子都做好了清晰的标志。牛津保住了,受到感染的公民被隔离,死亡人数降到最低,国王能够自由呼吸,必要时也能通行。② 早在 1500 年时,莫尔就知道瘟疫是一种致命的传染病,看到亨利从疫区加来逃回伦敦。1501 年,莫尔负责安排王子亚瑟与阿拉贡的凯瑟琳在格雷夫森德见面,但因疫情最初的约会被迫推迟,留下刚到达的凯瑟琳孤身一人在那儿。③ 1502 年,储君亚瑟王子最终难逃瘟疫魔掌而无法成就伟业。同年,莫尔住进伦敦卡尔特修道院时,瘟疫袭击伦敦、牛津与埃克塞特,"两位市长很快相继死去,两位地方长官也被死神带走"④。卡尔特修道院让莫尔感到更为安全,因为它是用石墙与祈祷筑起来的。的确,卡尔特修道院是随 1348 年黑死病在伦敦首次暴发出现的。当时尸

---

　　① See Ernest L. Sabine, "Butchering in Medieval London", *Speculum* 8. 3 (1933): 335-353.

　　② 有关莫尔在 1518 年瘟疫管控中的作用,见 Sir George Clark, *A History of the Royal College of Physicians of London*, vol. 1, Oxford: Clarendon Press, 1964, pp. 57-58。

　　③ 乔伯斯写道:"莫尔对阿拉贡的凯瑟琳的衷心从未动摇过。"See R. W. Chambers, *Thomas More*, Ann Arbor: University of Michigan Press, 1965, p. 81.

　　④ Charles Creighton, *A History of Epidemics in Britain*, 2 vols. Cambridge: Cambridge UP, 1891-1894, vol. 1: 289.

体太多而墓地太少,为改变这种形势,三人主动慈善捐款在伦敦郊外购买土地用于修建墓地。[①] 1361 年,一位伦敦主教死于瘟疫,而他就是这三个出资修建墓地中的一个。根据他的遗嘱,他出资修建伦敦卡尔特修道院,建立附属礼拜堂的小教堂,修士可在小教堂中为附近所有亡灵祈祷,莫尔在此过着一种修士生活。卡特尔修道院修士们相信,在不断祈祷中拯救灵魂是预防与战胜瘟疫的重要手段。[②]

如果说创伤刺激了莫尔对如何战胜瘟疫的思考,那托马斯·林纳克从意大利回国促使莫尔赞助他的英格兰医学发展计划。与林纳克交往长达 11 年,莫尔知道如何利用作为自然哲学的医学平台建设英格兰医疗事业。[③] 1487—1497 年间,林纳克在意大利接受医学教育,而意大利的医学教育水平与医疗设施在当时欧洲地区居于领先地位。仅在林纳克获得医学学位的帕多瓦大学,1467 年的医学院就有专职教师 35 位。对一所意大利医学院来说,这种师资并不非同一般。与之对照,1518 年伦敦医学院才成立,直到 1550 年牛津医学讲师职位才建立起来。[④] 回到英格兰,林纳克本人着手忙于建立更好的医学教育与护理制度,鼓励他的杰出朋友支持他的计划,在牛津创建旨在推动受过良好教育的从医人员培养英格兰学生之讲师制度,建立一个致力于培养医生与授予医生资格证的行会。托马斯·莫尔就是林纳克最早一批的倡议者之一,但林纳克也获得了国王亨利七世的关注。1504 年,亨利国王表达了对公共健康相当大的兴趣,专为穷人与患者在维斯特敏斯特成立了一座公立救济院。四年后,他扩充计划而多建了三所医院,所有医院都针对包括健康穷人与非健康穷人在内的穷苦病人,其中最大的医院是在中世纪沙沃伊宫殿(Savoy Palace)旧址上,基于意大利圣玛利亚新医院模式而建立起来。正如林纳克希

①　See William F. Taylor, *The Charterhouse of London: Monastery, Palace, and Thomas Sutton's Foundation*, London: Palala Press, 2015, pp. 1—6.

②　See Charles Creighton, *A History of Epidemics in Britain*, 2 vols. vol. 1: 127—128.

③　从莫尔与克雷(Colet)的通信,雷诺兹认定 1504 年莫尔开始认识林纳克。See E. E. Reynolds, *The Filed is Won: The Life and Death of Saint Thomas More*, London: Burns and Oates Ltd., 1968, p. 30.

④　See William Osler, *Thomas Linacre*, Cambridge: Cambridge UP, 1908, pp. 39.

望,意大利将引领英格兰的健康改革。① 林纳克与他的包括莫尔在内的诸多赞助人想象,未来英格兰会是意大利的有力竞争者,在那一天英格兰将领导世界的医学事业。

　　受林纳克启迪,莫尔把乌托邦想象成一个特别重视医院建设的国家,从隐喻上克服英格兰医院依赖神学抚慰而淡化科学治疗疾病之缺陷。对于病人护理问题,乌托邦每个城市皆有四所公立医院,"相当于城镇大小","确保病人不会挤在一起,不会感觉不舒服",以"有效隔离那些感染了传染性疾病的人,否则会传染到其他人"。(104—105)"这些医院的设计让人钦佩,它们配有治疗病人所需的各种资源,病人接受的治疗如此周到与细心,超高医术的医生时常查房。尽管没病人违背意愿被送进医院,但在整个城市,如果生病的话,几乎没有一个人会不愿意待在医院而愿意待在家里。"(105)从隔离措施、医术水平到就医机会,英格兰医院均与乌托邦相差甚远。英格兰健康护理水平的落后很大程度上归因于医疗设施的教会起源。在中世纪,医院是教会赞助的接待中心,为朝圣者、赞助人、老者、常年患病同胞提供食宿。当同院病人生病时,对他(她)先隔离后安慰,因为病人不应该介入公共职责。② 几乎在所有修道院医院,可见长方形房间,内面两侧均摆放了床,通向一个圣坛,大部分的日常活动皆围绕圣坛举行。③ 医院按教会的形状建造,为了保持一致性,甚至也要求普通病人为当地已故与在生病人的灵魂祈祷。医院首先是行政性的,没有专业医生职工,没有针对神职人员的医学培训。医院可能会有一本医书供员工阅读,但一些修道院规定,医院不允许治疗疾病,唯有那些幸运的重病患者才可能获得某位略懂草药疗法的修士照料。16 世纪初,情况几乎没有进展,英格兰医院拥挤且肮脏,隔离房狭小而供不应求,神职人员仍是主体员工,他

---

　　① See Gerhard Helmstaedter, "Physicians in Thomas More's Circle: The Impact of the New Learning on Medicine", ed. Hermann Boventer, *Thomas Morus Jahrbuch*, 1989. Düsseldorf: Triltsch Verlag, 1989: 158—164.

　　② See Nicholas Orme and Margaret Webster, *The English Hospital 1070—1570*, New Haven, CT.: Yale UP, 1995, pp. 17—18.

　　③ See Lord Amultee, "Monastic Infirmaries", ed. F. N. L. Poynter, *The Evolution of Hospitals in Britain*, London: Pitman Medical, 1964: 1—26, p. 13.

们倾向抚慰患者灵魂而非进行科学治疗。①

　　英格兰的健康护理没有超过其他国家,可莫尔笔下的《乌托邦》岛国的确超越了意大利。通过管理水源,乌托邦人有效预防瘟疫,同时保卫了自然身体与政治身体的健康。就健康措施而言,如果遵循乌托邦的例子,英格兰的健康状况会好许多,甚至能远超意大利。除提及空气、污物与瘟疫之间的关联外,希斯拉德叙述乌托邦的城中饮用水的自我净化过程,实现盖伦医学所倡导的和谐身体之目标。希斯拉德特别提到岛国阿莫洛特城的两条河,其中一条是阿妮德河,"正如英格兰的泰晤士河"(94)。泰晤士河遭受严重污染,而阿妮德河却为城市百姓提供干净活水:"沿着城市与海洋之间的整个路程,甚至在城市上游的数英里处,河水定时涨落,首先迅速流向一个方向,然后又流向另一个方向,每一次持续约六小时。潮涨时,海里的咸水灌进阿妮德河长达 30 英里的整个河流中,把新鲜淡水灌回去。河流上游甚至长达数英里距离中,河水变咸水;然后慢慢地,河水又变为新鲜淡水,当河流流进整个城市时,河水纯净可用。后来潮落时,河水变甜而没有污染,几乎直至河流与大海交汇之处。"(94)"有另一条河流过城区,这条河不是特别宽,但安静且让人快乐。她从城市所在的山坡上涌现出来,流经山下的城中心直到汇入阿妮德河。这条河发源于城市上游一点,但市民扩建了城市防御工事,把她包在了城市的防御边界之内,以便一旦城市遭到围攻,敌人不可能筑坝而使河流改向,也不可能投毒于水源。来自这条河流的水通过瓷砖管道引入城市低地的社区中。对位于更高地势的城市建筑中的居民来说,他们使用大水箱收集雨水,这同样让他们非常满意。"(94)由于发源于高地,加上受到防御工事的保护,该河流水源清澈洁净,市民身体与国家身体健康,体现了早期现代医学所倡导的保持环境卫生与远离腐烂水汽地区的瘟疫防治原则。②

　　乌托邦人学习占希腊医学,坚持个性化养生,种植适合个人身体需要的草药,整个民族适度生活与勤奋劳动,避免坏气候与锻炼好体质,确保体液和谐。

---

　　①　See Rebecca Totaro, *Suffering in Paradise*: *The Bubonic Plague in English Literature from More to Milton*, pp. 81—82.

　　②　See Andrew Wear, *Knowledge and Practice in English Medicine 1550—1680*, pp. 275—349.

盖伦医学指出,最佳的保健专家应该知道,个体自然特性决定他的个性化用药。① 每人在自家花园中种植草药,希斯拉德叙述:"乌托邦人喜欢他们的花园。他们种植藤本植物、水果、草药与花朵。他们精心打理花园,园中植物生长茂盛。[……]他们付出如此努力经营花园,不仅是因为他们从中得到快乐,更因为每家都认为自家与他家竞争拥有最好的花园。当然,整个城市中,难于发现其他任何东西既有功能性又有娱乐性。因此,似乎看上去,这个城市的缔造者必定把设计与构造花园作为他的优先事项。"(95)显然,花园的"功能性"在于,园中"草药"或其他植物可为园主制作个性化的医药。根据不同年龄、专长、性别等体质因素,乌托邦人接受、拥抱与从事多样化的工作。除农业劳动外,希斯拉德看到,"每个人学习我提到的其他手艺"。"每个人从事特定的工作",包括"纺织、石匠、铁匠或木匠"等工作。(97)正如伊拉斯谟注释道:"每个人根据自己的自然特性学习手艺。"(98)"由于力量较小,女性学习较轻的手艺,通常是纺线或织布。其他涉及较重工作的手艺由男人来做。在大多数情况下,男孩是父亲的学徒,因为大部分男孩自然喜欢这样。"(97)乌托邦人"身体敏捷、健硕"与"强壮","他们的土地不是特别肥沃,但他们努力提高它。尽管气候不是特别好,但他们通过适度生活避免受其影响"。(124)出生时交由政府根据养生学抚养,每人保持适合自己的生活习惯,最终实现"身体的和平与和谐"。(121)

如果说养生法使岛国人的自然身体处于体液和谐状态,那不同职业与阶层的和平共处让乌托邦的政治身体体液处在"黄金分割线的比例之中"②。乌托邦极为富裕,社会财富按需分配,城市之间相互调配,国民无贫富差别。(108)任何人都从事农业劳动,包括大使、牧师、医院、国家元首等,同时选择适合自己身体的工作。他们每天工作六小时,工作之余从事各种有益身心的娱乐活动,如自由学习、参加学术活动、花园散步、弹奏音乐等。他们尊重天性,"把美德定义为按自然生活"(116),"把快乐定义为身体或精神的一种自然愉悦的运动或状态"(118)。自然理性驱使他们追求快乐的、不损害他人与公众

---

① See Galen, *A Translation of Galen's Hygiene* (*De Sanitate Tuenda*), tran. Robert Montraville Green, pp. 13—14.

② See Andrew Wear, *Knowledge and Practice in English Medicine 1550—1680*, p. 167.

利益的、不引发痛苦的娱乐活动。（120）乌托邦是一个民主共和国，每城市分为四区，每区推选一位候选人到国会就职。各区按人口比例选举产生 200 位议员，他们组成委员会，从中选举有一定任期的国家行政长官。为警惕议员不成熟的想法，国会"禁止当天会议通过当天提出的议案"（97）。岛国政教分离，国民信仰自由，但绝大多数人只信仰一个神圣的造物主。希斯拉德给他们介绍基督教后，他们几乎都开始洗礼与信仰上帝。唯有品德高尚之人才能成为牧师，"牧师选择道德最佳的女性作为妻子"，高级牧师从普通牧师中从选举产生，"孩子与青少年交由牧师教育"，因为"良好行为与道德比读写能力更重要"。（151）从经济、文化、政治到宗教，乌托邦人享受各种权利，道德观念深入人心。用餐场景真实再现各阶层间的和谐融洽，"议员与其妻子坐在第一张桌子中间（由于该桌被升高了，置于房间的交叉路口），因为这是荣誉之位，也因为从此处议员能看到全体成员。两位长者旁坐在他们一起，因为这是四人一组的桌子。如果周边 30 栋房子范围内有寺庙，那么牧师及其妻子便与议员及其妻子坐在一起，享受平等地位。在他们两边坐着年轻人，更远处坐着一群老年人，然后年轻人与老年人交替坐满整个大厅"（106）。"整个岛国就像一个家庭。"（109）

正如早期现代医学强调切除人体癌症一样，乌托邦清除了政治身体中的金钱、犯罪等腐蚀力量。乌托邦进口金属，出口羊毛、亚麻织品、木材、染料、牲畜等，按政府间的契约信用做贸易。考虑到其他国家使用金银作为货币，战争期间乌托邦向国外政府要回（金银）贷款，以用这些贷款聘用国外雇佣兵为自己打仗。在国内，为使国民对进口的金银不感兴趣，岛国政府把金银制成与羞耻意义相关的刑具。希斯拉德讲述了一个故事：三个来自阿内莫利亚国的大使穿戴金银走在乌托邦大街上，显摆自己与神一样的富有地位，以为岛国人因为贫困而穿着朴素，可在所有在场的乌托邦人眼中，"他们艳丽的着装显露卑微下贱"，因为"这是乌托邦被惩罚的奴隶、被羞辱的违法犯罪者的穿着方式"。（112）"通过废除金钱，他们根除贪婪本身。"（158）在军队与政权中，牧师皆起着道德标杆的作用，"乌托邦铲除了国内产生野心、派系与其他许多邪恶的源头，因此不会陷入受到内部斗争困扰的危险中"（159）。"当保护国内和谐与确保自身机构繁荣时，邻国统治者的嫉妒不可能撼动或惊恐他们的政府，因为在过去邻国进攻他们时，邻国总是会被反击回去。"（159）"冲突与犯罪从社会中清除,正如癌症从身体中切掉。"(158)正如政论家爱德华·福塞特通过政治身体类比,批评威胁英格兰健康的火药阴谋时指出,两只眼睛与两只手应在头的领导下相互合作以求英格兰身体和谐。讨论王国各种疾病,谴责宗教叛乱,福塞特给地方官与医生开出不同药方,因为保健养生比恢复健康更好。[①] 托马斯·莫尔深知玫瑰战争史,懂得野心、派系与国外势力介入等威胁王权稳定,道德、军力与民主制度等是治疗社会疾病的重要药方。

当国内不同阶层和谐共处,政治身体体液平衡时,面对异样的文明社会,乌托邦是否尊重邻国不同的发展模式?就岛国的对外关系,希斯拉德这样叙述:

> 乌托邦大部分邻国是自给自足的——通常因为乌托邦人早先把他们从暴政中解救出来——并且这些国家对乌托邦法律制度令人崇敬的特征印象深刻,以致他们从乌托邦获得法官与公务员,乌托邦提供给他们一年契约,有时五年契约。任职满期后,邻国代表把他们(援助人员)带回乌托邦,乌托邦赞扬他们所做的服务,授予他们荣誉。由继任者陪同,邻国代表再回到他们自己的国家。这些民族当然具备了一套优秀的、完全可靠的管理国家的办法,因为一个政治体系运转好坏依赖那些管理者的道德水准。哪里能找到比他们更优秀的管理人员?他们对收取贿赂非常不感兴趣,因为当他们回国时金钱对他们没有任何用处,因为他们很快就要回国。再且,因为他们是国外的人,他们没有派系承诺或隐藏忠心。法律制度无论在哪被党派政治或行贿受贿所玷污,正义本身就不再存在了,因为正义是社会的黏合剂。乌托邦人称那些来他们那寻找法官与公务员的国家为盟国,而对只被提供其他形式援助的国家,他们称之为友邦。(133—134)

邻国是"自给自足的"国家,走了不同于乌托邦的发展道路。乌托邦把一些邻国"从暴政中解救出来",提供"法官与公务员"援助。援助人员从不"行贿受贿","金钱对他们没有任何用处",说明邻国货币体制没有被援助人员所改变,因为乌托邦依靠信用而非金钱(被废除)运转。乌托邦不同程度参与他国事

---

① See Edward Forset, *A Comparative Discourse of the Bodies Natural and Politique*, p. D4.

务,按不同援助形式,①邻国可分为"盟国"与"友邦"。正如罗伯特·谢泼德所言:"乌托邦是一个地方超级大国,似乎执行一种积极的、实际上干预性的外交政策。乌托邦甚至在某些情况下卷入战争,为的是进一步推动她的国际目标。"②然而,谢泼德补充道:"乌托邦人显然没有任何要在他国领土上建立自己的机构与传播自己的价值观之使命。相反,他们甚至以战争为代价,有意高举邻国所建立的、所坚持的正义标准,即使包括私有财产在内的这些被乌托邦人认为是有瑕疵、不道德的概念。"③

考虑到宇宙是与人体对应的宏观身体,乌托邦参与国际事务是否显现莫尔的全球身体意识? 事实是,基于大小宇宙对应理论,人体、政治身体与地球宇宙之间的类比一直是西方古典哲学的重要思想之一。全球结构、世界地图与人体结构互为对应,人体不同体液、不同部位之间的关系类似不同文明道路国家之间的共存,相互尊重对方发展道路的全球国家一起构成一个类似和谐人体的政治共同体。从隐喻与类比出发,早期现代人复兴古典世界观,再现相似的多重和谐体,贯通亚里士多德的自然观、托勒密的宇宙论与盖伦医学理论。大卫·乔治·海尔提出:"比起其他任何构建'伊丽莎白世界图景'的对应关系来说,社会和人体之间的相似性用得更多。"④乔纳森·吉尔·哈里斯指出,大小宇宙类比成为当时占统治地位的概念与话语形式,这本质上是一种身体中心论。⑤ 在自然状态下,大小宇宙尤其是人体与地球之间遵循这种结构关系,和谐与安逸为至真、至善与至美状态。因此,在地理大发现语境中,文艺复兴社会热衷于把地球、地图想象成人的身体或人体的某个部位。维克多·摩根发现,泰奥弗拉斯托斯(Theophrastus,371BC—287 BC)人体与地球类比在 16 世纪后期至 17 世纪初复兴,"人脸是人的小宇宙,展现了个人的统治性

---

① 乌托邦也为邻国之事感到被冒犯而对第三国发动战争:"当朋友的国土被侵犯、战利品被没收、朋友的商船被不公平对待却无法律解决途径、或当地法律不公平或不公平运用法律等。"(*Utopia*,136)

② Robert Shephard, "Utopia, Utopia's Neighbors, *Utopia*, and Europe", pp. 846—847.

③ Ibid. , pp. 849.

④ David G. Hale, *The Body Politic*: *A Political Metaphor in Renaissance English Literature*, p. 11.

⑤ See Jonathan Gil Harris, *Foreign Bodies and the Body Politic*: *Discourses of Social Pathology in Early Modern England*, p. 141.

特征,正如地图是地方的小宇宙,通过符号传达了它代表的真实地方的特征"[1]。托勒密在《地理》中把人脸再现为地球。威廉·坎宁安(William Cunningham)于 1559 年写道:"地理[……]就是模仿,就是对人脸的描写,就是地球的图画。"[2]罗伯特·伯顿在《忧郁的剖析》中,把患有忧郁症的人体比作狂热探险者脚下的地球与他们痴迷的地图,用病理学话语嘲讽与解剖地理大冒险。[3] 人体(人脸、屁股)与地球(地图、宇宙)的隐喻关系充斥莎士比亚、本·琼森、约翰·邓恩的作品。[4] 当然,《乌托邦》也不例外。

和谐的全球身体暗含一种共同体理念,故乌托邦人相信,"相互友爱让各国团结为一个共同体"。(134)"共同体"借助身体隐喻,经历了从古希腊"城邦"到中世纪神学"宇宙共同体"意义转变过程。古希腊城邦包含政治、社会与经济关系。对亚里士多德来说,政治身体与共同体没有区别,整个社会就是一个有着共同利益的团体——政治共同体。[5] 哈南·亚兰特指出,古希腊城邦把政治置于社会之上,政治不局限于国家层面,而是在公民自治政府的日常生活中,古希腊人直接参与公共政治,没有经历现代国家所带来的政治异化。[6] "尽管希腊人试图构建城邦反映世界,但城邦理念总是与神圣秩序处在紧张关系中,与世界都市的宇宙秩序相冲突。"[7]在亚历山大时期,斯多葛主义哲学打破这种特殊与普遍、排他与包容的对立,提出了世界共同体的宇宙身体理念。共同体中普遍与特殊互为排斥的概念最后由古罗马人解决了,他们把社会与宇宙联系起来,罗马帝国成为以公民身份为基础的一个包含不同社会形态的全球性的人类共同体,公民个人身体与帝国全球身体互为对应。进入中世纪,全球共同体的理念得到充分发展,它开始超越政治秩序的疆界,基督教神学把

---

[1]　Victor Morgan, "The Literary Image of Globes and Maps in Early Modern England", ed. Sarah Tyacke, *English Map-Making 1550—1650*, London: The British Library, 1983, p. 53.

[2]　See Raleigh A. Skelton, *Decorative Printed Maps of the 15th Centuries*, London: Staples Press, 1952, p. 1.

[3]　See Anne S. Chapple, "Robert Burton's Geography of Melancholy", *Studies in English Literature*, *1500—1900*, 33. 1 (1993): 99—130.

[4]　Ibid. , p. 112.

[5]　See Gerard Delanty, *Community*, 2nd edn. New York: Routledge, 2010, p. 1.

[6]　See H. Arendt, *The Human Condition*, Chicago, IL: University of Chicago Press, 1958, pp. 1—17.

[7]　Gerard Delanty, *Community*, 2nd edn. p. 6.

它定义为与耶稣神圣身体的交融。在《上帝之城》中,奥古斯丁阐述"人类之城"如何不完美,说明"上帝之城"是一个完美却在人类历史中永远无法实现的人类共同体。[①] 那时的一本词典把共同体定义为"全部个人的整合,抽象地说,多人共同的状态。运用在全体个人身上,它暗示一种宗教集合体。"[②]此时,人类共同体乃是一种超越社会与政治的身体,是人类宇宙身体与耶稣神圣身体的至高融合,是政治身体与教会身体的完美统一。

莫尔希望"乌托邦社会的诸多方面能在我们的政治共同体中建立起来"(160),透射出早期现代英格兰试图重建欧洲社会的政治共同体想象。中世纪教会机构的衰落导致了作为有机身体的共同体的丧失。[③] 文艺复兴时期,民族国家的兴起引发自治城邦的终止,资本主义商业导致农业共同体与城市行会的瓦解。哈南·亚兰特指出:"共同体话语的核心要素自17世纪以来表现为对国家的批评,而到了启蒙时代,国家越发专制。从这个方面看,共同体表达了一种不可能实现的梦想,无需依赖国家的、纯洁或纯朴的社会纽带永远消逝了。"[④]雷蒙·威廉斯断言,早期社会强调人与人之间直接联系而形成的共同体理念,与基于各种非人组织而组建的国家机器形成反差。[⑤] 共同体成为早期现代人试图返回的伊甸园。无论对国内政治身体或是跨国全球身体,对罗马教廷统一下的欧洲抑或古罗马帝国,共同体成为早期现代人不可能实现的梦,莫尔的岛国乌托邦已是一个让人怀旧的永恒乌托邦。莫尔创作《乌托邦》时,英格兰面临瘟疫与各种流行疾病的威胁,原有自足的社区共同体受到挑战;羊毛贸易刺激国内的圈地运动,大量农村居民离开农村,原有的农村基层共同体逐渐崩塌。马丁·路德的新教主张如瘟疫一般使莫尔深感不安,腐蚀了原有的修道院教区共同体,中产阶级崛起也打破了等级化的、和谐的政治身体结构。在国外,宗教改革隔断新教国家与罗马教廷的联系,欧洲天主教共

---

① See Saint Augustine, *City of God*, tran. Henry Bettenson, London: Penguin Books, 2003, pp. 413—425.

② R. Kastoryano, *Negotiating Identity: States and Immigration in France and Germany*, Princeton, NJ: Princeton UP, 2002, p. 35.

③ See Gerard Delanty, *Community*, 2nd edn. p. 7.

④ Gerard Delanty, *Community*, 2nd edn. p. 3.

⑤ See Raymond Williams, *Keywords: A Vocabulary of Culture and Society*, London: Penguin, 1976, p. 75.

同体已经塌陷。重建和谐的国内外政治共同体，似乎是莫尔必须完成的事情，因为此时的英格兰与欧洲社会已经失去安全与自由，而"共同体就是在不安全的世界中寻找安全"①。

　　托马斯·莫尔是一位基督教人文主义者，他学习与实践古典医学、法律与神学知识，参与 16 世纪英格兰的瘟疫治理与国家管理，把路德教派视为瘟疫而坚决捍卫名存实亡的天主教共同体。他亲历了瘟疫在英格兰数次暴发的场景，感受到王宫中逐渐显现的新教异端思想，甚至目睹了亨利打败理查德三世开启都铎王朝的博斯沃思战役。英格兰社会遭受黑死病袭击，也在宗教与政治上承受着疾病的折磨。莫尔犹如一位医生，有责任使用古典医学知识治理自然身体疾病，使用医学和谐理念治疗英格兰的政治身体与欧洲社会的教会身体，想象一个不同政府形式共存的欧洲共同体。所以，莫尔在《乌托邦》中描绘了一个和谐的同名岛国：国民热衷于希斯拉德带去的古典医学书籍，制定个性化养生法，尊重自然身体特质，保持身体体液平衡；岛国政府发展了一套瘟疫应对机制，从水源、空气与医院建设上管控瘟疫，确保岛国政治身体健康；与邻国关系上，岛国为其提供法律与公务人员支持，却从不把自己的意识形态与政治经济体制强加于对方，依照盖伦医学和谐理念构建一个包容多种文明形式的国际政治共同体。然而，文中"乌托邦"意为"乐土"与"不存在的土地"，叙述者"希斯拉德"意为"胡说的人"，莫尔赋予岛国的虚构、虚幻与想象性意义显露无余。② 这无非表明，借用医学与身体知识构想的欧洲共同体不可能失而复得，因为"推动他（莫尔）向前的，是他看到的东西所引起的恶心与反感，是触目惊心的惨状，而不是他能看清楚的或充分欣赏的未来诱惑物"③。或许，正是迫于逃离瘟疫与社会疾病而非追逐未来前景，莫尔才书写一个仅可能存在于想象中的以中世纪基督教欧洲为原型的和谐有序的政治共同体。

---

　　① See Zygmunt Bauman, *Community: Seeking Safety in an Insecure World*, Oxford, UK: Polity, 2001, pp. 1—5.

　　② See Rebecca Totaro, *Suffering in Paradise: The Bubonic Plague in English Literature from More to Milton*, pp. 75—76.

　　③ Zygmunt Bauman, *Community: Seeking Safety in an Insecure World*, p. 18.

第三节　《忧郁的剖析》：宗教极端主义、国教会与政治改革

"非常忧郁"，"我过着一种安静、久坐、孤独的私人生活"，"在图书馆，我翻阅不同作者的书籍，昏昏沉沉，收益甚微。"①"出生时，土星达到中天"，"我不受禁锢的思想自由游览"。(I：18)"正如生活在花园中的德谟克利特"，"我远离世界中的骚乱与动乱"。(I：18)"我因此写作，使自己忙于这种游戏劳动"，"忙于写作是为了战胜忧郁"，因为"忙碌是最好疗法"。(I：20)然而，由于"让人瘙痒的体液"，"无穷的书不断涌现出来"，他陷入疯狂的持续写作中。(I：22)清教徒的"宗教忧郁"，"比战争、瘟疫、疾病、饥荒与所有其他，更使人糊涂与迷恋，造成更大伤害，带来更多忧虑，更折磨人的灵魂"。(IV：312—313)因此，"我将建造一个乌托邦，一座新的亚特兰蒂斯，一个我自己的理想共和国，那里由我自由统治、建城与立法"。(I：97)城中机构和谐布置，不是根据"慰藉"少数人的原则，而是"为所有需要的人建造，由公共财政开支与维护"。(I：99)鉴于"没有花园不生毒草，没有麦地不长毒麦。我们中有一群清教徒、教派分立者与异教徒，甚至在我们内部也有极端主义者"，而"过度狂热地反对这些人"，"将会摧毁我们的一切"，故"我"愿与清教共处，忠诚英格兰国教会以维护"和平"。(IV：369—370)

这是罗伯特·伯顿《忧郁的剖析》(1621)涉及忧郁的情节片段。安妮·沙普尔从地理大发现这一语境出发，结合大小宇宙对应理论认为，伯顿痴迷于地图地理而从制图视角剖析人体忧郁，正如人们依赖地图进行全球大冒险，但伯顿嘲讽患有忧郁的疯狂探险者，表达出他的悲观主义人类观。② 玛丽·安·隆德把该文本置于早期现代医学、宗教与文学修辞对忧郁读者的治疗语境中，探讨在早期现代经典与非经典写作中伯顿如何构建读者的阅读过程，如何利

①　Robert Burton, *The Anatomy of Melancholy*, ed. Hobrook Jackson, New York：New York Review of Books, 2001, I：16—18. 杰克森选用的是1628年版本，四卷合在一本书中出版，但每卷都重新编排页码。后文引自该作品的引文将随文标明该著卷数与页码，不再另行作注。

②　See Anne S. Chapple, "Robert Burton's Geography of Melancholy", *Studies in English Literature*, *1500—1900*, 33.1 (1993)：99—130.

用当时神学与医学话语构建对读者具有精神与肉体治疗作用的文本。① 上述成果侧重忧郁与地理或读者的关系,忽视从医学视角探讨困扰英格兰社会的清教极端主义,没有在英格兰国教会分裂这一语境中解读忧郁的政治身体内涵。实际上,自 16 世纪后期开始,忧郁的清教徒作为一种刻板印象在英格兰受到嘲讽,至 17 世纪时他们在王宫中的支持者不再得势,忧郁成为一种罪恶、瘟疫与政治身体疾病。清教徒乃是国教会中的激进分子,精英人士指责清教徒的疯癫狂热与国教会内部的宗派分立,呼吁政府进行政治改革。伯顿《忧郁的剖析》不仅描写作者自己的忧郁,而且指向英格兰社会的清教忧郁;不仅提出治疗自然身体忧郁的写作疗法,而且构想乌托邦社会取代现有疾患的政治身体。然而,忧郁不仅玷污了写作,个人陷入一种疯狂持续的写作中;而且感染了政治改革计划,乌托邦理想只是受忧郁驱使的疯狂想象与语言游戏。伯顿被迫舍弃改革理想,透射出早期现代社会对国教会的深度焦虑。由此,在忧郁话语与宗教极端主义语境中,笔者研究伯顿《忧郁的剖析》如何解剖个人忧郁与国家忧郁的病症与疗方,探析疗法流产所隐含的 17 世纪英格兰社会的国教会焦虑。

《忧郁的剖析》由四卷构成,第一卷是导言,伯顿以古希腊后期的哲学家德谟克利特身份对读者讲话,第二、三卷分别阐释人体忧郁的起因与疗法,第四卷细说爱情与宗教忧郁问题。该书最初以对开本形式出版时共计 800 余页,伯顿在后来每一次再版时均不断扩充该书内容,因为他探讨的不仅是一个身心问题,而且是一个宗教政治问题。正如批评家亚当·吉特兹所说:"罗伯特·伯顿《忧郁的剖析》的核心问题在于:忧郁是否死去?"②到 17 世纪初忧郁理应死亡,那些忧郁的不满现状者被完全过度刻画,以至于成为一种刻板印象。在当时的诗歌中与戏剧舞台上,忧郁患者受到极大嘲讽,可以确定,任何有才华的人皆不想与这种愤世嫉俗者发生联系。③ 评论家西奥多·斯宾塞发现,16 世纪 60 年代左右出生的那代朝臣,曾经把忧郁鼓吹为社会地位的重要

---

① See Mary Ann Lund, *Melancholy, Medicine and Religion in Early Modern England: Reading the Anatomy of Melancholy*, Cambridge: Cambridge UP, 2010.

② Adam H. Kitzes, *The Politics of Melancholy: From Spenser to Milton*, p. 123.

③ See Bridget Gellert Lyons, *Voices of Melancholy: Studies in Literary Treatments of Melancholy in Renaissance England*, London: Routledge & Kegan Paul, 1971, pp. 27—34.

表征,到 17 世纪初期,即使他们仍然健在,也不再在王宫中掌权。① 譬如,作为圣·保罗教堂的主持牧师,约翰·邓恩曾是一位地位显赫的忧郁人士,他如今在布道词中不断谴责忧郁,最好时把它视为一种人格缺陷,最糟糕时把它看成罪恶、瘟疫的标签。所有这些因素必定使得有关疾病的杰作《忧郁的剖析》出版显得有些过时了。正如 1621 年出版的巨著《忧郁的剖析》标题所示:忧郁成为一具有待解剖的尸体。忧郁必定被认为已经死去,等待法医剖析以验明死因。至少,被拷问的忧郁身体需要放置足够长时间,作为解剖者的伯顿才可能详尽描绘它的核心要件。然而,在该书前几页中,读者们发现,伯顿阐释忧郁时,他似乎表示忧郁的确仍然继续存在,甚至不会死亡,故他不仅需要查明病因,更需要提供症状说明与治疗方案。

　　《忧郁的剖析》演绎患病(自然或政治)身体与语言符号象征性再现之间的断裂关系。在导言部分,伯顿创造了一个世界图画,却发现地球制图只是一个弄臣图像,国家、全球与弄臣一样处于忧郁状态。因此,伯顿非常真诚地叙述:"如果你想象[一座山],或爬上去看,你不久就会看到,所有世人都疯了,忧郁昏聩。那是(伊皮奇桑尼厄斯·科斯莫珀利特斯不久前在一幅地图中)把它描绘成一个弄臣的头(带有座右铭,需要草药治疗的头);一个疯癫的头,一个弄臣的天堂,或如[古希腊]阿伯尼罗奥斯所说,一个需要改革的笨人、骗子、谄媚之徒的普通监狱。斯特拉博在他的《地理学》第九册中,把希腊比作一个人的图像。尼克·捷波列斯在解说索菲娅纳斯的地图时,支持这一比较。[……]如果这一引用成立,那它就是一个疯子的头。"(24—25)伯顿把人体、头部比作希腊、全球,人的图像与地理地图互为对应,弄臣的头也因此与疯癫的世界类比。自然身体、政治身体与宇宙天体之间的隐喻关系,源于古希腊时期的大小宇宙对应论。② 伯顿指出两种疯癫:一种是由弄臣所代表的他人或自己的忧郁,需要"草药治疗";另一种是由希腊所隐喻的英格兰忧郁,或说英格兰的政治困境与清教极端主义,故亦"需要改革"。然而,既然世人皆"忧郁昏聩",人人都是弄臣,每个国家都是"一个疯子的头",那么谁有能力诊断与解剖忧郁,

---

　　① See Theodore Spencer,"The Elizabethan Malcontent",ed. James G. McManaway,*Joseph Quincy Adams Memorial Studies*,Washington D. C.:Folger Shakespeare Library,1948:523—535.

　　② See Jonathan Gil Harris,*Foreign Bodies and the Body Politic:Discourses of Social Pathology in Early Modern England*,pp. 1—2.

伯顿自己有能力开出治疗忧郁的解药？① 通过语言写作，伯顿为英格兰读者提供的治愈个人与国家身体的改革措施，甚至包括语言符号本身，是否也必然受到了忧郁的感染？

早期现代英格兰社会的忧郁究竟疯狂到何种程度？当然，首先得搞清楚忧郁的内涵究竟是什么。忧郁是一种文化思想，解释与组织人们看待世界与自身彼此的方式，塑造社会、医学与认识论的标准。② 经中世纪基督教社会后，古希腊哲学与医学在 16、17 世纪社会全面复兴，忧郁获得诗学、病理学、神学乃至政治学等多重内涵。忧郁在人体上呈现为冷、热与干等不同"质（quality)"混合而成的过剩体液，显现黑色、苍白色与红润等肤色。忧郁在早期现代知识分子中尤为流行，不仅因为亚里士多德的忧郁天才理论对他们有很大吸引力，更由于大多知识分子遭受政府冷淡对待，不满王国政府的专制腐败。他们愤世嫉俗或撰文抱怨国家，表达政治边缘遭遇，试图改变现状却无能为力，体液过剩而患上忧郁或形成忧郁型人格。③ 古希腊医生盖伦讨论忧郁疾病(melancholia)与忧郁人格(melancholy)，提出极端的体液过剩造就疾病，非极端的过剩则决定气质人格类型。黑胆汁无论在身体还是思想（大脑）中，都会导致忧郁。④ 亚里士多德与罗伯特·伯顿等则把热干混合体（黄胆汁）与冷干混合体两者均视为忧郁体液。亚里士多德接受四种体液理论，但提出黑胆汁也可能太热或太冷，各种体液混合体的冷热程度决定疾病差异，过多的黑胆汁引发精神紊乱（疾病），但轻度的黑胆汁不平衡是不同人体的正常习性。"忧郁体液早已在自然中混合了。因为它是热和冷的混合，因为自然包括这两个元素。因此黑胆汁变得很热或很冷。"⑤ 当然，强调习性而生发的忧郁，在文

---

① See Wolf Lepenies, *Melancholy and Society*, tran. Jeremy Gaines and Doris Jones, Cambridge: Harvard UP, 1992, p. 15.

② See Jennifer Radden, "Preface", ed. Jennifer Radden, *The Nature of Melancholy: From Aristotle to Kristeva*, p. vii.

③ See Adam H. Kitzes, *The Politics of Melancholy: From Spenser to Milton*, pp. 14—17.

④ See Galen, "On the Affected Parts", ed. Jennifer Radden, *The Nature of Melancholy: From Aristotle to Kristeva*, pp. 63—64.

⑤ Aristotle, "Problems", ed. Jennifer Radden, *The Nature of Melancholy: From Aristotle to Kristeva*, pp. 57—58.

艺复兴时期逐渐发展为没有原因的莫名忧郁。①

　　忧郁也被接受为上帝通过撒旦施予良知遭罪之人的身体疾病,还被理解为最高星体——土星、木星等——带给天才忧郁人士的体液不平衡。提摩西·布莱特(1551?—1615)对医学与宗教感兴趣,区分生理学上的忧郁与上帝之手施予良知受罪之人的精神忧郁疾病。② 当然,早期现代医学是身心医学,身体与思维情感互为影响。③ 布莱特认为,多血汁(热湿)、黄胆汁(热干)、黏液汁(冷湿)、黑胆汁(冷干)等源于"血液中的粗糙部分与排泄物",一起构成自然体液,因不友好的热量过多而都可能引发忧郁。④ 布莱特更重视个人罪恶而导致的精神上的非自然的忧郁疾病。他们违背上帝造人时立下的自然法,故其灵魂良心需受百般折磨:"扫罗王感染此病,上帝派遣邪恶精灵增加痛苦;因为背叛,犹大接受用自己的手给自己复仇之惩罚。[……]他们的心难逃蠕虫的致命撕咬,驱使他们绝望。"⑤ 自天才忧郁论以来,星座、天才与忧郁的关系建立起来。亚里士多德提出,大力士赫拉克勒斯、哲学家柏拉图与苏格拉底、诗人荷马、战争英雄埃阿斯、亚历山大大帝等天才人物都是忧郁型人格或患忧郁症,因为他们"身体热量接近思想所在地,感染疯狂或狂怒之疾。这适用于女预言家、占卜者与神启之人,他们的状况不是因为疾病而是一种自然混合体(热干)而起"⑥。马西利奥·费奇诺把基督教自由意志与天才忧郁论相结合,强调在最高星体土星、水星照耀下出生的人蕴含最高灵魂能力,他们身体的热量在让其灵魂最大接近上帝时,黑胆汁也让天才人士倾向忧郁习性或病态。文艺复兴图画作品主题鲜明,忧郁人士往往是一些受上帝灵感启示与

---

　　① See Jennifer Radden, "Aristotle: Brilliance and Melancholy", ed. Jennifer Radden, *The Nature of Melancholy: From Aristotle to Kristeva*, p. 57.

　　② See Jennifer Radden, "Melancholy: Bright", ed. Jennifer Radden, *The Nature of Melancholy: From Aristotle to Kristeva*, p. 119.

　　③ See Peter Womack, *English Renaissance Drama*, p. 76.

　　④ See Timothie Bright, "A Treatise of Melancholy", ed. Jennifer Radden, *The Nature of Melancholy: From Aristotle to Kristeva*, pp. 121−122.

　　⑤ Timothie Bright, "A Treatise of Melancholy", ed. Jennifer Radden, *The Nature of Melancholy: From Aristotle to Kristeva*, p. 126.

　　⑥ See Aristotle, "Problems", ed. Jennifer Radden, *The Nature of Melancholy: From Aristotle to Kristeva*, p. 59.

追求学术之人。[①]

忧郁俨然被称为"伊丽莎白时代的弊病",《忧郁的剖析》是忧郁研究的标志性成果,忧郁发展为一个关乎国家前途与命运的重要议题。[②] 在英格兰,国民把布莱特与安德尔·劳伦丘斯视为诗学天才典范,复兴基于黑胆汁过剩的传统诗学天才理论。[③] 菲利普·锡德尼在《为诗辩护》中,探讨诗歌创作与天才灵感之间的关系。为宣扬国教会政策,英格兰政府大力发展公共教育,古典(忧郁)知识进入教学课程。[④] 忧郁渗透到艺术、医学、神学与政治学领域,获得天才、知识分子、社会精英、神启、国家责任等各种内涵。随着接受良好教育人士的增多,他们把忧郁的政治病理学内涵运用在自己身上。然而,到斯图亚特早期,牛津、剑桥培养的毕业生数量远超出政府与教会的需求。因为供大于求,许多知识分子生存压力巨大,处于待业状态。哪怕是处于就业中的人员,因为其他人员待业而薪水低下。例如,副牧师不仅收入非常低微,工作也没有得到法律保障而面临潜在失业风险,生存压力让部分人要么转为清教徒,要么皈依天主教,前者批评国教会,后者反叛新教。[⑤] 查理一世实行个人专制统治,破坏了宫廷的用人与赞助制度,国家与教会的诸多职位被公开买卖,候选人的美德才华成为推荐人才的次要考虑因素。[⑥] 一些毕业生只能做教会的讲师,讲师在不同教会流动讲解新教的特点对清教徒有巨大吸引力,后者利用讲师身份谴责君王的政治、宗教与外交政策。[⑦] 因报国无门或薪水极低,这些人对王国愈加不满与绝望,他们发展成一支异化、忧郁的知识阶层与激进的清教徒,对国教会与政府宗教政策甚为愤慨,给政治宗教秩序造成巨大威胁。

清教徒极端主义类似瘟疫带给王国社会巨大灾难,精英人士指责清教徒的狂热与国教会内部的宗派分立。16 世纪后期至 17 世纪,清教势力迅速增

---

① See Jennifer Radden, "Introduction: From Melancholic States to Clinical States", ed. Jennifer Radden, *The Nature of Melancholy: From Aristotle to Kristeva*, pp. 12—15.

② See Lawrence Babb, *The Elizabethan Malady: A Study of Melancholia in English Literature from 1580 to 1642*, East Lansing: Michigan State UP, 1951.

③ See Adam H. Kitzes, *The Politics of Melancholy: From Spenser to Milton*, p. 201.

④ Ibid., p. 15.

⑤ Ibid., pp. 322—323.

⑥ Ibid., p. 327.

⑦ Ibid., pp. 324—325.

长,不少人坐上了教区牧师的位子。清教徒坚信宗教改革不彻底,强调主教、牧师与信徒是平等关系,国王、主教与普通教徒没有等级差别,《圣经》是基督教的唯一权威,教会的许多圣礼必须废除,鼓励人们身心体验基督的"拯救恩典"。① 这遭到国王与新教徒的反对。牧师约翰·李在怀利(Wylye)地区发动清教讲道、问答法与道德改革运动,引发了 1623—1624 年抵制他的不服从运动。托马斯·肯特警告李说,肯特的长篇布道词让仆人不再工作,"如果任凭李经常组织圣礼活动,他必定会让教区陷入贫困。[……]他们(教徒)来得太频繁、待得时间太长,他们必须回去照顾他们的牲畜"②。1615 年在萨默塞特的温佳顿,教区委员会由清教徒把持,他们被称为"拘泥教义的呆板之人、一群清教徒恶棍","恶魔一定上了他们的身体",他们是"最善于掩饰的伪君子"。③詹姆士一世在《皇家礼物》中警示儿子,要清除清教徒作为王国身体的过剩体液,懂得治国之道以确保国家健康有序:"傲慢的清教徒"表现出"荒谬的谦卑","对自己的同伴宣称与呼喊,我们(国王们)只是恶虫",他们"要审判与强加法律于他们的国王,却不受任何人的审判与控制?"④约翰·李利控诉清教徒,"用伪装的良知,你感染不同宗教,在国家的血管中散播毒液——你固执的虔诚。它像淋巴瘤一样潜入肌肉,如水银般进入骨头,最终腐蚀身体"⑤。托马斯·纳什定义清教徒为江湖郎中,捍卫新教主教为有技能的医生,作为国教会首领的君主有似首席医生,能够探测出异教徒的感冒发烧,预防清教徒"毒害陛下爱民的有效路径,在于使清教徒作为国民灵魂医生的资格失效,[……]禁止他们行医"⑥。

　　与他们一道,伯顿谴责清教忧郁,甚至使用《忧郁的剖析》干预政治,以此

① See Toming, *A History of American Literature: Revised and Expanded Edition*, pp. 13—39.

② Anonymous, *Wiltshire Record Office*, London: Printed by J. Dawson for Robert Mylbourne, 1624, pp. 36r—40r, 41v—42v, Quoted in Christopher Haigh, "The Character of an Antipuritan", *The Sixteenth Century Journal*, 35. 3 (2004): 671—688, pp. 680—681.

③ See William Hale, *A Series of Precedents and Proceedings in Criminal Causes 1475—1640*, pp. 221—223.

④ See James I, "*Basilikon Doron*", ed. Charles H. McIlwain, *The Political Works of James I: Reprinted from the Edition of 1616*, p. 38.

⑤ John Lyly, *Pappe with a Hatchet*, 1589, ed. R. Warwick Bond, *The Complete Works of John Lyly*, 3 vols. vol. 3: 407.

⑥ Thomas Nashe, *The Works of Thomas Nashe*, 5 vols. vol. 1, ed. R. B. McKerrow, p. 62.

推动政治改革。该文因剖析忧郁一直被医学界视为一本医学经典,但现今文学批评家们把它视作一部文学巨作。这很大程度上归因于,他们受到斯坦利·费什《自我消费的人工制品》的影响,[①]发现伯顿《忧郁的剖析》的创作方法有意生产了自我解构的工具。[②] 意识到《忧郁的剖析》与百科全书之间的相似性,他们宣称,伯顿对文艺复兴的文本编辑传统发动了一场全面进攻。他引用古今中外典籍以阐明忧郁,但庞杂的材料却使伯顿失控,这个伟大项目转变成了一场没有中心意义的无效言说。[③] 因此,该书也可解读为一部政治隐喻,一部倡导社会改革却谨慎地捍卫原有政治机构的文学作品。[④] 伯顿在作品中对宗教极端主义展开批评,试图压制激进的清教宗派之疯癫,开启了克伦威尔时期与复辟时代的反清教狂热话语之序幕。[⑤] 此间,忧郁与宗教预言能力之间的关系经历了一场巨变:内战前,人们一般相信,在合适条件下,忧郁赋予个人诗学与宗教先知的能力;内战后,人们视宗教热忱为忧郁的症状,倾向把忧郁视为一种让人迷失在私人幻想中的身心疾病。伯顿站在这一使忧郁疾病的谱系话语的最前沿,让复辟时期莫里克·卡萨本、亨利·莫尔等剑桥柏拉图主义者紧跟其后,把与宗教热忱相关的"疯癫"从神圣狂喜状态转变成一种病理条件。病理学已经为当时任何懂得"理性"活动的人所熟知与理解,而卡萨本自己就非常依赖"理性"这个术语。[⑥] 此时,清教忧郁早已是与理性对立的社会疾病。1704 年,乔纳森·斯威夫特(1667—1745)在《一个木桶的故事》中,

① See Stanley Fish, *Self-Consuming Artifacts: The Experience of Seventeenth Century Literature*, Berkeley: University of California Press, 1972, pp. 303－352.

② 乔纳森·索戴伊这样叙述费什对他的影响:"突然,《忧郁的剖析》被揭示为一个后现代先锋作品的例证,一部对世界非有机的破碎属性的嘲讽性探索,对这个它拒绝被置于其间的世界之自我戏仿式探究。" See Jonathan Sawday, "Shapeless Eloquence: Robert Burton's Anatomy of Knowledge", ed. Neil Rhodes, *English Renaissance Prose: History, Language, and Politics*, Tempe: University of Arizona Press, 1997: 173－202, p. 174.

③ See Samuel Wong, "Encyclopedism in *The Anatomy of Melancholy*", *Renaissance and Reformation* 22 (1998): 5－22, p. 16.

④ See Robert Appelbaum, *Literature and Utopian Politics in Seventeenth-Century England*, Cambridge: Cambridge UP, 2002, pp. 81－88.

⑤ See George Williamson, "The Restoration Revolt Against Enthusiasm", *Studies in Philology*, 30 (1933): 571－603.

⑥ See Adam H. Kitzes, *The Politics of Melancholy: From Spenser to Milton*, p. 155.

恶言漫骂宗教狂热主义时，那些自称为先知的清教徒几乎不可能有还击的机会。①

《忧郁的剖析》中，作者罗伯特·伯顿自称忧郁患者，自誉为"非常忧郁""不愿与人共处""孤独的"德谟克利特。（Ⅰ：16）他对读者叙述自己身体的忧郁成因与症状：

> 然而，我要说我自己，我希望别怀疑我是傲慢与或自吹。在大学里，我过着一种安静、久坐、孤独的私人生活，为了自我与学习，几乎与雅典的齐诺克雷蒂一样久坐，实际上一直到年迈，与他一样学习智慧，大部分时间把自己关在书房里。［……］我一直有这种在书中漫游的体液（尽管没有成功），像一只跑动的西班牙猎犬，向它看到的每一只鸟大叫，驱使鸟离开它的狩猎之地。除了我应该学的，其他一切与猎犬类似，也只会抱怨，看似可以到处跑而事实上无处可跑。正如谦虚的格斯纳，我阅读了许多书，但毫无目的，因为缺少方法。在图书馆，我翻阅不同作者的书籍，昏昏沉沉，收益甚微，因为缺少艺术、秩序、记忆与判断力。我在地图或卡片中游览，我不受禁锢的思想自由游览，研究宇宙学让我特别兴奋。我出生时，土星达到中天，火星是我行为的主宰，与我的上升相遇结合，两者都是它们区域中的幸运星座。［……］正如生活在花园中的德谟克利特，我过着一种修士生活。对我而言，这算是足够的娱乐了，我远离世界中的骚乱与动乱。（Ⅰ：17—18）

伯顿对自然身体的忧郁叙事，与古典医学对忧郁的起因、症状阐释相吻合。从病因上看，他的学者生活负有责任："我过着一种修士生活"，"过着一种安静、久坐、孤独的私人生活"，"实际上一直到年迈"，"大部分时间把自己关在书房里"。伯顿的出生星座也是原因之一："土星达到中天"。就此，当时医生费奇诺指出，学者因天体、自然与人体等三种原因变得忧郁。土星与水星处于星座最高处给予学者最高智慧，驱使人调研之属性让他们自出生之日起，冷干的忧郁体液逐渐增多。追求科学让灵魂不断从边缘转到中心，思考最玄妙的形而上的问题。这些与土和土星的属性相符，与黑胆汁冷干之特征一致。学

---

① See Adam H. Kitzes, *The Politics of Melancholy: From Spenser to Milton*, pp.153—174.

习时不断搅动灵魂,使大脑干燥而需湿润,湿度被消耗时热量也被耗干,大脑变得干冷。当身体血液被用光时,血液显现干黑。另外,除大脑与心脏外,沉思也影响胃与肝,当油脂或粗糙食物消化不好时,剩下厚而稠的蒸汽状体液。① 就症状来说,忧郁使伯顿"只会抱怨",悲观绝望,"像一只跑动的西班牙猎犬,向它看到的每一只鸟大叫"。"我翻阅不同作者的书籍",却"收益甚微",因缺少"记忆与判断力"。盖伦提出,头疼因胃腔中的黄胆汁过剩,引发恐惧与沮丧所致。从胃部发展起来的这些痛苦乃至癫痫,影响头部而产生许多非正常感官意象,如忧郁患者担忧阿特拉斯放弃顶天而任由天压倒世界。② 一旦此种浓稠沉重的体液从心脏流到大脑、从大脑流到心脏,人的判断力与辨别力下降,各种幻想、虚幻意识在大脑中产生,各种负面情感在心中不断涌现。当黑胆汁过剩时,大脑的意识紊乱造成对记忆之事的幻觉化,心脏中出现的忧郁情感对大脑的记忆幻觉做出回应,希望变成绝望,欢乐变成悲伤,负面情感让大脑记忆更加虚幻,心理自然更加恐惧、无助与悲观,如此反复循环不止。③

为战胜忧郁疾病,伯顿实践写作疗法。"我写忧郁,忙于写作是为了战胜忧郁。就没有任何比懒散成为生发忧郁的最大缘由,'忙碌是最好疗法,'正如拉西斯所说:尽管忙于玩具没多大意义,然而听一听神圣的塞内加,'比起什么都不做,没有目的地做,更好。'我因此写作,使自己忙于这种游戏劳动,我便可避免懒散的麻木。[……]把娱乐变为优良账户。一旦人类既快乐又受益,那快乐与教育便融合起来了。"(I:20—21)写作是一种语言"游戏",类似孩子玩"玩具"。在伯顿看来,忙于写作游戏,可以不再"懒散",可谓忧郁的"最好疗法",因为孤独、懒散是"生发忧郁的最大缘由"。然而,伯顿发现,"多少优秀医生已经写了数卷书或精确的册子,讨论忧郁这一话题!这里没有新东西。我所拥有的是从他人那里偷窃过来的,我的书页对我大叫,你是一个贼。[……]

---

① See Marsilio Ficino, "Three Books of Life", ed. Jennifer Radden, *The Nature of Melancholy: From Aristotle to Kristeva*, pp. 89—90.

② See Galen, "On the Affected Parts", ed. Jennifer Radden, *The Nature of Melancholy: From Aristotle to Kristeva*, pp. 66—67.

③ See Timothie Bright, "A Treatise of Melancholy", ed. Jennifer Radden, *The Nature of Melancholy: From Aristotle to Kristeva*, pp. 122—126.

'偷窃死人的劳动比偷窃他们的衣服是一种更大的冒犯。'大部分作者最后怎么了？［……］'无穷的书不断涌现出来，'［……］受让人瘙痒的体液驱使，每个人不得不表现自己，渴望名声与荣誉，我们都写；无论有学问或是无知之人，无论什么主题，他都写；剥下他的脚所碰到的东西，无论何处。'痴迷于获取名声'，甚至生病之时，无视自己的健康，几乎无力拿起笔，他们必须写些东西。［……］自视为作家，被称为作家，被认为是博学之人，在无知者群众之中，为了获得一个为无价值的天才之名声，为了获得一个纸质王国。［……］'不仅图书馆、商店中充斥着我们令人厌恶的书，而且每一个书柜与厕所中。'"(I：22—23)因为"受让人瘙痒的体液(忧郁)驱使"，"他们必须写些东西"，陷入持续的疯狂写作当中。也因为受忧郁感染，他们"表现自己，渴望名声与荣誉"，伯顿与他人"偷窃死人(古典作家)的劳动"，"这里没有新东西"，写作成为一种反复"从他人那里偷窃"语言的游戏，写作疗法似乎失效，忧郁的疯癫表现愈演愈烈。

当伯顿的自然身体遭受忧郁疾病时，英格兰王国的政治身体是否健康？在某种程度上，伯顿可谓是意识形态批评家，他不仅看到政治身体疾病，而且把疾病归因于失职的统治阶层：

> 王国、行省与政治身体也能意识与遭受这种疾病。［……］在某些地方，你会看到人民守法、信仰上帝、忠心君王、能明辨、和平、安定、富足、好运与繁荣，和平、统一、和谐地生活在一起［……］我们的政治家把它作为国家的主要目标。亚里士多德称国家（commonweal）为"共同的福祉（the common weal）"，一种让人嫉妒的理想状态，这类国家完全不受忧郁干扰［……］然而，你会看到许多不满、普遍不平、抱怨、贫穷、野蛮、乞讨、瘟疫、战争、反叛、分裂、兵变、争辩、懒散、叛乱、享乐主义、未耕耘的土地、浪费、沼泽地、众多泥塘、沼泽地、荒地，等等，衰败的城市，低劣、贫穷的城镇，人口稀少的村庄，肮脏、丑陋、野蛮的人民，王国、国家必定充满不满与忧郁，是一个疾病身体，不得不进行改革。(I：79—80)

伯顿坚持："在人体中，身体因为体液发生各种变化，类似地，一个王国因为不同温热症发生，也会有许多疾病。"(I：79)17 世纪理论家托马斯·斯塔基使用"水肿"，指称国家的懒散仆人和自耕农过多，导致国家战斗力缺乏，因这些人基本只说不做。① 威廉·埃夫里尔用舌头隐喻英格兰的挑拨离间者(罗马天主教),导致舌头抱怨背和胃(君王和权贵)采用暴政压迫手和脚(平民),"背"指责"胃"贪婪,"胃"讽刺手和脚愚蠢。② 尼古拉斯·布莱顿斥责那些包括清教徒在内的"过多体液之人",他们不满自己的社会地位,其"低语抱怨"在王国灵魂中"产生了一个无法治愈的伤口"。③ 约翰·李利斥责清教徒:"用伪装的良知,你感染不同宗教,在国家的血管中散播毒液——你固执的虔诚。它像淋巴瘤一样潜入肌肉,如水银般进入骨头,最终腐蚀身体。"④伯顿批评一切社会疾病,从"懒散"到杰克·凯德领导的平民"叛乱",从罗马天主教到愤世嫉俗的清教,英格兰是个"充满不满与忧郁"的"疾病身体",呼吁统治者"改革"社会。治疗政治身体的改革类似医治自然身体的药物。

伯顿把清教徒视为宗教极端主义的代表,借用花园杂草意象表达改革意图。清教徒与柏拉图时代的部分牧师一样,"柏拉图相信这些牧师都是疯子,这是迷狂或天才效果。坦白地讲,他们是巫师、女巫、狂热分子、伪先知、异教徒、(近期)宗教分裂者,整个世界都不会有如此多的疯癫,如此惊人的症状,例如迷狂、异端、宗派分立罪等。与前类相比,这个幅度更大,更不可思议,比战争、瘟疫、疾病、饥荒与所有其他,更使人糊涂与迷恋,造成更大伤害,带来更多忧虑,更折磨人的灵魂"(IV:312—313)。古希腊牧师与英格兰清教徒均被视为忧郁的宗教极端分子。但与柏拉图时代的牧师相比,清教徒病情更为严重,他们给政治身体带来"更大伤害"。前罗马时期的英格兰可"充当例证":"短时间内,通过罗马人的明智政策,她(英格兰)从野蛮主义中转变过来。"(I:86)王国类似花园,王国治理犹如园艺科学,"他们曾与在弗吉尼亚的人一样不文明,然而通过引入种植园与良好法律到殖民地,他们把野蛮的不法之地变成富有、人口众多的城市,成为最繁华的王国"(I:86)。他赞扬罗马人为英格兰带

---

① See Thomas Starkey, *Dialogue between Pole and Lupset*, ed. J. M. Cowper, p. 79.

② See William Averell, *A Marvelous Combat of Contrarieties*, *Malignantlie Striving in the Members of Mans Bodie*, *Allegoricallie Representing unto us the Envied State of our Flourishing Common Wealth*, pp. A1r−v, D1.

③ See Nicholas Breton, *A Murmur*, *The Works in Verse and Prose*, 2 vols. ed. Alexander B. Grosart, vol. 1: xii, 10.

④ John Lyly, *The Complete Works of John Lyly*, 3 vols. ed. R. Warwick Bond, vol. 3: 407.

来文明与秩序,让不列颠从荒蛮之地变成美丽花园。但英格兰如今布满荆棘,政治身体处于忧郁状态,"紫蓟生长在玫瑰丛中,一些坏野草与暴行扰乱政治身体和平,使王国荣光黯然失色,适合把它拔出来,全速推进改革"(I：87—88)。这些花草意象暗示,伯顿把兴盛政府看成有机组织,各机构互为联结与依存,园内各植物间的有机关系,正如政府各部门之间的关系一样。花园与政治身体相似,皆有各自目的与命运走向。① 清除杂草(清教徒)类似机构改革,园中植物实现美丽和谐犹如政治身体回归有序健康。

　　或许受托马斯·莫尔的乌托邦启发,伯顿构想一个由政府领导的和谐统一的政治身体。他认识到,无论在图像化或目的论意义上,定义一个"连贯一致(coherent)"的政治结构非常困难,因为不断出现的清教极端主义与其他忧郁症状让"连贯一致"变成一种幻觉,但伯顿从未放弃他的政治改革理想。甚至超越病理学术语,他提出诗学乌托邦项目,表明他坚持改革的信心与应对挑战的决心。他使用诗学语言书写自己对改革的热情:"因此,这是一项如此困难与不可能的事情,远在大力神赫拉克勒斯的能力之外,他们粗鲁、愚蠢、无知与未开化[……]然而,为了满足与取悦自己,我将建造一个乌托邦,一座新的亚特兰蒂斯,一个我自己的理想共和国,那里由我自由统治、建城与立法。"(I：97)赫拉克勒斯属于神话世界,具有诗学想象特征,乌托邦似乎是英格兰不可能实现的梦想,但亚特兰蒂斯与理想共和国等均有现实主义的因素,凸显伯顿改革现实的愿望与初衷。在某种意义上,伯顿的乌托邦构想是他试图推进的政治改革的延伸,而非与现实无关的纯浪漫的诗学想象,正如莫尔《乌托邦》被认为是作者试图参与改革英格兰甚至欧洲社会的计划书一样。② 批评家安妮·沙普尔指出,《忧郁的剖析》提供了一幅和谐排列的诗学图景,但它最终对应的是源于古希腊的世界傻帽图,该图模仿傻瓜(弄臣)的脸绘制而成,表达充满谄媚、欺骗与疯癫的世界需要改革之思想。③ 伯顿不只发明解决社会危机的诗学方法,还设想一个有实践意义的有效运转的国家,遵循古典体医学的体液平衡与和谐原则,让公共事务置于一种适度的排列中。

---

① See Adam H. Kitzes, *The Politics of Melancholy: From Spenser to Milton*, p. 134.

② See Robert Shephard, "Utopia, Utopia's Neighbors, *Utopia*, and Europe", *The Sixteenth Century Journal*, 26. 4 (1995): 843—856.

③ See Anne S. Chapple, "Robert Burton's Geography of Melancholy", p. 110.

伯顿的乌托邦计划显示,各个方面只有按有机比例达成和谐统一,政治身体的忧郁疾病才可能被治愈。整个乌托邦图景按照有规则的间隙排列,城市建筑按对称方式排列,经济区域按几何比例科学布置。伯顿这样叙述:

> 她将被分成 12 或 13 个行省,由山峰、河流、公路或其他更显著的界线精确地把行省分开。每个行省有一个省会城市,位于行省圆周的中心位置,剩余部分与省会是相等距离。[……]在每一座修建的城市中,我都会建便利的教堂,与教堂分开的墓地,(一些地方有)发布命令的城堡,关押罪犯的监狱,买卖玉米、肉、牛、燃料与鱼的合适市场,宽敞的正义法庭,为各类阶层服务的公共大厅,交易所,会场,保存火药、发动机的兵工厂,大炮花园,公共走道,剧院,用于健身、运动与诚实娱乐的宽大场所,为孩子、孤儿、老年人、病人、疯人与士兵修建的各类医院,隔离医院,等等。[……]修建让人满意的公立救济院,学校,或桥梁,等等。[……]这些医院建设与维护,不是通过收资、慈善或捐助,像我们(英格兰)慰藉一定数量的人,就是这些人且没有更多人,而是为所有需要的人建造,由公共财政开支与维护。[……]我任命公共管理者,适合每个地方的官员,财政部部长,行政官,法官,监管学生、寡妇财产与公共住房的官员,等等。[……]经一致同意,监管者才能任命为负责人,才能确定什么样的改革应该在所有地方开展,什么是有缺陷的,如何纠正它。(I：98—100)

类似莫尔的乌托邦岛国,一切机构与建筑按数学黄金分割线组织起来,一切按医学的平衡与和谐原则构建出来。公立医院与学校"为所有需要的人建造,由公共财政开支与维护"。政府按民主原则组建,"经一致同意",监管者决定采用"什么样的改革"与如何"纠正""缺陷"。如果说乌托邦是按公共利益与和谐健康原则运行,那英格兰便是按照极端个人与疯癫疾病原则运转。从个人到国家,从自然身体到政治身体,伯顿把自己想象为一个乌托邦王国统治者,提供了对付身体忧郁疾病的特殊解药与疗方。然而,他继续道:"坚持所有特殊(解药)是赫拉克勒斯的一项任务[……]需要维萨里解剖每个部位。我说,朱庇特、阿波罗、玛尔斯(战神)等等,都头晕了吗?征服怪物的赫拉克勒斯,他制服世人与帮助他人,不能解救自己,而最终自己也疯了。"(I：116—117)乌托邦构想涉及太多对政治身体各部位特殊性的排列,与英格兰社会现状完全不同,这些事情唯有大力神赫拉克勒斯才能完成,远超出当时比利时医生维萨里的医学能力,要让英格兰恢复到健康状态似乎是非人力所能及的任务。为此,赫拉克勒斯甚至"最终自己也疯了"。的确,为改革疯癫政治身体,伯顿提出了乌托邦计划,但这一构想中的超多特殊性让这一计划变成了或许只有大力神才可能做成的事,乌托邦设想本身成为一种疯狂计划,政治身体再次陷入忧郁病态之中。① 为解决忧郁问题,他转向诗学共和国最终又回到了疯癫世界中,这是否暗示伯顿政治改革计划的流产?

《忧郁的剖析》阐述宗教忧郁问题,从首卷支持改革到第四卷消极绝望。作品诸多方面不对称,第一卷阐述忧郁,提出写作疗法与乌托邦改革建议,第四卷讨论宗教忧郁,否定作为治疗方法的改革主张。宗教忧郁是过去未曾论述的话题,因此伯顿的探讨具有实验性。如他所说:"我无范式可以遵循,没人可以模仿。未有医生清晰地写过这个议题,所有人承认它是一个最显著的症状,一些人看到了它的病因,但几乎没人视它为一种疾病。"(IV：311—312)他可能不是第一个看到宗教与忧郁之间的联系的人,但他是首位从理论上定义清教极端主义为一种忧郁疾病的学者。或许因为宗教忧郁的复杂性,伯顿的前后态度相互矛盾。第一卷中,无论忧郁作为能够改革的政治身体疾病,抑或忧郁作为一种永恒膨胀而无力治疗的疾病,伯顿转向乌托邦的诗学方法,含混地为宗教忧郁提供药方。第四卷中,他首先批评清教狂热与天主教罪恶,清楚表明捍卫改革的姿态,但随后迅速改变态度,坦言自己不得不与暴政和平相处,放弃可能带来王国康复的改革理想。评论家露丝·福克斯指出,无论伯顿在最后一卷中提出什么疗法,它们终将是非常令人不满的。对忧郁的病因——普遍的狂热迷信——评论时,福克斯说:"治疗迷狂根本不可能。就这一话题,《忧郁的剖析》落至最低的潮汐状态。宇宙的意象让人恐惧地缠绕在一起:爱与恨、法制与暴政、疯癫之人与疯癫帝国、宗教与迷狂、神与人,一切皆堆砌在怪兽般的无序中,'无法治愈'。伯顿的疗方是跛脚的,他知道这个。"② 与其他"疯癫"形式一道,"宗教与迷狂"使整个王国乃至"宇宙"处于"怪兽般的

---

① See Adam H. Kitzes, *The Politics of Melancholy*: *From Spenser to Milton*, p. 138.

② Ruth A. Fox, *The Tangled Chain*: *The Structure of Disorder in the "Anatomy of Melancholy"*, Berkeley：University of California Press, 1976, p. 182.

无序中"。如此程度的疯癫让伯顿惶恐不安,忧郁无处不在而感染一切,伯顿自己也不能幸免,那他的改革药方也恐怕只是他作为忧郁病人的遐想而已。

在前后对比中,《忧郁的剖析》透视了伯顿放弃要求国教会改革的无奈立场。前后卷之间的差别主要在于对待(宗教)忧郁的方式。第一卷中,作者以德谟克利特身份决定在尚未发现的地区建立新的亚特兰蒂斯城,因为这是一个魅力之城,一座充满希望的地方。第四卷中,新的亚特兰蒂斯城却与其他许多国家出现在一起,它们至今还未见宗教的真理之光,宗教极端主义横行,"在所有这些地方,迷狂蒙蔽了人们的心智"(IV:322)。第一卷中,德谟克利特称他的乌托邦为新亚特兰蒂斯,强调数学与科学原则,预示弗朗西斯·培根著名的小册子出现,热切期盼自然科学的进步。第四卷中,当他谈论宗教狂热时,宗教忧郁无法治愈,科学进步让步于最残忍的毒药疗法,作者故而推荐道:"我认为最简洁的疗法,至少对他们中的一些人来说,曾经是在精神病院。"(IV:379)第一卷中,德谟克利特乐观地看待暴政,相信政府与国教会自身的改革措施能让政治身体重获健康。第四卷中,作者开始失去对德谟克利特身份的控制,"讲到这些症状时,我要与德谟克利特一起大笑,还是与赫拉克利特一起哭泣?"(IV:346)宗教忧郁感染了伯顿对自己创作的掌控,大力神赫拉克利特甚至也只能哭泣,因为他的神力恐怕也被忧郁所感染,他对疯癫世界无能为力。英格兰国教会必须接受清教狂热,因为伯顿必须承认,"英格兰的神学问题不可治愈"①。伯顿使用"水体"意象向读者详细描写宗教忧郁,进一步强化因为改革疗法无效而痛心哭泣之意义:"这一片巨大无边、难以置信的疯癫与愚蠢之海:充满暗礁、岩石、沙子、旋涡、涨潮、潮汐的大海,充满可怕的怪兽、粗野的形体、咆哮的海浪、暴风雨、安静的塞壬、宁静的海面、无法言说的苦难、悲剧与喜剧、荒诞与可笑[……]"(IV:313)对于清教极端主义,伯顿从首卷中与哲学家"一起大笑"最终变为末卷中与大力神"一起哭泣"。

伯顿批评清教的迷狂与偶像崇拜嫌疑,却赞扬其纯洁及对宗教改革的贡献,暴露他愿与清教妥协的立场。16、17 世纪清教徒主要是路德教派信徒与加尔文主义者,乃是新教徒中的激进分子,要求阅读路德与加尔文著作,纯化基督教教义、圣礼与圣餐仪式,表现出宗教极端主义的狂热、忧郁与疯癫。伯

---

① Adam H. Kitzes, *The Politics of Melancholy: From Spenser to Milton*, p. 140.

顿表示，只要加尔文主义者与路德信徒避免更大的冲突，他愿意接受这些激进的新教徒，因为清教徒制造社会动荡，但也参与了宗教改革："尽管法国、爱尔兰、大不列颠、瑞典的半数区域与低地国家是加尔文主义者，他们之间存在冲突，难免迷狂，但比其他人更纯洁。"(IV：324)伯顿对国教会深感怀疑，认为国教会新教成员与清教徒一样有相同的犯错倾向，《忧郁的剖析》记载作者对国教会的质疑与对清教徒的同情。① 伯顿在书中一直强调清教徒的迷狂，有时用抵御洪水比喻对它的抵制，"正如水坝一个地方被堵住了，另一个地方却开始泄漏，迷狂也是如此"(IV：324)。但这些低地国家的加尔文主义者"比其他人更纯洁"，其他人显然是指国教会中的普通新教徒。伯顿这样论述路德教派与宗教改革的关系："真理宗教，正如酒与水的混合，储存与隐藏起来而不去言说，直到路德时代，突然开始净化，又如另一个太阳驱散那些狂迷的迷雾，让它恢复到原始教会的纯洁状态。"(IV：369)伯顿把路德比作"另一个太阳"，路德想做的只是模仿上帝荣光，充当上帝荣光的影像而非上帝荣光本身，甚至在最完美的时刻也仅仅是一种偶像崇拜。然而，路德毕竟还是"驱散那些狂迷的迷雾"的"太阳"，让教会恢复到"原始教会的纯洁状态"。"迷狂的迷雾"是指罗马教廷的堕落腐败，路德对宗教改革的贡献突显出来，新教国家因此在英格兰诞生。作为路德教派成员，17世纪清教徒在伯顿看来好像也是可以被国教会接纳的新教徒。

　　担心改革亦可能是把双刃剑，伯顿表现出政治保守主义，支持国教会维护路德教派现状。路德模仿上帝荣光时，我们很难分辨他的宗教理念与《圣经》教义，特别是他最为真诚的改革，使教徒们爆发出反天主教偶像崇拜的狂热。他发现并毁灭了天主教类似的模仿上帝的图像，让教会回归到它应该有的使命。因此，当伯顿推崇路德时，他抱怨道：

> 但请看恶魔，他从不会让教会安宁或休息：没有花园不生毒草，没有麦地不长毒麦。我们中有一群清教徒、教派分立者与异教徒，甚至在我们内部也有极端主义者。傻子才极力避免一个错误时会走向反面。在与伪基督、人类传统、那些天主教仪式与迷信斗争的路上，过度狂热地反对这些

　　① See John Stachniewski, *Persecutory Imagination*: *English Puritanism and the Literature of Religious Despair*, New York: Oxford UP, 1991, pp. 228—229.

> 人,将会摧毁我们的一切。我们将根本不能接受任何仪式、斋戒日、洗礼
> 中的十字架、圣餐仪式中的跪拜、教会音乐,等等,不能接受主教庭与教会
> 政府,责骂所有教会纪律,从不停舌。为了大家的和平,噢,锡安!(IV:
> 369—370)

伯顿不再像在首卷中那样乐观坚定,反过来他似乎打算对现有的宗教组织表
达忠心,如果不算善变之人,至少以保护社会秩序的名义表达了一种政治保守
主义的姿态。① "为了大家的和平",伯顿直言放弃乌托邦理想,因为"没有花
园不生毒草,没有麦地不长毒麦"。既然国教会"内部也有极端主义者",清教
本是激进的国教会成员,那么彻底铲除宗教极端主义就是不可能完成的事情。
再且,从一个极端走向另一个极端是人类常犯的错误,路德从偶像崇拜走向反
偶像崇拜便是最佳例证。故伯顿相信,反对清教极端主义"将会摧毁我们的一
切","我们根本不能接受"任何真理宗教应该保留的仪式,甚至"教会政府"也
会被迫取缔。在某种程度上,伯顿在改革上的缄默由他的怀疑所激发,因为即
使真理宗教实践也总由恶魔双刃剑所伴随,试图净化致命冲突而发动的改革
会引发相同的冲突。

　官方默认加尔文教义,伯顿讽刺政府这一类似的宗教暴政政策,但同时表
达对国教会的忠心。早期现代英格兰是政教合一的国家,君主既是王国最高
统治者也是国教会的首领。国会上下两院中有相当数量的主教与其他神职人
员,国会成员大多是国教会的新教徒。一般说来,国会通过的宗教法规能反映
国教会的意愿。作为激进新教徒(或曰清教徒),加尔文主义者宣扬因信称义,
坚信人类通过上帝恩典得救,强调人是否得救皆由上帝预定,与人本身是否努
力无关。他们相信,《圣经》是信仰的唯一源泉,在阅读中感受自己的罪恶与上
帝的恩典,进入狂喜与疯癫状态。为了维护政治秩序,官方对加尔文主义者的
疯癫与宿命论未加谴责,反而限制国民对此教义进行任何评论。② 荷兰新教
教派——阿米纽派——教义温和而不激进,认为人类意愿可与上帝意志相容,

---

① See John Stachniewski, *Persecutory Imagination: English Puritanism and the Literature of Religious Despair*, p. 243.

② See Walter Benjamin, *The Origins of German Tragic Drama*, London and New York: Verso, 1977, p. 139.

却被英格兰国会禁止进入英格兰。[①] 第四卷中,引用伊拉斯谟的话,伯顿对这一问题做出回应:"让想辩论的人去辩论,我认为,我们祖先的律法理应受到尊重与严谨对待,因为它们源自上帝。包庇与散播对公共权威的怀疑,既不安全也不虔诚。最好能忍受暴政,不是煽动地抵制暴政,只要它不会驱使我们走向不虔诚。"(IV:424)他表面上认同这一暴政法规:加尔文主义已经成为"祖先的律法"的一部分,"理应受到尊重与严谨对待"。政府默许加尔文主义而阻止国民对此做任何评论的政策是"暴政",他讽刺性地对国教会与政府提出批评。然而,为了避免危害"公共权威",伯顿说服自己与其他国民放弃改革,"忍受暴政"而与国教会共舞。

面对国教会罗德教派垄断教义,伯顿甘愿臣服,以遏制诸多潜在的反叛王国的力量。17 世纪初,坎特伯雷大主教威廉·罗德在国教会中发起一场改革运动,拒绝加尔文主义的宿命论,倡导自由意志与每个人都可能得救的理论。政府颁布《各省与全国教会的主教与大主教达成的条款》,阐述罗德的宗教教义,发布禁令以反对教徒"把自己对条款的理解或评论作为条款的意义",要求他们屈从于国教会做出的对罗德教义的"清晰与完整意义"的权威解读。[②] 1616 年,伯顿成为牛津地区圣·托马斯教堂的教区牧师。这个禁令是针对像他一样的牧师人群的,故他明确表示:"我们这些有大学学位的人尤其受到限制。"(IV:424)实际上,在 1633 年罗德任大主教以前,英格兰教会就颁布了这一禁令,故 1621 年第一版《忧郁的剖析》出版时,伯顿就必定熟悉这一禁令。到 1635 年第五版《忧郁的剖析》出版时,对罗德的批评声音越来越多,英格兰国教会所宣称的合法权威已经摇摇欲坠了,反对国教会霸权的清教徒愈加活跃,英格兰进入内战前夜了。正是出于政治身体健康的考虑,伯顿一直呼吁国民忍耐臣服。伯顿更愿意站在国教会一边,控诉这些抱怨者、不满现状者、忧郁人士与其他清教徒:"他们着魔了,不耐烦地咆哮与嚎叫,诅咒、亵渎、否定上帝,质疑上帝力量,公开放弃宗教,准备使用暴力,如绞死、淹死,等等,从太初

---

① See David Renaker, "Robert Burton's Palinodes", *Studies in Philology* 76 (1979):162—181, p. 177.

② See Charles I, *Articles Agreed Upon by the Arch-bishops and Bishops of Both Provinces and the Whole Clergie*, London: Printed by Bonham Norton and John Bill, Printers to the Kings most Excellent Majestie, 1630, 1628, pp. 4—5.

开始,从未发生如此悲惨、痛苦的事件。对这些人,我反对上帝的仁慈。"(IV:424)作为权宜之计,哪怕国教会已经腐败,为了预防英格兰陷入内战,伯顿选择维护专制的国教会,牺牲那些愤世嫉俗者与忧郁清教徒。

如果乌托邦理想注定是流产疗法,那清教便是伯顿为化解内战而必须解剖与切除的顽疾。毫无疑问,与清教共处和消灭清教的矛盾立场说明,伯顿代表的有识阶层在寻找国教会疗方时表现出不确定、焦虑与不安。批评家阿奇撒·吉卜力指出,国教会罗德教派与清教牧师之间的紧张关系使两者处在"不可修复的两极"。① 面对疯狂清教徒即将点燃的内战,伯顿与国教会、查理一世政府站在一起,在末卷中把清教徒定义为狂热的伪先知以便为国教会正身。清教徒自称先知或基督,进行模仿性的身份认同,其疯狂行为达到一种特别有威胁性的程度。伯顿反问道:"与其他人一样冒充神,谁会有比他们(清教徒)表现更大的疯癫?"(IV:371)想尽可能更像耶稣基督,疯癫状态中的个人最后自己想象为基督,在此过程中个人忘记了自己在想象,因此他不再区分再现与被再现事物本身。这类似现代心理学术语精神错乱,即个人不能把幻觉与现实区分开来。伯顿还回忆自 16 世纪初以来这些激进教徒的反复无常与病态奇想:"在波兰,1518 年西吉斯孟国王统治时期,有人说自己是基督,获得了 12 个门徒,来到世上审判世界,非常古怪地蛊惑世人。[……]七年中,我们不可能不会出现新的有灵感的先知,一些人把犹太人转变为基督徒,一些人斋戒了 40 天,一些人与丹尼尔去了狮子穴,一些人预言奇怪之事,一些人预知这个,一些人预知那个。大多数贫穷、不会读写的清教徒,通过荒谬的迷狂、斋戒、沉思与忧郁,误入这种恶劣的错误与麻烦之中。"(IV:371)尽管如此,伯顿愿与这些清教徒相处,但前提是清教徒不要试图推翻国教会与现有政府。当清教徒要革命时,伯顿宁愿接受暴君与暴政也不愿意与清教徒所承诺的解放幻象共处,这正是包括伯顿在内的 17 世纪英格兰精英阶层把清教瘟疫化与妖魔化的重要原因。

《忧郁的剖析》在 1624、1628、1632、1638 与 1651 年多次再版,每次都会增补一些对清教极端分子忧郁症状的解剖,这离不开清教徒开始逐渐控制英格

---

① See Achsah Guibbory, *Ceremony and Community from Herbert to Milton: Literature, Religion, and Cultural Conflict in Seventeenth-Century England*, Cambridge: Cambridge UP, 1998, p. 42.

兰国会甚至推翻国教会并把查理一世送上断头台这一语境。原本在17世纪初就应该消亡,如同尸体等待解剖的清教势力,却在17世纪上半叶越来越强大。这让伯顿与同时代人深感焦虑,1640年伯顿去世时,英格兰正处在内战之中,他知道忧郁没有死去,但对"忧郁何时死去",伯顿永远无法回答。忧郁一直困扰伯顿自己,是一种自然身体疾病,它也使清教徒狂迷与疯癫,为一种英格兰的政治身体疾病。为此,伯顿提出写作疗法治疗自然身体,建议乌托邦图景医治政治身体,但因受忧郁感染,伯顿深陷持续写作之中,乌托邦理想也证明是一种疯狂想象,疗方成为不可能完成的无法穷尽的语言游戏。如此一来,伯顿被迫放弃治疗政治身体的改革计划,但为避免更大社会疾病,他学会与专制国教会和病态清教徒共处,可当清教徒威胁国教会与查理一世政府时,他使用语言把清教徒污名化与病理化。有趣的是,解剖清教忧郁时,清教徒被理解为模仿耶稣或上帝、有偶像崇拜嫌疑的伪先知。模仿似乎是宗教忧郁的自然属性,而模仿也是任何语言作品的本质特征。所以,当伯顿使用语言写作治疗忧郁时,忧郁当然不可能治好,只能让身体陷入无限的模仿游戏中。正如评论家亚当·吉特兹所说,《忧郁的剖析》标题是个双关语:忧郁正如当时刚兴起的解剖学中有待解剖的尸体,可视为一种物质条件甚至一种时尚姿态;但被给予某种形状以备解剖时,忧郁弹回到偶像崇拜与永恒的忧郁症状中。[①] 因为模仿,伯顿批评宗教机构或宗教派系时,自己的批评却变成了一种疯狂表达。

---

① See Adam H. Kitzes, *The Politics of Melancholy: From Spenser to Milton*, p. 150.

第 六 章

16、17世纪戏剧中比喻国家疾病的
外部势力与国家安全焦虑

前面四章侧重讨论早期现代文学中英格兰国内问题的疾病隐喻,接下来的两章主要研究当时戏剧中英格兰国外问题的疾病修辞。本章在病理学范式转换的语境中,结合英格兰面临的外部危机,阐释16、17世纪戏剧中比喻国家疾病的外部势力,揭示当时英格兰社会的国家安全焦虑。

16、17世纪黑死病频繁暴发,梅毒也在伦敦大范围传播,这促使国民思考盖伦医学范式的不合理性,这些疾病的传染性特征让人们转向帕拉塞尔苏斯的医学著作。帕拉塞尔苏斯重构疾病为本体意义上的实体,强调疾病为一种来自外部的入侵实体。盖伦医学认为,出汗、放血或吃植物药剂可调节体液平衡,让身体恢复健康。与之不同,帕拉塞尔苏斯相信化学药物,认为毒药有疗效潜能,推崇以毒攻毒的疗法。与伊丽莎白一世御用盖伦医学医生不同,詹姆士一世统治期间,他重用帕拉塞尔苏斯学派的医生,化学疗法成为皇家医学意识形态。此时,詹姆士一世宫廷奢靡腐败,国内问题较多,帕拉塞尔苏斯药理学对那些为詹姆士专制统治辩护的政论家具有一定吸引力。他们提出功能主义政治有机体理论,强调政治身体与自然身体皆为有机体,每个部位有其特定功能,都贡献于身体的健康。类似毒药,外部力量的内部代表威胁政治身体却服务王国健康。

国家身体的病因可能源于外部力量,国家通过对抗侵入王国的病毒增强自身免疫力。颠覆性力量具有维持王权原状与社会有机体之功能。为转移国民对国内问题的注意力，功能主义有机体理论把外部侵略势力想象为威慑国家安全的社会疾病，王国在有效抵制中构建民族共同体和维持政治有机体健康。在17世纪的戏剧中，包括托马斯·德克《巴比伦妓女》、莎士比亚《威尼斯商人》以及威廉·罗利、托马斯·德克与约翰·福特合著的《埃德蒙顿的女巫》等，剧作家探究英国政府如何抵制犹太移民、天主教势力与作为政治身体口舌的女巫等，政府利用这些外来病原体服务国家健康，说明宗教、政治和司法机关如何使用国家认可的毒性暴力消除国家病毒，暗示王国政治立场的混乱，暴露作家对国家安全的焦虑意识。

第一节　疾病外因论、药理学与功能主义政治有机体

1578年，约翰·巴尼斯特（John Banister）《人类史》（*The Historie of Man*）出版，不仅把医学与政治话语融合起来，而且不自觉地使身体从普世性走向历史相对性。《人类史》是最早用英语写成的解剖学书籍，在某种程度上，它是一种翻译与校对，是对"最受认可的解剖学精华"的"吸取"。① 他高举盖伦、亚里士多德等古典医生或自然哲学家的权威，但他的身体概念却与那些先辈们截然不同，是一套历史主义、原型种族相对主义与民族主义的方案。他的好友、解剖医生威廉·克劳斯献上爱国主义诗歌，赞美巴尼斯特"忠诚于你亲爱的祖国"。② 巴尼斯特在前言部分向读者解释，自己"不只是对父母而且对祖国负责"，用母语传播自然身体知识可能可贡献于"维护我们身体——我们的政治身体——的健康状态"。③ 书写他的本土解剖学时，他关注保持英格兰政治身体健康，以区别于其他欧洲国家的政治有机体。他也试图生产英格兰自然身体，使之在时空上与其他民族的个人身体区别开来。面对盖伦医学与早期现代传染病之间的矛盾，巴尼斯特决心拯救盖伦学派而解释道，自古代以

---

① See John Banister, *The Historie of Man*, *Sucked from the Sappe of the Most Approved Anathomistes*, *in this Present Age*, London: Printed by Iohn Day, dwellyng ouer Aldersgate and are to be sold by R. Day, at the long shop, at the west doore of Paules, 1578, title page.

② Ibid., p. ii.

③ Ibid., p. A2.

来人体在形式与病理学上发生了改变,"我们身体的尺码极大锐减","我们的健康也是如此"。① 譬如,胸膜炎在盖伦时代发生在 13 岁以上的人群中,如今在诺丁汉,8 岁孩子就患上这种病。② 然而,他提供的人体堕落、抵抗疾病能力较弱的证据越多,越是形成对盖伦医学普世性解释人体的挑战,因为早期现代人体不同于古代人体,人体依赖所在的地区、环境条件而不一样。正如巴别塔的语言混乱,古代的普世身体被早期现代混乱的多种堕落身体所取代。本是为古典医学权威艰难辩护,悖论性地演变成了确认经验,确认解剖学家的身体历史与文化相对主义的证据。因此,盖伦作品由巴尼斯特从一个普遍人体的跨越时空的真理叙事,转变为对复数身体的历史特殊性的准确叙事。不同时空、复数、本土的身体解剖学诞生了。

　　16 世纪黑死病流行与梅毒出现,疾病无法在盖伦医学中得到解释,最终导致国民转向感染理论。巴尼斯特对身体的分类强调体形与特性的差别,提出来自北欧的人太"凶狠与残忍",南欧的人"太多黄胆汁",住在平坦、温热的英格兰地区的人"身体健硕、笔直,像他们自己,赋予了温和、文雅的智力与思想"。③ 此民族主义的政治身体话语得到都铎—斯图亚特社会的普遍支持,让英格兰更彻底与盖伦医学所表达的罗马教会的普世身体分离。巴尼斯特使用盖伦医学的体液理论,却不小心消解了这一理论。根据中世纪经院哲学与早期现代医学,疾病是一种身体内的体液不平衡状态,医生的任务就是恢复体液到一种动态平衡。然而,黑死病反复暴发与梅毒在欧洲的毁灭性显现,传染病无法由体液理论得到合理解释,疾病概念必须与盖伦医学发生分裂。关于传染性疾病的起源,在大西洋两岸普遍存在,因为在美洲大陆人与欧洲人接触中,流感、麻疹、天花、梅毒等各种不熟悉的疾病涌现出来。④ 当时科学家、殖民主义者托马斯·哈利奥特(Thomas Harriot)记录了北美的阿尔冈琴部落医生对传染病病毒的理解,后者判断此病有非同寻常的起因,"那些迅速尾随我

---

① See John Bansiter, *The Historie of Man*, *Sucked from the Sappe of the Most Approved Anathomistes*, *in this Present Age*, p. B2.

② Ibid. , p. B3v.

③ Ibid. , pp. B3－B3v.

④ 对有关梅毒起源的各种理论回顾,见 Claude Quetel, *History of Syphillis*, trans. Judith Braddock and Brian Pike, Baltimore and London: Johns Hopkins UP, 1992, Chapter 2。

们（阿尔冈琴人）的疾病，他们想象那些疾病存在空气中，然而隐形、没有身体，以至经过我们的恳求，因为爱我们，它们的确使那些人（殖民者）死去，正如它们发射无形的子弹到他们体内"①。斯蒂芬·格林布拉特注意到，北美土著人的这种疾病理念"让人吃惊得与我们自己的"类似，"但提出传染病基于生物基础上的概念还在遥远的未来"②。当然，"未来"是指 19 世纪，那时微生物科学中新出现了疾病的细菌与病毒感染理论。"我们自己的"自然是指哈利奥特同时代人提出的类似北美部落"子弹"的感染理论。

感染理论从本体论上定义传染病，疾病被理解为种子、矿物质或蒸汽元素。1536 年，意大利维罗纳的医生吉罗拉莫·弗拉卡斯特罗（Girolamo Fracastoro）出版了《论接触传染、接触传染病及其治疗法》（De Conragiosis et Contagiosis Morbis et Eorum Curatione），第一次给梅毒命名，认为它更多由疾病"种子"而非体液不平衡所致。③ 但对于梅毒的形式、栖息地、传播、生产症状方式等，弗拉卡斯特罗含糊不清。在《传染性与传染疾病》中，对瘟疫的传播，弗拉卡斯特罗做了丰富而详尽的阐述。尽管他仍然坚持体液在维护或恶化个人有机体的健康方面的特权作用，但他再一次偏离了盖伦医学，宣称流行疾病能够通过他极小的称为"基本种子"的感染中介远距离传播。这些种子通过嘴巴被吸入人体，它们搜寻且黏附在和它们有天然亲缘关系的体液上，体液然后把这些种子运送到心脏，疾病的影响力在此处会变得明显。④ 类似的本体意义上的疾病概念同时也由瑞士医生帕拉塞尔苏斯（菲利普·斯泰奥弗拉斯托斯·庞巴斯特斯·凡·霍恩海姆）提出。他区别于盖伦的体液理论，自创

---

　　① Thomas Harriot, *A Brief and True Report of the New Found Land of Virginia*, New York: Dover Publications, 1972, p. 29.

　　② Stephen Greenblatt, "Invisible Bullets: Renaissance Authority and its Subversion, Henry IV and Henry V", pp. 25—26.

　　③ 弗拉卡斯特罗依然相信，梅毒种子最终有占星学的原因。火星、土星与木星在 1848 年连成直线，产生了蒸汽，由此形成了一种邪恶的腐烂，腐烂中包含了诱发梅毒的病菌。See Girolamo Fracastoro, *De Conragiosis et Contagiosis Morbis et Eorum Curatione*, tran. Wilmer Care Wright, New York: G. P. Putnam's Sons, 1930, p. 151.

　　④ See Girolamo Fracastoro, *De Conragiosis et Contagiosis Morbis et Eorum Curatione*, tran. Wilmer Care Wright, pp. 34—35. 若要全面了解弗拉卡斯特罗的疾病观，见 Vivian Nutton, "The Seeds of Disease: An Explanation of Contagion and Infection from the Greeks to the Renaissance", *Medical History* 27 (1983): 1—34.

一套新的基于宇宙化学原则的自然哲学。帕拉塞尔苏斯相信，尽管疾病显现为一种对身体适度功能部分的干扰，但这并非说明疾病是源于体内的，疾病一个独立存在的实体，它是源于体外的以一种外来入侵者或称为"种子"形式存在。在大多情况下，疾病种子是一种来自地球的矿物质，或来自星体的蒸汽元素，为一种最小的有形体。由它的"内在日程"所驱动，通过身体孔口，"种子"会自行进入与它有着先天同情关系的器官之中。从"种子"与器官的结合处生发疾病，即一种拥有自身生命的寄生综合体。①

托马斯·洛奇(Thomas Lodge)提出三种对疾病的理解，身体成为多种意义竞争的重写本，疾病种子论在挪用体液理论框架中发展成一套独立的疾病外因论。弗拉卡斯特罗"基本种子"理论不仅使用盖伦体液理论，而且吸收古代的卢克莱修(Titus Lucretius Carus)的原子论与希波克拉底的疾病瘴气理论。② 比起弗拉卡斯特罗，帕拉塞尔苏斯与体液理论分开更彻底，但他的化学疗法病理学依然是从旧材料中发展起来的，包括民间医学、中世纪炼金术与新柏拉图主义等。尽管很难与体液理论彻底决裂，但疾病界定为渗透性有机体的理论在 16、17 世纪社会中被反复提及。③ 1603 是瘟疫之年，洛奇出版的关于瘟疫的小册子，列举许多避免瘟疫策略与试验性的缓解药剂。然而，在开篇部分，他试图解释瘟疫的形式与传播，但他的解释是相互矛盾的。有时，他从神学角度解释瘟疫原因，断言"瘟疫是上帝表达愤怒的显在方式"④。他处，他转向盖伦医学，宣称疾病大部分时候是"由体液过剩或不足，或受阻、

　　① See Walter Pagel, *Paracelsus: An Introduction to Philosophical Medicine in the Era of the Renaissance*, Basel: S. Karger, 1958, pp. 134—140.

　　② 莎士比亚生活的伦敦社会中，瘴气理论比较流行，见 Leeds Barroll, *Politics, Plaguem and Shakespeare's Theatre: The Stuart Years*, Ithaca: Cornell UP, 1991, chapter 3.

　　③ 帕拉塞尔苏斯的著作在英格兰内科医生、外科医生、药剂师与普通大众中被广泛阅读。见 Charles Webster, "Alchemical and Paracelsian Medicine", ed. Charles Webster, *Health, Medicine and Mortality in the Sixteenth Century*, Cambridge: Cambridge UP, 1979: 301—334.

　　④ Thomas Lodge, *A Treatise of the Plague: Containing the Nature, Signes, and Accidents of the Same, with the Certaintie and Absolute Cure of the Fevers, Botches and Carbuncles that Raigne in These Times*, London: Printed by Thomas Creede and Valentine Simmes for Edward White and Nicholas Ling, 1603, p. B3.

受限或腐烂所致"[1]。同时,他求助希波克拉底瘴气理论与弗拉卡斯特罗"种子"学说,认为瘟疫传播的原因是"我们吸入的含有腐烂与有毒种子的空气"[2]。他呈现的不是单一身体意象,而是处于紧张关系中的多个意象。他试图把"种子"概念铸造在体液病理学的框架内,那些被种子所感染的人"可能有充满不良体液的、邪恶的身体结构,他们饮食不节制、多血汁,身体有大孔口"[3]。然而,疾病作为一种体液不平衡的概念已经部分被身体孔隙意识所取代,特别是作为潜在渗透与感染的孔隙。批评家盖尔·帕斯特指出,疾病种子论也并非严格地与体液医学的身体意象相冲突,"理想的体液运动与内在平衡是[……]个人身体蒸发与排泄能力的功能,即与周围环境与水的要素交换"[4]。如果打开"孔口"可治疗体液不平衡,那身体与外在要素"交换"便也可打扰体液平衡。

在本体上定义疾病的种子理论被运用到王国上,当时政论家把宗教与医学话语结合起来,阐释英格兰政治身体面临"罪恶(sin)"的威胁与入侵。《仙后》(The Faerie Queene)第二卷中,埃德蒙·斯宾塞把奥玛城堡再现为一个身体,详细描写它的孔口和疾病系统,从嘴巴、胃部到肛门。[5] 尽管"有较好的工事",[6]该城堡不得不捍卫脆弱的"堡垒"抵御外来威胁——病原体马勒格(Maleger 意为"致命的患病者")与他的分别以七宗罪命名的"恶毒队"队员。[7]马勒格故事只是有关渗透的政治医学话语与宗教话语结合的例子之一。托马斯·德克在一本小册子中,呈现了"七宗罪"通过闯入伦敦大门而把瘟疫带入英格兰的噩梦般幻象。这个魔鬼入侵的中世纪景象凸显外部身体通过破门而

---

[1]　Thomas Lodge, *A Treatise of the Plague: Containing the Nature, Signes, and Accidents of the Same, with the Certaintie and Absolute Cure of the Fevers, Botches and Carbuncles that Raigne in These Times*, p. B3v.

[2]　Ibid., p. B4.

[3]　Ibid., p. B4v.

[4]　Gail Kern Paster, *The Body Embarrassed: Drama and the Disciplines of Shame in Early Modern England*, Ithaca NY: Cornell UP, 1993, p. 9.

[5]　See Edmund Spenser, *The Faerie Queene*, eds. Thomas P. Roche Jr. and C. Patrick O'Donnell, Jr. Harmondsworth: Penguin, 1978, II. ix. 31. 8.

[6]　Ibid. 21. 8.

[7]　Ibid. 5. 3.

进入伦敦政治身体。① 斯宾塞与德克提供了一种社会疾病模型：政治身体受到罪恶或者说渗透性的病原体入侵。政治身体与渗透性罪恶皆是中世纪的基督教意象，它们在早期现代社会中呈现一种辩证关系，罪恶对社会的渗透不仅反映而且强化了这一社会病理学模型。早在 1487 年有关教会敌人的小册子《信仰的堡垒》中，奥拉夫瑟斯·德·斯宾纳主教绘制了一幅木刻画，它把教会身体描绘成一座受到围攻的城堡，教会非常容易被异教徒、犹太人、撒拉森人与恶魔通过窗户攻破。大约 150 年以后的 1631 年，自然哲学家罗伯特·弗拉德使用相同的模型解释疾病外因论，疾病被意象化为对人体"健康城堡"的入侵。疾病在四个恶魔的控制下，通过门或孔进入人体，感染人的精神与灵魂。② 受帕拉塞尔苏斯影响，弗拉德打破了疾病内因论的偶像光环，使用最传统的神学与社会学概念装置，构建出社会学上以身体渗透为核心的疾病外因模型。

1588 年，威廉·埃夫里尔出版《对手间的不平常斗争》，在古罗马执政官米尼涅乌斯的肚子神话中引入舌头元素。正是在英格兰即将面临西班牙入侵的语境中，埃夫里尔创作了这一政治小册子。让古典材料与帕拉塞尔苏斯宇宙论对话，他劝导英格兰公民团结起来以积极应对外来威胁。在前半部分，小册子改编米尼涅乌斯的肚子与身体反叛成员的神话，以适应伊丽莎白一世后期国民对现实的关注与焦虑。传统寓言中，肚子是身体政治的那些不顺从成员的反叛理由，他们误以为肚子囤积粮食满足私欲，后才明白肚子是为了整个身体。经埃夫里尔改编后，这些成员不仅抗议胃的贪婪自私，而且反叛背的虚荣自负。以这种方式，他借机批评上层阶级的奢侈与自恋。背部不仅受到成员们的控诉，而且遭到肚子的指控，因为背部穿着没有必要的奢华服饰与奴才般地追逐时尚。反过来，背部指责肚子"贪吃且不加节制"。③ 非常明显，肚子

---

① See Thomas Dekker, *The Seven Deadly Sinnes of London: Drawne in Seven Several Coaches, Through the Seven Several Gates of the Citie Bringing the Plague with Them*, London: Printed by Edward Allde and S. Stafford for Nathaniel Butter, and are to be sold at his shop neere Saint Austens gate, 1606, p. 1.

② See Jonathan Gil Harris, *Foreign Bodies and the Body Politic: Discourses of Social Pathology in Early Modern England*, pp. 29−31.

③ See William Averell, *Mervailous Combat of Contrareties, Malignantlie Striving in the Members of Mans Bodie, Allegoricallie Representing unto us the Envied State of our Flourishing Common Wealth*, p. A4v.

与背部分别喻指传统贵族与新兴贵族,埃夫里尔让他们为英格兰的社会疾病负责,但随后他对该寓言做了第二次改编。他忠于传统寓言,让平民反叛肚子。然而,原寓言以平民意识到肚子服务(非剥削)他们与平民应对国家疾病负责而结束,但埃夫里尔引入新结尾:身体患病甚至死亡的原因在于一个器官——舌头,舌头对肚子与胃部的指控被指责为恶意中伤。她突然被揭发为外在威胁的内在代表,"嫉妒的、诽谤的罗马教廷的恶毒舌头"①。通过完全打压,舌头被惩罚,这个威胁可避免,她被永恒地限制在牙齿与嘴唇之内。遏制舌头表达了对遏制舌头的意识形态:舌头对肚子与背部的挑战被证明是毫无根据的,她只是整个政治身体必须警惕的外部敌人的化身。

埃夫里尔笔下威胁政治身体安全、隐喻天主教的舌头,既是外在又是本体意义上的实体。尽管把政治身体想象为和谐等级结构,但埃夫里尔避免疾病源于体内的盖伦医学,而是像帕拉塞尔苏斯一样,相信一个特别的器官才是疾病的中心所在。他对肚子寓言的改编,解释了舌头是唯一对身体"疾病"负责任的器官:"正如没有一个人不存在疾病,因此没有一个国家没有敌人。然而,在国家所有的敌人当中,虚伪、撒谎的天主教徒妒忌他人的舌头最危险。当不能成功使用公开手段伤害、抨击我们快乐政府时,他们凭借谎言到处活动,不仅诽谤我们国家,说服他人不喜爱我们的政府,而且通过臆想报告与多彩谎言,在我们普通民众心中制造恐慌,或者使他们不喜爱我们当权者。"②在当时社会中,对舌头罪行的列举——撒谎、诽谤与煽动——是非常常见的。③ 但是,埃夫里尔非常含混:疾病等同于"敌人",这产生一种对疾病是否源于体内的不确定性。敌人究竟是源于国内抑或源于国外?这种含混实际上正是埃夫里尔论证的关键所在。他的"敌人"概念让人联想到,20 世纪 50 年代美国发动的麦卡锡运动,美国政府的猎巫目标类似 16、17 世纪英格兰政府寻找的"阴

①　William Averell, *Mervailous Combat of Contrareties , Malignantlie Striving in the Members of Mans Bodie , Allegoricallie Representing unto us the Envied State of our Flourishing Common Wealth* , p. * 3.

②　Ibid. , p. D2v.

③　关于早期现代对舌头的态度,见 J. L. Simmons, "The Tongue and its Office in *The Revenger's Tragedy*", *PMLA* 92 (1977): 56—68。

险、有害而恶毒的叛国者"①。他们是罗马教廷的间谍,渗透到英格兰政治身体中,感染了某些脆弱的成员。他们脆弱,因为他们如舌头一样容易受到外来力量的侵略。遏制内在感染时,可激发国民团结抵制外来感染源——"教皇的愤怒与暴政"②,"让我们不要受舌头引导,而是让自然把它关在双重墙内,[……]让我们指使牙齿与嘴唇把它关锁起来"③。在此过程中,正如帕拉塞尔苏斯与弗拉卡斯特罗的概念,身体疾病既是外在的又是本体的。然而,埃夫里尔没有完全肯定背部与肚子,这是否暗含他对英格兰国内统治集团的批评?

　　1572 年伊丽莎白一世被罗马教廷驱除出教,1605 年英格兰爆发天主教徒试图暗杀詹姆士一世的火药阴谋。英格兰出现大量政治小册子与戏剧作品,指责罗马教廷对英格兰社会的渗透,把外在的天主教威胁疾病化而把国内社会问题神秘化了。正是在这一历史语境中,主张疾病外因论的帕拉塞尔苏斯药理学迅速发展并得到广泛传播。就病因学与疗法来说,帕拉塞尔苏斯的理论既源起又挑战盖伦医学。根据盖伦体液模型与治疗原则,医生开"冷"药治疗"热"体液导致的疾病,开"热"药治疗体液过"冷",健康是让体液恢复到冷热中和状态。然而,自古代以来的欧洲民间医生遵循"相似疗法"原则。尽管与盖伦医学"相反疗法"迥异,但帕拉塞尔苏斯药学与民间医学一样,通常也遵循"相似疗法"。大小宇宙对应是"相似疗法"的理论基础:既然人体的四种体液与宇宙中的四种元素对应,那么人体某一部位的疾病便需要自然界中的某一种特别的药剂来治疗。譬如,帕拉塞尔苏斯药学相信,植物的治愈能力依赖于它治疗的人体部位之间的相似性。④ 正如民间医学坚持,公牛的心脏可治愈病人的心脏病,死蝎子可治愈被蝎子叮咬过的病人。⑤ 这种民间药学的重要推论是,相似疗法意味着毒药可以用来战胜毒药的不良作用,这为大部分反对

　　① See William Averell, *Mervailous Combat of Contrareties*, *Malignantlie Striving in the Members of Mans Bodie*, *Allegoricallie Representing unto us the Envied State of our Flourishing Common Wealth*, p. * 2.

　　② Ibid., p. D3v.

　　③ Ibid., p. D4v.

　　④ See Paracelsus, *Selected Writings*, vol. 1, ed. Jolande Jacobi, tran. Norbert Guterman, New York: Pantheon, 1958, p. 1.

　　⑤ 就"相似治疗"如何从民间药学范式转变成帕拉塞尔苏斯药理学,见 Henry M. Pachter, *Magic into Science: The Story of Paracelsus*, New York: Henry Schuman, 1951.

盖伦医学的化学疗法提供了根据。该药理学轻视放血、出汗等体液理论的物理疗法，支持更被认可的"以毒攻毒"的化学疗法，砒霜、汞等剧毒的化学物质成为帕拉塞尔苏斯的药理学的重要药方。中世纪诗歌《农夫皮尔斯》（1377）中，作者威廉·兰格伦声称，"以毒攻毒"可"通过经验"得到印证。① 此处，"经验"是指民间医学中的诸多治疗案例。

帕拉塞尔苏斯药理学对民间药学做了最严格的理论化阐释，毒药的疗效得到社会更广泛的认可。与盖伦的经院医学的狭窄发生分离，帕拉塞尔苏斯寻求新病理学导致他回到民间医学，回到了"相似治疗"原则。他宣称，"在治理药物时"，"我们必须总是让实体对抗实体"。更为特别的是，这促使他坚定"以毒攻毒"的药学信条，以至甚至20世纪的一些医学史学家，把他称赞为现代医学的疫苗接种之父，因为疫苗接种正是通过给身体注射病毒疫苗抑制未来可能出现的疾病。② 帕拉塞尔苏斯深信，每种毒药都有潜在疗效，因为任何要素皆有秘密精华："毒药存在于一切物质中，没有任何东西不具毒性。剂量大小决定它是毒物还是疗方［……］鄙视毒药的人不懂毒药中隐含着什么。包含在毒药中的精华是如此受到天佑，以至毒药既不会与之分离也不会伤害它。"③因此，帕拉塞尔苏斯完全相信，传统认为有毒的物质拥有医学美德。譬如，在论述"害虫"时，他说，蝰蛇、蟾蜍与蟋蟀等是所有"令人憎恨的动物"，但他们的毒是"伟大的美德"，可用于治疗流感与其他疾病。④ 为进一步阐释毒药有受到"天佑"的精华部分，他转向神学理论指出，上帝创造的万物中皆隐含目的，"自然的神秘没有隐藏在毒药中？［……］为了服务人类，上帝创造了什么，而不用伟大礼物来保佑？如果我们考虑的不是毒而是它的治疗价值，那时毒药为何应该被拒绝和蔑视？"⑤

① See William Langland, *Piers Plowman: The B Version, Will's Vision of Piers Plowman, Do-Well, Do-Better and Do-Best*, eds. George Kane and E. Talbot Donaldson, London: Athlone Press, 1975, pp. 151－152.

② 尽管有证据表明，到16世纪时，在亚非一些地区已经实践了注射天花疫苗的做法，但实际上，很难确切知道，通过疫苗注射控制疾病最初发端于何时何地。See Edgar March Crookshank, *History and Pathology of Vaccination*, 2 vols. Philadelphia: P. Blackiston, Son, and Co. , 1889.

③ Paracelsus, *Selected Writings*, vol. 1, ed. Jolande Jacobi, tran. Norbert Guterman, p. 107.

④ Ibid. , p. 137.

⑤ Ibid. , p. 136.

出现反盖伦医学的化学疗法,特别对毒药治疗潜能的兴趣,离不开帕拉塞尔苏斯药理学的创新,也与梅毒在 16 世纪首次出现与蔓延有关。整个欧洲,医生对化学疗法的兴趣不断增强,普通百姓也不例外。黑死病自中世纪后期暴发以来,盖伦医学或多或少已积累了一些治疗经验,可对新出现的梅毒,医生显得束手无策。或许,梅毒突然出现并大范围传播更暴露体液病理学的放血、淋浴、缓和剂等疗法的缺点。最初的前些年,经院学派医生感到完全迷茫,因为对于新疾,盖伦医学的传统疗法完全不起任何作用。民间医生开始填补空白,他们信心满满地开出一种被盖伦所否定的毒药秘方——汞,而汞通常被盖伦医学开为一种辅助的油膏、涂油或蒸汽。实际上,早在 12 世纪,阿拉伯医生就推荐用汞治疗类似梅毒的疾病,如麻风、各种皮肤病等。当然,人们注意到汞对病人的副作用,包括出现颤抖、麻木、痴呆等让人惊恐的症状,这在早期现代时期也存在激烈争论。尽管如此,许多英格兰与欧洲大陆的经院医生对汞的疗效印象深刻,因为它能缓解梅毒的严重症状,尤其是皮疹与长满患者全身的红色斑点。① 当缺乏任何其他有绝对把握的疗法时,包括帕拉塞尔苏斯在内的大部分医生,难免推荐"江湖医生"使用过的剧毒汞治疗梅毒。

在国内外异常复杂动荡的社会语境中,"以毒攻毒"医学话语潜入到政治领域。黑死病与梅毒是生产帕拉塞尔苏斯药学话语的重要原因,16、17 世纪黑死病大规模暴发不仅颠覆了盖伦医学机构的权威,而且促成了大量英文医学书籍出版,提供了对流行疾病的各种各样有时甚至非常不传统的治疗方法,这些书籍中包括约翰·海斯特 1596 年出版的收集了 114 种帕拉塞尔苏斯化学疗法的医书。② 像海斯特的小册子,无疑帮助普通国民熟悉非传统的医学实践,包括"以毒攻毒"在内的疗法早已回应了民间药学。其中一个普通国民便是托马斯·德克,在 1603 至 1605 年,他的瘟疫小册子见证了流行病理学词汇的支持性的大幅度增长。作为一个不懂医学的外行,他毫不犹豫地使用化学疗法词汇的字面与隐喻意义。譬如,在小册子《勇者会面》中,他对瘟疫如

---

① See Johannes Fabricius, *Syphilis in Shakespeare's England*, London: Jesscia Kingsley, 1994, pp. 31—38.

② See John Hester, *A Hundred and Fourteene Experiments and Cures of the Famous Physitian Philippus Aureolus Theophrastus Paracelus*, London: Printed by Vallentine Sims dwelling on Adling hill at the signe of the white Swanne, 1596.

何发挥积极的甚至神学的功能做出评论。尽管瘟疫有不可否认的让人恐怖的影响,但它成功地把政治身体的某些腐败公民清除掉了,因为"正如医生们所说,以毒攻毒。"的确,瘟疫作为上帝惩罚、净化之鞭的概念属于正统的神学范畴。然而,德克把它放在病理学中,该类比便不再是神学概念,他是想把毒药学扩展并应用到政治领域中去。① 类似地,1603年,在约翰·弗洛里奥翻译的蒙田作品《散文》中,蒙田写到"有用"与"荣誉"时,他说:"就政策而言,一些必要的功能不仅低劣,而且错误的罪恶在那也找到了印章,它们自我雇佣来缝制我们的(政治)身体,正如毒药被用来保存我们的健康。"② 犹如毒药具有疗效,"必要的功能"与"错误的罪恶"作为威胁国家的外在力量,也能"缝制"王国身体。

詹姆士一世时期,帕拉塞尔苏斯药理学成为皇家医学话语,相应的政治话语转变成官方意识形态。詹姆士把自己界定为国家的道德医生,宣称作为"政治身体的专业医生"有责任"清除所有这些疾病"。③ 政论家爱德华·福塞特也称"君王"是政治身体的"首席医生"。④ 随着医疗实践在英格兰宫廷的发展,詹姆士与福塞特等皇家政权捍卫者,特别倾向于在帕拉塞尔苏斯术语中看待君王的作用。选择宫廷医生时,伊丽莎白女王重视盖伦医学,雇佣盖伦学派医生。但早在1589—1590年间,还是苏格兰国王时,詹姆士就表现出对化学疗法的兴趣。他当时前往丹麦迎娶安妮公主,碰到了帕拉塞尔苏斯派医生塞维里努斯与托马斯·克雷格,把后者作为他的"首席医生"带回苏格兰。1603年他坐上英格兰王位时,克雷格也一直随他来到英格兰王宫,其他帕拉塞尔苏斯学派医生也加入王宫的医疗随从人员中。17世纪前期,化学药理学已成为国王与宫廷的"官方"医学意识形态。⑤ 而在詹姆士一世期间,皇室成员、朝臣

① See Thomas Dekker, *The Plague Pamphlets of Thomas Dekker*, ed. F. P. Wilson, Oxford: Clarendon Press, 1925, p. 110.

② Michel de Montaigne, *The Essays of Montaigne Done into English by John Florio Anno* 1603, 3 vols., vol. 3, New York: AMS, 1967, p. 6.

③ See James I, *A Counterblast to Tobacco*, London: by R. Barker, 1604, p. A3.

④ See Edward Forset, *A Comparative Discourse of the Bodies Natural and Politique*, p. L1.

⑤ 对帕拉塞尔苏斯药理学与詹姆士王宫的密切关系,见 Hugh Trevor-Roper, "The Court Physician and Paracelsianism", ed. Vivian Nutton, *Medicine at the Courts of Europe*, 1500—1837, London: Routledge, 1990: 79—94, p. 29.

与政治家等过着异常奢侈的生活,对英格兰王宫的抱怨、不满与愤慨四处散播,国民哀叹统治者的罪恶与堕落,宫廷不是民族的美德而是毒药之源。法律保护而且纵容宫廷道德与金融的无节制,国民攻击这种支持君主制的法律机器。1604 年的一份国会书声称:"王宫贵族特权与日俱增,百姓权利却大多数情况下停滞不前。"①对那些想为官员腐败行为辩护的人来说,帕拉塞尔苏斯药理学是一个完美的工具,他们故宣称,这些"有毒"的行为在维护政治有机体的健康方面起着积极作用。詹姆士正如上帝的助手,作为政治身体的灵魂,"他能把所有潜在的腐败转化为社会福利"②。

《政治身体与自然身体的比较话语》中,福塞特提出功能主义理论,但坚持身体不可能完全健康,强调一种动态的身体。福塞特接受神学、大小宇宙论与新柏拉图主义,结合帕拉塞尔苏斯药理学,提出功能主义(政治)身体理论。区别于传统的静态功能主义理论,他的功能主义身体更多是动态的。他把身体视为一个包含不同功能的系统,身体的"主要部位"等同"生命的执行功能",③主要"部位"之间的紧凑关系是"不同功能"之间的协作。④ 不赞同斯图亚特早期的身体各部分共同幸福的政治身体思想,福塞特提出:"并非所有人幸福才是好国家,而是每个独特个人的财富、智慧、权力与善良,皆赋予并作用于全体利益。"⑤对福塞特来说,政治哲学的目标不是确保每个部位的福祉,而是政治有机体内部的不同功能之间的有效合作,共同抵御外来威胁。他接受新柏拉图主义,相信国王正如灵魂,各个部位构成身体,灵魂对身体的统治就正如国王对王国的治疗与领导,王国每个公民(功能)都贡献于王国健康。甚至"最低贱"的成员也服务国家,"在身体中,没有哪个部位如此弱小、低贱,以至上帝没有设计、指定给它某种好的用途。在国家中,任何闲散、懒惰的流浪汉,没有收益的人们,该受到珍惜还是惩罚,不为了公共利益而利用他们?"⑥没有任何人

---

① Antonia Fraser, *King James*, London: Weidenfeld and Nicolson, 1974, p. 101.
② Jonathan Gil Harris, *Foreign Bodies and the Body Politic: Discourses of Social Pathology in Early Modern England*, p. 57.
③ See Edward Forset, *A Comparative Discourse of the Bodies Natural and Politique*, p. F2.
④ Ibid. , p. G4v.
⑤ Edward Forset, *A Comparative Discourse of the Bodies Natural and Politique*, p. G4v.
⑥ Ibid. , pp. H3v－H4.

是没有利润可图的,根据福塞特的绝对功能主义,政治身体的每个部位必须作用于王国身体健康。尽管他继承大小宇宙对应论,但他质疑其有效性,认为政治身体不可能对应四种体液或元素,身体也不可能完全健康,"当健康处在最高点时,身体也是最靠近在疾病中衰退的状态"①。此时,他转向新的病理学身体意象,重现定义专制主义与功能主义。

福塞特使用帕拉塞尔苏斯的毒药话语,让国内疾病与国外威胁力量承载正面内涵。他对政治身体疾病表现一种毫不妥协的敌对立场,为此,他质疑体液理论对疾病的容忍:"我知道一些政治家提出,国内的一些邪恶必须容忍,正如毒与恶劣体液应该与血液融在一起,他们认为,比起血液全是纯净而没有不良体液,这更有助于健康。"②然而,詹姆士容忍某些"毒与恶劣体液"的渗透,福塞特也意识到,政治身体每一个元素都能服务于国家利益,这导致他认可自己刚才抛弃的观点:"我们的自然身体的确愿意且乐于选择、忍受一些疾病,因为他们发现相同的情况,他们可以从更令人伤心的疾病中解放出来,自然看似经常乐于受罪、取悦一些敌人,感觉满意,为了获得与购买一种接下来的更健全的福祉。"③既然上帝已经确信,每种毒药必定有其用,那英格兰出现的各种问题也未必是坏事。且不说,人类堕落后的世界必然是存在疾病。为了更好解释这一现象,福塞特找到帕拉塞尔苏斯的药学理论,以一种更加积极的视角,他呈现了政治身体的"医生们"与毒药的疗效:"让我们注意医生技能之效果,他能把毒变为药。这表明,当官吏使用恶人时,我们不能指控他们为异教警察,因为这个属性让他们特别像无限行善、从邪恶中抽取正义的上帝。"④以这种方式,福塞特完美迎合詹姆士的专制主义,让他腐败的王宫与官员成为国家健康的必要元素。当然,他也使用帕拉塞尔苏斯药理学,把潜伏在英格兰的国外势力毒药化,强调这些威胁力量使国民团结起来,英格兰民族自然形成,毒药疗效得以彰显。然而,国内统治阶层的疾病是否与国外威胁势力的疾病存在某种模仿关系?答案如果是肯定的话,那"以毒攻毒"的意识形态是否轰然瓦解?

---

① Edward Forset, *A Comparative Discourse of the Bodies Natural and Politique*, p. I3.
② Ibid., p. K2.
③ Ibid., pp. K2v—K3.
④ Ibid., p. N1.

第二节 《威尼斯商人》：毒药、外来移民与政治有机体

为给高利贷辩护，夏洛克讲述《圣经·创世记》中雅各骗取拉班羊群一事：在母羊与公羊交配时，雅各使用剥皮的杂色树枝赶打母羊，这样生下的所有幼羊都是杂色，全部为雅各所有。安东尼奥称雅各的投机行为"由上帝控制与塑造"，不能据此断定"收取利润是好事"，因而称夏洛克为"内心腐烂"的"邪恶灵魂"。① 当夏洛克坚持按合同切割安东尼奥一磅肉时，威尼斯公爵认为前者只是炫耀"毒液"，希望他区别于"从未接受温柔恩惠训练的/土耳其人和鞑靼人"。(IV. i. 15—33)夏洛克犹如"面对母羊为幼羊求饶"而无动于衷的恶狼，安东尼奥说："我是一只被感染的公羊，/最适合死亡。"(IV. i. 72—73，113—114)夏洛克与"腐烂""毒液"和"感染"等医学术语发生关联，犹太人严重威胁威尼斯王国的安全与健康。然而，当塞纳里奥确信公爵必定禁止夏洛克割肉时，安东尼奥辨析道："公爵不可能会否决律法"，"因为外来移民的商品/与我们威尼斯交织在一起，如被否决，/将破坏国家正义"，且"这个城市(国家)的贸易与利润/由所有民族构成"。(III. iii. 26—31)尽管如此，法官巴尔萨泽根据另一威尼斯法律条款宣判：没收夏洛克所有财产，生命交与公爵处理，因他"试图谋害(威尼斯)公民"。(IV. i. 342—358)夏洛克"毒性"根除后不久，安东尼奥的三艘商船"满载回到港口"，威尼斯人从此过上浪漫的健康生活。(V. i. 275—306)

这是莎剧《威尼斯商人》(1596)中涉及犹太移民的情节片段。大卫·兰德雷斯从 16 世纪货币经济出发，研究剧中身体与金钱关系，认为本剧在否定金钱物质性时却悖论性地允许建立金钱的普遍价值。② 杰弗里·萧尔森把《圣经·旧约》视为早期现代英格兰再现信仰改变的源文本，揭示剧中犹太人被迫

---

① See William Shakespeare, *The Comical History of The Merchant of Venice*, or *Otherwise Called The Jew of Venice*, eds. Stephen Greenblatt et al, *The Norton Shakespeare: Based on the Oxford Edition*, New York: W. W. Norton & Company, 1997, pp. 1081—1145, I. iii. 67—98. 后文引自该剧本的引文将随文标明该著幕、场及行次，不再另行作注。

② See David Landreth, *The Face of Mammon: The Matter of Money in English Renaissance Literature*, Oxford: Oxford UP, 2012, Chapter 4.

皈依基督教时显现的强迫与自愿、反叛与服从、冷嘲与神启、暂时与永恒等宗教身份的不可靠性。[①] 这些成果忽视剧中医学话语，没有探讨本剧基于宗教与经济问题而对外来移民做出的病理化想象。实际上，都铎—斯图亚特时期，英格兰瘟疫频发，盖伦医学的疾病源于身体内部体液不平衡理论逐渐被帕拉塞尔苏斯药学的外来毒药引发疾病之理论所取代。[②] 帕拉塞尔苏斯倡导化学疗法，坚持毒药内含"神佑"精华和潜在疗效，用量大小决定其药性抑或毒性。[③] 此种"以毒攻毒"医学话语进入当时政治领域，演变为原功能主义疾病政治身体模型，相信如毒药一样渗入英格兰的外部力量有助于维护英格兰政治有机体的健康。[④] 外来移民因异教信仰和贸易争端而被想象为一种类似毒药的外来力量，既医治也危害英格兰王国身体。[⑤] 鉴于此，笔者置本剧于 16、17 世纪病因学转变的医学语境中，结合英格兰经济与宗教问题，研究剧中种族病理学想象以透视早期现代英格兰的外来移民焦虑。

16、17 世纪瘟疫频发的现实促使病因学范式经历革命性转变，基于民间医学"同类相治"原则，瑞士医生帕拉塞尔苏斯提出"以毒攻毒"理论。[⑥] 黑死病于 1563、1578—1579、1582、1592—1594 和 1603 年等较大规模暴发，消灭了伦敦近四分之一的人口。[⑦] 人们运用古希腊医生盖伦提出的体液理论，把疾病理解为多血汁、黑胆汁、黄胆汁和黏液汁等四种体液的不平衡状态，试图通过放血、饮食或出汗等疗法恢复健康，但疗效甚微。[⑧] 在瘟疫高频繁暴发时，疾病为一种体液不平衡状态的内因论逐渐受到质疑，人们开始相信，疾病是一种可迁移的物质，从他人感染到自己，或由国外传入英格兰，疾病的外因论显

---

① See Jeffrey S. Shoulson, *Fictions of Conversion: Jews, Christians, and Cultures of Change in Early Modern England*, Philadelphia: University of Pennsylvania Press, 2013, Chapters 1, 2, and 4.

② See David Hillman, "Staging Early Modern Embodiment", eds. David Hillman and Ulrike Maude, *The Cambridge Companion to the Body in Literature*, New York: Cambridge UP, 2015: 41—57.

③ See Paracelsus, *Selected Writings*, vol. 1, ed. Jolande Jacobi, tran. Norbert Guterman, New York: Pantheon, 1958, p. 107.

④ See Jonathan Gil Harris, *Foreign Bodies and the Body Politic: Discourses of Social Pathology in Early Modern England*, pp. 49—57.

⑤ Ibid., pp. 79—106.

⑥ See Jr. Samuel K. Cohn, *Cultures of Plague*, Oxford: Oxford UP, 2010, pp. 1—19.

⑦ See Jeffrey L. Singman, *Daily Life in Elizabethan England*, p. 52.

⑧ See Peter Womack, *English Renaissance Drama*, p. 76.

现出来。① 16 世纪医生吉尔伯特·斯凯恩提出："瘟疫病因是腐败的受感染空气，或者一种有毒有害的气体。"②玛格丽特·卡文迪什在 1657 年一篇准科学短文中辨析道，到底瘟疫是对其他被感染身体体液的"模仿"还是由"像原子一样的小苍蝇身体"渗透所致？③ 盖伦医学遵循"反类相治"的原则：医生开"凉性"药治疗"热性"病，开"干性"药治疗"湿性"病，健康意为恢复到体液平衡状态。然而，自中世纪以来的欧洲民间医生更赞成"同类相治"原则。④ 帕拉塞尔苏斯论述道，植物药的治愈力量源于与其所治疗的人体部位的相似性，"同类相治"映射大小宇宙的对应，即人体小宇宙的部位与自然大宇宙中的药材完美对应。他强调"以毒攻毒"理念，把疾病视为一种外来体，使用砒霜、水银等剧毒化学物质治疗瘟疫。⑤

　　"以毒攻毒"理论的流行离不开神学对毒药"伟大美德"及其"目的与用途"的阐释。作为疾病外因论的倡导者，帕拉塞尔苏斯提出化学疗法，阐释毒药的医学属性，宣称"用药时我们必须总是用一个实体对抗另一个相似实体"，让毒药与人体搏斗。⑥ 他从神学角度解释道："毒存在一切事物中，没有物质无毒无害。剂量大小决定它是毒还是药［……］鄙视毒药的人不懂毒药的成分。毒药中的秘密成分如此神佑，以至毒药不能与秘密成分分离，亦不能损害秘密成分。"⑦帕拉塞尔苏斯在《害虫》中指出，蝰蛇、蟾蜍和蜘蛛等同属"令人憎恨的生物"，但它们的毒含有治疗感冒和其他疾病的"伟大美德"。⑧ 帕拉塞尔苏

---

　　① See Jonathan Gil Harris, *Sick Economies: Drama, Mercantilism, and Disease in Shakespeare's England*, p. 110.

　　② Gilbert Skene, *Ane Breve Description of the Pest Quhair in the Causis, Signis, and Sum Speciall Preseruation and Cure Thairof Ar Contenit*, Edinburgh: Be Robert Lekpreuik, 1568, p. A2v.

　　③ See Margaret Cavendish, "A Discovery of the New World Called the Blazing World," ed. Kate Lilley, *The Blazing World and Other Writings*, Harmondsworth: Penguin, 1994: 158－159.

　　④ See Nancy G. Siraisi, *Medieval and Early Renaissance Medicine: An Introduction to Knowledge and Practice*, Chicago: University of Chicago Press, 1990.

　　⑤ See Paracelsus, *Selected Writings*, vol. 1, ed., Jolande Jacobi, tran., Norbert Guterman, New York: Pantheon, 1958.

　　⑥ 一些医学史学家把帕拉塞尔苏斯赞为疫苗接种之父。See Edgar March Crookshank, *History and Pathology of Vaccination*, 2 vols. vol. 2, Philadelphia: P. Blackiston, Son, and Co., 1889, Chapter 1.

　　⑦ Paracelsus, *Selected Writings*, vol. 1, ed. Jolande Jacobi, tran. Norbert Guterman, p. 108.

　　⑧ Ibid., p. 137.

斯也借助神学有关上帝创造万物必有其"善"的主张为毒药辩护。他反问："自然的神秘没有隐藏在毒药中？［……］为了服务人类，上帝创造了什么，而不用伟大礼物来保佑？如果我们考虑的不是毒而是它的治疗价值，那时毒药为何应该被拒绝和蔑视？"①换言之，上帝创造毒药的最终目的是贡献人类身体健康，把这件"伟大礼物"赠与人类。语义上，早期现代英语"potion"一词亦被赋予毒与药的双重含义，如莎翁《哈姆雷特》中，当哈姆雷特强迫克劳狄斯喝下毒酒时，他命令后者"喝掉这药剂（potion）"（V. ii. 328）。"potion"对克劳狄斯有毒害作用，而对丹麦政治身体有治疗功效。②

　　"以毒攻毒"进入16、17世纪政治领域，理论家用之为腐败政治辩护，他们表达"以毒攻毒"政治内涵。在小册子《勇者相遇》中描写战争、饥荒与瘟疫的对话时，托马斯·德克肯定瘟疫具有积极，甚至神启的功能，因它成功清除了政治身体中的部分腐败国民，"正如医生所说，毒物赶走毒物"③。詹姆士一世也推行"以毒攻毒"政治话语，他自诩为国家的道德医生，称"净化他政治身体中的所有疾病"迫在眉睫。④ 当詹姆士国王去丹麦迎娶安妮时，他把帕拉塞尔苏斯学派医生托马斯·克雷格带回国，后者一直跟随詹姆士从苏格兰王宫到英格兰王宫。到17世纪初期，其他帕拉塞尔苏斯学派医生也加入进来，化学药学被树立为英格兰王宫的官方医学意识形态。⑤ 政治上，从女王后期至詹姆士时期，英格兰王宫弥漫腐败气息，有官员奢侈淫逸、埃塞克斯叛乱和马基雅维利政治阴谋等，而律法保护甚至鼓励宫廷奢靡与道德衰败。《辩护》（1604）一文攻击王国法律："王宫贵族特权与日俱增，百姓权利却大多数情况下停滞不前。"⑥对为宫中恶行辩护的人来说，帕拉塞尔苏斯药学具有相当的吸引力。在他们看来，君王是上帝的助手，宫中朝臣、政治家和皇家成员的"有

　　① Paracelsus, *Selected Writings*, vol. 1, ed. Jolande Jacobi, tran. Norbert Guterman, p. 136.

　　② See Jacques Derrida, *Disseminations*, tran. Barbara Johnson, Chicago: University of Chicago Press, 1981.

　　③ Thomas Dekker, *The Plague Phamphlet of Thomas Dekker*, ed. F. P. Wilson, Oxford: Clarendon Press, 1925, p. 110.

　　④ See James I, *A Counterblast to Tobacco*, London, 1604, p. A3.

　　⑤ 对于帕拉塞尔苏斯医学与詹姆士一世之间隶属关系，见 Hugh Trevor-Roper, "The Court Physician and Paracelsianism," ed. Vivian Nutton, *Medicine at the Courts of Europe*, 1500—1837, p. 90.

　　⑥ Antonia Fraser, *King James*, p. 101.

毒"行为是一种良药,具有维护与强化英格兰政治有机体健康之功能。

随病因论的转变,政论家提出不同的社会病理学模型,从关注国内腐败到渗透王国肌体的外部势力。宗教改革以前,亨利八世使用政治有机体隐喻基督教世界,脱离罗马后,亨利用它指称英格兰新教民族:"英格兰是一个帝国[……] 由一个超级首领和国王领导[……] 各类和各阶层国民构成的一个有机的政治身体。"①托马斯·斯塔基(1535)强调政治身体各部位功能的差异性,坚持身体不同部分的统一性,重视各部分之间的相互依存对维护王国健康的重要性。如他所述:"人体健康不依靠某一特殊部位,而依赖与其他部位配合的每个部位的良好而自然的性情。同样,(英格兰)政治身体健康[……]依赖与其他部位配合的每一部位。"②他图解人体疾病与政体疾病之间的对应关系,如肺病对应国内居住人口太少,水肿对应国内闲散人口太多,而中风对应无利润的劳动太多。他呼吁君王推行改革,增加劳动人口与施行贸易保护主义,以确保王国政治身体健康。③ 如果斯塔基从疾病内因论阐述政治身体,那威廉·埃夫里尔(1588)则从外因论指责威胁英格兰的外部力量。后者借助"舌头"隐喻那些入侵且导致英格兰患病的外在势力,"没有人体不生病,任何政治身体都面临外敌入侵。然而,敌人中虚假、说谎的天主教徒最毒,[……]通过虚假言辞,不只诽谤我们国家和说服其他人不喜欢我们政府,而且不遗余力地使用臆想报告和彩色谎言,在我国民心中制造恐惧,或使国民不喜欢当权者"④。考虑到外部邪恶可能感染英格兰,"让我们此后不要受舌头误导,让自然把她关锁在牙齿和嘴唇筑造的双层墙内"⑤。

英格兰面临各种外部势力挑战,政论家选择捍卫英格兰专制政权,使国外势力病理化,提出新的原功能主义疾病政治身体原型。与埃夫里尔一样,尼古

---

① Henry VIII, *Tudor Constitutional Documents A. D. 1485—1603*, vol. 12, ed. J. R. Tanner, Cambridge: Cambridge UP, 1922, p. 41.

② Thomas Starkey, *A Dialogue between Reginald Pole and Thomas Lupset*, ed. Kathleen M. Burton, London: Chatto & Windus, 1948, p. 64.

③ Ibid. , pp. 78—88.

④ William Averell, *A Mervailous Combat of Contrareties*, *Malignantlie Striving in the Members of Mans Bodie*, *Allegoricallie Representing unto us the Envied State of our Flourishing Common Wealth*, p. D2v.

⑤ Ibid. , p. D3v.

拉斯·布莱顿无视国内问题,谴责那些破坏外来移民与天主教徒,认为社会疾病与缺乏和谐统一的政府机构关系不大,而是由境外敌对势力对英格兰政治有机体渗透所致。[①] 爱德华·福塞特借用新柏拉图主义灵肉两元论,论证灵魂对身体的统治以防止身体患病。他把这一医学理论运用到政治身体上,要求臣民绝对忠于国王,确保国家身体健康。[②] 他赞扬作为维护王国政治身体健康领导者的君王,彰显君王在保卫不列颠岛远离外来侵略力量中的超级作用。[③] 在他看来,人体每个部位皆接收到上帝灵气,共同作用于身体健康,故而政治身体中甚至"最低贱"的部位都服务于国家健康与福祉。他的功能主义身体意象是动态和功能性的,强调政治学的目标是健康有机体不同功能的有效协作,并非确保身体不同部位的福祉,只需灵魂和"更崇高的必要成员"远离外来疾病。[④] 借用神学理论,他挪用帕拉塞尔苏斯"以毒攻毒"阐述道:"让我们注意医生技能之效果,他能把毒变为药。这表明,当官吏使用恶人时,我们不能指控他们为异教警察,因为这个属性让他们特别像无限行善、从邪恶中抽取正义的上帝。"[⑤]

利用"以毒攻毒"医学术语,福塞特让"政体医生"与"外敌毒药"产生积极内涵,一起构建健康的都铎—斯图亚特政治有机体。尽管不赞成疾病内因论,但福塞特认同盖伦医学"必须容忍体内恶性体液"的看法,"比起完全纯洁干净的血液,渣汁或不良体液与血液相混对身体更好。[……]我们的自然身体的确乐于选择忍耐一些疾病[……]自然乐于遭罪,满意招待敌人,为了收获一个更健全的福祉"[⑥]。作为1605年火药事件的调查法官之一,福塞特深知,那些境外渗入的阴谋家远非简单的"敌人",在许多案件中他们中一些人有双重身份。他们曾是伊丽莎白政务院秘书罗伯特·塞西尔培养的间谍,现又是服务罗马教廷而试图颠覆詹姆士新教政权的阴谋家。女王统治后期,为除掉阴谋

① See Nicholas Breton, *A Murmurer*, London: Printed by Robert Raworth, and are to be sold by John Wright, at his shop neere Christ-Church gate, 1607, pp. F4v—F5.

② See Edward Forset, *A Comparative Discourse of the Bodies Natural and Politique*, pp. B2, E1 and D4v.

③ Ibid., p. I1v.

④ Ibid., p. G4v.

⑤ Ibid., p. N1.

⑥ Edward Forset, *A Comparative Discourse of the Bodies Natural and Politique*, pp. K2—K3.

反叛者,情报组织首脑弗兰西斯·沃尔辛厄姆的间谍既参与颠覆女王政权的阴谋团体,又纵容阴谋家反女王的叛乱活动。塞西尔不过是继承了沃尔辛厄姆的实践模式,[1]因为制造"一个共同敌人"对"支撑整个政治身体或每个部位的健康"有用。[2] 福塞特承认,英格兰官员们不仅使用双重身份的代理人,而且积极生产他们用来"定位"的阴谋叛乱。但使用毒药话语时,福塞特是否暗示,英格兰政府当局与外来罪犯同谋构建健康的都铎—斯图亚特政治有机体?

《威尼斯商人》第四幕中,夏洛克坚持"要一磅肉/ 而非三千达克特(钱币)"(IV. i. 39—40),威尼斯公爵回应安东尼奥:"我对你表示抱歉。你面对/一个顽石敌人,一个无人性的卑鄙家伙,/无力给予同情的空心人,缺乏任何仁爱。"(IV. i. 2—4)接着,公爵劝夏洛克改变主意:

> 你引导毒液之潮流
> 到表演结束,期待
> 你特别展现善与爱心,
> 而不是古怪而显著的残忍,
> [……]
> 扫视他的损失,
> 这最近重压他的后背
> 足以压垮一个皇家商人,
> 渴望对他现状的同情,
> 来自你无情的燧石般心中,
> 来自从未接受温柔恩惠训练的
> 土耳其人和鞑靼人。
> 寡人期望一个柔和的答案,犹太人。(IV. i. 17—33)

公爵使用"犹太人"称呼夏洛克,把他与"土耳其人""鞑靼人"归于一类,"毒液"是外族人的共有属性,他们成为威胁王国健康的病毒。公爵视夏洛克为"敌

---

① See Antonia Fraser, *King James*, pp. 105—110.

② See Edward Forset, *A Comparative Discourse of the Bodies Natural and Politique*, p. G4v.

人",不仅是"皇家商人"的商业对手,更是威尼斯的公敌。如果威尼斯隐喻英格兰(伦敦)的话,那公爵便是英格兰君主,夏洛克对威尼斯皇家商人的生命威胁就是犹太移民对英格兰王国的病毒式入侵。

实际上,自中世纪以来,以病理学术语编码的犹太人渗透基督教政治身体之文化定型一直存在。最典型的意象就是投毒于井、通过污染公共水源而散播瘟疫的犹太人。该意象在瘟疫肆虐的中世纪突然变得非常流行,如 1321 年法国的阿基坦地区正暴发瘟疫时,有谣言称,犹太人命令麻风病患者投毒于井中以便所有基督徒感染麻风病而死去。15 世纪 90 年代后,从西班牙、葡萄牙流放的犹太人陆续来到英格兰避难,却被迫转变为基督徒,但相当一部分仍然秘密信仰犹太教,英格兰社会弥散着浓厚的反犹情绪。托马斯·纳什在《不幸旅行者》中写道,邪恶犹太人扎多克威胁,要截掉自己一条患溃疡的腿,"从腐烂处提取比毒蛇液更毒的毒汁",他身体的毒性还延伸到溃烂的口腔,"如此发臭以至内含一定程度的毒物"。[1] 在《基督哭泣耶路撒冷》中,纳什申斥所有犹太人身体有毒:"当毒对你(犹太人)来说正如肉类和饮料一样熟悉,我怎么谈论毒? 你把毒当作肉类和饮料一样吃喝这么久了,以至你把真正有营养的肉类和饮料当作毒,你呼吸的不是其他只是毒。"[2]以此种方式,犹太医生被贴上江湖骗子、撒旦魔术家等恶毒标签。

毒药想象还体现在把犹太人借贷行为视为外来疾病对英格兰政治身体的感染,故而剧中安东尼奥自嘲为"被(犹太人)感染的公羊",格拉齐亚诺指责夏洛克"恶毒灵魂/ 装着狼,因食人而被绞死"。(IV. i. 113,132—133)这让人联想到当时潜伏王宫的善于使用毒药、为西班牙服务以颠覆英格兰政权的犹太医生洛佩兹,他被指控犯有渗透英格兰政治身体之罪而遭到处决。1594 年 1 月 29 日,兴奋的埃塞克斯伯爵告知他的主间谍安东尼·培根说,他已经发现"一桩最危险和绝命的叛国"[3]。根据埃塞克斯的信息源,女士私人医生洛佩兹据称正密谋杀害女王。理由是,尽管宣称已放弃犹太教且皈依基督教,但

①　Thomas Nashe, *The Works of Thomas Nashe*, 5 vols., vol. 2, ed. R. B. McKerrow, pp. 311—312.

②　Ibid., pp. 36—37.

③　See Martin A. S. Hume, *Treason and Plot: Struggles for Catholic Supremacy in the Last Years of Queen Elizabeth's Reign*, London: James Nisbet and Co., 1901, pp. 143—144.

他仍然是个犹太人。可他的罪行从未得到强有力的确认,且有人怀疑,埃塞克斯编造阴谋事件以加强他在伊丽莎白王宫中的地位。[①] 人们引用大量令人恐惧的犹太人刻板印象声讨洛佩兹,但几乎所有这些都指向他的放毒法。早在1584 年,洛佩兹还是罗伯特·达德利伯爵的家庭医生,当时一个匿名册子谩骂达德利使用毒药铲除阻碍他事业的朋友或敌人,而洛佩兹被指控,自大约1576 年开始熟练"毒害女人腹中婴儿的艺术"。[②] 虽然几乎完全缺少证据,但洛佩兹熟练放毒术的假想被多位历史学家不加甄别地接受了。他们似乎确信,洛佩兹于 1587 年被西班牙间谍接近,后者知道洛佩兹负责流放到英格兰的葡萄牙国王唐·安东尼奥的药理工作,极力劝说洛佩兹毒死唐·安东尼奥未果。[③] 随帕拉塞尔苏斯药学的出现,英格兰人犯疑,到底有多少犹太医生在扮演洛佩兹和腐蚀英格兰健康肌体。

借贷行为也让人联想犹太商人对英格兰身体的渗透,映射当时道德经济语言对犹太人借贷的批评。莎剧评论家乔纳森·吉尔·哈里斯指出,借贷不是涉及某一特殊的外在身体,而是一种感染状态,是一种被犹太化的腐败场域。[④] 的确,自中世纪以来,犹太人借贷行为一直在道德经济范畴内理解,因为犹太人的异教身份使借贷在宗教上指向一种罪恶。譬如,经济学家杰拉德·马林斯(1601)把借贷寓言化为奈奥布拉王国一只夹着"汇率"尾巴、拖着艰难身体的怪兽。他斥责该国国民,因其借贷实践导致"生活淫乱,追随娼妓、客栈酗酒者,从事许多其他的非法活动,直至彻底毁灭"。[⑤] 马林斯列举了该怪兽的诸多罪行,最突出的要数引发"金银从国内流出"的"商品化汇率兑换":"怪兽(借贷)与国外民族结成同盟,让她们为自己服务,以高价引进国外商品,

---

① 埃塞克斯捏造事实指控洛佩兹医生,也因后者公开爆料前者患有梅毒。See Robert Lacey, *Robert, Earl of Essex: An Elizabethan Icarus*, London: Weidenfeld, 1971, p. 201.

② See Anonymous, *Leicester's Commonwealth: The Copy of a Letter Written by a Master of Art at Cambridge (1584) and Related Documents*, ed. D. C. Peck, Athens, OH: Ohio UP, 1985, p. 137.

③ See Arthur Dimock, "The Conspiracy of Dr. Lopez", eds. S. R. Gardner and R. L. Poole, *The English Historical Review*, vol. IX, London: Longmans, Green and Co., 1894: 461-474.

④ See Jonathan Gil Harris, *Sick Economies: Drama, Mercantilism, and Disease in Shakespeare's England*, p. 53.

⑤ See Gerald Malynes, *Saint George for England Allegorically Described*, London: by Richard Field for William Tymme stationer, and are to be sold at the signe of the Floure de luce and Crowne in Pater-noster row, 1601, p. 21.

卖给我们国民,直到国家灭亡[……]他带走我们的金银钱币,使我国受穷。"①
马林斯在重商主义和民族主义话语的框架中定义借贷特征。借贷不仅是经济
学意义上收取利息的非道德行为,更指向一种国家间"商品化了的金钱",正如
伦敦外汇市场,外来商人通过操纵汇率低价买进英格兰商品,然后高价把外来
商品卖给英格兰人,英格兰国家财富以此种方式被犹太人所代表的外来移民
之借贷行为所"感染"。② 马林斯借用帕拉塞尔苏斯的疾病外因论术语,他把
借贷想象为"坏疽""感染我们的一种传染病",让犹太人借贷与外来疾病发生
逻辑联系。③

剧中夏洛克为给借贷行为辩护,他引用圣经有关雅各"杂色"拉班母羊一
事。然而,除"感染"之意外,"杂色"是否意指借贷带来的商业利润与医学疗
效?夏洛克这样提醒安东尼奥:"注意雅各做了什么:/拉班一番思考后同意/
所有杂色羊羔/归雅各所有。发情期的母羊,/在晚秋季节转向公羊,/当交配
发生/在这些全身覆盖羊毛的繁衍者之间时,/经验丰富的牧羊人为我剥去一
些嫩枝的树皮。/在这类行为中,/他竖起枝条于让人生厌的母羊前面。/待生
育时,母羊/的确产下杂色羊羔,这些都归雅各。"(I. iii. 73—84)安东尼奥称
雅各行为"由上帝控制与塑造",不能推断"收取利润是好事"。(I. iii. 89—
90)但对雅各与拉班一事,夏洛克做寓言式解读,表达多层意思。第一,考虑到
英文单词的相似发音,夏洛克使用"母羊(ewes)"与"犹太人(Jews)"的双关语
义,两者从事生产"语义利润"的"文字借贷"。④ "母羊"后代成为"犹太人"借
贷的隐喻化身,与假想的拉班纯色羊群形成对照。其二,"杂色(parti-
colored)"也完全可能让当时观众(读者)联想起犹太人,指代意大利犹太人常
穿的"杂色"袍服。⑤ 第三,如果夏洛克把"杂色羊羔"等同于雅各和犹太人,那
这些羊群便是放贷者获取的商业利润,"杂色"羊毛隐含一种商业主义内涵。

---

① Gerald Malynes, *Saint George for England Allegorically Described*, p. 42.

② See Gerald Malynes, *Saint George for England Allegorically Described*, p. 71.

③ Ibid., pp. 49, 13.

④ See Marc Shell, *Money, Language, and Thought*, Baltimore: John Hopkins UP, 1992, pp. 49—50.

⑤ See Bishop Miles Coverdale, *Biblia*, *The Byble*: *That Is the Holy Scripture of the Olde and New Testament*, *Fayth fully Translated in to Englyshe*, London: J. Nycolson, 1535, Book of Genesis.

犹太人代表且传染钱币或商品的"杂色",但雅各的"杂色"羊毛在市值上不亚于拉班的"金羊毛"。"杂色"衍生的此种意义无非肯定外来移民与国际贸易对维护英格兰经济健康的积极作用。

夏洛克自由身份被剥夺后,威尼斯人过上浪漫快乐的生活。这意味着什么? 基于夏洛克有意"流掉基督徒血液",法官宣判:"你的土地和商品/ 根据威尼斯法律,予以没收/ 上缴威尼斯政府。"(IV. i. 342—358)公爵"准许他活着",安东尼奥请求只没收夏洛克一半财产,但必须"马上转变为基督徒"。(IV. i. 364,382,375—385)剧末,获得夏洛克另一半财产的女儿杰西卡与女婿洛伦佐,享受溪流、星辰和花鸟共存的浪漫生活,"天体音乐蕴含在(他俩的)不朽灵魂之中";(V. i. 48—87,62)安东尼奥"三艘商船/ 突然满载回到港口"。(V. i. 275—276)犹太人对国家健康的作用显现出来。犹太人的存在迫使英格兰人异常团结,王室贵族借机从医学、神学上为其腐败政府与错误行为辩护,以"树敌"方式构建英格兰政治有机体,从而证明外来移民的医学疗效。正如 17 世纪政论家爱德华·福塞特所说,一个被渗透的政治身体不必然是有害的,但一个被渗透的政府与贵族阶层必定有害,"因为主要部位保存生命[……]故需要比其他部位得到更多照顾。[……]不能让他们受到任何毁灭或颠覆,否则国家将受到致命打击"①。强调外来势力对英格兰渗透的积极作用,福塞特却否定英格兰王室贵族"被渗透"或存在"病毒"。此处,他正回忆 1605 年境外天主教徒秘密入侵英格兰国会的火药事件,这也更坚定了他支持君主专制的决心。福塞特似乎强调,允许外部侵略势力存在能让"去疾病化"的英格兰统治阶层更好团结各阶层民众一致对外,完美扮演使用天主教、犹太人等外来毒药治病的政体医生,成功生产英格兰民族共同体。

犹太人是《威尼斯商人》中外来移民的代表,而荷兰人、西班牙人、土耳其人甚至鞑靼人也被提及,他们与威尼斯的复杂关系呈现了英格兰人对外来移民的含混立场。当塞纳里奥认定公爵会阻止夏洛克割肉时,安东尼奥却选择捍卫外来移民特权:"公爵不可能会否决律法;/[……]如被否决,/将破坏国家正义,/因为这个城市的贸易与利润/由所有民族构成。"(III. iii. 26—31)但本剧也多次流露对外来移民的排斥态度。譬如,公爵希望夏洛克"展现善与爱

---

① Edward Forset, *A Comparative Discourse of the Bodies Natural and Politique*, p. F2v.

心",不像"自从未接受温柔恩惠训练的/土耳其人和鞑靼人"。(IV. i. 19,31—32)公爵把土耳其人和鞑靼人野蛮化、病理化之立场显露无遗。夏洛克甚至这样说:"不接受多益得(荷兰古代小铜币 Doit)/作为还款收益。"(I. iii. 135—136)借人物口吻,莎翁时代对荷兰移民的歧视展现出来。此时,铜币"多益得"在英格兰外贸市场流行,却一直没得到官方认可,成为俗语"廉价"的符码,它与荷兰人发生联想。① 沙雷里奥使用"酒"区分父女夏洛克与杰西卡:"你的血肉与她的有更多不同/ 比起黑矿与象牙;更多不同/ 比起红酒和莱茵河白酒。"(III. i. 34—35)如果夏洛克代表外来移民的话,那么早已皈依基督教的杰西卡自然是英格兰的化身,故"黑矿"与"象牙"示意低贱与高贵之对立模式。犹太人夏洛克正如产于西班牙、法国等天主教国家的"红酒",基督徒杰西卡犹如在德国、荷兰等新教低地国家制造的"莱茵河白酒",罗马教廷与新教同盟的敌我关系不言而喻。

安东尼奥捍卫外来移民特权是否与当时英格兰议院对该议题的辩论类似? 安东尼奥的辩词再现了 16 世纪威尼斯外来移民享受自由这一事实。1561 年,英格兰游客威廉·托马斯被"威尼斯外来移民享受的自由"大为吃惊,宣称"所有人,特别是外来移民,在那里拥有如此多的自由,以至于尽管他们受到威尼斯人的言语攻击,但后者事实上没有试图剥夺他们的地产[……]毫不怀疑,这是吸引那么多外来移民到达那里的主要原因"②。可对本剧 16世纪末的第一批观众而言,安东尼奥捍卫"外来移民的商品"可能让他们想起最近英格兰国会对有关伦敦的荷兰移民社区法律地位的政治辩论。③ 1593年,下议院收到一项法律议案,它企图规范和限制荷兰移民的手工业和贸易实践。该议案遭到相当数量议员的强烈反对,如爵士约翰·乌雷辩论道,伦敦经济繁荣较大程度上归功于外来移民的技术,但它最终以 162 票赞成、82 票反对的悬殊比分在下议院获得通过。然而,这项反外来移民的议案在上议院被

---

① See Jonathan Gil Harris, *Sick Economies: Drama, Mercantilism, and Disease in Shakespeare's England*, p. 75.

② William Thomas, *The Historye of Italye*, London: In Fletestrete nere to Sainct Dunstons Church by Thomas Marshe, 1561, p. 85.

③ See Andrew Tretiak, "*The Merchant of Venice* and the 'Alien' Question", *Review of English Studies* 5(1929): 402—409.

果断否决,许多贵族议员包括当时政务秘书塞西尔与财政部部长伯利,坚决捍卫荷兰移民社区的各项权利。从伊丽莎白统治早期开始,塞西尔就意识到,有技术的移民对英格兰经济身体做出了巨大贡献。他减少英格兰对外来制造商的依赖,保持国内充足的金银储备,以防因大量外来移民离开给王国带来的巨大损失。从某种程度上看,即使安东尼奥是夏洛克的竞争对手,但他的发言依旧传达出 16 世纪 90 年代英格兰政府保护外来移民的官方立场。

　　迁往英格兰的荷兰移民中实际上有不少犹太人。16 世纪中期,新教低地国家处在西班牙统治下,犹太人几乎从荷兰清除殆尽。1577 年,这些国家反叛首领邀请犹太人出资一起抵抗西班牙以换取定居安特卫普的权利,该城迅速发展为北欧地区聚集最多马拉诺社区(犹太团体)的港口城市。① 早在 1499 年,葡萄牙人在此建立了一个贸易殖民据点,但当葡萄牙裔犹太人被迫转变为基督徒时,安特卫普成为他们移居的理想目的地,许多马拉诺商人在此发家致富。商人迪尔戈·曼迪斯于 1525 年与另一位名叫德·阿法戴迪的葡裔马拉诺结成商业伙伴,垄断了弗兰德斯地区香料贸易的批发与零售,强迫法国、德国和英格兰客商只与他俩做生意。② 1585 年,安特卫普再次落入西班牙手中,马拉诺感觉这儿不再安全。但或许他们认为西班牙占领只是暂时的,以为公开天主教身份不妨碍秘密从事犹太教活动,或者他们更在乎该港口提供给他们的经济机会,不少马拉诺没有离开安特卫普。在 1595 年荷兰封锁安特卫普后,葡裔马拉诺因缺乏商业机会才大规模离开。一些人迁移到阿姆斯特丹,他们公开信仰犹太教或自由转为新教徒。③ 然而,部分马拉诺商人加入到荷兰人前往英格兰的大迁移运动中,在那他们没有被认定为犹太人而是葡萄牙人或荷兰人,如犹太医生洛佩兹妻子萨拉就来自安特卫普。④ 此时,葡裔马拉诺的名字也出现在伦敦"荷兰人"登记簿上。例如,女王征收向西班牙开战的

---

① See Jonathan I. Israel, *European Jewry in the Age of Mercantilism*, *1550—1750*, 3rd ed. London: Littman Library of Jewish Civilization, 1998, p. 42.

② See Herbert I. Bloom, *The Economic Activities of the Jews of Amsterdam in the Seventeenth and Eighteenth Centuries*, Williamsport, Pa.: Bayard Press, 1937, p. 2.

③ Ibid., p. 4.

④ See Albert M. Hyamson, *A History of the Jews in England*, London: Chatto and Windus, 1908, p. 137.

税收时,一系列荷兰纳税人的名字如彼特·德·科斯特、巴尔萨泽·桑切兹,尤其姓氏德·科斯特、桑切兹,经常出现在欧洲大陆的马拉诺团体档案中。①

那剧中公爵、沙雷里奥等剧中人物表达的对犹太人、荷兰人、西班牙人的排斥立场,是否映射当时在伦敦广为流行的反外来移民控诉书? 1593 年 5 月,伦敦出现了匿名作者起草的《一份张贴于伦敦法国教堂墙垣之谤书》,它张贴在多个外国新教教堂的墙上:

> [⋯⋯]你们马基雅维利商人侵犯我国,你们的借贷让我们所有人死去,你们的商品和技工掌控我们的命运,像犹太人,你们把我们当面包吃了[⋯⋯]你们是威胁我国和君主(安全)的情报人员,你们内心希望我国发生改变,你们(低价)买进我国的铅和重要生活物资,然后(高价)卖给我们,正如带给埃及的瘟疫[⋯⋯]我们再也无法忍受。我们可怜的技工快要饿死,他们因此无法工作。[⋯⋯]你们 20 人住一间屋子,搭起帐篷,前所未闻地比在你们自己国家住得更舒服,而我们可怜的灵魂,流落街头,被派往海外,到罗马战斗,为法国和比利时作战,像狗一样为你们牺牲,希望如此灾难的日子不久会落在你们身上。[⋯⋯]请你们的铜币与西班牙金币一起滚出去,你们所有人受她的金币感染,我们的贵族会视而不见?[⋯⋯]小人从这些伤害自己国家胸部的行为中受益,为了财物而冒犯我们高贵的女王和诚实的国民。让外来移民心脏疼痛,为此,我们用剑给他们放血。[⋯⋯]快逃走,逃走,永远别回来。每位铁木真。②

该书斥责荷兰移民的罪行,他们如同犹太人给带来的"瘟疫",荷兰人使用借贷行为入侵英格兰经济身体,不仅受到西班牙金币"感染"而且还与后者一起"感染"英格兰。荷兰人被比作曾扫荡欧洲的蒙古大汗铁木真。英格兰需给传染源荷兰人"放血"才能康复自己。控诉书使用帕拉塞尔苏斯药学的疾病外

---

① See John Southerden Burns, *The History of the French, Walloon, Dutch and Other Foreign Protestant Refugees Settled in England*, London: Longman, Brown, Green, and Longmans, 1846, p. 11.

② 笔者对《一份张贴于伦敦法国教堂墙垣之谤书》的引用,源于批评家亚瑟·弗里曼的抄录。See Arthur Freeman, "Marlowe, Kyd, and the Dutch Church Libel", *English Literary Renaissance* 3 (1973): 44—52, pp. 50—51.

因论叙述荷兰人对英格兰的安全威胁,也让荷兰人与犹太人、西班牙人、蒙古人等外来移民互为置换。回到剧中沙雷里奥用"红酒和莱茵河白酒"区分夏洛克父女之例子,他们有似天主教与新教之间的敌我关系。但对英格兰人来说,纵使"莱茵河白酒"也终究是外来酒,杰西卡毕竟是犹太人之女,她至多可算是成功融入英格兰新教社会但难免遭到质疑的外来移民。需要说明,尽管荷兰是新教国家,但在地理位置上与西班牙近邻,1572 年新教反叛以前一直受到西班牙控制,英格兰人因此认为,荷兰人是西班牙的精神奴隶。[①] 而荷兰移民中又有相当数量的犹太人。作为重构经济罪的文化作品,控诉书借用国际商贸和病理学话语,让犹太人在其中起着关键的修辞作用。[②] 它指责荷兰人从英格兰低价买进原材料,高价卖给英格兰制成品,他们的技工抢夺就业机会,商人通过借贷手段抢走国库金银。控诉书把英格兰想象为受到荷兰工匠和商人围攻的民族,这些人如同"瘟疫"入侵英格兰身体,导致英格兰财政亏空和国家衰败。借贷行为从业者从犹太人置换为荷兰人,呼应和预示杰拉德·马林斯等当时经济学家从民族主义、商业主义和病理学提出的道德经济模型,使控诉书从反荷兰移民演变为反所有外来移民的控诉书。

与剧中人物怀疑态度相吻合,控诉书在审视荷兰移民问题中,影射英格兰社会对外来移民入侵政治有机体的深度焦虑。该书表演不同族裔移民的身份混合:一是利用犹太人隐喻卷入到国际贸易网络、从事商业借贷的其他族裔的外来移民,二是这些混合身份的外来移民之动态形式乃是当时宗教政治发展的结果,如西班牙宗教审讯、宗教改革和"三十年战争"(1618—1648)等。在地理上,此时荷兰疆土辽阔,覆盖今天比利时和其他低地民族国家,控诉荷兰移民就是控诉所有外来移民。15 世纪末,来自荷属弗兰德斯的商人在伦敦垄断多个行业。16 世纪后半期,受到西班牙天主教的迫害,荷兰难民开始大规模迁往伦敦。[③] 1585 年安特卫普沦陷后,三分之一的安特卫普商人和不同工种的技工逃离到英格兰定居。英格兰当局欢迎他们不仅因为对新教徒的表面同

---

① See Andrew Petegree, *Foreign Protestant Communities in Sixteenth-Century London*, London: Oxford UP, 1986 pp. 10, 13.

② See Jonathan Gil Harris, *Sick Economies: Drama, Mercantilism, and Disease in Shakespeare's England*, p. 64.

③ See Andrew Petegree, *Foreign Protestant Communities in Sixteenth-Century London*, p. 78.

情,更因为他们对英格兰商业和手工业发展的积极贡献。[1] 然而,荷兰人被认为应对英格兰的经济危机负责,伦敦技工不断抗议有技术的外来移民对他们工作的掠夺。与该控诉书一样,托马斯·米尔德梅爵士聚焦荷兰移民经济罪行:"他们(移民)中许多富人和其他能工巧匠隐匿地生活,通过放贷和兑换货币获取利润,没有做任何对王国有益的善事。"[2]他还质疑移民"把宗教当成掩护,他们实际没有信仰,根本不去教堂"[3]。1568 与 1593 年移民普查报告也表明,大数量荷兰移民根本不去新教教堂做礼拜。1568 年,伦敦外来移民 6704人,其中荷兰移民 5225 人,荷兰移民中 1815 人在英格兰教会、1910 人在荷兰教会中做礼拜,其他人从不在教堂做礼拜。

　　正如托马斯·德克论述伦敦社会,"疾病把其不健康的空气吸入你鼻孔,以至在短时间内,你这个世界勇士与宠儿疾病缠身,比公用妓女更严重"[4]。由妓女传染的梅毒等生理疾病和由外国渗入英格兰的社会疾病正威胁到王国政治身体的健康。为化解外来危机,理论家把"以毒攻毒"药学理论引入政治领域,认为"(敌人的)错误罪行有其功用,可用来缝补我们的身体,有如毒药用于保留我们的健康"[5]。外来移民是 16、17 世纪英格兰的主要威胁之一,犹太人、荷兰人和西班牙人等大量种族潜入英格兰,犹如外来瘟疫入侵王国身体。《威尼斯商人》正是这一社会危机的产物。在病理学和原功能主义疾病政治身体模型中,莎翁书写并思考英格兰外来移民问题。夏洛克有着荷兰——地中海杂糅身份,属于历史上大荷兰移民中的一个,已"感染"安东尼奥所隐喻的英格兰资本公司。[6] 英格兰人在一致对外中锻造民族共同体,证实外来移民"毒

---

　　① See Andrew Petegree, *Foreign Protestant Communities in Sixteenth-Century London*, p. 139.

　　② 有关托马斯·米尔德梅爵士(Sir Thomas Mildmay)的控词,见 John Strype, *Annals of the Reformation and Establishment of Religion, and Other Various Occurrences in the Church of England During Elizabeth's Happy Reign*, vol. 4, Oxford: Clarendon Press, 1824, p. 300.

　　③ See John Strype, *Annals of the Reformation and Establishment of Religion, and Other Various Occurrences in the Church of England During Elizabeth's Happy Reign*, vol. 4, p. 299.

　　④ Thomas Dekker, *The Seven Deadly Sinnes of London: Drawne in Seven Several Coaches, Through the Seven Several Gates of the Citie Bringing the Plague with Them*, p. A3.

　　⑤ Michel de Montaigne, *The Essays of Montaigne Done into English by John Florio Anno 1603*, 3 vols., vol. 3, p. 6.

　　⑥ See Jonathan Gil Harris, *Sick Economies: Drama, Mercantilism, and Disease in Shakespeare's England*, p. 80.

药"之疗效。然而,对夏洛克定罪由"伪法官"以诡辩或偷换概念之方式做出,因鲍西亚在性别或职业上均不合格,她只是在模仿表演当时的法庭审判。霍米·芭巴指出,模仿是通过模拟非纯洁性而置换掉所谓的纯洁。[①] 以自身经历为据,夏洛克从不信任威尼斯人,断言"你们教育我的邪恶,我会执行"(III. I. 56)。换言之,英格兰人所理解的外来移民之罪行源于英格兰,外来移民的毒性乃由英格兰人所传染。由此观之,"以毒攻毒"乃是英格兰贵族社会构想出来用于转移国内问题的政治话语与意识形态。

第三节 《埃德蒙顿女巫》:毒舌、女巫与外部天主教势力

1621 年 4 月 14 日,因被怀疑使用巫术的三项指控,埃德蒙顿的伊丽莎白·索亚被起诉。索亚女巫案是当时社会非常典型的案例。与 16、17 世纪英格兰被判死罪的许多其他女巫一样,索亚是一位生活在社区边缘而遭到社区控诉的既老又穷的妇女。正如在大多数的巫术庭审案中发生的一样,法庭的注意力主要集中在她与恶魔的同谋与契约关系上,指控她曾意图通过这种方式获得某种超强能力,以伤害邻居的牛羊,谋害他们的孩子,谋杀安妮·拉特克里夫。根据最后一项指控,陪审团宣判她有罪。让人奇怪的是,对其他两项指控,他们宣判她无罪,但对罪行的部分认定也依然足以让他们给她定死罪。5 天后,即同年 4 月 19 日,索亚被迅速执行死刑。[②]

这是发生在英格兰的众多猎巫案中的一个。与其他案件不同的是,亨利·古德科尔在索亚被处决一周后出版了小册子《关于女巫伊丽莎白·索亚的惊人发现》。[③] 在都铎—斯图亚特时期丰富的巫术文献中,这是唯一现存的记载"有罪"女巫审讯与供认过程的纪实文献。古德科尔是关押索亚的纽盖特

---

① See Homi K. Bhabha, "Signs Taken for Wonders: Questions of Ambivalence and Authority under a Tree Outside Delhi, May 1817", ed. Henry Louis Gates, *Race, Writing, and Difference*, Chicago: University of Chicago Press, 1986: 163—184.

② 对这个女巫案较为透彻的讨论,见 Kathleen McLuskie, *Renaissance Dramatists*, London: Harvester Wheatsheaf, 1989.

③ See Henry Goodcole, *The Wonderfull Discoverie of Elizabeth Sawyer a Witch, Late of Edmonton, Her Conviction and Condemnation and Death*, London: Printed by A. Mathewes for William Butler, 1621, p. A3v.

监狱的专职牧师。为获得整个事件的真相,他是她短暂关押期间的"持续走访者"。根据古德科尔的册子,索亚的"供认"不是为了"净化自己的良知",而是为了给予古德科尔所需的答案,为了"让自己活得更长久"。[1] 索亚的"真实"声音几乎无法获知,因为它早已埋葬在恶魔主义者的陈词滥调中。新教政府事先把她假想成了由外部渗入的英格兰敌人,索亚诅咒社区的舌头早被认定为外在势力入侵政治身体的国内代表。[2]

索亚猎巫案件正是戏剧《埃德蒙顿女巫》(1621)的主情节。以古德科尔小册子为基础,该剧由托马斯·德克、约翰·福特、威廉·罗利合著而成。批评家朱莉娅·加勒特从社会学的偏离与犯罪理论解析剧中的索亚猎巫案,认为德克等人挑战主流的巫术话语,"试图干预社会关系以改良社会问题","不是挑选偏离轨道者或被恶魔化的人作为社会冲突与无序的根源,而是把不宽容与好战带给社区的风险戏剧化"。[3] 加勒特在早期现代司法实践中辨析女巫话语服务社会控制的意识形态特征,但忽视在医学、宗教语境下思考剧中猎巫案与女巫隐喻。实际上,16、17 世纪瘟疫频发,人们逐渐抛弃疾病内因论转向外因论,盖伦体液理论被帕拉塞尔苏斯的药理学所取代。宗教改革后,英格兰面临国外天主教势力的渗透;上帝无需语言表演奇迹,天主教教会语言的神圣性受到质疑,女巫言说咒语的毒舌成为恶魔与罗马教廷的工具。新教官员腐败堕落,一些政论家转向帕拉塞尔苏斯的以毒攻毒理论,强调外在威胁力量通过转移国内矛盾有助于建设健康的政治身体。鉴于此,笔者在早期现代病因学范式变革与宗教改革语境中,研究基于小册子《关于女巫伊丽莎白·索亚的惊人发现》的戏剧《埃德蒙顿女巫》中的女巫书写。由此,本节首先在医学、宗教与政治语境中梳理都铎—斯图亚特时期的女巫理论;然后,通过该剧再现小册子作者古德科尔生产女巫意识形态的过程,阐明它与新教政府的罗马

---

① See Henry Goodcole, *The Wonderfull Discoverie of Elizabeth Sawyer a Witch*, *Late of Edmonton*, *Her Conviction and Condemnation and Death*, London: Printed by A. Mathewes for William Butler, 1621, p. D1v.

② See Jonathan Gil Harris, *Foreign Bodies and the Body Politic: Discourses of Social Pathology in Early Modern England*, p. 128.

③ Julia M. Garrett, "Dramatizing Deviance: Sociological Theory and *The Witch of Edmonton*", *Criticism*, 49.3 (2007): 327—375, p. 366.

教廷毒药化意图之间的关联；最后，借助引用古德科尔证词与剧中贵族的女
巫化语言，探究该剧如何瓦解官方女巫话语，透视国民对威胁政治身体的内
忧外患形势的焦虑。

　　面临犹太人、外来移民与罗马教廷的威胁，早期现代英格兰使用身体、疾
病意象隐喻这些对英格兰渗透的外部势力。16、17 世纪女巫理论涉及舌头、
毒药、咒语与渗透。女巫使用舌头表达恶毒的咒语，而女巫受恶魔指使毒害身
体，类似天主教徒服务罗马教廷渗入英格兰。自然身体的舌头尤其女性舌头，
隐喻对政治身体渗透的外来力量，乃是危害却捍卫王国健康的毒药。舌头作
为毒药的叙事可以追溯到《圣经·新约》。在《新约·雅各书》第 3 章 6—10 行
中，圣徒詹姆士写道："舌头是火，在我们的百体中，舌头是个罪恶的世界，能
污秽全身，也能把生命的轮子点起来，并且是从地狱里点燃的。[……]我们
用舌头颂赞那为主、为父的，又用舌头诅咒那照着神形象被造的人。颂赞与
诅咒从一个口里出来，我的弟兄们，这是不应当的。"圣徒詹姆士反舌头的论
述是早期现代英格兰从《圣经·新约》中引用最多的文章之一，宗教与世俗权
威频繁对此引用并就此做注。[①]　至 16、17 世纪时，舌头一直比作毒药。如在
《官员的镜子》中，统治者被警告提防来自谄媚舌头"流出的有毒谈话"[②]。绝
大多数男性作者特别强调女性舌头的毒性，通过反复引用医学权威得以确
认。譬如，小册子《健康政府》(1595)中，威廉·布雷恩引用医生阿维森纳的
论断，宣称女性先天体液"冷湿"，"女性舌头危险发热、充满毒液"。[③]　当时流
行的一本匿名册子《女性舌头解剖》(1639)使用医学术语让女性舌头病理化，
把舌头与毒药作类比，展示一个快死男人的证词。后者抱怨道："的确，那是女
人的舌头，像毒药一样，如此伤害我[……] 伤人的话时而比毒药还毒。"[④]但该
册子同时指出，女人毒舌能够具有医学功能，例如另一妇女治愈她丈夫的酗

---

①　See Richard Turnbull, *Exposition upon the Canonicall Epistle of St. James*, London: by John Windet, and are to be solde by Richard Bankworth in Paules Churchyeard, 1606, p. 161.

②　Cited in J. L. Simmons, "The Tongue and its Office in *The Revenger's Tragedy*", p. 59.

③　William Bullein, *The Gouernment of Health*, 1st edn. p. B6.

④　Anonymous, "The Anatomy of a Woman's Tongue, Divided into Five Parts: A Medicine, a Poison, a Serpent, Fire, and Thunder", eds. William Oldys and Thomas Park, *The Harleian Miscellany: A Collection of Scarce, Curious and Entertaining Pamphlets and Tracts, as Well in Manuscript as in Print*, London: John White, 1809, p. 185.

酒,确信"如果我可以毫无约束地自由讲话的话,我的话与药物一样可治愈你的灵魂"①。

正是在病因学范式转变过程中,人们相信犹如毒药对自然身体的作用,舌头既危害又治疗政治身体。亨利八世于 1518 年成立伦敦医学院,教授盖伦医学课程,疾病内因论被普遍接受。但当黑死病频繁暴发与梅毒开始出现时,人们对体液理论的怀疑声音越来越大。17 世纪初,帕拉塞尔苏斯提出药理学理论,倡导化学疗法,从民间医学传统与基督教神学角度,阐述汞等毒药对身体的疗效:民间医生一直采用以毒攻毒的疗法,上帝必定赋予毒药神佑的秘密精华、疗方与目的。② 这对当时社会具有极大吸引力,以毒攻毒话语甚至很快进入政治领域,被用于解释政治身体的健康问题。③ 舌头类似毒药的双重转化作用在当时小册子中表达出来。政论家理查德·贝肯以一种马基雅维利的方式辩论道,一个统治者为了确保臣民的归顺与自己的政治生存,他必须效仿毕达哥拉斯卓越的修辞能力,"他的严肃而快乐的舌头在激昂的言语中流动,以此方式他把大部分人的思想屈从于自己的肘下"④。另一方面,托马斯·威尔森怀疑修辞舌头与它神奇的转化能力,"舌头拥有如此力量[……]以致大部分人甚至被迫屈服于完全违背他们意愿的政权"⑤。舌头意义的不稳定性显露出来,给英格兰政权带来潜在威胁。舌头可比作有能力把政治身体的反叛(疾病)转化为归顺(健康)的政治家,也可比喻为有能力煽动反叛的内外邪恶势力。政府用于医治国家疾病的舌头恐怕很难与它试图镇压的女性化的有毒舌头区分开来。就舌头的悖论性,塞缪尔·佩奇斯反问:"什么舌头能够追踪舌

① Anonymous, "The Anatomy of a Woman's Tongue, Divided into Five Parts: A Medicine, a Poison, a Serpent, Fire, and Thunder", eds. William Oldys and Thomas Park, p. 184.

② See Paracelsus, *Selected Writings*, vol. 1, ed. Jolande Jacobi, tran. Norbert Guterman, New York: Pantheon, 1958.

③ 例如,1601 年,托马斯·弗洛伊德在《完美共和国图景》中使用毒药话语为政府官员的腐败行为辩护。See Thomas Floyd, *Picture of a Perfit Common Wealth*, London: Printed by Simon Stafford dwelling on Adling Hill, 1601, pp. E1v−E2, E8v.

④ Richard Beacon, *Solon His Follie, or a Politique Discourse*, *Touching the Reformation of Common-Weales Conquered, Declined or Corrupted*, Oxford: Printed by Joseph Barnes printer to the University, 1594, p. D2.

⑤ Cited in J. L. Simmons, "The Tongue and its Office in *The Revenger's Tragedy*", p. 59.

头轨迹,发现它千变万化的健谈转变成了所有扭曲的罪恶形式?"①

为维护政治身体健康,遏制舌头的颠覆性力量成为都铎—斯图亚特政府的重要任务。赫尔基亚·克鲁克博士在《人体绘图》中论述道,我们"智慧的造物主"已经"使用许多牙齿、嘴唇"封住了舌头,"用笼头遏制它,如此细心看护以至于它不会跑在思想前面,因为思想先应该咨询、沉思后,舌头才能说出任何事情"。② 这种"笼头遏制"修辞也存在于其他对女性化舌头压制的作品中。在英格兰北部,健谈的女人受到佩戴"斥责笼头"的惩罚,这是一种用作阻止健谈的铁制颈圈。③ 菲尼斯·弗莱彻在《紫色岛,亦名人之岛》中,叙述恶毒的女性舌头以及遏制她的"笼头":"因此,伟大的造物主,很好预见她不久会变成怎样的怪兽,尽管她曾经可爱、完美与辉煌。使用铁制项圈遏制她,不让她说话。使用坚强的锁链,锁住她松弛的脚步,限制她的路线,遏制她说太多的话。使用双倍数量的警卫,阻止她享受厚颜无耻的自由。"④尽管舌头危险的能力可能被"遏制",但弗莱彻否定了绝对遏制的可能性:"他把她关在由双十六个警卫守护的门内,警卫刚硬的守护不可能很快撤去。门外,他安置了两位其他的卫士,当然,是为了开门与关门。但她的巫术有某种奇怪的力量,把那些警卫变成了服务她的人,他们给予她所有的方便与帮助。"⑤一旦"阻止她享受厚颜无耻的自由",舌头便使用她蛊惑人的技术——"她的巫术",使那些本用于遏制她的警卫、守卫"变成了服务她的人"。弗莱彻让警卫代表父权真理权威,把舌头想象为女性化的恶魔,舌头甚至借喻为伊甸园中上帝试图"遏制"的夏娃。然而,与上帝一样,夏娃也被神佑了非凡的说服能力,让任何试图使她臣服于上帝父权的努力付诸东流。

---

① Samuel Purchas, *Purchas His Pilgrimage*: *Or Relations of the World and the Religions Observed in All Ages and Places Discovered*, *from the Creation onto the Present*, London: Printed by William Stansby for Henry Fetherstone, 1613, p. R3.

② Helkiah Crooke, *Microcosmographia*: *A Description of the Body of Man*; *Together with the Controversies Thereto Belonging*, pp. 628—629.

③ 对"斥责笼头"与遏制修辞的讨论,见 Lynda E. Boose, "Scold's Bridles and Bridling Scolds: Taming the Woman's Unruly Member", *Shakespeare Quarterly* 42 (1991): 179—213.

④ Phineas Fletcher, *The Purple Island*, *Or the Isle of Man*, Cambridge: Printed by Thomas Buck and Roger Daniel the printers to the University of Cambridge, 1633, p. H3.

⑤ Ibid. , p. H3.

　　1607年，托马斯·唐吉思出版政治寓言《舌，或舌头与五官争夺优势的战争》，舌头被描写成一个恶毒女性（女巫），其他五官则是男性贵族议员。该作品讲述舌头与五官之间的战役，舌头被刻画为"一个无聊、喋喋不休的年长妇女"①，展现了斯图亚特政府的厌女症与男权思想。舌头是由五官所统治的"微型宇宙"中的第六感官。作为自然身体，微型宇宙隐喻英格兰政治身体。舌头代表一般女性，正如人物"常识（Common Sense）"告诉舌头，"所有女人［……］都有六种感官，那就是视觉、听觉、味觉、嗅觉、触觉及最后一种女性感官——说话"。② 寓言中，舌头长期受到五官的讥讽，为了报仇，她离间他们，为他们传话，挑起他们之间的斗争，争夺"一种称为优势的东西"，③以实现自己成为与五官平等的目标。这威胁到微型宇宙的秩序与健康。最终，五官联合起来审判舌头，微型宇宙的危机才得以解除。舌头被指控"犯重大叛国罪，亵渎最受人尊敬的律法国家。通过传话的方式，假装服务人民，以最恶毒的方式，滥用最神秘的未知语言玷污百姓的耳朵。"④官方判决书给她这样定罪："她是一位摆弄巫术的女巫［……］她是一位与每个人睡觉的妓女［……］她诅咒权威男人，用恶毒的嘲讽玷污他们的名誉，她从背后咬人，挑拨好朋友之间的斗争［……］她利用妻子们作为武器与她们的丈夫开战［……］"⑤五官给舌头想尽一切罪名，为之贴上女巫、撒谎者、妓女、背后咬人者、诅咒者、散布流言者、谄媚者等标签。舌头被惩罚是为了解决五官之间争夺优势的战争。她被关入狱，微型宇宙恢复健康。与毒药一样，她具有治疗宇宙身体的药学疗效。

　　在五官看来，舌头的毒性之一在于她颠倒了说与听之间的男女性别权力结构。1608年，皮埃尔·查伦《论智慧》被翻译成英文，对说与听的性别权力结构做了论述。查伦论述道："听与说相互回应，彼此适应［……］听是进入之门，精神由此接受外面来的所有东西，正如女性怀孕。说是出去之门，精神由

　　① See Thomas Tomkis, *Lingua: or The Combat of the Tongue, and the Five Senses for Superiority*, London: Printed for Simon Miller at the Starre in St. Pauls Churchyard, 1607, 1657, p. A3.

　　② Thomas Tomkis, *Lingua: or The Combat of the Tongue, and the Five Senses for Superiority*, p. 14.

　　③ Ibid., p. C4.

　　④ Ibid., p. F3.

　　⑤ Ibid., pp. F3—F3v.

此向外发生作用,正如男性(耕作)。"①查伦从男女的身体结构思考说与听,认为听是女性应该做的事,说是男性的特权。寓言中,舌头喋喋不休的言说颠覆说与听对应的性别权力结构,扰乱微型宇宙的性别范畴而对父权特权进行篡位。②五官都从舌头那里偷窃语言,正如舌头告诉人物听觉:"这些装饰你耳朵的珍贵珠宝,所有一切都是从我丰富橱柜的嘴中偷窃来的。"③然而,舌头的毒性——说话(语言)——也是维持政治身体健康所必需的,语言并不是女性或男性的专利。当五官认为只有惩罚舌头社会才能健康时,舌头让他们相信:"如果我的言语被封锁,城市会瓦解,交通会瘫痪,友谊会断裂。"④语言不是让人不能接受的恶魔女巫,而是社会和谐的基础。所以,当五官反对舌头说话而坚持"最神秘的未知语言"时,早期现代殖民主义者芬尼斯·莫里森主张在爱尔兰引入英语。他评论道:"所有国家都已想到,在统一思想问题上,没有任何东西比共同语言更强大。"⑤舌头的说话反叛男性"说"的权利时,表现为一种威胁王国健康的毒,但她说出的语言充当社会黏合剂时,便成为一种医治社会所必需的药。当舌头被控诉为"与每个人睡觉(lie)的妓女"时,五官利用"lie"的双关语义,指责舌头为撒谎者与妓女。难道贵族社会不是通过挪用舌头的危险语言,控诉与扼杀舌头以恢复政治身体的健康吗?

如果唐吉思的五官寓言让人相信毒舌具有医治政治身体的疗效,那么埃夫里尔的肚子寓言则使人接受毒舌是外部势力渗入政治身体的内部代表。肚子寓言可追溯到古希腊时期,强调患病的政治身体是所有成员反叛肚子(贵族官员)的结果。⑥《新约·哥林多前书》第 12 章 25—26 行中,圣·保罗阐述基

① Cited in J. L. Simmons, "The Tongue and its Office in *The Revenger's Tragedy*", p. 63.

② 就把早期现代女性的舌头阅读成一种阳物力量,见 John Guillory, "Dalila's House: Samson Agonistes and Sexual Division of Labor", eds. Margaret W. Ferguson, Maureen Quilligan and Nancy J. Vickers, *Rewriting the Renaissance: The Discourses of Sexual Difference in Early Modern Europe*, Chicago: Chicago UP, 1989:106—122.

③ Thomas Tomkis, *Lingua: or The Combat of the Tongue, and the Five Senses for Superiority*, p. A4.

④ Ibid. , p. F3.

⑤ Cited in C. Litton Falkiner, *Illustrations of Irish History and Topography, Mainly of the Seventeenth Century*, London: Longmans, Green and Co. , 1904, p. 262.

⑥ See David G. Hale, *The Body Politic: A Political Metaphor in Renaissance English Literature*, pp. 25—27, 92—96.

督教会的神秘身体时,使用肚子寓言评论道:"以免身体内发生冲突,所有成员应该对彼此有相同的照应,因此如果一个部位受难时,所有部位都遭罪。"当早期现代政治身体被附上神秘化色彩时,政治身体的疾病落在百姓身上,他们没有意识到肚子对他们的无私照顾,错误指控肚子玩忽职守与管理不善。1534年,英格兰国会通过《至尊法案》,规定英王是国教会最高首领,罗马教廷无权干涉英格兰教会事务,从此英格兰变成一个新教国家。罗马对欧洲愈演愈烈的宗教改革非常愤慨。1540年耶稣会(天主教修会)获得教皇保禄三世批准成立。该组织主要从事传教、教育与反宗教改革,统一接受罗马的集中领导。需经过多年的考验,成员因此对宗座绝对忠诚。耶稣会培训了大量忠诚会士,专门在新教国家从事渗透、暗杀与叛乱活动。他们在英格兰制造谣言与煽动叛乱,渗入英格兰国会与贵族社会,阴谋暗杀官员与国王。1605年,国内外天主教徒联合起来,策划暗杀詹姆士一世的火药阴谋叛乱。面对国外势力的渗透,政论家威廉·埃夫里尔创作寓言《对立面的神奇战争》,呈现一个肚子与背、脚、手之间的斗争故事。手与脚反叛肚子与背部,舌头蛊惑、煽动手、脚、背指控肚子的自私与贪婪。在疾病外因论转向中,毫无疑问,舌头隐指渗入英格兰身体的天主教势力。

　　借用以毒攻毒话语,埃夫里尔强调舌头巫术能力,构建一种辩证的"女巫诗学"。舌头抱怨说,自己被迫犯下各种罪,为的是服务"主人"利益:"我违背法律、说谎,散布反叛的种子、激起叛国者。打着真理的幌子,我蛊惑与欺骗、违背诺言。我诱惑他人去做妓女、偷窃、谋杀与所有恶行。我不计后果,为了得到一切,无论对错。在君王们之中,我谄媚;碰到贵族或富人,我用甜言蜜语取悦他们。他们说什么,我全确认下来。通过奉承,我喂饱肚子,给背部穿好衣服。"①埃夫里尔呼应当时社会主流的女巫话语,女巫犯下大罪,乃是政治身体的毒液。然而,他继续写道,手、脚都同意舌头的看法,舌头没有说谎。手反问道:"什么样的背叛、毒药、谋杀与邪恶,我不是为他们(主人)所做?"②脚回应道:"我承认,舌头受到最大胁迫,手受到最大困扰。为服侍他们,其他成员

---

① William Averell, *A Mervailous Combat of Contrareties*, *Malignantlie Striving in the Members of Mans Bodie*, *Allegoricallie Representing unto us the Envied State of our Flourishing Common Wealth*, p. A1v.

② Ibid., p. A1v.

也深受两位压迫。他们不是先天的主人,而是滥用权力的野兽。"①埃夫里尔质疑官方的女巫话语,女巫的邪恶源自主人,肚子与背部才是真正的恶魔。有趣的是,让两位主子肚子与背部相互指责,埃夫里尔进一步强调统治阶层的腐败。肚子斥责背部奢侈、虚伪:"普罗透斯(海神)会有比背部更多的套装?九头蛇(怪兽)会比背部拥有更多的外套?"②背部反驳肚子:"兄弟[……]如果你适度检查你自己,你会发现你的贪吃与不节制不仅使整个身体动乱,而且耗尽了一切健康。"③然而,当面临所有成员指控时,肚子说舌头是所有疾病的源头,把身体疾病从自己转移到舌头上。肚子辩护道:"舌头非常小,但敏捷、滑动快,几乎不可能遏制她,没有限制她说话的办法。一点星火她能点燃火焰,一点炭火她能点燃大火。"④依据达成的意见,要治疗身体疾病,她必须被封住:"让我们此后不再受舌头的错误指引,而是让自然把她锁在双层墙内,正如把她关在监狱里,让牙齿与嘴唇封住她。根据他们的职责,用栓拴住她以阻止她乱走。如果我们还不能遏制她,那让手来帮忙,使用暴力摁住她。"⑤与唐吉思的五官寓言相吻合,埃夫里尔把舌头女巫化并使之隐喻渗入英格兰的罗马教廷之意图展示出来。

《埃德蒙顿女巫》由三位作者合著,托马斯·德克是第一作者。或曰,德克在整个戏剧中的创作比重最大。的确,他在当时的知名度也最大,他创作的许多戏剧在詹姆士一世宫廷上演。吸收史料或法律案例,他用戏剧书写王国大事。⑥ 17 世纪初,英格兰最大的政治是来自罗马教廷与西班牙的威胁以及英格兰在"三十年(宗教)战争(1618—1648)"中的立场。1606 年,他创作《巴比伦妓女》,借用埃德蒙·斯宾塞《仙后》中的国名"仙国"隐喻英格兰,让巴比伦国喻指罗马天主教国家。1621 年,德克等人几乎逐句地引用古德科尔册子

---

①　William Averell, *A Mervailous Combat of Contrareties, Malignantlie Striving in the Members of Mans Bodie, Allegoricallie Representing unto us the Envied State of our Flourishing Common Wealth*, p. A2v.

②　Ibid., p. B1v.

③　Ibid., p. A4v.

④　Ibid., p. C2

⑤　Ibid., p. D3v.

⑥　See Jonathan Gil Harris, *Foreign Bodies and the Body Politic: Discourses of Social Pathology in Early Modern England*, p. 69.

《关于女巫伊丽莎白·索亚的惊人发现》,创作反罗马教廷的戏剧《埃德蒙顿女巫》。[①] 小册子中,古德科尔对索亚女巫案作了戏剧化呈现,特别是对索亚与恶魔相遇或与村民、官员的对话,深深吸引了读者的注意力。考虑到德克、福特与罗利创作时间非常有限,加上此时索亚女巫案在观众(读者)心中的印象鲜活,他们从古德科尔小册子直接照搬"纪实的"戏剧化原文是再自然不过的事情。但是,正如学术界所认为,《埃德蒙顿女巫》并非不加批评地回应古德科尔的小册子。[②] 德克等人引用古德科尔的证词,却有意质疑前者:"锁定与揭露古德科尔巫术理念中的意识形态缺陷。"[③]以古德科尔小册子为基础,德克等人模拟伊丽莎白·索亚最撒旦化的场景,正如索亚以祈祷文的神圣文本为基础颠覆祈祷文或给予它新义,德克等人也在引用古德科尔牧师的证词时对此进行了重新编码。如此看来,女巫舌头标示她由社会生产的具有异端威胁特征的文化身份,一种由那些斥责她的村民、贵族绅士甚至作者古德科尔等人的意识形态所制造的产品。也就是说,德克等人颠覆性地使古德科尔隐含的女巫意识形态生产前景化,揭示他如何利用"作者身份"的舌头权力谴责女巫的舌头权。

作为该剧源文本,《关于女巫伊丽莎白·索亚的惊人发现》反对舌头的危险语言,生产女巫意识形态。古德科尔使新教文书与女巫咒语、村民谣言构成二元对立关系。在小册子导言部分,古德科尔宣称,索亚女巫案把"无知的"人吸引在一起,传播各种流言、谣言与争论。[④] 古德科尔称他们散布"下流的诽谤",说他们创作了有关索亚的"可笑的虚构故事","所有这些更适合酒馆,而不是适合用在法庭审判程序上作证人证词"。(A3v)他担心自己的小册子也

---

① 索亚女巫案结束后不久,以古德科尔小册子为基础,该剧由演出公司"王子的仆人"于 1621 年 12 月 29 日在詹姆士一世王宫上演。See Thomas Dekker, John Ford, and William Rowley, *The Witch of Edmonton*, London: Methuen, 1983. 后文引自该剧本的引文将随文标明该著幕、场及行次,不再另行作注。

② See Jonathan Gil Harris, *Foreign Bodies and the Body Politic: Discourses of Social Pathology in Early Modern England*, p.173.

③ Jonathan Gil Harris, *Foreign Bodies and the Body Politic: Discourses of Social Pathology in Early Modern England*, p.132.

④ See Henry Goodcole, *The Wonderfull Dsicoverie of Elizabeth Sawyer a Witch, Late of Edmonton, Her Conviction and Condemnation and Death*, London, 1616, p. A3. 后文引自该册子的引文将随文标明页码,不再另行作注。

会成为流言蜚语中的一条,故把自己的贡献刻画为一种新秩序。与"下流的诽谤者"的毒舌形成对比,他的索亚叙事(或称证词)是书面文本,这不仅允许他"捍卫真理",而且"给我赢得平静","要是不写它(小册子),我任何时候几乎都不可能平静下来"。(A3v)在《发现伊丽莎白·索亚》的标题页上,古德科尔甚至加上了一个"由权威出版"之说明字样。以牺牲"可笑的虚构故事"为代价,他让自己的真实的"权威"册子合法化,不能让那些"下流的诽谤""爬进国民的耳朵"。(A3v)为凸显这些"无知的"人的迷信与不可靠,他详细叙述他们如何寻找荒诞证据来指控索亚:埃德蒙顿的任何一头牛或婴儿死去,村民从"她家搜出扎针的茅草人[……]烧毁它,罪行的作恶者很快出现。有人向法庭作证,伊丽莎白·索亚被发现经常光顾烧了她茅草人的家"。(A4—A4v)尽管村民有被烧毁的"扎针的茅草人"作为证据,但古德科尔两次把他们这种侦探方法标识为造谣者"可笑的""虚构"。(A4—A4v)把"无知的"人与女巫索亚捆绑起来,古德科尔让自己的书面册子真理权威化,以服务新教政府遏制女巫的政策。

古德科尔强调,索亚身体是一个能够呈现真相的书面文本。他在小册子中特别注意女巫索亚的变形身体,坚持撒旦以这种方式进入索亚身体并渗透到王国政治身体。古德科尔花费大量文字以让人毛骨悚然的细节描写索亚肛门上面的"像奶头一样的东西":上部红色,底部蓝色,"与小指头一样大","看上去有人吸吮过"。(B3v)这是索亚与撒旦有过性交的无以辩驳的书面文本。古德科尔相信,索亚用舌头"诅咒、发誓、亵渎、祷告",召唤撒旦在她面前显现,通过性交赋予她使用巫术的能力。(A4v)不受规训的舌头威胁力如此强大,以至古德科尔宣告,他的首要任务是"用真理权威堵住她的嘴"。(B1)当听到法官、陪审团与所有站在旁边的好人说话时,她说出"最可怕的诅咒",她的舌头出卖了她真实的撒旦本质,她与恶魔交配的事实由她怪异的身体得以证实确认。也就是在此时,他的毒舌引起上帝干预,"上帝神奇地压制住她的邪恶,使她的毁灭了许多人的舌头成为她自我毁灭的方式"。(B1v)一方面,通过诅咒,她的舌头是实现撒旦"邪恶"的工具;另一方面,她变形身体上"私有而公开的符号"标示撒旦渗入之证据时,变成一种上帝书写与干预形式,一种新教上帝"真理权威"所在地,标示政治身体重获健康的新教文书。(A4v)正是通过书面文本,古德科尔生产了女巫意识形态,舌头正如帕拉塞尔苏斯的毒药,既是撒旦渗入(政治)身体的媒介,突显毒药的毒之危险,又是上帝指引法庭对索亚宣判死刑的触发物,显现毒药的药之疗效。如果古德科尔的女巫意识形态服务英格兰新教政府,那渗入索亚身体的撒旦必定隐喻罗马教廷势力。

索亚咒语与书面语言的对立,离不开宗教改革导致语言神秘性逐渐消失的历史语境。宗教改革以前,词与物之间呈现一种合作关系,教徒信仰语言的神圣力量,舌头具有转变物理世界的超自然能力。这种能力是教会文化、官方文化与民间文化的特点。自中世纪以来,教会仪式支持词语的神圣能力。布道、祈祷、忏悔等通常涉及圣母玛利亚、神圣信条与其他神圣词语准魔力的道成肉身,圣餐礼一般理解为依赖把弥撒的面包与酒转化为基督身体的献祭仪式。① 对一个几乎不懂仪式语言的门外汉来说,这些仪式上所讲的拉丁文拥有一种类似神秘魔咒语的能力。而且,自古以来民间医生(江湖医生)尤其智慧女性,一直借用天主教仪式,使用魔咒与魔法配合用药给人治病。甚至宗教改革以后,用拉丁文发出天主教祈祷文仍然是他们使用魔力治疗疾病的普遍特点。② 英格兰的宗教改革导致附在词与物上的神圣能力逐渐消亡。当时,威廉·帕金斯完全否定口头语具有任何神奇效能,"所有的话均由人所造所说,本质上只是舌头发出的音,从肺部呼出的气。它只是一个音,没有理由、没有美德能引发一项真正的工作,更不可能产生一个奇迹"③。在新教思想家看来,只有上帝的话才能创造奇迹,但上帝无需使用词话表演奇迹。因此,他们把罗马教廷的神奇仪式与神秘语言等同为巫术。杰雷米·泰勒提出,天主教徒相信,祈祷文"就像巫师的言语[……]盛行,甚至当它们没有被理解时"④。威廉·廷代尔谴责天主教徒,因为一种"虚假的祈祷,舌头与嘴唇劳动[……]但心却不说,[……]对上帝的应许也没有信心,而是信任众多词汇,信任长时间祈祷的痛苦与琐碎,正如一个巫师召唤撒旦时使用线圈与迷信字词一样"⑤。

通过口头语把天主教徒女巫化,英格兰把神奇转变能力从舌头置换到撒

---

① See Keith Thomas, *Religion and the Decline of Magic*, pp. 27−89.

② See William Perkins, *A Discourse of the Damned Art of Witchcraft; So Farre Forth as It is Revealed in the Scriptures, and Manifest by True Experience*, Cambridge: Printed by Cantrel Legge, printer to the Vniuersitie of Cambridge, 1608, pp. I3v−I4.

③ William Perkins, *A Discourse of the Damned Art of Witchcraft; So Farre Forth as It is Revealed in the Scriptures, and Manifest by True Experience*, pp. I3v−I4.

④ Cited in Keith Thomas, *Religion and the Decline of Magic*, p. 47.

⑤ William Tyndale, *Expositions and Notes*, ed. H. Walter, Cambridge: P. S., 1849, p. 80.

且身上。新教反对天主教的女巫仪式，但并不否定语言具有部分转变能力，也并不意味着，天主教相信词语有准魔力是完全错误的。另外，如果语言的效能被完全否定，那咒语不再有任何能力，女巫便不能被合法指控玩弄巫术了。然而，《圣经·旧约》第 22 章 18 行坚持，女巫是有危险的，所以必须除掉她们。为了从理论上解决这个问题，都铎—斯图亚特政府把邪恶的转变从舌头转移到一种外在的渗透性力量——撒旦。在大部分情况下，神学家们倾向于把女巫的咒语效能视作一种幻觉，她们的魔力来自隐藏在她们背后的恶魔——撒旦。譬如，1594 年威廉·韦斯特这样定义巫师、女巫或神秘仪式表演者：他们"通过说出一些词语，使用文字、图像、草药或其他东西，认为自己能够成功完成魔法，但其实是恶魔欺骗了他们"[①]。《巫术秘密》中，托马斯·库珀坚持，撒旦"使女巫深信，无论什么邪恶发生，都源自咒语的美德，而不是来自他的秘密帮助"[②]。类似地，乔治·吉福德在《论女巫与巫术》中宣称，恶魔没有能力创造奇迹，但他比人类更懂上帝造人的法则。他举例说，一些人遭受了致命疾病，他们不知道自己的命运，但撒旦预见他们在具体某一天死去。他就设计让一个快死之人与女巫争吵，女巫诅咒这人，在那人死亡的那一天，她便被指控运用巫术对那人负责。[③]"一个女巫可能对我说话而伤害我，但不是通过她说的词语，而是通过某种有感染性的瘟疫般的东西，由撒旦送入她的牙齿内。在女巫死去时，撒旦才承认。"[④]

与早期现代文献互动，《埃德蒙顿女巫》再现了撒旦利用女巫舌头渗入后者身体的场景。除引用古德科尔对索亚与撒旦性交细节，德克等人在剧中详细叙述索亚如何被撒旦利用、渗透与最后抛弃。戏剧中，贫穷的老妇伊丽莎白·索亚遭到（贵族）邻居们的殴打与言语攻击，故而渴望利用魔力复仇，此时

---

① Cited in C. L'Estrange Ewen, *Witch Hunting and Witch Trials: The Indictments for Witchcraft from the Records of 1373 Assizes Held for the Home Circuit A. D. 1559—1736*, London: Kegan Paul, Trench, Trubner & Co., 1929, p. 23.

② Thomas Cooper, *The Mystery of Witchcraft: Discouering, the Truth, Nature, Occasions, Growth and Power thereof*, London: Printed by Nicholas Okes, 1617, p. Q1v.

③ See George Gifford, *A Dialogue Concerning Witches and Witchcrafts*, London: Printed by John Windet for Tobie Cooke and Mihil Hart, 1593.

④ Thomas Cooper, *The Mystery of Witchcraft: Discouering, the Truth, Nature, Occasions, Growth and Power thereof*, p. B7.

恶魔化成狗的形状来到她跟前,诱惑她出卖灵魂换取他的服务。弗兰克·桑尼冒险与已怀孕女仆维尼弗莱德秘密结婚,但为了拯救陷入金融危机的家庭,弗兰克父亲要求儿子迎娶贵族女孩苏珊·卡特为妻。弗兰克决定与维尼弗莱德私奔,但不知如何甩掉苏珊。当维尼弗莱德走在前面时,他们碰到一条狗(恶魔),狗让弗兰克产生谋杀念头,弗兰克捅死苏珊后自杀。当被指控与恶魔性交并露出她肛门上的乳头状物时,索亚提醒控诉者注意他们的无端指控,她寻觅新的复仇机会。狗使用魔法,使安妮·莱特克里夫与索亚发生争执,安妮被逼疯而自杀。入狱期间,这条狗来监狱看望索亚,但明确表示,他无意再帮助她,因为她已下地狱,他已利用她实现了自己的目的。不难发现,剧中撒旦变成狗渗入英格兰,让弗兰克产生谋杀念头,驱使安妮疯狂自杀,却把这些罪过安插在穷老妇索亚身上,让人产生幻觉而相信这是索亚的舌头咒语之魔力所致。索亚案让人想起1619年弗劳尔家的两女儿玛格丽特与费丽帕的女巫案,一个人这样证明撒旦对女巫的渗透:"她的主人(撒旦)示意她张开嘴[……]他会把一个小精灵吹入她的嘴内,这让她感觉舒服[……]"①但是,该剧特写索亚最后遭恶魔抛弃,是否说明作者有意警醒国内天主教徒:他们可能面临被罗马教廷抛弃的相似命运?

　　鉴于女巫的毒害性,英格兰国会颁布反女巫法,古德科尔让新教上帝使用权威文书遏制女巫咒语。古德科尔的首要任务是"用真理权威堵住她(索亚)的嘴"。(B1)与其他恶魔作家一样,古德科尔强调,女巫咒语的危险源于咒语的无法理解,她把恶魔作为自己的交流对象。咒语不只是威胁社会,更是对法庭与上帝的蔑视与不敬。他控诉索亚:"没有敬畏上帝、至少接受上帝恩惠的人会敢如此自以为是,会使用咒语与虚假的誓言,挑战正义。"(B1—B1v)咒语与法庭、上帝的真理权威之间两元对立模式显现出来:女巫咒语代表口头语、肉体、能指与天主教的话,真埋权威代表书面语、精神、所指与新教。②批评家乔纳森·哈里斯指出:"女巫舌头的威胁是三维度的。她不仅言说与传播'秘

---

① Anonymous, *The Wonderfull Discoverie of the Witchcrafts of Margaret and Philip Flower, Daughters of Joan Flower near Bever Castle: Executed at Lincolne, March 11, 1618*, London: Henry J. Richardson, 1838, p. 17.

② See Jonathan Gil Harris, *Foreign Bodies and the Body Politic: Discourses of Social Pathology in Early Modern England*, pp. 120—130.

密组织'的与圣经书面权威对立的有毒的语言,而且以一种'悍妇的'方式讲话反对父权政府,最后,以口语或咕哝的魔咒与咒语,它把基督徒与基督教社会的安全置于危险中。"①哈里斯清楚说出了早期现代英格兰人对女巫咒语与圣经文本、父权政府及新教政治身体之间对峙关系的理解。17 世纪托马斯·库珀提出了女巫魔咒与新教文书的又一对立面:无知邪恶与知识正义,认为咒语的力量在于其"秘密音符":"它在这些魔咒中咕哝,一是它不能理解,好像一种未知语言,二是没有信仰,三是服务邪恶目的。"②因此,1581 年都铎政府颁布反女巫法。引用《旧约·撒母耳记上》第 15 章 23 行"因为叛乱与巫术是同一罪恶",法案禁止"说出煽动性的反女王陛下的巫术咒语与谣言"。③ 然而,谈话结束时,牧师古德科尔问索亚:"你所告诉我的我所记载的一切都是真实的吗?"(D1v)古德科尔的女巫纪实书写与女巫危险舌头咒语没有区别,二元对立模式瞬间崩塌:他生产的权威真理依赖女巫舌头而存在甚至由后者所产生。这是否表明,女巫咒语乃是对新教文书的一种模仿?

《埃德蒙顿女巫》既复制又挑战古德科尔生产的女巫意识形态。戏剧第二场伊始,索亚以独白的方式,拷问村民尤其贵族证人提供的巫术证据之权威性:

> 为什么是我? 为什么这个嫉妒的世界
> 把所有丑闻的恶毒加在我身上?
> 因为我贫穷、畸形与无知,
> 像一个拉紧的、完全弯曲的弓,
> 被一些比我更恶毒、强大的东西?
> 我为此必须被迫成为众矢之的,
> 掉入且沉陷于人们舌头的

---

① Jonathan Gil Harris, *Foreign Bodies and the Body Politic*: *Discourses of Social Pathology in Early Modern England*, p. 120.

② Thomas Cooper, *The Mystery of Witchcraft*: *Discouering, the Truth*, *Nature*, *Occasions*, *Growth and Power thereof*, p. N3v.

③ 对都铎—斯图亚特反女巫法的深度分析,见 C. L'Estrange Ewen, *Witch Hunting and Witch Trials*: *The Indictments for Witchcraft from the Records of 1373 Assizes Held for the Home Circuit A.D. 1559—1736*, pp. 12—21.

所有污秽与垃圾中？一些人叫我女巫，

不了解我，他们打算

教我如何成为一名女巫；力劝道，

我的毒舌，由他们的恶毒使用导致，

预言他们的牛，对他们的谷物施魔，

对他们自己、他们的仆人以及襁褓中的婴儿。

他们强加在我身上，部分地

迫使我证实它。（II. i. 1—15）

在法庭辩论中，索亚自我描述为"贫穷、畸形与无知"，"像一个拉紧的、完全弯曲的弓"。有毒舌为辅助，这些所谓的身体书面证据让古德科尔把索亚判定为女巫。然而，索亚反问，不是"一些比我更恶毒、强大的东西"才使我"成为一名女巫"吗？索亚抗议道："我的毒舌，由他们的恶毒使用导致。"即是说，从女子到女巫的毒舌转变，正是陪审团、法官与造谣者等使用各种污蔑性语言与文章之结果。

　　权威人士对索亚案的书面证词与女巫裁决，其实只是女巫咒语的模仿对象。在索亚看来，法庭人员、嫉恨索亚的邻居与小册子作者古德科尔等人，攻击她的所有证词与她自己使用的语言毫无区别。在她被认定为女巫以前，他们使用咒语性语言——"人们舌头的所有污秽与垃圾"，让她身体畸形化了，把她说话的舌头毒药化了，使用各种修辞编造她与他们的"牛""谷物""他们自己""仆人"与"婴儿"不幸事件之间的关联，把这些"强加在我身上"以"迫使我证实它"。第二幕中，她观察到，"所有都一样/一个女巫对抗另一个女巫"。（II. i. 116—117）索亚自己的女巫身份由另一女巫所授予，自己与这些新教权贵一样皆为女巫，自己咒语与他们的新教上帝、法律判决书、书面证词性质上都是恶毒语言。如果一定要找出两者不同点的话，那便是索亚为出身低贱的老弱女子而他们是贵族阶层或拥有话语权的人士。自己被污名化的苦难经历让她明白，女巫身份是由社会权力话语所构建或规定，她从来不是先天的女巫。[①]当索亚后来成为女巫时，她只是根据从她的反对者处所学到的社会脚

---

　　① See Kathleen McLuskie, *Renaissance Dramatists*, p. 67.

本表演,模仿这些贵族官员与新教教徒的毒性。莎士比亚戏剧《暴风雨》中,当被质问为何反叛时,卡利班反问主人普洛斯彼罗:"您教我语言,我受益于此,/懂得如何诅咒。"①卡利班的巫术与毒性正是对主人语言的模仿。德克等人创作《埃德蒙顿女巫》时,不可能毫无批判性地接受古德科尔"权威"版本,剧中索亚的讽刺必定指向包括古德科尔在内的女巫意识形态生产者。而且,考虑到古德科尔控诉类似女巫的散布谣言、危害政治身体的造谣者,德克可能被包括在内,因此不难理解《埃德蒙顿女巫》隐含对古德科尔的批评。② 再者,一些评论家把《埃德蒙顿女巫》中的反叛性话语归于德克对贫困的、处在社会边缘的人群的同情,因为这在他的独创戏剧《咆哮女》或《真诚妓女》中展现出来,尽管批评家们不是非常确定索亚审判部分是否由德克所作。③

　　女巫咒语模仿在该剧次情节弗兰克·桑尼悲剧中也展示出来。弗兰克是一个乡绅桑尼的儿子,家庭正处于经济困难时期。以为女仆维尼弗莱德怀的是自己的孩子,出于责任,弗兰克与女仆秘密结婚,对父亲隐瞒了自己的婚事,为了赢得父亲的信任与巩固自己的继承权,却又答应父亲与来自富裕的自耕农家庭的苏珊·卡特结婚。让人迷惑的是,与古德科尔的小册子的开始方式类似,戏剧对"酒馆"舌头的虚构进行恶言谩骂。弗兰克告诉怀孕的女仆:"来,我的女郎,有一件事马上就会散播开来。/我知道,你会舒心畅快。你不必/恐惧他们酒杯中的闲谈、流言蜚语/能毁坏你的名声;你的孩子将知道/现在该叫谁父亲。"(I. i. 1—5)与古德科尔小册子导言部分一样,弗兰克使酒馆中的醉汉、造谣者的舌头妖魔化、女巫化与毒药化,"他们酒杯中的闲谈、流言蜚语"可能把"我的女郎"烙上妓女的标签,把她的孩子称为"私生子"。在古德科尔导言中,这些舌头由他作品的神圣权威所遏制。类似地,弗兰克相信,这些毒舌由新教牧师的神圣婚姻所给予,维尼弗莱德称之为"神圣誓

　　① William Shakespeare, *The Tempest*, eds. Virginia Mason Vaughan and Alden T. Vaughan, 3rd edn. Bloomsbury: Arden Shakespeare, 2011, I. ii. 366—367.

　　② 托马斯·德克写了大量歌谣与抒情诗,很可能最有名的一首是《金色梦乡》("Golden Slumbers")。它被英国摇滚乐队披头士改编并收集在《艾比路》(*Abbey Road*, 1969)专辑中。

　　③ 西蒙·特拉斯勒(Simon Trussler)写道:"德克负责涉及索亚行为的那些部分的撰写,对那些遭受贫穷与不公的人表达直觉性的同情,甚至在他入狱前,他把一切用作写自己的个人经历。"See Thomas Dekker, John Ford, and William Rowley, *The Witch of Edmonton*, p. xxiii.

言,/记载于经书上"。(I. i. 201—202)新教圣经确保"真理"对"可笑的虚构故事"的胜利。

随着情节的推进,"真理权威"与"酒馆"毒舌之对立颠覆性地含混模糊起来。"酒杯中的闲谈、流言蜚语"的确指向某种东西,维尼弗莱德腹中的孩子不是弗兰克的,而是她飞扬跋扈的主人亚瑟·克拉灵顿爵士的,亚瑟一直凭借"上帝法"霸占她的身体。(I. i. 153—166)赋予维尼弗莱德与她未出生孩子的神圣婚姻证明只是一个"虚构故事",甚至要比酒馆中围绕她的任何谣言更加虚幻。这是对古德科尔所坚持的神圣文书与女巫咒语二元对立模式的有力挑战。为挫败他与维尼弗莱德结婚的"谣言",弗兰克请求亚瑟爵士写一封信确认根本没这回事。以这种方式,弗兰克希望获得父亲对他的好感,让他看到这封信时会"证实"这个"虚构故事"。(I. i. 141)正如古德科尔小册子中的情形,写作被显示有一种超越口头报道的神圣权威,但德克等人也把他们自己描述的二元对立模式去神秘化了,暴露书面文书"真理权威"的本质:类似女巫舌头的"可笑虚构故事"。在某种程度上,古德科尔对索亚女巫案的"权威"书写类似剧中索亚的独白,前者叙述女巫的社会生产过程,后者叙述他人如何使用"恶毒舌头"制造法庭所需的女巫。甚至说,古德科尔文本与"恶毒舌头"叙事互为模仿,实为一种服务(贵族)阶层的工具,正如女巫毒舌服务恶魔一样。

索亚称克拉灵顿爵士等新教贵族为"男性女巫"。把女巫及其撒旦行为世俗化最突出的例子出现在第四幕中。当克拉灵顿爵士指控索亚为女巫时,索亚反驳道:"女巫?谁不是?/别让这个普遍的名字受到讥讽。"(IV. i. 104—105)"普遍的名字"说明,在索亚甚至德克等剧作家看来,"女巫"这个概念范畴可从超自然的巫术起源延展到社会起源,制造虚构故事的"优雅"阶层也是女巫。(IV. i. 126)索亚甚至坦言,新教贵族正是通过对女性的巫术指控来维护与推动社会运转。索亚列举了大量女巫名单后,最后确认了两类"男性女巫"——律师与玩弄女性者:"我敢发誓,曾经被引诱的少女,/被人使用金钩,投向她的贞操,/过来使她失去名誉,迷失,/却不为她付出任何补偿?一些畜生这样做了。/男人女巫能够,不受法律约束,/不用出一点血,把虚构文书搁置/为获取金钱。"(IV. i. 141—147)索亚此处指向克拉灵顿爵士,他就是典型的"男性女巫",因后者使用金钱勾引少女维尼弗莱德,使其"失去名誉,迷失",犹如"畜生"使少女怀孕,他却"不受法律约束"。在克拉灵顿权力中,法律就是任凭他"搁置"的"虚假文书"。戏剧中,克拉灵顿始终怀疑索亚对他的暗指。当他的恶毒行为被曝光时,他即刻控诉索亚,促使法庭尽快把后者定罪为女巫:"就凭她说的一件事,/我便知道她是女巫。"(IV. i. 148—149)此处,新教贵族被神秘化为一种"真理权威"时,确认女巫的过程与贵族阶层权力的巩固呈现同谋关系。指控贫穷年迈的妇女为女巫成为一种权宜之计,因为它可让上层社会把国民注意力从自己的"巫术"转移开来,构建自己的"真理权威",甚至说,恢复所谓的政治身体之健康。

古德科尔小册子与《埃德蒙顿女巫》中,"走访者"既可指古德科尔、克拉灵顿爵士,也可指撒旦、女巫等。索亚(舌头)成为贵族(毒性)的替罪羊。在小册子开篇部分,作为政府为女巫索亚指定的狱中牧师,古德科尔宣布,自己是"上帝之道的牧师,纽盖特监狱的常客与走访者"。(C1)他要"客观"记述索亚的庭审定罪过程,故需经常采访她以获得对女巫的"权威"报道,同时帮助她忏悔认罪以求上帝原谅。"走访者"一词与古德科尔的权威发生关联。在早期现代英格兰,该词通常用在教会中指称教会督察员,负责绞杀那些非道德的滥用职权或越轨行为。但是,该词也普遍用于指称超自然的、魔鬼的"显现"。[①] 在这个意义上,德克、福特与罗利可能把"走访者"古德科尔看成撒旦的同伙。自从索亚入狱后,索亚一直期盼恶魔来走访她,在她面前显现。《埃德蒙顿女巫》使用"走访"一词,把好色贪婪的亚瑟·克拉灵顿爵士再现为恶魔。他向维尼弗莱德宣布,他计划"走访你/突然,女孩"。(I. i. 157—158)她把他定义为"持续的走访者",但同时拒绝了他的"走访"。她告诉克拉灵顿爵士:"这样对我被玷污的桑尼,我和善的丈夫;/如果你能用任何气息感染我的耳朵,/[……]我会被诅咒,/甚至在我的祈祷中,当我发誓/见你或听到你时!"(I. i. 184—191)克拉灵顿对维尼弗莱德的听觉"感染"也属于当时惯用的撒旦(毒药)渗透身体之意象。[②] 通过这种方式,该剧有效地把"巫术"从超自然领域转移到世

---

① "走访"的鬼魂显现之意在莎士比亚戏剧中也比较明显,譬如,在《哈姆雷特》中,来自炼狱的哈姆雷特父亲的鬼魂告诉哈姆雷特:"这次走访/只是为了激发你几乎迟钝的目的。"(*Hamlet*, III. iv. 114—115)

② 莎士比亚多部戏剧表现了毒药通过耳朵渗透入侵身体的场景,譬如,《哈姆雷特》中,哈姆雷特父亲的鬼魂向哈姆雷特叙述自己被害场景时,他详细描述了克劳狄斯趁自己睡着时从耳朵吹入毒药毒害自己的过程(*Hamlet*, I. v. 59—65)。

俗生活。在此过程中,埃德蒙顿的撒旦行为不是因恶魔渗透而是因权贵的毒性而发生,因为正是手持"上帝权力"的克拉灵顿的"走访"才可能让维尼弗莱德变成"女巫"。

剧中新教贵族的毒性指向都铎—斯图亚特王宫与政府内部的疾病? 为了给君王与官员的恶性辩护,一些政论家把这种腐败比作维护政治身体健康所必需的有治疗效果的毒药。前文提到,帕拉塞尔苏斯药理学进入政治领域,面对西班牙无敌舰队的威胁,面临耶稣会派来的潜入英格兰社会的天主教势力,特别是他们发动数十次的暗杀君王事件,政论家、文学家等提出原功能主义模型,把渗入英格兰的罗马教廷势力看成是既毒害又治疗政治身体的毒药。包括托马斯·德克、威廉·埃夫里尔、爱德华·福塞特在内的诸多理论家相信,"身体的每个部位或功能,甚至最有毒的部位或要素,或渗入身体内的外来病原体,都贡献于身体健康;看似反叛性的行为或代理人,在维护社会有机体的健康方面扮演了重要角色"①。《埃德蒙顿女巫》中,如前文所示,索亚的毒舌隐喻渗入英格兰的类似外来病原体的天主教势力。考虑到剧中克拉灵顿爵士、法官等人与女巫索亚毒舌之间的模仿关系,那这些贵族成员必定喻指危害英格兰健康的类似国内病原体的新教腐败官员。如果索亚毒舌危险性的存在让整个村庄甚至整个社会更为团结,铲除了由撒旦暗指的国外天主教威胁势力,那么,通过使用女巫舌头的毒药修辞,贵族社会更能让百姓更为臣服与归顺,王国的政治身体变得更为安全与健康。

但戏剧结尾时,克拉灵顿腐败暴露且受到惩罚。这是否影射早期现代英格兰人对都铎—斯图亚特毒性政府的焦虑? 帕拉塞尔苏斯的药理学开始从疾病外因论解释疾病起源,在黑死病、梅毒等流行性疾病盛行的 17 世纪社会中受到欢迎,逐渐取代盖伦医学传统的疾病内因论。但它由于缺乏伦敦医学院的支持,在民间也缺乏群众基础,故不断有人质疑它的合理性。所以,由它衍生的以毒攻毒的原功能主义的政治话语容易受到挑战,特别是当它试图把司法腐败、宫中派系斗争、国会与国王在皇家特权问题的冲突等威胁国家安全的

---

① Jonathan Gil Harris, *Foreign Bodies and the Body Politic : Discourses of Social Pathology in Early Modern England*, p. 49.

内部矛盾合法化时。① 譬如,当爱德华·福塞特受命彻查 1605 年参与火药阴谋的叛乱分子时,结果发现许多叛乱分子是为国王第一大臣、枢密院秘书罗伯特·塞西尔服务的间谍,他们是同时为罗马教廷工作的双重间谍。伊丽莎白一世后期,弗朗西斯·沃尔辛厄姆爵士开始了这个传统:被英政府"发现"以前,他的间谍不仅渗透女王政权,而且被纵容发展各种阴谋叛乱。塞西尔只是继承了这种在政府中有意培养"毒药"以医治政治身体之传统。② 在《自然身体与政治身体的比较话语》中,福塞特指出,沃尔辛厄姆与塞西尔都知道,发明"一个共同的敌人"对"捍卫政治身体与每个部位的健康"可能是有用的。③ 但福塞特恐怕不会十分认可政府高级官员培养双重代理人的传统,不会充分肯定他们培养反叛力量以发现反叛势力源头的做法。作为原功能主义政治有机体理论的倡导者,他接受别人对他的以毒攻毒的政治学理论的批评。对政府牺牲无辜的腐败行为,他甚为悲伤、无奈与焦虑:"医生[……]让人不齿地受到嘲讽[……]如那些坐在权威席上的官员,可能与底层人一样卑鄙,邪恶地施行恶政,因此不值得配有胜利,只是更大的贼绞死了地位卑微的贼。"④

　　瘟疫频发让英格兰社会在疾病外因论框架中隐喻性地理解国家问题。宗教改革让英格兰迅速转变成一个新教国家。当罗马教廷对英格兰渗透时,两者的关系被想象为外在病原体通过(女巫)舌头对英格兰政治身体的入侵,天主教势力被女巫化与恶魔化。正是在此语境中,以古德科尔纪实小册子为基础,德克等人创作戏剧《埃德蒙顿女巫》。古德科尔册子生产女巫意识形态,德克等人却借助模仿(戏仿)使古德科尔作品与新教权威女巫化。德克等人坚持对女巫意识形态的批评立场,暴露出英格兰人对内忧外患形势、(毒性)政府及其用毒药化解王国疾病之治国方案的焦虑。以毒攻毒或许是一种可靠的医学手段,但当它被用作为统治阶级的奢侈淫乱与谋略权术辩护时,那它与当时遭

---

　　① 伊丽莎白统治期间,最引人关注的社会疾病恐怕要算因枢密院秘书塞西尔与埃塞克斯伯爵之间的派系斗争引发的 1598—1600 年间的埃塞克斯叛乱。就詹姆士一世与 1604 年国会在皇家特权问题上的巨大冲突,见 Paul Christianson, "Royal and parliamentary Voices on the Ancient Constitution c. 1604 — 1621", ed. Linda Levy Peck, *The Mental World of the Jacobean Court*, Cambridge: Cambridge UP, 1991: 71—95.

　　② 对罗伯特·塞西尔卷入火药阴谋的讨论,See Antonia Fraser, *King James*, pp. 105—110.

　　③ See Edward Forset, *A Comparative Discourse of the Bodies Natural and Polique*, p. G4v.

　　④ Edward Forset, *A Comparative Discourse of the Bodies Natural and Polique*, p. N3.

受唾骂的马基雅维利《君王论》中阴险恶毒的夺权战术毫无区别。因此，在德克的另一部戏剧《巴比伦妓女》中，仙国（英格兰）人自诩为"道德纯洁的国度"时，来自巴比伦（罗马教廷）的普莱恩迪灵嘲讽道："我看，贵国大部分富人并不比酒店无赖有更多良知。"①仙国女王试图迎战"恶毒的外部威胁"时，普莱恩迪灵警告她："陛下有许多医生（官员），一些人健康，但许多人比教区中众多病人病情更重，他们先治好自己，然后才知道如何医治他人。其他许多人自称外科医生，让他们先给贵国放出毒血。"②德克以人物视角建议，英格兰"富人"与官员"病情严重"，唯有先为自己王国"放出毒血"，才有资格称清除罗马教廷的"恶毒"。可仙国患病时，即是说，女王政治身体患病时，女王便与《埃德蒙顿女巫》中的女巫索亚一样处于疾病状态。德克或许想问，当英格兰女王成为女巫时，女巫的内涵会发生怎样的转变？

---

① Thomas Dekker, *The Whore of Babylon*, London: Printed at Eliot's Court Press for Nathaniel Butter, 1606, III. ii. 33—36.

② Ibid., II. i. 102—104.

第 七 章

16、17 世纪戏剧中喻指国家疾病的
他国与国家关系焦虑

前一章与本章皆在疾病病因学范式转换的历史语境中,研究 16、17 世纪戏剧对威胁英格兰安全的外部力量的书写。上章关注国外势力对英国的病毒式渗透,而本章侧重英格兰帝国化过程中处理国家关系时所面临的各种挑战。莎士比亚历史剧、莎士比亚《错误的喜剧》、琼森《狐狸》等戏剧中描述了殖民地国家、贸易伙伴国、外来商品等被英格兰视为威胁其政治身体健康的疾病,这影射出早期现代英格兰对他国政治、军事、经济力量与对不确定的国家(或殖民)关系之焦虑意识。

早期现代英格兰把爱尔兰想象为一个以反叛、欺骗和紊乱为特征的患病王国,英格兰官员在改造空间中医治爱尔兰政治身体。莎士比亚历史剧使用早期现代医学话语,让英格兰与爱尔兰的王国关系显现为一种医患关系,但在凸显爱尔兰因体液过剩而患上叛乱之病并感染英格兰时,呈现英格兰政治身体及其官员自然身体的疾病以暗示英格兰的身份阉割。戏剧叙述爱尔兰流动空间与爱尔兰人不健康的流浪状态,影射英格兰政府改造爱尔兰地理的军事、经济和文化政策,表达出早期现代英格兰的爱尔兰空间焦虑。

16、17 世纪大瘟疫时期,英国的国际贸易额大幅度增长。商业被看成伦理学子集,商人主体必须对商品交易负起道德责任,但作为一种新出现的准科学概念,商业也被理解为一种与道德无关的、任何个人和民族必须屈从的全球化体系。这映射当时医学话语关于疾病的争论:疾病可归因于身体内在爱欲

的无节制,也可由与传染性的外部身体接触所致。《错误的喜剧》的梅毒话语帮助莎士比亚探讨国际贸易潜在的损伤商人身体和危害国家政治身体的双重堕落意义,表达了前商业时代的英国对无节制的个人爱欲和对国际贸易带来的潜在国内财政危机的焦虑。此时,经济学与病理学话语互为构建,疾病开始被想象为一种在个人身体之间或国家政治身体之间迁移的类似外来商品的实体,琼森戏剧《狐狸》使用灵魂转世的幕间剧暗指商品流通,让各种进口药品与个人身体和政治身体疾病发生联系,暗示唯有通过海关有效监管商品在外港的流通才能确保王国健康,表达英国前商业时代的外来商品焦虑。

第一节　莎士比亚历史剧中的英爱医患关系

爱尔兰爆发起义,英格兰国王理查二世宣布"亲征爱尔兰",掠夺王叔冈特(John of Gaunt)之财产以筹集战争款项,势在铲除那里"毒液"过剩而"如毒液一般生存"的"粗俗、不修边幅的乡巴佬"。① 得知家业无端被掠,国王堂兄、冈特之子博林布鲁克(Henry of Bolingbroke)在英格兰发动叛乱。理查指控博林布鲁克为盗贼和叛徒,利用"寡人正流浪反极之地"之时机篡权。理查称爱尔兰为英格兰的"下层世界",叙说爱尔兰人不健康的游牧生活,却透示自己没有成功改造爱尔兰空间的遗憾。(III. ii. 43—45)亨利六世统治时期,信使使用"疾病蔓延""伤口"等词描述爱尔兰叛乱之消息。主教呼吁国会派遣约克公爵出兵以治疗爱尔兰"溃疡",②理由是,爱尔兰"乡巴佬步兵"会"感染英格兰人的血液"。(III. i. 310—311)不久,约克带领爱尔兰士兵反叛亨利国王,称自己是过剩的"黄胆汁"与"忧郁汁"使然。(V. i. 23—37)约克从爱尔兰人手中救出肯特郡平民杰克·凯德,凯德从爱尔兰人学习狡诈残酷、忍耐饥寒和流

---

① See William Shakespeare, *The Tragedy of King Richard the Second*, eds. Stephen Greenblatt et al, *The Norton Shakespeare: Based on the Oxford Edition*, New York: W. W. Norton & Company, 1997: 943—1014, II. i. 156—158. 后文引自该剧本的引文将随文标明该著幕、场及行次,不再另行作注。

② See William Shakespeare, *The First Part of the Contention of the Two Famous Houses of York and Lancaster* (2 *Henry VI*), eds. Stephen Greenblatt et al, *The Norton Shakespeare: Based on the Oxford Edition*: 203—290, III. i. 282—288. 后文引自该剧本的引文将随文标明该著幕、场及行次,不再另行作注。

动作战等生存技能,与受"野心体液"支配的约克一道进攻英格兰,国王逃亡他处。(V. i. 132—133)英格兰官员自诩为爱尔兰医生,却大多因牵扯爱尔兰议题而先后暴死,英格兰政治身体处于无序的疾病状态。

这是莎士比亚历史剧《理查二世》(1595)和《亨利六世:第二部分》(1591)中涉及爱尔兰地理的情节片段。克里斯托弗·海利细读《亨利六世:第二部分》发现,约克公爵与爱尔兰叛军从初期对立到最终勾结之演变过程,"承载着英格兰对殖民统治和国内安全的焦虑"[1]。安德鲁·墨菲在爱尔兰战争(1594—1603)中研究莎翁历史剧,提出"爱尔兰叛乱对英格兰身份的想象性构建造成巨大压力",殖民政策失效意味着英格兰与爱尔兰之间理应是一种平等兄弟关系。[2] 上述评论探讨莎翁历史剧中的英爱殖民关系,但忽视从地理病理学角度研究剧中的英爱医患关系想象,未揭开英格兰地理殖民政策的逻辑依据。实际上,16、17 世纪英格兰瘟疫频发,古典医学知识进入日常生活和文学领域,由专业术语转变为普通语言,人们使用医学话语理解国家政治。[3] 同时,爱尔兰地形异常复杂危险,叛乱时有发生,爱尔兰与疾病联系起来。英格兰自制地图发动爱尔兰战争,[4]引入种植园经济和定居生活方式,旨在改造爱尔兰地理以医治爱尔兰政治身体。[5] 鉴于此,笔者把莎翁历史剧置于 16、17 世纪疾病频发和爱尔兰叛乱的历史语境中,研究剧中医患关系内的爱尔兰患病及被阉割的英格兰医生身份,透过旨在改造流动空间的地理政策揭示英格兰对爱尔兰空间的焦虑。

与自己花园国家的有序空间相对照,16、17 世纪英格兰把爱尔兰想象为一个阴暗危险与充满阴谋背叛的无序空间。伊丽莎白国民使用"岛屿花园"一

---

① Christopher Highley, *Shakespeare, Spenser and the Crisis in Ireland*, Cambridge: Cambridge UP, 2009, pp. 40—66.

② See Andrew Murphy, *But the Irish Sea Between Us: Ireland, Colonialism and Renaissance Literature*, Lexington: The UP of Kentucky, 1999, pp. 97—123.

③ See Peter Womack, *English Renaissance Drama*, pp. 75—78.

④ See David J. Baker, "Off the Map: Charting Uncertainty in Renaissance Ireland", eds. Brendan Bradshaw, Andrew Hadfield and Willy Maley, *Representing Ireland: Literature and the Origins of Conflict, 1534—1660*, Cambridge: Cambridge UP, 1993: 76—92.

⑤ See Julia Reinhard Lupton, "Mapping Mutability: Or, Spenser's Irish Plot", eds. Brendan Bradshaw, Andrew Hadfield and Willy Maley, *Representing Ireland: Literature and the Origins of Conflict, 1534—1660*: 93—115.

词刻画英格兰地理,书写一种英格兰民族诗学,塑造一个文明而适合居住的理想空间。①《理查二世》中,面对国王昏庸无能,冈特哀叹英格兰今非昔比,他用"另一伊甸园,半个乐园"(II. i. 42),"珍石镶嵌于银色海洋之中"(II. i. 46)等意象来描绘昔日英格兰地理景观。17世纪初的芬尼斯·莫里森指出,去爱尔兰旅行非常危险,因为它的海岸线浓雾掩盖而英格兰海岸线却"普遍清晰"。② 两种海岸线对照正是"区分我们与他们的诗学地理",记载英格兰想象的文化与民族差别。③ 曾参加爱尔兰战争的士兵托马斯·盖斯福特讲述道:"就自然空气和食物而言,爱尔兰王国足以满足一个贪婪的、古怪的胃口,但它可分为高山、沼泽地和树林等险固之地。这纵容当地居民视之为一种天然安全屏障,好像反叛受到保护。因为高山阻隔任何马车[……]叛军砍伐树木挡住道路,然后潜藏在直立的树林中,突袭所有过往人员。类似地,在沼泽地他们尽可能敏捷地伏击我们的步兵和马匹,然后飞速逃离,知道我们追不上。"④ 列出爱尔兰人拥有的地理优势,盖斯福特让爱尔兰空间成为"标示爱尔兰人的空间",一种为爱尔兰阴险活动提供自然屏障,由爱尔兰人精心设计用于迷乱和捕获英格兰人的空间。⑤

其他英格兰权贵也把爱尔兰人的狡诈与其危险地理进行联想,倡导把爱尔兰改造成英格兰的延伸。《对爱尔兰现状的看法》中,曾任爱尔兰总督的斯宾塞通过人物伊利纽斯口吻回应为什么爱尔兰叛军没有被追捕到:"众所周知,他是一个跑得飞快的敌人,隐藏在树林、沼泽地中不出来,除非进入某个直通道或危险浅滩,他知道(英格兰)军队必须经过那儿,他就在那守株待兔,如果发现时机合适,他就突袭(我们)被困的士兵。追踪和捕获他几乎不可能,简

---

① See Lynn Staley, *The Island Garden: England's Language of Nation from Gildas to Marvell*, Notre Dame, Indiana: University of Notre Dame Press, 2012, pp. 71—120.

② See Fynes Moryson, "A Description of Ireland", ed. Henry Morley, *Ireland under Elizabeth and James I*, Miami: Hard Press Publishing, 2012: 411—430.

③ See John Gillies, *Shakespeare and the Geography of Difference*, Cambridge: Cambridge UP, 1994, pp. 6—7.

④ Thomas Gainsford, *The Glory of England*, London: Printed by Edward Griffin for Th: Norton and are to be sold at his shop in Pauls-Church-yard at the signe of the Kings-head, 1618, pp. 69—70.

⑤ See Bernhard Klein, *Maps and the Writing of Space in Early Modern England and Ireland*, London: Palgrave Macmillan, 2001, p. 64.

直就是徒劳。"①树林、沼泽地、山丘和河流等使爱尔兰人异常狡诈,爱尔兰地理"让英格兰军队的战术和知识大打折扣"。② 伊利纽斯因此提出:"砍伐和开拓树林,以便开发出一百码的开阔道路[……] 在所有直而窄的路中,正如在两个沼泽地之间,或穿过任何深水浅滩,或在任何山下,应该建立一些小堡垒,或木城堡[……] 如此的话,这个王国的任何叛军都可能被阻止,或通过时有危险。"③《爱尔兰意象》中,约翰·德里克邀请"经常出没于丛林"的爱尔兰乡巴佬放弃游牧生活,"不是树林而是你们可以使用的房屋/ 不是沼泽地而是任你们使用的城市",换取女王宽恕并转变为遵纪守法的臣民。④ 托马斯·史密斯赞扬定居生活,强调爱尔兰丰富的自然资源,提议引入英格兰种植园经济:"与摩西说服以色列人一样,告诉他们,他们会有一片流着牛奶和蜂蜜的土地。"⑤通过清理树林与沼泽地而建立堡垒与城市,引入种植园经济与定居生活,爱尔兰可转变成一个类似英格兰的有序空间。

为更好阐释地理改造的主张,英格兰政府使用早期现代医学话语把爱尔兰想象为一个患病政治身体。如前文所说,16、17 世纪英格兰瘟疫频发,其中黑死病于 1563、1578—1579、1582、1592—1594 和 1603 年等较大规模暴发,消灭了伦敦近四分之一的人口。⑥ 人们运用古希腊医生盖伦提出的体液理论,把疾病理解为体内血液汁、黑胆汁、黄胆汁和黏液汁等四种体液的不平衡状态,试图通过放血、饮食、出汗或草药等疗法恢复健康,但疗效甚微。⑦ 古典医学知识进入日常生活和政治文化领域,体液理论成为一套涉及人体、政治身体和天体的病理理论和修辞话语,人体和政治身体的类比与关联关系成为当时

---

① Edmund Spenser, *A View of the State of Ireland*, eds. Andrew Hadfield & Willy Maley, p. 156.

② See Bruce McLeod, *The Geography of Empire in English Literature*, *1580—1745*, Cambridge: Cambridge UP, 1999, p. 51.

③ Edmund Spenser, *A View of the State of Ireland*, eds. Andrew Hadfield & Willy Maley, p. 156.

④ See John Derricke, *The Image of Ireland*, *with a Discourse of Woodkarne*, Edinburgh: Scholars Facsimilies & Reprint, 1998, p. 90.

⑤ Sir Thomas Smith, *Tract on the Colonization of the Ards in the County of Down*, London: by Henry Binneman for Anthonhson, dwelling in Paules Churchyard at the signe of the Sunne, 1572, p. 25.

⑥ See Jeffrey L. Singman, *Daily Life in Elizabethan England*, p. 52.

⑦ See David Hillman, "Staging Early Modern Embodiment", eds. David Hillman and Ulrike Maude, *The Cambridge Companion to the Body in Literature*, New York: Cambridge UP, 2015: 41—57.

的核心概念和话语形式。[1] 疾病是自然身体和政治身体的典型特征。当用复杂、危险地理标示爱尔兰邪恶时，爱尔兰王国被想象为一种疾病政治身体，爱尔兰人反叛便是其体液过剩的结果。当时人们相信，解剖人体与制作爱尔兰地图工艺相似，两者皆旨在组织空间，一个解析人体内部空间，另一个绘制政治身体空间；一个分解尸体，另一个绘出有待征服的王国景观；一个服务医学以治疗人体疾病，另一个服从英格兰殖民事业以医治爱尔兰政治身体疾病。[2] 爱尔兰地图成为英格兰医治爱尔兰的重要依据。1550 至 1603 年间，出现大量爱尔兰勘测地图，精确记载爱尔兰地貌。1603 年后，种植勘测地图涌现出来，示意英格兰人把爱尔兰土地变成自己的土地，把它变成新教徒的上帝之城。[3] 此时，"地图中的符号是意识形态对话的一部分，地理被嵌入在一种更广泛的社会行为和权力语境中"[4]。

英格兰政府坚持，爱尔兰与英格兰的关系正如病人与医生一样，前者在宗教、法律、民俗等方面存在疾病，每部分都反叛自然理性与秩序，急需治疗以回到健康状态。莫里森把爱尔兰疾病理解为上帝的惩罚，坚持爱尔兰的盖尔人把疾病传染给了旧英格兰人，使后者既在生理意义上感染瘟疫和病毒又在道德意义上感染腐败和堕落。[5] 斯宾塞劝说英格兰官员切勿放弃患病的爱尔兰："首先得彻底搞懂是什么疾病，其次教授如何治疗和矫正，最后开具需严格执行的药方。"[6]当时的理查德·贝肯首次把英爱关系比作医患关系，他甚至特别提到威尔顿的格雷勋爵和威廉·罗素（William Russell），认可这两位英格兰官员是医治爱尔兰政治身体的好医生。贝肯使用"堕落"和"改造"描述爱尔兰疾病与疗法："改造一个堕落的王国就是恢复其原本的完美。改造可分为

---

① See David Chandler, *Semiotics*; *The Basics*, 2nd edn. p. 129.

② See Christoper Ivic, "Mapping British Identity: Speed's *Theatre of the Empire of Great Britaine*", eds. David J. Baker and Willy Maley, *British Identities and English Renaissance Literature*, New York: Cambridge UP, 2002: 144—169, pp. 145—146.

③ Ibid., pp. 144—145.

④ J. B. Harley and Kees Zandvliet, "Art, Science, and Power in Sixteenth-Century Dutch Cartography", *Cartographica* 29.2 (1992): 10—19, p. 14.

⑤ See Fynes Moryson, *An Itinerary*, 1617, p. 161.

⑥ Edmund Spenser, *A View of the State of Ireland*, eds. Andrew Hadfield & Willy Maley, pp. 1—21.

两种,一种可定义为对王国身体做绝对彻底改造,有如在法律、风俗、政府和礼仪等方面,另一种为仅对特殊的不和谐与麻烦事进行改造,有如过剩体液所引起的政治身体干扰。"①绝对改造的方式是手术和截肢,因为此时身体完全病态,而特殊改造的途径是药物治疗,因为那时身体只是遭受由体液不平衡导致的局部患病。② 改造爱尔兰旨在使其"长期繁荣与富强",因为爱尔兰"礼仪腐败,远离对上帝的敬畏,远离对君王、统治者和官员的尊敬和臣服,远离对我国的爱戴,远离公正,不关注公共事务和英雄美德,沉迷于消遣、淫乱、邪恶与其他类似的私事"。③ 爱尔兰政治身体过去健全健康,如今腐烂不堪。为此,贝肯使用体液理论构想健康政治身体,让所有体液和谐整一,"把不同类型民族国家统一为一个整体,使爱尔兰拥抱英格兰法律、宗教、习惯和语言,让爱尔兰各部更加忠诚、文明和臣服"④。

手术和截肢等绝对改造手段暗指英格兰的军事征服与经济措施,借用药物治疗等特殊改造途径则暗示其法律与文化政策。贝肯指出:"爱尔兰政治身体的疾病部分由休息、劳作、热、冷、饥饿、干咳、体液过剩等原因造成,或部分由爱尔兰臣民邪恶与腐败生发,正如人体遭受非自然的体液紊乱。"⑤爱尔兰政治身体的体液过热引发叛乱,体液过冷引起懒惰而不能为英格兰生产利润,体液不平衡导致爱尔兰各种疾病与邪恶。爱尔兰叛乱正如疟疾让其处于"休克"状态,恢复爱尔兰"健康与安全"的绝对改造在于英格兰"军事力量、权力与武力"。⑥ 体液紊乱使爱尔兰政治身体"无序",需采取歼灭叛军的方式让过热体液冷却下来。通过宗教改革掠夺天主教徒的土地,让爱尔兰人种植、播种与耕耘,使他们归顺与诚实以化解其"干热的黄胆汁"。⑦ 对没有威胁到爱尔兰

---

① Richard Beacon, *Solon, His Follie, or a Politique Discussion Touching the Reformation of Common-wealth Conquered, Declined or Corrupted*, 1594, eds. Clare Carroll and Vincent Carey, p. 5.

② See Shirley Adawy Peart, *English Images of the Irish, 1570—1620*, Lewiston: The Edwin Mellen Press, 2002, p. 171.

③ Richard Beacon, *Solon, His Follie, or a Politique Discussion Touching the Reformation of Common-wealth Conquered, Declined or Corrupted*, 1594, eds. Clare Carroll and Vincent Carey, p. 50.

④ Ibid. , p. 94.

⑤ Ibid. , p. 73.

⑥ Ibid. , pp. 38—39.

⑦ Ibid. , p. 103.

政治身体生命的社会冲突，贝肯建议诉诸法律与官方文件等温柔的药物疗法，使用因人施策的方式治疗爱尔兰穷苦和富有"病人"。英格兰官员需采用情感疗法，激发爱尔兰人的"爱、恨、希望、恐惧、绝望"情感；也可采取主题疗法，与他们一起探讨"母爱、血缘、友爱、财产、土地、风俗与对荣誉、自由与生命的热爱"等，感动和说服他们从内心接受英格兰领导和治疗。① 对于贪婪这一身体局部疾病，英格兰官员可运用"欺骗"政策，"秘密承诺给穷人分地，他们便会十分满意，答应认可富人签署的合同［……］重复这些话，以消灭他们的不平衡体液和不良情绪，平等便不会产生冲突，穷人与富人皆大欢喜"。② 有讽刺意味的是，当使用"欺骗"治疗爱尔兰"贪婪"时，这一英格兰药方本身就是一种疾病。这是否暗示英格兰"医生"的疾病状态和英爱医患关系叙事的虚构性？

《理查二世》中，爱尔兰被称为"卑鄙土地"或"下层世界"，与英格兰"天穹"形成对照，对英格兰健康与安全构成巨大威胁。理查从爱尔兰惨败回国前，"据说国王已死"(II. iv. 7)的谣言使索尔兹伯里哀叹理查命运走向："沉思之眼／让我看到您的辉煌，正如一颗流星，／从天穹坠入卑鄙土地。／您的太阳在西边落下而哭泣，／见证即将到来的风暴、痛苦与不安。"(II. iv. 18—22)理查从英格兰出发远征爱尔兰被喻为"太阳"从"天穹"落入"卑鄙土地"。无论理查归途中经历的海上"风暴"或因亲征而生发的国内政治"风暴"——博林布鲁克叛乱，爱尔兰似乎需对英格兰的"风暴"和"不安"负责。回到英格兰海岸，理查发现大势已去，自喻为"天堂的搜寻之眼"——太阳，他到达爱尔兰被喻为太阳西坠"下层世界"，而这剥夺了英格兰"阳光"，放纵"叛国"蔓延滋长。他悲切地对奥墨尔说：

> 当天堂的搜寻之眼被遮掩
>
> 在地球背面，照射下层世界，
>
> 那时盗贼黑暗中外出作案，
>
> 在这从事谋杀与血腥暴行；

---

① See Richard Beacon, *Solon, His Follie, or a Politique Discussion Touching the Reformation of Common-wealth Conquered, Declined or Corrupted*, 1594, eds. Clare Carroll and Vincent Carey, p. 30.

② Richard Beacon, *Solon, His Follie, or a Politique Discussion Touching the Reformation of Common-wealth Conquered, Declined or Corrupted*, 1594, eds. Clare Carroll and Vincent Carey, pp. 31—32.

但从地球底下上升时

他照耀东方松林的自豪之梢，

让阳光渗入每个罪恶之孔，

那时谋杀、叛国和令人恶心的罪恶，

当夜幕正被撕去，

它们赤裸地暴露无遗，能不颤抖乎？

故当此小偷、叛徒博林布鲁克

沉浸在黑夜狂欢时，

寡人正流浪反极之地，

他会目睹寡人从东边御驾起身，

因叛国他的脸必通红，

不能忍受阳光，

只是，自我恐惧，因罪行而颤抖。（III. ii. 33—49）

理查用"流浪反极之地（wand'ring with the Antipodes）"刻画自己在爱尔兰的军事行动。"反极之地"英文"Antipodes"意义含混，可用来描写爱尔兰地理和爱尔兰人。① 它既指与英格兰对立或相反的"下层世界"，又指"源于对反极之地误读而衍生的倒立行走之种族"（如与介词"with"的使用所暗示）。② 作为种族，"the Antipodes"使人想起十三世纪《曼德维尔游记》中的"斑脚族"或"食人族"，③或莎剧《奥赛罗》中奥赛罗讲述的被他征服的"蛮族"。寓言故事与爱尔兰人关联让后者成为怪异的野蛮人。正如巴拉贝·利奇在 1609 年书写爱尔兰时宣称："比起约翰·曼德维尔和其他到过最不文明地方的旅行家，我能真实报道更多奇事。"④当"Antipodes"意指爱尔兰作为英格兰的"空间

---

① See Martin Spevack, *The Harvard Concordance to Shakespeare*, Cambridge, MA: Harvard UP, 1969, p. 50.

② See John Friedman, *The Monstrous Races in Medieval Art and Thought*, Cambridge, MA: Harvard UP, 1981, p. 11.

③ See J. R. S. Phillips, *The Medieval Expansion of Europe*, Oxford: Oxford UP, 1988, pp. 205—211.

④ Barnabe Rich, *A Short Survey of Ireland*, London: Printed by Nicholas Okes for B. Sutton and W. Barenger, and are to be sold at their shop at the great north dore of S. Paules Church, 1609, p. 10.

或地理对立场"时,爱尔兰必然成为界定英格兰疆域的远距离空间,[1]有如剧中莫布雷和博林布鲁克决斗时许诺愿意前往的外族领地,既区别英格兰又有待英格兰征服。莫布雷发誓,要战斗在"英格兰敢踏足的任何地方"(I. i. 66),而博林布鲁克夸口,要奋战在"这儿或其他地方,直至最遥远的边境/ 英格兰眼睛能目测之处"(I. i. 93—94)。两位的"谈话方式似乎表明全世界皆是英格兰的延伸",让人想起英格兰"通过插足并引进其标准而建立自己的政权,或在其他地区建立殖民地"。[2] 然而,"反极之地"的"征服意象"也让爱尔兰成为一个还未屈从于英格兰的地理空间,正如理查未能取得爱尔兰战争的胜利这一事件所暗示。"反极之地"意味着爱尔兰被构想为驯化对象和英格兰延伸,说明英格兰身份在与爱尔兰的同一和对立中得到定义。

如果"反极之地"隐喻不足让爱尔兰病理化,那"如毒液一般生存"修辞则完全把爱尔兰想象为一个急需医治的患病王国。在理查看来,"那些粗俗、不修边幅的乡巴佬,/如毒液一般生存,没有其他毒液/ 仅仅他们才有特权活下来"。(II. i. 156—158)"粗俗、不修边幅的乡巴佬"让爱尔兰人成为未驯化的野蛮居民,"毒液"再现爱尔兰人身体和爱尔兰王国政治身体的疾病状态。"毒液(venom)"指蛇分泌的毒素,爱尔兰险恶地形似乎塑造了爱尔兰人狡诈与欺骗特性。盖伦医学中"毒液"是"过剩体液""腐烂汁"或"有毒物质"。早期现代人使用与"毒液"相关的病理过程和手术疗法,隐喻内战叛乱与政治改革。[3]当时一本小册子这样叙述英国内战:"看上去我们的和平如此腐烂,以至必须用刀剑解剖。"[4]显然,剧中"毒液"标示爱尔兰病入膏肓而期待理查外科手术的身体。在瘟疫肆虐的年代,盖伦医学有关瘟疫源于体内"毒液"的理论难以信服,17 世纪机械力学和粒子化学推动盖伦医学发展,坚持疾病是借助空气

---

①　See Stephen O'Neill, *Staging Ireland: Representations in Shakespeare and Renaissance Drama*, Dublin: Four Courts Press, 2007, p. 114.

②　See Laurie Carol Glover, *Colonial Qualms/ Colonial Quelling: England and Ireland in the Sixteenth Century*, California: Claremont Graduate School, 1995, p. 161.

③　See Andrew Wear, *Knowledge and Practice in English Medicine*, 1550—1680, p. 138.

④　Thomas Povey, *The Moderator, Expecting Sudden Peace or Certain Ruin*, London: s. n., 1642, p. 3.

从外部传染到体内的以实体形式存在的一种"有毒物质"。① 但疾病外因论在体液理论框架内得到阐释:"毒液"通过腐败空气或臭水进入心脏,迅速扩散到全身,"他们晕倒和呕吐黄胆汁,肚子膨胀疼痛且爆出臭汗;一些部位极度寒冷,体内却发烧感冒;无法休停,鼻孔流血[……]嘴里生疮,口流黑液,脉搏加快",直至产生最致命的腹股沟腺炎和脓肿块。② 如此看来,"毒液"警示了爱尔兰作为外部病原体对英格兰健康可能带来的病理感染过程,预示爱尔兰战争引发的英格兰国内政治叛乱、内战以及王权更迭。

实际上,剧中"远征爱尔兰"是基于伊丽莎白政府对爱尔兰叛军软弱态度而做出的反应。"如今爱尔兰叛军猖狂",(I. iv. 37)理查决定"现在远征爱尔兰"。(II. i. 155)类似地,当亨利六世的信使报告"爱尔兰叛徒起义"时,主教即刻派遣约克公爵前往爱尔兰"尝试运气"。(III. i. 283,309)《理查二世》和《亨利六世:第二部分》创作的 1594—1595 年,正是爱尔兰休·奥尼尔叛乱和国民呼吁女王政府采取"迅速行动"之时,尽管两部剧皆以征战的巨大代价提醒政府决策时需适度谨慎。1595 年,皇家公告指控休·奥尼尔拉拢北部其他首领参与叛乱,以"配合女王军队在阿尔斯特的行动"。③ 尽管与女王签署了休战协议,他却伏击女王武装,阿尔斯特战况告急。对政府过度谨慎的用兵态度,亨利·沃洛浦爵士写信告知枢密院秘书罗伯特·塞西尔:"叛军已席卷整个王国[……]他们似乎是其他敌人,而不是过去那些在平原战场上从来不敢冒犯女王军队的人[……]我有充足理由进谏女王陛下迅速行动以镇压这次叛乱。"④剧中格林向理查建议:"必须做出迅速行动,陛下,/延误会让他们有更多手段/ 赢得优势而给您造成损失。"(I. iv. 38—40)亨利六世信使也建议:"派遣援兵和将军,及时阻止疾病蔓延,/在伤口变得不可治愈以前;/因为伤口发青时,还有希望。"(III. i. 285—287) 呼应沃洛浦进谏,格林和信使请求国

① See David Hillman, "Staging Early Modern Embodiment", eds. David Hillman and Ulrike Maude, *The Cambridge Companion to the Body in Literature*, New York: Cambridge UP, 2015: 41—57.

② See William Bullein, *A Dialogue against the Fever Pestilence*, eds. Mark W. Bullen and A. H. Bullen, p. 38.

③ See Hiram Morgan, *Tyrone's Rebellion: The Outbreak of the Nine Years War in Tudor Ireland*, Woodbridge: The Boydell Press, 1993, p. 179.

④ Constantia Maxwell, ed. *Irish History from Contemporary Sources*, 1509—1610, London: George Allen & Unwin, 1923, p. 185.

王出兵爱尔兰,但无论理查亲征还是约克征战爱尔兰,都与女王的保守战法形成反差,表达莎剧在抱怨中参与政治以影响女王政府对外政策之动机。

亲征爱尔兰的后果是理查被罢黜,那剧中约克公爵与女王爱尔兰代理人的医生身份又如何被阉割?主教获知,"没有教化的爱尔兰乡巴佬士兵全副武装/感染英格兰人的血液"(III. i. 310—311)。然而,约克公爵独白:"您把武器交给一个疯子。/在爱尔兰,我会养育一支强军,/在英格兰搅动一场黑色暴风雨/[……]/直至我戴上皇冠/好像灿烂太阳的透明光柱/平息这位狂暴病人的愤怒。"(III. i. 347—354)他将纵容平民领袖杰克·凯德发动叛乱,"当我从爱尔兰凯旋而回时/收获这位低劣家伙播种的成果。"(III. i. 380—381)盖伦医学看来,黄胆汁或黑胆汁过剩生发"愤怒"与"狂暴",而约克自暴为"一个疯子"和"狂暴病人",他"发动叛乱"和"搅动一场黑色暴风雨"均是"狂暴"病的临床症状表现。他的英格兰医生身份自然瓦解,因为他将收编与领导爱尔兰叛军,"如毒蛇一样潜伏在沼泽地中",表现英格兰所描述的爱尔兰地理和居民的病理特征。[①]约克"过剩体液"反叛人体的自然理性和亨利六世统治下的神圣秩序。有趣的是,1584—1588 年间女王在爱尔兰的代理人约翰·皮诺特爵士,于 1592 年被宣判犯叛国罪,罪行是与西班牙密谋弑君、窝藏天主教徒、支持爱尔兰叛乱和恶言诅咒女王。[②]没像剧中约克一样成功反叛,皮诺特在辩护中称爱尔兰为"世界上最不幸的土地","在认识的总督中,没有一位不落得以某种方式被刺伤、诽谤或叮咬的下场"。[③]假设指控正确,那派往爱尔兰的每位总督几乎都选择反叛英格兰,只是鲜有人有剧中约克一样的好运气。可以推断,约克公爵的身份阉割正是都铎王朝政府派遣到爱尔兰的无数代理人"腐化"和"堕落"的缩影,这在此后的玫瑰战争中得到进一步证明。[④]

爱尔兰地理与文化应对英格兰医生身份阉割负责?在《对爱尔兰现状的

---

① See Stephen O'Neill, *Staging Ireland*:*Representations in Shakespeare and Renaissance Drama*, pp. 77—78,

② See Hiram Morgan, "The Fall of Sir John Perrot", ed. John Guy, *The Reign of Elizabeth*:*Court and Culture in the Last Decade*, Cambridge:Cambridge UP, 1995:118—122.

③ Hans Claude Hamilton, ed. *Calendar of State Papers*, *Ireland*, *1588—1592*, London:Longman, Green & Co., 1885, p. 350.

④ See Stephen O'Neill, *Staging Ireland*:*Representations in Shakespeare and Renaissance Drama*, pp. 81—82.

看法》中，斯宾塞让人物伊利纽斯与尤多克赛对此展开辩论。前者坚持使用政治和军事力量，让英格兰权贵定居爱尔兰："有严明纪律、规则的地方，更好之人就能培养出来，最糟之人便会效仿。"[1]后者质疑道："不是英格兰人把爱尔兰人吸入他们的文化向心圈，而是相反的趋势：爱尔兰人把英格兰定居者吸入爱尔兰文化。"[2]两位谁也说服不了对方，斯宾塞似乎无法找到让英格兰征服者"医治"爱尔兰的方案。也有朝臣从爱尔兰偏远的地理位置解释这一现象。芬尼斯·莫里森观察到爱尔兰的皇家缺场与政治不稳之间的紧密联系，建议派遣能人代表女王去管理那儿："因为爱尔兰人易于爆发骚乱和动荡，这种本性使一位勇敢而有活力的代理人显得非常必要。"[3]然而，从女王立场看，远距离行使王权存在较大风险，物理距离赋予代理人一种分裂与叛国能力，因为远离英格兰王宫，代理人可在爱尔兰组建另一个权力中心，取代甚至颠覆女王政权。[4] 剧中约克狡诈使用他的爱尔兰代理人身份展现了爱尔兰的地理距离带来的政治后果。约克在爱尔兰酝酿叛乱象征爱尔兰地理对英格兰的威胁，隐喻在爱尔兰的伊丽莎白政权的脆弱性和英格兰代理人医生身份的不稳定性。[5] 因此，约翰·戴维斯爵士进谏詹姆士一世施行政治与文化同化政策，展望"除了隔在我们之间的爱尔兰海，不存在任何差别"[6]。但他忽视了一点：只要隔着爱尔兰海，代理人就可能"堕落"和组建新的权力中心。把行使医治权的英格兰贵族身份阉割归于爱尔兰文化与地理，都是为英格兰殖民政策寻找理论依据和借口，记载英格兰对他者文化的不安全感和对爱尔兰地理空间的

---

① Edmund Spenser, *A View of the State of Ireland*, eds. Andrew Hadfield & Willy Maley, p. 144.

② Patricia Fumerton, *Cultural Aesthetics: Renaissance Literature and the Practice of Social Ornament*, Chicago: University of Chicago Press, 1991, p. 47.

③ Fynes Moryson, *The Irish Sections of Fynes Moryson's Unpublished "Itinerary"*, ed. Graham Kew, Dublin: The Irish Manuscripts Commision Ltd., 1998: 30—31.

④ See Willy Maley, *Salvaging Spenser: Colonialism, Culture and Identity*, London: Palgrave Macmillan, 1997, p. 99.

⑤ See Stephen O'Neill, *Staging Ireland: Representations in Shakespeare and Renaissance Drama*, p. 79.

⑥ See Sir John Davies, "A Discovery of the True Causes Why Ireland was Never Entirely Subdued, Nor Brought under Obedience of the Crown of England, Until the Beginning of His Majesty's Happy Reign", ed. James P. Myers, *Elizabethan Ireland: A Selection of Writings by Elizabethan Writers on Ireland*, Hamden, CT: Archon Books, 1983: 170—193, p. 174.

焦虑。

医生身份阉割还体现在剧中处于病理状态的英格兰政治身体,也隐指在女王王宫上演的派系斗争。冈特指责理查任用谄媚之臣的做法:"我看您病了。/您的临终床与您国土一样,/您躺在生病的声誉里;/您,如此粗心的病人,/竟把自己涂了圣油的身体/交给那些伤害您身体的庸医。"(II. i. 94—99)理查的声誉和身体(自然身体与政治身体)[①]都因重小人、远贤臣的行为而处于疾病状态。小人如庸医使国王疏远才德之人,理查与博林布鲁克成对立派系。剧中园丁把英格兰比作花园,园丁平整花园正如国王治理国土,而理查专制下的"整个国土,/充斥杂草,她最美的花朵遭夭折,/果树皆欠修剪,树篱被毁,/花床没连成一片,有益健康之草药上/涌现毛虫群"。(III. iv. 41—45)贵族冈特和底层园丁都认同英格兰乃"杂草"丛生之"国土","花床没连成一片"隐喻社会纽带断裂与理查王宫派系对峙。[②]为此,园丁"在此季节/需限制果树食物供应,鼓励果枝发育,/以防果汁与血液过剩,/营养过足会毁灭自己"(III. iv. 58—61)。英格兰已被"坏血"感染,唯有"放血"(除掉小人与昏君)才能恢复健康。亨利六世王宫更糟,目睹格洛斯特公爵被谋杀而无能为力,显示亨利"体液不足"(III. i. 210—220),主教因参与谋杀而患"疯癫"病(III. iii. 74—75),国民因此反叛,称萨福克为感染英格兰的"毒蛇"(III. ii. 259—260)。格洛斯特的暴死惨象"与英格兰政治身体的无序、疾病相关且相似",隐喻英格兰暴政、派系分裂与臣民叛乱。[③]的确,伊丽莎白晚年体弱多病,宫中出现新斯多葛主义运动、派系斗争与埃塞克斯叛乱,极大威胁英格兰政权稳定。[④]如此病态国家的统治者有何德何能医治和改造爱尔兰?

理查使用"流浪"一词既指爱尔兰的异质与流浪状态,也表述自己与爱尔兰人的流浪。当国王"正流浪反极之地"(III. ii. 45)时,博林布鲁克在国内发

---

① See Ernst H. Kantorowicz, *The King's Two Bodies: A Study in Mediaeval Political Theology*, pp. 24—41.

② See Stephen Greenblatt et al, eds. *The Norton Shakespeare: Based on the Oxford Edition*, p. 991.

③ Ibid., pp. 204—205.

④ See J. H. M. Salmon, "Seneca and Tacitus in Jacobean England", ed. Linda Levy Peck, *The Mental World of the Jacobean Court*, London: Allen & Unwin, 1982: 169—188.

动叛乱且罢黜理查。"流浪"一词在伊丽莎白时代意义特别。正如批评家约翰·吉利斯所说,伊丽莎白时期的人对异族形象的构建受到了古典作品和圣经的影响,两者权威的结合产生了一整套介于"流浪、散居、混乱、堕落、差异和偏远"之间的意义象征体系。[①] "流浪"意味着理查征服爱尔兰是一种"堕落"行为,他使英格兰陷入"混乱"。有反讽意义是,该词还暗示理查不仅未能构建爱尔兰空间,而且他自己被爱尔兰所改造,与爱尔兰人一起流浪。[②] 莎士比亚以英王"流浪"于爱尔兰之事件观照当时英格兰人与爱尔兰人一起"流浪""散居"甚至通婚的生活。1598 年,一篇文章这样写道:"什么使杰拉尔丁家族、莱希家族、珀塞尔家族改变名字赋予的属性,除了他们以前与爱尔兰人通婚?什么使我们看到、想到他们就如此憎恨他们,除了如此与爱尔兰人通婚?什么把他们从有英文发音名字的人转变为本质为爱尔兰人?从人到怪物?除了与爱尔兰人通婚?以前,他们与我们一样,在本性、习惯和名字上是英格兰人。现在,他们除了光秃的名字,什么也没剩下。"[③]通婚让旧英格兰人和爱尔兰盖尔人在名字上区别不大,但旧英格兰人正如"那些饮了女妖塞丝杯中酒后变成了野兽的人,但乐于兽性生活而不愿变回人性"[④]。爱尔兰人与体液过剩引发的纵酒发生联系,旧英格兰人的他者"差异"潜在威胁到英联合王国的建立,这为英格兰对爱尔兰的地理改造找到了"事实"依据。

如果爱尔兰人流浪正如"毒液"在人体滋生,那剧中理查和约克远征爱尔兰就是"根除"疾病的手术。爱尔兰人如"毒液一般生存",理查故而亲征以"根除那些粗俗、不修边幅的乡巴佬"。(II. i. 156—157)"根除(supplant)"是早期现代外科术语,意指使用刀、锯、钻和烧灼物用于切割"毒液"导致的肢体内

---

①　See John Gillies, *Shakespeare and the Geography of Difference*, Cambridge: Cambridge UP, 1994, p. 32.

②　See Stephen O'Neill, *Staging Ireland: Representations in Shakespeare and Renaissance Drama*, p. 114.

③　Willy Maley, "The Supplication of the Blood of the English Most Lamentably Murdered in Ireland [1598]", *Analecta Hibernia* 36 (1995): 3—77, p. 33.

④　Sir John Davies, "A Discovery of the True Causes Why Ireland was Never Entirely Subdued, Nor Brought under Obedience of the Crown of England, until the Beginning of His Majesty's Happy Reign", ed. J. P. Myers, *Elizabethan Ireland: A Selection of Writings by Elizabethan Writers on Ireland*, Hamden, CT: Archon Books, 1983: 170—193, pp. 161—162.

脓肿、溃疡或腐败肢体。① 17 世纪医生约翰·屋戴尔指令，切割脓块时"需稳而快地拿好你的切割刀切掉肌肉、肌腱和一切，直至肢体骨头[……] 把你的小柳叶刀插在骨头之间，灵巧地切掉那儿尽可能发现的一切(肌肉)"②。截肢时，助理医师需按住"(肢体)上部[……] 使用浑身力气，握紧肢体以保住精气和血液[……] 应迅速地尽可能把肌肉往上拉，保持用力按住，这样锯子可以最大靠近(目标)，肌肉因此会比骨头末端更长，(锯切口)将更容易愈合"③。切割脓块与截肢分别代表医学的身体局部观和整体观，分别相对侧重外科技能和把解剖学、体液病理学融合起来的内科医学。当然，外科医生需做好手术前后的护理工作。截肢前需"放血"以根除血液中的"毒液"；截肢后绑扎和烧灼血管(以消毒)，用针线"尽可能牢紧地缝合皮肤"，最后用亚麻布绑好截肢部位以止血。④ "放血"与"烧灼"的理论依据是体液、疾病在体内流动与发展变化。⑤ 绑扎伤口必须敏捷，需放预防发炎药、助肌肉生长药和止血药于伤口处。外科手术吸收盖伦内科知识，力图确保手术前后和手术过程每个环节的精准、安全以最大恢复病人的健康，彻底"根除"体内"毒液"带来的身体病变。医学话语进入军事领域时，莎士比亚自然让理查与约克把征服爱尔兰的需精心策划的军事行动想象为一项复杂的根除爱尔兰王国疾病的外科手术。

　　"根除"爱尔兰"毒液"是否预设女王后期改造爱尔兰空间的绝对手段与烧光政策？1598 年 8 月 14 日，爱尔兰首领休·奥尼尔在黄福特战役中击溃了英军，占领了具有重要战略地位的阿尔斯特省的黑水要塞。1599 年 3 月，伊丽莎白一世派遣宠臣埃塞克斯伯爵赴爱尔兰镇压叛乱，授予一支一万六千人部队。为推进改造爱尔兰的军事政策，爱尔兰起义被构想为必须"根除"的瘟疫，埃塞克斯被想象为"手持亮剑的战神"，休·奥尼尔如"羽毛下垂的怯懦公鸡"，英格兰军队"像铜墙一样傲然挺立"。⑥ 可不到两个月，民间流传一些"蒂

---

① See Andrew Wear, *Knowledge and Practice in English Medicine*, *1550—1680*, pp. 242—243.

② John Woodall, *The Surgions Mate* [1617], ed. John Kirkup, Bath: Kingsmead Press, 1978, pp. 173—174.

③ Ibid., p. 174.

④ See John Woodall, *The Surgions Mate* [1617], ed. John Kirkup, p. 175.

⑤ See Andrew Wear, *Knowledge and Practice in English Medicine*, *1550—1680*, pp. 220—225.

⑥ See John Nichols, *The Progresses and Public Processions of Queen Elizabeth*, 5 vols., vol. 3. London: J. B. Nichols, 1788—1823, pp. 433—437.

龙（休·奥尼尔的爵位）占绝对优势”的报道，似乎如此高调的国民期盼的战争胜利不太可能实现。[①] 政府极力控制走漏有关战役进展的消息。1599 年 6月，“书写或提及爱尔兰战事将被处死刑；邮差仅把消息带给国会”[②]。7月，“不可能发送任何爱尔兰战事的消息，从那时起所有广告被禁止，这些消息被国会谨慎地隐瞒”[③]。英军在爱尔兰实行极为罕见的杀光、烧光之灭绝政策。1603 年 3 月 30 日，休·奥尼尔才向接替埃塞克斯的新统帅芒乔伊投降，战争宣告结束。考虑到殖民者的残暴行径，理查“根除”有“使用不光彩的、背叛的方式消灭敌人”之意，明显指向英军在爱尔兰采用的烧光战术。[④] 通过理查想象的民族清剿和对爱尔兰空间改造，《理查二世》传达了军事解决爱尔兰形势的时代愿望，但也表明了这一行动的巨大代价。[⑤]

　　《亨利六世：第二部分》中，杰克·凯德的作战和逃亡方式隐喻爱尔兰人的流动生活，他入侵伊顿花园象征爱尔兰人对英格兰空间的威胁？凯德在对战爱尔兰时学习爱尔兰人的作战策略使其与后者发生隐喻关联。凯德忍受苦难的坚强毅力让他更像爱尔兰人。约克评论道：“说他屈服、难耐和受折磨——/我知道，他能承受任何苦难。”(III. i. 376—377)类似地，《对爱尔兰现状的看法》中，伊利纽斯保守地承认，爱尔兰人“大多能忍受寒冷、劳作、饥饿和一切艰辛，有非常健壮和迅猛的手脚[……] 临危不乱，蔑视死亡”[⑥]。凯德对爱尔兰身份的挪用达到了一种策略高度，拥有“切换不同身份的能力”，“能够锻造一种反抗爱尔兰人的武器策略”。[⑦] 多变让他在控制爱尔兰空间中观测英格兰。[⑧] 从“优越”殖民者堕落为英格兰的反叛者，凯德蹂躏伦敦正如爱尔兰人

---

　　① See Robert Lemon and Mary Anne Everett Green, eds. *Calendar of State Papers*, *Domestic of the Reigns of Edward VI*, *Mary*, *Elizabeth and James I*, *1598—1601*, p. 225.

　　② Ibid. , p. 225.

　　③ Ibid. , p. 251.

　　④ See Stephen O'Neill, *Staging Ireland*: *Representations in Shakespeare and Renaissance Drama*, p. 106.

　　⑤ Ibid. , p. 109.

　　⑥ Edmund Spenser, *A View of the State of Ireland*, eds. Andrew Hadfield & Willy Maley, p. 74.

　　⑦ See Andrew Murphy, "Shakespeare's Irish History", *Literature and History*, 5(1996): 38—59, p. 44.

　　⑧ See Stephen O'Neill, *Staging Ireland*: *Representations in Shakespeare and Renaissance Drama*, p. 81.

进攻英格兰在爱尔兰的首府所在地培尔城(Pale)。"一万个出身低贱的凯德之徒的军事失败,/比你死在法国人的刀下更好"(Ⅳ. vii. 48—49),凯德被构建成外族人。被自己叛军抛弃后,凯德沦落为一个可怜的流浪汉,"最近五天我躲在树林中,不敢露面"(Ⅳ. ix. 2—3),"没有家,无地可去"(Ⅳ. vii. 39)。这让人想起爱尔兰人的游牧生活,他们依赖树林、草场和水资源而不断迁移。凯德饥饿之极,潜入伊顿寓所却被主人刺死。如果他爬入伊顿私人花园避难比喻爱尔兰人对培尔城的入侵,那他被伊顿刺伤致死则暗示爱尔兰游牧生活的结束。英格兰人不是把自己王国想象为"花园"吗?凯德的饥饿与伊顿的富足之对比说明,游牧生活意味着疾病、贫穷与死亡,而定居生活带来健康、富足与生命。

凯德逃亡与理查流浪暴露出对爱尔兰流动空间的焦虑,在爱尔兰引入种植园经济似乎成为英格兰的必然选择。譬如,16 世纪 80 年代英格兰就在芒斯特地区推行种植园经济。当地人"不是人类而是异教或者相当野蛮、残忍的流窜兽类"[1],芒斯特总督决心推行一项"生产巨大财富的改革工作。巨大财富使人归顺,而绝望的乞讨驱使人撞破头皮去反叛"[2]。呼应莎剧中凯德与伊顿的对比意义,总督把爱尔兰人的游牧生活等同于流浪乞讨与反叛,让英格兰种植园经济与安定富足、归顺相关联。芒斯特地区的最大反叛首领于 1583 年被处决后,女王对是否应在该地推广种植园经济心存疑虑,官员引证古罗马法以消除女王顾虑,使她同意实行经济种植和军事清剿政策,导致战后芒斯特地区的本地人口剩下不到三分之一。罗马法规定,所有"空置的东西"特别是未被占领的或有待利用的土地,仍属于人类的共同财产,直到一群开发者愿意高效利用它而可能成为该土地主人。他们希望借助罗马法让国民普遍赞成在爱尔兰推行种植园经济。[3] 为此,一些芒斯特领主规划"完全由英格兰人维护而没有任何爱尔兰人参与"的模范村,向英格兰招募农耕人员,村子至少由 26 个家庭构成,配置好不同数量的专职人员,包括两名园丁、一个盖屋匠、客栈老板和教区牧师等,组建一个民事法庭。小业主们归顺领主,需负责"步兵和骑兵

---

① See Nicholas Canny, *Making Ireland British*, *1580—1650*, Oxford: Oxford UP, 2001, p. 133.

② Ibid., p. 134.

③ Ibid., p. 133.

的战争装备"之开销,以便村子有能力抵御"野兽或叛徒"。① 英格兰种植者丈量、制图和标示芒斯特地区。② 他们组织爱尔兰空间有似上帝口授诺亚规划方舟,爱尔兰因此具备抵御邪恶、远离疾病而永远繁荣健康的能力。

　　女王政府也向爱尔兰引入新教和普通法,治疗剧中亨利六世的主教所称的爱尔兰"非文明"政治身体(III. i. 309)。殖民者设计模范村旨在为每片领地创建一个英格兰微型体,组建一个新英格兰世界,让爱尔兰人在市政方面效仿英格兰定居者。英格兰人对种植村落的教育作用充满信心,芒斯特地区被描述为"一个重生与新生之地",准备"从一个爱尔兰政府蜕变为文明的英格兰培尔市","假如爱尔兰人和英格兰人能做好邻居,两个民族愿意确认(地理改造)现状和认可土地终身期限,按女王颁发的法令执行,那这个目标将容易变成现实"。③ 当时爱尔兰人口包括盖尔人、旧英格兰人和新英格兰人,旧英格兰人在诺曼征服后移民到爱尔兰,与盖尔人一道信仰天主教,而新英格兰人是在 16 世纪后期迁移到爱尔兰的种植园主和政府官员。他们没收盖尔人土地发展种植园经济,改变盖尔人和旧英格兰人的天主教信仰,因为西班牙可能通过爱尔兰在军事和贸易方面威胁英格兰,且爱尔兰人相信自己就是西班牙人的后裔。④ 1605 年,爱尔兰法律被废除,英格兰普通法生效,⑤因为仅依靠军事力量对爱尔兰实行经济殖民是不够的,要巩固统治必须推行英格兰法律,"根除爱尔兰野蛮、下流的本土风俗与律法"⑥。让爱尔兰习俗与律法病理化,英格兰法律正如治疗爱尔兰瘟疫的药物,甚至"对盖尔人财产权的司法立场奠定了英帝国创建过程中的基本公式"⑦。芒斯特法官宣称,英格兰普通法高于爱尔兰民法,因前者"出自上帝的道德和司法,由摩西为犹太人所制定",而后者

---

① See Anonymous, *Calendar of State Papers Relating to Ireland*, *1509—1670*, vol. 24, London: Public Record Office, 1912, pp. 121, 55.

② 关于"芒斯特地区的领地分布图",See Nicholas Canny, *Making Ireland British*, *1580—1650*, p. 141.

③ Anonymous, *Calendar of State Papers Relating to Ireland*, *1509—1670*, vol. 24, pp. 118, 75.

④ See N. P. Canny, *The Elizabethan Conquest of Ireland*, Sussex: Helicon, 1976, pp. 7, 154.

⑤ Ibid. , p. 159.

⑥ Hans S. Pawlisch, *Sir John Davies and the Conquest of Ireland: A Study in Legal Imperialism*, Cambridge: Cambridge UP, 1985, p. 4.

⑦ See Hans S. Pawlisch, *Sir John Davies and the Conquest of Ireland: A Study in Legal Imperialism*, p. 14.

"由人类发明或根据伪神的指令所创造"。① 可普通法不也由英格兰王室贵族所拟定并在社会发展中形成,它高于爱尔兰民法的源头不正是英格兰的强大国力?

爱尔兰复杂的地形特征训练了爱尔兰民族作战技能,有效抵御了英格兰军事入侵。英格兰人却使用病理学话语,把爱尔兰想象为一个体液紊乱而急需医治的王国,构想一套两国医患关系理论。服务地理改造的军事与经济政策有似盖伦医学中的外科手术与截肢疗法,用于巩固地理改造的文化政策类似体液理论中的药物疗法。莎士比亚历史剧使用医学话语,书写理查二世和约克公爵出兵镇压爱尔兰叛乱引起的英格兰政权更迭,与伊丽莎白政府试图征服与改造爱尔兰流动空间的政治现实互动。剧中英格兰医生身份阉割使爱尔兰患病的政治神话得以瓦解,而爱尔兰人的游牧生活与游击战术影射英格兰改造爱尔兰地理的军事、经济与文化政策,表达早期现代英格兰政府的爱尔兰空间焦虑。为吸引更多英格兰人来到爱尔兰参与种植园经济,罗伯特·佩恩号召他们消除对爱尔兰人的恐惧,坚持并非所有爱尔兰人都是"病态",其中"更好的人非常礼貌和诚实"。他甚至举例说,尽管大部分爱尔兰人信仰天主教,但他们已获知西班牙在西印度群岛的暴行而不会叛向西班牙,故在 1588 年西班牙无敌舰队入侵英格兰时,他们抛弃西班牙人于爱尔兰西海岸,让后者"如狗一样被他们大批屠杀,以至西班牙人的衣服在爱尔兰当作兽皮被贱卖"②。不久,英爱关系从伊丽莎白时期的医患关系演变为詹姆士一世时期的夫妻、父子或主仆关系,爱尔兰要求效忠英格兰国王与国教会。③ 不禁要问,我们是相信佩恩的爱尔兰非病态叙事还是莎士比亚、斯宾塞、贝肯与戴维斯的爱尔兰病理叙事,英格兰与爱尔兰之间究竟是医患关系还是父权关系?

---

① See Nicholas Canny, *Making Ireland British*, *1580—1650*, p. 123.

② Robert Payne, *A Brief Description of Ireland*: *Made in this Year*, 1589, London: Printed by Thomas Dawson, 1590, pp. 3, 5, 7.

③ See J. P. Sommerville, *Politics and Ideology in England 1603—1640*, London: Allen and Lane, 1986, p. 27.

第二节　《错误的喜剧》:梅毒、财政危机与国际贸易

阿德里亚娜(Adriana)痛苦不堪,原因是自己貌似从商人丈夫以弗所(Ephesus)的安提福勒斯(Antipholus)身上感染了性病梅毒。她描述道,丈夫所患的传染性疾病源起于"某种驱使他常离家的爱欲"①。锡拉丘兹(Syracuse)的安提福勒斯也多次谈论梅毒对人体的影响,特别是致人脱发(II. ii. 83—93;III. ii. 123);其仆人德罗米奥(Dromio)就梅毒被传染时的"烧灼"方式与其辩解(IV. iii. 53—55)。阿德里亚娜的妹妹露西安娜(Lucianan)也询问锡拉丘兹的安提福勒斯,"甚至在爱欲的春季,你的爱欲也会腐烂?"(III. ii. 3)然而,正是因为这种让人"离家的爱欲",以弗所的安提福勒斯的国际贸易生意才取得成功。正如露西安娜所说,男人的"事业仍旧在家外"。(II. i. 11)与此相反,阿德里亚娜坚持,此种"爱欲"是疾病的源泉,她抱怨商业对家庭健康的威胁,指责丈夫对家外女性的病理性"流氓淫欲"使他们夫妇俩感染上了梅毒,"被通奸的耻辱所缠上"。(II. ii. 132,139)

这是莎士比亚戏剧《错误的喜剧》(1592)涉及梅毒的情节片段。乔哈尼斯·法布里希尔指出,创作于 1601 至 1604 年间的一些莎剧充斥着梅毒病理学意象,暗示作者在 16、17 世纪之交已经感染上了梅毒,但当莎士比亚创作《错误的喜剧》时,他正处于 20 多岁非常健壮的生命岁月,故从自传视角解读该剧自然不太符合常理。② 考虑到该片段强调国际贸易与梅毒之间的相关和类比性,单纯从早期现代发生在欧洲大陆和英国的瘟疫史实解读该剧,似乎有些狭隘故而有失科学和严谨。③ 实际上,16 世纪英国正值前商业时代,国际贸易额大幅度增长,国内的经济问题凸显出来,经济学家们在神学伦理框架下解读国际贸易。商业被看成伦理学子集,商人主体必须对商品交易负起道德责

① See William Shakespeare, *The Comedy of Errors*, eds. Stephen Greenblatt et al, *The Norton Shakespeare: Based on the Oxford Edition*, New York: W. W. Norton & Company, 1997: 683—732, V. i. 56. 后文引自该剧本的引文将随文标明该幕、场及行次,不再另行作注。

② See Johannes Fabricius, *Syphilis in Shakespeare's England*, pp. 50—61.

③ See Jonathan Gil Harris, *Foreign Bodies and the Body Politic: Discourses of Social Pathology in Early Modern England*, pp. 53—78.

任,但作为一种新出现的准科学概念,商业也被理解为一种与道德无关的、任何个人和民族必须屈从的全球化体系。这种断裂式阐释映射出当时医学话语关于传染性疾病的争论:传染性疾病可归因于身体内在爱欲的无节制,也可由与传染性的外部身体接触所致。鉴于此,笔者把《错误的喜剧》对待梅毒的方式置于16世纪英国随国际贸易增长而出现的更宽大的话语与情感结构体系之中,研究剧中的英国前重商主义时期的病理学和经济学话语的融合,分析该剧如何演绎以爱欲为中心的个体与外在不可控的力量之间的关系。据此,本节首先在早期现代医学大背景下阐释疾病的病理学原理和剧中被身体化的国际贸易;然后,在英国16世纪的商业发展语境中探讨当时经济学理论如何融合疾病话语而表现为经济病理学理论,研究该剧如何映射英国的国际贸易场景和财政危机;最后分析剧中的梅毒话语如何呈现前商业时代的英国对无节制的个人爱欲和对国际贸易带来的潜在国内财政危机的焦虑。

《错误的喜剧》以商人锡拉丘兹的易基恩(Egeon)和一儿子安提福勒斯到以弗所寻亲为主线,因为25年前的一次船难,他的另一个同名双胞胎儿子安提福勒斯自小走散到了以弗所,妻子也流落到了以弗所的一家修道院,后来成了该修道院院长。故事的背景是,锡拉丘兹和以弗所为近邦邻国,一直以来贸易往来非常活跃,却因贸易摩擦而中断商贸活动并禁止人员互相往来。商人易基恩年轻时忙于生意,无暇顾及失散的妻儿,尽管商业上取得了巨大成功,却一直没有一个完整的家。以弗所的安提福勒斯不同于父亲,他有娇妻阿德里亚娜操持家务,但也与父亲相似,他一直到锡拉丘兹做生意,非常成功并赢得社会尊重,国内的妻子却独守空房并感染上了他从国外带回来的传染性疾病梅毒。该剧指向16世纪英国的前商业时代,关注易基恩和儿子两代人经商对家庭生活造成的冲击,探讨国际贸易的性质和后果。整个故事框架暗含对待国际贸易的冲突理念:它是健康的,还是病态的? 它是处于个人的、家庭的道德经济轨道之中,还是处在与道德无关的、体制经济的河床之中? 该剧的主要情节以两种迥然不同的方式把国际贸易做了身体化阐释,使得个体商人、消费者的爱欲身体与由民族国家构成的全球贸易身体显现出来。在这个过程中,莎士比亚重新生产了两种完全不同的病理学模式。

早期现代医学沿用古希腊医生盖伦提出的医学理论,而盖伦的体液平衡学说是其重要的医学理论之一。① 根据盖伦病理学,不受控制的爱欲导致体液紊乱、不能自制和身体疾病。② 早期现代病理学研究专家迈克尔·萧安菲尔特也指出,盖伦道德经济提倡适度节制而非压制爱欲。③ 如果《错误的喜剧》中的爱欲话语把经济概念做了身体化处理的话,那就显现在个人道德或非道德的主体上,而不是发生在与道德无关的国家身上。④ 莎士比亚大量使用医学术语叙述商人及其相关人的爱欲。例如,以弗所修道院院长把自己的儿子,商人以弗所的安提福勒斯"狂暴"症状归因于"让人不安的饮食",这"产生不良消化;/ 因此孕育感冒的暴烈火焰,/ 感冒只是一阵疯癫?"(V. i. 74—76)女仆露丝这个"疯狂肉欲的山脉"(IV. iv. 154)代表了该剧病理性爱欲最夸张的具体意象。因对商人安提福勒斯的仆人德罗米奥的无节制、流汗般的爱欲,她被刻画成怪异放纵的物种。(III. ii. 103—104)这些描写的不只是爱欲,也是胆汁体液过剩导致的爱欲过度,更可能指向商人"某种驱使他常离家的爱欲"。

　　莎士比亚运用医学词汇谈论商人的爱欲,有意让剧中"家"的意义滑动不定,使家庭病理学与国家经济之间的联系前景化。戏剧伊始,易基恩自我诊断为患了名为"道德堕落"的疾病,因为他为了追逐商品而偏离了他的锡拉丘兹的"家(home)"。而当他来到以弗所时,当地公爵反问他:"为何你抛弃你本地的家(native home)?"(I. i. 29)不言而喻,前一个家是指易基恩的"家庭",后者指他的"国家"锡拉丘兹。离开家庭是为了从事国际贸易以追求利益,而此处他离开国家是为了在他国寻亲以回归家庭。第二幕中,阿德里亚娜对丈夫安提福勒斯外出经商的态度与妹妹露西安娜截然相反,当后者坚持男人的"事业仍旧在家外"时,前者哭泣并抱怨丈夫不回"家(home)"。此处,"家"意义越加含糊不清,可同时指向家庭和国家。安提福勒斯与易基恩的家外"生意"获

　　① See Jr. Samuel K. Cohn, *Cultures of Plague*, pp. 1—13.

　　② See F. David Hoeniger, *Medicine and Shakespeare in the English Renaissance*, pp. 175—189.

　　③ See Michael C. Schoenfeldt, *Bodies and Selves in Early Modern England: Physiology and Inwardness in Spenser, Shakespeare, Herbert and Milton*, Cambridge: Cambridge UP, 1999.

　　④ See Jonathan Gil Harris, "'Some Love that drew him oft from home': Syphilis and International Commerce in *The Comedy of Errors*", eds. Stephanie Moss and Kaara L. Peterson, *Disease, Diagnosis, and Cure on the Early Modern Stage*, Vermont: Ashgate, 2004: 69—92.

得通奸联想,爱欲的商业内涵和性爱意义连接起来。所以,当露西安娜提到锡拉丘兹的安提福勒斯,说他"发誓〔……〕他在这里是个陌生人"时,姐姐阿德里亚娜以为是说自己的丈夫并回答道:"他的确发誓过,然而他发伪誓。"(V. ii. 9—10)阿德里亚娜使用遁词斥责商人丈夫的不忠,她通过并置家的"家庭"和"国家"之意,强调个人主体对婚外关系和国外商品的双重爱欲,"陌生人"获得同时指向通奸者和商业旅行者之意。或者说,如果爱欲话语作用于个人与家庭空间关系的病理化,那么它也能同时揭开个人潜在的"不健康"的国际贸易。

实际上,除盖伦爱欲病理学外,《错误的喜剧》隐含着另一种完全不同的疾病理论。缺乏一套连贯的、作出清楚解释的理论模式,它通常把疾病看作是一种原型微生物的、外因的、具有传染性特征的侵蚀性力量。[①] 当时的医生都无法系统阐释它的具体内容,何况是莎士比亚。但他在剧中提供了众多表达此种病理学的例子,说明疾病可能是一种外在的、无法消除的、入侵到人体内部的力量。譬如,当医生平奇(Dr. Pinch)诊断以弗所的安提福勒斯患有"暴怒"疾病时,他为后者驱魔。平奇的治疗法相信,外来的、撒旦式的陌生身体"住进了病人的身体"。(IV. iv. 54)他拒绝把安提福勒斯的病情想象为内在的爱欲或是体液不平衡所造成的。类似地,剧中人物巴尔塞撒(Balthasar)把诽谤视为一种传染性疾病,从外"邪恶地入侵到体内"(III. i. 103)。

尽管有些含糊,但疾病作为外在侵入的力量的病理学被莎士比亚用来呈现经济,最有趣的例子要数锡拉丘兹的德罗米奥关于世界经济的身体隐喻。德罗米奥把女仆露丝的身体比喻成地球仪,充满各国经贸活动的地球类似一个巨大身体,[②]身体与经济病理概念表达出来。各国之间的贸易往来与商品流通潜伏着对民族国家的某些金融与财政安全的威胁,这种金融风险被理解为与某种来自他国的、从外入侵的传染性疾病。在讥讽女仆露丝过度的爱欲时,德罗米奥想象,在全球贸易的大身体之内,不同的病态民族经济体因为商品交易的循环系统而相互感染。可以说,德罗米奥发展了以弗所公爵索力内

---

① See Vivian Nutton, "The Seeds of Disease: An Explanation of Contagion and Infection from the Greeks to the Romans," *Medical History* 27 (1983): 1—34.

② 国内学者从性政治地图隐喻视角解读女仆露丝的身体地图,详见郭方云:《文学地图中的女王身体诗学:以〈错误的喜剧〉为例》,《外国文学评论》2013 年第 1 期,第 5—17 页。

斯（Solinus）早前提出的身体隐喻，关于"致命的内部冲突／在贵国煽动暴乱的国民和我们之间"（I. i. 12—13）。与索力内斯相似，他把国家关系定义在全球统一的、但却是病态的国际贸易体系之中。以戏谑的方式，德罗米奥把各国完美置于他的全球贸易身体之中。譬如，他利用露丝身体很有创意地解说西班牙与美洲大陆的关系：

> 锡拉丘兹的安提福勒斯：哪儿是西班牙？
>
> 锡拉丘兹的德罗米奥：我的上帝，我没看见，但我感觉到在她的呼吸的热气中。
>
> 锡拉丘兹的安提福勒斯：美洲和西印度群岛呢？
>
> 锡拉丘兹的德罗米奥：哦，在她的鼻子上，一切都装饰满了被红宝石、蓝宝石，下降他们丰盛的东西到西班牙的热气中，而西班牙派遣全部的武装商船去装载商品位于她鼻子上的。（III. ii. 129—36）

西班牙位于女仆露丝的"热气"之中，而早期现代体液学说认为"热气"乃是体内"胆汁"过剩所致，为一种身体疾病。西班牙通过国家贸易从美洲获得大量珍贵的商品，然而，这些商品名称如"红宝石（rubies 和 carbuncle）"可指症状为"深红色"的疾病"痈"，也可指"炎症""疖子""疔"或"疮"等，它们共同构建病理学框架来解释国际贸易。由于新世界的发现，西班牙从与美洲的商业贸易中获得巨大财富，尤其在美洲开发银矿和珍贵珠宝。然而，托马斯·史密斯（Sir Thomas Smith）指出，当大量金银进入西班牙国库后，有悖论意义的是，金银货币大增导致实际财富减少，通货膨胀生发金融危机。① 莎士比亚认识到 16 世纪后半期伴随国际贸易而发生的欧洲经济灾难。德罗米奥关于西班牙的评论似乎支持这样一种解释：经济疾病不是个人病理爱欲的产物，而是在国际贸易中与他国商品接触的结果。美洲商品把疾病传染给了西班牙。当把女仆露丝的身体比喻成全球贸易身体时，德罗米奥似乎把经济疾病看成是身体内的体液紊乱所致，但他重点强调疾病的跨国界传染这一图景。但不能

---

① See Fernand Braudel, *The Mediterranean and the Mediterranean World in the Age of Phillip II*, tran. Sian Reynolds, vol. 1, Berkeley: University of California Press, 1995, pp. 393—493.

排除,莎士比亚有意模糊德罗米奥的国际贸易身体,同时指向两种不同的病理学模式,既认为商人个体不能规范和节制对国外商品的消费欲望,又坚信国际贸易带来国外大量商品与金银涌入,导致国内金融秩序紊乱。这两种病理学模式有助于深刻理解早期现代英国前商业时代的国际贸易,解析《错误的戏剧》的传染性疾病梅毒,以透视国民对国际贸易这一经济现象的焦虑。

1600年以前,商业活动被当作是基督教伦理学的一个分支,与国家或全球语境孤立开来,大多情况下与贪欲和高利贷等罪行联系起来。[①] 英国都铎王朝时期,从个人道德层面解读日益增长的商业活动是主导性的认知方式,[②] 但经济学理论著作流露出矛盾性立场,时而谴责商人和消费者的对外来商品的欲望,有时能看到商业的自身发展规律,把它视为与道德无关的、不可控制的运行机制。而这离不开都铎王朝政府加强民族国家经济建设的措施和16世纪中期以后英国海外贸易的大幅增长。亨利七世结束了旷日持久的玫瑰战争,削弱贵族权力以巩固王权,为经济发展赢得了和平稳定的环境。亨利八世的宗教改革没收教会的土地和财富,加强了王室的经济实力,英国在政治、宗教和经济上变成一个高度统一的民族国家。外交上,为了防范来自欧洲大陆天主教势力的入侵,英王发展经济的任务显得尤为迫切,经济学家极力为国王寻求增加财税和财政的方法。在海外,英国商人从德国北部的汉萨同盟商人和意大利的伦巴族人等外籍商人手中夺得海外贸易控制权。1576年后,包括黎凡特公司和东印度公司在内的一些新成立的英国联合股份公司控制了早期被葡萄牙占领的香料和丝绸贸易。[③] 1565年,伦敦商人冒险家公司合并为英国商人冒险家公司,许多商人撰写经济著作,提出国家经济体(国家经济的身体隐喻)这个概念,试图在国家层面而非个人、家庭层面阐释经济体制和财富增长。[④]

---

① See Joyce Oldham Appleby, *Economic Thought and Ideology in Seventeenth-Century England*, Princeton: Princeton UP, 1978.

② See Jonathan Gil Harris, *Sick Economies: Drama, Mercantilism, and Disease in Shakespeare's England*, p. 2.

③ See Robert Brennerm, *Merchants and Revolution: Commercial Changes, Political Conflict, and London's Overseas Traders, 1550—1653*, Princeton: Princeton UP, 1993.

④ See Ceri Sullivan, *The Rhetoric of Credit: Merchants in Early Modern Writing*, London: Associated UPS, 2002.

　　然而,1540 年至 1560 年间,英国经历了一场经济危机,通货膨胀导致英国货币贬值。这更容易让早期都铎王朝的学者使用疾病和身体话语阐释国家经济,最有影响力的是亨利八世的政治顾问托马斯·斯塔基(Thomas Starkey)撰写的政治册子《波尔与卢布赛的对话》。一方面,他严厉责难英国国民的贪欲,把国家经济体的灾难指向“过度饮食[……],许多懒惰的吃货使得食物昂贵”,他把英国的问题归于“懒散和懒惰”。① 另一方面,他不把国家疾病归因于散漫的道德,而认为是体制问题使国际贸易痛苦不堪。在他看来,过度的外贸导致政治“痛风”:“如果我们从国外少买进、少卖出,我们应该会有更多的商品和享受更多的快乐,这是确定无疑的。”②他对进口的怀疑预示后来重商主义者的观点,赞同过度消耗外来商品使国库衰竭。与重商主义者类似,他抱怨低价出口英国原材料“铅和锡”,在海外转变成加工品后又以高价在英国零售。与重商主义者不同,他并不把出口推崇为获取金银财富的手段,相反,他的经济目标是建立一个自给自足的共和国。这让他最终回到道德式地怒斥渴望外来商品的爱欲上。例如,他的作品人物波尔把政治身体的“中风”归因于“所有商人,他们把英国人生活必需品运出去,运进无用、奇怪和无价值的东西,仅仅为了消遣和作乐”。③

　　斯塔基的经济病理学模型规定了 16 世纪经济学著作的写作视野。伊丽莎白一世时期的经济学作品重新复制了他使用的起源于中世纪的非道德爱欲话语,哀叹英国以前所未有的规模进口海外商品,包括衣服、食品、香料和药品等。例如,菲利普·斯塔布斯(Philip Stubbes)的《滥用的剖析》(1583)把英国经济体的疾病归于国民的对海外商品的无节制爱欲。他尖锐地使用医学语言为英国政治身体的疾病做诊断,特别指向“美味食物、华丽建筑和奢华服饰等三个病因,在时间流逝中,如果不进行任何改革的话,它们会耗光共和国财富”④。这种诊断为《滥用的剖析》整本书奠定了基调,他把个人堕落的、对异族风情奢侈品的钟爱视为英国经济与道德疾病的原因。与斯塔基一样,把国

---

①　See Thomas Starkey, *A Dialogue Between Reginald Pole and Thomas Lupset*, ed. Kathleen M. Burton, pp. 92—93.

②　Ibid., p. 96.

③　Ibid., p. 82.

④　Philip Stubbes, *The Anatomie of Abuses*, p. 106.

外商品做病理化处理,斯塔布斯还坚定不移地把英国疾病的病因和药方定位在英国国内,限定在英国人的爱欲上。他把国家的道德话语与强调节制和平衡的体液话语结合起来。

斯塔基暗示在制度层面理解国家经济疾病,但托马斯·史密斯爵士在《英国王国话语》(1581)中更详尽地对此做了论述,该书被称为"带有丰富的重商主义理念"著作。① 作为政治家和剑桥的法学教授,斯密斯给予经济思想特权地位,称之为"道德哲学"的分支。有时,他让英国人警惕过度消费的贪欲罪行:"古罗马人享受过多[衣服和食物]导致帝国衰退。贤士们认为现在是衰败的时候,[……]因此我向上帝祈祷,这个王国以此为戒,特别是伦敦,帝国的头脑。"②然而,从国家经济体的命运看钱币的作用,史密斯频频暗示从与道德无关的视角阐释日益增长的国际贸易和经济问题,体制的"溃疡和伤痛"占据着他的注意力。例如,《英国王国话语》人物医生辩论道,英国货币的贬值造成严重的通胀。当然,此种诊断把道德指责和制度分析结合起来。当医生把通胀归于"贬值,或者钱币和财宝的堕落"时,他把"溃疡"视作是个人贪欲的结果。③ 更重要的是,史密斯把英国货币的贬值看成是全球商务发展不可避免的结果,宣称:"我们已经设计出一种方案,让他国人不仅购买我们的金、银和铜,消耗我国的财富,而且以这种方式购买我国的对我们没用的主要商品。"④史密斯几乎表达了进出口平衡的重商主义理念,他拒绝了斯塔基的建设自给自足国家的观点,"只有在乌托邦国度,才可能与外面世界没有来往"⑤。可是,无论是史密斯还是斯塔基,在对英国经济的病因问题上,他们是相似的,时而归结于国民的堕落爱欲,时而归因于制度性的经济问题。然而,通过呼吁国

---

① See Henry William Spiegel, *The Growth of Economic Thought*, 3rd edn. Durham: Duke UP, 1991, p. 84.

② Thomas Smith, *A Discourse of the Commonweal of This Realm of England*, ed. Mary Dewar, Charlottesville: UP of Virginia, 1969, p. 82.

③ See Thomas Smith, *A Discourse of the Commonweal of This Realm of England*, ed. Mary Dewar, p. 69.

④ Thomas Smith, *A Discourse of the Commonweal of This Realm of England*, ed. Mary Dewar, pp. 149, 69.

⑤ Ibid. , p. 105.

家制定和执行司法财政法案,①两位学者预言了有关国家经济体的重商主义话语和限制了它的病理学语域。

与学者们预言的重商主义语境相映照,莎士比亚把《错误的喜剧》设置在国际商业大环境中,以弗所和锡拉丘兹都有着较为成熟的商贸市场,贸易进入国家主权的轨道中,特别是以弗所市场让人想起当时英国伦敦和欧洲大陆的国际商贸市场。以弗所交易市场被提及 11 次,它是当地的市场,以弗所的安提福勒斯就在该市场为妓女购买项链。它还是国际市场,为消费者提供来自全球的各种异国情调的商品,正如以弗所的安提福勒斯把土耳其的毛毯卖给本国人(IV. i. 104),或如把东方的丝绸卖给为之着迷的锡拉丘兹的安提福勒斯(IV. iii. 8)。以弗所商业活动严格按照全球语域开展。比如,一位商人"要去/ 波斯,路途中需要钱币"(IV. i. 3—4),请求警方拘留铁匠安琪罗(Angelo),因为后者拖欠债务。以弗所市场与 16 世纪后期的伦敦有可比性,尤其是伦敦的全球商贸市场。当以弗所的德罗米奥召唤主人"从集市/ 回家,从凤凰市场回屋"(I. ii. 74—75)时,伊丽莎白时代的观众定会联想起伦敦伦巴第街上的同名商铺。伦巴第街是当时英国的金融中心所在地,外汇交易在此进行。② 当贸易摩擦发生时,锡拉丘兹"商场和市场"向以弗所关闭(I. i. 17),以弗所公爵要求锡拉丘兹商人易基恩"需要盾来赎命"(I. i. 8)。英国和欧洲大陆的国际商贸市场也是如此:外来商品在特别划定的"商场和市场"交易;国家间的经济活动不以物物交易和交易账单形式进行,而使用荷兰"盾"等现金手段交易;商品交易使用早期现代欧洲的标准货币单位马克。③

16 世纪的英国和欧洲间的国际贸易多次带来国内财政危机,前商业时代的学者们因此从商人、消费者爱欲和经济制度自身加以剖析。与此对应,《错误的喜剧》中以弗所和锡拉丘兹之间报复性的贸易冲突暗示,国家经济体还没

---

① See Thomas Starkey, *A Dialogue Between Reginald Pole and Thomas Lupset*, ed. Kathleen M. Burton, p. 142; Thomas Smith, *A Discourse of the Commonweal of This Realm of England*, ed. Mary Dewar, p. 95.

② See Edward H. Sugden, *A Topographical Dictionary to the Works of Shakespeare and His Fellow-Dramatists*, Manchester: Manchester UP, 1925, p. 409.

③ See Theodore B. Leinwand, *Theatre, Finance and Society in Early Modern England*, Cambridge: Cambridge UP, 1999.

在真正意义上出现,因为成熟的经济体是与道德无关的财富生产系统,政府介入的目的是确保外贸平衡和保持金银储备。以弗所公爵这样说明两国间的贸易冲突:

> 锡拉丘兹的商人,不要再恳求。
>
> 我公正执行我国的法律。
>
> 最近敌对和不和
>
> 起于贵公爵的恶意暴怒
>
> 对我商人,我诚意做生意的国民,
>
> 他们,需要盾来赎命,
>
> 用他们的血液使他的严格法律生效,
>
> 排除来自我威胁性面孔的同情。(I. i. 3—10)

锡拉丘兹公爵因为某种不明原因,认为与以弗所的贸易损害了国家身体,把愤怒投向以弗所的商人,断绝与后者的商贸来往。以弗所公爵索力内斯通过严厉法律禁止任何来自锡拉丘兹的人,否则必须缴纳一千马克赎金才能免死。易基恩来到以弗所寻求,就面临此种法律处罚。剧中的以弗所政府介入和干预国际贸易,并非为了解决贸易问题以继续保持商贸关系,也不是增加国家财政,而是为了报复或惩罚对方。锡拉丘兹公爵更是对国际贸易保持一种怀疑和敌对立场,在病理学层面看待它,相信它对国家健康有潜在的伤害和危险。在17世纪上半期的商人著作中,国际贸易才被专从经济学维度进行论述,而不再隶属于道德哲学。[1]

　　让锡拉丘兹商人易基恩痛苦内疚的是,外贸生意已威胁到他的家庭幸福。外贸带来的伤害在个人而非国家层面表达出来:

> 我出生在锡拉丘兹,与
>
> 一个女人结婚,婚姻生活快乐,
>
> 没有不好的事情发生。
>
> 和她在一起,我享受极了;我们的财富增加

---

[1]　See Eli F. Heckscher, *Mercantilism*, 2nd edn. 2 vols. vol. 1, tran. Mendel Shapiro, London: George Allen & Unwin, 1955.

> 通过有繁荣兴旺的旅行,我经常去
> 伊皮达米安,直到我的代理商去世
> 照顾好被他弃下的商品的爱欲
> 驱使我离开妻子温柔的怀抱。(I. i. 36—43)

外国商人必须依赖当地的代理商为他代理商品交易,这是早期现代的商务惯例。[1] 易基恩从国际商贸中获得大量财富,似乎认可了国际商贸推动经济发展的作用。但是,他更多是批评国际贸易,与 16 世纪的经济学作品如出一辙。他把财富增加归因于"繁荣兴旺的旅行"而非国际贸易;他认为自己的国际商务是错误的,因为它伤害了自己的妻子和损害了自己的婚姻,而不能在财政经济学范畴内谈论国际商务。他用道德哲学和早期现代医学来看待自己的商务行为,"照顾好[……]商品的爱欲""驱使"他"离开妻子",责怪自己不能规范好过剩体液引起的爱欲,也让读者想起阿德里亚娜丈夫的"驱使他常离家的爱欲"。他使用"kind"一词表达"妻子温柔的怀抱"中的"温柔的"之意,但"kind"也可意为"种类",暗含"温柔乃是自然行为"之意,违背自然意味着冒犯上帝,伦理意义非常鲜明。[2]

莎士比亚在《错误的喜剧》中表达了一种对待国际商务的高度含混的态度。一方面,他借用以弗所公爵索力内斯的话,指出跨国贸易是"我诚意做生意的国民"的惯例;另一方面,他借用锡拉丘兹公爵观点,认为它是国家健康的威胁,并借用易基恩的话,相信它是家庭健康的威胁。毫无疑问,莎士比亚既把国际商务视为由商人的过剩爱欲引起的危害个人和家庭道德健康的事情,又把它看成是一种与由他接触的外在力量生发的对国家福祉有潜在病理学影响的事情。甚是明显,《错误的喜剧》的经济病理学与英国前商业时代的经济学文献共鸣呼应。

16 世纪疾病话语对梅毒起源和形式存在相当的不确定性。自 15 世纪后期和 16 世纪早期第一次暴发以来,梅毒通常被认为是一种与有罪的、过剩爱

---

[1] See Raymond de Roover, "What Is Dry Exchange? A Contribution to the Study of English Mercantilism", ed. Julius Kirshner, *Business, Banking, and Economic Thought in Late Medieval and Early Modern Europe*, Chicago: University of Chicago Press, 1974: 183—199.

[2] See Jonathan Gil Harris, "'Some Love that drew him oft from home': Syphilis and International Commerce in *The Comedy of Errors*", eds. Stephanie Moss and Kaara L. Peterson, p. 73.

欲相关的疾病。[1] 1519年,伦敦教会改革人士约翰·科雷(John Colet)劝诫教区的年轻人,"过度使用肉欲"引起"恶心的大痘疹"。[2] 一个世纪后,约翰·阿布拉希(John Abernathy)也使用早期现代体液学说把梅毒进行宗教恶魔化,指出"燃烧的性欲耗尽了生命精气和香膏,正如火焰浪费了蜡烛,因此出现体液腐败、骨髓腐烂、关节疼痛、神经崩溃、头疼、时而中风等症状。这种痛苦的妓女鞭打就是法国的痘疹"[3]。阿布拉希很大程度上响应了16世纪盖伦主义者,把梅毒归因于体液紊乱,认为"这种病源于腐败的、灼热的、感染的血液",或因为妓女体液的过度燃烧。[4] 类似的解释无非印证了疾病乃是体内的体液不平衡所致的理论,而对于梅毒的传染性特征却无所适从。甚至非常坚定的盖伦医学学者也不得不承认,盖伦医学权威不能阐明梅毒,"不知道这种疾病是什么,也不能给它命名,因为它最近从西班牙、法国再感染到我们"[5]。

除盖伦医学遭受信任危机外,对梅毒传染方式的解释与希波克拉底医学派的瘴气理论有关。[6] 梅毒的巨大传染性使人们感到惊恐不安。1519年,威廉·霍尔曼(William Horman)写道:"法国的痘疹非常危险和异常恐怖,因为它一经接触就被染上。"[7]许多人担心,梅毒可能会通过其他非性交的方式传染到无辜的,甚至是纯洁的受害者身上。因此,人们提出,梅毒是一种侵略性的、与道德无关的疾病,并非由体液过剩引发的非道德的身体状态。在亨利八世的宫中甚至有谣言称,大主教沃尔西(Wolsey)试图通过向国王呼吸的方式把梅毒传给国王。正如医生彼特·劳(Peter Lowe)1596年记载,痘疹被感染

---

[1]　See Ernest B. Gilman, *Plague Writing in Early Modern England*, Chicago: The University of Chicago Press, 2009, pp. 7—28.

[2]　See J. H. Lupton, *A Life of John Colet*, London: George Bell and Sons, 1909, p. 308.

[3]　John Abernethy, *A Christian and Heauenly Treatise Containing Physicke for the Soule*, p. 442.

[4]　See Jonathan Gil Harris, "'Some Love that drew him oft from home': Syphilis and International Commerce in *The Comedy of Errors*", eds. Stephanie Moss and Kaara L. Peterson, p. 81.

[5]　Andrew Boorde, *The Breuiary of Helthe*, p. Y3.

[6]　See Leeds Barroll, *Politics, Plague, and Shakespeare's Theatre: The Stuart Years*, Ithaca: Cornell UP, 1991, pp. 55—89.

[7]　William Horman, *William Horman's Vulgaria*, ed. M. R. James, London: Roxburghe Club, 1926, p. 57.

是"通过接收感染者的呼吸,通过挨着他们坐,有时通过赤脚踩在感染者的脚上"①。当时不同国家给予梅毒不同命名。英国把梅毒称为西班牙疾病、法国痘疹或那不勒斯疾病;同样在欧洲大陆,以压倒之势,在命名上梅毒被理解为起源于他处且由渗入到政治身体和自然身体的外在身体所传染。② 最终,16世纪后期的医生们给予梅毒新的本体论解释,把梅毒看成是远距离从一个身体传染到另一个身体的"种子"。1596 年,医生威廉·克劳斯(William Clowes)就从原型微生物视角解释梅毒传播:"以外在方式传染〔……〕任何外在部位一旦感染,梅毒便侵入血液,像毒瘤从一个部位爬到另一个部位。"然而,克劳斯不时回到对梅毒宗教的爱欲式理解,祈祷上帝"把我们从产生它、孕育它、抚育它和传播它的肮脏罪恶中解救出来"③。

伊丽莎白时期的人同时把梅毒看成是体液过剩导致的爱欲和有"种子"般侵略特征的外在力量,这两种模糊的病因学在《错误的喜剧》对梅毒的指涉中表现出来。围绕梅毒,莎士比亚力图协调历史残存的盖伦医学解释和新出现的外部传染特性的本体论解读。德罗米奥就妓女的梅毒解释道:"它这样形成:她们对男人就如光的天使;/光是火的结果,火会燃烧;/轻浮的妓女会燃烧。"(IV. iii. 53—55)口语词"燃烧"在伊丽莎白时代广泛使用,暗示梅毒感染的盖伦医学的体液过剩之意。但是,英语单词"burn"可以是不及物动词,体现妓女的自我燃烧;也可是及物动词,意为妓女燃烧他人,表示梅毒由体外的感染源所致。"burn"的词意不确定性也由"腐烂"的英文单词"rot"体现出来。露西安娜也询问姐夫安提福勒斯:"甚至在爱欲的春季,你的爱欲也会腐烂?""rot"作为不及物动词时,意指姐夫梅毒的过剩爱欲;充当及物动词时,说明他身上的梅毒可能感染到别人。所以,他的妻子阿德里亚娜抱怨道:"被通奸的耻辱所缠上;/我的血液混有色欲之罪;/因为如果我们做爱,你作弄我,/我吸纳你肉体中的毒汁,/你的传染让我变为妓女。"(II. ii. 139—143)阿德里安那把梅毒解释为过剩体液的"色欲之罪"和外在生物病原体的"传染"。

---

① Peter Lowe, *An Easie, Certain and Perfect Method, to Cure and Prevent the Spanish Sicknes*, p. B2.

② See Claude Quetel, *History of Syphilis*, trans. Judith Braddock and Brian Pike, p. 19.

③ William Clowes, *A Short and Profitable Treatise Touching the Cure of the Disease Called Morbus Gallicus by Unctions*, p. B1.

　　莎士比亚使用梅毒协调性爱活动的双层堕落之意,而且用它调节国际贸易的双重堕落意义,侧重商贸活动对国家政治身体的伤害,流露出对前商业时代国际贸易的焦虑。因为梅毒从法国传入,16世纪后期的英国戏谑地把它称为外来货币"法国克朗",因为外来梅毒消耗了国人身体,也因为正如德罗米奥所描述的西班牙与美洲的国际商务后果一样,在国际贸易中引进法郎让英国货币贬值。梅毒损害了个人身体和国家财政。罗伯特·格林(Robert Greene)把逛妓院的后果与梅毒消耗国人身体联系起来,也把它与财富丧失关联起来。格林写道,"妓女的男嫖客寻找疾病、不可治疗的疼痛和关节处暴发的溃疡[……]通过恶毒的体液,从那不勒斯散播到法国,从法国进入英国","嫖客失去商品,玷污好名声"。[①] 格林对梅毒后果的叙述符合道德和体液病理学,谴责嫖客和妓女不受约束的爱欲,指出梅毒对个人身体和商品财富的灾难性后果。但是,他对梅毒传播的国际轨迹的观察,让他在更广泛的语境下描写国际商业病理学。在隐喻意义上,痘疹国外起源的理论使梅毒的个人身体病理学后果更轻松地转变为国际商贸引发的国家政治身体灾难,而政治身体灾难不仅归因于病态的爱欲,而且源于与外国的接触。

　　梅毒的国际商贸隐喻还表现在《错误的喜剧》使用"秃头症",强调性爱活动与商业活动之间的类比和关联。该剧几次提及"秃头症"。锡拉丘兹的德罗米奥和安提福勒斯在第二幕中开玩笑地谈论秃头:

> 锡拉丘兹的德罗米奥:没有时间让人恢复自然秃顶的头发。
>
> [……]
>
> 锡拉丘兹的安提福勒斯:为什么时间如此吝啬头发,他自己却如此茂盛和增长?
>
> 锡拉丘兹的德罗米奥:因为作为福音,他把头发赋予了动物,他让人类头发少,但给予他们智慧。
>
> 锡拉丘兹的安提福勒斯:哎,但是许多人智慧少,头发多。
>
> 锡拉丘兹的德罗米奥:除了他,没有哪个有智慧的人会掉头发。
>
> [……]

① Robert Greene, *The Life and Complete Works in Prose and Verse of Robert Greene*, vol. 10, ed. Alexander B. Grosart, New York: Russell and Russell, 1881, p. 198.

　　　　　锡拉丘兹的德罗米奥：越是平庸的商贩，头发掉得越快。然而他是在
　　　　酒宴享乐中掉头发。（II. ii. 71—88）

追求感官快乐的性爱损害个人身体、减少头发，渴求国外商品的外贸使商人智力下降、秃头并引发国家金融危机。把性爱和商业活动病态化，德罗米奥用梅毒再现金融健康和个人健康的丧失。两种健康都被隐喻成头发。后来德罗米奥把女仆露丝的身体比喻成国际贸易，经济疾病与女仆的梅毒之间隐喻自然显现。仆人德罗米奥被锡拉丘兹的安提福勒斯问及法国的位置，说"在她额头上，武装好了，准备反抗，/与她的继承人（头发）开战"（III. ii. 123—124）。许多评论家认为，这里"heir"是指 1580 年至 1590 年间天主教联盟向新教合法王位继承人亨利·德·纳瓦尔（Henri de Navarre）开战。尽管它可能蕴含时政性，但在早期现代时期与"hair（头发）"同音的"heir"隐喻地表达出了德罗米奥的全球经济视野。"heir/ hair"的双关用法说明秃头的女仆露丝对德罗米奥的爱欲是梅毒式的，更暗示参与国际贸易相关国家面临的潜在经济与政治危机。在德罗米奥的类比中，梅毒同时在个人爱欲的不节制和制度性的跨国贸易疾病层面运行。

　　事实上，《错误的喜剧》标题本身含蓄表述了本剧主旨——梅毒的国际商务比喻，暗示体内爱欲与外来身体竞争成为身体和商业疾病的病因，标题隐含的经济病理学投射出莎士比亚前重商主义时期对国际商业发展的深度忧虑与不安。对早期现代的伦敦人来说，"Errors"与"hours""whores""heirs"和"hairs"等构成同音异义单词链。"Errors"的"hours"双关意义是，莎士比亚在他生命早期创作的这部戏剧中严格遵守"三一律"的时间律，让它成为一部《时间的喜剧》，一部有关早期现代前商业时代的戏剧。其他同音异义的三个单词指向本剧的梅毒隐喻。"whores"明示剧中人物政妓和会"燃烧"的"轻浮妓女"，让本剧成为《妓女的喜剧》。"heirs"指涉两位同名双胞胎安提福勒斯，他们像父亲易基恩一样，"事业仍旧在家外"，其中一个与父亲一起到以弗所寻亲，因此摊上了父亲的致命官司，本剧演变为《继承人的喜剧》。"hairs"暗指自然身体和商业资源被爱欲无限地耗光，"驱使他常离家的爱欲"使两种身体变成秃头，本剧转变为一部《头发的喜剧》。然而，正如当代莎士比亚研究专家乔纳森·吉尔·哈里斯指出，本剧标题中可能隐含的同音异义单词链服务于轻松的、以取悦读者的喜剧性，由标题联想的梅毒构建的潜文本也揭开了 16

世纪英国随国际贸易增长而出现的对国际贸易深感焦虑的话语与情感结构。① 或许,莎士比亚正是想借助本剧的喜剧性试图缓解此种根深蒂固的时代焦虑,鼓励前商业时代英国人乐观面对他们用经济病理学图解的但却日渐兴盛的国际商务。

无论是阿德里亚娜怨恨丈夫的疾病还是锡拉丘兹的德罗米奥怒斥女仆露丝的梅毒爱欲,两者都表达了对病毒的恐惧:出国经商将永远改变他们抛弃的家,部分因为体内病态的商业欲望,部分归因于危险的可能感染到自己和家庭的外在力量。然而,出乎意料的是,父亲易基恩最终免于死罪并与家人团聚,锡拉丘兹的安提福勒斯与他自小失去联系的同胞兄弟重聚,两位同名仆人德罗米奥手挽手离开舞台。外出经商不再是家庭生活的对立面,相反,它像是确保奇迹般大团结的神奇力量。如果地球最初被德罗米奥比喻为妓女的病态身体的话,它在剧终却被重新塑造为一个幸福、健康的易基恩的跨国家庭。这个重新构造的地球使得病理学转变成为必然。

莎士比亚在剧末让女修道院院长巧妙实现从经济病理学向普通经济学转型。在易基恩妻子真实身份被揭露之前,她作为女修道院院长诊断儿子以弗所的安提福勒斯的疾病为体内体液不和谐,认为这不是对商品的爱欲引起,也与爱欲本身无关,而是其妻阿德里亚娜过分的争吵与责骂等引发丈夫忧郁体液过剩并生发疾病。她的疗法是安提福勒斯需要"户外运动和保养生命的休息"(V. i. 83)。女修道院院长的疗法与盖伦医学和基督教的节制理念相一致,但她更倾向于允许有节制的对外来商品的爱欲和至少适度的户外运动,准许商人的"事业仍旧在家外"。她鼓励阿德里亚娜给予丈夫从事"家外"商业活动的自由,从而把他"家外"的性爱和商业病理学转变为预防疾病的措施,让国际贸易转变成捍卫个人、家庭、国家和全球健康的必要手段,而不再是危害个人身体和带来国家财政危机的病毒。但不管怎样,在本剧中,梅毒仍是一个噩梦,一个可以从中苏醒过来而商人身体和国家政治身体不受损害的噩梦。② 因此,本剧在把历史残存的爱欲经济的道德话语与新出现的全球贸易的制度

---

① See Jonathan Gil Harris, "'Some Love that drew him oft from home': Syphilis and International Commerce in *The Comedy of Errors*", eds. Stephanie Moss and Kaara L. Peterson, p. 86.

② See Jonathan Gil Harris, *Sick Economies: Drama, Mercantilism, and Disease in Shakespeare's England*, pp. 1—9.

话语协调起来时,预示 17 世纪商业时代一种更为复杂而全新的重商主义经济学的诞生。

第三节 《狐狸》:瘟疫、迁移与外来商品

头号骗子福尔蓬奈(Volpone)假装病危而卧床不起,一大群人相信他生命垂危而希望被列为他巨额财产的继承人,相继送给他无数从海外进口的外来商品。为了逼真表演重病,他向受骗者福尔托勒(Voltore)展现临近死亡的症状,躺在床上时恸哭:"我正航行到港口。"①福尔蓬奈使用货船航行到港口之意象描绘重病,把疾病与国际贸易中的商船事件相联系。他向赛丽亚(Celia)叙述外来药品神油的起源和跨国间迁移轨迹(II. ii. 282—293),服务于他淫乐、骗财之目的,外来商品与疾病发生关联。理政女士(Lady Politic)好管闲事,为福尔蓬奈开药治病,她开出的不同药品都是通过跨国贸易从英格兰、地中海、加那利群岛和东方国家等进口而来。在热情推荐国际药品时,她自己也消费来自意大利的衣服、化妆品和书籍。理政先生(Sir Politic)把妻子对全球商品的好奇心解读为"我妻子的一种疾病"(II. i. 11)。此外,赛丽亚和纳诺(Nano)不仅喜欢广受欢迎的任何"意大利药品",而且提及甚为流行的从美洲大陆进口的"香烟"、香料"檫树根"等商品。(II. ii. 126—128)在理政先生看来,对外来药品的狂热痴迷是一种个人身体疾病,而入境商品需要接受海关检测,细查来自"可疑区域"的货船是否携带"瘟疫",(IV. ii. 103—104)以使王国政治身体远离疾病。

这是本·琼森戏剧《狐狸》(Volpone, or the Fox,1606)中涉及外来商品的情节片段。学界注意到剧中的外来商品。批评家琳达·莱维·朋克在 17世纪消费主义语境中研究剧中英格兰女性、贵族绅士和中产阶级对来自美洲、欧洲大陆和东方世界奢侈品的偏爱,坚持女性在自由购物中实现自我,政客把

---

① Ben Jonson, "Volpone, or the Fox", eds. C. F. Tucker Brooke and Nathaniel Burton Paradise, *English Drama 1580—1642*, Lexington: D. C. Heath and Company, 1961: 477—526, I. iii. 29. 后文引自该剧本的引文将随文标明该著幕、场及行次,不再另行作注。

消费外来商品时的罪恶意识转变成一种自豪,[①]但她却忽视外来商品与疾病的关系以明晰罪恶意识内涵。实际上,16、17 世纪英格兰瘟疫频发,古典医学知识进入日常生活和文学领域,由专业术语转变为普通语言。[②] 同时,英格兰国际贸易迅猛发展,过量外来商品进入英格兰并引发经济危机,商品和商人因而被类比为以实体(entity)形式存在的瘟疫和疾病。[③] 此种疾病实体论以瘟疫的传染性为事实基础而开始发展起来,对传统的把疾病视为一种身体状态的古典体液理论形成挑战。[④] 鉴于此,笔者把《狐狸》置于英格兰瘟疫频发和前商业时代的语境中,研究剧中经济学与病理学话语如何互为构建,剖析外来商品的病理化内涵以揭示早期现代英格兰的外来商品焦虑。据此,本节首先在 16、17 世纪医学、经济学和哲学语境中阐述疾病实体论;然后,从过度进口外来商品而生发财政危机的语境出发,解读本剧如何使用有关灵魂转世的幕间剧暗指商品流通,如何借助外来药品药性与毒性共存的含混叙事,揭露外来商品入侵身体的经济伦理意义;最后,结合当时经济学文献,分析剧中进口药品怎样与个人身体和国家政治身体疾病发生联系,说明海关部门如何履行监管职责以确保王国健康,表达英格兰前商业时代的外来商品焦虑。

16、17 世纪社会瘟疫频发的现实促使病因学理论经历革命性转变。[⑤] 当时伦敦人口密集、污水横流,鼠类大批出没于地下水沟中,未处理的生活和加工业污水流入泰晤士河。这为各种疾病的发生和传播提供了便利,瘟疫成为当时最让人恐惧的疾病,它由跳蚤所传播并数次横扫伦敦直至整个英格兰,于1563、1578—1579、1582、1592—1594 和 1603 年等较大规模暴发,消灭了伦敦近四分之一的人口。[⑥] 此时,人们运用古希腊医生盖伦提出的体液理论医治疾病,把疾病理解为体内血液、黑胆汁、黄胆汁和黏液汁等四种体液的不平衡

---

① See Linda Levy Peck, *Consuming Splendour: Society and Culture in Seventeenth-century England*, Cambridge and New York: Cambridge UP, 2005.

② See Peter Womack, *English Renaissance Drama*, pp. 75—78.

③ See Jonathan Gil Harris, *Sick Economies: Drama, Mercantilism, and Disease in Shakespeare's England*, p. 108.

④ See David Hillman, "Staging Early Modern Embodiment", eds. David Hillman and Ulrike Maude, *The Cambridge Companion to the Body in Literature*, New York: Cambridge UP, 2015: 41—57.

⑤ See Jr. Samuel K. Cohn, *Cultures of Plague*, pp. 1—19.

⑥ See Jeffrey L. Singman, *Daily Life in Elizabethan England*, p. 52.

状态,试图通过放血、饮食、出汗或用药等疗法恢复健康,但疗效甚微。^① 在瘟疫频繁暴发中,疾病作为一种身体状态的内因性理论逐渐受到质疑,人们开始相信,疾病是一种可迁移的实体,从他人感染到自己,或通过港口在商品流通过程中由外国传入英格兰,疾病的外因论显性出来。^② 然而,从疾病外因论发展成实体论离不开早期现代宗教、医学、量子哲学和前商业时代国际贸易的历史语境。

　　基督教教义教诲人们,疾病乃是一种源于神圣上帝的惩罚性"袭击",因此圣经《诗篇》第 38 章第 2 节把瘟疫刻画为"上帝之剑"。这种刻画是一套约定俗成疾病宗教隐喻之一。疾病比喻形式多种多样,不仅指称为剑,也为炮弹、飞镖或子弹,甚至胚种。16 世纪意大利宗教人士、医生吉罗拉摩·法兰卡斯特罗提出激进的疾病种子理论,认为瘟疫向量是由空气所传播的微型颗粒。尽管很少出现在英格兰医生撰写的瘟疫小册子中,但他的理论影响了英格兰对梅毒等其他传染病的认识。^③ 有趣的是,瘟疫(plague)的拉丁语词根 plaga 意为"袭击""打击",这也有助于 16、17 世纪英格兰从外因上思考疾病。在《瘟疫小册子》(1630)中,托马斯·德克诉诸此类修辞评论道:"瘟疫之炮弹没有发射,但小弹丸日夜不停地扫射郊区,瘟疫已发送 7 颗子弹,呼啸直入城区。这些剑飞越头顶,击中一些目标,尽管也会错过我们。"^④更早些时候,德克这样描述瘟疫病人:"腋窝下被戳入水疱,溃疡疮如同有毒的子弹潜伏在肌肤中。"^⑤但这些可视"子弹"不是微生物学而是神学上的疾病概念。它们还不是物质上的运动"实物"而只是上帝意愿的标志。

　　人们普遍接受瘟疫为上帝之剑的神学起源理论时,早期现代医学使用更物质的方式解释疾病形式和传播途径,但许多医生拒绝接受瘟疫是传染性的,他们在盖伦医学框架中解释瘟疫的起因。正如斯蒂芬·布莱德威尔所言:"它

---

① See Peter Womack, *English Renaissance Drama*, p. 76.

② See Jonathan Gil Harris, *Sick Economies: Drama, Mercantilism, and Disease in Shakespeare's England*, p. 110.

③ See Girolamo Fracastoro, *De Contagione at Contagiosis Morbis et Eorum Curatione*, tran. Wilmer Care Wright, New York: Putnam, 1933, pp. 34—35.

④ Thomas Dekker, *The Plague Pamphlets of Thomas Dekker*, ed. F. P. Wilson, p. 187.

⑤ Ibid., p. 109.

（瘟疫）可能被学者承认是有危害的，可被许多无知的人认为不会传染。"①例如，托马斯·洛奇于 1603 瘟疫之年指出，瘟疫由"体液匮乏"所致；②同年，托马斯·泰勒坚持，瘟疫折磨"那些体液腐败或过剩的身体"；③其他医生把瘟疫解释为源于对该疾病缺乏先天的抵抗力。托马斯·西德纳姆则把瘟疫理解为体液失调，把其起因归于气候变化与个体传染性体质。④ 而自古希腊以来的瘴气理论提供了一套最有说服力的疾病物质主义解释。希波克拉底提出的污气病因学被 16、17 世纪医生用来解释瘟疫。此时苏格拉医生吉尔伯特·斯凯恩观察发现，"病因是腐败的受感染空气，或者一种有毒有害的气体"⑤。正如神学起源模型，瘴气理论把病因从内转向外部要素，由死尸感染的有毒空气成为疾病主因，但飘渺的空气仍然不允许瘟疫被视为一种实物。1603 年一位作家指出，瘟疫由"一种拥有潜在和秘密属性的腐烂空气"产生。⑥ 瘴气的"潜在和秘密属性"与瘟疫的神学起源论发生共鸣。所以，在瘟疫暴发高潮的 1594年，约翰·金把瘟疫感染归因于"必定腐败的空气"时，他澄清了神学起源论，"让人痛苦不堪的瘟疫之剑投射在王国四方，甚至清空和消灭一些地方的人口"。⑦

　　当一些医生力图把盖伦医学、希波克拉底瘴气理论与法兰卡斯特罗颗粒学说综合起来解释瘟疫起源时，部分英格兰医生转向古代"原子"哲学和新出现的机械哲学。洛奇认为，瘟疫的直接原因是体液不平衡，但他同时辩论道，

---

①　Stephen Bradwell, *Physick for the Sicknesse*, *Commonly Called the Plague*, *With All the Particular Signes and Symptons*, *Whereof the Most Are Ignorant*, London: Printed by Beniamin Fisher, and are to bee sold at his shop, at the signe of the Talbot in Aldersgate-street, 1636, p. B3v.

②　See Thomas Lodge, *A Treatise of the Plague*: *Containing the Nature*, *Signes*, *and Accidents of the Same*, *with the Certaintie and Absolute Cure of the Fevers*, *Botches and Carbuncles that Raigne in These Times*, p. B4.

③　See Thomas Thayre, *A Treatise of the Pestilence*, London: by E. Short, dwelling at the signe of the starre on bred-streete Hill, 1603, p. B1.

④　See George Rosen, *A History of Public Health*, pp. 80—81.

⑤　Gilbert Skene, *Ane Breve Description of the Pest Quhair in the Causis*, *Signis*, *and Sum Speciall Preseruation and Cure Thairof Ar Contenit*, p. A2v.

⑥　See Stephen Hobbes, *A New Treatise of the Pestilence*, London: Printed by John Windet, for Mathew Law, and are to be sold at his shop at the signe of the Fox in Paules Church-yarde, 1603, p. A2.

⑦　John Strype, *Annals of the Reformation and Establishment of Religion*, *and Other Various Occurrences in the Church of England During Queen Elizabeth's Happy Reign*, vol. 4, p. 294.

它源于"我们吸入的空气,那是本已腐败和有毒的种子"①。与之类似,布莱德维尔的病因学也把盖伦体液、瘴气理论和颗粒学说折中起来:"瘟疫以各种方式感染,病体感染外在空气,空气又感染其他身体,因为存在一个有毒的种子——一个实体与精气合成的种子,它与身体中的体液和精气混合在一起。"②这种折中理解映射出早期现代医学从古典体液理论向疾病病毒论演变的轨迹。在此过程中,早期现代英格兰人复兴古代"原子"哲学,从古罗马哲学家、诗人卢克莱修作品中发现唯物主义宇宙观,认为宇宙由永恒运动中的极小微粒组成。例如,在 1657 年一篇准科学短文中,玛格丽特·卡文迪什极力辩论,到底瘟疫是对其他被感染身体体液的"模仿"还是由"像原子一样的小苍蝇身体"渗透所致。③ 非常明显,借助"原子"术语,卡文迪什使用运动中的"实体"不是为了探讨物理学而是为了构想病理学。事实是,16、17 世纪机械哲学发生了认识论转变,以抽象性质定义物质的理论逐渐被量子哲学所取代,而这与当时医学认识论转变同步进行,疾病自然被接受为一种来自外部身体的"原子"。④

以宗教、古典医学和哲学知识为基础,疾病实体论最终形成于早期现代国际贸易实践中,瘟疫被解读为随商品、商人由他国迁移入英格兰港口且类似他们的威胁性"实体"。布莱德维尔这样叙述:"瘟疫跨越国界,从一地迁移到另一地,正如希波克拉底所说,瘟疫借助南风从埃塞俄比亚越洋传播到希腊。"⑤在前重商主义时代,携带商品驶入港口的货船是瘟疫传播的载体,成为当时英格兰高度焦虑与关注的对象。譬如,16、17 世纪经济学文献中就出现了梅毒

①　Thomas Lodge, *A Treatise of the Plague; Containing the Nature, Signes, and Accidents of the Same, with the Certaintie and Absolute Cure of the Fevers, Botches and Carbuncles that Raigne in These Times*, p. B3.

②　Stephen Bradwell, *Physick for the Sicknesse, Commonly Called the Plague, With All the Particular Signes and Symptons, Whereof the Most Are Ignorant*, p. B2v.

③　See Margaret Cavendish, "A Discovery of the New World Called the Blazing World," ed. Kate Lilley, *The Blazing World and Other Writings*, Harmondsworth: Penguin, 1994: 158—159.

④　See Andrew Wear, "Medicine in Early Modern Europe: 1500—1700", eds. Lawrence I. Conrad et al, *The Western Medical Tradition: 800 B. C. to A. D. 1800*, Cambridge: Cambridge UP, 1995: 339—340.

⑤　Stephen Bradwell, *Physick for the Sicknesse, Commonly Called the Plague, With All the Particular Signes and Symptons, Where of the Most Are Ignorant*, p. B2v.

的跨国传播叙事,梅毒威胁个人身体与"国家经济身体"①,成为驱使个人与国家从事国际贸易活动的欲望隐喻,国际贸易有潜在危机但也带来国家经济和个人财力的增长,暗含其宗教伦理和纯经济学的双重意义,投射出早期现代的国际贸易焦虑。如果说梅毒叙事斥责本国商人的商品欲望以便使国际贸易病理化,那瘟疫叙事则把伦理责任放在外国与外来商品上,苛斥伴随商品交换而迁移入境的瘟疫,而并未责怪瘟疫受害者。提到伦敦的"城市罪",德克惊呼:"她可能不需要疾病/她跨越海洋向它航行,/在安特卫普,她喝蜘蛛液;/在巴黎,她表演最血腥场景;/或以斑驳的方式展现她的愚蠢,/嘲笑最神圣的天体;/或她掠夺犹太人的借贷,/威尼斯人的奢侈品,/或像印第安人,与西班牙人做买卖,/或与野蛮的土耳其人勾搭。"②作为伦敦"罪恶"商业的化身,她前往安特卫普(比利时北部港口)、巴黎、威尼斯、西班牙和土耳其等地进口商品,"血腥""愚蠢"和"嘲笑"等词表达的"蜘蛛液"和"奢侈品"等外来商品的病理学意义不言而喻。

当时英格兰国民和政府官员认识到,疾病可能通过商船和货物从一国运输到另一国。一位作家把 1630 年的瘟疫归于"来自土耳其的一捆地毯",或源于一艘荷兰货船上的一只流浪狗。③ 官方文书也支持这一非专业的猜测。因此,1636 年,皇家医学院进谏:"任何来自海外或陆地的可疑人物或商品,没有健康证书,禁止入境。否则,立即遣返,或置于隔离室或类似地方 40 天,直至证实他们完全康复。"④甚至早在 1580 年,葡萄牙大帆船在泰晤士河受到逮捕,船上商品被销毁,理由是怀疑其携带瘟疫;1602 年夏天,当瘟疫在荷兰暴发时,科巴姆勋爵(Lord Cobham)下令禁止来自阿姆斯特丹的船只进入伦敦港。⑤ 正是因为政府已意识到瘟疫的传染性,伊丽莎白一世的枢密院在承认"这些瘟疫和疾病源自上帝对我们罪行的应得惩罚"时,却又称之为"传染性疾

① See Ceri Sullivan, *The Rhetoric of Credit*:*Merchants in Early Modern Writing*, p. 1.

② Thomas Dekker, *The Plague Pamphlets of Thomas Dekker*, ed. , F. P. Wilson, p. 87.

③ See F. P. Wilson, *The Plague in Shakespeare's London*, Oxford:Oxford UP, 1927, p. 86.

④ Anonymous, *Certain Necessary Directions*, *As Well for the Cure of the Plague*, *As for Preventing the Infection*, London: By Robert Barker, Printer to the Kings most Excellent Majestie, And by the assignes of John Bill, 1636, p. B3v.

⑤ See Paul Slack, *The Impact of Plague in Tudor and Stuart England*, p. 221.

病",并坚持"我们应该使用各种可能方式预防其蔓延",要求国会即刻行动以遏制瘟疫传播,因为"它最可能在人群聚集的地方蔓延"。① 如上述例子所示,类似政策不断加码,目的在于通过法令控制国外商船。但问题是,当英格兰政府把瘟疫源头归于与外来商品相关的国外民族时,他们在逃避一个事实——疾病双向而非单向传播。正是在 16、17 世纪前商业主义时代,琼森借助《狐狸》书写跨国贸易中商船携带疾病与商品迁移到英格兰这一经济现象,使用经济学话语构建疾病实体论,即瘟疫是一种在身体之间迁移的类似外来商品的实体。

琼森借用病理学话语书写国际贸易源于当时英格兰国际商贸公司挑战关税制度并引发财政危机这一语境。戏剧《狐狸》初始,为了逼真表演重病,福尔蓬奈向受骗者福尔托勒展现临近死亡的症状,躺在床上时恸哭:"我正航行到港口。"(I. iii. 29)他使用货船航行到港口之意象描绘重病,让疾病与国际贸易中的商船事件相联系。其实,早在 1203 年,约翰国王就颁布《温彻斯特大海关法》规范外贸。从 1275 年到 1350 年,英王制定了一整套相对成熟并沿用至16、17 世纪的国家海关制度。② 该制度依赖国内主要外港城市,零售国内商品到国外商人,包括羊毛、羊毛皮、罐头、铅和皮革等。商贸活动给国家带来巨大财政收入,额外关税和补贴也增长了国王财库金额,英格兰海关制度的贡献显现出来。然而,当贸易公司增强实力时,它们开始危害和破坏海关制度。譬如,当时的商人冒险公司已经获得了英格兰主要商品特别是布匹的运输和零售垄断权。托马斯·弥尔斯认为,通过把商品直接卖到欧洲大陆市场而非英格兰城镇,该公司在诸多方面损害了国家经济:第一,英格兰外港被剥夺了贸易,经济遭受重创;第二,国家被剥夺了高额的海关税收和津贴;第三,作为外贸金融公司,为一己私利,它控制了外汇交易汇率并损失国家财富,没有创造公平的商品交换环境而是使外汇交易商品化;第四,该公司使外汇交易商品化

① John R. Dasent, ed. *Acts of the Privy Council of England*, 1542—1604, 32 vols. London: Stationery Office, 1890—1907, vol. 24: 472, 400, 347.

② 对英格兰海关制度史的介绍,参见 Eli F. Heckscher, *Mercantilism*, 2nd edn. 2 vols. tran. Mendel Shapiro, London: George Allen and Unwin, 1955, vol. 1: 51—52。

时,英格兰过度进口国外药品和香料等高价商品,英格兰商品和货币贬值。[①]
显然,就是在国际贸易生发经济危机的语境中,《狐狸》清晰凸显外来商品侵入
(福尔蓬奈)自然身体和(英格兰)政治身体的经济伦理。

戏剧伊始,福尔蓬奈家庭的数位怪人上演了由仆人莫斯卡(Mosca)执笔
的有关灵魂转世(transmigration)的幕间剧,以侏儒纳诺的一段话开场:

> 因为知道［指向安卓奇诺］,这里附有毕达哥拉斯的灵魂,
> 那位神圣的魔法师,正如下文所述:
> 这个灵魂,快速又散漫不拘,先生,首先来自阿波罗,
> 然后经呼吸进入亚迪兰蒂斯身体,墨丘利是其儿子,
> 在那儿它有记住过去所做事情的天赋。
> 从那,继续向前飞,很快转世,
> 入驻欧福耳玻斯身体,他以一种美好的方式战死,
> 围攻特洛伊时,死于斯巴达的阿伽门农之手。
> 赫尔摩底谟是下一位,
> 他接纳了它,不久它从那儿消失,
> 但与提洛岛的皮拉斯在一起,它学会了垂钓,
> 这样,他进入希腊哲学家的身体。(I. ii. 6—17)

纳诺追溯了毕达哥拉斯灵魂的转世过程,途经诸多自然身体和政治身体。它
的迁移不仅通过哲学家、修士、律师和清教徒的身体,而且跨越希腊、特洛伊和
南意大利,最后在威尼斯的安卓奇诺身体中停留,而安卓奇诺是福尔蓬奈的雌
雄同体的弄臣。现在问题是,为何琼森安排纳诺叙述一个看似与福尔蓬奈装
病骗财毫不相关的毕达哥拉斯灵魂转世之题材?

批评家毛利斯·卡斯特莱恩坚持,《狐狸》中的这个幕间剧应该完全省略,
但鲜有评论支持这一看法。[②] 实际上,自 1919 年 J. D. 雷编辑的版本面世后,
纳诺关于毕达哥拉斯灵魂转世的叙说不再倾向于认为是累赘,而被视作为本

---

①　See Jonathan Gil Harris, *Sick Economies: Drama, Mercantilism, and Disease in Shakespeare's England*, p. 126.

②　See Maurice Castelain, *Ben Jonson, l'Homme et l'Oeuvre*, Paris: Hachette, 1907, p. 301.

剧的主旨基调。① 然而,这个基调到底是什么,学界尚未达成一致。一派认为该幕间剧提供了一种实质性的道德评介,另一派则主要在形式术语中辨析它的意义。哈利·莱文较好地代表第一派的观点,他认为纳诺讲述了一个现代邪恶病因学故事,美德高贵的哲学宗教人士之灵魂源头隐指清教虚伪,让人回想起邓恩的《灵魂的历程》。② 与此对照,考虑到该幕间剧基于伊拉斯谟(1466—1534)翻译的卢锡安讽刺争夺财富和遗产的对话范本,代表另一派的道格拉斯·邓肯把该幕间剧看作是琼森示意他效仿卢锡安和伊拉斯谟讽刺版本的方式。③ 此处,我们尝试一种新的阅读方式,但并非完全拒绝而是补充莱文和邓肯的道德与形式主义阐释。通过把英文多义词"transmigration"(该幕间剧中,意为"灵魂转世")放在 16、17 世纪微观历史事件中,我们发现卢锡安的灵魂转生叙事为琼森提供一个讽刺模板,再现了经济和病理现象的重叠:人员、商品和疾病在国家政治身体边界之间的跨境流动。

　　术语"transmigration"在早期现代有一段复杂历史。尽管该术语的毕达哥拉斯之灵魂转世意义被琼森、莎士比亚所运用,但占统治地位的对它有争议性的运用表现在地理政治学层面而非宇宙学。④ 事实是,自 13 世纪以来,"transmigration"一直被神学作家用来指称"强行把犹太人迁移并囚禁于巴比伦"之意,结果是,它获得了把人或物从一个地方移动或运输到另一个地方的更为普遍的意义,特别是从一个国家迁移到另一个国家。因此,这个术语通常被用来指称由英格兰年轻绅士在欧洲大陆所从事的显赫旅行。17 世纪中期,托马斯·维斯科特叙述道:"以旅行与迁移的方式,绅士们的年轻孩子们非常具备资格、有能力且适合于经营共和国(1653—1660)境内重要的高级机构。"⑤根据《牛津英文词典》,更为熟悉的术语"immigration(移民)"和

---

① See Ben Johnson, *Volpone, or the Fox*, ed. J. D. Rea, New Haven, CT: Yale UP, 1919, p. xxvii.

② See Harry Levin, "Jonson's Metempsychosis", *Philological Quarterly* 22(1943): 231—239.

③ See Douglas Duncan, *Ben Jonson and the Lucianic Tradition*, Cambridge: Cambridge UP, 1979, Chap. 7.

④ See William Shakespeare, *Anthony and Cleopatra*, ed. Michael Neil, Oxford: Oxford UP, 1994, II. vii, 44.

⑤ Thomas Westcote, *A View of Devonshire in MDCXXX*, eds. George Oliver and Pitman Jones, Exeter: William Roberts, 1845, p. 51.

"emigration（侨民）"分别于 1623 年和 1627 年初次使用以表达"迁移"之意。换言之，在 17 世纪的早期，"transmigration"承载了多重意义，除"灵魂转世"之外还有地理政治学上的"迁移"之意，而后一种意义却在后来被更为专业的术语"immigration"与"emigration"所承担。

正是因为"trangmigration"在 17 世纪早期的多义性，《狐狸》幕间剧中"transmigration"之地理政治学含义自然流露出来。当这些额外之意被考虑进去时，怪人们表演的幕间剧最显著的细节负载着跨越边境之意，而该意义却镶嵌在该幕间剧的商业语言中。毕达哥拉斯转世的身体被不断地认同为国家。当没有特别指向某个民族国家时，它更倾向于是清教徒的"渎神国家"（I. ii. 47）和最值得赞扬的弄臣们的"国家"（I. ii. 66）。或者说，毕达哥拉斯的灵魂转世被再现为一种以多民族身份旅行的方式出现的持续运动。而在此过程中，灵魂转世去除了它更为严格的精神层面意义。琼森使用该隐喻描述毕达哥拉斯灵魂的快速而漫长的旅程，指向早期现代的一种诈骗游戏，因为在此游戏中，魔法师"快速又散漫不拘地"从钱币中变出数只海鸥，同时指挥这些海鸥穿过一种貌似坚固而通常情况下不可能刺破的皮带。[①] 这种"快速又散漫不拘"的灵魂转世运动在转喻意义上与诈骗游戏发生关联，它因此通过纳诺的话语获得了某种"流动的""商业化"意义，表现在《狐狸》最重要的人物身上，如英格兰旅行家理政先生、理政女士，以及有巧妙名字的佩里格林（Peregrine 意为"侨民"）。而佩里格林正是当时有"旅行与迁移"经历的托马斯·维斯科特的典型代表。更重要的是，该意义还体现在本剧的"实体"身上——许多从原初的、异国他乡进口迁移而来的高价商品。实际上，追逐利润、跨越国界的漫长旅程就是《狐狸》的主题，而在整个旅程中，类似"原子"的瘟疫随"实体"商品在不同的政治身体之间流通。

《狐狸》其他地方对"灵魂转世"的指称也支持对这一主题的跨国贸易之解读。当福尔蓬奈试图引诱遗产猎取者柯伟诺（Corvino）之妻赛丽亚时，他使她幻想各种让人神魂颠倒的娱乐图景。福尔蓬奈说，以"各种形态"，赛丽亚将扮演各种角色：

---

① 有关当时对该魔术的叙述，见 Thomas Freeman, *Rubbe, and a Great Cast Epigrams*, London：by Nicholas Okes, and are to bee sold by L. Lisle at the Tigers Head, 1614, epigram 95.

着装如一些轻盈活跃的法国夫人，

勇敢的（意大利）托斯卡纳女士，或自豪的西班牙美女；

有时，变成波斯苏菲地区的妻子；

或（瑞典）大西格诺尔的情人；并且作为交换，

变为最有艺术才华的政妓之一，

或某个快速的黑人，或冰冷的俄国佬；

且我将遇见你，以尽可能多的各种形态：

在可能的地方，传递我们漫步的灵魂，

从我们嘴唇处出发，让我们的欢乐之金额入账。（III. iv. 219—235）

在上面最后几行中，福尔蓬奈用"漫步的灵魂"暗指"灵魂转世"，让人想起戏剧世界和演员们角色转换之力量。然而，福尔蓬奈"漫步的灵魂"之娱乐幻想最显著的特征仍然是它隐含的跨国贸易的意义维度：它被琼森再现为一场享乐主义的假面舞会，它"快速而散漫不拘"地变换角色，从"托斯卡纳女士"到"波斯苏菲地区的妻子"和从"黑人"到"俄国佬"。此处，舞台装扮模糊合成地理政治学意义上的"迁移"。而且，引文使用"金额""入账"等商业术语表达出这些跨越民族边界的"效果"，因为根据福尔蓬奈，戏剧性地从一个民族漫步迈向另一个民族之角色转换目的在于"让欢乐之金额入账"。[1] 这个短语暗示，通过跨民族间的无休止"迁移"运动，欲望的财富账单得以生成。

"灵魂转世"的跨国维度还延伸到《狐狸》指涉的各类商品。这由福尔蓬奈最有效的一次舞台装扮表现出来。在剧中，为了吸引赛丽亚的注意力，他扮演成有名的江湖郎中，一位来自意大利曼图亚的斯科托医生。追溯斯科托药品神油的起源和发展轨迹，福尔蓬奈刻画了该神油与毕达哥拉斯灵魂极其类似的"迁移"路径，与毕达哥拉斯灵魂的阿波罗起源相似："这种神油使维纳斯变成一位女神，/此神油由阿波罗给予她，让她青春永驻，/清除她脸上的皱纹，坚固她的牙龈，润滑她的肌肤，/美化她的头发。由她，传递到海伦手中，/在洗劫特洛伊时，却不幸遗失。/直至今日，在我们的时代，它让人高兴地从亚洲的一些废墟中失而复得，/经一位古文物研究人员的刻苦钻研。/他派人送该神油

① See Jonathan Gil Harris, *Sick Economies: Drama, Mercantilism, and Disease in Shakespeare's England*, p. 118.

的一半剂量到法国宫廷(但实际情况复杂得多),/那里的贵族女士此时用之美化头发。/剩余部分此刻被送往我处,/提取至精华。"(II. ii. 282—293)此引文中,福尔蓬莱对商品神油的叙述与一位社会人类学家厄俊·阿帕杜莱对商品的看法惊人接近。在阿帕杜莱眼中,一件物品之所以成为商品,不是基于它内在的任何属性,也不由制造它的特殊生产方式(如资本主义)所决定。相反,商品由一种"交换"的历时路径且在该路径中构建出来,也被称为商品的"生涯"。如此一来,不是社会语境给予物品价值和意义,相反,因为在时空中所经历的路径,物品把意义赋予那些语境。阿帕杜莱得出结论,"物品在迁移中"转变了"它们的人际与社会语境"。[①]

引文中神油的流通轨迹清晰地描绘出前商业时代的商品迁移过程,但这让人联想剧中其他地方对外来药品药性与毒性共存的含混叙事,影射有似瘟疫的外来商品入侵身体的伦理意义。剧中江湖医生的神油商品的迁移轨迹塑造了它们的语境,正如疾病的跨国传播生成了英格兰瘟疫频发之现状。福尔蓬奈的神油从古希腊途经小亚细亚和法国才迁移至威尼斯,但琼森把神油与福尔蓬奈的淫乐、骗财等主题联系起来,似乎暗示神油的毒性而非良性治疗效果。这让人想起剧中另一细节:根据佩里格林,"毒药"由国外"江湖骗子"运输和零售到威尼斯。(II. ii. 16,5)如果剧中威尼斯隐喻英格兰,那么,这些江湖郎中有"毒性"的药品在跨越自然身体和政治身体边界的迁移过程中,它们不仅危害英格兰国民身体也损害国家身体。以这种方式,琼森使迁移商品消极的转换性力量普遍化。不管是良性疗法还是毒性危害,正如阿帕杜莱所述,医药决定了它现有的"人际与社会语境":它生产"坚固[……]的牙龈"(II. ii. 238)和"尸体"(II. ii. 61),"相貌年轻的宫廷女子"(II. ii. 243—244)和"萎缩的劳工"(II. ii. 65)。在此过程中,琼森含混地介入到关于外来商品的争论中,以戏剧形式辩论外来药品的疗效,讨论它对个人身体和国家政治身体的益处和潜在危险。

琼森在《狐狸》一文中若干处指向用于治病的外来药品,呼应16、17世纪

---

① Arjun Appadurai, "Introduction: Commodities and the Politics of Value", ed. Appadurai, *The Social Life of Things: Commodities in Cultural Perspective*, Cambridge: Cambridge UP, 1986: 3—63, p. 5.

外来药品（商品）数量猛增的历史现实。福尔蓬奈就试图遏制有关他使用"商品"毒害人的谣言。（II. ii. 41）理政女士快乐地为福尔蓬奈开出了治疗他所伪装的重病的多种药方：如"种珠（seed-pearl）""土木香（elecampane）"等，（III. iv. 51—54）前者用于治疗胃灼热，后者则专攻心脏衰竭。其药方最显著的特点是药品品种的跨国来源，有些药品来自理政女士的家乡英格兰，有些则来自地中海、加那利群岛或东方国家，讽刺性地暗示她作为国际大都会消费者的身份，因为她还消费着来自意大利的衣服、化妆品和书籍，并被丈夫定义为一种疾病，由"某种特殊体液"所致。（II. i. 11）有趣的是，剧中其他人物赛丽亚和纳诺也表现出对斯科托神油和来自印度、美洲等地药品的痴迷。（II. ii. 126—128）实际上，这些具有异国情调的药品喻指从东方和新世界进口的所有商品，甚至作为外来商品的药品与生活用品无需做任何区分。1539 年，托马斯·艾略特在作品《健康城堡》中，提及从东方世界"运输而来的香料和各种药品"；1587 年，威廉·哈里森在《英格兰描写》一文中，斥责国人"持续不断地贪欲外来药品"，哀叹"我们与那些从阿拉伯世界进口来的日常生活品有何相干？"[①]此时的远东被称为香料岛，该地名把来自该地的商品与药品合并起来，食物与药品的分界线变得模糊不清，香料既是一种日用品又是一种药品。当时运价总簿显示，16 世纪后期至 17 世纪初，特别是 1587—1588 年间，外来药品、香料和甜点等进口剧增数倍，且与《狐狸》中理政夫人列举的消费清单和疾病药方单相吻合。[②] 可以察觉，让剧中的外来药品与迁移、消费、健康和疾病等联系起来，琼森旨在把国家经济置于身体与病理学话语的框架之中。

进口药品被含混性地进行思考，表现为 16、17 世纪英格兰对异国药粉、神油表现出敌对立场，从国家延伸到宗教、医学和经济层面，而全面阐释对外来药品怀疑立场的是医生、经济学家提摩西·布莱特的"医药保护主义"。[③] 在

---

① See Sir Thomas Elyot, *The Castel of Helthe*, p. 22b; William Harrison, *Harrison's Description of England*, vol. 1, ed. Frederick J. Furnivall, London: N. Trubner, 1877, p. 327.

② See R. S. Roberts, "The Early History of the Import of Drugs into Britain", ed. F. N. L. Poynter, *The Evolution of Pharmacy in Britain*, Springfield, Ill: Charles C. Thomas, 1965: 165—185, pp. 178, 175.

③ See Jonathan Gil Harris, *Sick Economies: Drama, Mercantilism, and Disease in Shakespeare's England*, p. 123.

论说文《一部阐明英国药物足以治愈诸般疾病之专著》(1580)中，布莱特强调自然身体与政治身体之间的重叠："根据各自的地位和能力，你我必须最勤快地寻找药品治疗咱们的国家。"①他从宗教视角阐释民族主义立场，"我们的药剂从最卑劣、最野蛮的外族进口，几乎都来自上帝之子的敌人，难道说上帝对他们会比对上帝子民有更多关照和给予他们更多医药贮备？"②言外之意，上帝已为他的英格兰子民供应了丰富有效的本地医药。此类仇外意识隐含一套复杂的基于体液理论的饮食思想。在布莱特看来，各民族的自然地理条件不同，以不同的食物为生导致身体差异，"因此体液结构千差万别"，"因破坏饮食而生发疾病的原因必定不同"。③他继续道："对同一疾病，每个民族都有特殊表征，对应的药品也非常独特［……］药品因国家而不同［……］就算某种药能治好穆尔人、印第安人或西班牙人，但绝对对我们无效。"④故而自然身体和政治身体需要避免外来食物和药品而谨慎保护起来。然而，该立场促使他肯定外来药品的能效，对外来疾病的疗法做出新颖解释。对于梅毒，布莱特指出，用疾病起源地植物制作的外来疗法显得很有必要："大自然在美洲供应了对付这种怪异的印第安疾病的药方。"⑤不足为奇，《狐狸》中的福尔蓬奈提到，出自加勒比海地区的各种流行疗法可治疗梅毒。(II. ii. 127—128)

　　作为本剧的理论语境，怎样的病理学范式为布莱特所提出？尽管在体液理论框架内解释梅毒，布莱特把英格兰疾病归于迁移中的外来药品，暗示他的病因模型既是内因论的更是外因论的。他强调传统的盖伦修辞，认为疾病"在于气色或身体条件"不佳且"生于体内"，但他也注意到，法国痘痕"从一个身体感染到另一个身体"，疾病以"外在方式而获得"。⑥或许，布莱特没有意识到法兰卡斯特罗提出的疾病颗粒本体论，但他不自觉地朝该理论发展。在对疾病的起源的叙述中，他确认外来药品为"毒药"，认定其为疾病主因，因而提出

　　① Timothy Bright, *A Treatise: Wherein is Declared the Sufficiency of English Medicines, for Cure of All Diseases*, London: Printed by Henrie Middleton, for Thomas Man, 1580, p. Aiii.

　　② Ibid., p. C4v.

　　③ Ibid., p. B4v.

　　④ Ibid., p. F4v.

　　⑤ Ibid., p. D4v.

　　⑥ Ibid., p. E2v.

"疾病从一个身体感染到另一个身体"的病因学新范式。例如,在论述鸦片时,布莱特发现,"我们(英格兰人)的身体完全不同于奇怪的外族人身体,以至于对他们有益的药品可能会毁灭我们"①。即是说,英格兰的疾病可能由美洲、欧洲或阿拉伯世界随外来药品迁移入境而生发,因为这些外来药品有助于外国人健康却不适应英格兰人体质而给他们带来疾病。无论是来自美洲的异族鸦片或梅毒,这些迁移中的外来药品可能是毁灭英格兰政治身体的威胁力量。在叙述外来药品引发英格兰疾病时,他借用经济学术语把疾病定义为随外来商品迁移入境、与外来商品有关又类似外来商品的"实体",实现疾病从内因向外因病理学范式的转变。

　　布莱特让经济学话语与病理学话语互为构建以呈现国外身体对英格兰国民身体和政治身体的威胁。在论述外来身体时,他重复使用商业旅行者乘坐货船航海到欧洲之意象,他们从西印度群岛携带"痘痕"回国,或从东方承载让人怀疑的药品回来。言外之意,疾病("痘痕")如商品一样从国外迁移到国内,商业话语被用来构建病理学话语;反过来,外来商品如疾病一样危害个人身体与国家健康,病理学话语被用于构建商业话语。所以,国外药品不仅对个人体液平衡也对国家金融繁荣造成威胁。布莱特反问:"从商人供应的商品中,你能得到什么希望?他们只是在买卖中获利,乃是一群无知的狂热之徒。"②他指出,尽管国外药品对于国外传播过来的疾病有治疗效果,但只有富有阶层才有能力购买这些药品,而他的这种不满在 16、17 世纪社会中普遍表达出来。③在《给新兴朝臣的建议》中,罗伯特·格林发现,有教养但贫穷的"穿布料马裤"之人只能雇佣"厨房医生",而富裕的"穿丝绒马裤"之"人必定有自己的鞑靼油(一种来自蒙古国的医药)、处女奶(一种化妆品)和樟脑[……]"④这符合当时经济学观点:过度进口昂贵而无用的外来商品,英格兰社会不再和谐,逐步衰

---

　　① See Timothy Bright, *A Treatise: Wherein is Declared the Sufficiency of English Medicines, for Cure of All Diseases*, p. C1v.

　　② Ibid., p. B2v.

　　③ See Jonathan Gil Harris, *Sick Economies: Drama, Mercantilism, and Disease in Shakespeare's England*, p. 125.

　　④ Robert Greene, *A Quip for an Upstart Courtier: Or, a Quaint Dispute between Velvet-breeches and Cloth-breeches*, London: Printed by E. Purslow, dwelling at the east end of Christs-Church, 1635, p. D3.

失她的金融健康。亨利八世政治顾问托马斯·斯塔基指出,英格兰患病的原因之一在于"商人出口生活必需品到国外而从国外进口无用商品"①。当医药保护主义与经济保护主义相吻合时,对国外"无用商品"的怀疑是否暗示外来奢侈药品和商品需受制于海关严格监控?

与经济学文献互动,《狐狸》中的理政先生展现了从海关入境的疾病与外来商品最生动的意义汇合。作为一位英格兰骑士、旅行家,他试图从外贸中快速谋利,但他提到要检测瘟疫:"如何调查,下定决心,/按目前例证,是否一艘船,/最近从(西班牙)索里亚到达,或从/任何(地中海)黎凡特地区的可疑区域,/有瘟疫之罪。"(Ⅳ. ii. 100—104)理政先生把瘟疫想象为一种从东方迁移过来的商品。此种对疾病的商品化构建与当时神学、哲学与瘴气理论对疾病的"实体化"解释趋势相一致。考虑到瘟疫对政治身体的威胁,他建议对进出港口商品进行瘟疫检测。对他而言,不只是威尼斯易于受到侵蚀,他也把伦敦港想象为一个受到西班牙货船经济颠覆的场地。当佩里格林刚从"伦敦港"回来,告诉他一则"泰晤士河中发现一艘商船"的消息时,理政先生答道:"那是来自西班牙的船只,或(威尼斯)大公爵的:/斯皮诺拉的商船,以我生命担保,我确信!/它们不会离开吗?"(Ⅱ. i. 45—52)港口的文化意义与瘟疫的商品化联系起来。正如福柯所说,早期现代,"港口[……]是——随商品流通,人们自愿或强行签约,水手登船或下船,疾病与瘟疫共存——一个遗弃、走私和感染的地方,一个危险混合物的会所,一个违禁品交流的会场"②。港口是商品、疾病、违禁品相互交融的地方,是经济学和病理学术语最明显交汇的地方。理政先生用"他们不会离开吗?"指向对外来商品的管控。实际上,琼森创作本剧时,威尼斯与英格兰政府都发展了一套成熟的传染病人隔离体系,目标对准那些携带疾病入境的商业旅行者和商船。③

如果隔离只是应急手段的话,那海关监管似乎是预防有潜在威胁的外来商品的有效措施,剧中的理政先生正如海关官员,及时发现弄臣安卓奇诺正是借助商品交易从港口进入英格兰的间谍,威胁到政体健康与国家安全。理政

---

① Thomas Starkey, *A Dialogue between Reginald Pole and Thomas Lupset*, ed. Kathleen M. Burton, p. 82.

② Michel Foucault, *Discipline and Punish: The Birth of the Prison*, p. 144.

③ See George Rosen, *A History of Public Health*, p. 44—45.

先生指控弄臣反叛,相信后者收集的情报如从"低地国家"商船中购买的外来商品,注意弄臣"从一个商业旅行者(一位隐藏的政客)""接受指令,/在一大浅盘肉中;/迅速地,肉还没吃完,/用牙签写出了答案"(II. i. 78—85)。理政先生把英格兰商人冒险公司作为投射对象,受到"有毒的"的"雇佣他(弄臣)的国外政体"的渗透,表达通过海关监控"迁移实体"才能增加国家财政的思想。①《狐狸》与早期现代商业伦理产生共鸣。当时经济学著作普遍关注国外药品、商品对政治身体威胁,而曾任职于海关部门的托马斯·弥尔斯系统论述了海关官员职责,他重商主义信条的核心术语是"交通"。在政治小册子《海关入门》中,他辩论道,"金钱的目的"是"根据价值等价和自身物价销售所有物品,加快交通派送和推进,实现交通目的、君王荣誉、王国和平和臣民财富。通过自愿路线和永久运动,运输和处理所有物品意味着努力为同一目标服务和工作"。② 弥尔斯的"运输"和"永久运动"不仅意指代理商也指商品的"交通"。在《为海关官员辩护》中,弥尔斯写道:"海关是基于商品买卖随交通而增长且根据正义的实体法和自由缔结的国际合同而由君王征收的公共关税,以捍卫王国和海上交通安全。"③如他所示,"交通"指一个商品组成的商业世界,但它也依赖那些监管、规范和从商品"交通"中获得财政收入的政府机构;如果商品逃过海关官员的检查,经济混乱自然发生。

　　与本剧相对应,病理学画面是前重商主义者弥尔斯论述港口交通时占统治地位的意象。几乎在每篇政治小册子中,弥尔斯重复道,交通"能康复疾病、缓解疼痛和补充营养,治愈特别成员身上的所有疾病,让共和国整个身体完美健康"④。反之,交通瘫痪被理解为一种疾病。弥尔斯宣称,英格兰交通"因为发烧感冒而患上瘟热和剧痛",处于一种"接近狂热"的状态。⑤ 在《海关官员

———————————

　　① See Jonathan Gil Harris, *Sick Economies: Drama, Mercantilism, and Disease in Shakespeare's England*, p. 132.

　　② Thomas Milles, *The Custumers Alphabet and Primer: Conteining, Their Creede or Beliefe in the True Doctrine of Christian Religion*, London: Printed by William Jaggard, 1608, p. G1v.

　　③ Thomas Milles, *Custumers Apology: That is to Say, a Generall Answere to Informers of All Sortes, and Their Injurious Complaints*, London: Printed by James Roberts, 1599, p. B2.

　　④ Ibid., p. B2v.

　　⑤ See Thomas Milles, *The Custumers Alphabet and Primer: Conteining, Their Creede or Beliefe in the True Doctrine of Christian Religion*, p. G1v.

回应》中,他指出,英格兰外港是瘟疫和疾病区域,其海关部门本应帮助国民逃离瘟疫,但"已受到感染[……]被抛弃或需要改革"。① 那外港感染的瘟疫有哪些? 第一,商人冒险公司垄断所有主要商品出口,交通从外港转移出去,没有商船进入港口。第二,瘟疫可能由商船和国际货船携带,作为一种侵略性的外来身体进入海关。有讽刺意义的是,当瘟疫通常由货船携带入境时,没有货船入港却成了英格兰经济瘟疫。当商人冒险公司把国内商品卖到国外赚得外币、购买外来无用商品并直接运回伦敦时,商人冒险公司与船队让英格兰暴露于危险的装载异族商品的大商船队面前,不仅掏空了英格兰国库而且逃避了外港的海关官员检查。由此,剧中的理政先生指控弄臣为间谍,证据是他接受国外政客指令借助商船入境,逃过海关检查而侵入英格兰,暗示商人冒险公司给政治身体带来的经济瘟疫。

为了说明海关监管的迫切性,经济学家与琼森一道把经济疾病与外来奢侈品对市场的渗透相联系,表达英格兰的外来商品焦虑。评论家雅格·拉戴加德指出,琼森在《狐狸》中描绘主要人物对外来奢侈品的热爱,但也批评他们获取奢侈品方式对经济、道德乃至市场信用造成的损害。② 弥尔斯追忆往昔时光,"不像现在,当时没有[……]那么多外来商品进入王国;"③他鞭笞"由异族人带来的、入侵我们的外来闲散商品"的恶性影响,包括"阻碍我们贸易交通和导致海运货运港口瘫痪",因而"需要我们国家智慧维护"和海关严密检测。④ 菲利普·斯塔布斯哀叹英国以前所未有的规模进口海外商品如衣服、食品、香料和药品等,他的《滥用的剖析》(1583)使用医学语言为英格兰政治身体疾病做诊断,质疑外来商品的有用性,认为"在时间流逝中,如果不进行任何(海关)改革,它们会耗光国家财富"⑤。类似地,弥尔斯抱怨:"我们的回报只是玩具、香烟和鸣钟等不需要的、无用的商品,异族人为了得到更好商品,利用

① Thomas Milles, *The Custumers Replie*, *or Second Apologie*, London: Printed by James Roberts, dwelling in Barbican, 1604, p. A5v.

② See Jakob Ladegaard, "Luxurious Laughter: Wasterful Economy in Ben Jonson's Comedy *Volpone*, *or the Fox* (1606)", *European Review* 24.1 (2016): 63—71, p. 63.

③ Thomas Milles, *The Custumers Replie*, *or Second Apologie*, p. D1v.

④ See Thomas Milles, *The Custumers Alphabet and Primer: Conteining, Their Creede or Beliefe in the True Doctrine of Christian Religion*, p. D1v.

⑤ Philip Stubbes, *The Anatomie of Abuses*, p. 106.

我们的傲慢和愚蠢。"托马斯·斯塔基感慨,海关体制使国际贸易痛苦不堪,过度的外贸导致政治"痛风","如果我们从国外少买进、少卖出,我们应该会有更多的商品和享受更多的快乐,这是确定无疑的"。[1] 香料和香烟在进口商品单上的突出位置这一事实说明,从美洲和东方世界进口的药品可充分隐喻处于疾病状态的英格兰经济。弥尔斯也表达了相似观点:"因国外商品我们的交通无精打采、死气沉沉、几乎流血殆尽[……]东印度公司(已取代商人冒险公司)用胡椒贸壮大自己,或者把自己变成木乃伊。"[2]东方香料药品"胡椒"和"木乃伊"喻指外来商品,"用胡椒壮大自己"意指对外贸易对经济发展的积极作用,但东印度公司与江湖郎中实现意义合并,"把自己变成木乃伊"意味着外来商品对个人和国家政治身体的潜在威胁。

　　琼森的《狐狸》创作于早期现代疾病频发与国际商贸迅猛发展时期,新出现的疾病实体论挑战古典医学的体液理论,财经危机使英格兰人在病理学框架内诠释外来商品。无论是布莱特提出医药保护主义以服务经济保护主义,还是弥尔斯提出交通瘫痪以对商业公司加强海关监管,16、17 世纪经济学家通常对进口药品和外来商品持怀疑态度:外来商品可以被接受甚至在经济上有助于政治身体健康,但前提是,外来商品必须运输到英格兰外港接受海关检测并上缴关税。不经过此类检查,这些商品必定引起一场经济瘟疫。[3]《狐狸》中的理政夫人和弄臣等人对外来商品异常狂热或与国外势力保持联系,理政先生对他们的批评或指控与早期现代经济学家对外来商品的病理化思考基本一致。经济学家使用病理学术语构建经济学话语,政府海关部门细致地检查威胁政治身体健康的国外迁移入境的商品。这产生了两种重要的认知变革:一是国家经济与政治身体健康受到外来商品的潜在威胁,二是经济疾病与人体疾病都作为实体处在迁移状态中。琼森的《狐狸》通过书写对外来药品的暧昧态度,展现了经济学与病理学话语的发展趋势与融合过程,透射出前商业时代英格兰对外来商品的深度焦虑。然而,当在伦敦甚至欧洲繁荣的商业剧

　　① Thomas Starkey, *A Dialogue between Reginald Pole and Thomas Lupset*, ed. kathleen M. Burton, p. 96.

　　② Thomas Milles, *The Misterie of Iniquitie*, London: Printed by William Jaggard, 1611, p. K1.

　　③ See Jonathan Gil Harris, *Sick Economies: Drama, Mercantilism, and Disease in Shakespeare's England*, p. 129.

院演出时,《狐狸》的确是早期现代人追捧的奢侈商品。[①] 琼森也许没意识到,本剧表达英格兰外来商品焦虑时,它自身的商品属性却成为英格兰的焦虑对象。或许,这正是《狐狸》的魅力所在。

---

① See Jakob Ladegaard, "Luxurious Laughter: Wasterful Economy in Ben Jonson's Comedy *Volpone*, *or the Fox* (1606)", pp. 67—71.

结　语

在学术界,英国的 16、17 世纪也称为早期现代或文艺复兴时期。"早期现代"强调,16、17 世纪是从中世纪基督教社会向现代社会过渡的重要时期,乃是现代社会的早期阶段,代表现代医学、科学、工业、政治体制、思想文化发展等最初阶段。"文艺复兴时期"则意味着,16、17 世纪是古希腊罗马时期的古典文学、艺术、哲学、医学、科学知识的复兴时期,是从黑暗中世纪解放出来重新进入人文主义社会的重要时期,标志着人们从关注来世转向社会现实,开始更重视自然身体(而非灵魂),直视人体疾病、王国政治身体疾病等医学与社会问题。两个术语的存在无非说明,16、17 世纪是英国(欧洲)社会最为重要、最有活力、最具创新、冲突最多、矛盾最激烈的时期之一。当然,本研究交替使用这两个术语,更多是为了避免重复,大多时候并无特别隐指或特殊意图。

16、17 世纪是英国历史的重要转型期,亨利七世加强王权着手建立中央集权制的民族国家,亨利八世的离婚事件使英国彻底离开罗马而建立新教国家,伊丽莎白一世击败无敌舰队使英国有望取代西班牙成为新的世界霸主,詹姆士一世与查理一世的君权神授论与对西班牙的暧昧政策遭到清教徒激烈反对而把英国推向内战深渊。同时,自 1348 年传入英国后,黑死病在早期现代社会中频繁暴发,而梅毒、天花、疟疾等传染病与疯癫、忧郁等一般性的身体或精神疾病从未停止,英国个人、社会与国家遭受了重大损失。由于职业医生数量严重不足,国民通常自我治疗,医学知识进入日常生活与文学领域,医学由专业术语转变为普通语言。英国作家不仅书写医生、病人与疾病,而且利用疾病的比喻意义,在医学话语中思考英国的政治、宗教、经济、法律、军事殖民、国家关系等各种议题。

文艺复兴时期,医学理论并非简单化一。随着古希腊医学、哲学、文学等被挖掘出来,英国人学习希波克拉底开创的古典医学理论,亨利八世成立伦敦医学院培养职业医生,但体液理论疗效甚微。16世纪帕拉塞尔苏斯提出的药理学理论,从疾病外因论角度解释疾病起源,逐渐取代倡导疾病源于体内体液不平衡的盖伦体液学说,试图以毒攻毒用化学疗法取代体液理论的草药、出汗、放血、呕吐等传统疗法。尽管两种理论似乎互不相容,但帕拉塞尔苏斯学派为了让更多人接受其理论,通常有意在体液理论的框架内解释疾病发生过程,强调病毒通过口腔、舌头或鼻孔等身体空隙处进入人体,借助影响体液平衡完成对身体的感染与入侵。身体是自古希腊以来的重要概念,在基督教社会中,国王被认为拥有自然身体与政治身体。当早期现代人遭受瘟疫、疾病攻击时,他们关注身体的字面含义——自然身体;当暴政、宗教冲突、派系斗争、外国威胁等诸多社会疾病肆虐之时,他们对身体的隐喻内涵——政治身体——特别敏感。在古典医学理论、帕拉塞尔苏斯药学理论、大小宇宙论、(国王)两个身体、新柏拉图主义、剑桥柏拉图主义等理论中,早期现代作家通过身体、疾病、灵魂等术语,再现早期现代英国人的自然身体疾病与英国王国的政治身体疾病。

早期现代医学理论不是科学语言,而是一套带有严重意识形态倾向与国家价值取向的权力话语与修辞术语。医生、君王、政论家、神职人员、律师、经济学家等使用疾病话语表达他们对英国社会各种问题的理解、思考与批评。在此历史语境中,16、17世纪作家使用疾病话语描写英国瘟疫对个人、社会、国家带来的影响,呈现英国社会发展过程中出现的忧郁、疯癫、暴政、宗教斗争、饶舌谣言、天主教威胁、爱尔兰叛乱等自然身体与政治身体疾病,影射早期现代英国作家对王权、国家宗教身份、政府权威、国教会、国家安全、国家关系的深度焦虑。作家们通过疾病话语,与政治家、君王、贵族官员、医学家、神学家等展开批评与对话,与他们一起构建英国宗教身份、国家身份,共同建构英国殖民话语,在对峙、协商与妥协中生成大英帝国知识体系。早期现代作家使用疾病话语拷问国内专制王权、国教会、清教徒、土地制度等制度、机构或组织存在的问题,展现外来移民、国际贸易、爱尔兰、罗马天主教等外部势力对英国社会的威胁。他们解剖疾病目的在于化解社会矛盾,旨在为英国王国政府找到一种合适的解决方案,与其他精英阶层一道参与英国社会的意识形态与政治话语的建设过程。

　　本书重点研究莎士比亚、琼森、邓恩、莫尔、弥尔顿、伯顿、基德、德克等 10 多位经典作家的戏剧、诗歌与散文等 20 多部作品，围绕疾病意象探讨英国（自然与政治）身体疾病，解读作品中的疾病在不同历史语境中的字面、隐喻与转喻意义。例如，个人"疯癫"在内战与过渡时期意义不同，弥尔顿作品中的疯癫在复辟前后也不尽相同，从积极的神启之意义转变为一种生理疾病状态，这是医学进步的结果，更离不开社会语境的变化。类似的，复仇剧中的"忧郁"人士因君王暴政发病，决定弑君放血，但"忧郁"疾病也使他不能对动态的政治身体做出正确诊断，被他人利用而弑君，从而带来国家灾难。可见，自然身体与政治身体相互影响、不可分割。因此，邓恩在诗歌中宣称，忧郁使自己处在慢性自杀之中，正如谣言、饶舌报道正在慢慢谋杀英国政治身体。除关注国教会腐败、清教反叛等国内社会疾病外，莎士比亚、琼森等早期现代剧作家，特别警惕罗马天主教、外来移民、外来商品等外来威胁，故借助帕拉塞尔苏斯的疾病外因论范式，视之为政治身体的外来疾病，或者说，引发政治身体疾病的外部病原体。疾病意识驱使早期现代作家从（人体与社会）疾病预防与治疗视角探究医学伦理议题，从作品中的乌托邦想象投射作家（莫尔、伯顿）的改革理想，从复仇剧中弑君的放血疗法隐喻流露出作家们对暴政的痛恨与对王国医生的渴望。

　　本研究运用文学病理学批评方法，结合新历史主义批评理论，在文学、医学、神学、政治学、经济学、地理学等跨学科语境中研究早期现代文学中的疾病意识与国家焦虑。在研究过程中，除早期现代文学文本及现当代批评家的研究专著、论文成果外，笔者重点阅读了 16、17 世纪的政府文书、法律文本、经济学著作、政治小册子、医学典籍、医学手册、图画本、地图册、地理游记、宗教书籍等，力求使每章节的结构、论证与结论等科学、合理、规范与自然，研究工作漫长而艰苦。然而，笔者受知识视野、批评视角或资料文献的制约，书中的论证可能存在不够充分之处，对某一现象或事件的理解可能存在偏差甚至误读，书中某个观点也可能不够准确甚至略显偏激。可这或许正是继续学术研究的动力所在，因为在文化研究看来，任何研究都只是一种视角或观点。正是因为他人成果的"不足"，我们才会在研究方法、理论、术语与文本选择上不断调整，更多的创新成果才可能问世。诚然，无论从理论视角抑或研究对象选择上，早期现代文学中的疾病问题仍然有一定的研究空间,譬如,出于目录结构的合理性考虑,本书没有对文艺复兴文学中的麻风病、歇斯底里症、丛林热等疾病做深入研究。由此,笔者期待更多前辈、同仁与青年学子加入英国 16、17 世纪文学的疾病研究中来,共同创造早期现代英国文学疾病研究的美好未来。

参考文献

Abbot, George. "Archbishop Abbot's Letter Regarding Preaching", ed. H. R. Wilton Hall, *Records of the Old Archdeaconry of St. Albans: A Calendar of Papers A. D. 1575 to A. D. 1637*. London: St. Albans, 1908: 150—152.

Abernethy, John. *A Christian and Heauenly Treatise Containing Physicke for the Soule*. London: Printed by Richard Badger for Robert Allot, and are to be sold at his shop in Pauls-church-yard, at the signe of the Blacke Beare, 1630.

Adams, H. H. *English Domestic or Homiletic Tragedy*. New York: Columbia UP, 1943.

Aesop. *The Fables of Aesop with His Whole Life*, tran. William Barret. London: Printed by Richard Oulton, for Francis Eglesfield at the signe of the Marigold in S. Paules Churchyard, 1639.

Agamben, Giorgio. *Infancy and History: Essays on the Destruction of Experience*, tran. Liz Heron. London: Verso, 1991.

Allen, D. C. "John Donne's Knowledge of Renaissance Medicine". *JEGP* 42 (1943): 322—342.

Allen, J. W. *A History of Political Thought in the Sixteenth Century*. London: Routledge, 1938.

Allen, J. W. *English Political Thought: 1603—1644*. London: Routledge, 1938.

Allen, William. *The Danger of Enthusiasm Discovered in an Epistle to the Quakers*. London: Printed by *J. D.* for *Brabazon Aylmer* at the *Three Pigeons* in *Cornhil*, 1674.

Amultee, Lord. "Monastic Infirmaries", ed. F. N. L. Poynter, *The Evolution of Hospitals in Britain*. London: Pitman Medical, 1964: 1—26.

Amundsen, Darrel W. "Medicine and Faith in Early Christianity". *Bulletin of History of Medicine* 56 (1982): 326—350.

Amundsen, Darrel W. "Medical ethics, history of: Europe", ed. Warren T. Reich, *The*

Encyclopedia of Bioethics, 4 vols. , vol. 3. New York: Macmillan, 1978: 1510—1543.

Anonymous, *Calendar of State Papers Relating to Ireland*, 1509—1670, vol. 24. London: Public Record Office, 1912.

Anonymous, *Parliamentary History of England*. London: s. n. , 1806.

Anonymous. "The Anatomy of a Woman's Tongue, Divided into Five Parts: A Medicine, a Poison, a Serpent, Fire, and Thunder", eds. William Oldys and Thomas Park, *The Harleian Miscellany: A Collection of Scarce, Curious and Entertaining Pamphlets and Tracts, as Well in Manuscript as in Print*. London: John White, 1809.

Anonymous. "The Petition of Twelve Peers for the Summoning of a New Parliament, 1640", ed. Keith Lindley, *The English Civil War and Revolution: A Sourcebook*. London: Routledge, 1998: 57—59.

Anonymous. "To the Right Honorable Commons House of Parliament", eds. David Cressy and Lori Anne Ferrell, *Religion and Society in Early Modern England: A Sourcebook*. London: Routledge, 1996: 174—179.

Anonymous. *A Collection in English of the Statutes Now in Force*. London: Printed for the Societie of Stationers, 1611.

Anonymous. *An Homilie Against Disobedience and Willful Rebellion*. London: In Powles Churchyarde, by Richarde Iugge and John Cawood, printers to the Queenes Maiestie, Cum priuilegio Maiestatis, 1570.

Anonymous. *Calendar of State Papers and Manuscripts Relating to English Affairs Existing in the Archives and Collections of Venice and in Other Libraries of Northern Italy*, vols. 6 and 9, ed. Rawdon Brown. London: Public Record Office, 1877.

Anonymous. *Calendar of the Letters and Sate Papers (Spanish) Relating to English Affairs Preserved in, or Originally Belonging to, the Archives of Simancas*, vol. 1, ed. Martin Hume, London: Public Record Office, 1899.

Anonymous. *Certain Necessary Directions, As Well for the Cure of the Plague, As for Preventing the Infection*. London: By Robert Barker, Printer to the Kings most Excellent Majestie, And by the assignes of John Bill, 1636.

Anonymous. *Certain Sermons, or Homilies, appoynted by the Kynges Maiestie, to be declared and redde, by all persones, vycars, or curates, euery Soōday in their churches, where they haue cure*. London: by Edwarde Whitchurche, 1547.

Anonymous. *Leicester's Commonwealth: The Copy of a Letter Written by a Master of Art at Cambridge* (1584) *and Related Documents*, ed. D. C. Peck. Athens, OH: Ohio UP, 1985.

Anonymous. *The Jovial Crew, Or, the Devil Turned Ranter*. London: Printed for W. Ley, 1651.

Anonymous. *The Wonderfull Discoverie of the Witchcrafts of Margaret and Philip Flower, Daughters of Joan Flower near Bever Castle: Executed at Lincolne, March* 11, 1618. London: Henry J. Richardson, 1838.

Anonymous. *Wiltshire Record Office*. London: Printed by J. Dawson for Robert Mylbourne, 1624.

Appadurai, Arjun. "Introduction: Commodities and the Politics of Value", ed. Appadurai, *The Social Life of Things: Commodities in Cultural Perspective*. Cambridge: Cambridge UP, 1986: 3—63.

Appelbaum, Robert. *Literature and Utopian Politics in Seventeenth-Century England*. Cambridge: Cambridge UP, 2002.

Appleby, Joyce Oldham. *Economic Thought and Ideology in Seventeenth-Century England*. Princeton: Princeton UP, 1978.

Aquinas, Thomas. *Summa Theologiae: Complete Set*, 8 vols. vol. 8. Adelaide: Emmaus Academic, 2012.

Archer, John. *Every Man His Own Doctor*, 1st edn. London: Printed by Peter Lillicrap for the author, 1671.

Arendt, H. *The Human Condition*. Chicago, IL: University of Chicago Press, 1958.

Aristotle. "Problems", ed. Jennifer Radden, *The Nature of Melancholy: From Aristotle to Kristeva*. Oxford: Oxford UP, 2000: 57—68.

Armitage, David, Conal Condren, and Andrew Fitzmaurice, eds. *Shakespeare and Early Modern Political Thought*. Cambridge: Cambridge UP, 2009.

Armstrong, Clement. "A Treatise Concerning the Staple and the Commodities of the Realm", eds. R. H. Tawney and Eileen Power, *Tudor Economic Documents*, 3 vols., vol. 3. London: Longmans, 1924: 90—114.

Armstrong, Clement. "*How to Reform the Realm in Setting Them to Work and to Restore Tillage*", eds. R. H. Tawney and Eileen Power, *Tudor Economic Documents*, 3 vols., vol. 3. London: Longmans, 1924: 115—29.

Aubrey, John. *Brief Lives*, ed. Oliver Lawson Dick. London: Seeker and Warburg, 1950.

Augustine, Saint. *City of God*, tran. Henry Bettenson. London: Penguin Books, 2003.

Augustine. *On Christian Doctrine*, tran. D. W. Robertson, Jr. New York: Macmillan, 1987.

Averell, William. *A Marvelous Combat of Contrarieties, Malignantlie Striving in the Members of Mans Bodie, Allegoricallie Representing unto us the Envied State of our*

Flourishing Common Wealth. London: Printed by J. Charlewood for Thomas Hacket, 1588.

Ayres, Philip J. "Degrees of Heresy: Justified Revenge and Elizabethan Narratives". *Studies in Philology* 69. 4 (1972): 461—474.

Babb, Lawrence. *The Elizabethan Malady: A Study of Melancholia in English Literature from 1580 to 1642*. East Lansing: Michigan State UP, 1951.

Bacon, Francis. "A Speech of the King's Solicitor (1610)", 14 vols. London: Longman, 1858—1874, vol. 4: 155—197.

Bacon, Francis. "The Use of the Law (1630)", eds. James Spedding et al. *The Works of Francis Bacon*, 14 vols. London: Longman, 1858—1874, vol. 7: 453—504.

Bacon, Francis. "Upon the Statute of Uses (1600)", eds. James Spedding et al. *The Works of Francis Bacon*, 14 vols. London: Longman, 1858—1874, vol. 7: 380—431.

Bacon, Francis. *Resuscitatio, or, Bringing into Public Light Several Pieces of the Works, Civil, Historical, Philosophical, & Theological, Hitherto Sleeping, of the Right Honorable Francis Bacon*, ed. William Rawley. London: Printed Sarah Griffin, for William Lee, and are to be sold at his shop in Fleetstreet, at the sign of Turks-head, neer the Mitre Tavern, 1657.

Bacon, Francis. *The Advancement of Learning*, ed. G. W. Kitchin. London: J. M. Dent & Sons, 1973.

Bacon, Francis. *The Oxford Francis Bacon: The Essayes or Counsels, Civill and Morall*. ed. Michael Kiernan, Oxford: Clarendon Press, 1985.

Bacon, Francis. *The Works of Francis Bacon*, 14 vols. vols. 6 and 7, eds. James Spedding et al. London: Longman, 1858—1874.

Baker, David J. "Off the Map: Charting Uncertainty in Renaissance Ireland", eds. Brendan Bradshaw, Andrew Hadfield and Willy Maley, *Representing Ireland: Literature and the Origins of Conflict, 1534—1660*. Cambridge: Cambridge UP, 1993: 76—92.

Baker, J. H. *The Law's Two Bodies*. Oxford: Oxford UP, 2001.

Bald, R. C. *John Donne: A Life*. Oxford: Oxford UP, 1970.

Bansiter, John. *The Historie of Man, Sucked from the Sappe of the Most Approved Anathomistes, in this Present Age*. London: Printed by Iohn Day, dwelling over Aldersgate and are to be sold by R. Day, at the long shop, at the west doore of Paules, 1578.

Barckley, Richard. *A Discourse of the Felicitie of Man: or his Summum bonum*. London: Printed by R. Field for VVilliam Ponsonby, 1598.

Barish, Jonas. *The Antitheatrical Prejudice*. Berkeley: University of California Press, 1981.

Barkan, Leonard. *Nature's Work of Art: The Human Body as Image of the World*. New Haven, CT: Yale UP, 1975.

Barroll, Leeds. *Politics, Plague, and Shakespeare's Theatre: The Stuart Years*. Ithaca: Cornell UP, 1991.

Barrough, Philip. *The Method of Phisick Containing the Causes, Signes, and Cures of Inward Diseases in Mans Body*. London: Printed by George Miller, dwelling in Black-friers, 1634.

Bar-Sela, Ariel and Hebble Hoff. "Interpretation of the First Aphorism of Hippocrates". *Bulletin of the History of Medicine* 37 (1963): 347—354.

Barton, J. L. "Future Interests and Royal Revenues in the Sixteenth Century", eds. Morris S. Arnold, et al. *On the Laws and Customs of England*. Chapel Hill: University of North Carolina Press, 1981: 321—335.

Basil, St. "The Long Rule", ed. St. Basil, *Ascetical Works*, tran. M. M. Wagner. Washing D. C. : The Catholic University of American Press, 1950.

Bauman, Zygmunt. *Community: Seeking Safety in an Insecure World*. Oxford, UK: Polity, 2001.

Beacon, Richard. *Solon His Follie, Or a Politique Discourse, Touching the Reformation of Common-Weales Conquered, Declined or Corrupted*. Oxford: Printed by Joseph Barnes printer to the University, 1594.

Beacon, Richard. *Solon, His Follie, or a Politique Discussion Touching the Reformation of Common-wealth Conquered, Declined or Corrupted*, 1594, eds. Clare Carroll and Vincent Carey. New York: Medieval and Renaissance Texts and Studies, 1996.

Beck, Theodore R. *The Cutting Edge: Early History of the Surgeons of London*. London: Lund Humphries, 1974.

Bell, H. E. *An Introduction to the History and Records of the Court of Wards and Liveries*. Cambridge: Cambridge UP, 1953.

Bell, Maureen. "Women and the Opposition Press after the Restoration", ed. John Lucas, *Writing and Radicalism*. New York: Longman, 1996: 39—60.

Bell, Walter. *The Great Plague in London in 1665*, 1st edn. London: John Lane the Bodley Head, 1924.

Belling, Catherine. "Infectious Rape, Therapeutic Revenge: Bloodletting and the Health of Rome's Body", eds. Stephanie Moss and Kaara L. Peterson, *Disease, Diagnosis, and Cure on the Early Modern Stage*. Burlington: Ashgate, 2004: 113—132.

Benjamin, Walter. *The Origins of German Tragic Drama*. London and New York: Verso, 1977.

Bhabha, Homi K. "Signs Taken for Wonders: Questions of Ambivalence and Authority under a Tree Outside Delhi, May 1817", ed. Henry Louis Gates, *Race*, *Writing*, *and Difference*. Chicago: University of Chicago Press, 1986: 163—184.

Blankaard, Stephen, ed. *A Physical Dictionary in which all the terms relating either to anatomy*, *chirurgery*, *pharmacy*, *or chymistry are very accurately explained*, 2nd. London: Printed by J. D. and are to be sold by John Gellibrand at the Golden-Ball in St. Paul's Church-yard, 1684.

Bloom, Herbert I. *The Economic Activities of the Jews of Amsterdam in the Seventeenth and Eighteenth Centuries*. Williamsport, Pa. ; Bayard Press, 1937.

Blount, Thomas. *Nomo-Lexikon*, *a Law-dictionary*. London: Printed by Tho. Newcomb, for John Martin and Henry Herringman, at the Sign of the Bell in S. Pauls Churchyard, 1670.

Boccaccio, Giovanni. *The Decameron*, tran. Richard Aldington. New York: Garden City, 1930.

Boethius. *The Consolation of Philosophy*, tran. Richard Green. New York: Macmillan, 1989.

Boorde, Andrew. *The Breuiary of Helthe*. London: By Wylllyam Myddelton, 1547.

Boose, Lynda E. "Scold's Bridles and Bridling Scolds: Taming the Woman's Unruly Member". *Shakespeare Quarterly* 42 (1991): 179—213.

Bowers, Fredson. *Elizabethan Revenge Tragedy 1587—1642*. Princeton, NJ: Princeton UP, 1966.

Boyer, Allen D. *Sir Edward Coke and the Elizabethan Age*. Stanford, CA: Stanford UP, 2003.

Bradford, Alan T. "Stuart Absolutism and the 'Utility' of Tacitus". *Huntington Library Quarterly* 46(1983): 127—155.

Bradwell, Stephen. *A Watch-Man for the Pest*. London: Printed by Iohn Dawson for George Vincent, and are to be sold at Pauls-gate at the signe of the Crosse-keyes, 1625.

Bradwell, Stephen. *Physick for the Sicknesse*, *Commonly Called the Plague*, *With All the Particular Signes and Symptons*, *Whereof the Most Are Ignorant*. London: Printed by Beniamin Fisher, and are to be sold at his shop, at the signe of the Talbot in Aldersgate-street, 1636.

Braudel, Fernand. *The Mediterranean and the Mediterranean World in the Age of Phillip II*, tran. Sian Reynolds, vol. 1. Berkeley: University of California Press, 1995.

Brennerm, Robert. *Merchants and Revolution: Commercial Changes*, *Political Conflict*, *and London's Overseas Traders*, *1550—1653*. Princeton: Princeton UP, 1993.

Breton, Nicholas. "A Murmur", *The Works in Verse and Prose*, 2 vols. vol. 1. ed. Alexander

B. Grosart. Edinburgh: Printed for private circulation by T. and A. Constable, 1875—1879.

Breton, Nicholas. *A Murmurer*. London: Printed by Robert Raworth, and are to be sold by John Wright, at his shop neere Christ-Church gate, 1607.

Bridges, Walter. *Job's Counsels and King David's Seasonable Hearings it. Delivered at a Sermon before the Honorable House of Commons, at their Late Solemn Fast, Feb. 22*. London: Printed by R. Cotes, for Andrew Crooke, and are to be sold at his shop at the signe of the Greene Dragon, in Pauls Church-yard, 1643.

Bright, Timothie. "A Treatise of Melancholy", ed. Jennifer Radden, *The Nature of Melancholy: From Aristotle to Kristeva*. Oxford: Oxford UP, 2000.

Bright, Timothy. *A Treatise of Menlancholie* (1586). New York: Columbia UP, 1940.

Bright, Timothy. *A Treatise: Wherein is Declared the Sufficiency of English Medicines, for Cure of All Diseases*. London: Printed by Henrie Middleton, for Thomas Man, 1580.

Buckner, Philip. *Canada and the British Empire*. Oxford: Oxford UP, 2008.

Bullein, William. *A Dialogue Against the Fever Pestilence*, eds. Mark W. Bullen and A. H. Bullen. London: Published for the Early English Text Society by N. Trübner & Co., 1888.

Bullein, William. *The Government of Health*, 1st edn. London: Printed by Valentine Sims dwelling in Adling street, 1595.

Bullough, Geoffrey. "Donne: The Man of Law", ed. Peter Fiore, *Just So Much Honor: Essays Commemorating the Four-Hundredth Anniversary of the Birth of John Donne*. Philadelphia: Pennsylvania State UP, 1972: 57—94.

Bullough, Vern L. *The Development of Medicine as a Profession*. New York: Hafner, 1966.

Burns, John Southerden. *The History of the French, Walloon, Dutch and Other Foreign Protestant Refugees Settled in England*. London: Longman, Brown, Green, and Longmans, 1846.

Burton, Robert "The Anatomy of Melancholy", ed. Jennifer Radden, *The Nature of Melancholy: From Aristotle to Kristeva*. Oxford: Oxford UP, 2000: 131—155.

Burton, Robert. *The Anatomy of Melancholy*, ed. Hobrook Jackson. New York: New York Review of Books, 2001.

Calvin, John. *Institutes of the Christian Religion*, 2 vols. vol. 2. tran. Ford L. Battles. Philadelphia: The Westminster Press, 1960.

Canavan, Thomas L. "Robert Burton, Jonathan Swift, and the Tradition of Anti-Puritan Invective", *Journal of the History of Ideas* 34 (1973): 227—242.

Canny, N. P. *The Elizabethan Conquest of Ireland*. Sussex: Helicon, 1976.

Canny, Nicholas. *Making Ireland British*, 1580—1650. Oxford: Oxford UP, 2001.

Canny, Nicholas. *The Origins of Empire*, *The Oxford History of the British Empire Volume 1*, Oxford: Oxford UP, 1998.

Carey, John. *John Donne*: *Life*, *Mind and Art*. London: Faber and Faber, 1981.

Carlton, Charles. *Charles I*: *The Personal Monarch*, 2nd ed. London: Routledge, 1995.

Casaubon, Meric. *A Treatise Concerning Enthusiasm*, 1656, ed. Paul J. Korshin. Gainesville, FL: Scholar's Facsimiles & Reprints, 1970.

Castelain, Maurice. *Ben Jonson*, *l'Homme et l'Oeuvre*. Paris: Hachette, 1907.

Cavendish, Margaret. "A Discovery of the New World Called the Blazing World," ed. Kate Lilley, *The Blazing World and Other Writings*. Harmondsworth: Penguin, 1994: 158—159.

Chambers, R. W. *Thomas More*. Ann Arbor: University of Michigan Press, 1965.

Chandler, David. *Semiotics*: *The Basics*, 2nd edn. London: Routledge, 2007.

Chapple, Anne S. "Robert Burton's Geography of Melancholy". *Studies in English Literature*, 1500—1900, 33.1 (1993): 99—130.

Charles I. *Articles Agreed Upon by the Arch-bishops and Bishops of Both Provinces and the Whole Clergie*. London: Printed by Bonham Norton and John Bill, Printers to the Kings most Ecellent Majestie, 1630.

Charlton, William. "Maundy Thursday Observances: The Royal Maundy Money". *Transactions of the Lancashire and Cheshire Antiquarian Society* 1(1916): 201—219.

Chernaik, Warren. *The Myth of Rome in Shakespeare and His Contemporaries*. Cambridge: Cambridge UP, 2011.

Chrimes, S. B. *English Constitutional Ideas in the Fifteenth Century*. Cambridge: Cambridge UP, 1936.

Christianson, Paul. "Royal and Parliamentary Voices on the Ancient Constitution c. 1604—1621", ed. Linda Levy Peck, *The Mental World of the Jacobean Court*. Cambridge: Cambridge UP, 1991: 71—95.

Clark, Sir George. *A History of the Royal College of Physicians of London*, vol. 1. Oxford: Clarendon Press, 1964.

Clowes, William. *A Right Frutefull and Approoued Treatise*, *for the Artificiall Cure of that Malady Called in Latin Struma*. London: By Edward Allde and are now to bee solde at Master Laybournes, a barber chirurgian dwelling vpon Saint Mary-Hill, neere Billingsgate, 1602.

Clowes, William. *A Short and Profitable Treatise Touching the Cure of the Disease Called Morbus Gallicus by Unctions*. London: Printed by Iohn Daye, dwelling over Aldersgate and are to be sould at his shop at the west dore of Paules, 1579.

Cockburn, J. S. ed. *Calendar of Assize Records, Home Circuit Indictments, Elizabeth I and James I: Introduction*. London: HMSO, 1985.

Cogan, Thomas. *The Hauen of Health Chiefly Made for the Comfort of Students, and Consequently for All Those that Haue a Care of their Health*, 2nd edn. London: Printed by Melch. Bradvvood for Iohn Norton, 1612.

Cohn, Jr. Samuel K. *Cultures of Plague*. Oxford: Oxford UP, 2010.

Coke, Edward. *Selected Writings of Sir Edward Coke*, 3 vols. vol. 1, ed. Steve Sheppard. Indianapolis: Library Fund, 2003.

Coke, Sir Edward. *Reports*, 7 vols. vol. 7. ed. G. Wilson. Dublin: J. Moore, 1792−93.

Collinson, Patrick. *The Religion of Protestants*. Oxford: Oxford UP, 1982.

Comber, Thomas. *Christianity no Enthusiasm*. London: Printed by T. D. for Henry Brome, at the Gun at the West end of St. Pauls, 1678.

Cooper, Robert M. "The Political Implications of Donne's *Devotions*", ed. Gary A. Stringer, *New Essays on Donne*. Salzburg: Institute for English Language and Literature, 1977: 192−210.

Cooper, Thomas. *The Mystery of Witchcraft: Discouering, the Truth, Nature, Occasions, Growth and Power thereof*. London: Printed by Nicholas Okes, 1617.

Coquillette, Daniel R. *Francis Bacon*. Stanford, CA: Stanford UP, 1992.

Cornaro, Lud. "A Treatise of Temperance and Sobrietie", ed. Leonardus Lessius, *Hygiasticon: Or the Right Course of Preserving Life and Health unto Extreme Old Age*, tran. George Herbert. Cambridge: Printed by R. Daniel and T. Buck the printers to the Universitie of Cambridge, 1634: 1−46.

Corns, Thomas N. "Milton's Observations Upon the Articles of Peace: Ireland Under English Eyes", eds. David Loewenstein and James Grantham Turner, *Politics, Poetics, and Hermeneutics in Milton's Prose*. Cambridge: Cambridge UP, 1990: 123−134.

Coverdale, Bishop Miles. *Biblia, The Byble: That Is the Holy Scripture of the Olde and New Testament, Faithfully Translated in to English*. London: J. Nycolson, 1535.

Coxe, Daniel. *A Discourse, Wherein the Interest of the Patient in Reference to Physick and Physicians in Soberly Debated Many Abuses of the Apothecaries in the Preparing their Medicines are Detected, and Their Unfitness for Practice Discovered, together with the Reasons and Advantages of Physicians Preparing Their Own Medicines*. London:

Printed for Richard Chiswel at the two Angels and Crown in Little-Britain, 1669.

Crawfurd, Rawmond. *The King's Evil*. Oxford: Clarendon Press, 1911.

Creighton, Charles. *A History of Epidemics in Britain*, 2 vols. vol. 1. Cambridge: Cambridge UP, 1891—94.

Croft, Pauline. "Annual Parliaments and the Long Parliament". *Bulletin of the Institute of Historical Research* 59(1986): 155—171.

Crofts, Robert. *Paradise within us: or the Happy Mind*. London: Printed by B. Alsop and T. Fawcet, 1640.

Crooke, Helkiah. *Microcosmographia: A Description of the Body of Man; Together with the Controversies Thereto Belonging*. London: Printed by William Iaggard dwelling in Barbican, and are there to be sold, 1615.

Crookshank, Edgar March. *History and Pathology of Vaccination*, 2 vols. Philadelphia: P. Blackiston, Son, and Co. , 1889.

Crowley, Robert. *The Selected Works of Robert Crowley*, ed. J. M. Cowper. London: Published for the Early English Text Society by Kegan Paul, Trench, Trubner, 1872.

Curtis, Mark H. "The Alienated Intellectuals of Early Stuart England", ed. Trevor Aston, *Crisis in Europe: 1560—1660*. New York: Anchor Books Doubleday & Company, Inc. , 1965: 309—331.

Cust, Richard. "News and Politics in Early Seventeenth Century England". *Past and Present*, 112 (1986): 60—90.

Dasent, John R. ed. *Acts of the Privy Council of England*, *1542—1604*, 32 vols. vol. 24. London: Stationery Office, 1890—1907.

Davies, John. "The Triumph of Death or the Picture of the Plague According to the Life, as it was in Anno Domini 1603", ed. Alexander Grosart, *The Complete Works of John Davies of Hereford*, 2 vols. Chertsey Worthies' Library, Lancashire: St. Georges, 1878, vol. 1: 24—52.

Davies, Sir John. "A Discovery of the True Causes Why Ireland was Never Entirely Subdued, Nor Brought under Obedience of the Crown of England, until the Beginning of His Majesty's Happy Reign",ed. J. P. Myers, *Elizabethan Ireland: A Selection of Writings by Elizabethan Writers on Ireland*. Hamden, CT: Archon Books, 1983: 170—193.

Davies, Sir John. "*Gullinge Sonnets, No. 8 (1594)*", ed. Robert Krueger, *Poems*, Oxford: Oxford UP, 1975: 167.

Dawson, Ian. *The Tudor Century 1485—1603*. Cheltenham: Nelson Thornes, 1993.

Dekker, Thomas, John Ford, and William Rowley. *The Witch of Edmonton*. London:

Methuen, 1983.

Dekker, Thomas. *The Plague Pamphlets of Thomas Dekker*, ed. F. P. Wilson. Oxford: Clarendon Press, 1925.

Dekker, Thomas. *The Seven Deadly Sinnes of London: Drawne in Seven Several Coaches, Through the Seven Several Gates of the Citie Bringing the Plague with Them*. London: Printed by Edward Allde and S. Stafford for Nathaniel Butter, and are to be sold at his shop neere Saint Austens gate, 1606.

Dekker, Thomas. *The Whore of Babylon*. London: Printed at Eliot's Court Press for Nathaniel Butter, 1606.

Delaney, Janice. Mary Jane Lupton, and Emily Toth. *The Curse: A Cultural History of Menstruation*. Champaign, Illinois: University of Illinois Press, 1988.

Delanty, Gerard. *Community*, 2nd edn. New York: Routledge, 2010.

Derricke, John. *The Image of Ireland, with a Discourse of Woodkarne*. Edinburgh: Scholars Facsimilies & Reprint, 1998.

Derrida, Jacques. *Disseminations*, tran. Barbara Johnson. Chicago: University of Chicago Press, 1981.

Digby, Lord. "Lord Digby's Speech in the Commons to the Bill for Triennial Parliaments", ed. Keith Lindley, *The English Civil War and Revolution: A Sourcebook*. London: Routledge, 1998.

Dimock, Arthur. "The Conspiracy of Dr. Lopez", eds. S. R. Gardner and R. L. Poole, *The English Historical Review*, vol. IX. London: Longmans, Green and Co., 1894: 461—474.

Dodds, E. R. *The Greeks and the Irrational*. Berkeley: University of California Press, 2004.

Dodds, Madeleine H. and Ruth Dodds. *The Pilgrimage of Grace 1536—1537 and the Exeter Conspiracy*. Cambridge: Cambridge UP, 1971.

Donne, John. "*Devotions Upon Emergent Occasions*", ed. Izaak Walton, *Devotions Upon Emergent Occasions and Death's Duel*. New York: Vintage Spiritual Classics, 1999: 1—152.

Donne, John. "Satyre 2", ed. Robin Robbins, *The Complete Poems of John Donne*. Edinburgh: Pearson Education Limited, 2010: 375—385.

Donne, John. *Juvenilia or Certaine Paradoxes and Problems*. London: Henry Seyle, 1633.

Donne, John. *Letters to Severall Persons of Honour*. London: Printed by J. Flesher for Richard Marriot, and are to be sold at his shop in St. Dunstans Churchyard under the Dyall, 1651.

Donne, John. *The Major Work*, ed. John Carey. Oxford: Oxford UP, 1990.

Donne, John. *The Poems of John Donne*, 2 vols. vol. 1, ed. H. J. C. Grierson. Oxford: Oxford UP, 1912.

Donne, John. *The Sermons of John Donne*, 10 vols. , vols. 3 and 7, eds. George R. Potter and Evelyn M. Simpson. Berkeley: University of California Press, 1953—1962.

Duncan, Douglas. *Ben Jonson and the Lucianic Tradition*. Cambridge: Cambridge UP, 1979.

Dzelzainis, Martin. "'The Feminine Part of Every Rebellion': Francis Bacon on Sedition and Libel, and the Beginning of Ideology". *Huntington Library Quarterly* 69. 1 (March 2006): 139—152.

Edward VI. *Certayne Sermons, or Homilies*. London: Printed by Edward Whitchurche, 1547.

Edwards, Karen. "Inspiration and Melancholy in *Samson Agonistes*", ed. Juliet Cummins, *Milton and the Ends of Time*. Cambridge: Cambridge UP, 2003: 224—240.

Egerton, Thomas. "Speech of the Lord Chancellor of England, in the Eschequer Chamber, Touching the Post-Nati (1608)", ed. Louis A. Knafla, *Law and Politics in Jacobean England: The Tracts of Lord Chancellor Ellesmere*. Cambridge: Cambridge UP, 1977: 202—252.

Elgood, Cyril Lloyd. *A Medical History of Persia and the Eastern Caliphate from the Earliest Times until the Year A. D. 1932*. Cambridge: Cambridge UP, 1951.

Elton, G. R. *England under the Tudors*. London and New York: Methuen, 1955.

Elyot, Sir Thomas. *The Book Named the Governor*, 2 vols. vol. 1. ed. Henry H. S. Croft. London: Kegan Paul and Co. , 1880.

Elyot, Sir Thomas. *The Castel of Helthe*. London: In ædibus Thomæ Bertheleti typis impress, 1539.

Erasmus, Desiderius. "Oration in Praise of the Art of Medicine", *Collected Works of Erasmus*, vol. 29, tran. Brian McGregor. Toronto: University of Toronto Press, 1974: 31—50.

Erasmus, Desiderius. *The Correspondence of Erasmus: Letters 142 to 297, 1501 to 1514*, 2 vols. vol. 2, trans. R. A. B. Mynors and D. F. S. Thomason. Toronto: University of Toronto Press, 1974.

Evans, J. Martin. *Milton's Imperial Epic: "Paradise Lost" and the Discourse of Colonialism*. Ithaca: Cornell UP, 1996.

Evans, Meredith. "The Breath of Kings, and the Body of Law in *2 Henry IV*". *Shakespeare Quarterly* 60. 1 (2009): 1—24.

Ewen, C. L'Estrange. *Witch Hunting and Witch Trials: The Indictments for Witchcraft from the Records of 1373 Assizes Held for the Home Circuit A. D. 1559—1736*. London: Kegan Paul, Trench, Trubner &. Co. , 1929.

Fabricius, Johannes. *Syphilis in Shakespeare's England*. London: Jesscia Kingsley, 1994.

Farnham, Willard. *The Medieval Heritage of Elizabethan Tragedy*. Berkeley and Los Angeles: University of California, 1936.

Ferguson, Niall. *Empire: The Rise and Demise of the British World Order and the Lessons for Global Power*. New York: Basic Books, 2004.

Ficino, Marsilio. "*Three Books of Life*", ed. Jennifer Radden, *The Nature of Melancholy: From Aristotle to Kristeva*. Oxford: Oxford UP, 2000: 88—93.

Finch, Henry. *Law, or a Discourse Thereof*. London: Printed by the assignes of Richard and Edward Atkins Esq, for H. Twyford and 14 others, 1678.

Fish, Stanley. *How Milton Works*. Cambridge and London: Harvard UP, 2001.

Fish, Stanley. *Self-Consuming Artifacts: The Experience of Seventeenth Century Literature*. Berkeley: University of California Press, 1972.

Fisher, John. "Sermon Made Against the Pernicious Doctrine of Martin Luther", ed. John E. B. Mayor, *The English Works of John Fisher*. London: Published for the Early English Text Society, by N. Trubner & Co., 1876: 304—345.

Fletcher, John. *The Differences, Causes and Judgements of Urine*. London: Printed by John Legatt, 1641.

Fletcher, Phineas. *The Purple Island, Or the Isle of Man*. Cambridge: Printed by Thomas Buck and Roger Daniel the printers to the University of Cambridge, 1633.

Floyd, Thomas. *Picture of a Perfit Common Wealth*. London: Printed by Simon Stafford dwelling on Adling Hill, 1601.

Forset, Edward. *A Comparative Discourse of the Bodies Natural and Politique*. London: Printed by Eliot's Court Press for John Bill, 1606.

Fortescue, Sir John. *De laudibus legum Angliae*, ed. S. B. Chrimes, Cambridge: Cambridge UP, 1942.

Fortescue, Sir John. *The Governance of England*, ed. Charles Plummer. Oxford: Oxford UP, 1885.

Foucault, Michel. *Discipline and Punish: The Birth of the Prison*. New York: Pantheon Books, 1979.

Fouke, Daniel. *The Enthusiastical Concepts of Dr. Henry More: Religious Meaning and the Psychology of Delusion*. Leiden, New York: E. J. Brill, 1997.

Fox, Ruth A. *The Tangled Chain: The Structure of Disorder in the "Anatomy of Melancholy"*. Berkeley: University of California Press, 1976.

Fracastoro, Girolamo. *De Conragiosis et Contagiosis Morbis et Eorum Curatione*, tran.

Wilmer Care Wright. New York: G. P. Putnam's Sons, 1930.

Fracastoro, Girolamo. *De Contagione et Contagiosis Morbis et Eorum Curatione*, tran. Wilmer Care Wright. New York: Putnam, 1933.

Fraser, Antonia. *King James*. London: Weidenfeld and Nicolson, 1974.

Freeman, Arthur. "Marlowe, Kyd, and the Dutch Church Libel". *English Literary Renaissance* 3 (1973): 44—52.

Freeman, Thomas. *Rubbe, and a Great Cast Epigrams*. London: by Nicholas Okes, and are to be sold by L. Lisle at the Tigers Head, 1614.

Freist, Dagmar. *Governed by Opinion: Politics, Religion and the Dynamics of Communication in Stuart London 1637—1645*. London and New York: Tauris Academic Studies, 1997.

Frere, Walter Howard. *The English Church in the Reigns of Elizabeth and James I*. London: Macmillan, 1924.

Friedman, John. *The Monstrous Races in Medieval Art and Thought*. Cambridge, MA: Harvard UP, 1981.

Frye, Northrop. *Spiritus Mundi: Essays on Literature, Myth, and Society*. Bloomington: Indiana UP, 1976.

Fulbecke, William. A *Historical Collection of the Continual Factions, Tumults, and Massacres of the Romans and Italians*. London: Printed by R. Field for William Ponsonby, 1601.

Fumerton, Patricia. *Cultural Aesthetics: Renaissance Literature and the Practice of Social Ornament*. Chicago: University of Chicago Press, 1991.

Gainsford, Thomas. *The Glory of England*. London: Printed by Edward Griffin for Th: Norton and are to be sold at his shop in Pauls-Church-yard at the signe of the Kings-head, 1618.

Galen. "*On the Affected Parts*", ed. Jennifer Radden, *The Nature of Melancholy: From Aristotle to Kristeva*. Oxford: Oxford UP, 2000: 63—68.

Galen. A *Translation of Galen's Hygiene (De Sanitate Tuenda)*, tran. Robert Montraville Green. Springfield, Ill: Charles C. Thomas, 1951.

Galen. *On the Doctrines of Hippocrates and Plato*, ed. and tran. Philip de Lacy. Berlin: Akademie-Verlag, 1984.

Gardiner, Stephen. *Obedience in Church & State: Three Political Tracts*, ed. and tran. Pierre Janelle. Cambridge: Cambridge UP, 1930.

Garrett, Julia M. "Dramatizing Deviance: Sociological Theory and *The Witch of Edmonton*".

Criticism, 49. 3 (2007): 327—375.

Gifford, George. *A Dialogue Concerning Witches and Witchcrafts*. London: Printed by John Windet for Tobie Cooke and Mihil Hart, 1593.

Gillies, John. "The Body and Geography". *Shakespeare Studies* 29 (2001): 57—62.

Gillies, John. *Shakespeare and the Geography of Difference*. Cambridge: Cambridge UP, 1994.

Gilman, Ernest B. *Plague Writing in Early Modern England*. Chicago: The University of Chicago Press, 2009.

Glover, Laurie Carol. *Colonial Qualms/Colonial Quelling: England and Ireland in the Sixteenth Century*. California: Claremont Graduate School, 1995.

Godlee, Fiona. "Aspects of Non-Conformity: Quakers and the Lunatic Fringe", eds. W. F. Bynum, Roy Porter, and Michael Shepherd, *The Anatomy of Madness: Essays in the History of Psychiatry*, Vol. 2 — Institutions and Society, 3 vols. London: Tavistock Publications, 1985, vol. 2: 80—85.

Goldberg, Jonathan. *James I and the Politics of Literature*. Baltimore and London: Johns Hopkins UP, 1983.

Goodcole, Henry. *The Wonderfull Discoverie of Elizabeth Sawyer a Witch, Late of Edmonton, Her Conviction and Condemnation and Death*. London: Printed by A. Mathewes for William Butler, 1621.

Goodrich, Peter. "Satirical Legal Studies: From the Legists to the Lizard". *Michigan Law Review* 103 (2004): 397—517.

Gosson, Stephen. *The Schoole of Abuse*. London: for Thomas Woodcocke, 1579.

Goth, Maik. "'Killing, Hewing, Stabbing, Dagger-drawing, Fighting, Butchery': Skin Penetration in Renaissance Tragedy and its Bearing on Dramatic Theory", *Comparative Drama* 46. 2 (Summer 2012): 139—162.

Gottfried, Robert S. *The Black Death: Natural and Human Disaster in Medieval Europe*. New York: Macmillan, 1983.

Gough, J. W. *The Social Contract*, 2nd ed. Oxford: Oxford UP, 1936.

Gray, Charles M. "The Boundaries of the Equitable Function", *American Journal of Legal History* 20 (1976): 192—226.

Greenblatt, Stephen. "Culture", eds. Frank Lentricchia and Thomas McLaughlin, *Critical Terms for Literary Study*. Chicago: University of Chicago Press, 1990: 225—232.

Greenblatt, Stephen. "Invisible Bullets: Renaissance Authority and its Subversion, *Henry IV* and *Henry V*", eds. Jonathan Dollimore and Alan Sinfield, *Political Shakespeare: New*

Essays in Cultural Materialism. Manchester: Manchester UP, 1985: 18—47.

Greenblatt, Stephen. *Shakespearean Negotiations: The Circulations of Social Energy in Renaissance England*. Berkeley: University of California Press, 1986.

Greene, Robert. *A Quip for an Upstart Courtier: Or, a Quaint Dispute between Velvet-breeches and Cloth-breeches*. London: Printed by E. Purslow, dwelling at the east end of Christs-Church, 1635.

Greene, Robert. *The Life and Complete Works in Prose and Verse of Robert Greene*, vol. 10, ed. Alexander B. Grosart. New York: Russell and Sagwan, 1881.

Grigsby, Bryon Lee. *Pestilence in Medieval and Early Modern English Literature*. New York: Routledge, 2004.

Guibbory, Acsah. *Ceremony and Community from Herbert to Milton: Literature, Religion, and Cultural Conflict in Seventeenth-Century England*. Cambridge: Cambridge UP, 1998.

Guillory, John. "Dalila's House: Samson Agonistes and Sexual Division of Labor", eds. Margaret W. Ferguson, Maureen Quilligan and Nancy J. Vickers. *Rewriting the Renaissance: The Discourses of Sexual Difference in Early Modern Europe*. Chicago: Chicago UP, 1989:106—122.

Guy, J. A. *Christopher St. German on Chancery and Statute*. London: Selden Society, 1985.

Guy, John. *Tudor England*. Oxford: Oxford UP, 1988.

Gyer, Nicholas. *The English Phlebotomy*. London: by William Hoskins & John Danter, dwelling in Feter-lane for Andrew Mansell, and are to be sold at his shop in the Royall Exchange, 1592.

Haigh, Christopher. "The Character of an Antipuritan". *The Sixteenth Century Journal*, 35. 3 (2004): 671—688.

Hake, Edward. *Epieikeia*, ed. D. E. C. Yale, New Haven, CT: Yale UP, 1953.

Hakluyt, Richard. *The Voyages of the English Nation to America Before the Year 1600 in 4 Volumes, Vol. 2: A Discourse of Western Planting*, ed. Edmund Goldsmid. Edinburgh: E. & G. Goldsmid, 1889—1890.

Hale, David G. *The Body Politic: A Political Metaphor in Renaissance English Literature*. Paris: Mouton, 1971.

Hale, William. *A Series of Precedents and Proceedings in Criminal Causes 1475—1640*. Edinburgh: Bratton Publishing Ltd, 1847, 1973.

Hall, John. "A Compendious Work of Anatomy", *A Most Excellent and Learned Work of Chirurgerie, Called Chirurgia Parva Lanfranci*. London: in Flete streate, nyghe unto saint Dunstones churche, by Thomas Marshe, 1565: 50—89.

Hall, Joseph. *Virgidemiarum Sixe Bookes*. London: Printed by John Harison, for Robert Dexter, 1602.

Hallett, Charles and Elaine Hallett. *The Revenger's Madness: A Study of Revenge Tragedy Motifs*. Lincoln and London: University of Nebraska Press, 1980.

Hamburger, Max. *Morals and Law: The Growth of Aristotle's Legal Theory*. New Haven, CT: Yale UP, 1951.

Hamilton, Hans Claude, ed. *Calendar of State Papers, Ireland, 1588—1592*. London: Longman, Green & Co. , 1885.

Harley, J. B. and Kees Zandvliet. "Art, Science, and Power in Sixteenth-Century Dutch Cartography". *Cartographica* 29. 2(1992): 10—19.

Harrington, James. *The Commonwealth of Oceana and a System of Politics*. Cambridge: Cambridge UP, 1992.

Harriot, Thomas. *A Brief and True Report of the New Found Land of Virginia*. New York: Dover Publications, 1972.

Harris, Jonathan Gil. "'Some Love that drew him oft from home': Syphilis and International Commerce in *The Comedy of Errors*", eds. Stephanie Moss and Kaara L. Peterson, *Disease, Diagnosis, and Cure on the Early Modern Stage*. Vermont: Ashgate, 2004: 69—92.

Harris, Jonathan Gil. *Foreign Bodies and the Body Politic: Discourses of Social Pathology in Early Modern England*. Cambridge: Cambridge UP, 1998.

Harris, Jonathan Gil. *Sick Economies: Drama, Mercantilism, and Disease in Shakespeare's England*. Philadelphia: University of Pennsylvania Press, 2004.

Harrison, William. *Harrison's Description of England*, vol. 1, ed. Frederick J. Furnivall. London: N. Trubner, 1877.

Hartley, T. E. *Proceedings in the Parliaments of Elizabeth I*, 3 vols. vol. 3. London: Leicester UP, 1981.

Harward, Simon. *Harward's Phlebotomy*. New York: Da Capo Press, 1973.

Hawes, Clement. *Mania and Literary Style: The Rhetoric of Enthusiasm from the Ranters to Christopher Smart*. Cambridge: Cambridge UP, 1996.

Hawkins, Edward. *Medallic Illustrations of the History of Great Britain and Ireland*. London: Printed by Order of the Trustees of the British Museum, 1911.

Hayton, Darrin. "Joseph Grunpeck's Astrological Explanation of the French Disease", ed. Kevin Siena, *Sins of the Flesh: Responding to Sexual Disease in Early Modern Europe*.

Toronto: CRRS Publications, 2005: 81—93.

Hebron, Malcolm. *Key Concepts in Renaissance Literature*. Shanghai: Shanghai Foreign Language Education Press, 2016.

Heckscher, Eli F. *Mercantilism*, 2nd edn. 2 vols. vol. 1, tran. Mendel Shapiro. London: George Allen and Unwin, 1955.

Helmstaedter, Gerhard. "Physicians in Thomas More's Circle: The Impact of the New Learning on Medicine", ed. Hermann Boventer, *Thomas Morus Jahrbuch*, 1989. Düsseldorf: Triltsch Verlag, 1989: 158—164.

Henry VIII. *Tudor Constitutional Documents A. D. 1485—1603*, vol. 12, ed. J. R. Tanner. Cambridge: Cambridge UP, 1922.

Herring, Francis. *Certaine Rules, Directions, or Advertisements for this Time of Pestilentiall Contagion*. Lodndon: Printed by William Jones, 1603.

Hester, John. *A Hundred and Fourteene Experiments and Cures of the Famous Physitian Philippus Aureolus Theophrastus Paracelus*. London: Printed by Vallentine Sims dwelling on Adling hill at the signe of the white Swanne, 1596.

Hester, M. Thomas. *Kinde Pitty and Brave Scorn: John Donne's "Satyres"*. Durham, NY: Duke UP, 1982.

Hexter, J. H. *More's Utopia: Biography of an Idea*. New York: Harper and Row, 1965.

Heyd, Michael. "Robert Burton's Sources on Enthusiasm and Melancholy: From a Medical Tradition to Religious Controversy". *History of European Ideas* 5 (1984): 17—44.

Higginson, Francis. *A Brief Relation of the Irreligion of the Northern Quakers*. London: Printed by T. R. for H. R. at the signe of the three Pigeons in Pauls Church-yard, 1653.

Highley, Christopher. *Shakespeare, Spenser and the Crisis in Ireland*. Cambridge: Cambridge UP, 2009.

Hill, Christopher. *Milton and the English Revolution*. New York: The Viking Press, 1977.

Hill, Christopher. *The Experience of Defeat: Milton and Some Contemporaries*. New York: Viking Penguin, 1984.

Hill, Christopher. *The World Turned Upside Down: Radical Ideas During the English Revolution*. New York: Penguin Books, 1975.

Hillman, David. "Staging Early Modern Embodiment", eds. David Hillman and Ulrike Maude, *The Cambridge Companion to the Body in Literature*. New York: Cambridge UP, 2015: 41—57.

Hippocrates. *Breaths*, ed. Jacques Jouanna, tran. M. B. DeBevoise, Paris: Fayard, 1988.

Hippocrates. *Nature of Man*, ed. Jacques Jouanna, tran. M. B. DeBevoise, Baltimore: Johns

Hopkins UP，1999.

Hirst，John. *The Shortest History of Europe*. London：Old Street Publishing，2012.

Hobbes，Stephen. *A New Treatise of the Pestilence*. London：Printed by John Windet，for Mathew Law，and are to be sold at his shop at the signe of the Fox in Paules Churchyarde，1603.

Hobbes，Thomas. "*Behemoth：The History of the Causes of Civil Wars of England*"，ed. Sir William Molesworth，*The English Works of Thomas Hobbes of Malmesbury*，11 vols.，vol. 6. London：Bohn，1839—1845：161—418.

Hodges，Nathaniel. *Loimologia：Or，An Historical Account of the Plague in London in 1665*. London：Typis Gul. Godbid，sumptibus Josephi Nevill，1672，1720.

Hoeniger，F. David. *Medicine and Shakespeare in the English Renaissance*. Newark：University of Delaware Press，1992.

Horman，William. *William Horman's Vulgaria*，ed. M. R. James. London：Roxburghe Club，1926.

Horrox，Rosemary，tran. and ed. *The Black Death*. Manchester：Manchester UP，1994.

Hume，Martin A. S. *Treason and Plot：Struggles for Catholic Supremacy in the Last Years of Queen Elizabeth's Reign*. London：James Nisbet and Co.，，1901.

Hunter，George K. "A Roman Thought：Renaissance Attitudes to History Exemplified in Shakespeare and Jonson"，ed. Brian S. Lee，*An English Miscellany Presented to W. S. Mackie*. Capetown：Oxford UP，1977：93—118.

Hyamson，Albert M. *A History of the Jews in England*. London：Chatto and Windus，1908.

Irish，Bradley J. "Vengeance Variously：Revenge before Kyd in Early Elizabethan Drama". *Early Theatre* 12. 2 (2009)：117—134.

Israel，Jonathan I. *European Jewry in the Age of Mercantilism，1550—1750*，3rd ed. London：Littman Library of Jewish Civilization，1998.

Ives，E. W. "The Genesis of the Statute of Uses". *English Historical Review* 82 (1967)：673—697.

Ivic，Christoper "Mapping British Identity：Speed's *Theatre of the Empire of Great Britaine*"，eds. David J. Baker and Willy Maley，*British Identities and English Renaissance Literature*. New York：Cambridge UP，2002：144—169.

James I，"*The Trew Law of Free Monarchies*"，ed. Charles H. McIlwain，*The Political Works of James I：Reprinted from the Edition of 1616*. Oxford：Oxford UP，1918：50—70.

James I，*A Royal Rhetorician*，ed. Roberts S. Rait. New York：Brentanos，1900.

James I. "Basilikon Doron", ed. Charles H. McIlwain, *The Political Works of James I:*
Reprinted from the Edition of 1616. Oxford: Oxford UP, 1918: 3—52.

James I. "Speech of 1603—1604", ed. Charles H. McIlwain, *The Political Works of James*
I: Reprinted from the Edition of 1616. Oxford: Oxford UP, 1918: 269—280.

James I. "Speech of 1605", ed. Charles H. McIlwain, *The Political Works of James I:*
Reprinted from the Edition of 1616. Oxford: Oxford UP, 1918: 281—289.

James I. "Speech of 1609—1610", ed. Charles H. McIlwain, *The Political Works of James*
I: Reprinted from the Edition of 1616. Oxford: Oxford UP, 1918: 306—325.

James I. *A Counterblast to Tobacco*, London: by R. Barker, 1604.

James I. *Political Writings*, ed. Johann P. Sommerville, Cambridge: Cambridge UP, 1994.

James, Charles Warburton. *Chief Justice Coke*. London: Country Life, 1929.

Jeffrey, David Lyle, ed. *The Dictionary of Biblical Tradition in English Literature*.
Michigan: Wm. B. Eerdnabs Publishing, 1992.

Johnson, Ben. *Volpone, or the Fox*, ed. J. D. Rea. New Haven, CT: Yale UP, 1919.

Jones, W. J. *Politics and the Bench: The Judges and the Origins of the English Civil War*.
New York: Barnes and Noble, 1971.

Jonson, Albert R. *A Short History of Medical Ethics*. Oxford: Oxford UP, 2000.

Jonson, Ben. "Volpone, or the Fox", eds. C. F. Tucker Brooke and Nathaniel Burton
Paradise, *English Drama 1580—1642*. Lexington: D. C. Heath and Company, 1961:
477—526.

Jouanna, Jacques. *Greek Medicine from Hippocrates to Galen*, tran. Neil Allies. Boston:
Brill, 2012.

Kantorowicz, Ernest H. *The King's Two Bodies: A Study in Mediaeval Political Theology*.
Princeton, NJ: Princeton UP, 1957, 1997.

Kastoryano, R. *Negotiating Identity: States and Immigration in France and Germany*.
Princeton, NJ: Princeton UP, 2002.

Kerwin, William J. "The Historical Context of English Renaissance Literature", eds. Susan
Bruce and Rebecca Steinberger, *The Renaissance Literature Handbook*. New York:
Continuum, 2009: 23—39.

Kerwin, William. *Beyond the Body: The Boundaries of Medicine and English Renaissance*
Drama. Amherst: University of Massachusetts Press, 2005.

Kesselring, K. J. "Rebellion and Disorder", eds. Susan Doran and Norman Jones, *The*
Elizabethan World. London and New York: Routledge, 2011: 372—386.

Kinsman, Robert. "Folly, Melancholy, and Madness: A Study in Shifting Styles of Medical

Analysis and Treatment, 1450—1675", ed. Walter Mignolo, *The Darker Side of the Renaissance: Literacy, Territoriality, and Colonization*. Berkeley: University of California Press, 1974: 273—320.

Kirby, Ethyn. *William Prynne, A Study in Puritanism*. Cambridge, Mass. : Harvard UP, 1931.

Kitzes, Adam H. *The Politics of Melancholy: From Spenser to Milton*. New York: Routledge, 2006.

Klein, Bernhard. *Maps and the Writing of Space in Early Modern England and Ireland*. London: Palgrave Macmillan, 2001.

Kneidel, Gregory. *John Donne & Early Modern Legal Culture: The End of Equity in the Satyres*. Pittsburgh: Duquesne UP, 2015.

Knights, L. C. *Drama and Society in the Age of Jonson*. London: Chatto and Windus, 1937.

Knox, John. *The History of the Reformation of Religion in Scotland*, ed. Cuthbert Lennox. London: Andrew Melrose, 1905.

Knutsson, Bengt. *Here Begins a Little Book the Which Treated and Rehearsed Many Good Things Necessary for the Pestilence*. London: William de Machlinia, 1485.

Koebner, Richard. "The Imperial Crown of This Realm: Henry VIII, Constantine the Great, and Polydore Vergil". *Historical Research* 26 (1953): 29—52.

Kolin, Philip. *The Elizabethan Stage Doctor as a Dramatic Convention*. Salzburg: Institut fur Englische Sprache und Literatur, 1975.

Kuriyama, Shigehisa. "Interpreting the History of Bloodletting". *Journal of the History of Medicine and Allied Sciences* 1 (1995): 11—46.

Kyd, Thomas. "The Spanish Tragedy", eds. David Bevington, Las Engle, Katharine Eisaman Maus, and Eric Rasmussen, *English Renaissance Drama: A Norton Anthology*. New York: W. W. Norton & Company, Inc. , 2002: 99—135.

L'Estrange, Roger. *An Exact Narrative of the Trial and Condemnation of John Twyn for Printing and Dispersing of a Treasonable Book*. London: Printed by Thomas Mabb for Henry Brome at the Gun in Ivy-lane, 1664.

Lacey, Robert. *Robert, Earl of Essex: An Elizabethan Icarus*. London: Weidenfeld, 1971.

Ladegaard, Jakob. "Luxurious Laughter: Wasterful Economy in Ben Jonson's Comedy *Volpone, or the Fox* (1606)". *European Review* 24. 1 (2016): 63—71.

Landreth, David. *The Face of Mammon: The Matter of Money in English Renaissance Literature*. Oxford: Oxford UP, 2012.

Laneham, Robert. *Robert Laneham's Letter: Describing a Part of the Entertainment unto*

Queen Elizabeth at the Castle of Keniworth in 1575, ed. F. J. Furnivall. New York: Duffield and Co. , 1907.

Lange, Marjory E. "Humorous Grief: Donne and Burton Read Melancholy", eds. Margo Swiss and David A. Kent, *Speaking Grief in English Literary Culture : Shakespeare to Milton*. Pittsburgh: Duquesne UP, 2002: 69—97.

Langland, William. *Piers Plowman: The B Version, Will's Vision of Piers Plowman, Do-Well, Do-Better and Do-Best*, eds. George Kane and E. Talbot Donaldson. London: Athlone Press, 1975.

Larner, Christina. *Witchcraft and Religion: The Politics of Popular Belief*. New York: Basil Blackwell, 1984.

Laski, Harold J. *The Foundations of Sovereignty and Other Essays*. New York: Harcourt, Brace and Company, 1921.

Laud, William. *The Works of the Most Reverend Father in God, William Laud, D. D., sometime Lord Archbishop of Canterbury*, ed. William Scott, 9 vols. vol. 1. Oxford: J. H. Parker, 1847—1860.

Lauritsen, John R. "Donne's Satyres: The Drama of Self-Discovery". *Studies in English Literature, 1500—1900*, 16. 1 (1976): 117—130.

Leinwand, Theodore B. *Theatre, Finance and Society in Early Modern England*. Cambridge: Cambridge UP, 1999.

Lemon, Robert and Mary Anne Everett Green, eds. *Calendar of State Papers, Domestic of the Reigns of Edward VI, Mary, Elizabeth and James I, 1598—1601*. London: Public Record Office, 1896.

Lepenies, Wolf. *Melancholy and Society*, tran. Jeremy Gaines and Doris Jones Cambridge: Harvard UP, 1992.

Levin, Carole. "'Would I Could Give You Help and Succour': Elizabeth I and the Politics of Touch". *A Quarterly Journal Concerned with British Studies*, 21. 2 (1989): 191—205.

Levin, Harry. "Jonson's Metempsychosis". *Philological Quarterly* 22(1943): 231—239.

Lewalski, Barbara K. "Milton and Idolatry". *Studies in English Literature 1500—1900*, 43. 1 (2003): 213—232.

Lewalski, Barbara K. *The Life of Milton*. Oxford: Blackwell Publishing, 2000.

Lewalski, Barbara Kiefer. *"Paradise Lost" and the Rhetoric of Literary Form*. Princeton: Princeton UP, 1985.

Lim, Walter S. H. *The Arts of Empire: The Poetics of Colonialism from Ralegh to Milton*. Newark: University of Delaware Press, 1998.

Litton Falkiner, *Illustrations of Irish History and Topography, Mainly of the Seventeenth Century*, London: Longmans, Green and Co. , 1904.

Lloyd, Trevor Owen. *The British Empire 1558—1995*. Oxford: Oxford UP, 1996.

Locke, John. *An Essay Concerning Human Understanding*. New York: Prometheus Books, 1995.

Lockyer, Roger. *The Early Stuarts: A Political History of England 1603—1642*, 2nd Edition. London and New York: Longman, 1999.

Lodge, Thomas. *A Treatise of the Plague: Containing the Nature, Signes, and Accidents of the Same, with the Certaintie and Absolute Cure of the Fevers, Botches and Carbuncles that Raigne in These Times*. London: Printed by Thomas Creede and Valentine Simmes for Edward White and Nicholas Ling, 1603.

Loewenstein, David. *Representing Revolution in Milton and his Contemporaries: Religion, Politics, and Polemics in Radical Puritanism*. Cambridge: Cambridge UP, 2001.

Loewenstein, Joseph F. "Legal Proofs and Corrected Readings: Press-Agency and the New Bibliography", eds. David Lee Miller, Sharon O'Dair, and Harold Weber, *The Production of English Renaissance Culture*. New York: Cornell UP, 1994: 111—122.

Low, Anthony. *The Blaze of Noon: A Reading of Samson Agonistes*. New York: Columbia UP, 1974.

Lowe, Peter. *An Easie, Certain and Perfect Method, to Cure and Prevent the Spanish Sicknes*. London: Printed by James Roberts, 1596.

Lund, Mary Ann. *Melancholy, Medicine and Religion in Early Modern England: Reading the Anatomy of Melancholy*. Cambridge: Cambridge UP, 2010.

Lupton, J. H. *A Life of John Colet*. London: George Bell and Sons, 1909.

Lupton, Julia Reinhard. "Mapping Mutability: Or, Spenser's Irish Plot", eds. Brendan Bradshaw, Andrew Hadfield and Willy Maley, *Representing Ireland: Literature and the Origins of Conflict, 1534—1660*. Cambridge: Cambridge UP, 1993: 93—115.

Luther, Marin. "Lectures on Genesis", eds. Jaroslav Pelikan, Helmut Lehman, *Luther's Works: American Edition*, vol. 2. St. Louis and Philadelphia: Concordia and Fortress, 1960.

Lyly, John. *The Complete Works of John Lyly*, 3 vols. vol. 3, ed. R. Warwick Bond. Oxford: Oxford UP, 1902.

Lyly, John. *Pappe with a Hatchet*, 1589, ed. R. Warwick Bond, *The Complete Works of John Lyly*, 3 vols. vol. 3. Oxford, 1902.

Lyons, Bridget Gellert. *Voices of Melancholy: Studies in Literary Treatments of Melancholy in Renaissance England*. London: Routledge & Kegan Paul, 1971.

MacCaffrey, Wallace. *Elizabeth I*. London: Edward Arnold, 1993.

MacDonald, Michael. *Mystical Bedlam: Madness, Anxiety, and Healing in Seventeenth-Century England*. Cambridge: Cambridge UP, 1981.

Machiavelli, Niccolo. *Discourses on the First Decade of Livy*, ed. Bernard Crick. Harmondsworth: Penguin, 1970.

Machiavelli, Niccolo. *The Prince*, tran. George Bull. London: Penguin Books, 1961.

MacKenney, Richard. *Tradesmen and Trades: The World of the Guild in Venice and Europe, c. 1250-c. 1650*. London: Routledge, 1990.

MacKinney, Loren C. *Early Medieval Medicine*. Baltimore: John Hopkins UP, 1937.

Maitland, F. W. *Selected Passages from the Works of Bracton and Azo*. London: B. Quaritch, 1895.

Maley, Willy. "How Milton and Some Contemporaries Read Spenser's *View*", eds. Brendan Bradshaw, Andrew Hadfield, and Willy Maley, *Representing Ireland: Literature and the Origins of Conflict 1534—1660*. Cambridge: Cambridge UP, 1993: 191—208.

Maley, Willy. "The Supplication of the Blood of the English Most Lamentably Murdered in Ireland (1598)". *Analecta Hibernia* 36 (1995): 3—77.

Maley, Willy. *Salvaging Spenser: Colonialism, Culture and Identity*. London: Palgrave Macmillan, 1997.

Malynes, Gerald. *Saint George for England Allegorically Described*. London: by Richard Field for William Tymme stationer, and are to be sold at the signe of the Floure de luce and Crowne in Pater-noster row, 1601.

Marcos, Sylvia. "Indigenous Eroticism and Colonial Morality in Mexico". *Numen* 39 (1992): 157—174.

Matei-Chesnoiu, Monica. *Re-imagining Western European Geography in English Renaissance Drama*. London: Palgrave, 2012.

Maxwell, Constantia. ed. *Irish History from Contemporary Sources, 1509—1610*. London: George Allen & Unwin, 1923.

McAlindon, Thomas. *Shakespeare's Tragic Cosmos*. Cambridge: Cambridge UP, 1991.

McGregor, J. F. "Seekers and Ranters", eds. J. F. McGregor and B. Reay, *Radical Religion in the English Revolution*. Oxford: Oxford UP, 1984: 121—139.

McIlwain, C. H. *The High Court of Parliament and its Supremacy*. New Haven, CT: Yale UP, 1910.

McKeon, Michael. *The Origins of the English Novel 1600—1740*. Baltimore: John Hopkins

UP, 1987.

McKinney, Loren C. "Tenth Century Medicine as seen in the Historia of Richter of Rheims". *Bulletin of Institute of the History of Medicine* 2 (1934): 347—375.

McLeod, Bruce. *The Geography of Empire in English Literature, 1580—1745*. Cambridge: Cambridge UP, 1999.

McLuskie, Kathleen. *Renaissance Dramatists*. London: Harvester Wheatsheaf, 1989.

McNeill, John T. "Medicine and Sin as Prescribed in the Penitentials". *Church History* 1 (1932): 41—26.

Mercier, Arthur. *Astrology in Medicine*. London: Macmillan, 1914.

Middleton, Thomas and William Rowley. *The Changeling*, ed. Joost Daalder. New Mermaids, New York: W. W. Norton, 1990.

Miller, Timothy. *The Birth of the Hospital in the Byzantine Empire*. Baltimore: Johns Hopkins UP, 1997.

Milles, Thomas. *Custumers Apology: That is to Say, a Generall Answere to Informers of All Sortes, and Their Injurious Complaints*. London: Printed by James Roberts, 1599.

Milles, Thomas. *The Custumers Alphabet and Primer: Conteining, Their Creede or Beliefe in the True Doctrine of Christian Religion*. London: Printed by William Jaggard, 1608.

Milles, Thomas. *The Custumers Replie, or Second Apologie*, London: Printed by James Roberts, dwelling in Barbican, 1604.

Milles, Thomas. *The Misterie of Iniquitie*. London: Printed by William Jaggard, 1611.

Milton, John. "Paradise Lost", eds. David V. Urban and Paul J. Klemp, *The Works of John Milton: with an Introduction and Bibliography*, Ware Hertfordshire: Wordsworth Edition Ltd, 1994: 111—385.

Milton, John. "Paradise Regained", eds. David V. Urban and Paul J. Klemp, *The Works of John Milton: with an Introduction and Bibliography*. Ware Hertfordshire: Wordsworth Edition Ltd, 1994: 386—438.

Milton, John. "Samson Agonistes", eds. David V. Urban and Paul J. Klemp, *The Works of John Milton: with an Introduction and Bibliography*. Ware Hertfordshire: Wordsworth Edition Ltd, 1994: 439—486.

Milton, John. *The Complete Prose Works of John Milton*, 8 vols. eds. Don Wolfe et al. New Haven, CT: Yale UP, 1953—1982.

Milton, John. *The Works of John Milton*, 20 vols. vol. 13, eds. Frank Allan Patterson et al. New York: Columbia UP, 1931—1938.

Momouth, Geoffrey of. *Historia Regum Britanniae, IX*, ed. Jacob Hammer. Cambridge:

Mediaeval Academy of America Publications, 1951.

Montaigne, Michel de. *Essays*, 3 vols. tran. John Florio. London: Everyman, 1910, vol. 3.

Montaigne, Michel de. *The Essayes or morall, politike and millitarie discourses of Lo*, tran. John Florio. London: by Val. Sims for Edward Blount dwelling in Paules churchyard, 1603.

Montaigne, Michel de. *The Essays of Montaigne Done into English by John Florio Anno 1603*, 3 vols. , vol. 3. New York: AMS, 1967.

Moraux, P. "Galen as Philosopher: The Philosophy of the Nature", ed. V. Nutton, *Galen: Problems and Prospects*. London, 1981: 87—116.

More, Henry. *Enthusiasmus Triumphatus; or, A Brief Discourse of the Nature, Causes, Kinds, and Cure of Enthusiasm*. Los Angeles: William Andrews Clark Memorial Library, 1966.

More, Thomas. "Utopia", ed. and tran. David Wootton, *Utopia with Erasmus' Sileni of Alcibiades*. Indianapolis: Hackett Publishing Company, 1999: 39—168.

More, Thomas. *Dialogue Concerning Tyndale*, ed. W. E. Campbell. London: The British Library, 1927.

More, Thomas. *The Correspondence of Sir Thomas More*, ed. Elizabeth F. Rogers. Princeton: Princeton UP, 1947.

More, Thomas. *The Latin Epigrams of Thomas More*, trans. Leicester Bradner and Charles A. Lynch. Chicago: The University of Chicago Press, 1953.

Moreley, Henry, ed. *Character Writings of the Seventeenth Century*. London: G. Routledge, 1891.

Morgan, Hiram. "The Fall of Sir John Perrot", in John Guy, ed. *The Reign of Elizabeth: Court and Culture in the Last Decade*. Cambridge: Cambridge UP, 1995: 118—122.

Morgan, Hiram. *Tyrone's Rebellion: The Outbreak of the Nine Years War in Tudor Ireland*. Woodbridge: The Boydell Press, 1993.

Morgan, Victor. "The Literary Image of Globes and Maps in Early Modern England", ed. Sarah Tyacke, *English Map-Making 1550—1650*. London: The British Library, 1983.

Morison, Richard. *An Exhortation to Stir all English Men to the Defense of Their Country*. London: In aedibus Thome Bertheleti typis impress, Cum priuilegio ad imprimendum solum, 1539.

Moryson, Fynes. "A Description of Ireland", ed. Henry Morley, *Ireland under Elizabeth and James I*. Miami: Hard Press Publishing, 2012: 411—430.

Moryson, Fynes. *An Itinerary, 1617*. Amsterdam: Da Capo Press, 1971.

Moryson, Fynes. *The Irish Sections of Fynes Moryson's Unpublished "Itinerary"*, ed. Graham Kew. Dublin: The Irish Manuscripts Commision Ltd. , 1998: 30—31.

Moss, Stephanie and Kaara L. Peterson, eds. *Disease, Diagnosis and Cure on the Early Modern Stage*. Burlington, Vermont: Ashgate, 2004.

Mouffet, Thomas. *Healths Improvement: Or, Rules Comprizing and Discovering the Nature, Method, and Manner of Preparing all sorts of Food used in this Nation*. London: Printed by Tho: Newcomb for Samuel Thomson, at the sign of the white Horse in Pauls Churchyard, 1655.

Mousnier, Roland. *The Assassination of Henry IV*, tran. Joan Spencer. *New York*: Charles Scribner's Sons, 1973.

Mullaney, Steven. *The Place of the Stage: License, Play, and Power in Renaissance England*. Chicago: University of Chicago Press, 1988.

Murphy, Andrew. "Shakespeare's Irish History". *Literature and History* 5 (1996): 38—59.

Murphy, Andrew. *But the Irish Sea Between us: Ireland, Colonialism and Renaissance Literature*. Lexington: The UP of Kentucky, 1999.

Nashe, Thomas. *The Unfortunate Traveller*, ed. H. F. B. Brett-Smith. Oxford: Blackwell, 1920.

Nashe, Thomas. *The Works of Thomas Nashe*, 5 vols. vol. 2, ed. R. B. McKerrow. London: A. H. Bullen, 1904—1910.

Neale, J. E. *Elizabeth and Her Parliaments, 1584—1601*, 3 vols. vol. 3. London: Jonathan Cape, 1958.

Newman, Kira L. S. "Shutt Up: Bubonic Plague and Quarantine in Early Modern England". *Journal of Social History* 45. 3 (2012): 809—834.

Nichols, John. *The Progresses and Public Processions of Queen Elizabeth*, 5 vols. , vol. 3. London: J. B. Nichols, 1788—1823.

Noonan, Jr. John T. *Contraception*. Cambridge: Harvard UP, 1970.

Norbrook, David. *Writing the English Republic: Poetry, Rhetoric and Politics, 1627—1660*. Cambridge: Cambridge UP, 1999.

Nutton, Vivian. "The Seeds of Disease: An Explanation of Contagion and Infection from the Greeks to the Renaissance". *Medical History* 27 (1983): 1—34.

O'Dair, Sharon. "Social Role and the Making of Identity in *Julius Caesar*". *Studies in English Literature 1500—1900*, 33(1993): 289—307, p. 298.

O'Neill, Stephen. *Staging Ireland: Representations in Shakespeare and Renaissance Drama*. Dublin: Four Courts Press, 2007.

Ogle, Arthur. *The Canon Law in Mediaeval England*. London: John Murray, 1912.

Orme, Nicholas and Margaret Webster. *The English Hospital 1070—1570*. New Haven, CT.: Yale UP, 1995.

Osler, William. *Thomas Linacre*. Cambridge: Cambridge UP, 1908.

Pachter, Henry M. *Magic into Science: The Story of Paracelsus*. New York: Henry Schuman, 1951.

Pagel, Walter. *Paracelsus: An Introduction to Philosophical Medicine in the Era of the Renaissance*. Basel: S. Karger, 1958.

Papazian, Mary Arshagouni. "Politics of John Donne's *Devotions Upon Emergent Occasions*: or, New Questions on the New Historicism". *Renaissance and Reformation* 27 (1991): 233—248.

Paracelsus. *Selected Writings*, vol. 1, ed. Jolande Jacobi, tran. Norbert Guterman. New York: Pantheon, 1958.

Parkinson, C. Northcote. *Gunpowder Treason and Plot*. Weidenfeld and Nicolson: Littlehampton Book Services, 1976.

Paster, Gail Kern. *The Body Embarrassed: Drama and the Disciplines of Shame in Early Modern England*. Ithaca NY: Cornell UP, 1993.

Patterson, Annabel. *Reading between the Lines*. Madison: University of Wisconsin Press, 1993.

Pauline, Croft. *King James*. Basingstoke and New York: Palgrave Macmillan, 2003.

Pawlisch, Hans S. *Sir John Davies and the Conquest of Ireland: A Study in Legal Imperialism*. Cambridge: Cambridge UP, 1985.

Payne, Robert. *A Brief Description of Ireland: Made in this Year, 1589*. London: Printed by Thomas Dawson, 1590.

Peacock, John. "The Image of Charles I as a Roman Emperor", eds. I. Atherton and J. Sanders, *The 1630s: Interdisciplinary Essays on Culture and Politics in the Caroline Era*. New York: Palgrave Macmillan, 2006: 50—73.

Peart, Shirley Adawy. *English Images of the Irish, 1570—1620*. Lewiston: The Edwin Mellen Press, 2002.

Peck, Linda Levy. *Consuming Splendour: Society and Culture in Seventeenth-century England*. Cambridge and New York: Cambridge UP, 2005.

Perkins, William. *A Discourse of the Damned Art of Witchcraft; So Farre Forth as it is revealed in the Scriptures, and Manifest by True Experience*. Cambridge: Printed by Cantrel Legge, printer to the Vniuersitie of Cambridge, 1608.

Petegree, Andrew. *Foreign Protestant Communities in Sixteenth-Century London*. London:
Oxford UP, 1986.

Phayre, Thomas. *The Regiment of Life*, London: In fletestrete at the signe of the Sunne ouer
against the condite, by Edwarde whitchurche, 1550.

Phillips, J. R. S. *The Medieval Expansion of Europe*. Oxford: Oxford UP, 1988.

Plowden, Edmund. *Commentaries or Reports*. London: Printed for S. Brooke, 1816.

Plucknett, T. F. T. "The Genesis of Coke's *Reports*", *Cornell Law Review* 27 (1961):
190—213.

Plucknett, Theodore F. T. *A Concise History of the Common Law*, 5th edn. Boston: Little &
Brown, 1956.

Pocock, J. G. A. *The Ancient Constitution and Feudal Law*, rev. ed. Cambridge: Cambridge
UP, 1987.

Pollard, A. F. *The Evolution of Parliament*. London and New York: Longmans, Green, and
Company, 1920.

Ponet, John. *A Short Treatise of Politic Power and of the True Obedience*. Strasbourg:
Printed by the heirs of W. Kopfel, 1556.

Porter, Roy. *The Greatest Benefit to Mankind: A Medical History of Humanity from
Antiquity to the Present*. London: HarperCollins, 1997.

Povey, Thomas. *The Moderator, Expecting Sudden Peace or Certain Ruin*. London: s.
n., 1642.

Primaudaye, Peter. *The French Academie*, tran. Thomas Bowes. London: Printed by John
Legat for Thomas Adams, 1618.

Purchas, Samuel. *Purchas His Pilgrimage: Or Relations of the World and the Religions
Observed in All Ages and Places Discovered, from the Creation onto the Present*.
London: Printed by William Stansby for Henry Fetherstone, 1613.

Quetel, Claude. *History of Syphilis*, trans. Judith Braddock and Brian Pike. Baltimore and
London: Johns Hopkins UP, 1992.

Quint, David. *Epic and Empire: Politics and Generic Form from Virgil to Milton*.
Princeton: Princeton UP, 1993.

Quintrell, Brian. *Charles I: 1625—1640*. Harlow: Pearson Education, 1993.

Radden, Jennifer. ed. *The Nature of Melancholy: From Aristotle to Kristeva*. Oxford:
Oxford UP, 2000.

Radzinowicz, Mary Ann. *Toward Samson Agonistes: The Growth of Milton's Mind*.
Princeton: Princeton UP, 1978.

Rajan, Balachandra. "Banyan Trees and Fig Leaves: Some Thoughts on Milton's India", ed. P. G. Stanwood, *Of Poetry and Politics: New Essays on Milton and His World*. Binghamton, NY: Medieval and Renaissance Texts and Studies, 1995: 213—228.

Renaker, David. "Robert Burton's Palinodes". *Studies in Philology* 76 (1979): 162—181.

Reynolds, E. E. *The Filed is Won: The Life and Death of Saint Thomas More*. London: Burns and Oates Ltd. , 1968.

Rich, Barnabe. *A Short Survey of Ireland*. London: Printed by Nicholas Okes for B. Sutton and W. Barenger, and are to be sold at their shop at the great north dore of S. Paules Church, 1609.

Richardson, Linda Deer. "The Generation of Disease: Occult Causes and Diseases of the Total Substance", *The Medical Renaissance of the Sixteenth Century*, eds. A. Wear, R. K. French and I. M. Lonie. Cambridge: Cambridge UP, 1985: 175—194.

Riley-Smith, Jonathan. *The Knights of Saint John in Jerusalem and Cyprus*. New York: Macmillan Company, 1976.

Roberts, R. S. "The Early History of the Import of Drugs into Britain", ed. F. N. L. Poynter, *The Evolution of Pharmacy in Britain*. Springfield, Ill: Charles C. Thomas, 1965: 165—185.

Robinson, Brian. *The Royal Maundy*. London: Littlehampton Book Services Ltd, 1977.

Roover, Raymond de. "What is Dry Exchange? A Contribution to the Study of English Mercantilism," ed. Julius Kirshner, *Business, Banking, and Economic Thought in Late Medieval and Early Modern Europe*. Chicago: University of Chicago Press, 1974: 183—199.

Rosen, George. *A History of Public Health*. Baltimore: Johns Hopkins UP, 1993.

Ross, Lawrence J. ed. *Cyril Tourneur: The Revenger's Tragedy*. Lincoln: University of Nebraska Press, 1966.

Sabine, Ernest L. "Butchering in Medieval London". *Speculum* 8. 3 (1933): 335—353.

Salmon, J. H. M. "Seneca and Tacitus in Jacobean England", ed. Linda Levy Peck, *The Mental World of the Jacobean Court*, London: Allen & Unwin, 1982: 169—188.

Sawday, Jonathan. "'Mysteriously Divided': Civil War, Madness and Divided Self", eds. Thomas Healy and Jonathan Sawday, *Literature and the English Civil War*. Cambridge: Cambridge UP, 1990: 127—143.

Sawday, Jonathan. "Shapeless Eloquence: Robert Burton's Anatomy of Knowledge", ed. Neil Rhodes, *English Renaissance Prose: History, Language, and Politics*, Tempe: University of Arizona Press, 1997: 173—202.

Schleiner, Winfried. "Early Modern Controversies about the One-Sex Model". *Renaissance Quarterly* 53 (2000): 180—191.

Schleiner, Winfried. *The Imagery of John Donne's Sermons*. Providence: Brown UP, 1970.

Schoenfeldt, Michael. *Bodies and Selves in Early Modern England: Physiology and Inwardness in Spenser, Shakespeare, Herbert and Milton*. Cambridge: Cambridge UP, 1999.

Screech, M. A. "Good Madness in Christendom", eds. W. F. Bynum, Roy Porter, and Michael Shepherd, *The Anatomy of Madness: Essays in the History of Psychiatry, Vol. 2—Institutions and Society*, 3 vols. London: Tavistock Publications, 1985, vol. 2: 73—79.

Sedgwick, Joseph. *A Sermon, Preached at St. Marie's in the University of Cambridge May 1st*, 1653. London: Printed by R. D. for Edward Story, Bookshelter in Cambridge, An. Do. , 1653.

Selden, John. *A Brief Discourse Touching the Office of Lord Chancellor of England*. London: Printed for William Lee at the Turks Head in Fleetstreet, over against Fetter-lane end, 1671.

Selleck, Nancy. *The Interpersonal Idiom in Shakespeare, Donne, and Early Modern Culture*. Houndmills, Basingstoke: Palgrave Macmillan, 2008.

Sena, John. "Melancholy Madness and the Puritans", *Harvard Theological Review* 66 (1973): 293—309.

Shakespeare, William. "Cymbeline, King of Britain", eds. Stephen Greenblatt et al, *The Norton Shakespeare: Based on the Oxford Edition*. New York: W. W. Norton & Company, 1997: 2955—3046.

Shakespeare, William. "The Comedy of Errors", eds. Stephen Greenblatt et al, *The Norton Shakespeare: Based on the Oxford Edition*. New York: W. W. Norton & Company, 1997: 683—732.

Shakespeare, William. "The Comical History of The Merchant of Venice, or Otherwise Called The Jew of Venice", eds. Stephen Greenblatt et al, *The Norton Shakespeare: Based on the Oxford Edition*. New York: W. W. Norton & Company, 1997: 1081—1145.

Shakespeare, William. "The First Part of the Contention of the Two Famous Houses of York and Lancaster (2 Henry VI)", eds. *The Norton Shakespeare: Based on the Oxford Edition*. New York: W. W. Norton & Company, 1997: 203—290.

Shakespeare, William. "The Tragedy of Coriolanus", eds. Stephen Greenblatt et al, *The Norton Shakespeare: Based on the Oxford Edition*, New York: W. W. Norton &

Company, 1997: 2793—2872.

Shakespeare, William. "The Tragedy of Julius Caesar", eds. Stephen Greenblatt et al, *The Norton Shakespeare: Based on the Oxford Edition*. New York: W. W. Norton & Company, 1997: 1533—1589.

Shakespeare, William. "The Tragedy of King Richard the Second", eds. Stephen Greenblatt et al, *The Norton Shakespeare: Based on the Oxford Edition*. New York: W. W. Norton & Company, 1997: 943—1014.

Shakespeare, William. *Anthony and Cleopatra*, ed. Michael Neil. Oxford: Oxford UP, 1994.

Shakespeare, William. *Hamlet*, ed. Harold Jenkins and Arden Shakespeare. London: Routledge, 1982.

Shakespeare, William. *The Oxford Shakespeare*, 2nd edition, eds. Stanley Wells and Gary Taylor. Oxford: Clarendon Press, 2005.

Shakespeare, William. *The Tempest*, eds. Virginia Mason Vaughan and Alden T. Vaughan, 3rd edn. Bloomsbury: Arden Shakespeare, 2011.

Shami, Jeanne. "Labels, Controversy, and the Language of Inclusion in Donne's Sermons", ed. David Colclough, *John Donne's Professional Lives*. Cambridge: D. S. Brewer, 2003: 135—157.

Shami, Jeanne. "Donne's Sermons and the Absolutist Politics of Quotation", eds. Frances Malpezzi and Raymond-Jean Frontain, *John Donne's Religious Imagination: Essays in Honor of John T. Shawcross*. Conway, AR: University of Central Arkansas Press, 1995: 380—412.

Shawcross, John T. *The Uncertain World of Samson Agonistes*. Cambridge: D. S. Brewer, 2001.

Shell, Marc. *Money, Language, and Thought*. Baltimore: John Hopkins UP, 1992.

Shephard, Robert. "Utopia, Utopia's Neighbors, *Utopia*, and Europe". *The Sixteenth Century Journal*, 26. 4 (1995): 843—856.

Shirley, James. *The Dramatic Works of James Shirley*, 6 vols. vol. 1, eds. William Gifford and Alexander Dyce. London: Murray, 1833.

Shoulson, Jeffrey S. *Fictions of Conversion: Jews, Christians, and Cultures of Change in Early Modern England*. Philadelphia: University of Pennsylvania Press, 2013.

Sidney, Philip. "A Discourse to the Queen's Majesty", ed. Albert Feuillerat, *The Complete Works of Sir Philip Sidney*, 4 vols. Cambridge: Cambridge UP, 1912—1926, vol. 3: 52.

Sidney, Philip. *An Apology for Poetry, or The Defence of Poesy*, 3rd edn. eds. Geoffrey Shepherd, revised and expanded by R. W. Maslen. Manchester: Manchester UP, 2002.

Simmons, J. L. "The Tongue and its Office in *The Revenger's Tragedy*". *PMLA* 92 (1977): 56—68.

Singman, Jeffrey L. *Daily Life in Elizabethan England*. Westport: Greenwood Press, 1995.

Siraisi, Nancy G. *Medieval and Early Renaissance Medicine: An Introduction to Knowledge and Practice*. Chicago: University of Chicago Press, 1990.

Skelton, Raleigh A. *Decorative Printed Maps of the 15th Centuries*. London: Staples Press, 1952.

Skene, Gilbert. *Ane Breve Description of the Pest Quhair in the Causis, Signis, and Sum Speciall Preseruation and Cure Thairof Ar Contenit*. Edinburgh: Be Robert Lekpreuik, 1568.

Slack, Paul. *The Impact of Plague in Tudor and Stuart England*. Boston: Routledge and Kegan Paul, 1985.

Smith, Nigel. *Perfection Proclaimed: Language and Literature in English Radical Religion 1640—1660*. Oxford: Clarendon Press, 1989.

Smith, Sir Thomas. *Tract on the Colonization of the Ards in the County of Down*. London: by Henry Binneman for Anthonhson, dwelling in Paules Churchyard at the signe of the Sunne, 1572.

Smith, Thomas. *A Discourse of the Commonweal of This Realm of England*, ed. Mary Dewar. Charlottesville: UP of Virginia, 1969.

Sommerville, J. P. "James I and the Devine Right of Kings: English Politics and Constitutional Theory", ed. Linda Levy Peck, *The Mental World of the Jacobean Court*. Cambridge & New York: Cambridge UP, 2005.

Sommerville, J. P. *Politics and Ideology in England 1603—1640*. London: Allen and Lane, 1986.

Sontag, Susan. *Illness as Metaphor*. New York: Farrar, Straus and Giroux, 1978.

Sophocles. *Oedipus Rex*. London: Dover Publications, 1991.

Spates, William. "Shakespeare and the Irony of Early Modern Disease Metaphor and Metonymy", ed. Jennifer C. Vaught, *Rhetorics of Bodily Disease and Health in Medieval and Early Modern England*. Burlington: Ashgate, 2010: 155—170.

Spencer, Theodore. "The Elizabethan Malcontent", ed. James G. McManaway, *Joseph Quincy Adams Memorial Studies*. Washington D. C. : Folger Shakespeare Library, 1948: 523—535.

Spenser, Edmund. *A View of the State of Ireland*, eds. Andrew Hadfield & Willy Maley. Oxford: Blackwell, 1997.

Spenser, Edmund. *The Faerie Queene*, eds. Thomas P. Roche Jr. and C. Patrick O'Donnell.

Jr. Harmondsworth: Penguin, 1978.

Spevack, Martin. *The Harvard Concordance to Shakespeare*. Cambridge, MA: Harvard UP, 1969.

Spiegel, Henry William. *The Growth of Economic Thought*, 3rd edn. Durham: Duke UP, 1991.

Spring, Eileen. *Law, Land, and Family*. Chapel Hill: University of North Carolina Press, 1993.

Stachniewski, John. *Persecutory Imagination: English Puritanism and the Literature of Religious Despair*. New York: Oxford UP, 1991.

Staley, Lynn. *The Island Garden: England's Language of Nation from Gildas to Marvell*. Notre Dame, Indiana: University of Notre Dame Press, 2012.

Starkey, Thomas. *A Dialogue between Reginald Pole and Thomas Lupset*, ed. Kathleen M. Burton. London: Chatto & Windus, 1948.

Starkey, Thomas. *Dialogue between Pole and Lupset*, ed. J. M. Cowper. London: Published for the Early English Text Society, by N. Trübner & Co. , 1871.

Starkey, Thomas. *Exhortation to the People, Instructing them to Unite and Obedience*. London: In aedibus Thomae Bertheleti Regii impressoris excusa, Cum privilegio, 1536.

Starkey, Thomas. *Starkey's Life and Letters*, ed. S. J. Herrtage. London: E. E. T. S. , 1878.

Stevens, Paul. "'Leviticus Thinking' and the Rhetoric of Early Modern Colonialism". *Criticism* 35 (1993): 441—461.

Strong, Roy. *Splendour at Court: Renaissance Spectacle and the Theatre of Power*. Boston: Houghton Mifflin, 1973.

Strype, John. *Annals of the Reformation and Establishment of Religion, and Other Various Occurrences in the Church of England during Elizabeth's Happy Reign*, vol. 4. Oxford: Clarendon Press, 1824.

Stubbes, Philip. *The Anatomie of Abuses*. London: Published for the New Shakespeare Society by N. Trubner & Co. , 1877.

Suetonius, Gaius. *The History of Twelve Caesars*, tran. Philemon Holland. London: Printed by H. Lownes and G. Snowdon for Matthew Lownes, 1606.

Sugden, Edward H. *A Topographical Dictionary to the Works of Shakespeare and His Fellow-Dramatists*. Manchester: Manchester UP, 1925.

Sullivan, Ceri. *The Rhetoric of Credit: Merchants in Early Modern Writing*. London: Associated UP, 2002.

Suton, John. *Philosophy and Memory Traces: Descartes to Connectionism*. Cambridge: Cambridge UP, 1998.

Tacitus, Cornelius. *The Annals of Cornelius Tacitus*, 16 Books, Book 1. tran. Richard Grenewey. London: By Arn. Hatfield, for Bonham and Iohn Norton, 1598.

Tacitus, Cornelius. *The Ende of Nero and Beginning of Galba Fower Books of the Histories of Cornelius Tacitus*, tran. Henry Savile. Oxford: by Joseph Barnes and R. Robinson, London for Richard Wright, 1591.

Tanner, J. R. ed. *Regnans in Excelsis in: Tudor Constitutional Documents: A. D. 1485— 1603*. Cambridge: Cambridge UP, 1922.

Tawney, R. H. and Eileen Power, eds. *Tudor Economic Documents*, 3 vols. London: Longmans, 1924.

Taylor, Alan. *American Colonies, The Setting of North America*. London: Penguin, 2001.

Taylor, John. *Mad Fashions, Old Fashions, All Out of Fashions, or The Emblems of These Distracted Times*. London: Printed by Iohn Hammond, for Thomas Banks, 1642.

Taylor, William F. *The Charterhouse of London: Monastery, Palace, and Thomas Sutton's Foundation*. London: Palala Press, 2015.

Thayre, Thomas. *A Treatise of the Pestilence*, London: by E. Short, dwelling at the signe of the starre on bred-streete Hill, 1603.

Thomas, Hugh. *The Slave Trade: The Story of the Atlantic Slave Trade: 1440—1870*. Picador, Phoenix: Simon & Schuster, 1997.

Thomas, Keith. *Religion and the Decline of Magic*. New York: Charles Scribner's Sons, 1971.

Thomas, William. *The History of Italy*. London: In Fletestrete nere to Sainct Dunstons Church by Thomas Marshe, 1561.

Toming. *A History of American Literature: Revised and Expanded Edition*. Beijing: Foreign Language and Research Press, 2011.

Tomkis, Thomas. *"Lingua"*, ed. W. Carew Hazlitt, *Dodsley's Old English Plays*, 4th edn. 15 vols. London: Reeves and Turner, 1874—1876, vol. 9: 307—420.

Tomkis, Thomas. *Lingua: or The Combat of the Tongue, and the Five Senses for Superiority*. London: Printed for Simon Miller at the Starre in St. Pauls Churchyard, 1607, 1657.

Totaro, Rebecca. "English Plague and New World Promise", *Utopian Studies*, 10. 1 (1999): 1—12.

Totaro, Rebecca. *Suffering in Paradise: The Bubonic Plague in English Literature from*

More to Milton. Pittsburgh, Pa. : Duquesne UP, 2005.

Tretiak, Andrew. "*The Merchant of Venice* and the 'Alien' Question", *Review of English Studies* 5(1929): 402—409.

Trevor-Roper, Hugh. "The Court Physician and Paracelsianism", ed. Vivian Nutton, *Medicine at the Courts of Europe, 1500—1837*. London: Routledge, 1990: 79—94.

Tubbs, J. W. *The Common Law Mind*. Baltimore: John Hopkins UP, 2000.

Turnbull, Richard. *Exposition upon the Canonicall Epistle of St. James*. London: by John Windet, and are to be sold by Richard Bankworth in Paules Churchyeard, 1606.

Tyndale, William. *Expositions and Notes*, ed. H. Walter. Cambridge: P. S. , 1849.

Underhill, Thomas. *Hell Broke Loose: or A History of the Quakers both Old and New*. London: Printed for T. V. and Simon Miller in St. Paul's Churchyard, 1660.

Vaughan, William. *Approved Directions for Health, Both Natural and Artificial*. London: Printed by T. Snodham for Roger Iackson, and are to be sold at his shop neere the Conduit in Fleetestreet, 1612.

Vaught, Jennifer C. ed. *Rhetorics of Bodily Disease and Health in Medieval and Early Modern England*. Burlington: Ashgate, 2010.

Venner, Tobias. *Via Recta ad Vitam Longam: or, a Plaine Philosophical Demonstration of the Nature, Faculties and Effects of All Such Things as ⋯ Make for the Preservation of Health*, 1st edn. London: Imprinted by Felix Kyngston, for Richard Moore, and are to be sold at his shop in Saint Dunstans Churchyard in Fleetstreet, 1628.

Virgil. *The Aeneid*, 12 Books, Book 4, tran. Allen Mandelbaum. New York: Bantam Books, 1981.

Vismann, Cornelia. *Files: Law and Media Technology*, tran. Geoffrey Winthrop-Young. Stanford, CA: Stanford UP, 2008.

Wear, Andrew. "Medicine in Early Modern Europe: 1500—1700", eds. Lawrence I. Conrad et al, *The Western Medical Tradition: 800 B. C. to A. D. 1800*. Cambridge: Cambridge UP, 1995: 339—340.

Wear, Andrew. *Knowledge and Practice in English Medicine, 1550—1680*. Cambridge: Cambridge UP, 2003.

Webster, Charles. "Alchemical and Paracelsian Medicine", ed. Charles Webster, *Health, Medicine and Mortality in the Sixteenth Century*. Cambridge: Cambridge UP, 1979: 301—334.

Webster, John. "The White Devil", eds. David Gunby, David Carnegie and Antony Hammond, *The Works of John Webster*, 3 vols. , vol. 1. Cambridge: Cambridge UP, 2004: 139—254.

Westcote, Thomas. *A View of Devonshire in MDCXXX*, eds. George Oliver and Pitman Jones. Exeter: William Roberts, 1845.

Whitgift, John. *The Works of John Whitgift*, 3 vols. vol. 1, ed. John Ayre. Cambridge: Park Society, 1853.

Whitlock, Baird D. "The Heredity and Childhood of John Donne". *N&Q* 6 (1959): 257—262.

Williams, Deanne. "Dido, Queen of England". *ELH* 73 (2006): 31—59.

Williams, Raymond. *Keywords: A Vocabulary of Culture and Society*. London: Penguin, 1976.

Williamson, George. "The Restoration Revolt Against Enthusiasm", *Studies in Philology* 30 (1933): 571—603.

Willis, Thomas. *Pharmaceutice Rationalis*. Oxford: e Theatro Sheldoniano, 1675.

Willson, David Harris. *King James VI & I*. London: Jonathan Cape, 1963.

Wilson, F. P. *The Plague in Shakespeare's London*. Oxford: Oxford UP, 1927.

Wilson, Richard. "A Brute Part: *Julius Caesar* and the Rites of Violence". *Cahiers Elizabethans: Late Medieval and Renaissance English Studies* 50 (1996): 19—32, p. 29.

Wittreich, Joseph. *Interpreting Samson Agonistes*. Princeton: Princeton UP, 1986.

Womack, Peter. *English Renaissance Drama*. Malden, MA: Blackwell, 2006.

Wong, Samuel. "Encyclopedism in *The Anatomy of Melancholy*". *Renaissance and Reformation* 22 (1998): 5—22.

Woodall, John. *The Surgions Mate* [1617], ed. John Kirkup. Bath: Kingsmead Press, 1978.

Wootton, David, ed. *Divine Right and Democracy: An Anthology of Political Writing in Stuart England*. Cambridge: Hackett Publishing Company, 2003, 1986.

Wright, Thomas. *The Passions of the Mind in General*, ed. William Webster Newbold. New York: Garland, 1986.

Yarb, Samoth. *A New Sect of Religion Descryed, Called Adamites Deriving Their Religion from Our Father Adam*. London: s. n., 1641.

郭方云:《文学地图中的女王身体诗学:以〈错误的喜剧〉为例》,《外国文学评论》,2013 年第 1 期,第 5—17 页。

刘立辉:《多恩诗歌的巴罗克褶子与早期现代性焦虑》,《外国文学评论》,2015 年第 3 期,第 77—90 页。

陶久胜:《求爱战役:〈戈波德克王〉的婚姻政治》,《外国文学评论》,2013 年第 1 期,第 18—31 页。

中英文专有名词与部分术语对照表

A

阿布拉希，约翰 Abernathy, John

阿尔斯特 Ulster

阿奎那，托马斯 Aquinas, Thomas

阿伦特·汉娜 Arendt, Hannah

阿姆斯特朗，克莱蒙 Armstrong, Clement

阿帕杜莱，厄俊 Appadurai, Arjun

阿皮纳特斯，特瑞希尔斯 Apinatus, Thricius

阿斯科，罗伯特 Aske, Robert

阿斯克拉帕斯 Asklepios

阿维森纳 Avicenna

《埃德蒙顿女巫》 The Witch of Edmonton

《爱尔兰意象》 The Image of Ireland

埃夫里尔，威廉 Averell, William

埃涅阿斯 Aeneas

埃瑟克斯伯爵 Earl of Essex

艾伯特，乔治 Abbot, George

艾格顿，托马斯 Egerton, Thomas

艾略特，托马斯 Elyot, Thomas

艾奇，约翰 Archer, John

爱德华，凯伦 Edwards, Karen

爱德华二世 Edward II

爱德华六世 Edward VI

爱德华四世 Edward IV

爱尔兰 Ireland

安德希尔，托马斯 Underhill, Thomas

《安东尼和克里奥佩特拉》 Anthony and Cleopatra

安莫里奥，安德里亚 Ammonio, Andrea

安茹公爵 Duke of Anjou

奥布雷，约翰 Aubrey, John

奥戴尔，莎伦 O'Dair, Sharon

奥德修斯 Odysseus

奥古斯丁 Augustine

奥克姆，威廉 William of Ockham

奥蒙德伯爵 Earl of Ormond

奥墨尔 Aumerle

奥尼尔，休 O'Neill, Hugh

《奥赛罗》 Othello

奥维德 Ovid

B

芭巴，霍米 Bhabha, Homi K.

《巴比伦妓女》 The Whore of Babylon

巴尼斯特，约翰 Banister, John

《白魔》 The White Devil

《暴风雨》 The Tempest

《暴死论》 Biathanatos

达米恩 Damien

大契约 the Great Contract

大小宇宙 macrocosm and microcosm

大主教沃尔西 Thomas Wolsey

戴维斯，约翰 Davies, John

丹福斯，约翰 Danvers, John

《丹尼尔书》 *Daniel*

但丁 Dante

胆汁质 choleric

道德身体 body moral

德弗罗，罗伯特 Devereux, Robert

德克，托马斯 Dekker, Thomas

德里克，约翰 Derricke, John

德谟克利特 Demokritos

邓恩，约翰 Donne, John

邓肯，道格拉斯 Duncan, Douglas

狄格碧勋爵 Lord Digby

笛福 Defoe

笛卡尔 Descartes

地理病理学 geographical pathology

狄罗德 Derold

《低能儿》 *Changeling*

帝制 imperialism

癫痫 epilepsy

丢勒，阿尔布雷特 Durer, Albrecht

东支普 Eastcheap

都铎王朝 Tudor dynasty

《对爱尔兰现状的看法》 *A View of the State of Ireland*

《对北部教友会不宗教性的简要叙述》 *A Brief Relation of the Irreligion of the Northern Quarkers*

《对和平条款的思考》 *Observations Upon the Articles of Peace*

《对手间的神奇战斗》 *A Marvelous Combat of Contrarieties*

《对突发事件的祷告》 *Devotions upon Emergent Occasions*

多佛，西蒙 Dover, Simon

多血质 sanguine

E

《俄狄浦斯王》 *Oedipus*

F

法布里希尔，乔哈尼斯 Fabricius, Johannes

法尔，托马斯 Phayre, Thomas

法国痘疹 French disease

法罗皮奥，加布里尔 Falloppia, Gabriele

法人身体 body Corporate

《反暴君控诉书》 *Vindiciae contra Tyrannos*

反帝国主义 anti-imperialism

《反对有意不服从和反叛的讲道》 *A Homily Against Willful Disobedience and Rebellion*

反极之地 Antipodes

反类疗法 the medical principle of contraries

反偶像崇拜 Antiiconolatry

放血 bloodletting

"放血疗法" phlebotomy

非利士人 Philistine

菲利普二世 Philip II of Spain

菲利普四世 Philip IV of France

诽谤诗 verse libels

肺结核 tuberculosis

肺炎鼠疫 pneumonic plague

费奇诺，马西利奥 Ficino, Marsilio

费什，斯坦利 Fish, Stanley

费塔，马科 Faitta, Marco

H

哈克鲁特，理查德 Hakluyt，Richard

哈利奥特，托马斯 Harriot，Thomas

哈里森，托马斯 Harrison，Thomas

哈里森，威廉 Harrison，William

哈里斯，乔纳森 Harris，Jonathan

哈林顿，詹姆士 Harrington，James

《哈姆雷特》Hamlet

哈瓦德，西蒙 Harward，Simon

《哈沃德静脉切开术》Harward's Phlebotomy

《害虫》De Peste

海尔，大卫 Hale，David G.

《海关官员回应》The Custumers Replie，or
　　Second Apologie

《海关入门》The Custumers Alphabet and Primer

海克，爱德华 Hake，Edward

海利，克里斯托弗 Highley，Christopher

海斯特，约翰 Hester，John

海外扩张 overseas expansion

海伍德，约翰 Heywood，John

合唱团 Chorus

《和平条款》Articles of Peace

和谐身体 harmonious body

黑胆汁 black bile

黑死病 bubonic plague / black death

亨利八世 Henry VIII

亨利六世 Henry VI

《亨利六世：第二部分》Henry VI：Part II

亨利七世 Henry VII

《亨利四世》Henry IV

衡平法 Equity

文化物质主义 cultural materialism

胡格诺派新教徒 the Huguenots

《护国公殿下依据其国务会议之建议所颁宣
　　言；此宣言代表本共和邦，阐明其对西班牙
　　之正义事业》A Declaration of His Highness，
　　by the Advice of His Council；Setting Forth，
　　on the Behalf of This Commonwealth，the
　　Justice of Their Cause Against Spain

《狐狸》Volpone，or the Fox

话语理论 discourse theory

黄胆汁 yellow bile

《皇家礼物》Basilikon Doron

回归热 relapsing fever

火药阴谋 Gunpowder Plot

霍布斯，托马斯 Hobbes，Thomas

霍尔，约翰 Hall，John

霍尔，约瑟夫 Hall，Joseph

霍尔曼，威廉 Horman，William

霍奇斯，纳撒尼尔 Hodges，Nathaniel

霍斯，克莱蒙 Hawes，Clement

J

机械哲学 mechanical philosophy

基德，托马斯 Kyd，Thomas

基督世界 Christian world

《基督哭泣耶路撒冷》Christ's Teares Ouer
　　Ierusalem

基特兹，亚当 Kitzes，Adam

吉卜力，阿奇撒 Guibbory，Achsah

吉尔伯特 Gilbert

吉尔平，约翰 Gilpin，John

吉福德，乔治 Gifford，George

吉利斯，约翰 Gillies，John

寂静主义 Quietism

加德纳，斯蒂芬 Gardiner，Stephen

加尔文主义者 Calvinist

《农夫皮尔斯》*Piers Plowman*

女巫话语 witch discourse

女巫诗学 witch poetics

女巫意识形态 Witch Ideology

《女性舌头解剖》*The Anatomy of a Woman's Tongue*

O

偶像崇拜 idolatry

《偶像破坏者》*Eikonoklastes，Image Breaker*

P

帕金斯，威廉 Perkins，William

帕拉塞尔苏斯 Paracelsus

帕佩兹恩，玛丽 Papazian，Mary

帕森斯，罗杰 Parsons，Roger

帕斯卡二世 Paschal II

帕斯特，盖尔 Paster，Gail

帕特森，安娜贝尔 Patterson，Annabel

庞奈特，约翰 Ponet，John

《咆哮女》*The Roaring Girl*

佩恩，罗伯特 Payne，Robert

培根，弗朗西斯 Bacon，Francis

佩奇斯，塞缪尔 Purchas，Samuel

皮诺特，约翰 Perrot，John

普通法 Common Law

Q

骑士医院 Knights Hospitaller

前商业时代 pre-commerce age

千禧年信念 millenarian convictions

前重商主义时代 pre-mercantilism era

清教主义 Puritanism

清教极端主义 Puritan extremism

琼森，本 Jonson，Ben

琼斯，约翰 Jones，John

求恩巡礼 the Pilgrimage of Grace

《裘力斯·恺撒》*Julius Caesar*

R

《人的属性》*Nature of Man*

《人类的幸福》*A Discourse of the Felicitie of Man：or his Summum bonum*

人类共同体 human community

《人类史》*The Historie of Man*

《人体构造》*On the Structure of the Human Body*

饶舌者 news-mongers

人文主义 humanism

S

萨顿，约翰 Suton，John

萨克维尔，托马斯 Sackville，Thomas

萨拉森人 Saracen

塞内加 Seneca

塞奇威克，约瑟夫 Sedgwick，Joseph

塞西尔，罗伯特 Cecil，Robert

赛尔瑟斯 Celsus

塞维里努斯 Severinus

三十年战争 the Thirty Years' War

桑德斯，尼古拉斯 Sanders，Nicholas

桑塔格，苏珊 Sontag，Susan

《骚乱者》*Of Commotionars*

沙普尔，安妮 Chapple，Anne S.

莎士比亚 Shakespeare

《莎士比亚丛林热：种族、强奸与牺牲的民族——帝国意义修正》*Shakespeare Jungle*

General

苏格兰女王玛丽 Mary，Queen of Scots

《随笔与忠告》*The Oxford Francis Bacon：
The Essayes or Counsels，Civill and Morall*

索戴伊，乔纳森 Sawday，Jonathan

索尔兹伯里 Salisbury

T

塔奎因 Tarquin/Tarquinius

塔索 Tasso

塔西佗 Tacitus

泰奥弗拉斯托斯 Theophrastus

泰勒，杰雷米 Taylor，Jeremy

泰勒，托马斯 Thayre，Thomas

泰勒，约翰 Taylor，John

《泰特斯·安德罗尼克斯》*Titus Andronicus*

探测 probe

唐吉思，托马斯 Tomkis，Thomas

忒斯顿，罗格 Twysden，Roger

体液理论 humoralism

体液病理学 humoral pathology

天才忧郁论 melancholy of genius

天主教帝国主义 Catholic imperialism

天主教共同体 Catholic community

廷代尔，威廉 Tyndale，William

痛风 Palsy

土地法 land law

土地世袭 land hereditary

《托马斯·莫尔拉丁警句集》*The Latin
Epigrams of Thomas More*

托勒密 Ptolemy

托塔罗，瑞贝卡 Totaro，Rebecca

W

外来移民 immigrant

外来商品 imported commodity

王国有机体 organic body politic of kingdom

韦伯斯特，约翰 Webster，John

微观身体 Microcosm

《为海关官员辩护》*Custumers Apology：That is
to Say，a Generall Answere to Informers of
All Sortes，and Their Injurious Complaints*

维吉尔 Virgil

卫理主义医学 Methodists

威尔森，托马斯 Wilson，Thomas

威利斯，托马斯 Willis，Thomas

威廉森，乔治 Williamson，George

威廉斯，雷蒙 Williams，Raymond

维纳，托比亚斯 Venner，Tobias

《威尼斯商人》*The Merchant of Venice*

维萨里，安德雷亚斯 Vesalius，Andreas

《为诗辩护》*An Apology for Poetry，or The
Defence of Poesy*

维斯科特，托马斯 Westcote，Thomas

韦斯特，威廉 West，William

维滕贝格大学 Wittenberg University

《微型技术》*Microtechne*

《微型图画》*Microcosmographia：A Description
of the Body of Man；Together with the
Controversies Thereto Belonging*

《为英格兰人民辩护》*Defensio pro Populo
Anglicano*

《温彻斯特大海关法》*the Great Winchester Assize
of Customs*

瘟疫 plague

《瘟疫论：详述其病源、证候及变症，并载当时
流行之热病、疫疮、痈疽之确凿根治之法》
*A Treatise of the Plague：Containing the
Nature，Signes，and Accidents of the*

《雅典的泰门》 *Timon of Athens*

亚里士多德 Aristotle

亚历山大六世 Alexander VI

亚伦，W Allen，W.

亚瑟王 King Arthur

厌女症 misogyny

养生法 regimen

谣言 rumor

谣言焦虑 rumor anxiety

药理学 pharmacology

伊阿宋 Jason

伊甸园 the Garden of Eden

伊凡斯，马丁 Evans，J. Martin

伊格尔顿，特里 Eagleton，Terry

《一部阐明英国药物足以治愈诸般疾病之专著》 *A Treatise：Wherein is Declared the Sufficiency of English Medicines，for Cure of All Diseases*

《一部简明解剖学著作》 *A Compendious Work of Anatomy*

《一个木桶的故事》 *A Tale of a Tub*

《一个完美国家的图景》 *The Picture of a Perfect Commonwealth*

《一份张贴于伦敦法国教堂墙垣之谤书》 *A Libell，fixte vpon the French Church Wall，in London*

伊拉斯谟 Erasmus

《伊丽莎白戏剧中的医生》 *Doctors in Elizabethan Drama*

伊丽莎白一世 Elizabeth I

伊丽莎白一世时期 Elizabethan era

《一声低语抱怨》 *A Murmur*

伊索寓言 Aesop's Fables

医学叙事 medical narratives

保护主义 protectionism

抑郁质 melancholic

一致性 uniformity

《一种被发现的名叫亚当后裔的新教派》 *A New Sect of Religion Descryed，Called Adamites Deriving Their Religion from Our Father Adam*

英格兰共和国 *Commonwealth of England*

《英格兰描写》 *The Description of England*

"英国内战" English Civil War

耶稣会 Jesuit

《英国静脉切开术》 *The English Phlebotomy*

《英国王国话语》 *A Discourse of the Commonweal of This Realm of England*

英雄主义 heroism

《勇者会面》 *The Meeting of Gallants*

幽闭恐怖症 claustrophobia

忧郁 melancholy

《忧郁的剖析》 *The Anatomy of Melancholy*

忧郁疾病 melancholia

忧郁人格 melancholy

《忧郁小册子》 *A Treatise of Melancholie*

《忧郁政治：从斯宾塞到弥尔顿》 *The Politics of Melancholy：From Spenser to Milton*

约翰，唐 John，Don

Z

早期现代身体 Early Modern Body

早期现代医学 Early Modern Medicine

《早期现代英国的疾病虚构：身体、瘟疫和政治》 *Fictions of Disease in Early Modern England：Bodies，Plagues and Politics*

《早期现代英国的瘟疫写作》 *Plague Writing in Early Modern England*

《早期现代英国的药物与剧院》 *Drugs and*

后　记

　　该专著为文学与医学的跨学科研究,乃是本人主持的国家社科基金项目"英国16、17世纪文学中的疾病意识与国家焦虑"(16BWW056)的结题成果。本著作在英国文艺复兴时期黑死病高频度暴发与梅毒等传染病大流行的历史语境中,聚焦16、17世纪英国文学中的疾病叙事,通过研究作品中的疾病意识揭示早期现代作家与当时社会的国家焦虑。

　　在撰写过程中,本人得到了国内外诸多知名学者的大力支持。在此,感谢刘建军教授、傅修延教授、刘立辉教授、刘茂生教授等在此项目开题论证会上提出的宝贵意见,感谢苏晖教授、刘峰教授、张和龙教授、陈靓教授、董洪川教授、陈勇教授、李伟昉教授、孙毅教授、王松林教授、张金凤教授、刘明录教授与不少匿名评审专家等对本书部分章节作为单独论文发表时提出的修改意见。同时,感谢参与本专著结题鉴定的各位匿名评审专家,感谢他们提出的改进建议。没有他们的参与,本专著不可能如此高质量完成,且取得令人满意的结题评价。

　　需要指出,本书绝大多数章节均已以单篇论文公开发表。具体包括:第二章第二、三节分别以论文"放血疗法与王国新生:英国早期现代复仇剧的医学伦理"与"《裘力斯·恺撒》中的疾病、忧郁与'政治身体'焦虑"发表在《外国文学研究》2016年第4期与《解放军外国语学院学报》2023年第6期上;第三章第二、三节分别以论文"英国复辟时期的神圣国家构想:弥尔顿诗歌中的殖民、狂热与反帝国主义"与"英国复辟时期的新教民族身份焦虑——《力士参孙》中的疯癫、复仇与反偶像崇拜"发表在《河南大学学报(社会科学版)》2023年第4期与《解放军外国语学院学报》2022年第2期上;第四章第三节以论文"'然而我却是自己的行刑者':《对突发事件的祷告》中的疾病、谣言与自杀"发表在

《广东外语外贸大学学报》2023 年第 2 期上；第五章第二、三节分别以论文"英国大瘟疫时代的政治共同体想象——《乌托邦》中的瘟疫管控、养生法与和谐身体"与"英国大瘟疫时期的国教会焦虑——《忧郁的剖析》中的写作疗法、清教极端主义与乌托邦想象"发表在《外国文学研究》2022 年第 2 期与《英语研究》2023 年秋季刊上；第六章第二、三节分别以论文"'我是一只被感染的公羊'——《威尼斯商人》中的毒药、外来移民与政治有机体"与"英国大瘟疫时期的国家安全焦虑：《埃德蒙顿女巫》中的毒药、舌头与政治身体"发表在《国外文学》2020 年第 1 期与《社会科学研究》2021 年第 3 期上；第七章第二、三节分别以论文"英国前商业时代的国际贸易焦虑——莎士比亚《错误的喜剧》的经济病理学"与"英国大瘟疫时期的外来商品焦虑：《狐狸》的经济病理学"发表在《国外文学》2016 年第 4 期与《外国文学研究》2019 年第 2 期上。

此外，特别感谢张冰教授，因为她的倾力相助本书才得以在北京大学出版社顺利出版，也感谢北京大学出版社的朱丽娜老师在本书出版过程中细心、专业的校对工作。本人期待，该著作能为早期现代英国文学研究贡献些许力量，共创 16、17 世纪英国文学疾病研究的美好未来，进一步推动文学与医学跨学科研究的发展。

陶久胜

2024 年 12 月 23 日